H. G. Wells, geboren am 21. September 1866 in Bromley, ist am 13. August 1946 in London gestorben.

Wie wird man Millionär? In dieser geistreichen Satire, deren Originaltitel »Kipps« lautet und die unter dem Titel »Half a Sixpence« als Musical ein Welterfolg wurde, zeigt H. G. Wells, wie wechselhaft das Glück ist.

Arthur Kipps, der als Vollwaise bei Onkel und Tante herangewachsen ist und als Ladengehilfe bei einem Tuchhändler ein karges Dasein fristet, erbt völlig unerwartet von seinem Großvater ein riesiges Vermögen. Erst einmal ist er ratlos, dann aber versucht er mit viel Ungestüm und wenig Erfolg mit seinem Reichtum umzugehen. Doch das gesellschaftliche Parkett ist für Kipps viel zu glatt. Falsche Freunde bringen ihn um sein Geld, und bald ist Kipps so arm wie zuvor. Wie Mr. Polly läßt sich Kipps nicht unterkriegen, denn er hatte ja noch vor seinem erneuten Abstieg eine Frau lieben gelernt, Anne, eine Spielgefährtin aus frühen Kindertagen. Gemeinsam mit ihr will er die Zukunft meistern.

insel taschenbuch 1716

H. G. Wells

Wie wird man Millionär?

H. G. Wells

Wie wird man Millionär?

Originaltitel: »Kipps«

Roman

Aus dem Englischen

von Johann Wagner

Insel Verlag

insel taschenbuch 1716
Erste Auflage 1995
Insel Verlag Frankfurt am Main und Leipzig

Hinweise zu dieser Ausgabe am Schluß des Bandes
Vertrieb durch den Suhrkamp Taschenbuch Verlag
Umschlag nach Entwürfen von Willy Fleckhaus
Satz: Hümmer GmbH, Waldbüttelbrunn
Druck: Nomos Verlagsgesellschaft, Baden-Baden
Printed in Germany

1 2 3 4 5 6 – 00 99 98 97 96 95

ERSTES BUCH

Ein Junge namens Kipps

Der kleine Laden in New Romney

I

Bevor er in sein Mannesalter eintrat, war sich Kipps nicht im klaren darüber, weshalb er der Obhut einer Tante und eines Onkels anvertraut worden war, anstatt wie andere kleine Jungen Vater und Mutter zu haben. Wohl hatte er verschwommene Erinnerungen an einen andern Ort – ein düsteres Zimmer, ein Fenster, von dem aus man weiße Gebäude sah, und an eine Frau, die mit längst vergessenen Leuten redete und die seine Mutter war. Er konnte sich ihre Gesichtszüge nicht sehr deutlich vergegenwärtigen, aber er erinnerte sich ganz deutlich an das Kleid, das sie trug – weiß, mit Blütenzweiglein und kleinen Schleifen gemustert –, und an ein flachgeripptes weißes Gürtelband um die Taille. Damit verknüpfte er, ihm selbst unbegreiflich, nebelhafte, halb verblaßte Erinnerungen an Szenen, in denen geweint wurde, ein Weinen, das ihn aus unerforschlichen Gründen dazu bewog, mit einzustimmen. Irgendein schrecklicher, großgewachsener Mann mit einer lauten Stimme spielte eine Rolle in diesen Szenen, und er wußte nicht mehr genau, ob es vor oder nach solchen Szenen gewesen war, daß er auf endlos langen Eisenbahnfahrten in Gesellschaft jener beiden Menschen unentwegt die vorbeiziehende Landschaft betrachtete.

Obgleich er sich nicht erinnern konnte, daß es ihm jemals irgendwer gesagt hatte, wußte er doch, daß ein gewisses verblaßtes, von Wehmut gezeichnetes Gesicht, das ihn aus einer plüsch- und goldumrahmten Daguerreotypie über dem Kaminsims des Wohnzimmers anblickte, das Antlitz seiner Mutter war. Aber dieses Wissen brachte kein Licht in seine verschwommenen Erinnerungen. Auf jenem Bild war sie eine mädchenhafte Gestalt, an die Türfüllung eines Photoateliers gelehnt, mit all der Gehemmtheit und widerstrebenden Scheu, die eine derartige Position mit sich bringt. Ihr Haar war lockig und ihr Gesicht weit jünger und hübscher als das irgendeiner anderen Mutter, die er kannte. An einem Band schwenkte sie einen blumengeschmückten Hut mit geschwungener Krempe und blickte folgsam und voll Respekt zum Photographen hin, der diese Stellung angeordnet hatte. Sie war so zart und hübsch! Aber das Traumbild seiner Mutter, das ihn in seiner Erinnerung verfolgte und so schwer zu fassen war, glich jenem nicht, obschon er sich nicht entsinnen konnte, worin der Unterschied lag. Vielleicht war sie älter oder etwas weniger scheu – oder vielleicht auch bloß anders gekleidet.

Fest steht, daß sie ihn zu seiner Tante und seinem Onkel nach New Romney brachte, mit ganz bestimmten Weisungen und einer Aussteuer. Unbestreitbar bewies sie in hinreichendem Maße Spürsinn für soziale Unterschiede, die später eine so bedeutende Rolle in Kipps' Laufbahn spielten. So traf sie Vorsorge, daß er nicht eine öffentliche Schule, sondern ein besonderes Institut in Hastings besuchen sollte, das nicht nur eine »Mittelstandsakademie« mit den typischen quadratischen Collegemützen und allen Anzeichen einer gehobenen gesellschaftlichen Atmosphäre, sondern auch bemerkenswert billig war. Sie scheint von dem Wunsch beseelt gewesen zu sein, selbst um den Preis persönlicher Entbehrungen ihr Bestes für Kipps zu tun, als sei er gewissermaßen ein höheres menschliches Wesen. Ein Jahr lang oder sogar noch länger, nachdem er nach Hastings gekommen war, schickte sie ihm gelegentlich Taschengeld; sie selbst aber sah er in der Zeit, da seine Eindrücke von ihr noch lebendig waren, nicht wieder.

Tante und Onkel waren bereits in vorgeschrittenen Jahren, als er zu ihnen kam. Sie hatten am Abend oder jedenfalls am späten Nachmittag ihres Lebens aus Bequemlichkeitsgründen geheiratet. Zunächst waren sie für Kipps nicht mehr als schemenhafte Figuren vor dem Hintergrund der allernächsten konkreten Dinge, solcher wie vertraute Stühle und Tische, geeignet zu heimlichem Reiten und Fahren; dann der Treppenpfosten, Küchenmöbel, Holzscheite, der Hahn des Heißwasserkessels, alte Zeitungen, die Katze, die Hauptstraße, der Hinterhof und die eintönige Ebene der Felder, die von allen Seiten immer so nahe jener kleinen Stadt liegen. Im Hof war ihm jeder einzelne Stein vertraut, so wie die Schlingpflanze in der Mauerecke, der Mülleimer und die moosbewachsene Mauer; all das kannte er besser als viele Männer die Gesichter ihrer Frauen. Da gab es einen Winkel unterm Bügelbrett, der, waren einem die Götter gnädig gesinnt, mit Hilfe eines Umhängetuches in ein durchaus gemütliches Wohnplätzchen verwandelt werden konnte, ein Eckchen, das ihm mehrere Jahre hindurch als unbestrittener Nabel seiner Welt galt. Die verfilzten Stellen im Teppich, die Astknoten im Küchenschrank und die einzelnen Ecken des Kaminvorlegers, den sein Onkel aus Flicken angefertigt hatte, wurden zu wesentlichen Teilen seines kindlichen Weltbildes. Nicht so gründlich wußte er im Laden Bescheid. Der war für ihn ein verbotenes Gebiet, aber es gelang ihm doch irgendwie, auch diesen recht gut kennenzulernen.

Onkel und Tante waren gleichsam die unmittelbaren Götter in dieser Welt, und sie stiegen gelegentlich wie jene der Antike herab auf die Erde, erteilten willkürliche Befehle und straften unverhältnismäßig hart. Insbesondere bei den Mahlzeiten wurde man – leider – in ihren Olymp entrückt. Dann hatte man das Tischgebet zu sprechen, mit Löffel und Gabel in verrückter, höchst unnatürlicher Weise umzugehen, die sie »ordentlich« nannten, und durfte auch die guten, süßen Speisen ja nicht zu schnell essen. Wenn Kipps die Bissen gierig verschlang, gab es Ärger, und beim geringsten Verstoß gegen die Tischsitten klopfte ihm die Tante auf die Finger; was machte es da aus, wenn der Onkel die letzten Reste der Bratensoße dauernd mit seinem Messer zum Munde führte. Überdies pflegte der Onkel manchmal, wenn der kleine Junge die natürlichsten und oft so verlockenden Dinge tat, aus seiner erhabenen Zurückgezogenheit aufzutauchen und, die Pfeife in der Hand, zu drohen: »Was macht er denn schon wieder, der verflixte Lausekerl?« und die Tante erschien meist in der Tür oder am Fenster, um eine angeregte Unterhaltung mit Kindern, die aus unerfindlichen Gründen als »ordinär« und daher unerwünscht angesehen wurden, abzubrechen und ihn ins Haus zu rufen. Die vergnüglichsten kleinen Geräusche, wie sachte sie auch vollführt wurden – auf dem Teetablett trommeln, auf den Fäusten trompeten, auf Schlüsseln pfeifen, mit zwei Kübeln Glocken zu läuten oder Melodien auf den Fensterscheiben spielen –, all dies versetzte die Götter in Zorn. Und doch, welches Geräusch ist zarter als ein leicht über die Fensterscheibe streichender Kinderfinger? Manchmal freilich gaben ihm diese Götter zerbrochenes Spielzeug aus dem Kaufladen, und dann wurden sie einem lieber – denn in dem von ihnen geführten Laden gab es unter vielen anderen Dingen auch Spielsachen. Unter diesen anderen Dingen waren Bücher zum Ausleihen und solche, die für den Verkauf bestimmt waren, sowie Ansichtskarten von New Romney. Der Laden erhob Anspruch darauf, Porzellan feilzubieten, und auf dem Ladenschild fand sich auch ein Hinweis auf Glaswaren. Gleichzeitig gab es dort Papier- und Schreibwaren, ja selbst einiges an Kurzwaren zu kaufen. In den Schaufenstern und in einzelnen Ecken lagen Matten, standen Terrakottaschüsseln und niedrige Malerstühle in der Art von Melkschemeln; da gab es Hinweise auf Bilderrahmen, Ofenschirme, Fischereigerät, Luftdruckgewehre, Badeanzüge und Zelte – wahrlich verschiedenartige Dinge, aber furchtbar anziehend für die Finger eines kleinen Jungen. Einmal gab ihm die Tante eine Trompete, wenn er fest versprechen wollte, nicht auf ihr zu blasen; nachher nahm sie ihm das Instrument wieder weg. Seine Tante ließ ihn auch den Katechismus aufsagen und noch einiges an allen Sonntagen des Jahres, was sie als »heilsame Kolik zur Feier des Tages« bezeichnete.

Da die beiden in gleichem Maße alterten, wie er heranwuchs, und seine Eindrücke von ihnen sich von Jahr zu Jahr unmerklich wandelten, schien es ihm letztlich doch, daß sie schon immer so gewesen waren wie in seiner Jünglingszeit, da sich seine Eindrücke von der Umwelt verfestigten. Seine Tante stellte er sich immer hager vor, mit sorgenvoller Miene und schiefsitzender Haube; seinen Onkel als wuchtige Gestalt mit Doppelkinn, immer schlampig, was seine Knöpfe betraf. Sie machten weder Besuche noch empfingen sie Gäste. Ihren Nachbarn gegenüber, wie überhaupt gegen alle Leute, waren sie sehr mißtrauisch. Sie fürchteten das »gemeine Volk« und haßten und verachteten die »Hochnäsigen«, und so blieben sie, gemäß dem englischen Ideal, unter sich. Folglich hatte auch Klein Kipps keine Spielgefährten außer jenen, die er durch die Sünde des Ungehorsams gewann. Dabei war er von Natur aus gesellig veranlagt. Auf der Hauptstraße unterließ er es nie, vorübereilenden Radfahrern »Hallo!« zuzurufen, zeigte regelmäßig den Quodling-Kindern die Zunge, wann immer ihr Kindermädchen nicht herschaute. Schließlich schloß er Freundschaft mit Sid Pornick, dem Sohn des Kurzwarenhändlers nebenan, eine Freundschaft, die mit langen Unterbrechungen sein Leben lang andauern sollte.

Pornick, der Kurzwarenhändler war, wie ich zunächst bemerken möchte, nach den Worten des alten Kipps ein »plärrender Dummkopf«; er war ein Abstinenzler, ein »bigotter, Hymnen singender Methodist«, und er wie die Seinen waren den Idealen der Kipps, soweit der kleine Kipps diese erkennen konnte, gänzlich zuwider und abträglich. Dieser Pornick besaß unleugbar eine mächtige Stimme, und er ärgerte den alten Kipps maßlos, wenn das Nachbarhaus von seinen »Das sollste nicht...« und »Siddiih«-Rufen widerhallte. An Sonntagen belästigte er den alten Kipps durch private Gottesdienste mit eintönigem Chorgesang, an dem seine ganze Familie teilnahm; er ärgerte ihn durch die Züchtung von Pilzkulturen, dadurch, daß er sich so aufführte, als sei der Stützpfeiler zwischen den beiden Läden gemeinsames Eigentum, durch geräuschvolles Hämmern am Nachmittag, wenn sich der alte Kipps nach der Mahlzeit zur Ruhe begeben wollte, durch den hallenden Schritt seiner Stiefel auf den Treppen, der durch keinen Läufer gedämpft wurde, selbst durch seinen schwarzen Bart und durch seine Versuche, sich freundschaftlich zu geben, kurz – durch alles. Wahrhaftig, er war dem alten Kipps zuwider, besonders ärgerte er ihn mit dem Fußabstreifer vor seiner Ladentür. Der alte Kipps klopfte seine Fußmatte nie ab, ihm war es lieber, wenn der Staub auf der Matte liegenblieb; und weil er nur nach einem Motiv für dessen närrisches Verhalten suchte, nahm er an, daß Pornick nur auf einen günstigen Wind wartete, damit der durch das Abklopfen aufgewirbelte Staub seines Nachbars Laden verunreinigte. Solche Streitfälle führten häufig zu lauten und heftigen Auseinandersetzungen, die in einem Falle beinahe in Gewalttätigkeit ausgeartet wären, was in der Folge von Pornick (der seine Zeitung las) als »schändlicher Radau« bezeichnet wurde. Bei dieser Gelegenheit zog er sich natürlich mit größter Schnelligkeit in seinen Laden zurück.

Aber gerade aus einer dieser Streitereien entstand die Freundschaft zwischen dem kleinen Kipps und Sid Pornick. Die beiden kleinen Jungen ertappten sich eines Tages dabei, wie sie durchs Tor gemeinsam die Ziegen des Arztes beobachteten; sie stritten darüber, welche Ziegen wohl miteinander raufen könnten, und im weiteren Verlauf ließ sich der junge Kipps zu der Bemerkung hinreißen, Sids Vater sei ein »plärrender Dummkopf«. Sid bestritt dies, Kipps wiederholte die Beschimpfung und berief sich dabei auf seinen Onkel. Daraufhin erklärte Sid, das Thema ziemlich sprunghaft wechselnd, er könne den jungen Kipps mit einer Hand bezwingen – eine Behauptung, die der junge Kipps ungeachtet eines heimlichen Mangels an Selbstsicherheit bestritt. Nach einigem wirkungslosen Hin und Her hätte der Zwischenfall hier enden können, aber glücklicherweise platzte ein unternehmungslustiger Fleischerlehrling in diesem Stadium des Streites herein und bestand darauf, die Fehde im Geist der Fairneß auszutragen.

Unter seinen eindringlichen Ermunterungen knöpften die beiden kleinen Jungen ihre Jacke zu, gingen in Stellung und fochten einen regelrechten Zweikampf aus, der unentschieden blieb, bis es der Fleischerlehrling für richtig befand, mit Mrs. Holyers Hammelfleisch weiterzuziehen. Nach seinen Anweisungen und unter seiner erprobten Kampfleitung reichten sie einander die Hände und versöhnten sich wieder. Hinterher saßen sie, ein bißchen tränenverschmiert vielleicht, aber stolz über die Anerkennung des Fleischergehilfen – »zähe kleine Burschen« hatte er gesagt – und, seinen Rat befolgend, ihre Rücken gegen die kalte Mauer gelehnt, Seite an Seite bei des Doktors Tor, heimliche Pläne schmiedend, in Ehren vergossenes Blut stillend und einander gegenseitigen Respekt versichernd. Jeder der beiden hatte eine blutige Nase und ein blaues Auge – drei Tage später verblaßten diese Farben –, keiner von beiden hatte sich geschlagen gegeben, aber sie kamen stillschweigend überein, daß sie genug hatten.

Es war ein vortrefflicher Anfang. Nach dieser ersten Begegnung stellten sich weder die Eigenschaft ihrer Eltern noch ihre Wertung im Zweikampf jemals zwischen sie, und wenn es etwas gab, das die Herzlichkeit ihrer Beziehungen vollkommen machen konnte, so war es die gemeinsame Abneigung gegen den ältesten der Quodlingsöhne. Der älteste Quodling lispelte, trug einen blöden Strohhut über einem breiten rosigen Gesicht, das völlige Selbstzufriedenheit ausstrahlte. Zur Nationalschule ging er – wie verächtlich! – mit einer Tasche aus grünem Baumwolltuch. Sie beschimpften ihn und warfen Steine nach ihm, und wenn er dann lahme Drohungen ausstieß, wie »Hör mal, kleiner Art Kipps, hör auf damit!« reizte sie dies zum Angriff, und sie zwangen ihn zu kämpfen.

Dann zerbrachen sie den Kopf von Ann Pornicks Puppe, so daß das kleine Mädchen laut weinend nach Hause lief – eine verruchte und dennoch lockende Tat. Sid bekam Prügel, aber, wie er später erklärte, hatte er während des Vollzugs vorausplanend eine Zeitung über dem geschlagenen Körperteil liegen, und so tat es überhaupt nicht weh. Frau Pornick aber steckte ihren Kopf aus der Ladentüre, als Kipps vorbeiging, und drohte ihm.

2

»Cavendish Academy«, die Schule, welche Kipps' verschwundene Mutter in die engste Wahl gezogen hatte, war in einem schäbigen Privatgebäude in dem vom Meer am weitesten entfernten Stadtteil von Hastings untergebracht. Sie wurde Akademie für junge Gentlemen genannt, und viele dieser jungen Gentlemen hatten Eltern in »Indien« und an anderen Orten, deren Existenz man nicht beweisen konnte. Andere waren Söhne leichtgläubiger Witwen, die, wie es bei Kipps' Mutter der Fall gewesen, bestrebt waren, etwas »Höheres« als bloße Internatsschulbildung so billig wie möglich für ihr Kind zu erhalten; wieder andere wurden dorthin geschickt, um das Ansehen ihrer Eltern und Vormünder zu betonen. Und dann gab es natürlich auch Jungen aus Frankreich.

Der »Direktor« war ein hagerer, langer Mensch von mittelmäßiger Verdauung und gleichgültigem Temperament; auf einer an der Stirnseite seiner Schule angebrachten Tafel kündigte er sich in Goldlettern als George Garden Woodrow, F. S. Sc. an, was darauf hindeutete, daß er etliche Guineen für ein erschwindeltes Diplom bezahlt hatte. Der Schulraum war in einem freudlos kahlen, weißgetünchten Nebengebäude untergebracht, und der schulische Charakter seiner mit Schnitzspuren versehenen, abgenutzten Tische und Bänke verstärkte sich noch durch eine glatte Schultafel und zwei große gelbe, altmodische Landkarten – eine von Afrika und die andere von Wiltshire –, die er bei einem Ausverkauf billig erstanden hatte. Es gab noch andere Landkarten und Globusse in seinem Arbeitszimmer, wo er Eltern, die über ihre Sprößlinge Erkundigungen einzogen, empfing, aber diese bekamen seine Zöglinge nie zu sehen. Ein Glasschrank auf dem Korridor enthielt Proberöhrchen und chemische Präparate im Wert von einigen Shilling, ferner einen Dreifuß, eine gläserne Retorte und einen beschädigten Bunsenbrenner, wodurch kundgetan wurde, daß das im Prospekt erwähnte »naturwissenschaftliche Laboratorium« keine leere Großtuerei war.

Dieser Prospekt, der in würdigem, aber fehlerhaftem Englisch abgefaßt war, legte besonderen Nachdruck auf die solide Vorbereitung für die kaufmännische Laufbahn durch die Akademie, aber ein doppelsinniger Satz enthielt auch Anspielungen auf die Armee, die Kriegsflotte und den Staatsdienst. Etwas verschwommen war im Prospekt von »Prüfungserfolgen« die Rede – obgleich Woodrow natürlich das »Pauken« mißbilligte –, ferner von einer Erklärung, daß der Studienplan »Kunstfertigkeit«, »moderne Fremdsprachen« und »eine solide technische und naturwissenschaftliche Ausbildung« umfasse. Dann folgte die nachdrückliche Betonung des »moralischen Wohlbefindens« der Zöglinge und ein begeistertes Lob der Vortrefflichkeit religiöser Unterweisung, »die heutzutage so oft selbst in Schulen von großem Ansehen vernachlässigt wird«. »Das muß sie ja zu uns bringen«, hatte Mr. Woodrow bemerkt, als er den Prospekt entwarf. Rechnete man den Zauber der Collegemützen hinzu, dann verhielt es sich ja auch wirklich so. Weitere Aufmerksamkeit wurde auf die mütterliche Fürsorge von Mrs. Woodrow gelenkt, die in Wirklichkeit eine kleine, meist im Hintergrund bleibende Frau mit einer stummen Klage in ihrem Blick und einem über die schnöden Kochkünste erhabenen Geist war. Der Prospekt schloß mit einem beabsichtigt unklaren Satz: »Verpflegung unbeschränkt, eigene Milch und eigene landwirtschaftliche Erzeugnisse.«

Die Erinnerungen, welche Kipps aus jener Schule für sein späteres Leben davontrug, waren eingebettet in eine Atmosphäre der Verstaubtheit und des geistigen Durcheinanders. Sie enthielten zahllose Bilder des gelangweilten und untätigen Sitzens auf knarrenden Schulbänken, vom Auflecken der Kleckse und dem Geschmack von Tinte, von zerrissenen Büchern mit Einbänden, die einem auf die Nerven gingen, und von der schmierigen Oberfläche der schwerfälligen Schiefertafeln. Da tauchten Bilder auf vom verstohlenen Murmelspiel, von flüsternd erzählten Geschichten, aber auch von Kneifen, Schlägen und tausend solcher kleinen Ärgernisse, die unaufhörlich nach ortsüblichem Brauch weitergegeben wurden. Dazu gehörte das Aufstehen in der Klasse und plötzliche, grundlose Prügel für nur in der Einbildung des Strafenden vorhandenes schlechtes Benehmen. Auch die Tage gehörten dazu, an denen Mr. Woodrow tobte und von einer kaum als geistig gesund zu bezeichnenden

Ungerechtigkeit beherrscht wurde; die kalte Leere der Vorbereitungsstunde vor dem Butterbrotfrühstück, schreckliche Kopfschmerzen und seltsame, nie zuvor gekannte innere Gefühle, die in Frau Woodrows mehr mütterlichen als vernünftigen Kochkünsten ihren Ursprung hatten. Da gab es öde Spaziergänge, wenn die Jungen paarweise ausmarschierten, alle mit den quadratischen Collegemützen, welche die verwitweten Mütter so beeindruckten; da gab es düstere Halbfeiertage, an denen das Wetter regnerisch war und sich der eingeschlossenen Knaben üble Stimmung und üble Vorstellungen bemächtigte; dann gab es unfaire, unehrenhafte Zweikämpfe, erbärmliche Niederlagen und Siege; da tyrannisierte man und wurde tyrannisiert. Einmal quälte Kipps einen feigen Jungen ganz besonders, bis dieser schließlich durch unaufhörliche Schikanen zum Widerstand gereizt wurde und Kipps mit wirbelnden Fäusten Duldsamkeit einprügelte. Erinnerungen tauchten auf, wie man zu dritt in einem Bett schlief, Erinnerungen an den intensiven Geruch nach Leder im Schulzimmer, wenn man nach zehn Minuten dauerndem Spiel dorthin zurückkehrte, an einen schlammbedeckten Spielplatz mit gelegentlichen, spitzen Kieselsteinen. Und insgeheim fielen häufig unflätige Worte.

»Unsere Sonntage sind unsere glücklichsten Tage«, war einer von Woodrows stets wiederkehrenden Aussprüchen gegenüber dem sich erkundigenden Elternteil, doch Kipps wurde gewiß nicht als Zeuge angerufen. Diese Sonntage waren für ihn gräßliche Lücken geistiger Leere; keine Arbeit, kein Spiel, eine öde Zerdehnung der Zeit mit dem Dunkel der Kirche zweimal am Tage und Rosinenauflauf einmal in der Tagesmitte. Der Nachmittag war heimlicher Entspannung gewidmet, zu der »Folterkammerspiele« mit weniger gefügigen schwächeren Knaben gehörten. Aus dem Unterschied zwischen diesem Tag und den gewöhnlichen

Wochentagen leitete Kipps seine ersten bestimmten Vorstellungen von der Natur Gottes und des Himmels ab. Instinktiv suchte er daher jede nähere Begegnung mit Gott zu vermeiden, so lange er konnte.

Die geordnete Arbeit war je nach der bei Mr. Woodrow vorherrschenden Stimmung verschieden. Manchmal drückte seine Stimmung müde Teilnahmslosigkeit aus; dann wurden Schreibhefte verteilt, Rechenaufgaben gestellt, oder das große Geheimnis der Buchhaltung wurde in wesentlichen Zügen erklärt. Unter der Oberfläche dieser Betriebsamkeit fanden lange Gespräche und endlose Ratespiele mit Murmeln statt, während Mr. Woodrow geistesabwesend an seinem Schreibtisch saß, unbekümmert um Schulangelegenheiten vor sich hin ins Leere starrend wie auf unsichtbare Dinge. Zeitweise war sein Gesicht absolut geistlos; zeitweise hatte es einen Ausdruck dumpfen Staunens, als sehe er vor seinen Augen mit erbarmungsloser Deutlichkeit die Schmach und das Unheil seines Seins.

Zu anderen Zeiten raffte sich der F. S. Sc. zur Tat auf, pflegte sich dann einer zitternden Klasse entgegenzustellen und sie zu lehren, indem er sie mit bitterem Hohn und mit Schlägen durch ein Kapitel von Ahns *First French Course or, France and the French* trieb – manchmal auch durch einen Dialog über die Wäsche eines Reisenden oder die Teile eines Opernhauses. Seine eigenen Französischkenntnisse hatte er vor Jahren in einer anderen englischen Privatschule erworben und hatte sie später gelegentlich in Dieppe während Wochen des Bummelns und billiger Abenteuer aufgefrischt. Manchmal stieß ihm während dieser Französischstunden irgendeine Erinnerung an jene unbeschwerten Tage auf, und dann pflegte er aus einem unerklärlichen Grunde zu lachen und ihnen ungewohnte französische Wendungen zu wiederholen.

Als eine der häufigeren Übungen ordnete er das Erlernen

langer Gedichttexte aus einem »Poesiebuch« an, deren Abhören er einem älteren Jungen anvertraute. Auch wurde aus der Bibel Vers um Vers laut vorgelesen – schließlich war unsere ja keine dieser »gottlosen« Schulen –, und zwar so, daß man die Verse zählte, bis man an die Reihe kam, und sich danach wieder dem Schwatz widmete; und manchmal las man aus einem billigen Geschichtsbuch über die Geschichte Englands. Aus dem Katechismus lasen sie nach dem Bericht von Kipps »jede Menge«. Auf das Einprägen geographischer Namen und Verzeichnisse wurde gleichfalls Wert gelegt, und manchmal wollte sich Woodrow in einem Ausbruch von Energie davon überzeugen, ob diese Namen tatsächlich auf einer Landkarte gefunden wurden. Und einmal, aber nur ein einziges Mal, gab's in einer Chemiestunde – einer Stunde unbeschreiblicher Aufregung – seltsam geformte Glasbehälter, einen Geruch wie von faulen Eiern, irgendwas brodelte irgendwo drin; ein Krach, ein übler Gestank, und Mr. Woodrow sagte deutlich hörbar »Verdammt noch mal!« – was im Schlafraum später gründlich besprochen wurde. In der Folge aber mußten alle Schüler eine Stunde lang unter besonders harten Bedingungen nachsitzen …

Aber eingestreut in die Erinnerungen an diesen grauen Alltag waren gewisse leuchtende Farbtupfen, die Ferien, seine Ferien, die er ungeachtet der Fehde zwischen den Älteren so viel wie möglich mit Sid Pornick, dem Sohn des reizbaren schwarzbärtigen Kurzwarenhändlers vom Nachbarhaus, verbrachte. Mit ihnen verknüpften sich Erinnerungen an eine andere Welt. Oh, diese wundervollen Tage des Bummelns am Strand! Die Belagerung der kleinen, kreisförmig gebauten ehemaligen Küstenforts, »Martello Towers« genannt, das stets wache Interesse an den geheimnisvollen Bewegungen der Windmühlen, die Ausflüge bei stürmischem Wetter nach dem Leuchtturm von Dungeness, bei denen man wegen des nachgebenden Strandkieses Bretter an den Füßen trug – Sid Pornick und er weitab losgelöst von der Wirklichkeit, Schmuggler und bewaffnete Soldaten von dem Augenblick an, da sie Great Stone hinter sich ließen. Wanderungen in dem von keinen Hecken zerteilten, schilfreichen Marschland, lange Ausflüge, die sogar bis nach Hythe führten, wo die MG-Schützen des Empire immerzu zackig ihren Dienst versehen, und nach Rye und Winchelsea, die wie Traumstädte auf ihren Hügelchen thronen. Während des Sommers war der Himmel in diesen Erinnerungen die strahlende Halbkugel über der Marsch, der Winter aber brachte den tosenden Aufruhr von Himmel und Meer. In diesem Tumult gab es Wracks, richtige Wracks; so lagen am Strand bei Dymchurch, von der Brandung hochgeschleudert, geschwärzt und verrottend die Spanten einer Fischerschaluppe, die wie ein leerer Korb zur Seite geschleudert worden war, als die See ihre Mannschaft verschlungen hatte. Da badete man völlig nackt im Meer, badete bis zu den Achselhöhlen und versuchte sogar, trotz des Verbots der Tante, im warmen Meerwasser zu schwimmen. Mit ihrer Duldung genoß man das seltene Dinner aus einem Papiersäckchen, meilenweit von daheim entfernt. Kuchen und kalten Reismehlpudding mit Rosinen gab's gewöhnlich – nichts kann besser schmecken! Und im Hintergrund, an Stelle von Woodrows kleinlichem und aufreibendem Regiment, war die hagere, aber oft recht liebenswerte Gestalt seiner Tante – denn obgleich sie darauf bestand, daß er den anglikanischen Katechismus jeden Sonntag hersagte, hatte sie doch Verständnis für die Zubereitung von Mahlzeiten, die man für unterwegs mitzunehmen gedachte. Daneben sein Onkel, beleibt und jähzornig, aber zu sitzender Lebensweise neigend, weshalb man ihm leicht entfliehen konnte. Letztlich aber lebte man in Freiheit!

Die Ferien unterschieden sich in der Tat gründlich von der

Schulzeit. Sie bescherten Freiheit, Weite und, ohne daß er dafür jemals Worte gefunden hätte, sie brachten Schönheit in sein Leben. In der Erinnerung an seine Knabenzeit erstrahlten sie wie Splitter eines bunten Glasfensters in der düsteren Öde von Schulmauern, sie strahlten um so heller, je mehr sie in die Ferne rückten. Schließlich kam eine Zeit, befielen ihn Stimmungen, da er auf diese Kindheitserinnerungen mit einem Gefühl zurückblickte, das den Tränen nahe war.

Das letzte dieser Fenster war das leuchtendste, und an Stelle der kaleidoskopischen Eindrücke der vorhergegangenen bestand seine Zierde aus einer einzigen Gestalt. Denn in seinen letzten Ferien, ehe der Moloch des Einzelhandels von ihm Besitz ergriffen hatte, machte Kipps seine ersten schüchternen Versuche im geheimnisvollen Heiligtum der Liebe. Behutsam tastend waren diese Versuche, denn er war zu einem Jungen mit unterdrückten Leidenschaften herangewachsen und von eher noch unentwickelter Zärtlichkeit.

Und der Gegenstand dieser ersten Regungen des großen Verlangens war kein anderer als Ann Pornick, deren Puppe er und Sid vor langer Zeit den Kopf zerbrochen und hierüber noch Freude empfunden hatten, in diesen Tagen, als er noch nicht wußte, zu welchen Gefühlen ein Herz imstande war.

3

Verhandlungen waren bereits im Gange, aus Kipps einen Schnittwarenhändler zu machen, noch ehe er die Lichter, die in Ann Pornicks Augen lauerten, entdeckte. Die Schule war beendet, endgültig vorbei, und es war ihm ganz klar, daß er nie wieder zur Schule gehen würde. Es war Hochsommer. Der Schulschluß war mit übermütiger Stimmung begangen worden, und der vortreffliche Grundsatz »Der letzte Tag ist

Zahltag« war von ihm mit peinlichster Bedachtnahme auf seinen guten Ruf befolgt worden. Er verdrosch die Köpfe aller seiner Feinde, verdrehte Handgelenke und trat gegen Schienbeine; all seine halbleeren Schreibhefte, Schulbücher, seine Murmelsammlung und seine Collegemütze hatte er an jene verteilt, die ihn gerne mochten. Heimlich hatte er auf irgendwelche Seiten in ihren Büchern geschrieben: »Behaltet Art Kipps in Erinnerung«. Auch hatte er des blutarmen Woodrow Rohrstock zerbrochen, seinen Namen tief an mehreren Stellen in den Räumlichkeiten des Hauses eingeritzt und das Fenster der Abwaschküche eingeschlagen. Jedem hatte er so oft erzählt, daß er sich auf die Laufbahn eines Schiffskapitäns vorbereiten werde, daß er am Ende fast selbst daran glaubte. Und nun war er daheim, und die Schule war für ihn in Ewigkeit zu Ende.

Am Tag seiner Heimkehr war er schon morgens vor sechs auf den Beinen und draußen im heißen Sonnenlicht des Hofes. Er begann eine seltsam eindringliche Dreitonfolge zu pfeifen, von der die Jungen der Hastings-Akademie, er selbst und Sid Pornick annahmen, daß sie der ursprüngliche Kriegsruf der Huronen sei. Als er dies nun tat, gab er vor, es nicht wegen des Grolles zwischen seinem Onkel und den Pornicks zu tun, sondern nur, um mit Respekt und Bewunderung eine neue Kulisse für den Mülleimer in Augenschein zu nehmen, die sein Onkel kürzlich errichtet hatte – ein Vorwand, der nicht einmal eine nistende Meise getäuscht hätte.

Bald darauf ertönte ein vertrautes Echo vom Jagdgrund der Pornicks herüber. Dann begann Kipps zu singen: »Halb neune trala, in der Gaß' hinter der Kirch'«, worauf eine unsichtbare Person antwortete: »Halb neune ist's in der Gaß' hinter der Kirch'.« Das »trala« sollte den Satz für die Uneingeweihten unverständlich machen. Um ihre Unternehmungen noch sicherer geheimzuhalten, ließen beide an diesem Duett Beteiligten nochmals eine Variation des Huronen-Kriegsgeschreis ertönen, und nach einer schleppenden Wiederholung des letzten und schrillsten Tones ging jeder von ihnen, wie es sich für Jungen im Genuß der Ferienfreuden gehört, das Feuer im häuslichen Herd zu entzünden.

Um halb neun saß Kipps auf der sonnenbeschienenen Schranke am Ende der langen Gasse, die zum Meer führt, pfiff aus Leibeskräften alles, was ihm von einem schmerzlich-traurigen Lied einfiel und schlug mit seinen Schuhen in langsamem Rhythmus den Takt dazu. Da tauchte am Wege entlang der Kirchhofsmauer ein Mädchen in einem kurzen Kleid auf; ihr Haar war braun, dunkelblaue Augen blitzten aus ihrem frischen Gesicht. Sie war größer geworden, so daß sie Kipps ein wenig überragte, und ihre Wangen waren rosiger geworden. Er erinnerte sich kaum an sie, so sehr war sie seit den letzten Ferien verändert – wenn er sie wirklich während seiner letzten Ferien gesehen hatte, ein Punkt, auf den er sich nicht deutlich besinnen konnte.

Irgendein unbestimmtes Gefühl regte sich bei ihrem Anblick in ihm. Er hielt im Pfeifen inne und betrachtete sie; seltsamerweise schien seine Zunge wie gelähmt.

»Er kann nicht kommen«, sagte Ann und schritt kühn auf ihn zu. »Noch nicht.«

»Was – Sid kommt nicht?«

»Nein, Vater läßt ihn wieder alle seine Schachteln abstauben.«

»Weshalb denn?«

»Weiß nicht. Vater ist heute mit dem linken Fuß aufgestanden.«

»Oh!«

Pause. Kipps blickte auf sie und war danach nicht wieder imstande, sie anzusehen. Sie betrachtete ihn interessiert. »Du hast mit der Schule Schluß gemacht?« bemerkte sie dann.

»Ja.«

»Sid auch.«

Das Gespräch erlahmte. Ann legte ihre Hände auf die Schranke und begann aus dem Stand zu hüpfen, eine Art wirkungsloses gymnastisches Experiment.

»Kannst du laufen?« fragte sie unvermittelt.

»Und ob«, antwortete Kipps.

»Gibst mir 'n Vorsprung?«

»Wieviel?« fragte Kipps.

Ann überlegte und zeigte auf einen Baum. Sie ging auf diesen zu und drehte sich um. »Gibst mir bis hierher vor?« rief sie.

Kipps, der nun stand und die Schranke berührte, lächelte im Gefühl selbstbewußter Überlegenheit. »Weiter!« meinte er.

»Hier?«

»Noch ein bißchen weiter!« sagte Kipps; dann rief er plötzlich, seine Großzügigkeit bereuend, »Los!« und nahm so sein letztes Zugeständnis wieder zurück.

Sie kamen Seite an Seite beim Baum an, erhitzt und außer Atem. »Unentschieden!« rief Ann und warf ihr Haar mit der Hand aus dem Gesicht zurück. »Ich hab gewonnen«, keuchte Kipps.

Sie disputierten beide auf ihren Standpunkten beharrend, aber höflich. »Dann laufen wir noch einmal«, meinte Kipps. »Mir macht's nichts aus.«

Sie kehrten zur Schranke zurück.

»Du läufst nicht schlecht«, sagte Kipps beherrscht, und in seinen Worten lag ehrliche Bewunderung. »Weißt du, ich bin ziemlich gut.«

Ann warf ihr Haar mit einem Ruck zurück. »Du gibst mir ja einen Vorsprung«, räumte sie ein.

Da bemerkten sie Sid, der sich ihnen näherte. »Du sollst lieber aufpassen, Kleine«, sagte Sid in einem Ton geringschätziger Verständnislosigkeit, wie er nun einmal bei Brüdern junger Mädchen üblich ist. »Fast 'ne halbe Stunde bist du jetzt draußen. Droben in der Wohnung is gar nix getan worden. Der Vater sagt, er weiß nicht, wo du bist; aber wenn er's wüßt', würd' er dich tüchtig bei den Ohren nehmen!«

Ann wendete sich zum Gehen.

»Was ist jetzt mit dem Wettlauf?« fragte Kipps.

»Himmel Herrgott!« rief Sid verärgert. »Du bist doch nicht mit ihr um die Wette gelaufen!«

Da schwang sich Ann auch schon über das Ende der Schranke; ihre Augen waren auf Kipps gerichtet, und dann wendete sie sich plötzlich ab und lief fort, die Gasse entlang. Kipps blickte ihr nach, bis sie verschwand, dann sah er Sid an: »Ich hab ihr viel vorgegeben, es war eigentlich kein Wettrennen«, erklärte er entschuldigend. Und damit war die Sache erledigt. Aber Kipps war geistesabwesend, wenn auch nur für einige Sekunden, und Unruhe hatte ihn ergriffen.

4

Im Folgenden beschäftigte sie die Frage, wie zwei perfekte Huronen den Vormittag am annehmbarsten verbringen könnten. Diese hätten offensichtlich die Richtung durch das Gäßchen zum Meer eingeschlagen. »Dort liegt ein neues Wrack«, meinte Sid, »du meine Güte! – wie's nur stinkt!«

»Wieso stinkt?«

»Da wird dir ganz schön übel. Dort drin liegt fauliger Weizen.«

So begannen sie über Wracks zu reden und kamen dann auf Panzerschiffe, Kriege und dergleichen männliche Themen zu sprechen. Auf halbem Weg zum Wrack machte Kipps eine beiläufige, nicht zur Sache gehörige Bemerkung.

»Deine Schwester ist gar nicht so übel«, bemerkte er unvermittelt.

»Von mir kriegt sie häufig Kopfnüsse«, entgegnete Sidney bescheiden, und nach einer Pause wendete sich das Gespräch wieder passenderen Themen zu.

Das neue Wrack war voll von faulendem Getreide und stank abscheulich, genau wie Sid gesagt hatte. Dies traf sich ausgezeichnet. Sie hatten es ganz für sich. Auf Sids Vorschlag nahmen sie es mit Gewalt an sich und mußten es unverzüglich gegen enorme Mengen imaginärer »Eingeborener« verteidigen, die schließlich durch laute »bang, bang«-Schreie sowie kräftiges Stoßen und Schieben mit Stöcken in die Flucht geschlagen wurden. Dann segelten sie, gleichfalls nach Sids Anordnung, mit dem Wrack mitten in eine vereinigte französisch-deutsch-russische Flotte, vernichteten sie ohne fremde Hilfe, und nachdem sie zum Strand hinuntergestiegen waren, kletterten sie an der Seite empor und schalteten ihr eigenes Schiff in glänzender Manier aus; sie erlebten einen großartigen Schiffbruch (mit lautmalendem Donner) und trieben »vollgelaufen mit Wasser« – darauf bestand Sid – auf einem nun beruhigten Meer.

Diese Geschehnisse vertrieben Ann eine Zeitlang aus seinem Sinn. Dann aber, als sie ohne Nahrung und Wasser auf einem reglosen Ozean trieben, mit verstörtem Blick, ihr Kinn in die Hand gestützt, vergeblich nach einem Segelschiff ausschauend, war die Erinnerung an sie mit einem Schlag wieder wach.

»Es ist recht schön, Schwestern zu haben«, bemerkte ein sterbender Seemann.

Sid drehte sich um und betrachtete ihn gedankenvoll.

»Das nicht!« sagte er.

»Nein?«

»Ganz und gar nicht.«

Er grinste vertraulich. »Wissen zu viel«, sagte er, und nachher meinte er, »drücken sich von allem.«

Er nahm seine melancholische Untersuchung des hoffnungslos leeren Horizontes wieder auf. Bald darauf begann er stoßweise zwischen den Zähnen zu spucken, wie es, so hatte er gelesen, die reifen Männer tun, wenn sie ihren Priem kauen.

»Schwestern«, sagte er, »ist doch Quatsch. Jawohl. Mädels, wenn du willst, aber Schwestern – nein!«

»Aber sind denn Schwestern nicht auch Mädels?«

»N-ee!« erwiderte Sid mit einem Ausdruck unaussprechlicher Verachtung; und Kipps setzte verlegen hinzu: »Natürlich hab ich das nicht so gemeint – daran hab ich nicht gedacht!«

»Hast du ein Mädel?« fragte Sid, und dabei spuckte er wieder sehr gekonnt.

Kipps gab seine Unzulänglichkeit zu. Er fühlte Gewissensbisse.

»Art Kipps, ich wette, du weißt nicht, welche mein Mädel ist.«

»Wer ist es denn?« fragte Kipps, noch ganz vom Gedanken an seine eigene Armut erfüllt.

»Ah!«

Kipps ließ einen Augenblick verstreichen, ehe er sich an seine Pflicht erinnerte. »Sag's schon!«

Sid blickte ihm fest ins Auge und zögerte.

»Geheimnis?« fragte er.

»Geheimnis.«

»Feierlicher Todesschwur?«

»Feierlicher Todesschwur!« Kipps, der bislang mit sich selbst beschäftigt gewesen war, wurde neugierig. Sid nahm ihm da einen immerhin fürchterlichen Eid ab.

Denn zärtlich hütete er sein Geheimnis. »Es beginnt mit einem M«, sagte er, so wenig wie nur möglich preisgebend. »M-A-U-D«, buchstabierte er, den Blick finster auf Kipps gerichtet. »C-H-A-R-T-E-R-I-S.«

Nun war Maud Charteris eine junge Person von achtzehn Jahren und die Tochter des Vikars von St. Bavon's – außerdem besaß sie ein Fahrrad –, so daß das Gesicht von Kipps in dem Maße, wie sich der Name vervollständigte, immer länger wurde. »Hör auf«, keuchte er ungläubig. »Sie ist nicht dein Mädel, Sid Pornick.«

»Sie ist's!« antwortete Sid heftig.

»Was – ist's wahr?«

»'s ist wahr.«

Kipps blickte ihm prüfend ins Gesicht. »Wirklich?«

Sid klopfte auf Holz, dann pfiff er und sagte höchst feierlich einen Knittelvers her.

Kipps kämpfte noch immer mit dem unbegreiflichen neuen Licht in der Welt, die ihn umgab. »Meinst – sie weiß es?«

Sid errötete tief, und sein Gesichtsausdruck wurde hart und finster. Wieder schien er die leuchtende Meeresoberfläche nachdenklich zu beobachten. »Für dieses Mädchen würd' ich sterben, Art Kipps«, sagte er jetzt, und Kipps hielt seine Frage zurück, die, wie er fühlte, unpassend war. »Alles würd' ich tun, was sie von mir wollte«, fuhr Sid fort; »einfach alles. Und wenn sie von mir verlangte, ich solle mich ins Meer schmeißen«, dabei begegnete er dem Blick seines Freundes, »ich würd's tun.«

Für eine Weile waren beide in Nachdenken versunken, und dann begann Sid über die Liebe zu reden, ein Thema, über welches Kipps insgeheim schon ein wenig gegrübelt hatte; freilich hatte er, von Neckereien abgesehen, am hellichten Tag noch nie so darüber reden hören. Natürlich waren viele und verschiedene Seiten des Lebens im Wissensaustauch, der im Schatten Woodrows verhüllt vor sich ging, ans Licht gekommen, aber der Aspekt der gefühlvollen Liebe war nicht darunter gewesen. Sid, der ein phantasiebegabter Junge war, öffnete, sobald er dieses Thema angeschnitten hatte, Kipps sein Herz oder jedenfalls eine neue Kammer seines Herzens und fand bei diesem auch Widerhall. Er holte nun einen abgegriffenen Unterhaltungsroman hervor, der beim Erwachen seines Gefühls eine beachtliche Rolle gespielt hatte; er bot ihn Kipps an und gestand, daß darin eine Figur vorkäme, ein Baronet, der ganz ungewöhnlich ihm selbst ähnelte. Dieser Baronet war ein Mensch von vulkanischer Leidenschaftlichkeit, die er unter der Maske eines »eisigen Zynismus« verbarg. Die höchste Gefühlsäußerung, die er sich gestattete, bestand darin, mit den Zähnen zu knirschen, und Kipps, nun darauf aufmerksam geworden, stellte fest, daß auch Sid eine derartige Gewohnheit hatte und sein Zähneknirschen an diesem Morgen unüberhörbar war. Eine Zeitlang verbrachten sie mit Lesen, aber bald redete Sid wieder. Der Begriff der Liebe, so machte Sid klar, sei aus Aufopferung, beherztem Kämpfen und einem Hauch des Geheimnisvollen zusammengesetzt. Durch alle diese Wolken des Redens schwebte vor Kipps ein zart gerötetes Gesicht und aus diesem Gesicht zur Seite geworfenes Haar.

So plauderten sie kameradschaftlich, während sie auf dem geschwärzten alten Wrack saßen, in dem Menschen gelebt hatten und gestorben waren, schauten auf die See hinaus und redeten von jener anderen See, auf der ihnen bald die Reise bevorstand.

Sie hörten auf zu reden, und Sid las; aber Kipps, der in der Lektüre zurückblieb und nicht zugeben wollte, daß er langsamer las als Sid, der doch in der geringerwertigen Elementarschule ausgebildet worden war, geriet ins Nachdenken.

»Ich hätt' schon gern ein Mädel«, sagte Kipps. »Ich mein', bloß um mit ihr zu reden, und so ...«

Ein auf der Wasseroberfläche treibender Sack lenkte sie schießlich von diesem ungeklärten Gesprächsthema ab. Sie verließen das Wrack und verfolgten den neuen Gegenstand ihres Interesses, den sie mit Steinen bombardierten, bis er ans Land trieb. Sie hatten angenommen, daß dieses Etwas romantische Geheimnisse enthalten könnte, aber es war einfach der aufgetriebene Kadaver eines Kätzchens – das war selbst für sie zu viel. Und schließlich zog es sie zum Abendessen; hungrig und nachdenklich trabten sie nebeneinander heimwärts.

5

Aber Kipps' Phantasie hatte sich an jenem Gespräch über die Liebe erwärmt, und als er am Nachmittag Ann Pornick auf der Hauptstraße sah und »Hallo!« rief, war es ein anderes »Hallo« als bei ihren früheren Begrüßungen. Und als sie aneinander vorbeigegangen waren, blickten sie beide zurück und ertappten einander dabei. Ja, er sehnte sich wirklich sehr nach einem Mädchen...

Später wurde er durch eine Zugmaschine abgelenkt, die durch die Stadt fuhr, und seine Tante hatte zum Abendessen ein paar Sprotten zubereitet. Als er jedoch in seinem Bett lag, überkam ihn wieder ein jähes und überströmendes Gefühl gleich einem Sturzbach; er steckte den Kopf unter das Kissen und flüsterte zärtlich: »Ich liebe Ann Pornick«, als eine Art zusätzlicher Liebesbezeugung.

In seinen Träumen in dieser Nacht lief er mit Ann um die Wette, und sie wohnten zusammen in einem Wrack; immer war ihr Gesicht gerötet, und ihr Haar hing ihr ins Gesicht. Sie wohnten nur in einem Wrack, liefen um die Wette und hatten einander sehr, sehr lieb. Und ihre Lieblingsspeisen waren Mandelschokolade, Datteln, wie man sie beim Straßenhändler kauft, und Sprotten – gebratene Sprotten...

Am Morgen konnte er Ann in der nachbarlichen Spülküche singen hören. Er hörte ihr eine Zeitlang zu, und es wurde ihm klar, daß er mit ihr ins reine kommen müsse.

Gegen Einbruch der Dunkelheit stießen sie an jenem Abend aufeinander, draußen beim Tor neben der Kirche, aber obgleich sich viel in seinem Gemüt aufgestaut hatte, war er fest entschlossen, zu schweigen, bis er und Ann vom Jagen nach Maikäfern außer Atem waren und sich wieder auf ihre Schranke setzten. Da saß Ann, dunkel hob sich ihre Gestalt gegen ein endlos scheinendes Meer von blutrot loderndem Karmesin und dunkelndem Purpur ab, und ihre Augen blickten aus einem schattenverhangenen Gesicht auf Kipps. Eine Stille trat zwischen ihnen ein, und ganz plötzlich fühlte er sich getrieben, seine Liebe zu gestehen.

»Ann«, sagte er, »ich mag dich so gern. Ich wollt', du wärst mein Mädchen...«

»Hör mich an, Ann. Willst du mein Mädchen sein?«

Ann zeigte kein Erstaunen. Sie erwog diesen Vorschlag sekundenlang, dann antwortete sie, ihre Augen auf Kipps gerichtet, unbeschwert: »Wenn du willst, Artie, ich hab nichts dagegen, wenn ich's bin.«

»Abgemacht«, rief Kipps, atemlos vor innerer Erregung, »dann bist du es.«

»Abgemacht«, sagte Ann.

Von diesem Augenblick an schien etwas zwischen ihnen zu stehen, sie sahen einander nicht mehr unbefangen an. »Herrje!« schrie Ann plötzlich auf, »schau den da an!« sprang hinunter und jagte nach einem Maikäfer hinterher, der ganz nahe an ihrem Gesicht vorbeigeschwirrt war. Und damit waren sie wieder nur noch das kleine Mädchen und der kleine Junge...

Sorgfältig vermieden sie es, sich ihre neue Beziehung zueinander einzugestehen.

Mehrere Tage lang kamen sie nicht darauf zurück, obgleich sie sich zweimal trafen. Beide fühlten, daß da noch etwas offenblieb, bevor dieses große Erlebnis als vollkommen gelten konnte; den nächsten Schritt verhinderte jedoch eine grenzenlose Schüchternheit. Kipps redete über alles mögliche; er erzählte im besonderen von den großen Dingen, die da im Gange waren, einen Mann und einen Tuchhändler aus ihm zu machen; daß er zwei neue Hosen, einen schwarzen Rock und vier neue Hemden hatte. Und die ganze Zeit über drängte ihn seine Phantasie, jenen unbekannten nächsten Schritt zu tun, und wenn er allein und im Dunkeln war, wurde er sogar ein kühner Freier. Er machte sich klar, daß es nett wäre, Ann an der Hand zu nehmen; sogar die dezenten Unterhaltungsromane, an denen Sid Gefallen fand, stachelten ihn zu solch näherer Vertraulichkeit an.

Dann gab ihm ein Artikel mit der Überschrift »Zeichen des Liebenden«, den er auf einem zerrissenen Blatt der Zeitschrift *Tit-Bits* gelesen hatte, eine großartige Idee ein. Sie paßte gut zur Größe seines Mutes – ein geteiltes Sixpencestück! Er verschaffte sich die beste Schere seiner Tante, fischte ein Sixpencestück aus seiner mageren Blechsparbüchse und stach sich bei seinen verschiedenen Versuchen, es entzweizukriegen, den Finger wund. Als sie einander wieder trafen, war das Sixpencestück noch immer ungeteilt. Eigentlich hatte er nicht beabsichtigt, in diesem Stadium mit ihr über die Sache zu sprechen, aber es ergab sich plötzlich von selbst. Er bemühte sich, ihr die Theorie entzweigebrochener Sixpencestücke wie auch seine wider Erwarten mißlungenen Versuche zu erklären.

»Aber wozu zerbrichst du's?« meinte Ann. »Es hat ja keinen Wert, wenn's zerbrochen ist.«

»Es ist ein Unterpfand«, entgegnete Kipps.

»Wie denn …?«

»Oh, du behältst die eine Hälfte und ich die andre, und wenn wir getrennt sind, schaust du deine Hälfte an, und ich schau die meine an – verstehst du? Dann denken wir aneinander.«

»Oh!« sagte Ann und schien dieses neue Wissen in sich aufzunehmen.

»Es ist nur, ich kann's jetzt nicht entzweikriegen«, warf Kipps ein.

Sie besprachen diese Schwierigkeit eine Zeitlang, ohne einen Ausweg zu finden. Dann aber kam Ann ein glücklicher Gedanken.

»Ich sag dir was«, sie rückte jäh von ihm ab und legte ihre Hand auf seinen Arm, »mir gibst du's, Artie. Ich weiß, wo Vater seine Feile aufbewahrt.«

Kipps gab ihr die Münze, und eine Pause trat ein. »Ich werd's leicht machen können«, sagte Ann.

Als sie das Sixpencestück eng nebeneinandersitzend betrachteten, hatte sich sein Kopf ihrer Wange genähert. Ganz plötzlich trieb es ihn, den nächsten Schritt ins unbekannte Land der Liebe zu tun.

»Ann«, sagte er und würgte an seiner Tollkühnheit, »ich liebe dich wirklich. Ehrlich. Ich würd' alles für dich tun, Ann. Wirklich – alles.«

Er holte tief Atem. Sie antwortete nichts, doch es war offensichtlich, daß ihr seine Worte Freude bereiteten. Er rückte ihr noch näher, seine Schulter berührte die ihre. »Ann, ich möchte, du würdest ...«

Er hielt inne.

»Was?«

»Ann – laß mich dich küssen.«

Die Dinge schienen eine Zeitlang in der Schwebe; der Tonfall seiner Stimme, das Sinken seines Mutes machte die Sache, noch während er redete, unglaubwürdig. Kipps war nicht von der Art jener draufgängerischen Liebeswerber, die Situationen sofort ausnützen.

Ann spürte, daß sie fürs Küssen im Grunde unvorbereitet war. Küssen, sagte sie, sei albern, und als Kipps nahe daran war, verspätete Unternehmungslust zu zeigen, riß sie sich von ihm los. So versuchte er es mit einem Einwand zu seinen Gunsten. Er stand jetzt ein wenig entfernt von ihr – ungefähr ein Yard – und sagte, sie könnte ihm jetzt einen Kuß gewähren, und er sehe nicht ein, welchen Sinn es für sie hätte, sein Mädel zu sein, wenn er sie nicht küssen könnte.

Sie wiederholte die Behauptung, daß Küssen albern sei. Auf dem Heimweg machte sich eine gewisse Entfremdung spürbar. Sie kamen in der dämmrigen Hauptstraße nicht einträchtig nebeneinander, auch nicht gerade getrennt, aber doch hintereinander Abstand haltend an. Sie hatten einander nicht geküßt, aber die ganze Schuldhaftigkeit des Küssens stand zwischen ihnen. Als Kipps die stattlichen Umrisse der Gestalt seines Onkels sah, der im Halbdunkel des Ladeneingangs stand, zögerte sein Schritt, und die Entfernung zwischen unserem jungen Paar vergrößerte sich merklich. Das Fenster droben über Pornicks Laden war geöffnet, und Mrs. Pornick wurde sichtbar, wie sie gerade frische Luft schöpfte. Kipps setzte die reinste Unschuldsmiene auf. Er sah sich seines Onkels Wamsknöpfen als Vorposten gegenüber…

»Wo warst du, mein Junge?«

»War spazieren, Onkel.«

»Nicht etwa mit dieser Range der Pornicks?«

»Mit wem?«

»Das Mädel dort«, er deutete mit seiner Pfeife in die Richtung Anns.

»O nein, Onkel!« kam es sehr zaghaft zurück.

»Komm schon rein, Junge.« Der alte Kipps trat mit einem schrägen Blick nach oben beiseite; sein Neffe stolperte eilig an ihm vorbei und verschwand aus dem Gesichtskreis der Straße ins verschwommene Dunkel des kleinen Ladens. Die Tür schloß sich hinter dem alten Kipps mit einem durch Mark und Bein gehenden Schrillen der Glocke. Der machte sich daran, die einzige Öllampe anzuzünden, die seinen Laden des Abends erhellte. Dies war eine Tätigkeit, die Sorgfalt und Aufmerksamkeit verlangte, sonst flackerte die Lampe und stank. Oft stank sie trotz allem. Aus einem bestimmten Grund fand Kipps das düstere Wohnzimmer, in dem sich seine Tante aufhielt, heute für seinen Gefühlsaufruhr zu »dichtbevölkert« und ging nach oben.

»Diese Range der Pornicks!« Ihm schien, daß eine schreckliche Katastrophe eingetreten war. Er fühlte, daß er sich mit seinem Onkel unlösbar identifiziert und sich für immer von ihr losgesagt, indem er »O nein!« gesagt hatte. Beim Abendessen war er so offensichtlich bedrückt, daß ihn seine Tante fragte, ob er sich nicht wohl fühle. Unter dieser unmittelbaren Drohung mit einer Arznei täuschte er eine unnatürliche Heiterkeit vor...

Fast eine halbe Stunde lang lag er in jener Nacht wach, stöhnte, weil alles schiefgegangen war, weil Ann sich von ihm nicht küssen lassen wollte und weil sein Onkel sie eine Range genannt hatte. Kipps fühlte sich fast so, als hätte er selber sie eine Range genannt...

Dann kam eine Zeitspanne, während der Ann ihm gänzlich unerreichbar war. Ein Tag – zwei, drei Tage vergingen, und er sah sie nicht. Sid traf er mehrere Male; sie gingen fischen, und zweimal badeten sie, aber obwohl Sid seinem Freund Kipps auch zwei weitere Liebesgeschichten lieh und von ihm wieder zurückerhielt, redeten sie nie mehr über Liebe. Sie waren sich jedoch darin einig, daß die rührseligste aller Liebesgeschichten »goldrichtig« war. Kipps wollte immer von Ann sprechen, brachte aber nie den Mut dazu auf. Am Sonntag abend sah er sie von daheim zum Gottesdienst weggehen. In ihrer Sonntagskleidung war sie schöner denn je, doch tat sie so, als sehe sie ihn nicht, weil ihre Mutter mit ihr ging. Er aber dachte, sie übersehe ihn deshalb, weil sie ihn für immer aufgegeben hätte. Range! – von wem konnte man erwarten, solches jemals zu verzeihen? Er überließ sich der Verzweiflung, gab es sogar auf, jene Plätze zu besuchen, an denen er sie vielleicht hätte finden können...

Mit lähmender Plötzlichkeit kam das Ende.

Mr. Shalford, der Tuchhändler in Folkestone, für den er als Lehrling vorgesehen war, hatte den Wunsch geäußert, den Burschen vor der Zeit der Schlußverkäufe im Herbst »ein bißchen in Form zu bringen«. Kipps bemerkte, daß seine Koffer gepackt wurde, doch den vollen Ernst der Lage erfaßte er am Abend vor seiner Abreise. Er war von dem glühenden Verlangen besessen, Ann nur noch einmal zu sehen. Er erfand alberne und überflüssige Vorwände, um in den Hof hinauszugehen, er spazierte ohne jeglichen Vorwand dreimal über die Straße, nur um zu den Fenstern der Pornicks hinaufzublicken. Sie blieb immer noch verborgen. Er wurde verzweifelt. Erst eine halbe Stunde vor seiner Abreise traf er auf Sid.

»Hallo!« sagte er. »Ich fahr' weg!«

»Ins Geschäft?«

»Ja.«

Pause.

»Hör mal, Sid, gehst du jetzt heim?« –

»Ja, schnurstracks.«

»Macht's dir was aus... frag Ann drum.«

»Um... was?«

»Sie wird's schon wissen.«

Und Sid versprach's. Aber selbst dies, so schien es, reichte nicht aus, Ann herbeizurufen.

Am Ende polterte der Bus nach Folkestone die Straße herauf, und er kletterte hinein. Seine Tante stand vorm Hauseingang, um ihm Lebewohl zu sagen. Sein Onkel half ihm, Koffer und Mantelsack zu verstauen. Nur heimlich konnte er zu den Fenstern der Pornicks emporblicken, und noch immer schien Ann ihr Herz gegen ihn zu verhärten. »Aufsteigen!« sagte der Kutscher, und die Hufe der Pferde begannen zu klappern. Nein – sie würde nicht einmal kommen, um sich von ihm zu verabschieden. Der Bus setzte sich in Bewegung, und der alte Kipps ging in seinen Laden zurück. Kipps starrte vor sich hin und redete sich ein, daß er sich nichts daraus mache.

Da hörte er eine Tür zuknallen, und schon reckte er sich den Hals aus, um nach hinten sehen zu können, kannte er doch dieses Geräusch so gut. Und siehe da! Aus der Tür des Kurzwarenhändlers war eine kleine, nachlässig gekleidete Gestalt in schlichtem, rosa gemusterten Kleidchen entschlossen auf die Straße geeilt und jagte dem Bus nach. In Sekundenschnelle lief sie neben ihm her. Bei ihrem Anblick begann das Herz unseres Kipps sehr rasch zu pochen, aber noch gab er kein Zeichen des Wiedererkennens.

»Artie!« schrie sie atemlos, »Artie! Artie! Du weißt doch! Ich habe das da!«

Der Bus beschleunigte schon sein Tempo und ließ sie wieder zurück, als Kipps plötzlich begriff, was »das da« bedeutete. Er atmete schwer vor Erregung, nahm seinen ganzen Mut zusammen und stammelte in unzusammenhängenden Worten, der Kutscher solle »nur eben mal 'n bißchen stehenbleiben«. Der Kutscher murrte, wie es der Altersunterschied erforderte, dann aber hielten die Pferde an, und Ann war unten am Wagen.

Sie hüpfte auf das Rad. Kipps sah auf Anns Gesicht nieder; es sah von oben klein aus und hatte einen Zug fester Entschlossenheit. Ihren Augen begegnete er nur eine Sekunde lang, als sich ihre Hände berührten; er aber konnte nicht in Blicken lesen. Etwas ging rasch von Hand zu Hand, etwas, das der wachsam zur Seite schielende Kutscher nicht sehen durfte. Kipps fand keine Worte, und alles, was sie sagte, war: »Ich hab's gemacht, heut früh.« All das erinnerte an ein leeres Blatt, auf dem etwas Bedeutungsvolles hätte stehen sollen, aber ungeschrieben blieb. Dann sprang sie herunter, und der Bus bewegte sich vorwärts. Nachdem ungefähr zehn Sekunden verstrichen waren, fiel es ihm ein, aufzustehen, mit seinem neuen steifen Filzhut ihr übers Eck des Kutschendaches zuzuwinken und mit heiserer Stimme zu schreien: »Lebe wohl, Ann! – vergiß mich nicht, während ich fort bin!«

Sie stand auf der Straße, blickte ihm nach, und plötzlich winkte sie zurück.

Er schwankte beim Stehen, sein strahlendes, gerötetes Gesicht ihr zugewendet, das Haar im Fahrtwind flatternd, und er schwenkte seinen Hut so lange, bis schließlich die Wegkrümmung sie seinen Blicken entzog. Dann wendete er sich um, setzte sich und steckte das halbe Sixpencestück, das er noch in seiner geballten Hand hielt, rasch in seine Hosentasche. Er sah von der Seite her zum Kutscher hinüber, um abzuschätzen, wieviel der gesehen haben mochte.

Darauf verfiel er ins Nachdenken. Er beschloß, daß er, komme was da wolle, wenn er zu Weihnachten nach New Romney zurückkehrte, so oder so Ann küssen würde.

Dann würde alles im Lot sein und seine Richtigkeit haben, und er, Kipps, würde vollkommen glücklich sein.

Das Textilwarenhaus

I

Als Kipps mit einem kleinen gelben Metallkoffer, einem noch kleineren Mantelsack, einem neuen Regenschirm und einem halben Sixpencestück als Andenken New Romney verließ, um Tuchhändler zu werden, war er ein Junge von vierzehn. Mager war dieser Junge, mit komischen Enterichschwänzchen an seinem Scheitel, von eher zarten Gesichtszügen, und seine Augen blickten manchmal sehr hell, ein andermal wieder sehr dunkel – eine Gabe, die er seit seiner Geburt besaß. Durch die besondere Art seiner bisherigen Erziehung war seine Sprache undeutlich, sein Gemütszustand verworren und sein Benehmen verschlossen. Ein unerbittliches Schicksal hatte ihn dazu bestimmt, seinem Lande im Bereich des Handels zu dienen, und dieselbe nationale Vorliebe für das private Unternehmertum sowie seine Neigung, das Schlechte hinter sich zu lassen, die ihm seine bisherige Allgemeinbildung bei M. Woodrow eingegeben hatte, band ihn nun endgültig an Mr. Shalford, Inhaber des Textilwarenbasars in Folkestone. Die Lehrlingsausbildung ist noch immer der anerkannte englische Weg zum Warenhandel. Wenn Mr. Kipps so unglücklich gewesen wäre, als Deutscher auf die Welt zu kommen, wäre er vielleicht an einer hochentwickelten und kostspieligen Fachschule ausgebildet worden (zu hoch hinaus, vollgepaukt mit übermäßigem Fachwissen, hätte der alte Kipps gesagt), um ihn für sein Ziel zu befähigen, wie dies dortzulande die Pädagogik erfordert. Aber wozu unpatriotische Betrachtungen in einem Roman anstellen? Mr. Shalford hatte für pädagogische Maßnahmen nicht das geringste übrig.

Er war ein reizbarer, energischer Mann von kleinem

Wuchs, mit behaarten Händen, die meistens unter seinen Rockschößen verborgen waren, einem länglichen, kahlglänzenden Schädel, spitzer, ein wenig schiefer Adlernase und einem sorgfältig gestutzten Backenbart. Er schritt flink und selbstsicher dahin und liebte es, vor sich hin zu summen. Nach dem Bankrott seines Vorgängers hatte er zum außergewöhnlichen Aufschwung des Handelshauses beigetragen, nicht zuletzt auch durch wohlüberlegte Heirat. Sein Unternehmen war nun eines der ansehnlichsten in Folkestone, und er bestand darauf, daß über die gesamte Breite der Straßenfront seiner Kaufläden senkrechte grüne und gelbe Streifen verliefen. Diese Läden waren mit den Hausnummern 3, 5 und 7, auf den bedruckten Firmenpapieren mit 3 bis 7 bezeichnet. Er erging sich vor dem verlegenen und von ehrfürchtiger Scheu ergriffenen Kipps in Lobeshymnen über sein System und über sich selbst. Mit einem Griff an seinen Rockaufschlag pflanzte er sich hinter seinem Schreibtisch auf und hielt Kipps eine Art Rede. »Wir erwarten von dir, daß du arbeitest, weißt du, und wir erwarten, daß du auf unsere Interessen bedacht bist«, erklärte Mr. Shalford im königlichen und kaufmännischen Plural. »Unser System hier ist das beste, welches du dir vorstellen kannst. Ich habe es aufgebaut, also muß ich es wissen. Ich habe auf der alleruntersten Sprosse der Leiter angefangen, als ich vierzehn war, und es gibt keine Stufe dieser Leiter, die ich nicht kenne. Nicht eine Stufe! Mr. Booch im Büro wird dir das Programm mit der Geschäftsordnung und Aufstellung der Geldbußen geben. Wart' nur eine Minute.« Er tat so, als sei er mit einigen verstaubten Schriftstücken unter einem Briefbeschwerer beschäftigt, während Kipps wie vor Schreck gelähmt dastand und den kahlen Eierschädel seines neuen Herrn betrachtete. »Zweitausenddreihundertsiebenundvierzig Pfund«, flüsterte Mr. Shalford hörbar, wobei er vortäuschte, Kipps vergessen zu haben. Da gab's keinen

Zweifel: Dies war ein Ort bedeutender Geschäftsabschlüsse! Mr. Shalford erhob sich und übergab Kipps eine Schreibunterlage mit Löschpapier und Tintenfaß zum Tragen, im Augenblick bloße Symbole der Dienstbarkeit, da er von ihnen keinen Gebrauch machte. Dann erschien er unvermittelt in einem Kontor, in welchem drei Schreiber fieberhaft tätig waren, seit seine Hand die Türklinke berührt hatte. »Booch«, sagte Mr. Shalford, »haben Sie eine Abschrift der Geschäftsordnung?«, und ein fadenscheinig gekleidetes altes Männchen, dem die Spuren andauernder Demütigung anzusehen waren, reichte ihnen stumm, im Mund einen Federkiel, in der einen Hand ein Lineal haltend, mit der anderen ein kleines Buch in grün-gelbem Einband. Dieses Büchlein enthielt, wie Kipps bald feststellte, in der Hauptsache ein wahrhaft gefräßiges System von Geldbußen. Da plötzlich wurde ihm in aller Schärfe klar, daß seine Hände voll waren und daß ihn alle anstarrten. Er zögerte einen Augenblick, ehe er das Tintenfaß niederstellte, um eine Hand freizubekommen.

»So ungeschickt darfst du dich nicht anstellen«, sagte Mr. Shalford, als Kipps das Büchlein mit der Geschäftsordnung nun in seine Tasche steckte. »Das kannst du hier nicht machen. Komm schon, komm schon!« Dabei raffte er seine Rockschöße hoch, wie etwa eine Lady ihr Kleid hochheben würde, und ging in den Kaufladen voran.

Dieser schien Kipps ein weitläufiger, endloser Raum zu sein, mit einer Unzahl glänzender Ladentische, zahllosen tadellos gekleideten jungen Männern und bald darauf verführerisch schönen jungen Frauen, die ihn alle anstarrten. Hier baumelten Handschuhe von hoch angebrachten Querstangen in langer Reihe, dort gab's Bänder und Babywäsche. Eine kleine junge Dame mit schwarzen Halbhandschuhen, die mit dem Ausstellen einer Rechnung für einen Kunden beschäftigt war, fühlte sich in ihrer Tätigkeit durch

Shalfords Adlerblick sichtlich verwirrt. Ein untersetzter, kahlköpfiger junger Mann mit rundem, sehr schlauem Gesicht, der vollauf mit dem Einordnen der leeren Stühle an den Ladentischen in genau gleichen Abständen beschäftigt war, erwachte aus seinem Vertieftsein in die Arbeit und beantwortete respektvoll einige napoleonische und übrigens durchaus unnötige Bemerkungen seines Arbeitgebers. Kipps erfuhr, daß der Name dieses jungen Mannes Mr. Buggins war, und daß er alles tun sollte, was immer ihm Mr. Buggins zu tun auftrüge.

Als sie um eine Ecke bogen, schlug ihnen ein neuartiger Geruch entgegen, der das Leben von Kipps viele Jahre lang begleiten sollte: der schwer zu bestimmende und doch so charakteristische Geruch von Textilwaren. Ein beleibter Mann mit großer Nase sprang – ja sprang tatsächlich bei ihrem Erscheinen auf und begann, genau wie ein Automat, der plötzlich in Gang gesetzt wird, einen Damaststoff zusammenzufalten.

»Carshot, schau'n Sie sich diesen Jungen morgen näher an«, sagte der Chef. »Seh'n Sie zu, daß er nicht trödelt. Bringen Sie ihn auf Trab.«

»Gewiß, Sir«, erwiderte Carshot mit öliger Stimme, blickte kurz auf Kipps und setzte das Zusammenfalten der Damastrolle mit außerordentlichem Eifer fort.

»Was immer dir Mr. Carshot zu tun befiehlt, das tust du«, mahnte Mr. Shalford im Weitergehen; Carshot aber verlor des Chefs Gesicht mit sichtlicher Erleichterung aus den Augen.

Dann durchquerten sie einen großen Raum, der mit den merkwürdigsten Dingen angefüllt war, die Kipps je gesehen hatte. Damenähnliche Figuren, von schwarzen, hölzernen Kürbissen anstelle der feinen Köpfchen gekrönt, die man vernünftigerweise hätte erwarten dürfen, standen mit lebensecht modebewußtem Aussehen herum. »Kostümraum«, bemerkte Shalford kurz. Zwei Stimmen, die in irgendeine Auseinandersetzung verwickelt zu sein schienen – »Ich kann Ihnen sagen, Miss Mergle, Sie sind völlig im Irrtum – jawohl, durchaus, wenn Sie glauben, ich würde so etwas Unweibliches tun« –, senkten sich plötzlich, und sie entdeckten zwei junge Damen, die höher gewachsen und hübscher als alle übrigen waren. Sie trugen schwarze Schleppen an ihren Kleidern. Im Augenblick waren sie mit Schreibarbeiten an einem kleinen Tisch beschäftigt. Was immer sie ihm zu tun befahlen, so reimte sich's Kipps zusammen, sollte er tun. Er begriff aber auch, daß er das tun sollte, was immer ihm Carshot und Booch zu tun befahlen. Da waren aber auch noch Buggins und Mr. Shalford. Und ja nur nichts vergessen und sich nicht ungeschickt anstellen!

Sie stiegen in einen Keller hinab, der als das »Warenlager« bezeichnet wurde, und Kipps erlag der optischen Täuschung von miteinander raufenden Laufburschen. Irgendeine unsichtbare Stimme sagte »Teddy!«, und die Illusion platzte. Er schaute wieder um sich und sah ganz deutlich, daß sie Stückgüter verpackten und dies immerzu tun würden, und daß das letzte auf der Welt, das sie möglicherweise tun würden oder tun könnten, wäre, gegeneinander zu kämpfen. Doch entnahm er aus den Bemerkungen, die Mr. Shalford an ihre vielbeschäftigten Rücken richtete, daß diese zweifellos in einem früheren Abschnitt ihres Lebens tatsächlich gekämpft hatten.

Als sie wieder inmitten eines Wustes von Spielzeug und dem, was man gemeinhin als »Galanteriewaren« bezeichnet, im Kaufladen auftauchten, zog Shalford seine Hand unter den Rockschößen hervor, um auf eine schaltbare Fördervorrichtung hinzuweisen. Er erging sich in ausführlichen Überlegungen, um zu zeigen, wie viele Minuten im Jahr hierdurch erspart würden und verirrte sich schließlich in Zahlen. »Sieben mal acht sieben neun – war's doch? Oder sieben acht neun? Na, na! Als ich noch ein Junge in deinem Alter war, konnt' ich solche Zahlen ausrechnen, sobald ich sie nur hörte. Bald werden wir mehr aus dir machen. Dich richtig tüchtig machen. Nun, mußt mir glauben, es beläuft sich auf viele ersparte Pfund im Jahr, auf viele, viele Pfund. System! Überall System. Und Tüchtigkeit.« Noch geraume Zeit murmelte er ab und zu »Tüchtigkeit« und »System« vor sich hin. Sie kamen in einen Hof, und Mr. Shalford wies mit der Hand auf seine drei grün und gelb gestreiften Lieferwagen – »einheitlich – grün, gelb – System!« In allen Räumen waren unsinnige Schildchen angebracht, wie »Diese Tür nach 7.30 abgesperrt. Im Auftrag, Edwin Shalford« und dergleichen mehr.

Mr. Shalford schrieb stets »Im Auftrag«, obschon diese Worte für ihn keine vernünftige Bedeutung haben konnten. Er gehörte zu jenen Leuten, auf die eigentümliche Fachausdrücke eine magische Anziehungskraft ausüben, so wie die Schreitwanze vom Schmutz angezogen wird. Er war von der Sorte von Menschen, die nicht nur die englische Sprache nicht kennen, sondern überhaupt unfähig sind, diese Sprache richtig zu gebrauchen. Pronomen und Artikel pflegte er grundsätzlich wegzulassen; darin schien für ihn das eigentliche Wesen eines tüchtigen Geschäftsmannes zu liegen. Er verkürzte alle möglichen Wörter, ja, er hätte sich selbst als Zielscheibe des Spottes der Wood Street empfunden, hätte er nur einmal »socks« anders als »sox« geschrieben. Wenn er hier an Wörtern sparte, ging er freilich an anderer Stelle verschwenderisch mit ihnen um; nie bestätigte er einen Auftrag, der nicht eine »hochgeschätzte Gunst« war, und er versendete auch kein Warenmuster, ohne »sich zu erlauben, es vorzulegen«. Nie erbat er einen Kredit über »soundso viele Monate«, sondern kaufte im November »zahlbar Jan.« Aber nicht nur Wörter kürzte er in seinem Briefverkehr mit London. Bei der Bezahlung seiner Großhändler erlaubte sein »System« eine konstante Fehlmenge von einem Penny oder zwei Pence am Skonto, und er behauptete, es »erleichtere die Geschäftstätigkeit«, überzählige Pence in den Schecks, die er ausstellte, zu vernachlässigen. Sein Buchhalter war von der Schönheit dieses Teiles des Systems so sehr beeindruckt, daß er für sich selber ein privates bei der Portokasse einführte, wovon Shalford nie etwas erfuhr.

Dieser bewundernswerte englische Kaufmann pflegte besonderen Stolz auf seinen Verstand auszustrahlen, wenn er seine Aufträge nach London abfaßte.

»Ah, glaubst du, du wirst jemals imstand' sein, Bestellbriefe nach London zu schreiben?« pflegte er in ehrlichem Stolz Kipps zu fragen, der lang nach Ladenschluß ungeduldig darauf wartete, diese Großtaten kaufmännischer Tüchtigkeit zur Post zu bringen und so die scheinbar endlose Tagesarbeit abzuschließen.

Kipps schüttelte den Kopf, darauf bedacht, daß Mr. Shalford zum Schluß käme, worauf ihm dieser das Beispiel eines genial abgefaßten Briefes vorlegte, dessen abgekürzte und verstümmelte Worte Kipps absolut verwirrten. Er hatte wirklich nicht die blasseste Ahnung von solchen Briefen.

Es war aber auch nicht Mr. Shalfords Art, die Dinge zu erläutern. »Ach, du liebe Zeit! Schade, daß du in deiner Schule nicht kaufmännisch ausgebildet worden bist. Statt all dieses literarischen Plunders. Na, mein Junge, wenn du nicht ein bißchen heller wirst, wirst du nie Bestellbriefe nach London schreiben, das ist ziemlich klar. Kleb' doch Marken auf alle die Briefe und gib acht, daß du sie richtig aufklebst und sieh zu, daß du ein wenig mehr von den Möglichkeiten, die dir dein Onkel und deine Tante verschafft haben, profitierst. Kann nicht sagen, was aus dir wird, wenn du's nicht tust.« Und Kipps, müde, hungrig und außerdem mit seiner Arbeit in Verzug, machte sich eilends und voll Energie ans Briefmarkenkleben.

»Den Briefumschlag leck' ab«, sagte Mr. Shalford, »den Briefumschlag leck' ab«, als mißgönne er dem jungen Menschen den Gummi für die Briefmarke. »Es sind die kleinen Dinge, die zu großen heranwachsen«, pflegte er zu sagen, und das war wirklich seine Lebensphilosophie – anzutreiben und zu sparen, immer anzutreiben und zu sparen. Sein politisches Glaubensbekenntnis verquickte Reform, was in diesem Falle nichts besagte, mit Frieden und Sparsamkeit, welch letztere Ausgaben für unterbezahlte Arbeit bedeutete; seine Vorstellung vom zufriedenstellenden Leben einer Gemeinde war »die Abgaben einzuschränken«. Selbst seine Religion bestand darin, seine Seele »aufzusparen« und den Mitmenschen eine ähnliche Knauserei einzureden.

2

Der Lehrvertrag, der Kipps an Mr. Shalford band, war altmodisch und verworren; er betonte nachdrücklich die elterlichen Privilegien des letzteren, verbot Kipps das Würfelspiel wie überhaupt Spiele um Geld, übereignete ihn mit Leib und Seele für sieben lange Jahre, die entscheidenden Jahre seines Lebens, Mr. Shalford. Als Gegenleistung gab es unklare Bestimmungen darüber, ihn in der Kunst und in den Kniffen des Handels zu unterweisen. Da aber für Nachlässigkeit keine Strafe vorgesehen war, betrachtete dies der nüchternpraktisch veranlagte Geschäftsmann Mr. Shalford als bloße rhetorische Floskel, und er war in den sieben Jahren ihrer Verbindung beharrlich bestrebt, so viel aus Kipps herauszuholen und so wenig in ihn hineinzustecken wie möglich.

Was er in Kipps hineinsteckte, bestand hauptsächlich aus Brot mit Margarineaufstrich, Aufgüssen von Zichorie und Teestaub, vertraglich verbilligtem Fleisch aus den Kolonien um drei Pence das Pfund, Mengen von Kartoffeln und verdünntem Bier. Wenn Kipps es jedoch vorzog, zur Ergänzung der Nahrung wichtige Lebensmittel zu kaufen, stellte ihm Mr. Shalford großzügig seine Kücheneinrichtung kostenlos zur Verfügung – wenn zufällig noch Feuer im Herd brannte. Er durfte auch einen Schlafraum mit acht anderen jungen Männern teilen und in einem Bett schlafen, das, ausgenommen bei sehr rauhem Wetter, mit Hilfe seines Mantels und eigener Leibwäsche zum Schlafen bereitgemacht werden konnte, ganz abgesehen von zusätzlich eingebreiteten Zeitungen; das demnach für jeden vernünftigen Menschen hinreichend Wärme bot. Darüber hinaus wurde Kipps über die Liste der Geldbußen unterrichtet und darüber, wie man Pakete verschnürt; er mußte wissen, wo bestimmte Waren in Mr. Shalfords Geschäft gelagert wurden, er mußte seine Hände auf dem Ladentisch ausgestreckt halten und solche Phrasen wiederholen, wie »Womit kann ich das Vergnügen haben …? Nicht der Rede wert, seien Sie versichert«, und dergleichen mehr. Stoffe jeder Art mußte er auf einen Block spannen, falten und abmessen. Schließlich mußte er seinen Hut ziehen, wenn er an Mr. Shalford außerhalb des Hauses vorbeiging, und einer großen Zahl von Leuten unterwürfigen Gehorsam erweisen. Aber er wurde natürlich nicht über die Preiszettel der Waren unterrichtet, die er verkaufte, auch nicht über Einzelheiten der Methode beim Kauf solcher Waren.

Auch wurde seine Aufmerksamkeit nicht auf die verschiedenartigen gesellschaftlichen Gewohnheiten und Lebensweisen gelenkt, denen sein Handelszweig diente. Über die Verwendung der Hälfte jener Waren, deren Verkauf er beobachtete und bei dem er bald darauf mithelfen sollte, wußte er nicht Bescheid: Stoffe für Wandbehang, Kretonnes, buntbedruckte Baumwollstoffe, Servietten und all die strahlende, schwere Weißwäsche, die zu einem wohlgeordneten Haushalt gehört; hübsche Kleiderstoffe, Futterstoffe, Steifmaterial – dies alles waren für ihn durchwegs nicht mehr als

Dinge, die in größeren Mengen mühsam und schwierig zu handhaben waren, die man zusammenlegte, ausbreitete, von denen man verschieden lange Stücke abschnitt und die man dahinschwinden und in jene geheimnisvolle, glückliche Welt weggehen sah, die der Kunde bewohnt. Nachdem Kipps leinene Tischtücher aufgestapelt hatte, die in ihrer Gesamtheit so schwer wie Blei waren, eilte er in einen durch Gaslicht erhellten Speiseraum im Kellergeschoß und aß auf Tischen, die mit Wachstuch gedeckt waren. Dann träumte er von endlosen Bettdecken unter seinem ausgebreiteten Mantel, einem Reserveunterhemd und drei Zeitungen; so hatte er Gelegenheit, sich die Anfänge einer Lebensphilosophie anzueignen.

Als Gegenleistung für diese Wohltaten arbeitete er derart, daß er gewöhnlich erschöpft und mit schmerzenden Füßen zu Bett ging. Sein Tagesablauf begann morgens um halb sieben, wenn er ungewaschen und ohne Hemd in abgetragener Kleidung, ein Halstuch umgebunden, ins Kellergeschoß hinabstieg. Dort reinigte er gähnend Schachteln vom Staub, nahm Verpackungshüllen ab und putzte die Fenster, was bis acht Uhr dauerte. Hierauf beendete er in einer halben Stunde seine Morgentoilette und nahm ein karges Frühstück zu sich, welches aus Brot, Margarine und einer Brühe bestand, die nur ein Engländer des glorreichen Empire als Kaffee gelten ließ; nach dieser erquickenden Mahlzeit stieg er zum Kaufladen empor, wo ihn die schwere Tagesarbeit erwartete.

Gemeinhin begann diese mit ausgiebigem Hin- und Herlaufen mit Brettern, Schachteln und Waren für Carshot, den Schaufensterdekorateur, der, ob Kipps nun gut oder schlecht arbeitete, infolge einer chronischen Verdauungsstörung ständig herumnörgelte, bis das Schaufenster fertig war. Manchmal mußte das Kostümfenster hergerichtet werden, und dann wankte Kipps aus dem Kostümraum durch den ganzen Laden mit einer nach der andern jener damenhaften Gestalten, die er fest, aber verschämt an ihrem einzigen hölzernen Fußknöchel hielt. An Tagen, da keine Schaufenster eingerichtet wurden, gab es ein anstrengendes Tragen und Hochheben von Hutformen und Warenballen zu Stößen und Stapeln. Danach folgte eine gräßliche Tätigkeit, die anfangs nahezu hoffnungslos beschwerlich war: gewisse Warengattungen, die zusammengelegt einlangten, mußten abgemessen und zusammengefaltet, auf Walzen geglättet werden, ließen sich aber meistens keineswegs glätten, jedenfalls nicht von Kipps. Gewisse andere Warengattungen, die von den Großhändlern in geglättetem Zustande einlangten, mußten abgemessen und zusammengefaltet werden, und eben dieses Zusammenfalten kann junge Lehrlinge lebensmüde machen. All dies ist durchaus vermeidbare Mühsal, die aber nicht vermieden wird, weil jene Sorte wohlerzogener Arbeitskräfte eben billiger zu stehen kommt, Vorsorge aber kostspieliger ist. Dann wieder mußten Lieferungen neuer Ware mit Preistafeln versehen und in Papier verpackt werden. Während Carshot verpackte, als ob er Taschenspielertricks ausführte, packte Kipps wie ein unerfahrener Junge, der's andersherum probieren möchte. Und immerfort nörgelte Carshot. – Er gebrauchte eine seltsame Formel der Anrufung seines Eingeweidesystems, zu deren Wiedergabe durch eine abgeschwächte Umschreibung mich die Verfeinerung unserer Zeit und die dringenden Bitten meiner Freunde verpflichten.

»Mein Herz und meine Leber! Solch einen Jungen seh ich kein zweites Mal«, so will ich Mr. Carshots Sprüchlein vorstellen; und selbst wenn er dem Gesicht eines Kunden ganz nahe war, pflegte das geschulte Ohr von Kipps noch gelegentlich ein nichtssagendes, beiläufig eingestreutes Murmeln in – nun, »Mein Herz und meine Leber!« umzudeuten.

Dann kam eine glückliche Zeit, da Kipps außer Haus geschickt wurde, um »Passendes zu finden«. Dies bestand hauptsächlich im Ausgleich unvorhergesehener Mängel an Knöpfen, Borten, Futterstoff und dergleichen in der Abteilung für Damenschneiderei. Er erhielt ein Blatt mit schriftlich erteilten Aufträgen und darauf befestigten Mustern und wurde dann auf die sonnenbeglänzte Straße entlassen, die voller interessanter Dinge war. Von da ab war er ein freier Mann, fern jedem Tadel, bis er es für richtig hielt, zurückzukehren und sich den Krach wegen seiner Verspätung gefallen zu lassen.

Er machte bemerkenswerte ortskundliche Entdeckungen, wie zum Beispiel die des günstigsten Weges vom Geschäftshaus des Mr. Adolphus Davis zu jenem der Firma Plummer, Roddis und Tyrrell, zwei Häuser, die er am häufigsten aufzusuchen hatte. Dabei ging er nicht, wie die meisten vermuten würden, die Sandgate Road hinunter, sondern hinauf, darauf im Bogen um West Terrace und die Leas-Promenade entlang bis zum Lift. Seine Zeit erlaubte ihm, das Aufwärts- und Abwärtsfahren des Liftes zweimal – aber nicht länger – zu beobachten; dann gings die Promenade entlang zurück, bis zum Hafen, wo er sich kurz aufhielt, dann rund um den Kirchhof und eilends in die Church Street, bis er schließlich in der Rendezvous Street anlangte. Bei ganz besonders schönem Wetter freilich führte der Weg durch den Radnor Park zum Teich, auf dem kleine Jungen Schiffchen steuern und Schwäne ihre Kreise ziehen.

Wenn er zurückkehrte, sah er die Angestellten des Kaufladens sich der Aufgabe der Kundenbedienung widmen. Und nun mußte er bereitstehen, um den älteren Angestellten, die bedienten, jede Hilfe zu leisten, die benötigt wurde. Da hieß es, Pakete und Rechnungen im Laden von einem zum andern bringen, den »Plunder« nach jeder geschäftlichen Abmachung wegräumen, Vorhänge in die Höhe halten, bis die

Arme schmerzten und, was schwieriger als all das war, untätig herumstehen und dabei nicht Kunden auf peinliche Weise anstarren, wenn es für ihn nichts zu tun gab. Ein wahrer Abgrund an Langeweile tat sich ihm manchmal auf; dann stand er da wie ein lebender Leichnam, dessen Geist in der Ferne schwebte, gegen die Feinde des Empire kämpfte oder sein Traumschiff unter Gefahren in unbekannte Meere steuerte. Bis ihn die Stimme eines geschäftigen Älteren durchdringend und schrill in unsere höhere Zivilisation zurückrief: »Nanu, Kipps. Mach flink! Pack an! (Mein Herz und meine Leber!)«

Um halb acht Uhr – ausgenommen, wenn bis spät abends gearbeitet wurde – begann eine fieberhafte Tätigkeit des Aufräumens, und sobald der letzte Rolladen draußen geschlossen war, begann Kipps mit der Geschwindigkeit eines Pfeiles, der den Bogen verläßt, Schutzhüllen über die festen Gegenstände und über die Stapel von Waren auf den Ladentischen zu stülpen, in Vorbereitung auf ein ausgiebiges Streuen feuchter Sägespäne und das Reinemachen im Laden.

Manchmal blieben Kunden noch lange nach Ladenschluß im Raum. »Bei Shalford hat man wirklich nichts dagegen«, pflegten diese Damen zu sagen, und während sie die Zeit vertrödelten, war es verboten, auch nur eine Schutzhülle zu berühren oder sonst irgendwelche Anstalten zu treffen, den Arbeitstag zu beenden, bis sich die Türen hinter ihnen schlossen.

Mr. Kipps beobachtete dann diese verspäteten Kundinnen aus dem Schatten eines Warenstapels, und Tod und Verunstaltung war noch das mindeste, was er ihnen wünschte. Selten viel später als um neun Uhr abends erwartete ihn unten im Kellergeschoß ein Abendbrot bestehend aus Brot, Käse und dünnem Bier, nach dessen Verzehr ihm der Rest des Tages gänzlich zum Lesen, zur Entspannung und zur Veredelung seines Gemütes zur Verfügung stand.

Die Tür zur Straße wurde um halb elf Uhr abgesperrt, und die Gasbeleuchtung im Schlafraum erlosch um elf.

3

An Sonntagen war er verpflichtet, einmal zur Kirche zu gehen, er ging aber gewöhnlich zweimal, da er ja sonst nichts zu tun hatte. Er saß auf einem der freien hinteren Plätze; er war zu schüchtern, um mitzusingen, auch nicht immer gewandt genug, die richtigen Stellen im Gebetbuch zu finden, und er hörte nur selten der Predigt zu. Aber er hatte sich eine bestimmte Auffassung angeeignet, nach welcher der Kirchgang den Zweck hatte, das Leben zu erleichtern. Seine Tante wollte ihn konfirmieren lassen, aber dieser Zeremonie ging er einige Jahre lang aus dem Wege.

In den Stunden, die zwischen beiden Gottesdiensten lagen, spazierte er durch Folkestone mit der Miene eines Menschen, der nach etwas sucht. An Sonntagen war die Stadt nicht so interessant wie an Wochentagen, weil die Geschäfte geschlossen waren; aber andererseits strahlte die Leas-Promenade am Sonntagnachmittag einen verwirrenden Glanz aus. Manchmal ließ sich der ranghöhere Lehrling herab, ihn zu begleiten; aber wenn der noch ranghöhere Lehrling geruhte, jenen zu begleiten, ging Kipps alleine aus, da er immer noch einen Konfektionsanzug ohne Rockschöße trug und deshalb ungeeignet war, in solcher Gesellschaft zu erscheinen.

Manchmal unternahm er einen Streifzug in die Umgebung der Stadt – noch immer war's, als hielte er Ausschau nach etwas, das er vermißte –, aber gleich einem Seil zogen ihn die Mahlzeiten wieder mit Macht heimwärts. Zuweilen verwendete er den Großteil des Wochengeldes von einem

Shilling, das ihm der alte Booch aushändigte, für ein geistliches Konzert am Hafendamm. Dann wieder spazierte er nach dem Abendessen zwanzig- bis dreißigmal die Leas auf und ab, wobei er sich sehnlichst so viel Mut wünschte, irgend jemand in der Menge, der einer ähnlichen Beschäftigung wie er nachging, anzusprechen. Fast regelmäßig kehrte er von solchen Sonntagsspaziergängen mit wunden Füßen heim.

Bücher las er nie, sie waren für ihn unerreichbar; außerdem fehlte es ihm trotz Mr. Woodrows literarischer Führung durch eine billige und dürftig kommentierte Ausgabe des Shakespeareschen »Sturms« in dieser Hinsicht an Geschmack. Er las auch nie Zeitungen, ausgenommen gelegentlich die *Tit-Bits* oder ein Witzblatt um einen Halfpenny. Vornehmlich fand er geistigen Anreiz in einem gelegentlichen Geplänkel, das zwischen Carshot und Buggins beim Mittagessen aufkam. Kipps lauschte, als handle es sich um einmalige Weisheiten und hortete all die Juwelen schlagfertiger Antworten in seinem Innersten für jene Zeit, in der auch er ein Buggins sein und Gelegenheit wie auch Mut zum offenen Gespräch haben würde.

Bisweilen kam es zu Einbrüchen in diesen Alltag – Schlußverkaufszeiten, verdunkelt durch zusätzliche Plackerei und Arbeit bis nach Mitternacht, aber verschönt durch ein Sprotten-Abendessen und einige Shilling in Form von Prämien. Und alljährlich – nicht dann und wann, sondern jedes Jahr – gewährte Mr. Shalford nicht ohne beiläufige Beweihräucherung seiner Großmut und flüchtige Vergleiche mit härteren Tagen, da er in der Lehre war, Kipps nicht weniger als zehn Tage Urlaub – zehn volle Tage in jedem Jahr! Manch armer Teufel in Portland könnte den glücklichen Kipps beneiden. Unersättliches Menschenherz! Doch wie ungern wurden ihm jene Tage gewährt, wie wurden sie gezählt, als einer nach dem andern ihm enteilte!

Einmal im Jahr gab es Bestandsaufnahme und in Abständen Schübe von neu einlangenden Waren, die mit Preiszetteln versehen werden mußten. Bei solchen Gelegenheiten erstrahlte die Großartigkeit von Mr. Shalfords Wesen in bezwingendem Glanz. »System!« pflegte er dann zu sagen, »System! Vorwärts! Beeilt euch!« Und dann gab er in rascher Folge mit schriller Stimme verwirrende, oft sich widersprechende Anordnungen. Carshot trottete umher, verwirrt, schwitzend, seine große Nase emporgestreckt, seine Äuglein auf Mr. Shalford gerichtet, stirnrunzelnd und stets die Anrufung auf den Lippen: »Oh, mein Herz und meine Leber!« Der zweite Buchhalter und der zweite Lehrling wetteiferten miteinander in unterwürfiger Geschäftigkeit. Der zweite Buchhalter strebte danach, Carshots Stellung einzunehmen, und das machte ihn gegenüber Shalford fast ungestüm unterwürfig. Sie alle schnauzten Kipps an. Kipps hielt die Schreibunterlage mit Löschpapier, das Tintenfaß und eine Schachtel mit Preiszetteln, lief und holte Verschiedenes. Wenn er das Tintenfaß niederstellte, ehe er etwas holen ging, stieß es Mr. Shalford gewöhnlich um; nahm er es aber fort, dann wünschte es Shalford sicherlich noch vor seiner Rückkehr. »Du machst mir Zahnschmerzen, Kipps«, pflegte dann Shalford zu sagen. »Du machst mich nervenkrank. Du hast nicht mehr von System in dir als eine faule Kartoffel.« Und wenn Kipps manchmal das Tintenfaß wegtrug, lief Mr. Shalfords Gesicht purpurrot an, dann tauchte er mit seiner trockenen Feder wütend in imaginäre Tintenfässer und fluchte. Carshot stand daneben und brüllte, der zweite Buchhalter lief in die Ecke der Abteilung und brüllte gleichfalls, und der zweite Lehrling verfolgte Kipps, indem er brüllte: »Mach flink, Kipps! Mach flink! Tinte! Mann! Tinte!«

Ein unbestimmter Ekel vor sich selbst, der schließlich in heftige Haßgefühle gegen Shalford und alle seine Mitarbeiter umschlug, erfüllte Kipps' Seele während dieser Perioden voller Stürme und Spannungen. Er fühlte, daß alles im Geschäft ungerecht und idiotisch zuging, aber das Warum und Wozu war für sein armes Hirn zuviel. Chaos herrschte in seinem Gemüt. Ein Wunsch, der Wunsch, zumindest einigen der auf ihn niederprasselnden widerwärtigen Bemerkungen auszuweichen, leitete ihn bei einer eher linkischen Erfüllung seiner Aufgaben. Sein Abscheu war grenzenlos! Er wurde durch die entzündeten Knöchel und wunden Füße nicht gemindert, die eine übliche Begleiterscheinung bei der Ausbildung eines englischen Schnittwarenhändlers darstellen. Der älteste Lehrling Minton, ein hagerer, mürrischer junger Mann mit kurzgeschnittenem, drahtigem, schwarzem Haar, einem schlaffen, häßlichen Mund und einem Schnurrbart wie ein Tintenklecks, lenkte seine Aufmerksamkeit auf bisher unbeachtete Gesichtspunkte dieser Frage und besiegelte damit sein Elend.

»Wenn du zur Arbeit zu alt wirst, schmeißen sie dich weg«, sagte Minton. »Herrgott! Überall findest du ausgediente Tuchhändler – als Landstreicher, Bettler, Dockarbeiter, Busschaffner – im Kittchen. Überall außerhalb einer Futterkrippe.«

»Erwerben sie denn nie eigene Geschäfte?«

»Mein Gott! Wie sollen sie denn zu eigenen Geschäften kommen? Haben ja kein Kapital! Wie soll der Angestellte eines Tuchhändlers auch nur fünfhundert Pfund zusammensparen? Ich sag' dir, es läßt sich nicht machen. Mußt dich schon an Futterkrippen heranmachen, bevor alles aus ist. Ich sag dir, wir stecken in einem verfluchten Dreck und müssen bis an unser Lebensende drin herumkriechen.«

Die Idee, die unaufhörlich in Mintons Gemüt gärte, war, »dem kleinen Kerl eine Ohrfeige zu versetzen« – der kleine Kerl war niemand anderer als Mr. Shalford – »und dann zu sehen, wie sein verdammtes System damit fertig würde.«

Diese Drohung erfüllte Kipps mit großartigen Erwartungen, wann immer Shalford in Mintons Abteilung kam. Er blickte dann abwechselnd auf Minton und auf Shalford und entschied dann, wohin er Shalford am liebsten geschlagen wissen wollte... Aber aus Gründen, die gewiß nur er allein kannte, ließ sich Shalford bei Minton zu keinerlei abfälligen Äußerungen hinreißen, wie es beim harmlosen Carshot der Fall war, und so wurde dieses interessante Experiment am System niemals ausprobiert.

4

Es gab Zeiten, da Kipps, während alle andern im Schlafraum schliefen und schnarchten, hellwach in seinem Bette lag und trübsinnig über die Aussichten nachdachte, wie sie ihm Minton ausgemalt hatte. Düster begriff er, was mit ihm geschehen war, wie das große, stumpfsinnige Getriebe des Einzelhandels sein, Kipps' Leben in sein Räderwerk eingefangen hatte – eine ungeheure, unwiderstehliche Macht, der zu entkommen er weder genug Willensstärke noch das nötige Wissen hatte. So sollte sein Leben bis ans Ende seiner Tage verlaufen. Keine Abenteuer, kein Ruhm, keine Abwechslung, keine Freiheit. Auch könnte er nicht – obgleich jene Gewalt ihn später empfindlich traf – von wahrhafter Liebe und von Ehe träumen. Und dann gab es noch ein schreckliches Etwas, das sich »Auf-die-Straße-Setzen« oder »Ausgesperrt sein« und »Jagd nach der Futterkrippe« nannte, wovon zwar nicht oft, aber doch hinlänglich geredet wurde. Nacht für Nacht faßte er den Entschluß, sich freiwillig zu den Soldaten zu melden, fortzulaufen, um Seemann zu werden, das Kaufhaus in Brand zu stecken oder sich zu ertränken, und jeden Morgen stand er pünktlich auf und eilte die Treppe hinab aus Angst vor einer Sixpence-Geldbuße. Unwillkürlich verglich er seinen trübsinnigen Trott unterwürfiger Schinderei mit jenen von Wind und Sonne durchfluteten Tagen in Littlestone, jenen Fenstern der Glückseligkeit, die desto heller leuchteten, je weiter sie entschwanden. Anns kleine Gestalt zeigte sich nun in allen diesen Fenstern.

Allein auch ihr waren üble Dinge zugestoßen. Als Kipps zu den ersten Weihnachten nach seiner Anstellung heimkam, flammte jener große, ihm stets vorschwebende Vorsatz, sie zu küssen, zu heißer Entschlossenheit auf, und er eilte hinaus in den Hof und pfiff eine vertraute Melodie. Schweigen antwortete ihm, und dann tauchte der alte Kipps hinter seinem Rücken auf.

»Dein Pfeifen hat da keinen Sinn, mein Junge«, sagte der alte Kipps absichtlich mit lauter, klarer Stimme, um jenseits der Mauer gehört zu werden. »Sie, mit denen du was zu tun hattest, haben sich alle davongemacht. Sie ist als Hausgehilfin nach Ashford gegangen. Hausgehilfin! Dienstmädchen, so haben wir solche immer genannt, aber die Zeiten sind eben andere geworden. Wund're mich nur, daß sie nicht ›Haustochter‹ gesagt haben, würd' ihnen ähnlich sehen.«

Und Sid...? Sid war auch fortgegangen. »Laufbursch oder so etwas«, meinte der alte Kipps. »In einem dieser protzigen Fahrradgeschäfte.«

»Wirklich?« entgegnete Kipps und hatte dabei ein Gefühl, als ob seine Brust mit eisernem Griff zusammengepreßt würde; dann drehte er sich rasch um und ging ins Haus.

Der alte Kipps, der ihn noch anwesend glaubte, erging sich in weiteren gegen die Pornicks gerichteten Bemerkungen.

Als Kipps oben anlangte, setzte er sich in der Geborgenheit seines eigenen Schlafzimmers an den Bettrand und starrte ins Leere. Sie waren eingefangen – alle waren sie eingefangen. Das ganze Leben nahm den Farbton eines ewig trostlos-grauen Montagmorgens an. Die Huronen waren zersprengt, die Wracks und der Strand waren von ihm weit weggerückt, die Sonne jener warmen Abende in Littlestone war für immer untergegangen...

Die einzige Freude, die ihm der kurze Rest seines Urlaubs danach noch ließ, blieb der Gedanke, daß er nicht in Shalfords Laden war. Aber selbst diese Freude war vergänglich. Noch zwei Tage, noch ein Tag, ein halber Tag. Als er nach Folkstone zurückkehrte, verbrachte er eine oder zwei wirklich sehr elende Nächte. Er ging so weit, eine vage Andeutung seiner Meinung über das Geschäft und seine Berufsaussichten nach Hause zu schreiben, indem er Mintons Ansichten wiedergab, jedoch Mrs. Kipps antwortete ihm, ob er denn wolle, daß die Pornicks sagten, er sei nicht tüchtig genug für einen Tuchhändler. Diese erschreckende Möglichkeit war natürlich in der Sache entscheidend. Nein, beschloß er, sie sollten nicht meinen, er sei ein Versager.

Viel Hilfe verdankte er einer »männlichen« Predigt, die von einem großen, beleibten, von der (südlichen) Sonne geröteten Geistlichen mit gewaltiger Stimme gehalten wurde. Dieser war eben erst aus einem Bistum in den Kolonien zurückgekehrt und hatte das Bischofsamt unter dem Vorwand seiner Kränklichkeit niedergelegt. Die Predigt mahnte ihn, was immer er auch an Aufgaben vorfinden würde, mit all seiner Kraft zu vollbringen; die Durchsicht seines Katechismus als Vorbereitung auf seine Konfirmation erinnerte ihn daran, daß es ihm obliege, seine Pflicht in jener Lebenslage zu tun, in die ihn Gottes Wille berufen hatte.

Nach einer gewissen Zeit empfand Kipps seinen Kummer weniger heftig und, von einem außergewöhnlichen Ereignis abgesehen, war die kurze Tragödie in seinem jungen Leben zu Ende. Er fand sich mit seiner Lage ab, wie es auch seine Kirche von ihm verlangte, da er übrigens ja keinen Ausweg aus dieser Lage sah.

Die früheste Milderung seines Loses bestand darin, daß

seine Fußsohlen und Knöchel gegen das andauernde Stehen abgehärtet wurden. Die nächste war ein unerwarteter Luftzug von Freiheit, der jeden Donnerstag spürbar wurde. Nach einem wackere Eintreten für das, was er »Innividelle Freiheit« und die »Idee meines Systems« nannte, einen Standpunkt, den er nach seinen Worten hauptsächlich aus patriotischen Gründen bezog, sah sich Shalford schließlich unter dem Druck gewisser Kunden gezwungen, sich den übrigen Mitgliedern der ortsansässigen Vereinigung für frühen Ladenschluß anzuschließen. So war es Kipps nun möglich, bei Tageslicht den Laden zu verlassen und viele Stunden lang dorthin zu gehen, wo es ihm gefiel. Minton, der Pessimist, erreichte übrigens das Ende seiner vorgeschriebenen Lehrzeit und ging weg – um Soldat in einem Kavallerieregiment zu werden und die weite Welt zu durchstreifen. Er führte ein rebellisches, aber interessantes Leben, das schließlich in einem impulsiven und, man möge mir glauben, wirklich nicht besonders schmerzhaften oder gar tragischen nächtlichen Handgemenge unter Freunden im Terah-Tale endete. Bald putzte Kipps keine Fenster mehr; er bediente Kunden – allerdings nicht gerade die bedeutendsten –, holte Waren zur Ansicht aus den Lagern und wurde bald dritter Lehrling. Sein Schnurrbart war nicht zu übersehen, und es gab nun drei Lehrlinge, die er legal anschnauzen und ohrfeigen durfte. Einer allerdings war trotz seines jüngeren Lebensalters zum Geohrfeigtwerden zu hochgewachsen.

5

Noch andere Zerstreuungen traten hinzu, die natürlichen Zerstreuungen des Jünglingsalters, die ihm halfen, nicht immer an das Unvermeidliche zu denken. Seine Kleidung, zum Beispiel, begann ihn jetzt mehr zu interessieren. Er begann sich selbst als sichtbaren Gegenstand zu begreifen, Interesse an den Spiegeln des Kostümraumes und an den Blicken der weiblichen Lehrlinge zu finden.

Darin wurde er durch Rat und Beispiel unterstützt. Pearce, sein unmittelbarer Vorgesetzter, war von Natur das, was mit »Dandy« bezeichnet wurde, und er predigte seinen Kult willigen Zuhörern sehr gerne. Während Ruhepausen wurden in der Textilabteilung gewichtige Diskussionen über Kragen, Krawatten, den Schnitt von Hosenbeinen und die richtige Form einer Stiefelspitze geführt. Zu gegebener Zeit ging Kipps zu einem Schneider, und seine kurze Jacke wurde durch einen Cutaway mit Rockschößen ersetzt. Davon angespornt, kaufte er auf seine eigenen Kosten drei Stehkragen anstelle seiner bisherigen Umlegkragen. Sie waren beinahe drei Zoll hoch, höher als jene, die Pearce trug, sie scheuerten seinen Hals wund und hinterließen rote Male hinter seinen Ohren ... So ausstaffiert hielt er sich sogar des Umgangs mit diesem modisch gekleideten Lehrling für würdig, der nun als Nachfolger Mintons dessen Rang als Dienstältester einnahm.

Die wirksamste Hilfe von allem im Geschäft, ihn seinen Weltschmerz vergessen zu lassen, lag darin, daß, sobald er in Rockschößen erschien, die jungen Damen im Hause zu entdecken begannen, daß er kein »schrecklicher kleiner Junge« mehr war. Bislang hatten sie die Köpfe über ihn geschüttelt und ihn in Schranken gehalten. Nun entdeckten sie, daß er ein »netter Junge« war, eine Bezeichnung, die jener, ein »Bursch« zu sein, mindestens benachbart und in mancher Hinsicht sogar vorzuziehen ist. Es ist schmerzlich, feststellen zu müssen, daß seine Treue zu Ann beim ersten Sturmangriff die Feuerprobe nicht bestand. Ich bin mir völlig bewußt, um wie vieles diese Geschichte von einem sentimentalen Standpunkt aus betrachtet besser sein könnte, wäre er jener frühen Liebe treu geblieben. Nur wäre es dann eine ganz andere Geschichte geworden. Und zumindest war Kipps insoweit treu, als bei keiner dieser späteren Liebschaften etwas von jener besonderen Art vorhanden war, die Anns glühendes Gesicht, ihre Herzenswärme und die inneren Werte des Lebens so untrennbar miteinander verband – obgleich auch diese Liebschaften nicht frei von Gefühlsregungen verschiedener Art waren.

Eine der jungen Damen aus dem Kostümraum war's, die als erste durch ihr Verhalten zu erkennen gab, daß er ein sichtbarer Gegenstand ihres Interesses, ja durchaus imstande war, Interesse zu erregen. Sie redete mit ihm, sie ermutigte ihn, mit ihr zu reden, lieh ihm eines ihrer Bücher, stopfte eine seiner Socken und sagte, sie würde ihm eine ältere Schwester sein. Sie gestattete ihm, sie zur Kirche zu begleiten, und machte daraus ein großes Getue, als habe sie ihn zum Kirchgang überredet. Dann stellte sie Untersuchungen über sein Wohlergehen in der Ewigkeit an, überwand eine gewisse Heuchelei männlicher Gleichgültigkeit gegenüber der Religion und nötigte ihm das Versprechen ab, sich konfirmieren zu lassen. Das aber erregte die andere junge Dame im Kostümraum, ihre natürliche Nebenbuhlerin, und die machte sich mit viel Charme und Raffinesse an die Eroberung des heranreifenden Kipps. Dabei schlug sie einen eher irdischen Weg ein. Sie spazierte mit ihm am Sonntag nachmittag zum Pier, erklärte ihm, wie ein Gentleman stets an der »Außenseite« der Lady auf dem Gehsteig spazieren müsse und wie alle Herren Handschuhe, wenn nicht an ihren Händen, so wenigstens in der Hand trügen. Schließlich führte sie ihn in die Anfänge des britischen Gesellschaftsideals ein. Nachträglich führten die beiden Damen einen Wortwechsel wegen der Gestaltung des Wochenendes. Auf diese Weise wurde Kipps die Manneswürde verliehen, und er wurde als geeignetes Objekt für jenen platonischen Eros anerkannt, dessen abgestumpfte Pfeile selbst Häuser allerhöchster Gesellschaftsschichten nicht verschonen. Gleichfalls auf diese Weise setzte sich jener alles durchdringende Ehrgeiz des jungen Briten, wenn schon nicht ein Gentleman, so doch wenigstens einem solchen zum Verwechseln ähnlich zu sein, in seinem Gemüt fest.

Er widmete sich diesen neuen Interessen mit einem ganz selbstverständlichen, persönlichen Eifer. Er wurde in die Geheimnisse des Flirtens eingeweiht und – in einem etwas späteren Stadium und mit einigen wegweisenden Bemerkungen von Pearce, der in diesen Belangen sehr mitteilsam war – in die gemäßigteren Formen des Kosens. Sehr bald war er »verlobt«. Ehe noch zwei Jahre vergingen, war er sechsmal verlobt und war, soweit er selbst es feststellen konnte, im Begriff, ein toller Bursche zu werden. Verwegen, aber wohlgemerkt, durchaus gentlemanlike, und unbeschadet der Tatsache, daß er in vier kurzen Unterweisungsstunden von einem melancholischen jungen Hilfspfarrer von zurückhaltendem Wesen vorbereitet und zum Mitglied der Kirche von England konfirmiert wurde.

Die Verlobungen in Textilhandelshäusern haben nicht zwangsläufig eine Heirat zur Folge. Sie sind wesentlich verfeinert, weniger nüchtern-praktisch und durchaus weniger verbindlich als jene der geschmacklosen Reichen. Diesen jungen Damen mißfällt es, nicht verlobt zu sein, es erscheint ihnen so unnatürlich, und Kipps war so bereitwillig, sich zu verloben, als man sich nur wünschen konnte. Vom Gesichtspunkt der jungen Dame aus gibt es viele Annehmlichkeiten, sobald man verlobt ist. Man hat nun einen schützenden Begleiter für Kirchenbesuch, Spaziergänge und anderes. Es ist eigentlich nicht recht schicklich, sich mit einem »Burschen« öffentlich zu zeigen, geschweige denn mit ihm zu »poussieren«, wenn er weder der Verlobte noch ein »Bruder« ist. Es wird als ein bißchen liederlich gewertet, wenn es nicht gar den Beigeschmack der Ausgehsitten von Dienstmädchen hat. Nun liegt die Süße der Liebe zum Mitmenschen etwa darin, daß die junge Handelsangestellte in England eben den gleichen Abscheu davor hat, etwas zu tun, das nach Dienstmädchen riecht wie, sagen wir, die Journalistin vor irgend etwas, das nach Ladenmädchen riecht, oder die wirklich recht nette junge Dame vor etwas, das nach irgendeiner Sorte von Mädchen riecht, die aufs Schlachtfeld der Wirtschaft hinabgestiegen sind, um dort ihren Lebensunterhalt zu verdienen...

Aber auch das tiefgründigste dieser zarten Verhältnisse war noch nicht über die seichten Wasser der Liebe hinausgeschritten, bestenfalls plätscherte es dort, wo man schwimmen muß, um nicht unterzugehen. Von den gefahrvollen Untiefen der Liebe, vom gewaltigen, schwungvollen Hochheben ihrer Wogen erlebte er nichts. Da war von Kleidergeschichten und von Nichtigkeiten die Rede, da gab es Eifersüchteleien, Schmeicheleien und gegenseitige Angeberei, Höhepunkte in einem erwiderten Händedruck, den kühnen Gebrauch von Vornamen, Höhepunkte während eines Spaziergangs, sparsame Vertraulichkeit, einen leisen Druck, der mehr oder weniger bedeuten konnte. Eng aneinandergeschmiegtes Sitzen auf einer Bank nach Einbruch der Dämmerung und einige Liebkosungen waren wirklich die kühnsten Erlebnisse eines Liebhabers, waren die äußerste Grenze seines Wagemutes im Dienste jener mächtigen großen Dame, welche die Tochter des Uranus und der See ist. Jene jungen Damen, die in seinem Herzen regierten, kamen und gingen wie die Menschen in einem Omnibus; da stand das Gefährt sozusagen auf der Landstraße, und sie stiegen ein und verließen es ohne Sturzflut der Leidenschaft. Trotzdem war diese Entfaltung des Interesses am andern Geschlecht für Kipps unaufhörlich reizvoll und bewahrte ihm mehr als irgend etwas anderes durch all diese Jahre der Knechtschaft die Freude am Leben.

6

Am Ende dieses Kapitels sei ein flüchtiges Zwiegespräch als Charakterskizze festgehalten.

Es ist ein strahlender Sonntagnachmittag. Der Schauplatz ist eine einsame kleine Bank in der Mitte der Leas, und Kipps ist vier Jahre älter geworden, seit er von Ann Abschied nahm. Ein deutlich wahrnehmbarer Flaum sprießt über seine Oberlippe, und seine Kleidung ist so imposant, wie es seinen Verhältnissen entspricht. Sein Kragen ist so hoch, daß er auf der Unterseite des Kinns eine Narbe zurückläßt, und sein Hut hat eine gewellte Krempe; seine Krawatte zeigt guten Geschmack, seine Hosen sind von eher unauffälliger Eleganz, seine Stiefel haben helles, mit Stoff gefüttertes Oberleder und seitlich einen Knopf. Er sticht mit einem billigen Rohrstock vor sich in den Kies und blickt von der Seite auf Flo Bates, die junge Dame von der Kasse. Sie trägt eine helle Bluse und einen bunt herausgeputzten Hut. Sie verbreitet eine Atmosphäre des Modischen, die vielleicht der gründlichen Analyse einer Dame von Welt nicht standhalten könnte, die aber völlig ausreicht, um Kipps sehr stolz auf die Auszeichnung zu machen, gerade ihr »Bursche« zu sein, und auf die Erlaubnis, sie gelegentlich mit ihrem Vornamen anreden zu dürfen.

Das Gespräch ist leicht und fröhlich in zeitgemäßer Manier, und Flo behält stets ihr Lächeln, wie gute Laune überhaupt ihren besonderen Charme ausmacht.

»Seh'n Sie, Sie meinen nicht, was ich meine«, sagt er gerade.

»Na, was meinen denn Sie?«

»Nicht was Sie meinen!«

»Nun, sagen Sie's mir!«

»Ah! Das ist was ganz anderes.«

Pause. Sie sehen einander bedeutungsvoll an.

»Sie sind einer, der nur umständlich sein kann«, sagt die Dame.

»Na, wissen Sie, Sie sind auch nicht immer einfach und klar!«

»Nicht einfach und klar?«

»Nein.«

»Sie wollen doch nicht sagen, daß ich umständlich bin?«

Nein, ich will sagen ... obgleich ...« Pause.

»Na – und?«

»Sie sind nicht ein bißchen einfach, nicht ein bißchen hausbacken, Sie sind (seine Stimme springt in ein Piepsen über) hübsch. Verstehn Sie?«

»Oh, hör'n Sie auf!« Auch sie piepst jetzt – vor Vergnügen.

Sie schlägt mit ihrem Handschuh nach ihm, dann blickt sie plötzlich auf einen Ring an ihrem Finger. Ihr Lächeln schwindet für einen Augenblick. Wieder eine Pause. Ihre Blicke begegnen sich, und das Lächeln kehrt zurück.

»Wenn ich nur wüßte ...« sagt Kipps.

»Was – wüßte!«

»Woher Sie diesen Ring haben.«

Sie hebt die Hand bis zur Höhe ihrer hübschen Augen, mit denen sie Kipps jetzt schelmisch ansieht. »Das möchten Sie jetzt gern wissen«, sagt sie gedehnt, und lächelt noch strahlender mit dem Gefühl für erfolgreiche Wirkung.

»Ich glaub', ich könnt's erraten.«

»Ich glaub', Sie könnten's nicht.«

»Wirklich nicht?«

»Nein!«

»Auf dreimal errat' ich's.«

»Den Namen nicht.«

»Oho!«

»Ah!«

»Na, jedenfalls möcht' ich mir ihn anschaun.«

Er betrachtet ihn. Pause. Gekicher, leichtes Sich-Sträuben und ein Klaps auch Kipps' Rockärmel. Ein Passant erscheint unten am Promenadeweg, und sie zieht ihre Hand hastig zurück.

Sie blickt ins Gesicht des sich nähernden Mannes. Beide schweigen verschämt, bis er vorbeigegangen ist...

Der Holzschnitzerkursus

I

Obgleich diese Dienste an der Göttin der flüchtigen Liebesbeziehungen und das Studium der Kunst, sich geschmackvoll zu kleiden, viel dazu beitrugen, seine trüben Gedanken zu zerstreuen und seine früheren Nöte zu lindern, wäre es reiner Optimismus, Kipps nun als wunschlos glücklich zu bezeichnen. Ein dunkles Gefühl der Unzufriedenheit mit dem Leben umhüllte ihn gelegentlich gleich einem Nebelschleier. Während solcher Perioden wurde ihm in bedrükkender Weise klar, daß ihm etwas – etwas, das das Leben erst lebenswert macht, fehle. Kipps hätte keinen vernünftigen Grund dafür angeben können, daß er den Verdacht nicht los wurde, er gehe am Leben vorbei oder sei vielleicht schon unwiderruflich am Leben vorbeigegangen. Die zunehmende Befangenheit des Jünglingsalters entwickelte diese Vermutung zu einem deutlich empfundenen Mangel. Handschuhe in der Hand tragen, Türen öffnen, niemals »Miss« zu einem Mädchen sagen und an der »Außenseite« der Dame spazieren, all das war ja recht schön und gut, aber gab es denn nichts anderes und, durchaus vorstellbar, noch Tiefergehendes, ehe die Vollendung erreicht war? Beispielsweise bestimmte Gebiete des Wissens? Weite Sümpfe der Unwissenheit stellte er bei sich selbst fest, suchte noch dort Fallstricke, wo andere Leute, angeblich wirkliche Gentlemen und Ladies und auch die Geistlichen, Wissen und Selbstvertrauen besaßen. Er aber hatte manchmal große Mühe, diesen Sümpfen der Unwissenheit zu entgehen. Eines Tages kam ein Mädchen in die Putzwarenabteilung und behauptete, französisch und deutsch sprechen zu können. Gewisse Annäherungsversuche wies sie verächtlich ab, und die Erkenntnis seiner Minderwertigkeit schmerzte Kipps. Doch versuchte er, den Vorfall in scherzhafter Weise abzutun, indem er, sooft er sie traf, »Parlez-vous Francey« sagte und den Junglehrling veranlaßte, ihr dasselbe zu sagen.

Er unternahm sogar einige schwache, halb geheimgehaltene Versuche, die Mängel und Lücken, die er bei sich vermutete, zu beheben. Für fünf Folgen der Zeitschrift *Home Educator* gab er fünf Shilling aus, kaufte einen Shakespeare, Bacons *Advancement of Learning* und die Gedichte Herricks – Bücher, die er sogar zu lesen gedachte – von einem jungen Mann, der sich in Geldnöten befand. Einen ganzen Sonntagnachmittag lang kämpfte er mit Shakespeare und fand, daß die Kenntnis der englischen Literatur, mit der ihn Mr. Woodrow ausgestattet hatte, durch einen Spalt seines Geistes entschwunden war. Er bezweifelte nicht, daß dieses Zeug ganz großartig war, aber er konnte nicht recht erkennen, worum es eigentlich ging. Den Werken der Literatur lag, wie er noch wußte, ein verborgener Sinn zugrunde, und den hatte er übersehen. Überdies entdeckte er eines Tages, während er dem Junglehrling spöttisch seine Unwissenheit vorhielt, daß seine »Flüsse Englands« ihm auch entfallen waren, und erst nach mühevollem Nachdenken gelang ihm die Wiedergabe des einst auswendig Gelernten: »*Tyne Wear Tees Humber* ...«

Ich glaube, daß solch eine Phase der Unzufriedenheit bei jedem Heranwachsenden durchaus üblich ist. Der reifende Geist sucht etwas, woran sein Wille feste Form annehmen kann, worauf sich seine unsteten Gefühlsregungen, die mit jedem Lebensjahr reichlicher werden, konzentrieren können. Bei vielen, wenngleich nicht bei allen, entwickelt er sich zum Religiösen hin; aber gerade in jenen Jahren war die geistige Atmosphäre Folkestones ausnahmsweise frei von jeder Störung durch religiöse Eiferer, welche die geistige Natur von Kipps hätte beeinflussen können. Manchmal wird der junge Mensch von der Liebe angerührt. Mir sind aber auch Fälle bekannt, in denen dieser inneren Unsicherheit mit dem Gelöbnis ein Ende bereitet wurde, allwöchentlich ein Buch – nicht etwa einen Roman – zu lesen, die Bibel in einem Jahr zu Ende zu lesen, die Zulassungsprüfung zum Studium an der Londoner Universität mit Auszeichnung zu bestehen, ein perfekter Apotheker zu werden und nie mehr zu lügen. Bei Kipps führte diese Phase schließlich zur Ausbildung für einen technischen Beruf, wie sie hier im Süden Englands praktiziert wird.

Im letzten Jahr seiner Lehrlingszeit hatte er seine Nachforschungen nach jener fehlenden Qualifikation im Verein Junger Männer Folkestones weitergeführt, in dem Mr. Chester Coote eine maßgebende Rolle spielte. Mr. Chester Coote, noch jung an Jahren, besaß ein bescheidenes eigenes Vermögen, erbte einen Anteil an einer Häusermaklerfirma, las Mrs. Humphry Ward und interessierte sich für Sozialarbeit. Er war ein junger Mensch mit auffallend blassem Gesicht, vorspringender Nase, hellblauen Augen und einer leicht vibrierenden Stimme. In den Ausschüssen war er sehr aktiv; bei allen gesellschaftlichen Anlässen stand er im Vordergrund und machte sich nützlich, trat auf Rednertribünen in Erscheinung und war bei all den halboffiziellen Ereignissen zugegen, bei denen sich die Prominenten unters Volk mischen. Er lebte bei seiner einzigen Schwester. Kipps und den andern jungen Männern im Verein las er einmal einen anspornenden Aufsatz über »Selbsthilfe« vor. Er sagte, das Bestreben, sich selbst aus einer schwierigen Lage zu befreien, sei wohl das edelste unter allen unseren englischen Charaktermerkmalen, und er fiel arg über die »überbildeten« Deutschen her. Am Schluß machte ein junger deutscher Friseur einige anerkennende Bemerkungen, die letzten Endes zu einer feierlichen Lobrede auf die Politik des Hauses Hannover wurden. In dem Maße, als er in Erregung geriet, wurde seine Stimme heiser und unverständlich; die Versammelten wieherten vergnügt über solch lächerliches Englisch, und Kipps war derart belustigt, daß er darüber sein persönliches Vorhaben vergaß, diesen Chester Coote zu fragen, wie er, Kipps, aus eigener Kraft mit ein wenig Selbsthilfe für sich den Anfang machen könnte angesichts eines so knappen zeitlichen Spielraums, wie er ihm durch Mr. Shalfords System zugestanden wurde. Später freilich, des Nachts, fiel es ihm wieder ein.

Wenige Monate später, nachdem seine Lehrzeit beendet war und Mr. Shalford ihn unter geringschätzigen Bemerkungen als Volontär mit zwanzig Pfund im Jahr angestellt hatte, tauchte diese Frage wieder auf. Unmittelbaren Anstoß gab ein Artikel über die Ausbildung in technischen Berufen, der zufällig in einem Morgenblatt erschienen war, das ein Handlungsreisender zurückgelassen hatte. Dieser Artikel brachte die rechten Worte zur rechten Zeit. In Kipps ging damals tatsächlich so etwas wie eine geistige Bekehrung vor sich, eine kaum merkliche Verdichtung seiner Entschlußkraft. Der Artikel war mit leidenschaftlicher Eindringlichkeit abgefaßt und spornte ihn zunächst dazu an, sich über die örtlichen Kurse in Naturwissenschaften und bildender Kunst zu erkundigen; nachdem er mit jedem im Geschäft darüber gesprochen hatte und den Ratschlägen von all denen, die seinen tollkühnen Entschluß unterstützten, gefolgt war, machte er mit. Zuerst besuchte er den Kursus in Freihandzeichnen, da dieses Fach am Abend nach dem frühen Ladenschluß unterrichtet wurde. Er hatte bereits einige Fortschritte in jenem bemerkenswerten Verfahren gemacht, Zeichenvorlagen zu kopieren, was seit zwei Generationen allgemein als Unterricht in bildender Kunst galt, als die Termine der Kurse geändert wurden. So fand er sich, als die Märzwinde bliesen, jählings in die Klasse der Holzschnitzer versetzt; zunächst wendeten sich seine Sinne dieser nützlichen und den Bildungshorizont erweiternden Beschäftigung zu und hierauf deren Lehrerin.

2

Der Kurs für Holzschnitzerei war ein äußerst exklusiver Kursus, den damals eine junge Dame namens Walshingham leitete; und da diese junge Dame vom Schicksal dazu ausersehen war, Kipps sehr viel mehr als die Holzschnitzerei zu lehren, wird es angebracht sein, wenn sich der Leser ein richtiges Bild von ihr macht. Sie war nur um etwa ein Jahr älter als er, hatte ein blasses, durchgeistigtes Gesicht, dunkelgraue Augen und schwarzes Haar, das sie auf eine originelle und auffallende Art über der Stirne trug, die sie einem Porträt von Rossetti im South Kensington Museum abgeguckt hatte. Sie war schlank, so daß sie eher hochgewachsen aussah, ohne dabei linkisch zu wirken, und ihre Hände waren wohlgeformt und weiß, wenn sie in Berührung mit Händen kamen, die viel mit Einfärben und Bearbeiten von Blöcken zu tun hatten. Sie kleidete sich in jene bauschigen und heiteren Modelle von mattgetönten Mischfarben, die in der Epoche der sozialistischen Ästhetik die Mode prägten und bis heute diejenigen kennzeichnen, die Turgenjews Romane lesen, marktgängige Unterhaltungsliteratur verachten und in höheren Kategorien denken. Ich glaube, sie war so schön wie die meisten schönen Menschen, für Kipps aber war sie die Verkörperung der Schönheit schlechthin. Sie hatte sich, wie Kipps erfuhr, an der Londoner Universität immatrikulieren lassen, was für seine Begriffe eine ganz erstaunliche Leistung war, und die meisterliche Art, in der sie zeigte, wie man rechtschaffene Holzstücke durch Stechen und Sich-Plagen in nutzlose und unerfreuliche Reliefschablonen umwandelt, nötigte ihm höchste Bewunderung ab.

Als Kipps erfahren hatte, daß er von einem »Mädchen«

unterrichtet werden sollte, hätte er sich zuerst beinahe hierüber geärgert, um so mehr, als sich Buggins erst vor kurzem sehr heftig über das grobe Unrecht der Beschäftigung von Frauen geäußert hatte. »Wir müssen für Ehefrauen sorgen«, sagte Buggins (obwohl er in Wirklichkeit nicht einmal für eine sorgte), »und wie sollen wir das zuwege bringen, wenn da Mädchen in Mengen kommen und uns die Arbeit wegnehmen?« Später freilich betrachtete Kipps das Problem in Verbindung mit Pearce von einem anderen Gesichtspunkt und dachte, es werde eher lustig sein. Aber als er schließlich sie sah und als er sah, wie sie unterrichtete und ihm mit eindrucksvoller Behutsamkeit näher kam, stockte ihm der Atem vor Furcht und vor der eigenartigen Wirkung ihrer dunklen, schlanken Weiblichkeit.

Die Klasse bestand zunächst aus zwei Mädchen und einer unverheirateten Dame reiferen Alters, alle drei Freundinnen Miss Walshinghams, die eher bestrebt schienen, sie in einem interessanten Experiment zu unterstützen als wirklich fachkundige Holzschnitzerinnen zu werden. Dann gab es noch einen bebrillten, schwarzbärtigen Mann, der offensichtlich über seine erste Jugend hinaus war, nie mit jemand sprach und anscheinend zu kurzsichtig war, seine Arbeit als Ganzes zu sehen; einen kleinen Jungen, von dem es hieß, er habe ein besonderes Talent zum Holzschnitzen, und die Wirtschafterin einer Fremdenpension, die in jedem Winter, wie sie Mr. Kipps sagte, »sich Kurse gönnte«, als ob diese ein Stärkungsmittel wären, und »fand, daß sie ihr gut taten«. Gelegentlich kam auch Mr. Chester Coote – kultiviert und jeder Zoll ein Gentleman – vorgeblich in Angelegenheiten des Vereinsausschusses in den Kursus, in Wahrheit aber, um mit der weniger attraktiven der beiden Studentinnen zu sprechen. Manchmal traf auch ein Bruder Miss Walshinghams am Ende der Kursstunde ein, um seine Schwester heimzubegleiten. Er war ein schmächtiger, dunkelhaariger, blasser junger Mann, der ein wenig dem jungen Napoleon ähnelte.

Alle diese einprägsamen Gestalten hinterließen in Kipps ein Gefühl der Unterlegenheit, die im Falle Miss Walshinghams abgrundtief empfunden wurde. Die Ideen und das Wissen, worüber sie allem Anschein nach verfügten, ihre persönliche Handlungsfähigkeit und Unabhängigkeit eröffneten seiner Phantasie eine neue Welt. Diese Menschen kamen und gingen mit einem Gefühl vollkommener Selbstsicherheit vor einem erdrückenden Hintergrund von Gipsabdrücken, Zeichnungen, Tischen, Bänken und einer Tafel, einem Hintergrund, der mit tiefgründigem Wissen, verborgenen, eifersüchtig gehüteten Fingerzeigen und Geheimnissen, welche die Kunst und das höhere Leben ausmachen, gesättigt zu sein schien. Er stellte sich vor, wie sie in ihre Wohnungen heimkehrten, in denen mit vornehmer Würde und ungezwungen Klavier gespielt wurde, Bücher auf Tischen verstreut umherlagen und wo man sich üblicherweise einer Fremdsprache bediente. Zweifellos waren ihre Mahlzeiten kompliziert, sie kannten die guten Umgangsformen und wußten, wie man alle die Fehler vermeidet, wofür Kipps Penny-Handbücher, wie »Was zu vermeiden ist«, »Häufige Fehler beim Sprechen« und dergleichen mehr kaufte. Von all dem wußte er nichts, überhaupt nichts; er war ein Geschöpf, das von draußen aus der Dunkelheit kam und nun blinzelnd ins unvermutet Helle trat.

Er hörte sie leichthin und freimütig miteinander über Prüfungen sprechen, über Bücher und Gemälde, über die vorjährige Akademie – ein wenig geringschätzig –, und einmal, gerade am Ende einer Kursstunde, disputierten Mr. Chester Coote, der junge Walshingham und die beiden Mädchen über etwas Besonderes, wie er gehört zu haben glaubte »Vagner« oder »Vargner«, das sich in Kürze zum Namen eines Mannes formte, der Musik komponierte (Carshot und

Buggins konnten es auf diesem Gebiet nicht mit ihnen aufnehmen). Dann gab der junge Walshingham anscheinend irgend etwas zum besten, das ein »Epigramm« war, und erhielt dafür von allen Beifall. Kipps fühlte sich, wie gesagt, als Geschöpf aus dem Dunkel draußen, als unentschuldbarer Eindringling in eine außergewöhnliche Welt. Beim Anhören des Epigramms lächelte er zuallererst, um Verständnis vorzugeben, doch sofort unterdrückte er dieses Lächeln wieder, um zu zeigen, daß er nicht zuhöre. Dann wurde ihm außerordentlich heiß und ungemütlich, obwohl niemand sein Verhalten beobachtet hatte.

Zweifellos bestand die einzige Möglichkeit, seine abgrundtiefe Minderwertigkeit zu verbergen darin, den Mund zu halten, und inzwischen schnitzte er mit gewissenhafter Sorgfalt und erniedrigte seine Seele noch vor Miss Walshinghams Schatten. Die kam dann, gab ihm Anleitungen und beriet ihn, wobei sie nach seinem Empfinden ihre Verachtung für ihn nur mit Mühe verbarg; und es stimmt, daß sie in ihm am Anfang nur den unbeholfenen jungen Mann mit den roten Ohren sah.

Sobald er sich von der ersten Wirkung bedingungsloser und ehrfurchtsvoller Demut befreit hatte, entdeckte er, daß er sich in einem Zustand der Verehrung für Miss Walshingham befand, von dem als Verliebtheit zu sprechen, für ihn fast einer lästerlichen Vertraulichkeit gleichkam. Daß er sich aus seinem anfänglichen Seelenzustand zur Erkenntnis menschlicher Gleichheit durchringen konnte, verdankte er dem Bedürfnis der Wirtschafterin, während der Arbeit zu plaudern, und da sie Miss Walshingham und deren Freundinnen nicht besonders mochte, der junge Mann mit Brille aber schwerhörig war, redete sie natürlich mit Kipps.

Was Kipps für Miss Walshingham empfand, hatte, dies muß man verstehen, nichts mit »Flirten«, »Poussieren« und mit jener oberflächlichen Leidenschaft zu tun, die sich auf der Leas und dem Pier durch feurige Blicke verständigt – das war ihm vom ersten Augenblick an klar. Ihr blasses, vergeistigtes junges Gesicht unter dem dunklen, melancholisch wirkenden Haargewölk ordnete sie einer besonderen Rangstufe zu; in ihrer Nähe verflüchtigte sich jeder Gedanke an galante Höflichkeitsbezeugungen. Ihr nahe zu sein, Opfer für sie zu bringen und selbstverständlich für sie zu sterben, schien ihm das Äußerste, nach dem er oder irgendein anderer verlangen durfte. Denn wenn seine Liebe Demütigung war, dann war sie jedenfalls soweit männlich, daß diese Demütigung alle seine Geschlechtsgenossen betraf. Kipps war noch nie der Gedanke gekommen, irgendeinen Mann in seinem innersten Herzen als ihm überlegen anzuerkennen. Wer dies tut, für den ist das Spiel verloren, er kann sich nicht mehr zu den Jungen zählen.

Alle anderen Empfindungen Kipps' verblaßten vor dieser strahlenden Helle. Er verfiel ins Grübeln über sie und verwechselte hierüber beinahe den Kretonnestoff mit einem Stück Holz, das der Gestaltung harrte; zur Teestunde schwebte ihm ihr Bild vor Augen, löschte die Gesichter um ihn aus, machte ihn still, gedankenverloren und so gleichgültig in seinem Verhalten, daß der neben ihm sitzende Junglehrling sich über ihn lustig machte und seine gewaltigen Bisse ins Butterbrot nachäffte, ohne dafür gerügt zu werden. In der Abteilung für Galanteriewaren büßte er merklich an Beliebtheit ein, das Klima im Kostümraum war frostig, und die Angestellten der Abteilung für Damenhüte schenkten ihm überhaupt keine Beachtung. Er aber machte sich nichts daraus. Ein unregelmäßig geführter Briefwechsel mit Flo Bates, der begann, als sie Mr. Shalfords Kassenpult für einen Posten in Turnbridge, »näher von daheim« aufgegeben hatte, entflammte Kipps im Anfangsstadium zu beispiellosen Höhepunkten brieflichen Mitteilungsbedürfnisses, erlosch aber letzten Endes infolge seiner Nachlässigkeit.

So verspürte er kaum Herzweh, als er erfuhr, daß Flo, vielleicht wegen ihrer Vernachlässigung durch ihn, »ein Verhältnis mit einem Kerl hatte, der eine Farm bewirtschaftete«.

Jeden Donnerstag stach und meißelte er an einem Stück Holz, stach und meißelte sich überschneidende Kreise, Rautenverzierungen, kurz, jenes gekünstelte Nichts, welches unsere verrückte Welt Zierat nennt. Dabei beobachtete er verstohlen Miss Walshingham, doch immer nur, wenn sie ihm abgewandt war. Die Folge davon waren bucklig ausgestochene Kreise, und da die Ornamente auf seinen Holztafeln ihre Symmetrie verloren, boten sie dem Auge des ungeübten Betrachters einen verhältnismäßig erfreulichen Anblick. Einmal stach er sich in den Finger. Zu gerne hätte er sich in alle seine Finger gestochen, hätte er so nur einen Weg gefunden, die Gelegenheit zu nützen, sich über die verschwommenen Gemütsbewegungen, die ihn erfüllten, zu äußern. Aber er ging einem Gespräch mit ihr ebenso ernsthaft aus dem Wege, wie er es herbeisehnte; er fürchtete, daß dann seine so krasse Unwissenheit in allen Dingen ans Tageslicht kommen könnte.

3

Dann kam ein Tag, da sie nicht imstande war, eines der Fenster im Klassenzimmer zu öffnen. Der Schwarzbärtige war in seine Holzschnitzerei vertieft, ohne auf anderes zu achten...

Kipps zögerte keinen Augenblick, die Gelegenheit beim Schopf zu packen. Er warf seinen Hohlmeißel hin und trat vor. »Lassen Sie mich«, sagte er...

Aber auch er konnte das Fenster nicht öffnen!

»Oh, bitte bemühen Sie sich nicht«, sagte sie.

»Nicht der Rede wert«, keuchte er.

Das Schiebefenster saß noch immer fest. Er fühlte, daß

seine Männlichkeit auf dem Spiele stand. Da raffte er sich zu einer gewaltigen Anstrengung auf; die Scheibe zerbrach mit einem Knacks, und er stieß mit seiner Hand hinaus ins Leere.

»Aufpassen!« sagte Miss Walshingham, und das Glas fiel laut klirrend in den Hof hinab.

Dann wollte Kipps seine Hand zurückziehen und fühlte plötzlich die scharfe Berührung der Kante des zerbrochenen Glases an seinem Handgelenk. Bekümmert wendete er sich um. »Es tut mir furchtbar leid«, sagte er, als er Miss Walshinghams vorwurfsvollem Blick begegnete. »Ich glaubte nicht, daß es auf solche Art zerbrechen würde«, als ob er erwartet hätte, es werde auf eine ganz besondere und entschieden angenehmere Art zerbrechen. Der Junge mit dem Talent zur Holzschnitzerei starrte Kipps einen Augenblick lang ins Gesicht, dann wand und krümmte er sich, vor Vergnügen kichernd.

»Sie haben sich am Handgelenk geschnitten«, meinte eines der Mädchen, stand auf und deutete auf seine Hand. Sie war ein stark sommersprossiges Mädchen mit heiterem Gesicht und hilfsbereitem Wesen, und sie sprach diese Worte so freundlich, als sei sie eine ausgebildete Krankenschwester.

Kipps blickte zu Boden und sah eine scharlachrote Spur schnell an seiner Hand hinabfließen. Er sah, wie der andere männliche Kursteilnehmer das Ganze mit weit aufgerissenen Augen verfolgte. »Ja, Sie haben sich am Handgelenk geschnitten«, sagte jetzt Miss Walshingham, und Kipps betrachtete nunmehr seine Verletzung mit mehr Interesse.

»Er hat sich am Handgelenk geschnitten«, sagte die unverheiratete Dame zur Wirtschafterin und schien unschlüssig zu sein, was eine Lady in solchen Fällen tun sollte. »Es...«, sie zögerte beim Wort »blutet« und nickte statt dessen der Wirtschafterin zu.

»Schrecklich«, fügte sie dann hinzu und versuchte, ihre Neugierde, auf die verletzte Hand zu blicken, zu bezähmen.

»Natürlich hat er sich am Handgelenk geschnitten«, sagte die Wirtschafterin, die im Augenblick über Kipps recht verärgert war; und die andere junge Dame, die Kipps für einen ziemlich gewöhnlichen jungen Mann hielt, fuhr ruhig in ihrer Schnitzarbeit fort, mit einer Miene, die besagte, daß dies das einzige Richtige sei – obgleich niemand außer ihr dies zu wissen schien.

»Sie müssen einen Verband anlegen«, sagte Miss Walshingham.

»Wir müssen einen Verband anlegen«, meinte das sommersprossige Mädchen.

»Ich hatte nicht die geringste Ahnung, daß das Fenster so kaputtgehen würde«, beteuerte Kipps offenherzig. »Nicht die geringste.«

Wieder blickte er auf das Blut an seinem Handgelenk, und es schien ihm, daß es schon im nächsten Augenblick auf den Boden dieses gepflegten Klassenzimmers tropfen werde. So leckte er es sehr sauber ab und suchte zugleich nach seinem Taschentuch. »Oh, tun Sie das nicht!« sagte Miss Walshingham, und das Mädchen mit den Sommersprossen machte eine Gebärde des Schauderns. Das Kichern gewann inzwischen beim Jungen mit dem Schnitztalent die Oberhand und triumphierte mit unschicklichen Geräuschen. Trotzdem glaubte nun Kipps zu erkennen, daß sein Tun, welches Miss Walshingham zu ihrem Einspruch veranlaßt hatte, eher eine vor nichts zurückschreckende und mannhafte Behandlung einer schließlich in Ehren erhaltenen Wunde war.

»Die Wunde sollte verbunden werden«, ließ sich die Wirtschafterin jetzt vernehmen und hielt ihren Meißel senkrecht in der Hand. »Es ist schon ein arger Schnitt, wenn die Wunde so stark blutet.«

»Wir müssen einen Verband anlegen«, meinte das sommersprossige Mädchen, und zögernd fragte sie Kipps: »Haben Sie ein Taschentuch?«

»Weiß nicht, wie's mir passiert ist, keins mitzunehmen«, war seine Antwort. »Ich ... weil ich keinen Schnupfen habe, hab' ich vermutlich irgendwie nicht geglaubt ...!«

Er mühte sich, ein weiteres Fließen des Blutes einzudämmen.

Einen Augenblick lang zog das Mädchen mit den Sommersprossen die Aufmerksamkeit Miss Walshinghams auf sich. Dann betrachteten beide Kipps' Verletzung. Der talentierte Junge, der mit einem reuigen Gesichtsausdruck von einer lebhaften Tätigkeit unter seinem Pult wieder aufgetaucht war, machte Gesten wie einer, der verschämt seine Hilfe anbietet, was aber nicht beachtet wurde. Von des Mädchens Blick gebannt hatte Miss Walshingham plötzlich ein Taschentuch zur Verfügung. Im Hintergrund war die Stimme der unverheirateten Dame zu hören: »Ich habe alle Sanitätskurse der technischen Berufsausbildung zweimal durchgemacht und ich weiß, man macht es so, wenn's eine Vene ist und so, wenn's eine Arterie ist – zumindest macht man's so bei der einen und so bei der andern, welche es auch sein mag – aber ...«

»Wenn Sie mir bitte Ihre Hand geben wollen«, sagte das sommersprossige Mädchen und fing mit Miss Walshinghams Unterstützung an, Kipps sehr sachkundig einen Verband anzulegen. Ja, sie bandagierten Kipps tatsächlich. Sie zogen seine Ärmel hoch – zum Glück waren sie nicht arg durchgescheuert – hielten sein Handgelenk, umwickelten es mit dem weichen Taschentuch und verknoteten dieses sorgfältig. Und Miss Walshinghams Gesicht, das Antlitz jenes nahezu göttlichen übermenschlichen Wesens, kam dem Gesicht Kipps' ganz nahe.

»Wir tun Ihnen nicht weh, nicht wahr?« meinte sie.

»Nicht ein bißchen«, behauptete Kipps, und dabei wäre er auch geblieben, selbst wenn sie ihm den Arm abgesägt hätten.

»Wissen Sie, wir haben keine Erfahrung«, warf das sommersprossige Mädchen ein, und Miss Walshingham fügte hinzu: »Das ist wirklich eine ganz arge Schnittwunde.«

»Es ist wirklich nicht arg«, sagte Kipps, »und Sie machen sich so viel Mühe um mich. Es tut mir so leid, daß ich dieses Fenster zerbrochen hab'. Ich kann mir aber auch nicht vorstellen, was ich sonst hätt' tun können.«

»Es handelt sich nicht so sehr um die Schnittwunde, sondern um die Gefahr einer Blutvergiftung«, ließ sich die Unverheiratete wieder hören.

»Natürlich bin ich durchaus bereit, das Fenster zu bezahlen«, Kipps gab sich nun das Ansehen eines Wohlhabenden; er atmete schwer.

»Wir müssen den Verband so fest wie nur möglich machen, um die Blutung zu stillen«, sagte das Mädchen. Kipps aber machte nun das zerbrochene Fenster mehr zu schaffen als die Wunde. »Ich glaub' wirklich nicht, daß es so schlimm ist, aber es tut mir schrecklich leid, daß ich das Fenster zerbrochen hab'.«

»Legen Sie Ihren Finger auf den Knoten, mein Lieber«, forderte das Mädchen Kipps auf.

»Wie? Ich meine ...«

Beide jungen Damen machten sich eifrig am Knoten zu schaffen, und Mr. Kipps war rot vor Verlegenheit und sah den beiden gespannt zu.

»Brandig geworden und mußte abgesägt werden«, verkündete die unverheiratete Dame.

»Abgesägt, ach nee!« Ein Schauder durchlief die Wirtschafterin.

»Richtig abgesägt«, wiederholte die andere und stach in ihrem zerstückelten Modell herum.

»So«, sagte das sommersprossige Mädchen, »ich glaub', das sollte reichen. Sind Sie sicher, daß es nicht zu fest ist?«

»Nicht ein bißchen«, antwortete Kipps. Er begegnete den Augen Miss Walshinghams und lächelte, um zu zeigen, wie wenig er sich aus Wunden und Schmerzen machte. »Es ist ja nur ein kleiner Schnitt«, fügte er hinzu.

Die unverheiratete Dame trat jetzt zu den dreien. »Sie hätten die Wunde auswaschen sollen, mein Lieber«, meinte sie. »Ich sagte es eben zu Miss Collins...« Sie guckte durch ihre Brille auf den Verband. »Das sieht nicht ganz richtig aus«, bemerkte sie kritisch. »Sie hätten die Sanitätskurse besuchen sollen. Aber ich glaube, es wird schon genügen müssen. Haben Sie Schmerzen?«

»Nicht ein bißchen«, entgegnete Kipps und setzte ein strahlendes Lächeln auf, als wäre er ein tapferer Soldat in einem Lazarett.

»Das muß ja weh tun«, sagte Miss Walshingham.

»Immerhin sind Sie ein sehr braver Patient«, warf die Sommersprossige ein.

Mr. Kipps errötete leicht. »Es tut mir nur leid, daß ich das Fenster zerbrochen habe – weiter nichts«, sagte er. »Aber wer hätte gedacht, daß es so leicht zerbrechen würde?«

Eine Pause trat ein.

»Ich fürchte, Sei werden heute abend nicht mehr weiterschnitzen können«, sagte Miss Walshingham.

»Ich werd's versuchen«, erwiderte Kipps. »Es tut wirklich nicht weh – hat nichts zu bedeuten.«

Bald darauf trat Miss Walshingham zu ihm, als er heroisch mit seiner verletzten, mit ihrem Taschentuch verbundenen Hand schnitzte. In ihren Augen lag ein Zug von Anteilnahme, der neu an ihr war. »Es tut mir leid, daß Sie jetzt nicht sehr rasch vorankommen«, meinte sie.

Das sommersprossige Mädchen blickte auf und sah Miss Walshingham bedeutsam an.

»Auf jeden Fall arbeite ich ein wenig«, entgegnete Kipps. »Ich will keine Zeit unnütz verstreichen lassen. Ein Bursche wie ich hat nicht viel Zeit zu verlieren.«

Das bescheidene In-Abrede-Stellen eigener Werte, das in den Worten »Ein Bursche wie ich« lag, beeindruckte die Mädchen. Das ließ ein Licht auf diesen schwer verständlichen Menschen fallen, und Miss Walshingham wagte es, seine Arbeit als »vielversprechend« herauszustreichen und ihn zu fragen, ob er beabsichtige, die Richtung weiter zu verfolgen. Kipps wußte es wirklich nicht – das hinge von so vielem ab, doch wenn er kommenden Winter in Folkestone sei, wollte er es gewiß tun. Damals kam es Miss Walshingham nicht in den Sinn zu fragen, weshalb sein Fortschritt in der Schnitzkunst von seiner Anwesenheit in Folkestone abhinge. Doch wurden noch einige weitere Fragen gestellt und beantwortet; sie alle setzten das Gespräch mit ihm noch eine Weile fort, selbst als Mr. Chester Coote den Raum betreten hatte. Als schließlich das Gespräch zu Ende gegangen war, wurde Kipps erst so recht bewußt, wie viel er seinem zerschnittenen Handgelenk zu verdanken hatte …

Vor dem Einschlafen rief er sich nachts jenes Gespräch zum zwanzigsten Male ins Gedächtnis zurück, einiges wie einen Schatz bewahrend, anderes erweiternd und Dinge einschiebend, die er Miss Walshingham anvertraut haben könnte – Dinge, die er noch über sich selbst sagen könnte – in mehr oder weniger deutlicher Beziehung zu ihr. Über eines war er sich noch nicht ganz im klaren: ob er seinen Arm nicht etwa gern ein bißchen brandig haben wollte, was ihn interessant machen würde, oder aber völlig zugeheilt, was die außergewöhnliche Reinheit seines Blutes bezeugen würde.

4

Die Sache mit dem zerbrochenen Fenster ereignete sich gegen Ende April, und der Kursus ging im Mai zu Ende. In der Zwischenzeit gab es mehrere unbedeutendere Vorkommnisse, aber auch starke Gefühlsausbrüche. Wenn ich den Anschein erweckt habe, daß sein Gesicht unschön sei, bin ich Kipps gewiß nicht gerecht geworden. Es war, wie das sommersprossige Mädchen Miss Walshingham gegenüber hinwies, ein interessantes Gesicht, und jene Merkmale, die hauptsächlich aus ungebändigtem Haar und rotglühenden Ohren bestanden, waren für den Gesamteindruck nicht entscheidend.

Sie sprachen ausführlich über ihn, und das sommersprossige Mädchen glaubte einen nachdenklich-sehnsüchtigen Zug in seinem Wesen zu entdecken. Sie stellten natürliches Zartgefühl bei ihm fest, und die Sommersprossige nahm sich vor, seine Scheu zu überwinden. Sie war neunzehn und ein sehr verständiges, mütterliches und gütiges Mädchen, und es war ihr wirklich lieber, Kipps auszuholen, als Löcher ins Holz zu bohren. Für sie war es ganz offenkundig, daß Kipps in Helen Walshingham verliebt war, und dies beeindruckte sie als eine seltsame, romantische, sympathieerregende und äußerst interessante Tatsache. Und da sie Helen damals »einfach reizend« fand, schien es ihr nur recht und billig, Kipps in seinem unauffälligen Bemühen zu unterstützen, sich in einem Zustand absoluter Hingabe Helen zu weihen.

Infolge ihrer mitfühlenden Beeinflussung zeichnete sich die Lage von Kipps gar bald deutlich ab. Er fühlte sich in seiner Lage unglücklich, ja mißverstanden. Er erzählte ihr, er scheine bei seinen Kunden keinen richtigen Erfolg zu haben, und sie legte ihm diese Feststellung als »zu feinfühlig« aus. Die Unzufriedenheit mit seinem Schicksal, das erschreckende Gefühl, daß Bildung für ihn unerreichbar war, Sorgen, welche Zeit und Gewöhnung ein wenig übertünchten, das alles lebte in alter Heftigkeit wieder auf, freilich ohne das Gefühl früherer Hoffnungslosigkeit. Als Grundlage für echtes Mitgefühl waren diese Sorgen sogar ein Quell der Freude.

Eines Tages geschah es beim Mittagessen, daß Carshot und Buggins sich über »diese Bücherschreiber« zu unterhalten begannen; wie Dickens ein »Schwarzmaler« gewesen sei und Thackeray »ein Künstler, der nicht einmal seine Zeichnungen habe verkaufen können« und wie Samuel Johnson ohne Stiefel nach London gewandert sei, nachdem er sein einziges Paar »aus purem Hochmut« weggeworfen habe. »Alles ist Glückssache«, meinte Buggins, »in einem sehr hohen Maß. Man braucht nur zufällig auf etwas zu stoßen, das zieht, und schon ist man ein gemachter Mann!«

»Davon führen die auch ein schönes, bequemes Leben«, sagte Miss Mergle. »Schreiben gerade nur etwa eine Stunde, und für einen Tag ist's wieder mal geschafft! Fast wie die vornehmen Leut'.«

»Da steckt mehr Arbeit drin, als man glauben möchte«, nahm Carshot jetzt herablassend das Wort.

»Ich hätte nichts dagegen, mit ihnen gegen alles das hier zu tauschen«, warf Buggins ein. »Ich möchte einen dieser Schriftsteller sehen, wie er mit Jimmy Preiszettel auf neue Ware klebt!«

»Ich glaub', sie schreiben ziemlich viel voneinander ab«, lästerte Miss Mergle.

»Sogar dann«, sagte Carshot, »schreiben sie's eigenhändig ab.«

So fuhren sie fort, sich weitläufig über das Leben eines Literaten auszulassen, über seine Sorgenfreiheit, sein Ansehen, über die gesellschaftliche Anerkennung jener, die ein solches Leben führten, und über die reichlichen Genüsse, die ihre Überheblichkeit ihnen ermöglichte. »Überall Bilder von ihnen – nie erscheinen sie in einem neuen Anzug, ohne fotografiert zu werden – fast wie Mitglieder des Königshauses«, sagte Miss Mergle.

Dieses Gerede beeindruckte die Phantasie unseres Kipps außerordentlich. Da gab es eine Klasse, welche die gesellschaftliche Kluft zu überbrücken schien. Einerseits im Grunde von bescheidener Herkunft, aber durch Umstände außerhalb des Bereichs der Wirklichkeit in der Lage, in jene Ränge gesellschaftlicher Überlegenheit emporzusteigen, die jeder richtige Engländer anstrebt, Rangstufen, auf denen man dem Butler ein Trinkgeld geben, einen Schneider mit Verachtung strafen und sogar mir solchen vertraulichen Verkehr pflegen kann, die »Männer in die Schlacht führen«. »Fast wie vornehme Leut'« – das war's. Er brütete über diesen Dingen den ganzen Nachmittag, bis sie zu Tagträumen erblühten. Hätte er zum Beispiel zufällig ein Buch geschrieben, ein weithin bekanntes Buch, und dies unter einem Decknamen, und wäre dennoch die ganze Zeit über weiter Schnittwarenhändler geblieben... unmöglich, natürlich; aber angenommen... Daraus wurde eine ziemlich lange Träumerei.

Schon im darauffolgenden Holzschnitzerkursus ließ er sich das Bekenntnis entlocken, daß er eigentlich für sein Leben gern ein Schriftsteller werden wolle – »nur bekommt man eben keine Chance«.

Danach gab es Zeiten, da Kipps jenes angenehme Gefühl verspürte, das sich einstellt, sobald man Interesse auf sich lenkt. Er war ein stummer, ruhmloser Dickens, auf jeden Fall aber etwas Ähnliches, und sie alle glaubten ihm das. Die Entdeckung dieses unbestimmbaren Etwas an ihm, dessen Entfaltung gegenwärtig in schmerzlicher Weise eingeschränkt und daher unmöglich war, trug viel dazu bei, die Kluft zwischen ihm und Miss Walshingham zu überbrükken. Er war nicht »vulgär«, sondern unglücklich, ihm waren keine Erfolgsaussichten beschieden. War dies auch jetzt noch so, da sich ihm Hilfe bot...? Die beiden Mädchen, besonders die Sommersprossige, suchten ihn zu einer Anstrengung anzuspornen, seinen ihm zugeschriebenen verborgenen Talenten gerecht zu werden. Sie waren noch jung genug, um zu glauben, daß netten und gut aussehenden Angehörigen des männlichen Geschlechts – besonders unter weiblicher Aufmunterung – letzten Endes nichts unmöglich sei.

Das sommersprossige Mädchen führte in dieser Angelegenheit Regie, aber Miss Walshingham war die machtvoll thronende Gottheit. Ein Schimmer von Eigentumsstolz trat manchmal in ihre Augen, wenn ihre Blicke auf ihn fielen. Er gehörte ihr – bedingungslos – und sie wußte es.

Kipps richtete kaum jemals das Wort unmittelbar an sie. Was er sich immer wieder an kühnen Reden ausdachte, die er an sie richten wollte, sagte er üblicherweise nicht, oder sagte es entsprechend abgeschwächt dem Mädchen mit den Sommersprossen. Und eines Tages versetzte dieses Mädchen seinem Herzen einen Stich. Sie blickte zum andern Ende des Klassenraumes, wo ihre Freundin ein Schnitzmodell vom Regal nahm, und sagte zu ihm: »Also wirklich, ich glaube, Helen Walshingham ist zuweilen die reizendste Person auf der ganzen Welt. Schau'n Sie sie nur jetzt wieder an!«

Einen Augenblick lang verschlug es Kipps den Atem. Sekunden verrannen, und sie betrachtete ihn so, wie ein intelligenter junger Chirurg die Operation an einem Patienten ohne Betäubungsmittel beobachtet haben könnte. »Sie haben recht«, sagte er, und dann sah er den Gegenstand seiner Verehrung mit einem Ausdruck völliger Selbstvergessenheit an.

Sie errötete unter seinem Blick, in dem ein stummes Geständnis lag, und er geriet in lebhafte Verwirrung. »Ich glaub' es auch«, brach es heiser aus ihm hervor; er räusperte sich und setzte nach kurzem Nachdenken seine Holzschnitzarbeit mit heiligem Eifer fort.

»Sie sind auch wirklich wunderschön«, sagte das sommersprossige Mädchen zu Miss Walshingham, als sie zusammen auf dem Heimweg waren, unvermittelt, »er betet Sie einfach an.«

»Aber, meine Liebe, was hab' ich denn eigentlich getan?« meinte Helen.

»Das ist's ja eben«, antwortete das Mädchen, »was haben Sie eigentlich getan?«

Und dann nahte mit erschreckender Schnelligkeit die letzte Kursstunde, die diese Beziehung unerbittlich beendete. Kipps achtete wenig auf Termine, und so wurde er vom Eintreffen der Tatsache jäh überrascht. Eben als die Blätter seiner Blume sich so hoffnungsfroh entfalteten, hieß es »aus«, und alles war zu Ende. Aber Kipps kam erst zum Bewußtsein, daß dieses Ende tatsächlich, wirklich und wahrhaftig das Ende bedeutete, als er wieder ins Warenhaus zurückgekehrt war.

Dieses Ende begann genaugenommen in der Mitte des letzten Beisammenseins, als das sommersprossige Mädchen das Thema der Abschlüsse zur Sprache brachte. Dabei ging sie von der Frage aus, was er denn nach Beendigung des Kurses unternehmen wollte. Sie hoffte, er werde zu gewissen Entschlüssen zu seiner Vervollkommnung stehen, die er geäußert hatte. Ganz offen sagte sie, daß er es sich selbst schuldig sei, seine Fähigkeiten zu entwickeln.

Er bekundete seine feste Entschlossenheit dazu, sprach aber auch von Schwierigkeiten. So besaß er keine Bücher. Sie wies ihn an, wie er Bücher aus der öffentlichen Bücherei erhalten könne. Er sollte ein Antragsblatt für eine Lesekarte besorgen und dieses von einem Steuerpflichtigen unterschreiben lassen. Als sie meinte, Mr. Shalford würde das gewiß tun, sagte er »natürlich«, obwohl er nur zu gut wußte, daß bei Mr. Shalford mit einer derartigen Bitte nie etwas auszurichten war. Sie erklärte, daß sie über den Sommer nach Nordwales reisen werde, und er nahm ihre Mitteilung ohne irgendeine Äußerung des Bedauerns auf. Mehrmals jedoch äußerte er seine Absicht, mit dem Holzschnitzen weiterzumachen, sobald der Sommer vorüber sei, und einmal setzte er hinzu, »wenn...«

Sie hielt sich für zu zartfühlend, um ihn zu drängen, dieses »wenn« zu vervollständigen...

Nach jenem Gespräch schlich für ihn die Zeit dahin mit lustlosem Holzschnitzen und heimlichem Beobachten Miss Walshinghams.

Dann aber kam bald genug die Geschäftigkeit des Kofferpackens, des allgemeinen Händeschüttelns bis zu Miss Collins und der unverheirateten Dame reiferen Alters – und dann befand sich Kipps außerhalb des Klassenraumes auf dem Treppenabsatz mit seinen beiden Freundinnen. Ihm schien es, als habe er eben erst erfahren, daß dies der letzte aller Kursabende sei. Da trat eine kleine Pause ein; das sommersprossige Mädchen ging plötzlich in den Klassenraum zurück und ließ Kipps mit Miss Walshingham zum ersten Mal allein. Im Augenblick war Kipps sprachlos. Sie sah ihn mit einem Blick an, in dem gleichermaßen Zuneigung und Neugierde lag, und streckte ihm ihre weiße Hand entgegen.

»Nun, leben Sie wohl, Mr. Kipps«, sagte sie.

Er nahm ihre Hand und hielt sie in der seinen.

»Ich würd' alles tun«, sagte Kipps, doch hatte er nicht den Mut, »für Sie« hinzuzufügen. Verlegen hielt er inne.

Er schüttelte ihr die Hand und sagte: »Leben Sie wohl.«

Eine kurze Pause trat ein. »Ich hoffe, Sie werden einen angenehmen Urlaub verbringen«, sagte sie.

»Ich werde jedenfalls nächstes Jahr zum Kurs wiederkommen«, erwiderte Kipps ritterlich und wendete sich hastig der Treppe zu.

»Ich hoffe, Sie werden kommen«, entgegnete Miss Walshingham.

»Wirklich?« stieß er hervor.

»Ich hoffe, alle werden wiederkommen.«

»Ich – auf jeden Fall«, sagte Kipps. »Darauf können Sie sich verlassen«; und er versuchte besondere Bedeutung in diese Worte zu legen.

Schweigend sahen sie einander an.

Dann sagte sie: »Leben Sie wohl.«

Kipps zog seinen Hut.

Sie wendete sich dem Klassenraum zu.

»Nun?« fragte das sommersprossige Mädchen und trat wieder zu ihr.

»Nichts«, antwortete Helen. »Zumindest – jetzt nicht.« Und sie begann energisch einige verstreut auf einem Tisch liegende Werkzeuge einzusammeln. Das Mädchen verließ den Raum und blieb kurz auf dem oberen Treppenabsatz stehen. Als sie zurückkehrte, blickte sie ihre Freundin lange prüfend an. Das Vorgefallene schien ihr bedeutsam – außerordentlich bedeutsam. Es war natürlich einmalig und ungereimt, aber das war's, das war die Sache, die für ein junges Mädchen von so grundsätzlicher Bedeutung ist: ein starkes Gefühl, die Unterwürfigkeit und schließlich der Triumph ihrer Weiblichkeit, der all dem die Krone aufsetzte. Sie konnte sich des Gefühls nicht erwehren, daß Helen die Sache ein wenig zu schwer nahm.

Chitterlow

I

Zur üblichen Zeit der Kursstunde am folgenden Donnerstag befand sich Kipps in einem Zustand geradezu unvorstellbarer Verzagtheit. Da saß er, den Blick auf die Uhr des Leseraumes gerichtet, das Kinn auf die Fäuste und die Ellbogen auf einen Stoß Witzblätter gestützt, deren Witz – dem Himmel sei's geklagt – heute leider vergeblich sprühte. Er beachtete nicht den kleinen Mann mit Brille, der ihm gegenübersaß und ihn anstarrte, sein verzehrendes Verlangen nach Witzblättern kaum unterdrückend. Eben an dieser Stelle war er, Kipps, Abend für Abend gesessen, und jeder dieser Abende war glückseliger gewesen als der vorangegangene, und er hatte gewartet, bis es Zeit würde zu *ihr* zu gehen! Und dann – o Seligkeit! Und nun war wieder die Stunde gekommen, und da war kein Kursus. Bis zum kommenden Oktober würde kein Kursus stattfinden. Ja vielleicht würde, so weit es ihn betraf, nie wieder ein Kursus stattfinden.

Es könnte wohl sein, daß – für ihn – nie wieder ein Kursus stattfände, denn Shalford hatte an einer gewissen Geistesabwesenheit, die zu Fehlern führte, ernstlich Anstoß genommen. Insbesondere der Umstand, daß Kipps im Schaufenster für Baumwollwaren aus Manchester mehrere Artikel mit falschen Etiketten versehen hatte, bewirkte, daß Shalford in den letzten paar Tagen auf äußerst lästige Weise an ihm herumnörgelte.

Er seufzte tief, stieß die Witzblätter von sich, die ihm sofort von dem kleinen bebrillten Mann entrissen wurden, und prüfte eingehend alte Stiche von Folkestone, die rings an den Wänden hingen. Aber auch sie vermochten sein verletztes Herz nicht zu trösten. Eine Zeitlang schlenderte er durch die Gänge der Bibliothek und beobachtete eine Weile die Anzeigetafel. Ein fabelhaftes Ding! Aber er hielt sich nicht lange damit auf. Leute kamen und unterhielten sich lachend neben ihm, und das fiel ihm schrecklich auf die Nerven. Als er aus dem Gebäude auf die Straße trat, schien ihn eine scheußlich quietschvergnügte Drehorgel zu verhöhnen. Von einem verzweifelten Entschluß getrieben ging er zum Strand hinunter. Dort würde er vielleicht doch mit sich allein sein. Möglicherweise war die See stürmisch und so auf seine Gemütsverfassung abgestimmt. Gewiß würde es dort dunkel sein.

»Einen Penny gäb' ich dafür, der Teufel sollt' mich holen, wenn ich mich nicht am Ende des Piers ins Wasser schmisse… *Ihr* würde ich doch nie fehlen…«

Immer mehr steigerte er sich in einen bestimmten Gedanken hinein.

»Penny – nein! Twopence«, sagte er nach einer Weile.

In tiefe Schwermut versunken ging er die Dover Street entlang – in Schritt und Stimmung, als wär's sein eigener Leichenzug – und überquerte die Straße an der Ecke zur Tontine Street, unbekümmert um alles Irdische. Und dort, an jener Stelle, kam das Schicksal auf ihn zu, verkleidet und mit einem lauten Schrei; ein Mensch mit ungewöhnlich klangvoller, kräftiger Stimme hatte diesen Schrei ausgestoßen, dem ein heftiger Stoß in Kipps' Rücken folgte.

Sein Hut rutschte ihm über die Augen herab, ein Koloß ruhte auf seinen Schultern, und etwas stieß von hinten an sein Bein.

Dann lag er auf allen vieren in einem Dreckhaufen, den Fortuna im Bunde mit der Stadtbehörde von Folkestone und im Verfolg von gleichermaßen geheimnisvollen Zielen in verschwenderischem Ausmaß zu seinem Empfang angehäuft hatte.

Einige Sekunden lang blieb er in solcher Lage, erwartete weitere Ereignisse und dachte, daß nahezu alles an ihm außer seinem Herzen zerbrochen sei. Als er schließlich zu erkennen glaubte, daß diese zeitlich begrenzte Gewalttätigkeit beendet sei und vielleicht, weil ihn eine zupackende Hand dabei unterstützte, stand er auf und sah sich einer Gestalt gegenüber, die ein Fahrrad hielt, und einem dunklen Gesicht, das sich ihm mit ängstlich-forschendem Blick zuwendete.

»Sie sind doch nicht verletzt, mein Freund?« schnaufte die Gestalt.

»Waren Sie's, der mich über'n Haufen gerannt hat?« brachte Kipps hervor.

»Diese Lenkstange, wissen Sie«, sagte die Gestalt mit der Miene eines Leidensgefährten. »Sie ist zu niedrig. Und wenn ich die Richtung ändern will und ich nicht dran denke – brr! – und schon kracht's.«

»Na – Sie haben mir jedenfalls einen Mordsschlag in den Rücken versetzt«, meinte Kipps, der eine Bestandsaufnahme seiner Leibesschäden machte.

»Sie müssen wissen, ich bin gerade bergab gefahren«, erklärte der Radfahrer. »Diese kleinen Hügel von Folkestone sind eine wahre Landplage. Glauben Sie mir, ich mein's ehrlich. Ich bin einfach heruntergepurzelt.«

»So war's wirklich«, warf Kipps ein.

»Ich hab' immerhin das Pedal betätigt, so gut ich eben konnte«, sagte der Radfahrer. »Freilich behaupte ich nicht, daß das Rückwärtstreten meine Stärke ist.«

Er blickte um sich und machte eine plötzliche Bewegung, als wollte er sein Fahrrad besteigen. Dann aber wendete er sich ebenso schnell wieder Kipps zu, der sich nun niederbeugte und die Geschichte seiner Verletzungen fortsetzte.

»Hier, die Rückseite meines Hosenbeins ist ganz zerrissen«, sagte Kipps, »und ich glaub', ich blute. Sie hätten wirklich achtsamer sein müssen.«

Der Fremde untersuchte den Schaden mit einer hastigen Bewegung. »Heiliger Bimbam, tatsächlich!« Freundschaftlich legte er seine Hand auf Kipps' Arm. »Donnerwetter! Hören Sie mal zu! Kommen Sie in meine Bude und nähen Sie's zusammen. Ich bin ... natürlich bin ich schuld, und ich meine ...« Seine Stimme sank zu einem vertraulich-freundschaftlichen Flüsterton herab: »Dort ist ein Polizist. Lassen Sie sich nichts anmerken, daß ich Sie niedergestoßen habe. Wissen Sie, ich hab' keine Lampe. Für mich könnte es 'n bißchen unangenehm werden.«

Kipps sah zu dem näherkommenden Polizisten auf. Der Appell an seine Großmut war nicht an falscher Stelle angebracht. Sofort nahm er für seinen Angreifer Partei. Er stand aufrecht, als sich der Hüter des Gesetzes näherte und verhielt sich so, daß man keineswegs denken konnte, ein Unfall habe sich ereignet.

»Schon gut«, sagte er, »mach' weiter!«

»Ganz recht«, erwiderte der Radfahrer prompt und ging voran; und dann rief er, offensichtlich um die Täuschung vollkommen zu machen, sich halb nach hinten wendend: »Ich bin mächtig froh, daß ich dich getroffen hab', alter Junge.«

Nachdem sie am Polizisten vorbeigegangen waren, meinte er: »Es sind wirklich keine hundert Yards mehr; gleich um die Ecke.«

»Gewiß«, entgegnete Kipps, der leicht hinkte. »Ich will einem ordentlichen Kerl keinen Kummer bereiten. Unfälle passieren immer wieder. Trotzdem ...«

»Oh, und ob! Das will ich glauben. Unfälle passieren immer wieder. Besonders wenn man mich auf ein Fahrrad aufsitzen läßt.« Er lachte. »Sie sind nicht der erste, den ich umgerannt habe, selbstverständlich nicht! Ich glaub' auch nicht, daß Sie arg verletzt sein können. 's ist ja auch nicht so, als ob ich ganz wild gefahren wäre. Sie haben mich nicht kommen sehen. Ich hab' ja wie verrückt versucht, innezuhalten. Ihnen scheint es nur natürlich, daß ich schnell unterwegs gewesen sein muß. Und ich hab' alles getan, was ich konnte, um beim Auftreffen auf Sie den Stoß zu mildern. Es war gerade das Pedal, glaub' ich, das gegen Ihre Wade geschlagen hat. Aber wissen Sie, wie Sie sich dem Polizisten gegenüber verhalten haben, das war in Ordnung, sogar sehr in Ordnung. Wenn Sie ihm unter Umständen gesagt hätten, daß ich eben auf dem Rad gefahren sei, hätte ich vierzig Shilling zuviel in der Tasche gehabt. Vierzig! Ich hätte denen dann sagen müssen, daß für Mr. H. C. gerade jetzt Zeit Geld bedeutet.

Ich hätte Ihnen deswegen auch keine Vorwürfe gemacht, Sie verstehen! Nach einem derartigen Rempler wären vielleicht die meisten zur Bosheit geneigt. Das mindeste, was ich tun kann, ist, Ihnen Nadel und Zwirn zu spendieren. Und 'ne Kleiderbürste. Nicht jeder hätt' es so wie Sie aufgenommen.

Rücksichtsloses Fahren! Nun, wenn ich rücksichtslos gefahren wäre, hätten Sie – so wie Sie mir in die Quere gekommen sind – beim Zusammenstoß das Bewußtsein verloren.

Aber das sag ich Ihnen: Die Art, wie Sie das wegen dem Polizisten begriffen haben, war etwas, das man gesehen haben muß. Als ich Sie darum bat, habe ich kaum gehofft, Sie würden meine Bitte erfüllen. Und sofort, ohne mit der Wimper zu zucken! Hatten gleich Ihren festen Standpunkt. Ich sag' Ihnen, es gibt nicht viele Leute, die so gehandelt hätten wie Sie, das will ich offen aussprechen. Sie haben in Gegenwart des Polizisten wie ein echter Gentleman gehandelt.«

Kipps' ursprünglicher Eindruck erlittener Verletzungen verblaßte. Er humpelte etwa einen Schritt hinter dem Radfahrer her, gab als Antwort auf diese schmeichelhaften Bemerkungen geringschätzige Geräusche von sich und versuchte im übrigen, sich über den so verständnisvollen Menschen, der sie äußerte, Klarheit zu verschaffen.

Als sie an den Lampen vorbeigingen, fiel das Licht auf eine Gestalt, die vorne leicht zur Rundlichkeit neigte und auf mächtigen Beinen in weiten Kniehosen schwungvoll vorwärtsschritt; die Beine mit ungeheuer dicken Waden, die einen Kontrast zur eher dürftigen Wirklichkeit bei Kipps bildeten, waren überdies an Knien und Füßen nach außen gerichtet. Eine Radfahrermütze saß lässig-schief auf seinem Kopf und gab den Blick auf glatte Strähnen dunkelroten Haares frei; dann und wann wurde bei einer Wendung des Kopfes eine geräumige Nase sichtbar. Die muskulösen Backen dieses Menschen und sein einigermaßen fülliges Kinn waren glattrasiert, Schnurrbart trug er keinen. Seine Gebärden, weit ausholend und selbstsicher, ließen vor dem Hintergrund des engen, menschenleeren Gäßchens, das sie überquerten, an jemand denken, der Eigentumsrechte unwiderstehlich geltend macht. Eine Folge von breit gestikulierenden Schattenbildern entstand, die sich zu seinen Füßen duckten, dann wuchsen und von der Straße Besitz ergriffen, bis sie sich schließlich mit den Schatten des unendlichen Raumes vereinigten, als sie eine Lampe nach der andern passierten. Beim flackernden Licht einer von ihnen sah Kipps, daß sie in der Little Fenchurch Street waren. Dann bogen sie plötzlich um eine Ecke in einen dunklen Hof und hielten an der Tür eines besonders baufällig aussehenden Häuschens, das zwischen zwei größeren stand und von ihnen gestützt zu werden schien wie ein Betrunkener von Polizisten.

Der Radfahrer lehnte sein Zweirad vorsichtig ans Fenster, zog einen Schlüssel hervor und drückte ihn kraftvoll ins Türschloß. »Das Schloß ist ein bißchen kompliziert«, meinte er und widmete sich für einige Augenblicke der Aufgabe des Türöffnens. Irgendein Mechanismus schien in der Folge kaputtzugehen – aber die Tür war offen.

»Warten Sie lieber hier ein bißchen, bis ich die Lampe bringe«, bemerkte er zu Kipps, »höchstwahrscheinlich ist sie nicht gefüllt«, und damit verschwand er ins Dunkel des Korridors. »Dankt Gott für Streichhölzer!« rief er aus; Kipps glaubte im rötlich flackernden Licht einen Korridor zu erkennen und hatte den Eindruck, daß der Radfahrer in einen entfernteren Raum verschwand. Alles um ihn erregte dermaßen seine Aufmerksamkeit, daß er seine Verletzungen völlig vergaß.

Nach einiger Zeit wurde Kipps von einer rötlich schimmernden Petroleumlampe geblendet. »Sie gehn jetzt herein«, sagte der rothaarige Mann, »und ich werde das Fahrrad versorgen«; für kurze Zeit war Kipps in dem durch die Lampe erhellten Zimmer allein. Eher verschwommen nahm er den schäbigen Gesamteindruck des kleinen Raumes in sich auf. Da war ein runder Tisch mit einer zerrissenen, roten, vom Inhalt so mancher Gläser befleckten Tischdecke, worauf die Lampe stand; über dem offenen Kamin befand sich ein fleckiger Spiegel, der diesen widerspiegelte, und ein nicht mehr benutzter Gasbrenner. Im Kamin war das Feuer längst erloschen. Rund um den Spiegel waren einige verstaubte Ansichtskarten und Notizblätter angebracht; ein gleichfalls verstaubtes, vollgestopftes Papierregal stand auf dem Kaminsims, es enthielt eine Anzahl Fotografien im Kabinettformat. Schließlich gab es noch einen Tisch, der mit verstreut umherliegenden Papieren und Zigarettenasche bedeckt war und auf dem eine Siphonflasche mit Sodawasser stand. Dann erschien auch schon wieder der Radfahrer, und Kipps sah nun sein glattrasiertes, recht munteres Gesicht mit den hellen, rötlichbraunen Augen zum ersten Male. Der Mann war vielleicht um zehn Jahre älter als Kipps, aber sein bartloses Gesicht ließ sie beide gewissermaßen gleichaltrig aussehen.

»Was den Polizisten angeht, haben sie sich jedenfalls prima verhalten«, wiederholte er, als er zu Kipps trat.

»Ich kann mir nicht vorstellen, was ich hätt' sonst tun können«, wehrte Kipps bescheiden ab. Der Radfahrer sah nun seinen Gast zum ersten Mal forschend an und entschied sich, das zu tun, was einem Gastgeber zukommt.

»Lassen wir lieber den Schmutz ein wenig eintrocknen, bevor wir den Anzug bürsten. Whiskey ist da, guter alter Methuselah, kanadischer Roggenwhiskey; und dann noch Brandy, der ist auch in Ordnung. Welchen möchten Sie gern?«

»Ich weiß nicht«, Kipps fühlte sich überrumpelt; und da er sah, daß ihm nichts anderes übrigblieb als anzunehmen, meinte er: »Na, dann Whiskey.«

»Recht so, alter Junge; und wenn Sie meinen Rat hören wollen, dann trinken Sie ihn pur. Vielleicht bin ich in diesen Dingen kein besonderer Kenner, doch über den alten Methuselah weiß ich wirklich recht gut Bescheid. *Old Methuselah* – vier Sterne! Das bin ich! Der gute alte Harry Chitterlow und der gute alte Methuselah, die gehören zusammen. Pff! Fort ist er!«

Er lachte laut, blickte um sich, entfernte sich nach einigem Zögern und ließ Kipps im Zimmer zurück, der nun in Muße die Dinge darin genauer betrachten konnte.

2

Besonders fielen ihm die Fotografien auf, die das Zimmer schmückten. In der Hauptsache waren es Bilder von Damen. In einem Falle handelte es sich um eine Dame in einem enganliegenden Trikot, was Kipps »ein bißchen aufreizend« fand; aber eines stellte den Radfahrer im Kostüm aus einer längst vergangenen Zeit dar. Kipps brauchte nicht lange, um zu folgern, daß die Abgebildeten wahrscheinlich Schauspielerinnen waren und sein Gastgeber selbst Schauspieler war; die Existenz der Hälfte eines großen bunten Theaterzettels schien dies zu bestätigen. Bald nachher ließ er sich herab, ein Briefchen in einem Oxfordrahmen, der dafür um einiges zu groß war, zu lesen. »Lieber Mr. Chitterlow«, lautete es kurz und bündig, »wenn Sie mir doch das Stück, von dem Sie sprachen, senden wollen, werde ich mir Mühe geben, es zu lesen.« Danach folgte eine schwungvolle, aber absolut unleserliche Unterschrift, und quer über dem Blatt stand mit Bleistift geschrieben »Welcher Preis, Harry, gilt jetzt?« Und im Schatten neben dem Fenster war eine flüchtig hingeworfene, ziemliche Begabung verratende Skizze des Radfahrers in Kreide auf braunem Papier zu sehen. Die besondere Aufmerksamkeit des Zeichners galt der Krümmung der vorspringenden Konturen seines Rumpfes und der Waden sowie der munteren Art, in der seine Nase aus dem Gesicht ragte; die Skizze trug unverkennbar das Etikett »Chitterlow«, Kipps hielt sie »für ziemlich gelungen«. Die Papiere auf dem Tisch neben der Sodawasserflasche waren mit der Hand beschrieben, bemerkte Kipps; die Handschrift war von einer verkrampften, klecksigen Art und verlief schräg über die Seiten.

Alsbald hörte er metallisch klingenden Lärm wie von einer Aufeinanderfolge nicht wiedergutzumachender Bruchschäden, mit der das Schloß der Eingangstür seine Funktion ausübte, und dann erschien Chitterlow wieder, ein wenig außer Atem und mit einer Vier-Sterne-Flasche in seiner großen, sommersprossigen Hand.

»Setz' dich nieder, alter Junge«, sagte er, »setz' dich. Mußte schließlich doch weggehn, um einen zu kriegen. War keine einzige Flasche mehr übrig. Jetzt aber, wo wir hier beisammen sind, ist alles in bester Ordnung. Nein, setz' dich nicht auf den Stuhl dort, auf ihm liegen Manuskriptbogen von meinem Stück. Ja, der dort – mit der abgebrochenen Seitenlehne. Ich glaub', das Glas da ist sauber, aber spül' es auf jeden Fall mit einem Spritzer der Siphonflasche aus und schütt's in die Feuerstelle. Hier, ich werd's machen. Gib's her!«

Während er redete, nahm Mr. Chitterlow einen Korkzieher aus einer Tischlade, packte und bezwang den Kork des guten alten Methuselah in einer Manier, die einem Barkeeper Ehre gemacht hätte, wusch zwei Trinkgläser in seiner ungekünstelten, entschiedenen Art aus und goß einige Zoll der altehrwürdigen Flüssigkeit in jedes. Kipps nahm sein Glas, sagte leichthin »Danke« und führte es nach kurzem Zögern, ob er etwa »Auf dein Wohl« sagen sollte oder nicht, ohne dieses Zeremoniell an die Lippen. Eine Zeitlang beschäftigte ihn der Feuerbrand in seiner Kehle derart, daß er auf nichts anderes achtete; erst dann nahm er Mr. Chitterlow wahr, der sich eine kräftig duftende Bulldogpfeife angezündet hatte, gegenüber dem leeren Kamin saß und sich eine zweite Portion Whiskey eingoß.

»Immerhin«, Mr. Chitterlow ließ dabei seinen Blick auf der Flasche ruhen, und ein kleines Lächeln huschte über sein massiges Gesicht, »dieser Unfall hätte schlimmer sein können. Ich wollte mit jemandem ein bißchen plaudern, wollte aber nicht eine Kneipe aufsuchen, wenigstens keine in Folkestone, weil ich eigentlich Mrs. Chitterlow, die verreist ist, versprochen habe, es nicht zu tun. Ich hatte mehrere Gründe dafür, obwohl ich natürlich, wenn ich gewollt hätte – ich bin von der Sorte – es trotzdem täte. Na, da haben wir's jetzt! Ist doch merkwürdig, wie man beim Radfahren draußen auf Menschen stößt!«

»Nicht wahr!« bekräftigte Kipps, der spürte, daß es für ihn an der Zeit sei, auch etwas zu sagen.

»Da sind wir nun, sitzen beisammen und plaudern wie

alte Freunde, und noch vor einer halben Stunde haben wir nichts von unserem Vorhandensein gewußt. Zumindest haben wir nicht gewußt, daß es den andern gibt. Ich hätte vielleicht an dir auf der Straße vorbeifahren können, und du hättest an mir vorbeigehen können; wie sollt' ich dann sagen, daß du, auf die Probe gestellt, dich so anständig verhalten hätt'st wie du dich tatsächlich verhalten hast. Nur ist's eben anders gekommen, und damit basta! … Du rauchst nicht! Möchtest eine Zigarette?«

Kipps antwortete ganz verwirrt, etwa, daß es ihm nichts ausmache, wenn er eine rauche, und trank in seiner Verlegenheit noch einen Schluck vom alten Methuselah. Er war imstande, den nun folgenden Lauf des Schlückchens ziemlich lange nachzuspüren. Ihm war, als schwinge der alte Herr eine brennende Fackel durch seine lebenswichtigen Organe, einmal hier und einmal dort etwas in ihm entzündend, bis schließlich alles in ihm glühte. Chitterlow holte nun einen Tabaksbeutel und Zigarettenpapier hervor, und während einer interessanten, aber nicht leicht verständlichen Zwischenbemerkung über eine Dame, die etwa Kitty oder sonstwie hieß und ihn die Kunst des Zigarettendrehens gelehrt hatte, als er damals erst das war, was man einen netten Jungen nennen könnte, drehte er Kipps eine Zigarette. Und mit einer Rücksichtnahme, die Kipps mit Dankbarkeit erfüllte, meinte er, daß Kipps am Ende vielleicht doch gern ein wenig Sodawasser zur Verbesserung des Whiskeys nehmen wolle. »Manche Leute mögen ihn so«, meinte Chitterlow und fügte dann mit großem Nachdruck hinzu, »ich nicht.«

Durch den mengenmäßig geschwächten Zustand seines Feindes kühn gemacht, schluckte Kipps hurtig dessen Rest hinunter und ließ es geschehen, daß sein Glas sogleich in gastfreundlicher Weise wieder gefüllt wurde. Er begann zu spüren, daß er von härterer Beschaffenheit war, als er gewöhnlich annahm, und wendete seine Aufmerksamkeit dem zu, was Chitterlow sagte; dabei war er entschlossen, eine größere Rolle in ihrer Unterhaltung zu spielen als bisher. Auch gelang es ihm recht gut, den Rauch durch seine Nase auszustoßen, eine Kunstfertigkeit, die er sich eben erst angeeignet hatte.

Unterdessen erklärte Chitterlow, daß er ein Bühnenschriftsteller sei, was Kipps die Zunge löste. Er erwiderte, er kenne einen, oder besser gesagt, einer seiner Kameraden kenne einen, oder zumindest, um vollkommen genau zu sein, der Bruder dieses Kameraden kenne einen, der ein Theaterstück geschrieben habe. Als sich Chitterlow nach dem Titel des Stücks erkundigte, konnte er sich daran nicht erinnern, auch nicht daran, wo es erschienen war, noch an den Namen des Intendanten, der es auf die Bühne brachte. Doch meinte er, der Titel habe ungefähr »Love's Ransom« oder so ähnlich gelautet.

»Er hat immerhin fünfhundert Pfund damit verdient«, sagte Kipps. »Das weiß ich.«

»Das ist gar nichts«, entgegnete Chitterlow mit dem selbstbewußten Gebaren des Lebenserfahrenen, das höchst überzeugend wirkte. »Gar nichts. Mag vielleicht dir als eine hohe Summe erscheinen, ich aber kann dir versichern, daß es nur so viel ist, als man an irgendeinem Tag bekommt. In einem wirklich guten Stück steckt jede Menge Geld, je-de Menge.«

»Glaub's wohl«, meinte Kipps und tat einen Schluck.

»Jede Menge Geld!«

Chitterlow begann eine Reihe erläuternder Beispiele aufzuzählen. Zweifellos war er ein Mensch von ganz einzigartiger Begabung für den Monolog. Es war, als ob ein Damm, der das Gespräch umgrenzte, geborsten und dieses plötzlich über Kipps hereingebrochen sei, und bald trieb er dahin auf einer wortreichen Stromschnelle des Klatsches über alle möglichen, Bühne und Schauspieler betreffenden Begebenheiten, von denen einer erzählte, der alles über sie wußte. Dabei konnte Kipps durchaus nicht ahnen, wohin ihn jene Stromschnelle tragen würde. Im weiteren Verlauf waren sie dann irgendwie bei Anekdoten über allseits bekannte Theaterintendanten angelangt – den kleinen Teddy Bletherskite, den alten Schlaufuchs Chumps und den großartigen Behemoth, »zu Tode geknutscht, du verstehst, krank gemacht von all diesen Weibern der Gesellschaft«. Verschiedene direkte Begegnungen mit diesen Persönlichkeiten schilderte Chitterlow immer mit bescheidener Abwertung seiner selbst und spielte Kipps eine sehr erheiternde Nachahmung des alten Chumps vor, als dieser einmal berauscht war. Dann nahm er rasch hintereinander noch zwei kräftige Portionen Whiskey zu sich.

Kipps verwandelte das Mundstück seiner Zigarette zu einer breiigen Masse, während er in der klügsten Manier gelegentlich »glaub's wohl« und »glaub's wirklich« Chitterlow gegenüber äußerte und im übrigen die ungezwungene Art, in welcher er sich mit dieser so außergewöhnlichen und unterhaltsamen Persönlichkeit verstand, bewunderte. Er ließ sich noch eine Zigarette drehen, und dann schlüpfte Chitterlow nach und nach unmerklich in die Rolle eines wohlhabenden und erfolgreichen Bühnenschriftstellers, der einem jugendlichen Bewunderer Rede und Antwort steht. Er ließ es sich angelegen sein, Fragen über Einzelheiten und Methoden in seiner beruflichen Laufbahn zu beantworten, die manchmal Kipps stellte und manchmal er selbst. Dabei unterzog er sich dieser sich selbst auferlegten Aufgabe mit großem Ernst und Nachdruck, befaßte sich mit der Sache so ausführlich, daß sie zuweilen unter einem Dickicht von Zwischenbemerkungen, Fußnoten und Episoden, welche sich von ihrem Stamm üppig ausbreiteten, gänzlich verdeckt zu werden schien. Aber sie tauchte immer wieder auf, meist auf dem Umweg über die Erläuterung ihrer eigenen Abschweifungen. Tatsächlich gab es da eine Menge an Stoff für die Biographie eines Mannes, der überall gewesen war und alles mögliche unternommen hatte (einschließlich des Falles des Ehrenwerten Thomas Norgate, der einen Rekord bedeutete), und der insbesondere mit ausgezeichneten Erfolgen und mit Gewinn in ganz Amerika und darüber hinaus in der ganzen zivilisierten Welt aufgetreten war. »Als ich dreißig, vierzig, fünfzig Dollars in der Woche verdiente…« – damit meinte er die Zeit, in die verschiedene seiner Anekdoten fielen.

Und als er mit der ihm eigenen kräftigen volltönenden, satten Stimme immer weiter redete und der alte Methuselah, unbestreitbar ein höchst betrunkener alter Schurke von einem Whiskey, im Innern von Kipps emsig tätig war, indem er da drinnen ein Lämpchen nach dem anderen anzündete, bis das Gefüge des kleinen Tuchhändlers erleuchtet war und wie ein öffentliches Bauwerk bei einem Fest erstrahlte, siehe da! Chitterlow und Kipps mit ihm, das Zimmer, in dem sie saßen, alles war verwandelt! Chitterlow wurde wahrhaftig zu jenem reifen Vollblutmenschen von unerschöpflicher Lebenserfahrung, Humor und Geist, zu jenem Gefährten von Shakespeare, Ibsen und Maeterlinck – drei Namen, die er in edler Bescheidenheit über dem seinen einordnete – und trug nicht länger eine unbestimmbare Kleidung, etwa nach Art der Segler, mit Radfahrerkniehosen, sondern war vornehmgeschmackvoll, wenn auch nicht streng modisch angezogen. Das Zimmer war nicht mehr ein kleiner, schäbiger Raum im Armeleuteviertel von Folkestone; es war größer geworden, war kostbarer ausgestattet, und die von Fliegen beschmutzten Fotografien waren nun zierliche alte Bilder; der Plunder an den Wänden hatte sich in höchst seltene und kostbare Nippsachen verwandelt, und die gute, alte Petroleumlampe erstrahlte in herrlichem, sanftem Licht. Eine gewisse jugendliche Glut, die vielleicht nach Ansicht vieler den Anspruch des viersternigen Methuselah auf reiferes Alter geschwächt haben mochte, schwand in jenem Glanze dahin. Zwei gebrannte Löcher und eine nach Abhilfe schreiende Stopfstelle im Tischtuch waren übrigens nicht mehr als wohltuende Kontraste im Hause des Genius; und was Kipps betraf – Kipps war ein aufgeweckter, vielversprechender junger Mann, der sich eben erst durch rasche, mutige Handlungsweise, die man durchaus nicht deutlich verlangt hatte, ausgezeichnet hatte. Er war dafür mit Einlaß in eine geweihte Stätte und mit vertraulichen Mitteilungen belohnt worden, Ehren, nach denen die üblichen Erfolgsjäger, ja selbst die »Damen der Gesellschaft« offenkundig vergeblich schmachteten. »Hab kein Verlangen nach denen, mein Junge; sie würden dem alten Harry mit ihrem Getue auf die Nerven gehen, weißt du! Die Kerle da draußen, Bankangestellte und Akademiker, sie alle wissen nichts vom wirklichen Leben. Glaub du ihnen nicht! Glaub ihnen nicht!«

Und dann ...!

Dumpf dröhnende Glockenschläge gerade inmitten einer äußerst unterhaltsamen Abschweifung über Schafsköpfe, die sich wandernden Schauspielertruppen anschließen, um den Eindruck zu erwecken, sie seien Schauspieler. Kipps fand es außerordentlich amüsant, wie Chitterlow ihre Plattheit enthüllte.

»O Gott!« rief Kipps, wie einer, der eben erwacht, »es ist doch nicht elf!«

»Muß wohl sein«, sagte Chitterlow. »Es war fast zehn, als ich den Whiskey holte. Es ist ja noch nicht spät ...«

»Trotzdem, ich muß jetzt gehn«, sagte Kipps und stand auf. »Sogar so ist es, vielleicht ... Tatsache ist – hatte keine Ahnung. Das Haustor wird um halb elf geschlossen, mußt du wissen. Ich hätt' vorher dran denken sollen.«

»Na, wenn du gehn mußt ...! Ich will dir was sagen. Ich

werde... Nanu! Da ist doch dein Hosenbein, nein Lieber! Hab's total vergessen! So kannst du nicht durch die Straßen gehn. Ich werd' den Riß zunähn. Und inzwischen nimm noch einen Whiskey.«

»Jetzt sollt' ich eigentlich weggehn«, protestierte Kipps ganz schwach; dann zeigte ihm Chitterlow, wie man auf einem Stuhl knien müsse, damit das zerrissene Hosenbein erreichbar sei, und der alte Methuselah war auf seiner dritten Runde emsig dabei, die zeitweilige Verfinsterung des Leuchtens in den Adern von Kipps zu reparieren. Da schüttelte sich Chitterlow plötzlich vor Lachen und mußte die Näharbeit einstellen, um Kipps zu sagen, daß sich diese Szene in einer Posse gar nicht schlecht ausnehmen würde... Und dann begann er die Posse zu skizzieren, und dies führte ihn zum Abschweifen auf eine andere Posse, von der er eine famose Eröffnungsszene geschrieben hatte, die vorzulesen keine zehn Minuten beanspruchen würde. Sie hatte etwas an sich, was vorher noch nie auf die Bühne gebracht worden war und doch durchaus bühnenfähig war: Da war ein Mann mit einem lebenden Käfer, der ihm vom Halse den Rücken hinunterkroch, wobei dieser Mann versuchte, in einem von Menschen erfüllten Raum ungezwungen und ruhig zu bleiben.

»Die werden dich nicht aussperren«, sagte er in einem außerordentlich beruhigenden Ton. Hierauf begann er zu lesen und zu spielen, was, wie er erklärte (nicht weil er es geschrieben hatte, sondern weil er wußte, daß er sich aufgrund seiner außergewöhnlichen Bühnenpraxis so verhielt) und was auch Kipps ganz deutlich sah, eine der besten Eröffnungsszenen war, die jemals geschrieben worden waren.

Als Chitterlow geendet hatte, fühlte sich Kipps, der selten genug fluchte, mindestens sechsmal zur Feststellung veranlaßt, daß diese Szene »verdammt gut« sei. Daraufhin nahm Chitterlow wie zur Bekräftigung eine geradezu gewaltige Portion des einfallsträchtigen Fossils und erklärte gleichzeitig, daß er selten einem so scharfsinnigen, verständigen Menschen begegnet sei wie Kipps – einem zielbewußteren vielleicht, das könne er noch nicht mit Bestimmtheit sagen, nachdem sie ja schließlich noch so wenig voneinander gesehen hatten; niemals jedoch einen scharfsinnigeren. Es sei eine Schande, daß ein so prächtiger und urteilsfähiger Mann mit Verstand und Geschmack des Nachts ab zehn – nun gut, ab halb elf – ein- oder ausgesperrt sein sollte; er hätte nicht übel Lust, dem alten Soundso (anscheinend Herausgeber einer Londoner Tageszeitung) zu empfehlen, Kipps sofort als Theaterkritiker anstelle des gegenwärtigen, unfähigen einzustellen.

»Ich glaub' nicht, daß ich jemals was geschrieben hab', was man drucken könnte«, meinte Kipps. »Freilich würd' ich's mächtig gern versuchen, wenn ich jemals dazu die Gelegenheit bekäme. Ja, mächtig gern. Oft genug hab' ich Preiszettel fürs Schaufenster geschrieben, sie auf Listen zusammengestellt und alles, was eben so dazugehört. Aber das ist ja was ganz anderes.«

»Du würdest um so unverbrauchter einsteigen, weil du es eben vorher nicht gemacht hast. Und die Art, wie du jede Einzelheit in dieser Szene erfaßt hast, mein Junge, hat mich unbändig gefreut. Ich sag' dir, du würdest William Archer leicht schlagen. Natürlich würdest du nicht so gekünstelt schreiben wie die Literaten, aber ich trau den Literaturkritikern nicht mehr als den literarisch gebildeten Stückeschreibern. Theaterstücke sind nun einmal nicht papierene Literatur – das eben ist das Wesentliche, das sie nie begreifen. Bühnenstücke sind eben Stücke für die Bühne. Nein! Das wird dich jedenfalls nicht behindern. Hier bist du ganz am falschen Platz, laß dir das sagen. Gerade so wie ich es war, eh' ich mich aufs Theaterspielen verlegt hab. Hängen laß ich mich, wenn ich nicht deine Meinung über die ersten beiden Akte der Tragödie, an der ich gerade schreibe, hören möchte. Davon hab ich dir noch nichts erzählt. Ich würde' nicht länger als eine Stunde brauchen, sie dir vorzulesen ...«

3

Soweit er sich hinterher erinnern konnte, nahm Kipps dann »noch einen« zu sich und dann, so schien es ihm, bestand er plötzlich ungeachtet der Tragödie darauf, daß er nun wirklich gehen müsse. Von diesem Punkt an konnte er sich nur mehr undeutlich an das Folgende erinnern. Gewisse Dinge blieben jedoch recht deutlich in seinem Gedächtnis haften, und da man im allgemeinen weiß, daß Betrunkene vergessen, was mit ihnen geschieht, war er folglich nicht betrunken. Chitterlow ging mit ihm, einerseits um ihn heimzubegleiten, andrerseits um vor dem Zubettgehen frische Luft zu schöpfen. Kipps erinnerte sich später sehr deutlich daran, wie er in der Little Fenchurch Street entdeckte, daß er nicht aufrecht gehen konnte, und auch daran, daß Chitterlows Nadel und Zwirn an seinem noch ungeflickten Hosenbein ein unbedeutendes, aber lästiges Geräusch hinter seinen Schritten auf dem Pflaster erzeugten. Er versuchte, die Nadel plötzlich zu erhaschen, stolperte aber und fiel hin. Unter schallendem Gelächter half ihm Chitterlow wieder auf die Beine. »Diesmal war's kein Fahrrad, alter Junge«, sagte Chitterlow, und das schien ihnen beiden zu diesem Zeitpunkt ein wirklich ganz außerordentlich guter Witz zu sein, weswegen sie vor Vergnügen aufeinander einboxten.

Später behauptete Kipps, ganz schrecklich betrunken zu sein und unmöglich gehen zu können, und Chitterlow nahm diesen Vorwand ernst genug, um Kipps zu stützen. Danach, so erinnerte sich Kipps, empfand er es als äußerst lächerlich und unsinnig, die Tontine Street bergab zu gehen, um dann wieder zum Textilwarenhaus Shalfords bergauf zu stapfen;

ebenso erinnerte er sich an seinen Versuch, dies Chitterlow begreiflich zu machen, was an seiner eigenen Ausgelassenheit und Chitterlows offensichtlicher Trunkenheit scheiterte. Seine nächste Erinnerung betraf die Frontwand des Handelshauses, das verschlossen und im Dunkel dastand und ihm mit all seinen gelben und grünen Streifen zu drohen schien. Die frostige Art, in der die Buchstaben »SHALFORD« im Mondlicht glitzerten, prägte sich mit besonderer Lebendigkeit seinem Gemüte ein. Es schien Kipps, als bliebe ihm jenes Haus in Ewigkeit verschlossen. Jene vergoldeten Buchstaben bedeuteten für ihn in Wahrheit das Wort FINIS und damit die Verbannung aus Folkestone. Er würde nie mehr Holz schnitzen, niemals Miss Walshingham wiedersehen. Nicht daß er je gehofft hätte, sie wiederzusehen. Aber dies jetzt war das Äußerste, dies war endgültig. Er war die Nacht über weggeblieben, hatte sich betrunken, da hatte es erst vor drei Tagen diesen Krach wegen der Einrichtung des Schaufensters für Manchesterwaren gegeben... Rückblikkend war er ganz sicher, daß er damals völlig nüchtern war, und im Grunde genommen äußerst unglücklich dazu, aber er machte nichtsdestoweniger gute Miene zum bösen Spiel und erklärte mannhaft, er mache sich nichts daraus, wenn er wirklich ausgesperrt würde.

Worauf ihn Chitterlow kräftig auf den Rücken schlug und meinte, das sei »ganz gehörig in Ordnung«; auch versicherte er ihm, daß er selbst, als er noch, ehe er sich der Schauspielerei zuwandte, ein Handlungsgehilfe in Sheffield gewesen war, manchmal sechs Nächte hintereinander ausgesperrt worden sei.

»Was folgt daraus?« meine Chitterlow. »Ich könnte auf diesen Posten zurückkehren, und sie wären froh, mich zu haben... Ja, froh, mich zu haben«, wiederholte er und fügte dann hinzu, »das heißt, wenn sie sich an mich erinnern – was nicht sehr wahrscheinlich ist.«

Kipps fragte ein wenig verzagt: »Was soll ich jetzt tun?«

»Draußen bleiben«, erwiderte Chitterlow. »Du kannst sie jetzt nicht durch Klopfen wecken – dadurch würdest du dich nur ins Unrecht setzen. Versuch' lieber, dich frühmorgens mit der Katze ins Haus zu schleichen. Das wird das Richtige für dich sein. Du wirst wahrscheinlich am Morgen ohne Schwierigkeit hineinkommen, wenn dich niemand verpetzt.«

Dann fühlte sich Kipps eine Zeitlang entschieden von Übelkeit befallen – was vielleicht die Folge jenes Schlages auf den Rücken sein mochte –, und so spazierte er, Chitterlows Rat befolgend, mit diesem zur Leas, um ein bißchen frische Luft zu schnappen. Schon nach kurzer Zeit wurde er das Übelgefühl los, indem er sich erbrach, und da klopfte ihm Chitterlow auf die Schulter und meinte, nun werde er sich in einer Minute besser fühlen – was dann auch zutraf. Der Wind hatte sich gelegt, und die Nacht, eine wunderschöne Mondnacht, konnte Kipps nach seinem Belieben verbringen. Nur dann und wann drehte sich's in seinem Kopf im Kreise, was die Schönheit dieser Nacht ein wenig trübte. So machten sie sich daran, auf der Leas in ihrer ganzen Länge bis zum Sandgate Lift und zurück zu spazieren. Während dieses Spaziergangs sprach Chitterlow zuerst vom Mondlicht, das die See veränderte und dann vom Mondlicht, das die Gesichter veränderte, und kam schließlich zum Thema Liebe. Bei diesem verweilte er lange, schöpfte aus einer Fülle von Lebenserfahrung und erläuternden Anekdoten, die Kipps bemerkenswert anregend und belangvoll fand. Von neuem vergaß dieser seine verlorengegangene Miss Walshingham und seinen wütenden Arbeitgeber. Er wurde gleichsam ein Desperado durch einfühlende Betrachtung.

Chitterlow hatte in dieser Hinsicht Abenteuer erlebt, eine ganz erstaunliche Vielzahl von Abenteuern; er war ein

Mann mit Vorleben, einem wahrhaft üppigen Vorleben, und es hatte den Anschein, als blicke er gerne zurück, um sich inmitten dieses üppigen Lebens wiederzufinden.

Er erzählte keine fortlaufende Lebensgeschichte, sondern gab Kipps lebhafte Momentaufnahmen von Liebesbeziehungen und Liebesverstrickungen. So war er einmal auf der Flucht – mit gutem Grunde auf der Flucht – vor dem Gatten einer Malaiin in Kapstadt. Im nächsten Augenblick war er in Verwirrungen der Leidenschaft zu einer Pastorstochter in York verstrickt. Dann kam er auf eine ungewöhnliche Gruppierung in Seaford zu sprechen.

»Da heißt's immer, du kannst nicht zwei Frauen zugleich lieben«, sagte Chitterlow. »Aber ich sag' dir ...« Heftig gestikulierend erhob er seine volltönende Stimme. »Das ist Quatsch! Quatsch!«

»Ich weiß das«, pflichtete Kipps bei.

»Nun, als ich mit Bessie Hoppers Truppe in den frühen Morgenstunden zusammen war, waren es drei.« Er lachte und entschloß sich, hinzuzufügen, »das heißt, Bessie nicht mitgerechnet«.

Er fing an, das Leben so zu enthüllen, wie es in Theatertruppen gelebt wird; es schien ein ganz erstaunlicher Dschungel ineinander verflochtener Affären zu sein, nichts als eine Liebeskelter zum Auspressen der Herzen.

»Die Leute reden, diese Art zu leben sei ein öffentliches Ärgernis und behindere die schauspielerische Arbeit. Ich versichere dir, daß es nicht so ist. Die Arbeit könnte ohne dieses Leben nicht stattfinden. Sie müssen so leben. Tun sie's nicht, dann fehlt ihnen das Feuer. Wenn sie das Temperament, das Feuer nicht hätten, würden sie nicht auf der Bühne stehen wollen; wenn sie es doch haben – tja!«

»Du hast recht«, sagte Kipps. »Das versteh' ich.«

Chitterlow übte hierauf eingehende Kritik an gewissen historischen Indiskretionen des Mr. Clement Scott, die Moral auf der Bühne betreffend. Da er vertraulich spreche und nicht als einer, der sich an die Öffentlichkeit wende, gebe er mit Bedauern die allgemeine Wahrheit dieser Bemerkungen zu. Er fuhr fort, verschiedene typische Beispiele zu zergliedern, die sich ihm persönlich nahezu aufgedrängt hatten, und dies mit besonderer Rücksicht auf den Gegensatz zwischen seinem Verhalten den Frauen gegenüber und dem des Ehrenwerten Thomas Norgate, mit dem er allem Anschein nach einst auf sehr vertrautem Fuße gestanden war...

Erregt lauschte Kipps diesen außergewöhnlichen Erinnerungen. Für ihn waren sie wunderbar, sie waren ganz unglaublich glaubwürdig. Dieser stürmische, leidenschaftliche, ungezügelte Lauf war der Weg, den das wirkliche Leben nahm – ausgenommen in erstklassigen Häusern. Solche Dinge kamen in Romanen, in Schauspielen vor – nur er war Narr genug gewesen, nicht zu begreifen, daß sie vorkamen. Sein Anteil am Gespräch bestand nunmehr wirklich nur aus schüchternen Randbemerkungen; Chitterlow redete tatsächlich ununterbrochen. Bald erhob er seine prächtige Stimme zu schallendem Gelächter, bald senkte er sie zu vertraulicher Eindringlichkeit, dann wieder tönte sie langsamgedehnt, in Erinnerungen schwelgend. Er war freimütig, und seine Freimütigkeit hatte die Wirkung einer Offenbarung, aber selbst seine Schweigsamkeit wirkte wie eine Offenbarung; so schwelgte eine überwältigend gestikulierende, vom Strahl des Mondlichts getroffene dunkle Gestalt im eigenen Selbst, während sie Kipps Abenteuer und Fleischeslust predigte. Doch zugleich war alles mit einem Schuß Sentimentalität, mit einer Art empfindsamer Raffinesse durchwirkt und auf eine sehr derbe, selbstgefällige Art mitgeteilt. Wieviel Schönes hatte er doch genossen! Sogar ehe er noch das gegenwärtige Alter von Kipps erreicht hatte, blickte er auf zahllose Genüsse zurück.

Nun, meinte er, indem er dem Gespräch plötzlich eine

andere Wendung gab, er habe sich die Hörner abgelaufen – irgendwann treffe dies für jeden zu – und jetzt, er bilde sich ein, es im Laufe des Abends erwähnt zu haben, sei er glücklich verheiratet. Sie war, so deutete er an, eine »geborene Lady«. Ihr Vater war ein angesehener Jurist, ein Anwalt in Kentish Town, »hat Wirtshausgeschäfte in Mengen gemacht«; ihre Mutter war eine Cousine zweiten Grades der Gattin von Abel Jones, dem modernen Porträtmaler – »in gewisser Hinsicht also beinahe Leute der eleganten Welt«. Das zählte nicht bei Chitterlow. Er war kein Snob. Was wirklich zählte war, daß sie besaß, was er ohne Furcht vor Widerspruch zu behaupten wagte: die allerschönste, obgleich vollkommen unausgebildete Altstimme auf der ganzen Welt. (»Aber um sie richtig zu hören«, behauptete Chitterlow, »braucht man einen großen Saal.«) Er wirkte jetzt etwas zerstreut, und war unter hastigen Kopfbewegungen im Begriff darzulegen, wann und unter welchen Umständen er in den Ehestand getreten war. Sie war, so schien es, »fertig mit ihren Verwandten«. Es war klar, daß sich Chitterlow mit diesen Leuten nicht sehr gut verstand. Anscheinend schätzten sie sein Stückeschreiben nicht, betrachteten es als keine einträgliche Betätigung, wogegen, wie er und Kipps wohl wüßten, Besitz, der nicht den Wunschträumen der Habsucht entspringe, schon nach kurzer Zeit sich vermehre. Nur Geduld und Beharrlichkeit seien dazu nötig.

Plötzlich machte er einen Gedankensprung und landete bei der Gastfreundschaft. Kipps müsse mit ihm heimgehen. Sie könnten nicht die ganze Nacht umherwandern, wenn daheim eine Flasche von der richtigen Sorte nach ihnen rief. »Du kannst auf dem Sofa schlafen. Jedenfalls wirst du nicht von gebrochenen Federn gequält werden, denn ich hab' sie alle eigenhändig vor zwei oder drei Wochen entfernt. Ich versteh nicht, wofür man sie überhaupt jemals eingesetzt hat. Das ist etwas, worüber ich Bescheid weiß. Ich hab' das besonders beachtet, als ich bei Bessie Hopper war. Drei Monate lang waren wir zusammen, in ganz England, Nord-Wales und auf der Insel Man, und nie traf ich ein Sofa in irgendeinem Quartier an, das nicht gebrochene Sprungfedern hatte. Nicht einmal – während der ganzen Zeit.«

Fast geistesabwesend setzte er hinzu: »So geht's manchmal eben.« Sie schritten die Hangstraße zur Harbour Street hinab und gingen am Pavilion-Hotel vorbei.

4

So gerieten sie wieder in den Bannkreis des alten Methuselah, und jener Ehrwürdige nahm unter Chitterlows Leitung die Erleuchtung von Kipps' Inneren mit der ihm eigenen gewissenhaften Gründlichkeit unverzüglich wieder auf. Mit der Miene eines Verdurstenden schenkte sich Chitterlow eine große Portion in sein Glas, entzündete wieder die Bulldogpfeife und versank eine Zeitlang ins Grübeln. Da weckte ihn Kipps aus seinen Betrachtungen mit der Bemerkung, er glaube, ein Schauspieler sei doch zuweilen stark dem Auf und Ab im Leben ausgeliefert.

Nun schien Chitterlow wieder munter zu werden. »Klar«, meinte er. »Und manchmal ist's seine eigene Schuld, manchmal wieder nicht. Gewöhnlich liegt die Schuld aber bei ihm. Ursachen gibt's da verschiedene. Ist's nicht die Ehefrau des Direktors, dann ist's eben eine Schanktischprahlerei. Ich kann dir sagen, Dinge passieren da manchmal ...! Ich bin ein Fatalist. Fest steht, du kannst nicht gegen deine Natur handeln. Du kannst von ihr nicht loskommen. Du glaubst vielleicht, daß du's kannst, aber du kannst es nicht.«

Einen Augenblick lang dachte er nach. »Es ist das, was die Tragödie ausmacht. Im Grunde Psychologie. 's ist die Ironie der Griechen – Ibsen – und so. Bis heut' noch.«

Er gab diese erschöpfende Kurzfassung großartiger moderner Kritik von sich, als wiederhole er eine Lektion, während er dabei an etwas ganz anderes dachte; und während er noch die Worte über die Lippen brachte, schien sich seiner eine Unruhe zu bemächtigen, was besonders beim Erwähnen Ibsens zutage trat.

Nun war Kipps für jegliche Mitteilung, die diesen ihm völlig neuen Namen betraf, durchaus empfänglich, und so legte Chitterlow Wert darauf, ihm unmißverständlich zu sagen, wo Ibsen nach seiner Meinung Mängel aufwies. Dies sei in gewissen Punkten der Fall, in denen er, Chitterlow, zufällig überzeugen könne. Natürlich verlange ihn keineswegs danach, sich mit Ibsen in irgendeiner Weise auf gleiche Stufe zu stellen; dennoch bleibe die Tatsache bestehen, daß seine eigenen Erfahrungen in England, Amerika und den Kolonien im ganzen genommen umfassender waren, als dies bei Ibsen jemals der Fall gewesen sein könne. Ibsen habe wahrscheinlich nie in seinem Leben eine zünftige Wirtshausprügelei gesehen. Das sei natürlich nicht Ibsens Schuld oder sein, Chitterlows, eigenes Verdienst, aber so verhielt es sich eben. Bei einem Genie – das wisse er – werde die Fähigkeit vorausgesetzt, alles zuwege zu bringen oder ohne irgend etwas auszukommen; dennoch sei er nun geneigt, dies zu bezweifeln. Er arbeite gerade an einem Stück, das vielleicht nicht den Beifall William Archers fände – dessen Meinung er schließlich nicht so sehr schätze wie die Meinung von Kipps, welches aber, wie er glaube, so gut aufgebaut sei wie alles, was Ibsen jemals geschrieben habe.

So kam Chitterlow in unendlicher Weitschweifigkeit schließlich auf sein Stück zu sprechen. Er beschloß, es Kipps nicht vorzulesen, sondern ihm dessen Inhalt zu erzählen. Das schien ihm um so einfacher, als vieles davon noch ungeschrieben war. Er begann den Entwurf der Handlung zu erläutern. Die Handlung war verwickelt; in ihrem Mittelpunkt stand ein Edelmann, der viel von der Welt gesehen hatte, der äußerst tatenfreudig war und der so gut wie Chitterlow über Frauen Bescheid wußte, das heißt, über die Frauen und alles, was sie betraf. Chitterlow geriet in Hitze und Erregung. Plötzlich erhob er sich, um eine Szene vorzuspielen, die nicht bloß durch Worte erklärt werden konnte. Es handelte sich um eine besonders lebendige Szene.

Kipps spendete der Szene leidenschaftlichen Beifall. »Ist verdammt gut«, sagte der neugebackene Bühnenkritiker, der mit seiner Rolle nun recht gut vertraut war, schlug mit der Faust auf den Tisch und stieß beinahe seine dritte Portion des alten Methuselah um. »ist verdammt gut, Chit'-low!«

»Du verstehst es also?« rief Chitterlow, und die letzten Spuren einer düsteren Stimmung verschwanden aus seinem Gesicht. »Guter alter Junge! Dachte ja, daß du es verstehn würdest. Aber 's ist eben das, was ein Literaturkritiker nicht begreifen kann. Jedoch ist das nur der Anfang ...«

Er füllte Kipps das Glas wieder und fuhr in seiner Darstellung fort.

Schon nach kurzer Zeit war es nicht mehr nötig, jenem über Gebühr gepriesenen Ibsen den rein konventionellen Vorrang einzuräumen, den er bisher gehabt hatte. Kipps und Chitterlow waren Freunde, und sie konnten frei und offen über Dinge sprechen, für die üblicherweise in Gesprächen kaum Platz bleibt.

»Jedenfalls«, behauptete Kipps, ein wenig vom Thema abschweifend und über den Rand seines gefüllten Glases sprechend, »was du eben jetzt vorgelesen hast, war verdammt schön. Dran kann nichts was ändern.«

Er spürte eine Art leises schwirrendes Zittern um alle Dinge, das er als angenehm und vergnüglich empfand, und bei einiger Vorsicht hatte er keinerlei Schwierigkeit, sein Glas wieder auf den Tisch zu stellen. Dann bemerkte er, daß

Chitterlow in seinem Szenar weiter fortfuhr und daß der alte Methuselah seine Flasche fast zur Gänze verlassen hatte. Er war froh, daß es nur mehr so wenig Methuselah zu trinken gab, weil ihn dies daran hindern würde, sich zu betrinken. Daß er jetzt nicht betrunken war, wußte er, und wußte aber auch, daß er bereits genug hatte. Er war einer von jenen, die immer wissen, wann sie genug haben. Zwar versuchte er, Chitterlow zu unterbrechen, um ihm dies zu sagen, doch konnte er keine passende Gelegenheit hiezu finden. Er hatte Bedenken, ob Chitterlow nicht vielleicht einer von jenen sei, die nicht wußten, wann sie genug getrunken hatten, und er entdeckte, daß er Chitterlows Einstellung mißbilligte – sehr mißbilligte. Ihm schien, daß Chitterlow unaufhaltsam, gleich einem Strom, weiter und weiter redete. Zuweilen war er unerklärlicherweise und ganz zu Urecht verärgert über Chitterlow, und es lag ihm auf der Zunge, ihm zu sagen, »du hast ein gutes Mundwerk«, aber er sagte dann bloß, »du hast eine Begabung«, worauf ihm Chitterlow dankte und meinte, er sei besser als Archer je sein könne. So betrachtete er Chitterlow mit unfreundichen Blicken, bis ihm allmählich bewußt wurde, daß sich etwas äußerst Merkwürdiges anbahnte. Chitterlow erwähnte immer wieder jemand in seinem Stück, der Kipps hieß. Das begann Kipps bald sehr gründlich aus der Fassung zu bringen. Allmählich, aber um so bestimmter empfand er dies als Unrecht.

»Hör' mal«, sagte er plötzlich, »was für ein Kipps?«

»Dieser Bursche, Kipps, von dem ich dir gerade erzähle.«

»Was für ein Bursche Kipps, von dem du mir was erzählst?«

»Ich habe es dir ja schon erzählt.«

Eine Weile quälte sich Kipps stillschweigend mit etwas ihm Unverständlichen. Dann wiederholte er mit fester Stimme: »Was für ein Bursche Kipps?«

»Dieser Bursche in meinem Stück – der Mann, der das Mädel küßt.«

»Hab nie ein Mädel geküßt«, sagte Kipps, ruhiger werdend, »wenigstens ...« Er konnte sich nicht erinnern, ob er Ann geküßt hatte oder nicht – er wußte lediglich, er hatte es tun wollen. Dann brach es plötzlich aus ihm hervor, und große, herzbewegende Traurigkeit lag in seiner Stimme: »Mein Name ist Kipps.«

»Wie?« sagte Chitterlow.

»Kipps«, antwortete Kipps und lächelte ein wenig zynisch.

»Was ist mit ihm?«

»Er ist – ich.« Er pochte mit dem Mittelfinger an seine Brust, um das Wesentliche seiner Persönlichkeit anzudeuten. Sehr ernsthaft wendete er sich dann Chitterlow zu: »Hör' mal, Chitterlow! Du hast kein Recht, meinen Namen ins Stück zu setzen. Solche Dinge darfst du nicht machen. Du würdest mich schnurstracks um mein bißchen Existenz bringen.«

Daraufhin hatten sie einen kleinen Wortwechsel – soweit sich Kipps erinnern konnte. Chitterlow ließ sich auf eine allgemein gehaltene Erklärung ein, wie er zu den Namen in seinem Stück kam. Die hier genannten hätte er zum größten Teil einer Zeitung entnommen, die, wie er glaubte, noch »irgendwo herumlag«. Er machte sich sogar daran, sie zu suchen, und während er suchte, führte Kipps die Auseinandersetzung weiter, wobei er sich insbesondere dem Bild des Mädchens im Trikot zuwendete. Er sagte ihr, daß sie ihn zuerst durch ihr Kostüm nicht für sich eingenommen habe, aber nun bemerke er, daß ihre Gesichtszüge viel Feingefühl und Verständnis zeigten. Wenn sie Buggins begegnete, sagte er, würde sie ihn wohl mögen; er könne sehen, daß sie die Geeignete für Buggins sei. Sie werde auch, wie alle gefühlvollen Menschen, zugeben, daß die Verwendung von Namen wirklich existierender Personen in Bühnenstücken unrecht sei. Man könne zum Beispiel einen, der dies tue, verklagen.

Seine Vertrauensseligkeit steigerte sich. Er erklärte, daß er bereits genug Schwierigkeiten wegen seines nächtlichen Ausbleibens bekäme, ohne daß noch dazu sein Name in Bühnenstücken genannt werde. Er sei sicher, in einen Mordskrach hineingezogen zu werden, ja, in einen Mordskrach. Warum habe er es soweit kommen lassen? Warum sei er nicht schon um zehn gegangen? Weil eine Situation die nächste herbeiführt. Eine Situation, so verallgemeinerte er, bringt immer die nächste hervor...

Er versuchte eben noch, ihr zu sagen, daß er Miss Walshinghams durchaus unwürdig sei, als Chitterlow die Suche aufgab und ihn plötzlich beschuldigte, betrunken zu sein und lauter dummes Zeug zu reden.

Gefeuert

I

Er erwachte auf dem durchaus bequemen Sofa, aus dem alle Sprungfedern entfernt worden waren, und obzwar er ganz gewiß nicht berauscht gewesen war, verspürte er beim Erwachen etwas, das Chitterlow ganz eindeutig als »Kater« bezeichnete. Er hatte in seinem Anzug geschlafen, fühlte sich ungelenk und unbehaglich, doch sein Kater bestand darauf, daß er sich über derartige Kleinigkeiten nicht ärgern dürfe. In seinem Kopf rumorte ein Gedanke wie mit scharfen Kanten und Spitzen, dessen Vorhandensein körperliche Schmerzen bereitete. Bewegte er den Kopf, dann bewegte sich auch der Gedanke und verursache ihm größte Pein: Er hatte seine Stellung verloren und war gänzlich ruiniert, aber alles war ihm schon einerlei. Gewiß hatte Shalford von seiner nächtlichen Eskapade gehört, wozu noch der Krach wegen des Schaufensters mit der Manchesterware kam...!

So erhob er sich, von Chitterlow ermutigt, in eine sitzende Stellung. Apathisch ließ er die Aufmerksamkeiten seines Gastgebers über sich ergehen. Chitterlow, der zugab, selbst »ein bißchen durcheinander« zu sein und einen Eierbecher, nur einen Eierbecher puren Brandy nötig zu haben, behandelte den Kater, wie vielleicht eine Mutter den Fehltritt ihres einzigen Kindes behandeln würde. Er verglich ihn mit ganz ähnlichen Zuständen, denen er begegnet war, und im besonderen mit solchen, die der Ehrenwerte Thomas Norgate durchgemacht hatte. »Bis an sein Lebensende«, bekräftigte Chitterlow, »konnte er seinen Alkohol nicht vertragen. So was kommt gelegentlich vor.« Und nachdem Chitterlow den jungen Anfänger solcherart aufgerichtet und ihm Buttertoast mit Sardellenpaste brühheiß serviert hatte – ein

Stärkungsmittel, das er übrigens allen andern ihm bekannten vorzog –, zupfte Kipps seinen zerknitterten Kragen einigermaßen zurecht, bürstete seinen Anzug aus, heftete den Riß an seinem Hosenbein zusammen und bereitete sich darauf vor, Mr. Shalford und der Abrechnung für diese tolle, unerhörte Nacht, die erste Nacht, die er jemals außer Haus verbracht hatte, mutig gegenüberzutreten.

Dem Rat Chitterlows folgend, vor der Rückkehr ins Warenhaus ein bißchen frische Luft zu schöpfen, spazierte Kipps ein Stück entlang der Leas und wieder zurück und trat dann in einen Laden in der Nähe des Hafens, um eine Tasse Kaffee zu trinken, was er außerordentlich wiederbelebend fand. Dann ging er die Hauptstraße hinan, um den unvermeidbaren Schrecknissen des Büros gelassen entgegenzutreten, wobei ein Anflug des Stolzes auf seine Verworfenheit das Gefühl äußerster Selbsterniedrigung milderte. Schließlich war sein Kopfschmerz ja nicht unmännlich; er hatte die ganze Nacht außer Haus verbracht, hatte viel getrunken und sein gestörter Gesundheitszustand bezeugte nur diese Tatsache. Wäre nicht der Gedanke an Shalford gewesen, hätte er als Mann sogar stolz darauf sein können, einen derartigen Zustand endlich an sich selbst festzustellen. Aber der Gedanke an Shalford war überaus scheußlich. Er begegnete zwei von Shalfords Lehrlingen, die vor Geschäftsbeginn noch rasch einen kleinen Spaziergang machten. Bei ihrem Anblick riß er sich energisch zusammen, indem er den Hut aus seiner bleichen Stirne rückte, die Hände in die Hosentaschen steckte und alles in allem eine eher liederliche Haltung zur Schau trug; ihren arglos-einfältigen Gesichtern begegnete er mit einem matten Lächeln. Einen Augenblick lang empfand er sogar Freude darüber, daß der Fleck auf seinem Hosenbein nun doch deutlich sichtbar war und daß zumindest etwas vom Schmutz an seiner Kleidung der Bürste Chitterlows Widerstand geleistet hatte. Was würden sie jetzt wohl glauben, das er getan hätte? Wortlos ging er an ihnen vorbei. Er konnte sich gut vorstellen, wie sie ihm nachstarrten. Dann besann er sich auf Mr. Shalford...

Ein Mordskrach ganz gewiß, und vielleicht...! Er versuchte, sich einleuchtende Versionen der Angelegenheit auszudenken. Er konnte erklären, daß er von einem recht gefährlichen Burschen auf einem Fahrrad niedergestoßen worden, augenblicklich betäubt war (sogar jetzt noch fühlte er die Auswirkung der Erschütterung in seinem Kopf) und daß man ihm Whiskey eingeflößt hatte, um ihn wieder auf die Beine zu bringen. »Die Wahrheit ist, Sir«, mit erhobener Stimme, hochgezogenen Augenbrauen und einer Miene, als wäre es das letzte, was man sich von der Wirkung des Whiskeys versprochen hätte, das offenkundige Symptom einer tatsächlich einmaligen körperlichen Schwäche, »er ist mir zu Kopf gestiegen!...«

So ausgedrückt sah die Sache nicht so schlimm aus.

Kurz vor acht kam er beim Warenhaus an, und die Wirtschafterin, bei der er einen Stein im Brett hatte (»es gibt nichts Böses an Mr. Kipps«, pflegte sie zu sagen), schien ihn, da er sich gegen die Hausordnung vergangen hatte, womöglich noch lieber zu haben und gab ihm ein Stück trockenen Toastes und eine Tasse heißen Tee.

»Ich vermute, der Chef...« begann Kipps.

»Er weiß es«, sagte die Wirtschafterin.

Er ging etwas früher ins Geschäft hinunter, und sogleich rief ihn Booch zur Audienz.

Nach einer Zeitspanne von zehn Minuten trat er aus dem Privatkontor.

Der zweite Buchhalter blickte ihn prüfend an. Buggins stellte die offene Frage.

Kipps sagte nur ein Wort: »Gefeuert!«

2

Kipps lehnte sich gegen den Heizkörper, die Hände in seine Taschen gesteckt, und redete mit den beiden ihm unterstellten Lehrlingen. »Mir macht's wahrhaftig nichts aus, wenn ich gefeuert werde. Hab Teddy und sein System schon seit einiger Zeit satt... Hatt' im Sinn es aufzugeben, sobald meine Zeit um war. Wollt', ich hätt's jetzt getan.«

Danach kam Pearce zufällig vorbei, und Kipps wiederholte seine Äußerungen.

»Weshalb eigentlich?« erkundigte sich Pearce. »War's der Krach wegen der Schaufensteretiketts?«

»Nicht die Spur!« erwiderte Kipps und suchte jetzt den Eindruck herrlicher Verderbtheit zu erwecken. »Ich war letzte Nacht nicht da«, und nun machte sogar Pearce, der Lebemann Pearce, große Augen.

»Na, wohin hat es denn dich verschlagen?« fragte ihn Pearce.

Er gab zu verstehen, daß er »die Nacht durchbummelt hätte«. »Mit einem Mann vom Theater, den ich kenne.«

»Man kann nicht immer ein Leben wie ein Hilfspfarrer führen«, fügte er hinzu.

»Auf keinen Fall«, pflichtete Pearce bei, der versuchte, ihm zu schmeicheln.

Aber Kipps behielt in diesem Gespräch die Führung.

»Mein Gott!« sagte er, nachdem Pearce gegangen war, »hatt' ich nicht einen argen Kater heut früh, eh ich mein Stärkungsmittel zu mir genommen hab'!«

»Was war's denn?«

»Sardelle auf heißem Buttertoast. 's ist das allerbeste Mittel, das es gibt. Kannst mir's glauben, Rodgers. Ich nehm nie was anderes und rate dir das gleiche. Verstehst du?«

Doch als sie ihn drängten, ihnen weitere Einzelheiten zu berichten, wiederholte er, er habe »mit einem Mann vom

Theater, den er kannte, gebummelt«. Neugierig fragten sie, was er alles getan habe, und er meinte: »Nun, was glaubt denn ihr?« Und als sie noch weitere Einzelheiten aus ihm herauspressen wollten, sagte er, es gebe Dinge, die kleine Jungen nicht wissen sollten, lachte geheimnisvoll und beschaffte ihnen Drillichstoff zum Zusammenrollen.

Auf diese Weise wehrte Kipps eine Zeitlang wirklich die Betrachtung des »Schlüssels zur Straße«, den Shalford ihm überreicht hatte, von sich ab.

3

Solches war schön und gut, solange er die Junglehrlinge in seiner Nähe wußte, aber wenn Kipps mit sich alleine war, nützte es ihm überhaupt nicht. Innerlich und äußerlich fühlte er ein Unbehagen; die Katerstimmung, vielleicht gemildert, aber ganz gewiß nicht beseitigt, steckte noch in ihm. Ehrlich gesagt fühlte er sich gemein, schmutzig und von sich selbst angeekelt. Hier zu arbeiten war scheußlich, aber stillzustehn und über alles nachzudenken noch scheußlicher. Sein geflicktes Hosenbein war für ihn ein stiller Vorwurf. Diese, die zweitbeste seiner drei Hosen, hatte ihn dreizehn Shilling sechs Pence gekostet. Nun war sie so gut wie ruiniert. Seine Arbeitshose war für den Dienst im Kaufladen ungeeignet, und so würde er nun sein bestes Stück abnutzen müssen. Wenn er sich beobachtet wußte, trug er die betont lässige Haltung eines Desperados zur Schau, doch sobald er mit sich allein war, ging diese Haltung unmerklich in völliges Erschlaffen über.

Der finanzielle Aspekt der Dinge schien ihn zu erdrücken. Sein gesamtes irdisches Kapital belief sich auf fünf Pfund in der Postsparkasse und viereinhalb Pfund Bargeld. Außerdem würde er den Arbeitslohn von zwei Monaten erhalten. Sein kleiner Blechkoffer oben war nicht mehr groß genug, um seine Habseligkeiten zu fassen; er würde einen anderen kaufen müssen, abgesehen davon, daß ein solches Gepäckstück nicht geeignet war, ihm zu einem guten Eindruck beim Antritt einer neuen Stellung zu verhelfen. Dann würde er Papier und Briefmarken in einiger Menge zum Beantworten von Inseraten und für Auskünfte über Eisenbahntarife benötigen, wenn er auf Stellensuche ging. Er würde gezwungen sein, Briefe zu schreiben, und dabei hatte er nie Briefe geschrieben. Auch die Rechtschreibung mußte er beispielsweise in Betracht ziehen. Wenn nichts geschah, ehe dieser Monat abgelaufen war, würde er wahrscheinlich zu Onkel und Tante nach Hause fahren müssen.

Wie würden sie's wohl aufnehmen?...

Fürs erste beschloß er jedenfalls, ihnen nicht zu schreiben.

Solch unangenehme Dinge lauerten also unter der gefälligen Oberfläche seiner Behauptung: »Ich hab eine Veränderung gebraucht. Hätt' er mich nicht entlassen, dann ich sehr wahrscheinlich ihn.«

Im Innersten seines verstörten Gemütes konnte er nicht begreifen, wie das alles geschehen war. Er war das Opfer des Schicksals geworden, oder wenigstens das eines Menschen, der ebenso unerbittlich wie das Schicksal war – Chitterlows. Er versuchte, sich der Reihe nach die Schritte ins Gedächtnis zurückzurufen, die zu einem so unheilvollen Höhepunkt geführt hatten. Es war schwierig, sich an sie zu erinnern...

An jenem Abend konnte sich Buggins in guten Ratschlägen und Schwelgen in Erinnerungen nicht genugtun.

»Merkwürdige Sache, das«, sagte Buggins, »aber jedesmal, wenn ich auf die Straße gesetzt worden bin, hab ich nie geglaubt, ich würd' einen anderen Job kriegen – nie. Aber dann hab ich doch einen bekommen. Immer. Deshalb verlier den Mut nicht, was immer du auch anfängst.«

»Was immer du auch anfängst«, fuhr er fort, »halt deine

Kragen und Manschetten zusammen – die Hemden, wenn's dir möglich ist, aber die Manschetten auf jeden Fall. Die verpfände zuletzt. Und weil's jetzt ohnehin Sommer ist, wirst du deinen Mantel nicht brauchen... Hast ja einen guten Regenschirm...

Von New Romney aus wirst du ebensowenig zu einem Job in einem Laden kommen wie zu sonst irgend etwas. Fahr geradewegs nach London, miete das billigste Zimmer, das du bekommen kannst – und wohne dort. Iß nicht zuviel. So manchem Burschen ist seine Eßlust zum Verhängnis geworden. Zum Frühstück eine Tasse Kaffee und eine Scheibe Brot, ein Ei, wenn du willst – aber denk daran, daß du im Warenhaus nett und sauber aufkreuzen mußt. Jetzt sind die besten Eßplätze, glaub' ich, die Speisehäuser der alten Droschkenkutscher. Deine Taschenuhr mit der Kette behalte, so lange du nur kannst...

Da gibt es eine Menge Verkaufsläden, die Angestellte aufnehmen, jede Menge!«

Und nachdenklich setzte er hinzu: »Aber vielleicht nicht um diese Jahreszeit.«

Dann begann er, sich an seine eigene Stellensuche zu erinnern. »Da kannst du eine erstaunliche Menge Jungens sehen. Von jeder Sorte. Einige von denen sind wie Herzöge herausgeputzt. Zylinderhut. Lacklederstiefel. Gehrock. Alles da. Alles vorhanden für einen Posten im Westend. Andre wieder – großer Gott! Das soll dir eine Warnung sein, Kipps. Stiefel in irgendwelchen Leseräumen mit Tinte geschwärzt – hab selbst in einem Leseraum der Fleet Street in einem regulären Pennyklub geschrieben –, Hut durchnäßt, Kragen ausgefranst, Schoßrock zugeknöpft, scheußliche Krawatte, wie sie junge Schauspieler tragen, die nach unten zu recht breit wird. Das Hemd, nun, weißt du, war weg...«, Buggins deutete mit einer beinahe fromm anmutenden Geste nach oben.

»Kein Hemd also?« warf Kipps ein.

»Für's Essen verpfändet«, antwortete Buggins.

Kipps dachte nach. »Möchte gern wissen, wo Minton, der alte Knabe, jetzt ist«, sagte er schließlich. »Wollt' öfter schon wissen, was er wohl so treibt.«

4

Es war an dem Morgen, der auf Kipps' Kündigung folgte, als Miss Walshingham den Laden betrat. Sie kam in Begleitung einer dunklen, schlanken Dame, einer verblühten Schönheit in ziemlich eng anliegendem Kleid, die Kipps eines Tages als ihre Mutter kennenlernen sollte. Im Hauptgeschäft, beim Ladentisch der Abteilung für Bänderware, entdeckte er sie. Er war zum gegenüberliegenden Ladentisch für Handschuhe gekommen und brachte Waren in einem Paket mit, die er in seiner eigenen Abteilung ausgepackt hatte. Die beiden Damen beugten sich über eine Schachtel mit schwarzen Bändern.

Bedenken aller Art stürmten auf ihn ein. Das Unbegreifliche der Situation trotzte den herkömmlichen Anstandsregeln. Er stellte seine Waren sehr still nieder, stand da, die Hände auf den Ladentisch gestützt, und starrte die beiden an. Da, als sich Miss Walshingham zurücklehnte, riet ihm sein Instinkt zur Flucht...

Heftig erregt kehrte er in seine Abteilung für Manchesterwaren zurück. Doch sobald er außer ihrer Sichtweite war, wünschte er sie zu sehen. Verärgert ging er hinterm Ladentisch hin und her und richtete an den Lehrling im Schaufenster einige unwirsche Bemerkungen. Im nächsten Augenblick machte er sich an einem Paket zu schaffen, löste unnötigerweise die Verschnürung, begann es dann wieder zu verschnüren und rannte schließlich Hals über Kopf zurück ins Hauptgeschäft. Er konnte sein Herz schlagen hören.

Die beiden Damen verhielten sich wie Kundinnen, die ihre Einkäufe abgeschlossen haben und nun auf ihr Wechselgeld warten. Mrs. Walshingham betrachtete einige Stoffreste mit unpersönlichem Interesse; Helens Augen glitten suchend über den Raum. Sie leuchteten merklich auf, als sie Kipps entdeckten.

Gewohnheitsmäßig ließ dieser seine Hände auf den Ladentisch fallen und betrachtete Helen schüchtern. Was sie wohl tun würde? Würde sie so tun, als ob sie ihn nicht kenne? Sie aber durchschritt den Laden und kam zu ihm.

»Wie geht's Ihnen denn, Mr. Kipps?« begrüßte sie ihn mit ihrer hellen, klaren Stimme und streckte ihm ihre Hand entgegen.

»Danke, sehr gut«, sagte Kipps, ihren Gruß erwidernd.

Sie sagte ihm, daß sie ein Band gekauft habe.

Nun wurde er Mrs. Walshinghams ansichtig, die sehr überrascht schien. So unterdrückte er eine Anspielung auf den Kursus und sagte bloß, er vermute, sie sei froh, jetzt Ferien zu haben. Natürlich, meinte sie, das ließe ihr mehr Zeit zum Lesen von Büchern und ähnlichem. Er meinte, sie werde gewiß ins Ausland reisen, und sie entgegnete, daß sie vielleicht für eine gewisse Zeit ins belgische Seebad Knokke oder nach Brügge reisen würde.

Dann trat eine Pause ein, und Kipps' Herz war übervoll. Er wollte ihr sagen, daß er fortgehe und sie nie wiedersehen werde, aber er konnte die passenden Worte nicht finden, und seine Stimme versagte. Die flüchtigen Sekunden gingen dahin. Das Mädchen in der Bänderabteilung übergab Mrs. Walshingham ihr Wechselgeld. »Nun, leben Sie wohl«, sagte Miss Walshingham und reichte ihm wieder die Hand.

Kipps beugte sich über ihre Hand. Diesmal waren seine Manieren, die Manieren hinter dem Ladentisch, die ungezwungensten, die sie jemals an ihm wahrgenommen hatte. Sie wendete sich ihrer Mutter zu. Es war nun zwecklos, ja, zwecklos. Ihre Mutter! Man konnte so etwas vor ihrer Mutter nicht sagen! Alles war verlorengegangen bis auf die Höflichkeit. Kipps eilte zur Eingangstür; nun stand er an der Tür, verbeugte sich in feierlichem Ernst und sie nickte ihm beim Weggehen lächelnd zu. Nichts sah sie vom Widerstreit seiner Gefühle, nur eine Erregtheit, die ihr schmeichelte. Ihr Lächeln war das einer zufriedengestellten Göttin, wenn ihr zu Ehren Weihrauch aufsteigt.

Mrs. Walshingham verbeugte sich steif und ein wenig unbeholfen.

Er blieb zurück und hielt die Tür noch sekundenlang offen, nachdem sie ins Freie getreten waren. Dann eilte er plötzlich hinter das »Kostümfenster«, um zu beobachten, wie sie die Straße hinuntergingen. Seine Hände umklammerten das Schaufenstergerüst, während er hinausstarrte. Ihre Mutter schien diskrete Fragen an sie zu richten. Helens Haltung ließ auf die freimütigen Antworten einer Person schließen, die mit sich und der Welt zufrieden war. »Nein, Mami, du kannst wirklich von mir nicht erwarten, daß ich meine eigenen Schüler ignoriere«, sagte sie in Wirklichkeit...

Sie verschwanden bei Henderson um die Ecke.

Vorbei! Und er würde sie nie mehr wiedersehen – nie!

Ihm war, als hätte jemand seinem Herzen Peitschenschläge versetzt. Nie! Nie! Nie! Und sie wußte es nicht! Er wendete sich vom Schaufenster ab und empfand die Abteilung mit den beiden Lehrlingen als unzumutbar. Er konnte es einfach nicht ertragen, wie sie ihn alle anstarrten.

Nach kurzem Zögern stürmte er mit gesenktem Kopf in den Kellerraum, der als Lagerraum für seine Manchesterwaren diente. Rogers fragte ihn nach etwas, doch schien er die Frage zu überhören.

Der Lagerraum für Manchesterwaren bestand aus einem kleinen, vom übrigen Tiefgeschoß getrennten Keller und wurde im Bedarfsfall von einem kleinen flackernden Gaslicht spärlich erhellt. Er schaltete das Licht jedoch nicht ein, sondern eilte in die finsterste Ecke, wo auf dem untersten Regal drei Preiszettel fürs Schaufenster aufbewahrt wurden. Mit zitternden Händen zog er die Schachtel, in der sie sich befanden, hervor und leerte sie auf den Fußboden. Nachdem er vor sich selbst eine vertretbare Entschuldigung dafür gefunden hatte, daß er im Kellergeschoß, den Kopf im Dunkel verborgen, war, konnte er den Empfindungen seines armen, randvollen jungen Herzens eine Zeitlang freien Lauf lassen.

Und dort blieb er, bis der Ruf »Kipps! Vorwärts!« ihn wieder einmal in jene Welt zurückrief, mit der er sich abfinden mußte.

Das Unerwartete

I

Noch in der Ruhepause des gleichen Tages, zwischen dem Mittagmahl und dem Eintreffen der ersten Nachmittagskunden, überraschte jener verhängnisvolle Chitterlow Kipps mit einem erstaunlichsten Zusammentreffen von Zufällen. Dabei machte er keinen förmlichen Besuch, indem er etwa eingetreten wäre und nach Kipps gefragt hätte, sondern kam ganz privat, in einer vertraulichen, ja geheimnisvollen Art. Zuerst nahm ihn Kipps als ein dunkles Etwas wahr, das aufgeregt vor dem Wirkwarenschaufenster hin und her tänzelte. Er beugte sich nieder, streckte den Hals vor und spähte bemüht, zwischen und über Socken und Strümpfen ins Innere des Ladens zu sehen. Dann schenkte er der Tür genauere Beachtung und versuchte es nach einigem Zögern beim Auslagenfenster für Babywäsche. Seine Bewegungen und Gesten deuteten auf unterdrückte Erregung hin.

Bei Tageslicht besehen war Chitterlow nicht annähernd eine solch prächtige Gestalt, wie er dies beim gedämpften nächtlichen Licht und unter dem Zauber seiner Selbstdarstellung gewesen war. Die Umrisse waren freilich die gleichen, aber das Gefüge war anders. Schon die Seglermütze hatte etwas Besonderes an sich, eine unerklärbare und endgültige Verstaubtheit, und die Seemannsjacke wirkte in allen Außenflächen schmutzig und fadenscheinig. Sein rotes Haar und sein Profil wiesen, obgleich auch jetzt noch kraftvoll, weniger auf Michelangelo als vielmehr ins Gebiet des bloß Pittoresken. Die Augen aber, welche durch die Zwischenräume der Babywäsche nach Kipps suchten, waren vom gleichen hellen Braun wie bei ihrer ersten Begegnung.

Kipps war ganz und gar nicht auf eine neuerliche Unterredung mit Chitterlow erpicht. Wäre er davon überzeugt gewesen, daß Chitterlow den Laden nicht betreten würde, dann hätte er sich so lange im Warenhaus versteckt, bis die Gefahr vorbei war; doch hatte er keine Ahnung, wie weit sein Besucher gehen würde. So beschloß er, solange im Schatten des Ladens zu bleiben, bis Chitterlow beim seitlichen Schaufenester der Manchesterabteilung angelangt war. Dann würde er hinausgehen, so tun, als wolle er den Zustand des Schaufenster überprüfen, und ihm klarmachen, daß die Situation für einen sofortigen Gedankenaustausch zwischen ihnen ungünstig sei. Vielleicht würde er ihm sagen, daß er bereits seine Stellung verloren habe...

»Hallo, Chit'low«, rief er, als er hinauskam.

»Gerade der Mann, den ich sehn möchte«, sagte Chitterlow und schüttelte ihm kräftig die Hand. »Gerade der Mann.« Er legte seine Hand auf Kipps' Arm. »Wie alt bist du jetzt, Kipps?«

»Einundzwanzig«, sagte Kipps. »Warum?«

»Was für ein Zufall! Und nun, wie ist dein Name? Wart ein wenig.« Er streckte einen Finger aus. »Heißt du Arthur?«

»Ja«, antwortete Kipps.

»Dann bist du der Mann«, meinte Chitterlow.

»Was für ein Mann?«

»Das ist so ungefähr das tollste Zusammentreffen von Umständen, dem ich je begegnet bin«, sagte Chitterlow und langte mit seiner großen Pranke in seine Brusttasche. »Im nächsten Augenblick werd' ich dir den Taufnamen deiner Mutter sagen.« Dabei lachte er und kramte in den Taschen seines Rockes. Zum Vorschein kamen ein Wäschebuch und zwei Bleistifte, die er in seine Seitentasche verfrachtete, dann soviel in einer geräumigen hohlen Hand Platz hatte; eine verbogene, aber keineswegs endgültig unbrauchbare Zigarre, die Gumminase einer Fahrradpumpe, ein Stück Schnur, eine Damengeldbörse und schließlich ein kleines Notizbuch.

Nachdem er mehrere Visitenkarten aufgehoben hatte, die aus dem Büchlein zu Boden gefallen waren, holte er daraus einen sorglos abgerissenen Zeitungsausschnitt hervor. »Euphemia«, las er und kam mit seinem Gesicht Kipps ganz nahe. »Nicht wahr?« Er lachte geräuschvoll. »Es geht alles so wunderbar in Ordnung, wie es nur denkbar ist – außerhalb eines Stücks, in dem es um Zufälle geht. Sag' jetzt nicht, daß ihr Name nicht Euphemia war, sonst verdirbst du mir die ganze Freude.«

»Wer heißt Euphemia?« fragte Kipps.

»Deine Mutter.«

»Laß mal sehn, was auf dem Zeitungsblatt steht.«

Chitterlow gab ihm den Zeitungsausschnitt und wendete sich weg.

»Du kannst sagen, was du willst«, sagte er und brach, zur Straße hin gewendet, in schallendes, tiefes Gelächter aus.

Kipps versuchte zu lesen. »WADDY oder KIPPS. Wenn Arthur Waddy oder Arthur Kipps, Sohn der Margaret Euphemia Kipps, welche...«

Chitterlow fuhr mit dem Finger über die Zeitungsnotiz. »Ich hab die Spalte da durchgelesen und jeden vertrackten Namen, der in mein Stück zu passen schien, daraus entnommen. Ich halt' nichts von erfundenen Namen. Wie ich dir schon gesagt hab', stimm' ich in diesem Punkt ganz mit Zola überein. Schaff' dir Belege, wann immer du's kannst. Ich mag sie brühwarm und echt, verstehst du? Übrigens, wer war Waddy?«

»Nie gehört.«

»Nicht – Waddy?«

»Nein!«

Kipps versuche wieder zu lesen, gab aber den Versuch bald auf. »Was hat das alles zu bedeuten?« fragte er. »Ich versteh das nicht.«

»Es bedeutet«, antwortete Chitterlow im Ton einer klaren

Erläuterung, »soweit ich erkennen kann, daß du bald zu Geld kommen wirst. Wegen Waddy mach dir keine Gedanken – das ist Nebensache. Was bedeutet das alles? Du wirst von etwas erfahren, das zu deinem Vorteil ist – nun gut. Ich hab' die Zeitung da an mich genommen, damit ich meine Namen durch reinen Zufall kriege. Sobald ich sie wieder gesehen und gelesen habe, wußt' ich, daß es mit dir zu tun hat. Ich glaub' an zufälliges Zusammentreffen von Ereignissen. Die Leute sagen, das gibt's nicht. Ich behaupte das Gegenteil. Alles ist, besieht man's recht, Zufall. So ist es. Da ist einer. Unglaublich? Nicht'n bißchen! Nicht wahr? Du bist's! Kipps! Waddy soll der Kuckuck holen! Waddy ist ein Maskottchen. In meinem Stück spielt der Zufall Schicksal. Pah! Du bist dabei. Ich bin auch dabei. Mitten drin sind wir! Knacks!« Dazu krümmte er seine Finger, als drücke er eine Pistole ab. »Mach' du dir nichts aus dem ›Waddy‹.«

»Wie?« brachte Kipps hervor und blickte ängstlich auf Chitterlows Finger.

»Du hörst schon richtig. Darauf kannst du beim Hintern deiner einzigen Kniehose wetten! Mach dir keine Sorgen wegen des Waddy – das ist sonnenklar. Im Zufallsspiel bist du nichts anderes als ein Billardball... was immer du auch anfängst. Mann, steh nicht so da und gaff' mich nicht so an! Lies die Zeitung, wenn du mir nicht glaubst. Lies es doch!«

Er schwenkte das Blättchen Kipps unter die Nase.

Kipps gewahrte nun den zweiten Lehrling, der sie vom Laden aus beobachtete. Seine verwirrte Miene machte jetzt einem eher zuversichtlichen Benehmen Platz.

»– ›der in East Grimstead geboren wurde‹. Gewiß wurde ich dort geboren. So hab ich meine Tante sagen hören...«

»Ich hab's gewußt«, sagte Chitterlow, ergriff das Blatt an einem Rand und schob sein Gesicht ganz nahe an das von Kipps heran.

»– am ersten September achtzehnhundertachtundsiebzig...«

»Das ist in Ordnung, völlig in Ordnung«, meinte Chitterlow, »und alles, was du zu tun hast, ist, an Watson & Bean zu schreiben, damit du's bekommst...

»Was bekomme?«

»Was immer es auch ist.«

Kipps zupfte an seinem Schnurrbart. »Du würdest schreiben?« fragte er.

»Ja freilich.«

»Aber was, glaubst du, ist es denn?«

»Das ist ja das Komische dran!« erwiderte Chitterlow, indem er drei Schritte eines bislang noch nicht erfundenen Tanzes hinlegte. »Das ist ja daran so witzig. Es kann irgend etwas Beliebiges sein – es kann vielleicht eine Million sein. Und wenn's so wäre! Wo bleibt dann Klein Harry? Na?«

Kipps überfiel ein leichtes Zittern. »Aber...«, er dachte nach. »Wenn du an meiner Stelle wärst...«, begann er. »Wegen dieses Waddy...?«

Er blickte auf und sah den zweiten Lehrling mit erstaunlicher Schnelligkeit hinter den Waren im Schaufenster verschwinden.

»Was?« fragte Chitterlow, aber er erhielt keine Antwort mehr.

»Gott! Da ist der Alte!« rief Kipps und stürzte sofort zur Tür. Er stürmte hinein, nur um zu entdecken, daß Shalford in Begleitung des Junglehrlings gekommen war, um Reste von Kipps' Baumwollkleidern mit Preiszetteln zu sehen, und nach ihm fragte. »Hallo, Kipps«, sagte er, »draußen...?«

»Nachsehn, ob das Schaufenster in Ordnung war, Sir«, antwortete Kipps.

»Hm!«

Eine Zeitlang war Kipps zu sehr beschäftigt, um überhaupt an Chitterlow oder an das zerknitterte Stück Papier in seiner Hosentasche zu denken. Bald jedoch wurde er sich peinlich einer plötzlichen, unerklärlichen Aufregung draußen auf der Straße bewußt. Da kam ein schrecklicher Augenblick, als Chitterlows Nase drohend und fragend über der Milchglasscheibe der Abteilungstür auftauchte und seine hellen, kleinen, rotbraunen Augen nach dem Grund von Kipps' Verschwinden suchten. Und dann mußte er den kräftigen Glanz von Shalfords kahlem Schädel entdeckt haben, denn er betriff offensichtlich die Situation und ging weg. Erst dann war Kipps, ungeachtet jener Zeitungsanzeige in seiner Tasche, fähig, zu seiner Beschäftigung zurückzukehren.

So besann er sich darauf, daß ihm Shalford eine Frage gestellt hatte. »Ja, Sir... Nein, Sir. In Ordnung, Sir. Zephire sortiere ich morgen aus, Sir«, waren seine Antworten.

Es dauerte indessen nicht lange, da hatte er wieder einen Augenblick Zeit für sich selbst. nachdem er eine sichere Stellung hinter einem erst kürzlich ausgepackten Stapel von Spitzenvorhängen für den Sommer bezogen hatte, glättete er das Stück Papier und las es noch einmal aufmerksam durch. Es war ein wenig verwirrend. Jenes »Arthur Waddy oder Arthur Kipps« – waren damit zwei Personen gemeint oder nur eine? Er würde Pearce oder Buggins fragen. Nur...

Immer war ihm eingeprägt worden, daß da etwas war, das Verschwiegenheit über alles, was mit seiner Mutter zusammenhing, verlangte.

»Beantworte du keine Fragen nach deiner Mutter«, hatte seine Tante immer gesagt. »Sag ihnen, du weißt es nicht, was immer es ist, wonach sie dich fragen.«

Und nun – dies?

Sein Gesicht nahm einen ungewöhnlich besorgten Ausdruck an, und er zerrte kräftig an seinem Schnurrbart, wenn man diesen so nennen durfte.

Seinen Vater hatte er stets als Gutsbesitzer vorgestellt. »Es hat nichts eingebracht«, pflegte er zu sagen, und in seiner Erinnerung haftete das Bild eines vorzeitig durch vielen Ärger verbrauchten Aristokraten aus einem Pennymagazin. »Ich bin eine Vollwaise«, erklärte er dann stets mit der Miene eines Menschen, der Sorgen kennengelernt hatte. Wohl sagte er, daß er bei seinem Onkel und seiner Tante lebe, aber er sagte nicht, daß sie einen Spielwarenladen unterhielten, und jemandem zu erzählen, sein Onkel sei ein Butler – ein Diener? – gewesen, wäre ihm als der verrückteste Vertrauensbruch schlechthin erschienen. Fast alle Angestellten im Warenhaus waren ebenso zurückhaltend und unklar in ihren Aussagen über sich und die Ihren, so groß ist ihr Abscheu vor jedweder »Niedrigkeit«. Nach diesem »Waddy oder Kipps« zu fragen würde all diese kleinen Phantastereien über den Haufen werden. Eigentlich war er sich über seinen wirklichen Rang in dieser Welt nicht völlig im klaren, doch wußte er, daß es bezüglich seines Standes irgend etwas Besonderes gab, das ihm abträglich war.

Was war unter diesen Umständen zu tun...?

Da kam ihm der Gedanke, daß er sich eine Menge Sorgen und Ärger ersparen würde, wenn er die Zeitungsnotiz sofort vernichtete.

In diesem Fall würde er Chitterlow seine Handlungsweise erklären müssen.

»Verdammt noch mal!« sagte Mr. Kipps.

»Kipps!« rief Carshot, der den Laden beaufsichtigte. »Kipps, vorwärts!«

Er schob das zerknitterte Papier in seine Tasche zurück und war mit einem Sprung bei der Kundin.

»Ich möchte«, sagte die Kundin und blickte durch ihre Brille zerstreut um sich, »ein kleines bißchen Stoff, um einen kleinen Schemel, der mir gehört, damit zu überziehen. Etwas Beliebiges würde genügen – ein Stoffrest vielleicht.«

Die Angelegenheit der Zeitungsnotiz ruhte jedenfalls in der folgenden halben Stunde, und am Ende war noch immer kein passender Überzug für den Schemel gefunden. Kipps aber mußte eine vollständige Musterkollektion an Textilien in seiner Abteilung wegräumen. So zornig war er wegen des kleinen Schemels, daß der zerknitterte Zeitungsausschnitt eine Zeitlang völlig vergessen in seiner Tasche steckte.

2

An jenem Abend saß Kipps auf seinem Blechkoffer unter der Gasleuchte, schlug den Namen Euphemia nach und erfuhr dessen Bedeutung aus dem Buch »Nähere Auskünfte über alles mögliche«, welches zur Handbibliothek von Buggins gehörte. Er hoffte, Buggins würde ihn, wie gewöhnlich, fragen, wonach er suche, aber Buggins war damit beschäftigt, seine Wäschestücke für diese Woche auszuräumen. »Zwei Kragen«, sagte Buggins, »ein Paar Halbstrümpfe, zwei Vorhemden. Hemd?... Hm. Da sollt' noch irgendwo ein Kragen sein.«

»Euphemia«, sagte schließlich Kipps, gänzlich unfähig, die Vermutung einer hohen Abkunft, die ihm so großartig vorschwebte, für sich zu behalten. »Eu-phemia; das ist kein Name, den Leute von niedriger Herkunft einem Mädchen geben würden, nicht wahr?«

»Es ist nicht der Name, den anständige Leute einem Mädchen geben würden«, erwiderte Buggins, »ob niedrig oder nicht.«

»Mein Gott!« meinte Kipps. »Warum denn?«

»Wenn man Mädchen solche Namen gibt, geraten neun von zehn dieser Mädchen auf die schiefe Bahn; der Name wirft sie aus dem Gleis. Sollte ich jemals ein Mädchen haben, ja sollte ich jemals ein Dutzend Mädchen haben, würd' ich sie alle Jane nennen. Jede von ihnen. Einen besseren Namen als den gibt's gar nicht. Euphemia – in der Tat! Was denn noch?... Gütiger Gott! Das ist doch nicht vielleicht einer von meinen Kragen dort, unter deinem Bett?«

Kipps holte den Kragen unter dem Bett hervor.

»Ich find' nichts besonders Übles an dem Namen Euphemia«, sagte er, als er Buggins den Kragen überreichte.

Danach kam er nicht mehr zur Ruhe. »Ich bin entschlossen, diesen Brief zu schreiben«, murmelt er; und dann, als er sah, daß Buggins gedankenverloren die Wäsche in seine Halbstrümpfe einschlug, setzte er für sich hinzu, »fest entschlossen.«

So holte er sein Tintenfläschchen hervor, borgte die Feder von Buggins und führte seinen Entschluß aus, ohne daß ihm die Rechtschreibung oder auch die Abfassung des Briefes besondere Schwierigkeiten machte.

Ungefähr nach einer Stunde kehrte er ins Schlafzimmer zurück, etwas blaß und ein wenig außer Atem. »Wo bist du gewesen?« fragte Buggins, der eben im *Daily World Manager* las, der von Carshot regelmäßig an ihn weitergegeben wurde.

»Draußen, ein paar Briefe aufgegeben«, antwortete Kipps und hängte seinen Hut auf.

»Auf Postenjagd?«

»Hauptsächlich.«

»Freilich«, fügte er hinzu und lachte nervös, »was denn sonst?«

Buggins las weiter, Kipps saß auf seinem Bett und betrachtete gedankenvoll die Rückseite des *Daily World Manager*.

»Buggins«, sagte er schließlich.

Buggins senkte seine Zeitung und blickte auf.

»Hör' mal, Buggins, was bedeuten diese Anzeigen, in denen steht, daß Soundso von etwas erfahren wird, das sehr zu seinem Vorteil ist?«

»Da geht's um Verschollene«, sagte Buggins und schickte sich an, weiterzulesen.

»Wie meinst du das? Hinterlassenes Geld oder ähnliches?« wollte Kipps wissen.

Buggins schüttelte den Kopf. »Schulden«, meinte er, »meistens«.

»Aber das ist doch nicht zu seinem Vorteil.«

»Sie drücken's so aus, damit sie sie erwischen«, erklärte Buggins. »Oft sind's nämlich Ehefrauen.«

»Was meinst du damit?«

»Verlassene Ehefrauen versuchen auf diese Weise, ihre Männer zur Rückkehr zu bewegen.«

»Ich glaub', es sind manchmal doch Erbschaften, wie? Wenn vielleicht jemandem hundert Pfund von irgendeinem hinterlassen wurden...«

»Kommt kaum jemals vor«, entgegnete Buggins.

»Nun, wie...?« begann Kipps und hielt zögernd inne.

Buggins las weiter. Ein Leitartikel über die Verhältnisse in Indien erregte seine besondere Aufmerksamkeit. »Donnerwetter!« meinte er, »das geht einfach nicht, diesen Schwarzen da Stimmrecht zu geben.«

»Auf keinen Fall«, räumte Kipps ein.

»Sie sind so ganz anders«, fuhr Buggins fort. »Sie haben nicht den gesunden Verstand der Engländer und es fehlt ihnen an Charakter. Sie haben etwas von verschlagener Unehrlichkeit an sich, legen falsches Zeugnis ab und tun allerlei, wovon ein Engländer keine Ahnung hat. Außerhalb ihrer Gerichte – 's ist eine unbestreitbare Tatsache, Kipps – stehn Zeugen, die drauf warten, gekauft zu werden. Ist ein durchaus üblicher Handel. Legen grüßend die Hand an den Hut, sobald du eintrittst. Die Engländer, sag' ich dir, machen sich keinen Begriff davon – wenigstens nicht die Durchschnittsengländer. Das liegt denen im Blut. Sie sind zu furchtsam, um ehrlich zu sein – zu unterwürfig. Sie sind's nicht gewohnt, frei zu sein wie wir, und wenn man ihnen die Freiheit gäbe, würden sie sie nicht ordentlich gebrauchen. Nun, wir – oh, verdammt!«

Denn plötzlich war das Gaslicht erloschen, und Buggins hatte noch die ganze Spalte über den Klatsch im Society Club zu lesen.

Buggins konnte nunmehr über nichts anderes reden als über Shalfords Geiz, das Gas abzuschalten. Nachdem er sich überaus satirisch über ihren Arbeitgeber geäußert hatte, kleidete er sich in der Dunkelheit aus, stieß mit seiner bloßen Zehe an eine Kiste und verfiel nach einigen unziemlichen Flüchen in gereiztes Schweigen.

Obgleich Kipps einzuschlafen versuchte, ehe die Sache mit dem Brief, den er gerade aufgegeben hatte, nochmals seine Gedanken gefangennahm, gelang ihm dies nicht. Er überdachte das Ganze von neuem und ließ keinen Gesichtspunkt außer acht.

Nun, da der erste Schreck nachgelassen hatte, war es für ihn nicht leicht herauszufinden, ob er froh darüber war oder ob es ihm leid tat, den Brief aufgegeben zu haben. Wenn es der Zufall wollte, daß es wirklich einhundert Pfund waren ...!

Es mußten einhundert Pfund sein.

War dies der Fall, dann konnte er ein Jahr lang, sogar ein paar Jahre lang durchhalten, bevor er einen Posten bekam.

Selbst wenn es fünfzig Pfund wären ...!

Buggins atmete bereits ruhig, als Kipps wieder zu reden anfing. »Bug-gins«, sagte er.

Buggins tat so, als schliefe er und verstärkte seine regelmäßigen Atemzüge – ein wenig zu hastig – zu einem Schnarchen.

»Hör mal, Buggins«, ließ sich Kipps nach einiger Zeit hören.

»Was ist denn jetzt los?« knurrte Buggins unfreundlich.

»Angenommen, du hätt'st eine Anzeige in einer Zeitung gelesen, in der dein Name vorkommt und in der du sozusagen gebeten wirst, jemand aufzusuchen, um etwas zu erfahren, das sehr für dein ...«

»Verstecken«, sagte Buggins kurz angebunden.

»Aber ...«

»Ich würd' mich verstecken.«

»Wie?«

»Gut' Nacht, altes Haus«, sprach Buggins mit überzeugendem Ernst. Kipps lag noch lange wach, dann schnaufte er gründlich, drehte sich um und starrte in die andere Seite des dunklen Raumes.

Er war ein Narr gewesen, diesen Brief aufzugeben.

Herrgott! War er ein Narr gewesen!

3

Nur fünfeinhalb Tage später, nachdem das Licht abgeschaltet worden war, während Buggins las, bog ein junger Mann mit blassem Gesicht und hellen, weitgeöffneten Augen aus einer Seitenstraße in die Leaspromenade ein. Er hatte seine besten Kleidungsstücke angelegt und trug, obgleich das Wetter sonnig war, seinen Regenschirm, als käme er eben von der Kirche. Zögernd wendete er sich nach rechts. Im Vorbeigehen betrachtete er genau jedes Haus und blieb alsbald plötzlich stehen. »Hughenden« war an den Torpfosten in soliden schwarzen Buchstaben zu lesen und »Hughenden« wiederholte sich in Goldbuchstaben auf der Oberlichte. Das Haus war mit atemberaubenden Stukkaturen verziert; sein Balkon war in wunderschönem Meergrün gestrichen und durch vergoldete Teile belebt. So stand der junge Mann vor diesem Haus und sah zu ihm empor.

»Menschenkinder!« flüsterte er schließlich in ehrfürchtiger Scheu. – Das Haus hatte in allen unteren Fenstern prächtig aussehende karmesinrote Vorhänge, in den oberen mit Messingquerstangen versehene Rolläden. Im Salonfenster stand in einem großen kunstvoll aussehenden Topf ein herrliches Tropengewächs. Am Tor war ein prachtvoll bronzierter Türklopfer mit Ring angebracht, überdies gab es zwei Türglocken – eine trug die Aufschrift »Dienerschaft«.

»Menschenskinder! Dienerschaft, wie?«

Er ging weiter, am Haus vorbei und konnte seine Blicke davon nicht losreißen; dann wendete er sich um und kam wieder zurück. Und wieder ging er unschlüssig hin und her, bis es ihn schließlich hinunter zum Strand trieb. Nach wenigen Schritten setzte er sich auf eine Bank an der Leas, legte seinen Arm auf die Rückenlehne und betrachtete das Haus »Hughenden«. Ganz leise pfiff er eine Melodie vor sich hin, neigte den Kopf erst auf eine, dann auf die andere Seite. Dann verfinsterte sich sein Blick, mit dem er unverwandt das Haus anstarrte.

Ein sehr beleibter alter Herr mit hochrotem Gesicht und hervorquellenden Augen setzte sich neben Kipps, nahm seinen Panamahut ab, dessen Fasson dem liederlichsten Desperado Ehre gemacht hätte, wischte den Schweiß von der Stirn und schnaufte. Dann begann er die Innenseite seines Hutes trockenzuwischen. Kipps beobachtete ihn eine Zeitlang und überlegte, wie viel dieser Mensch wohl im Jahr an Einkünften haben könnte und wo er seinen Hut gekauft haben mochte. Doch schließlich gewann das Interesse an »Hughenden« die Oberhand.

Eine plötzliche Regung übermannte ihn. »Hören Sie«, sagte er und beugte sich zu dem alten Herrn vor.

Dieser schreckte auf und starrte ihn an.

»Was sagten Sie eben?« fragte er hitzig.

»Sie würden's nicht für möglich halten«, sagte Kipps und

deutete mit dem Zeigefinger in die Richtung Hughendens, »daß das Haus dort mir gehört.«

Der alte Herr drehte sich um und faßte Hughenden ins Auge. Hierauf wendete er sich Kipps zu, musterte dessen ärmliche, billige Kleidungsstücke mit der Intensität eines Apoplektikers, und schnaubte ihm statt einer Antwort ins Gesicht.

»Es gehört wirklich mir«, widerholte Kipps etwas weniger selbsticher.

»Seien Sie kein Narr«, sagte der alte Herr, setzte seinen Hut auf und wischte sich die Augenwinkel aus. »Es ist heiß genug, auch ohne Narren«, keuchte er entrüstet. Kipps ließ seinen Blick von dem neben ihm Sitzenden zum Haus und wieder zu diesem zurück wandern. Der aber sah Kipps an, schnaubte bloß, blickte dann aufs Meer und schließlich unter verächtlichem Schnauben wieder auf Kipps.

»Wollen Sie sagen, daß es nicht mir gehört?« nahm Kipps das Thema wieder auf.

Der Angesprochene warf nur einen flüchtigen Blick über seine Schulter auf das umstrittene Haus und fing dann an, sich so zu verhalten, als ob Kipps nicht existiere. »s' ist mir grad' heut früh vermacht worden«, sagte Kipps. »'s ist auch nicht nur das einzige, was mir vermacht worden ist.«

»Au!« sagte der alte Herr wie einer, der arg gequält wird. Er schien geradezu darauf zu warten, daß Kipps in Kürze von Passanten fortgeschafft würde.

»So ist's aber gewesen«, beharrte Kipps. Für eine Weile machte er keine weiteren Bemerkungen, sondern schaute mit etwas weniger innerer Sicherheit zum Hause empor.

»Ich hab' ...«, begann er wieder, hielt aber inne.

»Es hat keinen Sinn, es Ihnen zu erzählen, wenn Sie's nicht glauben«, meinte er.

Nach innerem Widerstreit entschloß sich der alte Herr, einen Zornesausbruch zu unterdrücken. »Versuchen Sie's nur, Ihr Spielchen, bei mir«, keuchte er. »Werde Sie der Polizei übergeben.«

»Welches Spielchen?«

»Bin doch nicht von gestern«, erwiderte der andere und schnaufte. »Übrigens«, setzte er hinzu, »schaun Sie sich nur einmal an!«

»Ich kenn' Sie schon«, dabei hustete er kurz, nickte, den Blick aufs Meer gerichtet, und hustete nochmals.

Unschlüssig blickte Kipps vom Haus zum alten Herrn und zurück auf das Haus. Ihr Gespräch, so nahm er an, war beendet.

Bald darauf stand er auf und ging langsam über den Rasen wieder zum stuckverzierten Portal des Hauses. Er blieb stehen, und sein Mund formte das köstliche Wort »Hughenden«. Alles war in bester Ordnung! Wie um den alten Herrn herauszufordern, blickte er über die Schulter, dann drehte er sich um und ging seines Weges. So offenkundig ohne jede Vernunft war dieser alte Herr!

Unwillkürlich verlangsamte er seine Schritte entlang der Promenade, als zöge ihn ein unsichtbares Band zurück. Als er das Haus vom Gehsteig aus nicht mehr sehen konnte, trat er auf die Fahrbahn. Dann gelang es ihm erst, das unsichtbare Band mit einiger Anstrengung zu zerreißen.

Durch eine stille Seitenstraße setzte er seinen Weg fort, knöpfte verstohlen seinen Rock auf, entnahm einem Briefumschlag drei Banknoten, betrachtete sie und steckte sie wieder ein. Hierauf zog er aus seiner Hosentasche fünf blanke Sovereigns hervor und betrachtete sie mit prüfendem Blick. Zu solchem Vertrauen hatte seine verblüffende Ähnlichkeit mit dem Porträt seiner toten Mutter die Herren Watson und Bean veranlaßt.

Das war ja schön und gut.

Es war wirklich alles in Ordnung.

Umsichtig, ja feierlich steckte er die Münzen in die Hosentasche und setzte seinen Weg mit plötzlicher Beschwingtheit fort. Alles ging in Ordnung – nun hatte er gewonnen – er war im großen und ganzen ein reicher Mann. Er ging eine Straße hinauf, bog um eine Ecke in eine andere Straße ein, machte sich auf den Weg zum Pavillon, änderte seinen Entschluß, ging wieder zurück und entschloß sich, schnurstracks ins Warenhaus zu gehen und ihnen allen die Neuigkeit zu verkünden.

Da sah er, daß jemand eine Straße weit vor ihm überquerte, jemand, der auf seltsame Weise für seinen gegenwärtigen außerordentlichen Gemütszustand belangvoll war. Es war Chitterlow. Natürlich war's Chitterlow, der ihm zuerst von der ganzen Angelegenheit berichtet hatte! Der Bühnenschriftsteller marschierte schwungvoll durch eine Querstraße. Seine Nase trug er hoch, die Seglermütze saß auf dem Hinterkopf und seine große, sommersprossige Hand umfaßte zwei Romane aus der Bücherei, eine Morgenzeitung, einen neuen, in Papier verpackten Hut sowie eine Netztasche voll mit Zwiebeln und Tomaten...

Hinter dem Weinhandelsgeschäft an der Ecke geriet er außer Sichtweite, als sich Kipps entschloß, ihm nachzulaufen und ihm von der erstaunlichen Änderung im Lauf des Universums, die sich eben erst zugetragen hatte, zu erzählen.

Kipps stieß einen schwachen Schrei aus, den er schon im Entstehen erstickte, und schwenkte seinen Regenschirm. Dann setzte er ihm in schneidigem Tempo nach. Er kam um die Ecke, und Chitterlow war verschwunden; er eilte zur nächsten – kein Chitterlow war zu sehen; vergeblich ging er den Weg zurück, nach einer anderen möglichen Straßenecke suchend, hinter der er verschwunden sein konnte. Seine Hand fuhr zu seinem Mund; eine Zeitlang blieb er am Rande des Gehsteiges stehen und blickte sich überall um. Umsonst!

Aber Chitterlows Anblick erwies sich für ihn als heilsam, er verband verschiedene Ereignisse miteinander, vereinte ihn wieder mit der Vergangenheit an einem neuen Punkt des Geschehens, und das war es, was er so dringend nötig hatte...

Es war schon recht so – völlig in Ordnung.

Plötzlich erwuchs in ihm die starke Begierde, es jedermann im Warenhaus zu erzählen, jawohl, jedermann, und zwar alles. Das war's, was getan werden mußte. Sein Gefühl sagte ihm, daß er alles erzählen müsse, damit die ganze Sache Wirklichkeitswert bekomme. Fest umklammerte seine Hand den Regenschirm in der Mitte, und eifrig ging er seinem Ziel entgegen.

Kipps betrat das Warenhaus durch die Manchesterabteilung. Er riß die Tür auf, jene Tür, über deren Milchglasscheibe er vor gar nicht so langer Zeit die Nase Chitterlows in unbeschreiblicher Angst beobachtet hatte, und traf den zweiten Lehrling im Gespräch mit Pearce an. Dieser stocherte eben mit einer Stecknadel in seinem hohlen Zahn und redete über die besonderen Merkmale guten Stils.

Kipps trat an den Ladentisch heran.

»Hört mal, was haltet ihr davon?«

Pearce nahm die Stecknadel aus dem Mund: »Wovon denn?«

»Ratet.«

»Fortgeschlichen hast du dich, weil Teddy in London ist.«

»Noch einiges mehr.«

»Was?«

»Hab' ein Vermögen geerbt.«

»Unsinn!«

»Ja, tatsächlich.«

»Schieß' los!«

»Ehrenwort. Mir sind zwölfhundert Pfund – zwölfhundert Pfund im Jahr vermacht worden!« Damit ging er langsam auf die kleine Tür zu, die von der Abteilung ins Innere des Hauses führte; er ging, wie es in der Sprache der Herolde heißt, weiter, indem er nach hinten blickte. Pearce stand mit weitgeöffnetem Munde da, die Stecknadel in die Luft gespießt.

»Nein!« brachte er schließlich hervor.

»Hat schon seine Richtigkeit«, beendete Kipps das Gespräch, »und ich geh jetzt.«

Und er fiel über die Türmatte ins Haus.

4

Es traf sich, daß Mr. Shalford in London Waren für den Sommerschlußverkauf beschaffte und zweifellos auch mit Bewerbern um die Nachfolge von Kipps Unterredungen hatte.

So stand tatsächlich einem wilden Sturm von Gerüchten von einem Ende des Warenhauses bis zum andern nichts im Wege. Alle männlichen Angestellten begannen ihren Bericht mit den gleichen Worten: »Schon von Kipps gehört?«

Das neue Mädchen in der Kasse hatte es von Pearce gehört und war sofort in die Galanteriewarenabteilung geeilt, um dort als erste die Neuigkeit zu überbringen. Kipps hatte tausend Pfund pro Jahr geerbt – zwölftausend Pfund pro Jahr. Kipps hatte zwölfhunderttausend Pfund geerbt. Die Zahlen schwankten, aber die wesentlichen Tatsachen stimmten. Kipps war die Treppe hinauf in sein Zimmer gegangen. Er packte seinen Koffer. Er sagte, er würde nicht einen Tag länger im alten Warenhaus bleiben, nicht für tausend Pfund! Man erzählte sich, daß er freche Spottverse über den alten Shalford sang.

Jetzt war er wieder unten, in der Buchhaltung! Also strömte alles dorthin. Der arme Buggins hatte eben einen

Kunden und konnte nicht erfahren, weshalb zum Teufel alles auf den Beinen war. Ja, Buggins tappte vollkommen im dunkeln.

Das war ein geräuschvolles Hin- und Herlaufen, ein Gewirr von Stimmen, die dies und jenes und noch anderes von Kipps behaupteten. Von niemand beachtet läutete die Tischglocke den Beginn des Mittagessens ein. Sämtliche Angestellte des Textilwarenhauses hatten plötzlich leuchtende Augen, waren erregt und lechzten geradezu danach, sich jemandem mitzuteilen, um jeden Preis jemanden zu finden, der es noch nicht wußte, und der erste zu sein, der ihnen erzählte, »Kipps hat dreißig-, vierzig-, fünfzigtausend Pfund geerbt!«

»Was!« rief der erste Gepäckträger. »Der!« und eilte so hurtig zur Buchhaltung, als hätte sich Kipps das Genick gebrochen.

»Einer unsrer Burschen hat soeben sechzigtausend Pfund geerbt«, sagte der erste Lehrling, der nach längerer Abwesenheit zu seiner Kundin zurückkehrte.

»Unvermutet?« fragte die Kundin.

»Durchaus«, erwiderte der erste Lehrling...

»Ich bin sicher: wenn irgend jemand das verdient, dann ist es Mr. Kipps«, sagte Miss Mergle; ihre Schleppe raschelte, als sie zum Buchhaltungsbüro eilte.

Da stand Kipps inmitten eines wahren Platzregens von Glückwünschen. Sein Gesicht war gerötet, sein Haar wirr. Noch immer hielt die linke Hand seinen Hut und seinen besten Regenschirm umklammert. Aus seiner rechten Hand war vom vielen Händeschütteln das Gefühl entwichen, so daß sie eher jemand anderem als ihm selbst zu gehören schien. Und immer noch bimmelte die so gröblich vernachlässigte Tischglocke.

»Guter, alter Kipps!« sagte Pearce händeschüttelnd. »Guter, alter Kipps!«

Booch rieb sich seine blutleeren Hände. »Sie sind sicher, daß alles mit rechten Dingen zugeht, Mr. Kipps?« fragte er aus dem Hintergrund.

»Ich bin jedenfalls sicher, daß wir ihn alle beglückwünschen«, sagte Miss Mergle.

»Allmächtiger Gott!« rief die neue junge Dame in der Handschuhabteilung aus. »Zwölfhundert im Jahr! Großer Gott! Jetzt denken Sie nicht daran, irgendeine zu heiraten, wie? Mr. Kipps!«

»Drei Pfund fünf Shilling und neun Pence pro Tag«, bemerkte Mr. Booch, der es in seinem Kopf mit an Wunder grenzender Schnelligkeit ausrechnete...

Alle bekundeten, so schien es, wie froh sie darüber seien, daß es gerade Kipps getroffen habe, mit Ausnahme des Junglehrlings, auf den – er war der einzige Sohn einer Witwe und gewohnt, das Beste von allem als sein Recht zu beanspruchen – unausstehlicher Neid, ein Empfinden unerträglichen Unrechts seinen finsteren Schatten geworfen hatte. Alle übrigen aber waren ganz ehrlich und einfach froh – frohgestimmter damals vielleicht als selbst Kipps, weil sie nicht so überwältigt waren wie er...

Kipps ging die Treppe hinunter zum Mittagessen und gab nur abgerissene, unzusammenhängende Bemerkungen von sich. »Nie etwas von der Art erwartet... Als der alte Bean da mir das sagte, hätte mich beinahe der Schlag getroffen... Er sagt, ›Ihnen ist Geld hinterlassen worden.‹ Sogar dann hab ich nicht erwartet, daß 's mehr als vielleicht hundert Pfund sein würd'. So ungefähr das.«

Als alle ihre Plätze beim Mittagmahl einnahmen und die Teller herumgereicht wurden, legte sich die Erregung etwas. Die Wirtschafterin gratulierte Kipps beim Vorschneiden des Fleisches, das Dienstmädchen gefährdete die Kleidungsstücke mit ihren Tellern – sie trug sie ohne besondere Sorgfalt, so daß man jeden Augenblick erwartete, sie werde einen dieser Teller mit dem Inhalt nach unten servieren –, sosehr faszinierte sie der Anblick von Kipps. Einer übertraf den andern an Lebhaftigkeit und Hunger nach Neuigkeiten über Kipps (mit Ausnahme des Junglehrlings), und die Wirtschafterin legte ungewöhnlich großzügig das Fleisch vor. Es wurde ein Gelage, das da unterm Gaslicht abgehalten wurde, ein richtiges Gelage. »Ich bin sicher, wenn's irgendwer verdient«, sagte Miss Mergle, »oh, bitte reichen Sie mir das Salz – dann ist's Mr. Kipps.«

Das Geplapper legte sich ein wenig, als Carshots bellende Stimme über den Tisch hinweg ertönte. »Sie werden jetzt so was wie ein großes Tier werden, Kipps, Sie werden sich selbst kaum wiedererkennen.«

»Ein Gentleman«, warf Miss Mergle ein.

»Viele Familien wirklicher Gentlemen«, ergänzte die Wirtschafterin, »müssen mit weniger ihr Auslangen finden.«

»Wir sehen uns auf der Leas wieder«, meinte Carshot. »Mein...!« Er begegnete dem vorwurfsvollen Blick der Wirtschafterin. Sie hatte sich schon früher über diese Redewendung ungnädig geäußert. »Mein Auge!« schloß er zahm, um nicht durch unziemliche Worte die Feier des Tages zu stören.

»Ich schätze, du wirst nach London gehn«, nahm jetzt Pearce das Wort. »Du wirst dort ein richtiger Lebemann sein. Wir werden dich auf der Burlington Arcade, Veilchen im Knopfloh, mit den Damen flirten sehn... Eine von diesen Etagenwohnungen im Westend. Das wär' mein Lebensstil. Und dazu ein erstklassiger Club.«

»Ist's nicht ein bißchen schwierig, in diese Clubs hineinzukommen?« fragte Kipps, der über einem Kartoffelbissen das Gespräch aufmerksam verfolgt hatte.

»Sei unbesorgt. Nicht für einen, der Geld hat«, erwiderte Pearce. Und das junge Mädchen in der Abteilung für Spitzen, das sich aufgrund der gewagten Darbietungen von Miss

Marie Corelli eine eher zynische Ansicht über die moderne Gesellschaft angeeignet hatte, meinte: »Heutzutage bekommt man für Geld alles, Mr. Kipps.«

Aber Carshot ließ die echt britische Art erkennen, als er sagte: »Wenn ich Kipps wäre«, dabei schaufelte er im Augenblick Bratensoße auf sein Messer, »würde ich in die Rockies fahren und dort Bären erlegen.«

»Ich würd' ganz gewiß einen Abstecher hinüber nach Boulogne machen«, sagte Pearce, »und mich dort ein bißchen umsehn. Nächste Ostern fahr' ich jedenfalls selbst hin – ihr werdet schon sehen.«

»Reisen Sü nach Ürland, Mr. Kipps«, kam's in einschmeichelnder Eindringlichkeit von Biddy Murphy, welche im großen Arbeitsraum die Aufsicht führte. Als sie sprach, errötete sie und strahlte nach der Art irischer Mädchen, »reisen Sü nach Ürland. Es üst das lüblichste Land der Welt. Außer Ührem. Füschen, Schüßen, Jagen. Un hübsche Mädchen, hei! Sü sollten dü Seen von Küllarney kennenlernen, Mr. Küpps!« Und sie drückte ihre Begeisterung durch ein lebhaftes Mienenspiel aus und leckte sich die Lippen.

Und bald darauf wurde dem Ereignis die Krone aufgesetzt.

Pearce war's, der da meinte: »Kipps, du solltest eigentlich Schampus spendieren!«

Und es war Carshot, der dafür das eher poetische Wort »Champagner« fand.

»Ja, klar!« stimmte Kipps vergnügt zu; alles übrige betraf Einzelheiten und freiwillige Boten. »Hier kommt er schon!« hörte man, als der Lehrling die Treppe herunter kam. »Und was ist mit dem Laden?« sagte einer. »Oh, hol ihn der Teufel!« rief Carshot und verlangte in brummigem Ton einen Korkenzieher mit einer Drahtschere. Pearce, der Patentkerl, hatte eine Drahtschere an seinem Taschenmesser. Wie würde wohl Shalford die Flaschen mit Goldmundstück angestarrt haben, hätte er zufällig einen früheren Zug genommen! Paff – flogen die Korken, und wieder – Paff! Glucksend und zischend ergoß sich das edle Naß in die Becher.

Als sich Kipps von ihnen allen unter dem flackernden Gaslicht umringt sah, wie sie mit erhobenen Gläsern fast feierlich »Kipps!« riefen, erinnerte er sich an Carshots Worte: »Trinkt ihn aus hohen Gläsern! Das ist kein Wein, den man aus gewöhnlichen Gläsern trinkt. Nicht wie Portwein und Sherry. Er heitert euch auf, aber ihr werdet davon nicht betrunken. Er ist kaum stärker als Limonade. Sie trinken ihn zum Dinner, manche auch täglich.«

»Was! Um drei Shilling Sixpence die Flasche!« sagte die Wirtschafterin ungläubig staunend.

»Davor schrecken die nicht zurück«, erwiderte Carshot. »Die Klasse der Champagnertrinker jedenfalls nicht.«

Die Wirtschafterin schürzte die Lippen und schüttelte den Kopf...

Als Kipps nun sah, daß alle aufstanden, um auf sein Wohl in dieser Weise zu trinken, stieg ihm ein derartiges Gefühl in Kehle und Augen, daß er beim besten Willen kaum wußte, ob es ihm gelingen würde, die Tränen zu unterdrücken. »Kipps!« riefen sie alle mit freundlichen Blicken. Sie brachten ihm viel Güte entgegen, und es war hart, daß ihnen allen kein Glückstreffer winkte!

Aber der Anblick nach oben gewendeter froher Gesichter und erhobener Gläser führte ihn wieder in die Gegenwart zurück...

Sie ehrten ihn; neidlos und aus freien Stücken ehrten sie ihn auf ihre Weise.

Carshot zum Beispiel, der anschließend damit beschäftigt war, Kunden mit Kretonnestoffen zu bedienen und, um Platz fürs Ausmessen zu schaffen, einige der zurückgewiesenen Packen auf dem Ladentisch beiseite schieben wollte, fegte sie mit einer kraftvollen und absichtlich schlecht berechneten Armbewegung unter einem donnerähnlichen Geräusch teils auf den Fußboden, teils auf den Fuß des immer noch in finstere Gedanken vertieften Junglehrlings. Und Buggins, dessen Amt darin bestand, in der Abteilung die Aufsicht zu führen, während Carshot bediente, führte diese Aufsicht mit ganz unvergleichlicher Würde und ließ einen Sonnenschirm nach der neuesten Mode mit gekrümmtem Griff an einem Finger baumeln. Jede Kundin, die ins Geschäft kam, nagelte er mit einem ernsten und durchdringenden Blick fest. Gleichzeitig ließ er Bemerkungen fallen, wie: »Zeige Ihnen jetzt etwas sehr Attraktives, den Sonnenschirm der neuen Saison«; und nach einer angemessenen Pause, »bemerkenswerte Sache, einem unserer Verkäufer sind zwölfhundert pro Jahr vermacht worden. Sehr attraktiv. Heut' nichts mehr, Ma'am? Nein!« Und dann ging er und hielt die Tür für sie mit vollendetem Anstand offen, wobei der Sonnenschirm elegant von seiner linken Hand baumelte...

Und als der zweite Lehrling, der eine Kundin mit billigem Drillich bediente, von dieser unvermittelt gefragt wurde, ob der Stoff auch stark sei, lautete seine ungewöhnliche Antwort: »O nein, Ma'am! Stark! Nun, er ist kaum stärker als Limonade...«

Ferner war der erste Gepäckträger von dem löblichen Vorsatz erfüllt, den Rekord für Blitzpacker zu brechen und nebenbei verlorene Zeit nachzuholen. So erhielt Mr. Swaffenham von der Sandgate Riviera, der an diesem Abend um sieben zum Dinner geladen war, um halb sieben statt des dringend benötigten Frackhemdes, welches er wie auf Nadeln sitzend erwartete, ein Korsett, das den besonderen Bedürfnissen von Personen, die zu Körperfülle neigen, angepaßt war. Ein Päckchen mit leichter Unterwäsche für den Sommer, die von der älteren Miss Waldershawe ausgesucht worden war, wurde irgendwie mit Gratisbeigaben von

Päckchen weniger delikaten Inhaltes zugestellt, und eine Schachtel mit Damenhüten zur Ansicht für Lady Pamshort in Wampachs erfuhr eine Bereicherung durch die Beigabe der Mütze des zweiten Gepäckträgers...

Derartige an sich geringfügige Kleinigkeiten vermögen vielleicht überzeugend die selbstlose Heiterkeit zu beweisen, die allenthalten im Warenhaus über die außergewöhnliche und unerwartete Bereicherung des Mr. Kipps zu verspüren war.

5

Der Bus, welcher regelmäßig die Strecke zwischen New Romney und Folkestone befährt, trägt den typisch britischen roten Anstrich und auf beiden Längsseiten das Wort »Tip-top« in Gold, umgeben von üppigen Arabesken. Es ist ein langsamer und behäbiger Bus; langsam und behäbig mußte er schon in ganz neuem Zustand gewesen sein. An seiner Unterseite schaukelt eine Art Laderaum, der zwischen den Rädern an Ketten aufgehängt ist, und während der Sommermonate sind Gartenbänke auf dem Dach vorgesehen. Die Vorderseite erhebt sich über den beiden unerschrockenen, gemächlichen Pferden gleich gestaffelten Rängen im Theater. Da ist zunächst ein Sitz für den Kutscher und seine Begleitung, darüber ein weiterer und über diesem, wenn mir mein Gedächtnis keinen Streich spielt, wieder einer. Man sitzt so, wie es ein italienischer Maler in seinem Bild arrangiert haben könnte – in einer himmlischen Gruppe. Es gibt Tage, an denen er nicht fährt – das muß man eben herausfinden. Und so kommt man nach New Romney. So wird man auch weiterhin viele Jahre lang nach New Romney kommen, denn die Konzession für eine Kleinbahn längs der Küste liegt glücklicherweise bei der South Eastern Railway Company wohlverwahrt, und der Friede der Marsch bleibt ungestört bis auf die Fahrradklingeln von solchen Leuten wie Kipps und ich. Dieser Bus war's also, dieser rötliche, ehrwürdige und mit Gottes Gnade unsterbliche Bus, der die Anhöhe von Folkestone mit unerschütterlicher Bedächtigkeit bergab fuhr, durch Sandgate und Hythe dahinrollte, hinaus in die windgepeitschten Flächen der Marsch, mit Kipps und all dessen Reichtümern an seiner Stirnseite.

Dort stellt ihn euch im Geiste vor. Er saß auf dem höchsten Platz, genau entgegengesetzt über dem des Kutschers. In seinem Kopf wirbelten der Champagner und diese gewaltige Narretei des Glücks; sein Herz schwoll an, schwoll zeitweilig wirklich so sehr an, als wolle es ihn zum Bersten bringen, und sein der Sonne zugewendetes Gesicht war verklärt. Er sprach kein Wort, aber immer wieder lachte er, wenn er an dies oder jenes dachte. Geraume Zeit schien es, als sei er randvoll von leisem Lachen, unbeschwertem und selbstsicherem Lachen, das in ihm aufstieg und aus ihm hervorbrach wie Perlen im Weinglas ... Ein Banjo hielt er wie ein Zepter auf sein Knie gestützt. Schon immer hatte er sich ein Banjo gewünscht, nun hatte er eines bei Melchior erstanden, während er auf den Bus wartete.

Neben ihm saß ein junger Bedienter, der Pfefferminzbonbons saugte, und ein kleiner Junge mit schnaufendem Atem, dessen rasch hin- und herwandernde Blicke die Neugier verrieten, mit der er zu ergründen versuchte, weshalb Kipps immer wieder lachte. Neben dem Kutscher saßen zwei junge Männer in Gamaschen, die sich über Jungschafe unterhielten. Und da saß Kipps, ganz unverdächtig, Besitzer von zwölfhundert Pfund im Jahr, bis auf das herausragende Banjo als ganz gewöhnlicher junger Mann verkleidet; der junge Mann in Gamaschen links vom Kutscher betrachtete immer wieder Kipps und dessen Banjo, als ob ihm das Instrument und Kipps mit seinem verzückten Gesicht als unlösbares Rätsel erscheine. Und manch ein König ist in eine eroberte Stadt mit weniger Sinn für Glanz und Herrlichkeit eingezogen als Kipps.

Sie warfen lange Schatten hinter sich, und ihre Gesichter wurden von den Strahlen der Abendsonne vergoldet, als sie weiter dem leuchtenden Westen entgegenrumpelten. Die Sonne ging unter, noch ehe sie durch Dymchurch gefahren waren, und als sie rumpelnd an der Windmühle vorbei in New Romney einfuhren, war die Abenddämmerung hereingebrochen.

Der Kutscher reichte ihm das Banjo und den Handkoffer herunter. Nachdem Kipps ihn bezahlt hatte, sagte er: »Geht in Ordnung«, auf das Wechselgeld nach Gentlemanart verzichtend, machte kehrt und stieß mit dem Handkoffer kräftig gegen den alten Kipps, den das Geräusch des anhaltenden Gefährts vor die Wagentür gelockt hatte; der war in angriffslustiger Stimmung und hatte noch den letzten Bissen des Abendessens im Munde.

»Hallo, Onkel, hab' dich gar nicht gesehn!« rief Kipps.

»Ungeschickter Tropf, was hat dich hierhergebracht? 's ist doch nicht früher Ladenschluß? Doch nicht am Dienstag?«

»Hab' eine Neuigkeit für dich, Onkel«, sagte Kipps und ließ den Handkoffer fallen.

»Hast doch nicht etwa deine Stellung verloren? Was hast du denn da? Hol mich der Teufel, wenn das nicht ein Banjo ist, du lieber Himmel! Gibst dein Geld für Banjos aus! Stell doch deinen Koffer nicht da nieder, wo er jedem im Weg ist. Hol mich der Teufel, wenn ich jemals solch einen Burschen gesehen hab', wie du einer in letzter Zeit geworden bist. Hier, Molly! Und schau mal an! Wozu hast du einen Handkoffer? Na, du lieber Himmel! Hast doch am Ende nicht wirklich deinen Arbeitsplatz verloren, oder?«

»Etwas ist geschehn«, sagte Kipps, ein wenig aus der Fassung gebracht. »'s ist schon alles in Ordnung, Onkel. In einer Minute werdet ihr mehr wissen.«

Der alte Kipps nahm das Banjo an sich, während sein Neffe den Koffer wieder aufnahm.

Rasch wurde die Wohnzimmertür geöffnet, ein Tisch, auf dem sorgfältig ein einfaches Abendessen aufgetragen war, wurde sichtbar, und Mrs. Kipps erschien.

»Wenn das nicht der junge Artie ist!« rief sie aus. »Nun, was hat dich denn heimgebracht?«

»Hallo, Tante«, erwiderte Artie. »ich komm' gleich herein. Muß euch was erzählen. Hab' ein bißchen Glück gehabt.«

Er wollte ihnen nicht alles auf einmal mitteilen. So wankte er mit dem Koffer um die Ecke des Ladentisches, versetzte eine Partie Spielzeugblechkübel in rasselnde Bewegung und betrat den kleinen Raum. Sein Gepäck stellte er in der Ecke neben der großen Pendeluhr ab und wendete sich wieder seiner Tante und seinem Onkel zu. Die Tante betrachtete ihn mißtrauisch; die kleine Tischlampe spendete Licht über den Lampenschirm hinaus und beleuchtete Finger und Nasenspitze der Tante. In einer Minute würde alles geklärt sein. Er würde ihnen nicht alles auf einmal erzählen. Der alte Kipps stand, heftig atmend, in der Ladentür, das Banjo in der Hand. »Tatsache ist, Tante, ich hab' 'n bißchen Glück gehabt.«

»Du hast doch wohl nicht auf die verdammten Pferde gesetzt, Artie?« fragte sie.

»Nein, seid unbesorgt.«

»Bei einer Verlosung ist er gewesen«, grollte der alte Kipps, der noch wegen des Zusammenpralls mit dem Koffer außer Atem war, »bei so einer verdammten Verlosung. Schau dir das an, Molly. Da hat er hier dieses wertlose Banjo gewonnen und deswegen seine Stellung hingeschmissen – so hat er's gemacht. Jetzt will er singend umherzieh'n. Zuerst einen Anlauf nehmen und dann der plötzliche Sturz! Genau der Fehler, den die arme Pheamy immer gemacht hat. Ist in etwas hineingestolpert und hat sich von niemand aufhalten lassen!«

»Nicht wahr, Artie, du hast deinen Posten nicht weggeschmissen?« wollte Mrs. Kipps wissen.

Kipps nahm seine Gelegenheit wahr. »Doch«, sagte er, »ich hab' ihn weggeschmissen.«

»Und wofür?« fragte der alte Kipps.

»Damit ich Banjo spielen lerne!«

»O du lieber Himmel!« rief der alte Kipps entsetzt aus, da er seine Vermutung bestätigt fand.

»Ich zieh' umher und spiele«, sagte Kipps kichernd.

»Dann schwärz' ich mein Gesicht, Tante, und sing' am Strand. Da werd' ich einen mächtigen Spaß haben und jede Menge Geld verdienen – verstehst du. Sechsundzwanzigtausend Pfund werd' ich kinderleicht verdienen!«

»Kipps«, sagte Mrs. Kipps, »er hat getrunken!«

Sie beide machten lange Gesichter, als sie ihren Neffen über den gedeckten Tisch hinweg ansahen. Kipps brach in schallendes Gelächter aus, und als seine Tante ihn unter traurigem Kopfschütteln anblickte, verursachte dies einen neuerlichen Heiterkeitsausbruch. Dann aber wurde er plötzlich ernst. Er fühlte, daß er das Geheimnis nicht länger bei sich behalten konnte. »Es ist schon alles in Ordnung, Tante. Wirklich, ich bin nicht verrückt und bin auch nicht betrunken. Ich hab' Geld geerbt. Sechsundzwanzigtausend Pfund hab' ich geerbt.«

Schweigen.

»Und du hast deine Stellung aufgegeben?« Wieder fragte der alte Kipps.

»Ja«, antwortete Kipps, »freilich!«

»Hast dieses Banjo gekauft, deine beste neue Hose angezogen und bist gradweg hierhergekommen?«

»Nun«, meinte Mrs. Kipps, »ich hätte nie ...!«

»Das ist nicht meine neue Hose, Tante«, sagte Kipps bedauernd, »meine neue Hose war noch nicht fertig.«

»Hätt' nicht gedacht, daß sogar du ein solcher Narr sein könntest«, sagte der alte Kipps.

Wieder folgte eine Pause.

Vom mißtrauischen, feierlichen Ernst der beiden ein wenig beunruhigt, wiederholte Kipps:

»Es geht alles mit rechten Dingen zu. Es ist wirklich alles in Ordnung! Sechsundzwanzigtausend Pfund. Und ein Haus.«

Der alte Kipps spitzte seinen Mund und schüttelte den Kopf.

»Ein Haus an der Leas. Ich hätt's schon beziehen können. Nur hab' ich's noch nicht getan. Hatte noch keine Lust dazu. Hab' nicht gewußt, was ich dazu sagen soll. Da wollt' ich eben kommen und es euch sagen.«

»Woher weißt du, daß das Haus ...?«

»Man hat mir's gesagt.«

»Nun«, sagte der alte Kipps und neigte seinen Kopf unheilverkündend seinem Neffen zu, wobei seine Mundwinkel auffallend entmutigend herabhingen. »Nun, du bist ein junger Dummkopf.«

»Das hätt' ich von dir nicht gedacht, Artie!« sagte Mrs. Kipps.

»Was meint denn ihr?« fragte Kipps zaghaft und blickte eingeschüchtert von einem zum andern.

Der alte Kipps schoß die Ladentür. »Sie haben ihren Spaß mit dir getrieben«, sagte er mit trauriger Stimme. »Das ist's, was ich glaub', mein Junge. Sie haben grade nur sehn wollen, was ein Dummerchen wie du tun würde.«

»Ich glaub' wohl, daß da der junge Quodling seine Hand im Spiel gehabt hat«, meinte Mrs. Kipps. »Er ist gerade von der Sorte.« (Denn der Quodling mit der Schultasche aus grünem Baumwolltuch war zu einem gefürchteten Kerl herangewachsen, zum Schrecken von New Romney.)

»Wahrscheinlich ist's einer, der hinter deiner Stelle im Warenhaus her ist«, vermutete der alte Kipps.

Kipps blickte von einem skeptisch-mißbilligenden Gesicht zum andern, sah sich in dem vertrauten, ärmlichen kleinen Zimmer um, sah seinen vertrauten, billigen Handkoffer auf dem ausgebesserten Stuhl und das Banjo inmitten der Schüsseln vom Abendessen wie eine unumstößliche Tatsache. Konnte er denn wirklich reich sein? Konnte es sein, daß sich diese Dinge wirklich ereignet hatten? Oder war er in einer verrückten Laune seiner Phantasie dahin verschlagen worden?

Und dennoch – einhundert Pfund vielleicht...

»Aber«, begann er wieder. »Es hat alles seine Richtigkeit, Onkel. Du glaubst's nicht? Ich hab' einen Brief bekommen.«

»Alles vorbereitet«, sagte der alte Kipps.

»Aber ich hab' ihn beantwortet und bin in ein Anwaltsbüro gegangen.«

Der alte Kipps schwankte einen Augenbick lang, aber er wußte es besser, und so neigte er den Kopf bedächtig von einer Seite zur andern. Doch im gleichen Maße, wie die Erinnerung an den alten Bean und an Shalfords Warenhaus wieder auflebte, kehrte auch die Selbstsicherheit Kipps' wieder.

»Ich hab' einen alten Herrn aufgesucht, Onkel – perfekter Gentleman. Und er hat mir alles darüber gesagt. Äußerst achtbar war er. Hat sich Watson und Bean genannt – zumindest er war Bean. Sagte, es ist mir«, Kipps langte dabei in seine Brusttasche, »von meinem Großvater hinterlassen worden...«

Die beiden fuhren hoch.

Der alte Kipps stieß einen Ruf der Überraschung aus und

drehte sich zum Kaminsims um, über dem die Daguerreotypie seiner verlorenen jüngeren Schwester der Welt ihr verblassendes Lächeln zulächelte.

»Waddy, war sein Name«, redete Kipps weiter, und seine Hand ruhte noch immer tief in seiner Brusttasche. »Und sein Sohn war mein Vater ...«

»Waddy!« sagte der alte Kipps.

»Waddy!« wiederholte Mrs. Kipps.

»Sie hat's nie gesagt«, sagte der alte Kipps.

Dann blieb es lange still.

Kipps machte sich mit einem Brief, einer zerknitterten Zeitungsanzeige und drei Banknoten zu schaffen. Unentschlossen hielt er diese Dinge in seiner Hand.

»Sieh an! Jener junge Mensch, der da Fragen stellte –« sagte jetzt der alte Kipps und sah seine Ehefrau verblüfft an.

»– muß es gewesen sein«, sagte sie.

»Er muß es gewesen sein«, wiederholte er.

»James«, Mrs. Kipps sagte es mit scheuer Stimme. »Am Ende doch – vielleicht – ist's wahr!«

»Wie viel, hast du gesagt?« fragte der alte Kipps. »Wie viel hast du gesagt, hat er dir hinterlassen, mein Jung'?«

Es war aufregend, obgleich nicht ganz so, wie Kipps es erwartet hatte. Er antwortete fast demütig über den kärglich beschickten Abendtisch hinweg, mit den schriftlichen Beweisstücken in der Hand.

»Zwölfhundert Pfund. Annähernd, hat er gesagt. Zwölfhundert Pfund im Jahr. Er hat sein Testament kurz vor seinem Tod gemacht – nicht vor mehr als einem Monat. Als er im Sterben lag, hat er sich anscheinend geändert, so meint Mr. Bean. Er hatt' seinem Sohn nie verziehen, nie – erst damals. Sein Sohn war vor vielen, vielen Jahren in Australien gestorben, und damals hatt' er ihm nicht verzieh'n. Wißt ihr – sein Sohn, der mein Vater war. Aber grad, als er sterbenskrank war, haben ihn wahrscheinlich Sorgen gequält und hat er sich nach einem seiner Familie gesehnt. Und er hat auch Mr. Bean gesagt, daß er es war, der nicht wollen hat, daß sie heiraten. Und so ist alles gekommen...«

6

Schließlich stieg Kipps mit der flackernden Kerze die schmale, mit keinem Teppich bedeckte Treppe zur kleinen Dachstube empor, die sein Obdach und seine Zuflucht während all der Jahre seiner Kindheit und Jugend gewesen war. In seinem Kopfe wirbelte es. Er war beraten, gewarnt, umschmeichelt und beglückwünscht worden; man hatte ihm Whiskey, heißes Wasser mit Zitronensaft und Zucker gegeben, und damit war auf seine Gesundheit getrunken worden. Er hatte auch zwei geröstete Käseschnitten gegessen – eine für ihn ungewöhnliche Abendmahlzeit. Sein Onkel war entschieden dafür, er solle sich um einen Sitz im Parlament bewerben, seine Tante hingegen war von einer großen Angst erfüllt.

»Ich fürchte, er wird hingehn und jemand unter seinem Stand heiraten.«

»Du solltest dich da irgendwo nach einer Jagdgelegenheit umsehen«, hatte der alte Kipps gemeint.

»Deine Pflicht ist es, in eine alteingesessene Familie einzuheiraten, Artie – vergiß das nicht.«

»Es gibt gar viele junge Edelleute, die froh sein werden, wenn sie sich an dich heranmachen können. Und – merk dir meine Worte gut – Geld von dir borgen können. Dann aber – Gute Nacht!«

»Ich muß vorsichtig sein, äußerst vorsichtig. Das hat mir Mr. Bean gesagt.«

»Und du mußt äußerst vorsichtig gegenüber diesem alten Bean sein. Wir in New Romney sind vielleicht ein bißchen abseits von der großen Welt, aber mir ist trotzdem so einiges über Anwälte zu Ohren gekommen. Du hab' ein wachsames Auge auf den alten Bean, mein Junge.«

»Wie können wir wissen, sogar jetzt, was er mit deinem Geld vorhat?« In dieser Weise hatte der alte Kipps sein unbequemes Gesprächsthema weiter verfolgt, und Kipps hatte schließlich wiederholt, Mr. Bean habe sehr achtbar ausgesehen.

Kipps kleidete sich bedächtig und unter beträchtlichem Keuchen aus, denn er wälzte ernste Gedanken in seinem Kopf. Sechsundzwanzigtausend Pfund!

Die Besorgtheit seiner Tante hatte ihm wieder gewisse Umstände bewußt gemacht, die sein »Zwölfhundert im Jahr!« zeitweilig gänzlich verdrängt hatten. Seine Gedanken kehrten zum Holzschnitzerkursus zurück. Zwölfhundert im Jahr! Am Bettrand saß er, in tiefes Nachdenken versunken, und seine Stiefel fielen plumpsend zu Boden, wobei zwischen beiden »Plumps« viel Zeit verstrich. Sechsundzwanzigtausend Pfund! »Großer Gott!« Er ließ seine restlichen Kleidungsstücke auf den Fußboden fallen, stieg ins Bett, zog die Flickendecke über und legte den Kopf auf jenes Kissen, dem er als ersten anvertraut hatte, daß sein Herz Ann Pornick gehörte. Aber jetzt dachte er nicht an Ann Pornick.

An ungefähr alles, was es in der Welt gab, versuchte er gleichzeitig zu denken – außer an Ann Pornick. Alle Tagesereignisse kamen und gingen in frischer Lebendigkeit durch sein überbeanspruchtes Gehirn – »dieser alte Bean«, der immer wieder erläuterte, der dicke Mann, der's nicht glauben wollte, ein überwältigender Geruch von Pfefferminze, das Banjo, Miss Mergle, die sagte, daß er es verdiene, Chitterlow, der um eine Ecke verschwand, die Weisheit, der gute Rat und die Warnungen von Onkel und Tante. Sie fürchtete, er würde unter seinem Stand heiraten; fürchtete sie das wirklich? Sie wußte ja nicht...

Im Geiste machte er einen Abstecher in den Holzschnitzerkursus, und er sah sich selbst, wie er die Klasse durch eine bescheiden, aber deutlich hörbar vorgebrachte Bemerkung »Mir sind sechsundzwanzigtausend Pfund hinterlassen worden« in Erstaunen setzte. Dann sagte er ihnen allen mit ruhiger, aber fester Stimme, daß er Miss Walshingham schon immer geliebt habe – immer, und so habe er alle seine sechsundzwanzigtausend Pfund mitgebracht, um sie ihr auf der Stelle zu geben. Er wollte nichts dafür. Ja, er wollte nichts als Gegenleistung. Er wollte ihr den ganzen Betrag in einem Umschlag geben und dann weggehen ... Natürlich würde er das Banjo behalten – und ein kleines Geschenk für Tante und Onkel – und vielleicht das Geld für einen neuen Anzug – und noch ein oder zwei andere Dinge, die ihr nicht fehlen würden. Seine Gedanken schweiften ab. Er könnte ein Automobil kaufen, er könnte eines dieser Dinge da kaufen, die einen ein Klavierspiel erleben lassen – da würde der gute alte Buggins staunen! Er könnte vortäuschen, er habe Klavier spielen gelernt – er könnte vielleicht ein Fahrrad und einen Radfahreranzug kaufen ...

Eine phantastische Menge von Plänen, was er alles tun könnte, und im besonderen, was er kaufen könnte, ballte sich in seinem Gehirn, und er schlief nicht einfach ein, sondern fiel vielmehr in ein Durcheinander von Träumen, in denen er eine mit vier Pferden bespannte Tip-top-Kutsche den Sandgate Hill hinab lenkte (»Ich werde äußerst vorsichtig sein müssen«); dabei trug er zahllose Anzüge, und durch irgendeinen schrecklichen Zufall trug er sie alle verkehrt. Deshalb lachten sie alle über ihn. Die Kutsche verschwand, die Kleidung gewann an Bedeutung. Er trug jetzt den Anzug eines Golfspielers, dazu einen Zylinderhut. Das weitere wandelte sich zu einem Alptraum. Er spazierte auf der Leas in der Tracht der Bergschotten, wobei sein Kilt immer mehr zusammenschrumpfte und Shalford mit drei Polizisten hinter ihm her war. »Er ist mein Verkäufer«, wiederholte Shalford stets von neuem; »er ist entlaufen. Er ist ein entlaufener Volontär. Halten Sie sich ganz in seiner Nähe, in einer Minute werden Sie ihn einlochen müssen. Ich kenn' diese da, wir sagen, sie sind waschecht, aber sie sind nicht viel wert...« Er konnte es spüren, wie der Kilt an seinen Beinen hinaufkroch. Am liebsten hätte er ihn heruntergezerrt, nur waren seine Arme gelähmt. Plötzlich hatte er den Eindruck von schwindelerregenden Höhepunkten und stieß einen Verzweiflungsschrei aus. »Jetzt!« sagte Shalford. Von Entsetzen gepackt erwachte er – seine Decke war vom Bett herabgeglitten.

Es schien ihm, als sei er eben erst gerufen worden, als habe er verschlafen und das Hinuntergehen zum Staubwischen versäumt. Dann bemerkte er, daß es noch Nacht war, daß das Mondlicht die Helligkeit verursachte, und daß er nicht mehr in Shalfords Warenhaus wohnte. Er überlegte, wo er denn sein könnte. Da hatte er die seltsame Idee, daß die Welt wie ein Teppich saubergefegt und zusammengerollt worden war und daß er sich nirgendwo befand. Der Gedanke kam ihm, daß er vielleicht wahnsinnig geworden sei. »Buggins!« rief er. Doch keine Antwort war zu hören, nicht einmal das abwehrende Schnarchen. Kein Zimmer, kein Buggins, nichts!

Dann kehrte sein Erinnerungsvermögen zurück. Eine Zeitlang saß er am Rande seines Bettes. Hätte irgend jemand sein Gesicht sehen können, wäre es ihm weiß, verzerrt, mit weit aufgerissenen Augen erschienen. Dann stöhnte er leise. »Sechsundzwanzigtausend Pfund!« flüsterte er.

Und da, plötzlich erwies sich diese Summe als eine beinahe furchtbar erdrückende Masse.

Er richtete wieder sein Bett zurecht und legte sich hin. Noch war er schrecklich wach. Plötzlich wurde ihm klar, daß es ihm nie wieder Sorgen bereiten müßte, pünktlich um sieben aufzustehen. Diese Tatsache schien auf ihn hernieder wie ein Stern, der durch Wolken bricht. Es stand ihm frei, so lange im Bett zu liegen, wie es ihm beliebte, aufzustehen, wann es ihm beliebte, zu gehen, wohin er Lust hatte; zum Frühstück jeden Morgen Eier zu verspeisen oder Speckschnitten oder Räucherheringpastete oder... Auch würde er bald Miss Walshingham in Erstaunen setzen...

Sie in Erstaunen versetzen, ja, in Erstaunen versetzen...

Kipps wurde von einer Drossel, die in der Frische der Morgendämmerung ihr Lied sang, geweckt. Der ganze Raum war von warmem, goldenem Sonnenschein durchflutet. »Hör mal!« schien die Drossel zu singen. »Hör mal! Hör mal! Zwölfhundert im Jahr! Zwölfhundert im Jahr! Hör mal! Hör mal! Hör mal!«

Er setzte sich im Bett auf und rieb sich mit den Fingerknöcheln den Schlaf aus den Augen. Dann sprang er aus dem Bett und begann sich voller Ungeduld anzukleiden. Er wollte mit dem Beginnen seines neuen Lebens keine Zeit verlieren.

ZWEITES BUCH

Mr. Coote – der Betreuer

Die neuen Verhältnisse

I

Nun betritt die Gestalt eines Gentleman den Schauplatz der Ereignisse, spielt während geraumer Zeit eine führende Rolle und übt einen günstigen Einfluß aus – der vornehme und liebenswürdige Mr. Chester Coote. Man stelle sich ihn vor, wie er eben dabei ist, in unsere Geschichte einzutreten; wie er mit der ihm eigenen Korrektheit der Körperhaltung durch die Abenddämmerung zur öffentlichen Bibliothek spaziert, aufrecht, mit mächtigem Haupt. Er hatte einen eindrucksvollen, großen Kopf, erfüllt von den Eingebungen eines kraftvollen Geistes, welcher sich gleichwohl zu beherrschen wußte; so geht er, mit einem großen, amtlich aussehenden Briefumschlag in seiner weißen, knochigen Hand. In der andern Hand trägt er einen Spazierstock mit vergoldetem Knauf. Er trägt ein seidenes graues Jackett, das er zugeknöpft hat; jetzt hustet er wieder hinter vorgehaltenem Briefumschlag. Er hat eine vorspringende Nase, schiefergraue Augen und einen schwermütigen Zug um seinen Mund. Sein Mund ist beim Atmen leicht geöffnet, wobei der Unterkiefer leicht vorspringt. Der Strohhut, den er trägt, ist ein wenig in die Stirne gerückt, und er sieht jeder Person, an der er vorbeigeht, in die Augen; sowie jedoch sein Blick erwidert wird, wendet er ihn ab.

So sah Mr. Chester Coote an dem Abend aus, als er Kipps begegnete. Er war ortsansässiger Häusermakler, ein äußerst rühriger und ehrenwerter Mann, Gentleman aus Überzeugung, der gleichermaßen die elegante Welt wie die ernste Seite des Lebens kannte. Von geschmackvollen, kultivierten Liebhaberaufführungen bis zu naturwissenschaftlichen Kursen gab es kaum irgendwelche Vorhaben, die ohne ihn auskommen konnten. Er verfügte über eine schöne, volle Baßstimme, die vielleicht ein wenig flach und tremolierend, aber sehr kräftig war, und sang im St. Stylites-Chor...

Und weiter geht er zur öffentlichen Bibliothek, hebt den Briefumschlag zur Begrüßung eines vorbeigehenden Kuraten, lächelt und tritt ein...

Hier, in der öffentlichen Bibliothek, traf er auf Kipps.

Um diese Zeit lebte Kipps bereits seit mehr als einer Woche im Reichtum, und die Veränderung seiner Lebenslage war ihm deutlich anzusehen. Er trug einen neuen Anzug aus graubraunem Flanellstoff, einen Panamahut, erstmals eine rote Krawatte, und hielt einen silberbeschlagenen Stock mit einem Griff aus Schildpatt in der Hand. Als völlig anderer Mensch fühlte er sich, und doch war die Verschiedenheit vom bescheidenen Volontär, der er noch eine Woche zuvor gewesen war, kaum so groß. Er fühlte sich so, wie sich nach seiner Ansicht Herzöge fühlen müßten, doch im Grunde seines Wesens war er bescheiden geblieben. Er stützte sich auf seinen Stock und betrachtete den Buchanzeiger mit jenem respektvollen Interesse, das keine Übersättigung kennt. Er wendete sich um und begegnete Mr. Cootes überströmendem Lächeln.

»Was tun denn Sie hier?« fragte Mr. Chester Coote. Kipps war augenblicklich verlegen. »Oh«, sagte er langsam, und dann meinte er, »ein bißchen herumstrolchen.«

Daß ihn Coote mit solch zwangloser Vertraulichkeit anreden würde, gemahnte ihn neuerlich an seine erhöhte Stellung in der Gesellschaft. »Nur herumstrolchen«, wiederholte er. »Bin jetzt wieder in Folkestone, auf ein paar freie Tage. In meinem Haus, wissen Sie.«

»Ah«, sagte Mr. Coote. »Ich habe noch nicht Gelegenheit gehabt, Ihnen zu Ihrem Glück zu gratulieren.«

Kipps streckte ihm die Hand entgegen. »Es war die vollkommenste Überraschung, die ich je erlebt hab'«, meinte er.

»Als Mr. Bean mir das mitgeteilt hat – da bin ich vor Staunen fast umgefallen.«

»Das muß eine gewaltige Veränderung für Sie bedeuten.«

»O-o. Klar. Veränderung? Nun, ich bin so wie der Bursch in dem bekannten Lied, ich weiß kaum, wo ich bin. Sie werden mich verstehn.«

»Eine ganz außergewöhnliche Veränderung«, sagte Mr. Coote. »Ich kann das durchaus verstehen. Bleiben Sie jetzt in Folkestone?«

Kipps dachte nach.

»Ein Weilchen. Ich hab' ein Haus, wissen Sie. Das meinem Großvater gehört hat. Ich wohne dort. Seine Haushälterin ist dageblieben. Stellen Sie sich nur vor – bin so in der gleichen Stadt – das ist die Hauptsache!«

»Genau«, sagte Mr. Coote. »So ist's recht«, und hustete fast ängstlich hinter vier ausgestreckten Fingern.

»Mr. Bean hat mich dazu überredet, hierher zurückzukommen, damit ich mich um alles kümmere. Sonst war ich draußen in New Romney, wo mein Onkel und meine Tante leben. Aber 's ist ein Vergnügen, zurückzukommen. In gewisser Hinsicht...«

Das Gespräch stockte für eine Weile.

»Bekommen Sie ein Buch?« fragte Coote.

»Nun, ich habe noch keine Leserkarte. Aber ich werde mir ganz gewiß eine besorgen und werd's mit den Büchern hier probieren. Das hab' ich schon oft tun wollen. Wirklich. Ich hab' mir gerade den Bücheranzeiger da angesehn. Prima Idee, wirklich. Sagt einem doch alles, was man wissen will.«

»Das ist ganz einfach«, sagte Coote und hustete wieder, während er Kipps fest ansah. Wieder schwiegen sie; offensichtlich schien es ihnen verfrüht, schon auseinanderzugehen. Dann aber griff Kipps rasch einen Gedanken auf, den er schon länger als einen Tag gehegt hatte – nicht gerade in bezug auf Coote, sondern ganz allgemein.

»Haben Sie irgend etwas vor?« fragte er.

»Habe soeben wegen der Kurse vorgesprochen.«

»Weil ... Möchten Sie nicht mitkommen und mein Haus ansehen, eine mit mir rauchen und ein bißchen plaudern – wie wär's?« Wie zur Bekräftigung warf er den Kopf mehrmals zurück und wurde doch von schrecklichen Zweifeln gepeinigt, ob diese Einladung nicht etwa ein scheußlicher Verstoß gegen die Etikette sein könnte. War dies zum Beispiel die passende Tageszeit? »Ich wär' schrecklich froh, wenn Sie kämen«, setzte er hinzu.

Mr. Coote entschuldigte sich für einen Augenblick, während er den amtlich aussehenden Briefumschlag dem Bibliothekar übergab, und dann erklärte er, daß er Kipps ganz zu Diensten stünde. An jeder Tür, durch die sie gehen mußten, wollte jeder dem andern den Vortritt lassen, bis sie endlich auf die Straße herauskamen.

»Alles das kommt mir am Anfang irrsinnig komisch vor«, sagte Kipps. »Ein eigenes Haus haben – und was sonst noch alles dazu. Es ist schon seltsam, wissen Sie? Den ganzen Tag für sich haben. Wirklich, ich weiß kaum, was ich mit meiner Zeit anfangen soll.«

»Rauchen Sie?« fragte er plötzlich und bot seinem Gast aus einem prächtigen goldverzierten schweinsledernen Etui Zigaretten an, das er aus dem Nichts beinahe wie durch einen Trick hervorzuzaubern schien. Coote zögerte erst, lehnte ab und meinte dann großzügig: »Lassen Sie sich durch mich nur nicht abhalten ...«

Schweigend gingen sie ein kurzes Stück Weges nebeneinander. Kipps, hauptsächlich daran interessiert, den Eindruck von Ungezwungenheit in seiner neuen Kleidung zu erwecken, warf einen vorsichtigen Blick auf Coote.

»Es ist eigentlich ein großer, unverhoffter Glücksfall«,

nahm Coote das Gespräch wieder auf. »Es sichert Ihnen ein Einkommen...?«

»Zwölfhundert pro Jahr«, sagte Kipps. »Bißchen darüber – sogar.«

»Gedenken Sie in Folkestone zu wohnen?«

»Weiß es noch kaum. Vielleicht. Dann wieder – vielleicht auch nicht. Ich hab ein möbliertes Haus, aber ich kann's ja vermieten.«

»Ihre Pläne sind noch offen?«

»Genauso ist es«, antwortete Kipps.

»Ein wunderschöner Sonnenuntergang war das heute abend«, meinte Coote. »Nicht wahr?« stimmte Kipps bei, und dann unterhielten sie sich über die Vorzüge von Sonnenuntergängen. Ob Kipps male? Nicht mehr seit seiner Knabenzeit. Er glaube nicht, daß er es jetzt noch könne. Coote sagte darauf, seine Schwester sei eine Malerin, und Kipps nahm diese Mitteilung achtungsvoll auf. Manchmal, so meinte Coote, wollte er, er könnte Zeit erübrigen, selbst zu malen, aber man könne eben nicht alles machen; das sei's ja eben, meinte Kipps hierzu.

Es dauerte nicht lange, da kamen sie ans Ende der Leas und blickten hinab, wo die gedrungenen dunklen Blöcke der Hafengebäude und des Hafenbahnhofes, mit Lichtpünktchen wie mit glänzenden Edelsteinen geschmückt, vor dem dämmrigen Grau des Meeres kauerten. »Wenn einer das malen könnte«, sagte Coote; und Kipps war so begeistert, daß er den Kopf zurückwarf, ihn schief zur Seite neigte, den Hafen mit einem zugedrückten Auge betrachtete und meinte, dies wiederzugeben verlange schon einiges Können. Dann sagte Coote etwas über »Abend« in einer fremden Sprache, wie es Kipps schien, der darüber hinwegging, indem er eine weitere Zigarette an seiner noch keineswegs zu Ende gerauchten ersten entzündete. »Sie haben recht«, sagte er, worauf er paffend den Rauch ausstieß.

Er fand, daß er bisher seinen Teil am Gespräch in einer durchaus rühmlichen Weise bestritten hatte, daß jedoch äußerste Besonnenheit ratsam war.

Sie wendeten sich ab, und Coote bemerkte, daß es gut sei, übers Meer zu fahren, und fragte Kipps, ob dieser schon öfter übers Wasser gefahren sei. Kipps antwortete, dies sei nicht oft der Fall gewesen, doch glaube er, er werde höchstwahrscheinlich bald eine Fahrt nach Boulogne unternehmen. Nun begann Coote über die Reize von Auslandreisen zu sprechen und erwähnte dabei eine nicht unbeträchtliche Anzahl von Orten, deren Namen Kipps noch nie gehört hatte. Er war überall dort gewesen! Kipps blieb in der Defensive, doch hinter seiner Verteidigungsstellung sank sein Mut. Es war ja recht schön, so zu tun, »als ob«, aber schließlich mußte doch die Wahrheit ans Tageslicht kommen. Er jedenfalls kannte nichts von all dem...

So näherten sie sich dem Hause. An seiner eigenen Haustür wurde Kipps von größter Unruhe ergriffen. Es war eine schöne, imposante Tür. Er klopfte weder einmal noch zweimal – nein, einundeinhalbmal –, ein halbes Klopfen, wie zur Entschuldigung. Eingelassen wurden sie von einer untadeligen Hausgehilfin mit ruhig-beherrschtem Gesichtsausdruck, vor dem sich Kipps unwillkürlich ängstlich duckte. Er hängte seinen Hut an den Haken und fiel beinahe über Stühle und andere Gegenstände in der Diele. »Im Herrenzimmer ist doch geheizt, Mary?« erkühnte er sich zu fragen, obgleich er dies zweifellos wußte, und klopfenden Herzens ging er nach oben voran. Er wollte die Tür hinter sich schließen, da bemerkte er die Hausgehilfin, die ihnen gefolgt war, um seine Lampe anzuzünden. Dies steigerte nur seine Nervosität. Er sprach kein Wort, bis sich die Tür hinter ihr schloß. Um mittlerweile seine Kaltblütigkeit zu zeigen, täuschte er Geschäftigkeit vor, flitzte zum Fenster, dann hierhin und dorthin.

Coote schritt zum großen Kaminvorleger, drehte sich um und musterte seinen Gastgeber. Er führte seine Hand zum Hinterkopf und klopfte diesen – eine Gebärde, die bei ihm häufig zu beobachten war.

»Da sind wir also«, sagte Kipps, die Hände in den Taschen, und blickte um sich.

Es war ein finsteres Zimmer im viktorianischen Stil mit einem schweren, verstaubten Fries; die Zimmerdecke war durch die strahlenförmig angeordnete Stuckverzierung eines stillgelegten Gaskronleuchters verschönert. Im Zimmer waren zwei große Bücherschränke unter Glas, auf einem stand ein ausgestopfter Terrier in einem gläsernen Gehäuse. Über dem Kaminsims hing ein Spiegel; Tapeten und Gardinen waren in Karmesinrot gehalten und prächtig gemustert. Auf dem Kaminsims befanden sich eine riesige schwarze Standuhr von klassischer Bauart, Vasen aus Burslemporzellan in etruskischem Stil, Pfeifenanzünder, Zahnstocher in Behältern aus gemeißeltem Stein, große Aschenbecher aus Lava und eine ungewöhnlich große Streichholzschachtel. Das großflächige Kamingitter war aus Messing. Vorteilhaft unter dem Fenster aufgestellt war ein geräumiger Schreibtisch aus Rosenholz; auch alle Stühle und andere Möbelstücke waren aus Rosenholz und gut gepolstert.

»Dies«, so sagte Kipps beinahe im Flüsterton, »war des alten Herrn Arbeitszimmer – der mein Großvater war. Er hat immer an dem Tisch da gesessen und hat geschrieben.«

»Bücher?«

»Nein. Briefe an die ›Times‹ und dergleichen. Er hat sie dann alle ausgeschnitten – in ein Buch geklebt ... zumindest hatte er es früher so gemacht. Es ist in dem Bücherschrank dort ... Möchten Sie sich nicht setzen?«

Coote setzte sich unter leichtem Schnaufen, und Kipps sicherte sich seinen freigewordenen Platz auf dem umfangreichen Kaminvorleger aus Schwarzbärenfell. Er streckte seine Beine von sich und versuchte, ganz ungezwungen zu erscheinen. Und doch: der Kaminvorleger, das Kamingitter, der Sims und der Spiegel verschworen sich gegen ihn mit viel Erfolg, um ihn als unbedeutendes und aufdringliches kleines Geschöpf inmitten ihrer Alltagsarroganz aussehen zu lassen, und selbst sein Schatten an der gegenüberliegenden Wand schien alles als ungeheuren Spaß zu empfinden, ihn zu verspotten und sich mächtig lustig über ihn zu machen.

2

Eine Zeitlang nahm Kipps eine abwartende Haltung ein, und Coote bestimmte die Richtung ihres Gesprächs. Sie berührten die schicksalhafte Veränderung im Leben von Kipps nicht länger, und Coote ließ Bemerkungen über örtliche und gesellschaftliche Angelegenheiten fallen. »Sie müssen sich nun für solche Dinge interessieren« – das ungefähr sagte er hinsichtlich gewisser Persönlichkeiten der Stadt. Rasch jedoch wurde offenbar, daß er ein Mann mit weitreichenden und achtunggebietenden Beziehungen war. Er sprach davon, daß »die Gesellschaft« in der Nachbarschaft gemischt sei, und von der Schwierigkeit, die Leute dazu zu bringen, miteinander zu arbeiten und überhaupt etwas anzupacken; sie neigten zur Cliquenbildung. Ganz beiläufig spielte er in durchaus ungezwungener Art auf Männer mit militärischen Titeln an und einmal sogar auf eine Dame mit Adelstitel, eine Lady Punnet.

Das war, wohlgemerkt, weder snobistisch noch vorsätzlich, sondern nur so nebenbei hingeworfen. Er hatte, so schien es, mit Lady Punnet über private Liebhaberaufführungen gesprochen, und zwar in Verbindung mit den Krankenhäusern. Sie war einsichtig gewesen, und er hatte ihr alles Nötige erklärt, höflich natürlich, aber bestimmt.

»Wenn sie diesen Leuten Ihre Meinung sagen«, hatte er gesagt, »mögen sie Sie um so mehr.« Ganz offensichtlich fühlte er sich auch bei der Geistlichkeit wie zu Hause; »mein Freund Mr. Denmore – ein Kurat, nicht wahr, und seltsamerweise Reverend, der den Titel Ehrenwert trägt.« Cootes Ansehen wuchs merklich in den Augen von Kipps, als er diese Dinge vorbrachte; er wurde nicht nur zu einem, der »Vagner oder Vargner« erklären konnte, zum Mann, dessen Schwester ein Bild gemalt hatte, das in der Royal Academy ausgestellt werden sollte, zum typischen Vertreter jenes geheimnisumwitterten Dinges, das da Kultur genannt wurde; er wurde gewissermaßen auch Gesandter oder wenigstens Vermittler jener großen Welt »dort oben«, in der es Diener und Titel gab, in der sich die Menschen zum Dinner festlich kleideten, Wein zu ihren Mahlzeiten tranken, welcher sehr oft nicht weniger als drei Shilling und Sixpence je Flasche kostete, und die durch einen Irrgarten der Etikette den erstaunlichsten Gewohnheiten nachgingen...

Coote lehnte sich im Fauteuil zurück, rauchte genießerisch, und mit dem herrlichen Gefühl des gesellschaftlich Gewandten ging er vergnüglich aus sich heraus; Kipps beugte sich nach vorne, die Ellbogen auf der Armlehne seines Lehnstuhls, wachsam, den Kopf ein wenig zur Seite geneigt. Man stelle sich ihn klein und dürftig aussehend vor, und in seiner neuen Umgebung kam er sich noch kleiner und ärmlicher vor. Aber das Gespräch war für ihn überaus anregend und interessant. Und bald wurde es weniger allgemein, bewegte sich in ernsteren und vertraulicheren Bahnen. Coote sprach von Leuten, die erfolgreich gewesen waren, und von solchen, denen der Erfolg versagt geblieben war; von Leuten, die anscheinend überall mitmachten, und von solchen, die von allem ausgeschlossen schienen; schließlich aber kam er wieder auf Kipps zurück.

»Sie werden sich's gut gehen lassen«, meinte er unvermittelt mit einem Lächeln, das das Interesse eines Zahnarztes erregt haben könnte.

»Weiß nicht«, entgegnete Kipps.

»Natürlich begeht man auch Fehler.«

»Das ist's ja gerade.«

Coote entzündete eine neue Zigarette. »Man kann nicht umhin, Anteil an dem zu nehmen, was Sie jetzt zu tun gedenken«, bemerkte er. »Natürlich – für einen temperamentvollen jungen Mann, der plötzlich zu Reichtum gelangt ist – gibt es Verlockungen.«

»Ich muß vorsichtig zu Werk gehn«, entgegnete Kipps. »Der alte Bean hat mir das gleich am Anfang gesagt.«

Coote sprach nun von Fallgruben, vom Wetten, von schlechter Gesellschaft. »Ich weiß«, sagte Kipps, »ich weiß.«

»Dann gibt's wieder Zweifel«, sagte Coote. »Ich kenne einen jungen Mann – einen Anwalt –, gut aussehend, begabt. Und doch – wissen Sie – skeptisch bis zum äußersten. Wirklich durch und durch Skeptiker.«

»Du lieber Gott!« warf Kipps ein, »doch nicht etwa ein Natheist?«

»Ich befürchte, ja«, entgegnete Coote. »Wissen Sie, er ist wirklich ein überaus netter junger Mann – und begabt! Aber vollgestopft mit diesen fürchterlichen modernen Ideen – und zynisch! All dies dumme Zeug vom Übermenschen. Nietzsche und so weiter ... Ich wollte, ich könnte etwas für ihn tun.«

»Ah!« sagte Kipps und klopfte die Asche von seiner Zigarette. »Ich kenn' einen Burschen – einer von unseren Lehrlingen war er – einmal. Immer hat er gespottet ... Er ist dann gegangen.«

Er hielt inne. »Hat nie um seine Zeugnisse geschrieben«, setzte er in dem tiefen Tonfall fort, der zu einer Moraltragödie gepaßt hätte, und nach einer weiteren Pause: »Hat sich freiwillig zur Armee gemeldet!«

»Ah! ... Und häufig sind es gerade die beherztesten Burschen, gerade die Burschen, die man am besten leiden kann, welche auf Abwege geraten«, bemerkte Coote nach kurzer Pause.

»'s ist die Versuchung«, sagte Kipps.

Er blickte auf Coote, beugte sich vor und klopfte die Asche seiner Zigarette durch das mächtige Kamingitter. »Das ist's ja eben. Man gerät in Versuchung. Bevor man sich's versieht.«

»Das Leben heute«, sagte Coote, »ist so – kompliziert. Nicht jeder ist stark. Die Hälfte der jungen Leute, die auf Abwege geraten, ist nicht wirklich schlecht.«

»So ist's«, pflichtete Kipps bei.

»Man nimmt die Haltung seiner Umgebung an ...«

»Genau das ist es«, Kipps sann nach. »Ich hab da einen Kerl kennengelernt. Einen Schauspieler. Zumindest schreibt er Theaterstücke. Gescheiter Bursche. Aber ...«

Durch eine Kopfbewegung deutete er moralische Mißbilligung an. »Natürlich ist es deshalb, weil er in seinem Leben viel herumgekommen ist«, fügte er hinzu.

Coote tat so, als verstehe er die volle Bedeutung dieser Bemerkung. »Ist das die Sache wirklich wert?« fragte er.

»Das ist's ja gerade«, Kipps entschloß sich zu weiteren Ausführungen. »Man wird gesprächig. Dann heißt's ›Trink etwas!‹ Alten Methuselah, Drei Sterne – und was ist dann? – Ich war betrunken«, sagte er in einem zutiefst demütigen Ton und fügte hinzu, »oftmals.«

Coote pfiff durch die Zähne.

»Dutzende Male ... erst unlängst«, ergänzte Kipps mit traurigem Lächeln.

Nun ließ er sich von seiner reger werdenden Einbildungskraft mitreißen. »Eine Sache bringt die andere mit sich. Karten, vielleicht Mädchen ...«

»Ich weiß«, sagte Coote, »ich weiß.«

Kipps schaute ins Kaminfeuer und errötete leicht. Dann wiederholte er einen Satz, den Chitterlow kürzlich gebraucht hatte. »Man kann nicht gut aus der Schule plaudern.«

»Ich kann mir's vorstellen«, pflichtete Coote bei.

Kipps blickte vertrauensvoll in Cootes Gesicht. »Es war schlimm genug, als ich knapp bei Kasse war«, bemerkte er. »Aber jetzt« – er sprach mit hochgezogenen Brauen – »muß ich solide werden.«

»Das müssen Sie«, sagte Coote, und spitzte die Lippen, als wolle er seiner Besorgnis durch Pfeifen Ausdruck geben.

»Ich muß«, Kipps nickte, noch immer mit hochgezogenen Brauen, langsam mit dem Kopf. Er blickte auf seinen Zigarettenstummel und warf ihn durchs Kamingitter. Allmählich begann er zu glauben, daß er sich in diesem Gespräch letzten Endes doch recht gut behauptete.

Ein guter Lügner war Kipps nie. Er war der erste, der das Schweigen brach. »Ich will damit nicht sagen, daß mir wirklich übel war, oder daß ich arg betrunken war. Kopfschmerzen vielleicht – dreimal oder sagen wir, viermal. Und das war's!«

»Ich habe nie in meinem Leben Alkohol getrunken«, erklärte Coote mit großartiger Offenheit, »niemals!«

»Nein?«

»Nie. Ich glaube nicht, daß ich mich überhaupt betrinken würde – darum geht's ja gar nicht. Und ich gehe auch nicht so weit zu behaupten, daß er sogar in geringen Mengen – bei den Mahlzeiten etwa – jemandem schadet. Wenn ich aber denke, daß ein anderer, der nicht weiß, wo er aufhören muß – sie verstehen?«

»Das ist's ja gerade«, entgegnete Kipps mit bewundernden Blicken.

»Ich rauche«, gab Coote zu. »Man will ja kein Pharisäer sein.«

Es beeindruckte Kipps, was für ein ungemein guter Bursche dieser Coote war, der nicht nur ungeheuer gescheit und gebildet, ein Gentleman, der sich der Bekanntschaft einer Lady Punnet rühmen konnte, war, sondern der auch gut war. Seine ganze Freizeit, alle seine Gedanken schien er daran zu wenden, anderen Menschen Gutes zu erweisen. Ein starkes Verlangen, ihm gewisse Dinge anzuvertrauen, stieg in ihm auf. Zunächst zögerte Kipps, ob er den Wunsch nach wohltätigen Unternehmungen oder den ebenso starken Wunsch nach Weiterführung seines lockeren Lebenswandels bekennen sollte – beides zog er in Betracht. Eigentlich fand er Gefallen an der Pose des Versagers mit guten Vorsätzen. Dann aber nahmen seine Impulse eine ganz andere Richtung, gerieten auf ein weitaus ernster zu nehmendes Gleis in seiner Seele. Ihm schien, Coote könnte vielleicht imstande sein, etwas für ihn zu tun, das er schon lange herbeisehnte.

»In echter Kameradschaft liegt so viel Gutes«, meinte Coote.

»Das ist's ja eben. Natürlich, wissen Sie, in meiner neuen Stellung... Darin liegt ja gerade die Schwierigkeit.«

Kühn steuerte er auf seinen geheimsten Kummer zu. Er wußte, es fehlte ihm an Bildung – an Kultur. Alles mochte ganz schön und gut sein – aber das wußte er. Wie aber sollte man sich das aneignen? Er kannte niemand, keine Leute, die... Er hielt beim unvollendeten Satz inne. Die Burschen im Warenhaus, sie alle waren durchaus in Ordnung, wirklich gute Kumpel, aber nicht das, was er nötig hatte. »Ich fühl', daß ich rückständig bin, ich fühl' mich als Außenseiter. Und deshalb meine ich«, sagte Kipps, »daß alles keinen Sinn hat. Und wenn dann die Versuchung an einen herantritt...«

»Genau«, sagte Coote.

Kipps sprach nun von seiner Hochachtung für Miss

Walshingham und ihre sommersprossige Freundin. Er brachte es fertig, nicht zu befangen auszusehen. »Wissen Sie, ich möchte gern mit solchen Leuten reden, aber ich bring's nicht zuwege. Ein Kerl wie ich fürchtet, sich zu blamieren.«

»Natürlich«, sagte Coote, »natürlich.«

»Wissen Sie, ich hab' eine Schule für den Mittelstand besucht. Sie dürfen sich nicht vorstellen, daß ich einer von diesen Internatsschuljungen bin, aber Sie können mir glauben, das war wirklich keine erstklassige Angelegenheit. Zumindest hat man sich mit uns keine Mühe gemacht. Wenn man nicht lernen wollte, mußte man es nicht. Ich glaub' nicht, daß sie viel besser war als eine dieser staatlichen Schulen. Natürlich haben wir Collegemützen getragen. Aber was hat das schon zu bedeuten?«

»Mit diesem Geld bin ich wie ein Fisch, der aus dem Wasser ins Trockene gekommen ist. Als ich's bekommen hab' – 's ist jetzt eine Woche her –, hab' ich wirklich geglaubt, ich hätt' alles, was ich mir wünschte. Aber ich weiß nicht, was ich damit anfangen soll.«

Seine Stimme erhob sich zu einem Piepsen. »Es hat so gut wie keinen Zweck«, fuhr er fort, »wenn ich meine Augen vor den Tatsachen verschließe – ich bin nun ein Gentleman.«

Coote deutete ernstgemeinte Zustimmung an.

»Und da gibt es die Verpflichtungen eines Gentleman«, bemerkte er.

»Das eben ist's ja«, erwiderte Kipps, »zum Beispiel die gesellschaftlichen Beziehungen. Wenn man weiterhin mit jemand vertraulichen Umgang pflegen will, den man früher gekannt hat. Mit Leuten, die gebildet sind.« Er lachte nervös. »Nein, ich bin wirklich wie ein Fisch auf dem Trockenen.« Erwartungsvoll blickte er auf Coote.

Aber Coote nickte ihm nur aufmunternd zu.

»Dieser Kerl von einem Schauspieler«, grübelte er, »ist ja

ein guter Bursche. Aber er ist nicht einer, den ich einen Gentleman nenne. Bei ihm hab' ich mich zurückhalten müssen. Er würd' aus mir im Handumdrehn einen liederlichen Draufgänger machen. Er ist so ziemlich der einzige, den ich näher kenne, ausgenommen die Burschen aus dem Warenhaus. Man hat sich schon früher beim Abendessen getroffen und hat dann gemeinsam ein bißchen gesungen. Ich hab' auch gesungen. Hab' ein Banjo gekauft, wissen Sie, und spiel' ein bißchen aus dem Stegreif. Improvisieren – wissen Sie! Bin nicht weit gekommen in dem Buch ›Wie man improvisiert‹, aber ich mach' dennoch Fortschritte. Das bringt natürlich irgendwie in Stimmung, aber was soll's denn sonst schon bringen? ... Da sind übrigens noch meine Tante und mein Onkel. Sie sind sehr gütige alte Leute – wirklich – nur vielleicht ein bißchen lästig, weil sie sich in alles einmischen und einen noch nicht für erwachsen nehmen, doch sonst durchaus in Ordnung. Nur – es ist nicht das, was ich brauch'. Ich spür', ich bin in allem zurückgeblieben. Aber ich möcht's wieder aufholen. Ich möcht' mit gebildeten Menschen verkehren, die wissen, wie man an die Dinge herangeht – auf die passende Art.«

Seine schöne Bescheidenheit erweckte im Herzen Chester Cootes nichts als aufrichtiges Wohlwollen.

»Wenn ich jemand wie Sie hätte«, fuhr Kipps fort, »den ich sozusagen richtig kennen würde ...«

Von diesem Punkt an verlief das Gespräch beschwingt und gelöst.

»Wenn ich Ihnen irgendwie nützlich sein könnte«, versicherte Coote ...

»Aber Sie sind doch so sehr beschäftigt.«

»Nicht zu sehr beschäftigt. Wissen Sie, Ihr Fall interessiert mich ganz besonders. Das war's zum Teil, der mich veranlaßt hat, mit Ihnen zu sprechen und Sie zum Sprechen zu bewegen. Da sind Sie nun mit all dem vielen Geld und keiner Lebenserfahrung, ein temperamentvoller, junger Mann ...«

»Das ist's ja gerade.«

»Nun, ich dachte, ich würde sehen, aus welchem Holz Sie geschnitzt sind, und ich muß gestehen, ich hab' kaum mit irgend jemand gesprochen, den ich so interessant gefunden habe wie Sie ...«

»Anscheinend bin ich imstande, Ihnen gewissermaßen Dinge auf irgendeine Art interessant zu machen«, meinte Kipps.

»Ich bin froh darüber; ich bin schrecklich froh.«

»Mir fehlt ein Freund. Das ist's – offen gesagt.«

»Mein lieber Junge, wenn ich ...«

»Ja; aber ...«

»Auch mir fehlt ein Freund.«

»Wirklich?«

»Ja. Wissen Sie mein lieber Kipps – wenn ich Sie so nennen darf.«

»Sprechen Sie weiter«, sagte Kipps.

»Eigentlich bin ich selbst ein einsamer Geselle. Dies da heut abend – seit Monaten hab ich keinen Menschen gehabt, mit dem ich so offen über meine Arbeit gesprochen habe.«

»Nein, wirklich?«

»Ja. Und, mein lieber Junge, wenn ich irgend etwas tun kann, um Sie zu führen oder Ihnen zu helfen ...«

Coote entblößte in einem freundlich-nervösen Lächeln alle seine Zähne, und seine Augen glänzten. »Geben wir uns die Hand darauf«, sagte Kipps tief bewegt; von ihren Gefühlen überwältigt erhoben sich beide und drückten einander die Hand.

»Wirklich, du bist zu gütig«, brachte Kipps hervor.

»Alles, was in meinen Kräften steht, will ich tun«, erwiderte Coote.

Und so wurde ihr Pakt geschlossen. Von jenem Augenblick an waren sie Freunde – vertraute, nichts voreinander verbergende, voneinander edel denkende Freunde, obwohl sie das nicht aussprachen. Was sie dann noch miteinander redeten – und ihre Gespräche wollten kein Ende nehmen –, kreiste um diese Tatsache. In jener Nacht schwelgte Kipps in Selbstvergessenheit, und Coote verhielt sich wie ein Mensch, dem man etwas Großes anvertraut hatte. Jene unheimliche Leidenschaft, eine Erzieherrolle zu erfüllen, hatte sich Cootes bemächtigt – eine Leidenschaft, der Menschen mit guten Vorsätzen in so verhängnisvoller Weise unterliegen, jene Leidenschaft unsäglicher Anmaßung, die es einem schwachen menschlichen Geschöpf erlaubt, die Lenkung der Angelegenheiten eines anderen schwachen Menschen für sich in Anspruch zu nehmen. Coote sollte also gewissermaßen weltlicher Beichtvater und zugleich Lehrer von Kipps sein; er sollte Kipps auf tausenderlei Arten helfen; er sollte Kipps in die gehobenere und bessere Art englischen Lebens einführen. Er sollte ihm seine Fehler nennen und ihn über das Richtige, das er zu tun hatte, beraten...

»Es sind alle diese Dinge, über die ich nicht Bescheid weiß«, sagte Kipps. »Ich weiß zum Beispiel nicht, auf welche Art man sich richtig kleidet – ich weiß nicht einmal, ob ich eben jetzt richtig angezogen bin...«

»Alle diese Dinge« – Coote schob seine Lippen vor und nickte rasch zum Zeichen, daß er verstanden hatte – »vertraue mir an; vertraue dich mir an.«

Je länger der Abend wurde, desto mehr änderte sich Cootes Verhalten, es wurde mehr und mehr zum Verhalten eines Besitzenden. Er begann sich in seine neue Rolle einzuleben und Kipps mit einer neuen, kritischen Zuneigung zu betrachten. Es war klar, daß die Sache ganz seinen Ideen entsprach. »Es wird furchtbar interessant werden«, sagte er. »Weißt du, Kipps, du bist wirklich aus gutem Holz.« (In jedem Satz sagte er nun »Kipps« oder »mein lieber Kipps« in einem merkwürdig gebieterischen Ton.)

»Ich weiß«, entgegnete Kipps, »nur gibt es eine solche Menge von Dingen, mit denen ich anscheinend irgendwie nicht zurechtkomme. Darin liegt eben die Schwierigkeit.«

Sie redeten unablässig, und Kipps tat sich nun keinen Zwang an. Auf alles mögliche stießen sie in ihren Gesprächen. Unter anderem beschäftigten sie sich ausführlich mit Kipps' Charakter. Kipps selbst lieferte wertvolle Hinweise dazu. »Sobald ich wirklich erregt bin«, meinte er, »scheint es mich nicht zu kümmern, was ich tue. So bin ich eben.« Und wieder: »Ich mag nichts heimlich tun. Ich muß frei heraus sprechen ...«

Er zupfte ein Stückchen Nähgarn aus seinem Hosenknie; das offene Feuer schnitt hinter seinem Rücken Grimassen, und sein Schatten an der Wand und der Zimmerdecke war in respektloser Weise verzerrt.

3

Als Kipps schließlich zu Bett ging, hatte er den Eindruck gewonnen, wichtige Dinge erledigt zu haben, und er lag ziemlich lange wach. Er fühlte, daß er glücklich war. Es war ihm bewußt geworden – und Buggins, Carshot und Pearce hatten tatsächlich sehr deutlich darauf hingewiesen –, daß sich seine Lebensverhältnisse verändert hatten und daß gewaltige Anstrengungen zur Anpassung an die neue Lage unternommen werden müßten; aber er wußte nicht, wie er dies zuwege bringen sollte, so daß ihm diese Anpassung unglaublich schien. Hier war nun, auf die einfachste, natürlichste Art, ein Helfer gefunden. Die Anpassung war möglich geworden, nicht leicht, aber möglich.

Da gab es viel zu lernen, rein verstandesmäßige Schwerarbeit: Arten der Anrede, das Sichverbeugen, eine ungeheure

Vielfalt gesellschaftlicher Vorschriften. Verstößt man gegen eine einzige, wird man zum Ausgestoßenen gestempelt. Wie würde man zum Beispiel Lady Punnet begegnen? Es war durchaus möglich, daß er eines Tages in eine derartige Lage versetzt werden könnte. Coote könnte ihn dann vielleicht vorstellen. »O Gott!« stöhnte er zwischen verschmitztem Lächeln und Furcht laut in die Dunkelheit. Er stellte sich vor, wie er ins Warenhaus ging, um zum Beispiel eine Krawatte zu kaufen, und dort in der Gegenwart von Buggins, Carshot, Pearce und den übrigen »meine Freundin Lady Punnet« traf! Es würde vielleicht mit Lady Punnet nicht zu Ende sein! Einem feurigen Pferd gleich schlug seine Phantasie aus, ging mit ihm durch, galoppierte, wurde beflügelt und schwang sich zu romantisch-poetischen Höhen empor...

Angenommen, man begegnete eines Tages einem Mitglied der königlichen Familie – sagen wir, rein zufällig! Zu solchen Höhen schwang er sich empor! Schließlich und endlich sind zwölfhundert im Jahr ein Auftrieb, ein gewaltiger Auftrieb. Wie redete man ein Mitglied des Königshauses an? »Your Majesty's Goodness« würde die Anrede zweifellos lauten – ungefähr etwa – verbunden mit einem Kniefall. Seine Gedanken führten ihn über seine Person hinweg ins Allgemeine. Über tausend Pfund im Jahr machten ihn zum Edelmann, nicht wahr? Ja, das war's. Müßte er in solch einem Fall nicht bei Hofe vorgestellt werden? Kniehosen aus Samt, ähnlich, wie man sie beim Radfahren trägt, und ein Schwert! Was für ein seltsamer Ort muß ein Königshof sein! Knien und Sichverbeugen; und was war's doch, worüber Miss Mergle so häufig plauderte? Natürlich! – Damen mit langen Schleppen, die rückwärts gehn. Bei Hofe ging jeder rückwärts, das wußte er, sofern sie nicht sogar auf den Knien rutschten. Vielleicht traten dennoch einige Leute dem König stehend gegenüber! Redeten mit ihm, gerade so wie man, sagen wir, mit Buggins reden könnte. Eine Dreistigkeit wär's natürlich! Es könnte sein, daß Herzöge dies taten – wohl mit Erlaubnis? Millionäre vielleicht? …

Von solchen Gedanken entfernte sich dieser freie Bürger unserer gekrönten Republik unmerklich ins Land der Träume. Aufgeblähte Träume waren es, von jenem großartigen Aufstieg, der die gesellschaftliche Vision jedes echten Briten darstellt, ein Aufstieg, der im rückwärtsschreitenden Vorrücken und in einem sich beugenden Rücken sein Ende findet.

4

Am nächsten Morgen setzte er sich mit ernster Miene an den Frühstückstisch – als ein Mann, für den die Welt vieles bereithält.

Kipps machte aus seinem Frühstück etwas ganz Besonderes. Dabei wurden täglich einst hoffnungslose Träume verwirklicht. Im Warenhaus war es üblich gewesen, Shalfords großzügig gewährten, ja unbegrenzten Proviant an Brot und Margarine durch private Einkäufe zu ergänzen, und dies hatte Kipps sehr umfassende und geschmackvolle Vorstellungen von dem vermittelt, woraus diese Mahlzeit bestehen könnte. Nun würde es etwa ein Kalbskotelett sein oder ein Hammelkotelett – diese Leckerbissen aus den großen Londoner Clubs, von denen Buggins berichtet hatte –, Schellfisch, Räucherhering, Weißfisch oder Fischfrikadellen, hartgekochte oder Rühreier, Eier mit Speck, häufig auch geröstete Niere und manchmal Leber. Inmitten einer Blütenlese solcher Gerichte gab es gelegentlich Würste, Blutwurst, Preßsack, gebratenes Rindfleisch mit Gemüse oder gebratenen Kohl mit Kammuscheln. Gewissermaßen als Nachzügler kamen Pökelfleisch aller Sorten, kalter Speck, Jagdwurst, Schweinssülze, Orangenkonfitüre und noch zwei Sorten Jam auf den Tisch. Nach beendeter Mahlzeit pflegte er dann, umgeben von seinem Geschirr, eine Zigarette zu rauchen und auf all diese Schüsseln, die sich rings um ihn angesammelt hatten, glückselige Blicke zu werfen. Dieses Frühstück war seine Hauptmahlzeit. Da saß er bei seiner Zigarette und betrachtete sein Zimmer mit dem Wohlbehagen, das reichlicher und erfolgreicher Ernährungsplan hervorbringt, ehe Zeitungen und Briefe einlangten.

Die Post bachte ihm Verschiedenes: Rundschreiben und Geschäftspostkarten von Handwerkern, zwei jämmerliche Bettelbriefe – sein Glück war ja von den Zeitungen beschrieben worden – und da war der Brief eines Literaten sowie dessen Buch, das seine Bitte um 10 s. als Beitrag zur Niederwerfung des Sozialismus bekräftigen sollte. In diesem Buch wurde sehr eindringlich darauf hingewiesen, daß rasches Handeln der Besitzenden dringend nötig sei, wenn der Besitz das Jahr überdauern sollte. Kipps warf einen Blick in das Buch und war ernstlich beunruhigt. Und dann gab es noch einen Brief vom alten Kipps; dieser schrieb, daß es schwierig sei, das Geschäft im Stich zu lassen, herzukommen und ihn gerade jetzt wiederzusehen, daß er jedoch am Vortag bei einer Versteigerung in Lydd gewesen sei und ein paar gute alte Bücher und Dinge erstanden habe, dergleichen es schwer sein würde, in Folkestone zu finden. »Hier draußen kennen sie den Wert dieser Sachen nicht«, schrieb der alte Kipps, »aber Du kannst Dich drauf verlassen, daß sie wertvoll sind«, und dann folgte eine kurze Kostenaufstellung. »Darunter ist ein Stahlstich, dessenthalben jemand eines Tages zu Dir kommen und Dir eine Menge Geld anbieten könnte. Verlaß Dich drauf, diese alten Sachen sind so ziemlich die beste Kapitalanlage, die Du tätigen kannst.«

Schon lange waren Versteigerungen die Leidenschaft des alten Kipps gewesen, und seines Neffen Glück hatte umgewandelt, was einstmals nur ein Schauen und Sehnen gewesen war – in früheren Zeiten hatte er selten für etwas geboten, ausgenommen Gartengeräte, Marmeladentöpfe für die Küche oder dergleichen, Dinge, die man für sechs Pence bekommt und die man praktisch verwenden kann –, umgewandelt in ein sehr aktives Vergnügen. Verständige und eingehende Besichtigung, eine gewisse Geheimkunst des richtigen Verhaltens, taktisch kluges Bieten und schließlich der Kauf – der Kauf! – der alte Mann unterhielt sich stets köstlich dabei.

Während Kipps von neuem die Bettelbriefe las und wünschte, er hätte den soliden, gesunden Menschenverstand von Buggins, der ihm hier ein wenig zustatten käme, brachte die Paketpost die Kiste von seinem Onkel. Die Kiste war groß und sah recht gebrechlich aus. Zusammengehalten wurde sie von einigen noch intakten Nägeln und dem, was das britische Kriegsministerium sofort als ein Armeekorps von Schnüren anerkannt hätte – von Fetzen und miteinander verknoteten Stoffresten. Kipps öffnete sie mit Hilfe eines Tischmessers, das in einer kritischen Phase durch den Schürhaken unterstützt wurde, und fand darin eine Anzahl von Büchern und anderen Gegenständen von antikem Aussehen.

Da gab es drei gebundene Jahrgänge früherer Ausgaben von *Chambers's Journal*, ein Exemplar des Taschenbuchs von *Punch* für 1875, Sturms *Reflections*, eine ältere Fassung von Gills *Geography*, die leicht beschädigt war, ein illustriertes Werk über Rückgratverkrümmung, eine Frühausgabe von Kirkes Physiologie des Menschen, *The Scottish Chiefs* und ein Büchlein über die Blumensprache. Ein vornehmer Stahlstich in einem Rahmen aus Eichenholz und mit einigen Rostflecken stellte im Prunkstil die den Sturz König Belsazars kündende Handschrift an der Wand dar. Da waren ferner noch ein Kupferkessel, eine Lichtputzschere, ein Schuhlöffel aus Messing, eine versperrbare Teebüchse, zwei Karaffen (eine davon mit Glasstöpsel) und etwas, das wahrscheinlich Teil einer Kinderrassel aus dem achtzehnten Jahrhundert war. Kipps untersuchte jeden einzelnen dieser Gegenstände und wünschte, er würde mehr über sie wissen. Als er von neuem im Buch der Physiologie blätterte, stieß er auf eine eindrucksvolle Bildtafel, auf der ein junger Mensch mit sympathischem Profil dem erschrockenen Betrachter sein Inneres uneingeschränkt zur Schau stellte. Für Kipps war dies eine völlig neue Sicht der menschlichen Natur, die seine Sinne gefangennahm. »Lauter Schläuche«, flüsterte er. »Lauter Schläuche.«

Diese sezierte Gestalt ließ ihn für kurze Zeit vergessen, daß er »tatsächlich ein Gentleman« war, und er musterte genau deren außergewöhnlich verwickeltes Innenleben, als eine andere Erinnerung an eine Welt, die gänzlich außerhalb jener Bereiche geregelter vornehmer Lebensart lag, in welche ihn seine Träume über Nacht entführt hatten, in der Person Chitterlows hinter der Hausangestellten eintrat.

5

»Hal-lo!« rief Kipps und erhob sich.

»Nicht beschäftigt?« fragte Chitterlow und umschloß Kipps' Hand für einen Augenblick in der seinen. Dann warf er die Seglermütze auf die gewaltige geschnitzte Anrichte aus Eichenholz.

»Nur ein bißchen gelesen«, sagte Kipps.

»Lesen, wie?« Chitterlow blinzelte mit seinen roten Augen kurz zu den Büchern und den anderen Dingen und meinte dann: »Ich erwarte immer, daß du eines Abends wiederkommst.«

»Ich komm' wieder«, entgegnete Kipps; »nur ist da ein Bursche hier – ich war dran, gestern abend zu kommen, nur hab ich ihn dann getroffen.«

Er schritt zum Kaminvorleger. Chitterlow wanderte eine

Zeitlang ziellos im Raum umher und musterte, während er redete, verschiedene Gegenstände. »Ich hab' dieses Stück ganz gehörig geändert, seit unsrer letzten Begegnung«, sagte er.

»Das Ganze in Stücke zerrissen.«

»Welches Stück ist das, Chitterlow?«

»Das, worüber wir gesprochen haben. Du weißt schon. Du hast da etwas gesagt – ich weiß nicht, ob es dir ernst damit war –, daß du es zur Hälfte kaufen wolltest. Nicht die Tragödie. Nicht einmal meinem eigenen Zwillingsbruder würd' ich einen Anteil daran verkaufen. Daran bin ich allein beteiligt. Das ist mein ernsthaftes Werk. Nein! Ich mein' diese neue Posse, bei der ich mitmache. Das Ding mit der Geschichte um einen Käfer.«

»Ach ja, ich erinnere mich jetzt«, meinte Kipps.

»Dacht' ich's doch, du würdest dich daran erinnern. Du sagtest, du würdest einen Viertelanteil für einhundert Pfund nehmen. Du weißt's schon.«

»Ich glaub', ich erinnere mich an etwas ...«

»Nun, es ist jetzt ganz anders. Ganz und gar anders. Ich erzähl's dir. Du erinnerst dich, was du über einen Schmetterling gesagt hast. Der alte Methuselah hatte dich durcheinandergebracht, na, du weißt schon. Immer wieder hast du den Käfer einen Schmetterling genannt, und das gab mir den Anhaltspunkt. So hab' ich es jetzt ganz anders geschrieben. Ganz anders. Statt daß Popplewaddle – ein mächtig gut geeigneter Name für einen Possenhelden, mußt du wissen, trotzdem hab' ich ihn einer Besucherliste entnommen –, also statt daß dem Popplewaddle ein Käfer den Rücken hinunterkrabbelt und er dann umherrast, hab' ich ihn zu einem Sammler gemacht – er sammelt Schmetterlinge, und dieser eine, weißt du, ist ein besonders seltenes Exemplar. Kommt zum Fenster herein, wird zum Mittelpunkt!« Chitterlow begann mit entsprechenden Gebärden das Ganze zu illustrieren. »Pop stürmt hinter ihm her. Vergißt, daß er nicht verraten darf, daß er sich in diesem Haus befindet. Danach – sagt er's den anderen. Seltener Schmetterling, eine Menge Geld wert. Du weißt, es gibt schon solche. Alle Anwesenden sind nachher auf den Fang aus. Schmetterling kann nicht aus dem Zimmer flattern. Jedesmal, wenn er sich zeigt und fortzufliegen versucht, stürzen alle auf ihn los, trippeln und huschen im Zimmer umher. Na, ich hab ganz schön daran gearbeitet. Nur...«

Er trat nahe an Kipps heran. Eine Hand hielt er waagerecht empor und klopfte sie mit den Fingern der anderen in eindrucksvoller, selbstsicherer Weise. »Etwas anderes«, sagte er, »das hat mir eine wahrhaft Ibsensche Idee eingegeben – wie die Wildente. Du kennst diese Frau – ich hab' sie behender angelegt –, und sie sieht den Schmetterling. Wenn alle zum drittenmal nach ihm jagen, ist sie mit dabei! Sie schaut hin. ›Das bin ich!‹ ruft sie aus. Gequälter Schmetterling. Sie selbst ist der gequälte Schmetterling. Das ist wohlbegründet. Viel eher begründet als die Wildente bei Ibsen – wo gar keine Ente auf der Bühne erscheint! Die Leut' umwerfen! Der Titel allein sollt' sie schon umwerfen. Ich schufte wie ein Pferd daran... Kipps, du wirst dir mit diesem Viertelanteil eine Goldmine einhandeln... Ich hab' nichts dagegen. Mir war's recht, ihn zu verkaufen und dir, ihn zu kaufen. Pah!«

Chitterlow unterbrach seine Rede und fragte: »Du hast keinen Kognak im Haus, nicht wahr? Nicht vielleicht zum Trinken, weißt du. Aber ich hätte nur gern einen Eierbecher voll, der mich wieder auf den richtigen Kurs bringt. Meine Leber setzt mir ein bißchen zu... Macht nichts, wenn du keinen hast. Nicht'n bißchen. Bin nun mal so. Ja, Whiskey geht auch. Noch besser!«

Nach einigem Zögern drehte sich Kipps um und machte sich beim Büfett seiner Anrichte zu schaffen. Bald darauf brachte er eine Whiskeyflasche ans Licht und stellte sie auf den Tisch. Dann holte er zuerst eine Flasche mit Sodawasser heraus, und nach kurzer Überlegung eine weitere. Chitterlow nahm die Whiskeyflasche vom Tisch und las das Etikett. »Guter alter Methuselah«, sagte er bloß. Kipps reichte ihm den Korkenzieher, und dann machte er eine fahrige Handbewegung zu seinem Mund. »Ich werd' jetzt läuten müssen«, meinte er, »damit wir Gläser bekommen.« Er beeilte sich indessen nicht sonderlich damit und lehnte sich gleichsam unschlüssig an eine Glocke.

Als die Hausgehilfin erschien, stand er mit gespreizten Beinen auf dem Kaminvorleger in der Haltung eines recht verzweifelten jungen Mannes. Nach einiger Zeit hatten sie beide einige Gläser Whiskey getrunken. »Du weißt, was ein ordentlicher Whiskey ist«, bemerkte Chitterlow und nahm noch ein Glas, »nur um etwas zu trinken«. Nun holte Kipps Zigaretten hervor, und das Gespräch kam wieder in Fluß.

Chitterlow durchmaß das Zimmer. Er habe sich, so erklärte er, einen Tag freigenommen, um Kipps zu besuchen. Immer wenn er an eine umfassende Änderung in einem Stück denke, an dem er gerade schreibe, nehme er sich einen Tag frei. Letzten Endes erspare er sich dadurch Zeit. Dies bewahre ihn davor, übereilt mit einer Arbeit zu beginnen, die dann vielleicht noch einmal geschrieben werden müßte. Es habe wirklich keinen Sinn, eine Arbeit zu verrichten, wenn man sie vielleicht noch einmal verrichten müsse – überhaupt keinen Sinn.

Bald schritten sie die Stufen neben der Promenade am Meer hinab zum Kaninchengehege, wobei Chitterlow, von Stufe zu Stufe tänzelnd, die ganze Zeit redete...

Sie machten einen großartigen Spaziergang, keinen langen, aber einen großartigen. Neben dem Sanatorium stiegen sie bergan, und über den Ostfelsen hinein in jene seltsame kleine Wildnis aus schlüpfrigem, zerfallendem Ton und Felsgestein unter den Kreidefelsen – eine Wildnis von Dornen und Brombeerhecken, wilden Rosen und wolligem Schneeball, die so viel zu Folkestones Reiz beiträgt. Sie durchquerten sie, wobei sie schwierige Stellen passierten und kletterten schließlich auf einem abschüssigen Pfad, der Chitterlow zu geheimnisvollen Anspielungen auf Hochgebirgsabenteuer anregte, zum Kamm der Klippen empor. Ab und zu warf er einen Seitenblick aufs Meer und auf die Klippen und entwickelte dabei eine jungenhaft-frische Phantasie, die in Kipps Erinnerungen an New Romney und die gestrandeten Wracks wachrief. Aber zumeist redete er von seiner Idee, die ihn in ihrem Bann hielt, von Bühnenstücken und vom Stükkeschreiben und von jener inhaltslosen Ungereimtheit, die die Stückeschreiber so ernst nehmen, von seiner Kunst. Dies war eine Sache, die eine ungeheure Menge an Erläuterungen erforderte. Weiter gingen sie, manchmal nebeneinander, manchmal hintereinander, die schmalen Steige bergauf und bergab, hinein ins Buschwerk und hinaus entlang dem Grat über dem Strand. Kipps wanderte dahin, versuchte immer wieder, ein belangloses Wort einzuwerfen, aber die Gebärden Chitterlows flatterten weit ausgreifend, und seine imposante Stimme hob und senkte sich, er sagte dies und jenes und schleuderte sein »Pah« und »Peng« in das ihn umgebende Nichts.

Man hätte annehmen können, daß sie sich auf kein geringeres Wagnis als die Reform der britischen Bühne eingelassen hatten, und Kipps fand sich vielen einflußreichen, ja sogar königlichen und adligen Kunstliebhabern gleichgestellt – der Ehrenwerte Thomas Norgate zählte dazu –, die an der praktischen Verwirklichung hoher Ideale, die das Drama zum Gegenstand hatten, Interesse zeigten. Nur hätte er ein feineres Verständnis für diese Dinge, und anstatt von professionellen Stückeschreibern ausgesaugt zu werden – »und davon gibt es eine Menge«, sagte Chitterlow;

»schließlich bin ich nicht umsonst auf Tournee gegangen« –, habe er ja ihn, Chitterlow. Kipps reimte sich einige Einzelheiten zusammen. So viel war klar, daß er eine Posse zu einem Viertel aufgekauft hatte – praktisch eine Goldmine –, und es hatte den Anschein, als wäre es für ihn vorteilhaft, zur Hälfte zu kaufen. Plötzlich kam die Idee auf – eine ganz vage Idee, daß er das ganze Stück aufkaufen und es unverzüglich herausbringen sollte. Anscheinend sollte er das Stück nach einem neuartigen Tantiemensystem herausbringen, doch mit Tantiemensystemen wußte er ohnedies nicht Bescheid. Dann war schließlich doch zu bezweifeln, ob diese Posse an sich ausreiche, den gegenwärtigen beklagenswerten Zustand des britischen Dramas völlig zu revolutionieren. Vielleicht war aber jene bis jetzt unvollendete Tragödie für einen derartigen Zweck besser geeignet; eine Tragödie, die all das hervorheben sollte, was Chitterlow über Frauen wußte und in deren Mittelpunkt ein russischer Edelmann stehen sollte, der die Persönlichkeit Chitterlows verkörperte. Damit stellte sich an Kipps die Forderung, mehrere Stücke herauszubringen. Ja, Kipps müßte eine große Anzahl von Stücken herausbringen. Kipps sollte es vorbehalten bleiben, ein Nationaltheater zu gründen ...

Wahrscheinlich ist, daß Kipps hier eine Art von Dementi angebracht hätte, hätte er es verstanden, sich deutlich auszudrücken. Manchmal nahm sein Gesicht einen Ausdruck verzweifelten Nachdenkens an, aber weiter konnte er sich nicht zu einem echten Protest aufraffen.

In den Klauen Chitterlows und des Unberechenbaren kam Kipps beim Haus in der Fenchurch Street an und wurde dort genötigt, am Mittagessen teilzunehmen. Als er ins Haus trat, hatte er gewisse vertrauliche Mitteilungen vergessen, und wurde an die Existenz einer Mrs. Chitterlow (mit der schönsten, obgleich unausgebildeten Altstimme in England) durch ihr Erscheinen erinnert. Ihr Äußeres ließ sie älter erscheinen als Chitterlow, obgleich sie es wahrscheinlich nicht war; ihr Haar war rötlichbraun mit goldblonden Strähnen durchwirkt. Sie trug eines jener kleidsamen Gewänder, die je nach den Erfordernissen des Augenblicks Morgenröcke, Nachmittagskleider, Badeumhänge oder eher originelle Abendkleider sind. Von Anfang an bemerkte Kipps, daß sie einen warmen, gerundeten Nakken besaß; die Ärmel ihres Kleides ließen des öfteren ihre wohlgeformten Arme sehen – und sie hatte große, ausdrucksvolle Augen, die, wie er immer wieder entdeckte, sich mit rätselvollen Blicken auf die seinen hefteten.

Ein einfaches, aber ausreichendes Mahl war mit unbekümmerter Natürlichkeit über den kleinen, runden Tisch im Zimmer mit den Fotografien und dem Spiegel ausgeteilt worden, und nachdem auf Anordnung Chitterlows ein Teller unter dem Marmeladeglas im Speiseschrank herausgenommen und eine Küchengabel sowie ein Messer, das nicht locker in seinem Griff steckte, für Kipps gefunden worden war, begann man eine angeregte Mahlzeit. Chitterlow aß seelenruhig große Mengen, was aber seinen Redefluß nicht beeinträchtigte. Kipps stellte er seiner Gattin ganz kurz vor; offenbar hatte sie schon vorher von Kipps einiges gehört, und er ließ von ungefähr durchblicken, daß das Herausbringen der Komödie eine in der Hauptsache erledigte Angelegenheit sei. Die Reichweite seiner Arme erstreckte sich über den Tisch, so daß er niemanden bemühen mußte. Als Mrs. Chitterlow, die für kurze Zeit befangen erschien, ihn zurechtwies, weil er eine Kartoffel mit seiner Gabel aufspießte, antwortete er: »Nun, dann hättest du nicht einen Mann von Geist heiraten sollen«, und aus seiner späteren Bemerkung wurde es vollends klar, daß in dieser Hinsicht aus Chitterlows Stellung in seinem Haushalt kein Geheimnis gemacht wurde.

Sie tranken den alten Methuselah mit Sodawasser, weggeräumt wurde nichts; man saß eben neben Tellern und anderem Geschirr, dann nahm Mrs. Chitterlow den Tabaksbeutel ihres Gatten, drehte eine Zigarette, sog deren Rauch ein, blies ihn aus und sah dabei Kipps mit ihren großen, braunen Augen an. Kipps hatte schon früher gesehen, daß Damen mit Spaß Zigaretten rauchten, aber dies da war wirkliches Qualmen. Es erschreckte ihn nicht wenig. Er fühlte, er dürfe die Dame in diesem Tun nicht bestärken – auf keinen Fall in Chitterlows Gegenwart.

Nach der Mahlzeit wurden sie sehr fröhlich, und da nun keine Kraftvergeudung zu beklagen war, wie man sie im Freien bei Wind erlebt, ließ Chitterlow seiner Stimme ungehemmt freien Lauf. Er begann Kipps sehr schmeichelhaft und laut zu loben. Er habe gewußt, sagte er, daß Kipps von der richtigen Art sei, er habe es von Anfang an gesehen, fast noch ehe er sich an jenem denkwürdigen Abend aus dem Straßenstaub erhoben hatte. »Manchmal«, sagte er, »kann man's erkennen. Deshalb...« er hielt inne, schien aber nahe daran zu erklären, daß es seine Gewißheit war, Kipps sei der Richtige, die ihn dazu bewog, diesem das große Glück zugänglich zu machen. Jenen Eindruck ließ er jedenfalls zurück. Hierauf gab er eine Reihe längerer Aussprüche und Redewendungen durchaus philosophischer, aber zusammenhangloser Natur über zufälliges Zusammentreffen von sich. Aus seinen Worten wurde deutlich, daß nach seiner Ansicht die Theaterkritik einen gefährlichen Tiefstand aufwies.

Ungefähr um vier Uhr fand sich Kipps von einem entschwindenden Chitterlow auf eine Bank an der Leas sozusagen auf den Strand geworfen. Vor allem wurde ihm so recht bewußt, welch überaus starke Persönlichkeit Chitterlow war. Er blies seine Backen auf und pustete.

Zweifellos bedeutete das Zusammensein mit Chitterlow das Leben kennenlernen, aber hatte er denn heute den besonderen Wunsch gehabt, das Leben kennenzulernen? Irgendwie hatte ihn Chitterlow unterbrochen. Der Tag, den er für sich geplant hatte, war gänzlich anderes verlaufen. Er war im Begriffe gewesen, ein wertvolles Bändchen, *Don't* betitelt, das Coote ihm zugeschickt hatte, zu lesen – ein Buch mit unschätzbaren Hinweisen, die Summa guten britischen Benehmens, die nur den einen Mangel aufwies, daß sie in gewissen Punkten nicht mehr ganz zeitgemäß war.

Das erinnerte ihn daran, daß er beabsichtigt hatte, eine schwierige Übung durchzuführen – einen Nachmittagsbesuch bei den Cootes als Vorbereitung für einen todernstgemeinten bei den Walshinghams. Eigentlich hatte es heute um diese Zeit keinen Sinn mehr.

Er kam auf Chitterlow zurück. Er würde Chitterlow erklären müssen, daß dieser zu vieles als selbstverständlich hinnahm – das würde er tun müssen. Freilich schien es ihm sehr schwer, dies Chitterlow persönlich zu sagen; in seiner Abwesenheit war es leicht genug. Dieser halbe Anteil, die Miete eine Theaters und alles, was damit zusammenhing, das ging zu weit.

Der Viertelanteil war gerade genug, meinte er, aber selbst das –! Einhundert Pfund! Und doch: welche Reichtümer verbleiben einem noch immer, nachdem man hundert Pfund davon ausbezahlt hat?

Er mußte sich wieder daran erinnern, daß es Chitterlow war, der ihm in gewissem Sinne sein Vermögen verschafft hatte, ehe er sich so etwas überhaupt vorstellen konnte.

Man darf indessen nicht zu streng über ihn urteilen. Kipps hatte in diesen Dingen noch nicht das richtige Maß gefunden. Einhundert Pfund, das ging fast über seine Vorstellungskraft. Einhundert Pfund schien ihm genausoviel wie irgendeine andere große Summe Geldes.

Die Walshinghams

I

Die Cootes wohnten in einem kleinen Haus am Bouverie Square, an dessen Veranda sich wilder Wein üppig emporrankte.

Kipps hatte sich ernstlich Gedanken darüber gemacht, ob er einmal oder zweimal an die Tür klopfen sollte – oft zeigt sich gerade in solchen Dingen, was man von einem Menschen halten kann –, aber glücklicherweise gab's hier eine Glocke.

Ein wunderliches kleines Hausmädchen mit einer großen Haube ließ Kipps ein und führte ihn durch einen Glasperlenvorhang und eine Tür in einen kleinen Salon. Der Blick des Besuchers fiel zunächst auf einen in Schwarz und Gold gehaltenen Flügel, einen Bücherschrank unter Glas, eine Sitzecke in maurischem Stil und einen drapierten Spiegel als Kaminaufsatz, der von Schmuck aus der Regent Street und Fotos verschiedener geistig hochstehender Persönlichkeiten umgeben war. Eine Anzahl von Einladungskarten zu Versammlungen sowie die Wettkampfliste eines *Band of Hope* Cricketklubs, auf denen Coote als Vizepräsident genannt war, steckten im Rahmen des Spiegels. Auf dem Bücherschrank stand eine Büste Beethovens. Die Wände waren dicht behängt mit sorgfältig ausgeführten, aber weniger sorgfältig ausgewählten Landschaftsbildern in Öl, Aquarell und vergoldeten Rahmen. Am Ende des Raumes hing ein Porträt gegenüber dem Fenster, das Kipps zunächst überraschte, da er glaubte, Coote mit Brille und in weiblicher Kleidung darauf zu erkennen; danach entschied er, es müsse sich um Cootes Mutter handeln. Dann aber erschien das Original, und er entdeckte, daß das Bild Cootes ältere und einzige Schwester darstellte, die ihm den Haushalt führte. Sie trug ihr Haar hinten zu einem Knoten befestigt, und der Anblick dieses Knotens legte Kipps eine Erklärung für eine häufige Geste Cootes nahe, eine klopfende, gleichsam untersuchende Handbewegung gegen seinen Hinterkopf. Dann freilich kam ihm in den Sinn, daß dies eine völlig absurde Idee war.

Sie sagte: »Mr. Kipps, glaube ich«, worauf Kipps vergnügt lachte: »Ganz recht!« Sie teilte ihm mit, daß »Chester« zur Zeichenschule hinuntergegangen sei und das Absenden irgendwelcher Zeichnungen veranlaßte und daß er bald wieder zurück sein werde. Hierauf fragte sie Kipps, ob er male, und zeigte ihm die Bilder an der Wand. Kipps fragte sie, welche Ansicht jedes Bild darstelle, und als sie ihm einige von den Böschungen der Leas zeigte, meinte er, er würde sie nie wiedererkannt haben. Es sei komisch, sagte er, wie die Dinge sehr häufig auf einem Bild aussähen. »Aber sie sind außerordentlich«, sagte er schließlich. »Haben Sie die gemalt?« Er betrachtete die Bilder, wobei er seinen Hals wie ein Schwan krümmte, seinen Kopf nach hinten warf, zur Seite neigte und sie dann plötzlich aus nächster Nähe beguckte. »Die sind aber wirklich gut. Ich wollt', ich könnte so malen.« »Das sagt Chester auch«, antwortete sie. »Ich sag' ihm dann, er hat bessere Dinge zu tun.« Kipps schien sich mit ihr sehr gut zu verstehen.

Dann kam Coote herein; beide verließen sie, gingen zusammen nach oben und führten ein nützliches Gespräch über das Lesen guter Bücher und über Lebensregeln. Oder vielmehr Coote redete und führte das Lob des Denkens und Lesens im Munde...

Man muß sich Cootes Arbeitszimmer als kleines Schlafzimmer vorstellen, das zu Studienzwecken verwendet wird. Über dem Kaminsims befand sich eine stattliche Reihe von Dingen, zu deren Erwerb ihn die Überzeugung veranlaßt hatte, daß sie auf Kultur und Vornehmheit hindeuteten: eine Autotypie von Rossettis »Verkündigung«, eine von Watts' »Minotaurus«; eine geschnitzte Flöte aus der Schweiz mit zahlreichen Tonlöchern, eine Fotografie der Kathedrale von Amiens – diese beiden Dinge waren Ausbeute einer Reise –, eine Büste zur Veranschaulichung phrenologischer Theorien und einige aus den Kreidefelsen des »Kaninchengeheges« gebrochene Fossilien. Ein drehbares Bücherregal trug die *Encyclopaedia Britannica* in der zehnten Auflage, und obenauf lagen ein großer, amtlich aussehender, sehr abgegriffener Briefumschlag, auf dem die geheimnisvollen Worte »On his Majesty's Service« standen, eine oder zwei Nummern des *Bookman* und eine Schachtel mit Zigaretten. Auf einem Tisch unter dem Fenster befanden sich ein kleines Mikroskop, eine Untertasse mit etwas Staub darauf, einige verrußte Glasstreifen und zerbrochene Deckgläser, denn Coote hatte sich ein wenig mit Biologie befaßt. Die Längsseite des Zimmers war Bücherregalen vorbehalten, die, sauber mit hellrosa Wachstuch gesäumt, eine Menge Bücher enthielten, keine geringere Menge jedenfalls, als irgendeine öffentliche Bücherei aufweist. Da gab es eine beinahe zufällige Ansammlung abgenutzter Klassiker, moderner Erfolgsbücher, der »Hundert besten Bücher« (einschließlich Samuel Warrens *Ten Thousand a Year*), alter Schulbücher, Adreßbücher; da gab's ferner den *Times*-Atlas, eine billige Ruskin-Ausgabe, eine Gesamtausgabe von Tennyson in einem Band, Longfellow, Charles Kingsley, Smiles, einen oder zwei Reiseführer, mehrere medizinische Broschüren, vereinzelte Nummern illustrierter Zeitschriften und vielen unbeschreiblichen Plunder – in der Tat eine Gesamtschau zeitgenössischer britischer Geistesverfassung. Und vor dieser Büchermenge stand Kipps, schlecht unterrichtet und ohne Vorbildung, respektvoll, von Ehrfurcht ergriffen und, im Augenblick jedenfalls, bereit zu lernen, während Coote, der vorbildliche Coote, zu ihm über das Lesen und den hohen Wert von Büchern redete.

»Nichts bereichert den Geist so sehr«, sagte Coote, »wie Reisen und Bücher ... Und sie beide sind heutzutage so leicht zugänglich und so billig!«

»Ich hab mir oft gewünscht, mit dem Lesen guter Bücher anzufangen«, antwortete Kipps.

»Du würdest es kaum für möglich halten«, erwiderte Coote, »wie viel du aus Büchern herausholen kannst. Das heißt unter der Voraussetzung, daß du minderwertige Lektüre vermeidest. Du solltest es dir zur Regel machen, Kipps, ein ernstes Buch in der Woche zu lesen. Natürlich können wir sogar aus Romanen, will sagen aus guten Romanen, lernen, aber das ist nicht dasselbe wie die Lektüre ernster Bücher. Ich habe es mir zur Regel gemacht, ein Buch ernsten Charakters und einen Roman zu lesen – nicht mehr auf einmal. Einige der ernsthaften Bücher, die ich letztens gelesen habe, liegen auf dem Tisch dort drüben: *Sartor Resartus,* Mrs. Twaddletomes *Pond Life, The Scottish Chiefs, Life and Letters of Dean Farrar ...*«

2

Endlich ertönte ein Gong, und Kipps ging in jenem Zustand ängstlicher Vorahnung der Schwierigkeiten beim Essen und Trinken hinab zum Tee, den ihm das Auf-die-Finger-Klopfen seiner Tante für immer eingeimpft hatte. Über Cootes Schulter hinweg bemerkte er in der maurischen Sitzecke eine vierte Person; er ließ einige unzusammenhängende Bemerkungen, die er eben gegenüber Miss Coote über seinen Respekt für Literatur und sein Verlangen danach äußerte, unvollendet und wendete sich zur Seite, um zu entdecken, daß diese vierte Person Miss Helen Walshingham war, ohne Hut und ganz so, als fühle sie sich hier wie zu Hause.

Sofort erhob sie sich und streckte ihm die Hand entgegen, um seinem Zögern zuvorzukommen.

»Sie halten sich in Folkestone auf, Mr. Kipps?«

»'n bißchen in geschäftlichen Angelegenheiten hier«, erwiderte Kipps. »Dachte, Sie wären fort, in Brügge.«

»Das kommt später«, sagte Miss Walshingham. »Wir warten, bis der Urlaub meines Bruders beginnt, und wir versuchen unser Haus zu vermieten. Wo wohnen Sie in Folkestone?«

»Ich hab jetzt ein eigenes Haus – an der Leas.«

»Ich hab alles über Ihr Glück erfahren – heut' nachmittag.«

»Ist's nicht wie ein Wunder!« sagte Kipps. »Fast hab' ich's nicht glauben können, daß es doch wirklich geschehn ist. Als es mir dieser Mr. Bean gesagt hat, war ich ganz baff vor Staunen. Es bedeutete eine kolossale Veränderung für mich.«

Da bemerkte er, daß ihn Miss Coote fragte, ob er Milch und Zucker wünsche. »Ich hab nichts dagegen«, meinte Kipps. »Ganz wie's Ihnen beliebt.«

Jetzt betätigte sich Coote, reichte Tee und Butterbrote herum. Das Brot war in dünne Scheiben geschnitten und ziemlich frisch, und die Hälfte der Schnitte, die Kipps nahm, fiel auf den Fußboden. Er hatte die Schnitte am Rande gehalten, denn ihm war diese nomadenhafte Methode, den Tee ohne Tisch und Teller einzunehmen, ganz ungewohnt. Dieser kleine Zwischenfall schloß ihn eine Zeitlang vom allgemeinen Gespräch aus, und als er wieder imstande war, daran teilzunehmen, redete man über irgend etwas Großartiges – so etwas wie einen Virtuosen, der in Kürze auftreten sollte und, wie es schien, »Padrooski« hieß! So aß Kipps, der unauffällig auf einen Stuhl gesunken war, sein Butterbrot, sagte auf jede Aufforderung zu weiterem Zugreifen »nein, danke« und verschaffte sich durch diese dezente Zurückhaltung mehr Bewegungsfreiheit mit seiner Tasse und Untertasse.

Abgesehen von seiner beim Nachmittagstee üblichen Verwirrtheit befand er sich wegen der Anwesenheit Miss Walshinghams in einem Zustand zitternder Erregung. Er blickte von Miss Coote zu ihrem Bruder und dann zu Helen. Beim Trinken betrachtete er sie über den Rand seiner Teetasse. Hier saß sie, wahrhaft und lebendig. Es war wunderbar. Wie er dies gelegentlich früher getan hatte, beobachtete er das lose Herabwallen des dunklen Haares aus ihrer Stirn nach hinten über ihre Ohren, ihre schöngeformten weißen Hände, die aus den Ärmelaufschlägen ihres schlichten, hellen Kleides zum Vorschein kamen, die zarten Linien ihrer Brauen. Jetzt wendete sie ihm fast plötzlich ihr Gesicht zu mit einem Lächeln, in dem die natürlichste Versicherung ihrer Freundschaft lag.

»Sie werden gehen, nehme ich an?« sprach sie ihn an und fügte hinzu, »zum Solokonzert.«

»Wenn ich in Folkestone bin, gewiß«, sagte Kipps und überwand dabei eine leichte Heiserkeit. »Ich bin kein großer Musikkenner, aber das, was ich kenne, mag ich gern.«

»Ich bin sicher, Paderewski wird Ihnen gefallen«, meinte sie.

»Wenn er Ihnen gefällt«, entgegnete er, »so glaub' ich wohl, daß er auch mir gefallen wird.«

Er merkte, wie Coote ihm höflich die Tasse aus der Hand nahm.

»Beabsichtigen Sie, in Folkestone zu wohnen?« Miss Coote stellte diese Frage vom Kaminvorleger herüber in einem Tonfall, in dem leichte Bevormundung mitschwang.

»Nein«, antwortete Kipps. »Das ist's ja eben – ich weiß es selbst kaum.« Er meinte auch, daß er sich ein wenig umsehen wolle, ehe er sich zu irgend etwas Bestimmten entschließen würde.

»Da gibt es so viel zu bedenken«, warf Coote ein, indem er sich über seinen Hinterkopf strich.

»Ich kann vielleicht auch ein Weilchen nach New Romney zurückgehen. Hab' dort einen Onkel und eine Tante. Ich weiß es wirklich noch nicht.«

Helen betrachtete ihn nachdenklich.

»Sie müssen uns besuchen«, schlug sie vor, »bevor wir nach Brügge reisen.«

»Oh, gewiß!« rief Kipps. »Wenn ich darf.«

»Ja, bitte«, sagte sie und erhob sich plötzlich, noch ehe Kipps fragen konnte, wann er sie besuchen könne.

»Und Sie sind sicher, daß Sie dieses Zeichenbrett entbehren können?« fragte sie Miss Coote; und das weitere Gespräch spielte sich außer Hörweite ab.

Nachdem er sich von Miss Walshingham verabschiedet und sie ihre Einladung wiederholt hatte, ging er mit Coote wieder nach oben, um nach gewissen einführenden Büchern, die sie erörtert hatten, Ausschau zu halten. Schließlich kehrte Kipps, sehr entschlossen pustend, in sein Haus zurück und trug drei Bücher unterm Arm: *Sesame and Lilies*, *Sir George Tressady* und ein Buch ohne Verfassernamen über Vitalität, welches Coote besonders schätzte. Nachdem er sein Wohnzimmer erreicht hatte, öffnete er *Sesame and Lilies* und las eine Zeitlang darin mit grimmiger Entschlossenheit.

3

Bald darauf lehnte er sich zurück und versuchte sich recht genau vorzustellen, was Miss Walshingham von ihm gedacht haben könnte, als sie ihn sah. Zweifel über den korrekten Eindruck des grauen Flanellanzuges begannen ihn zu quälen. Er wendete sich dem Spiegel über dem Kaminsims zu und setzte sich dann in einen Stuhl, um den Sitz seiner

Hose zu studieren. Deren Aussehen war ganz in Ordnung. Glücklicherweise hatte sie nicht den Panamahut gesehen. Er wußte, er trug die Krempe falsch gebogen, doch konnte er den richtigen Sitz der Krempe nicht herausfinden. Wie auch immer, das hatte sie nicht gesehen. Vielleicht könnte er im Laden, wo er ihn gekauft hatte, danach fragen.

Eine Weile dachte er über sein Gesicht im Spiegel nach – war im Zweifel, ob es ihm gefiel oder nicht –, dann ging er wieder nach unten, durchquerte hastig den Raum und blieb bei der Anrichte stehen, auf der zwei kleine Bücher lagen, eins in einem billigen rot-goldenen Prunkeinband, das andere in grünem Segeltuch gebunden. Das erstere trug, wie schon sein Einband bezeugte, den Titel *Umgangsformen und Normen der guten Gesellschaft*, war von einem Mitglied des Adels verfaßt und, nachdem man sich beim Einband auf vergoldete Zierstreifen eingelassen hatte – was unter den gegebenen Umständen leichtsinnig, aber natürlich schien –, trug den Nachsatz »Einundzwanzigste Auflage«. Das zweite war jenes bewundernswerte klassische Meisterwerk *Die Kunst der Unterhaltung*. Kipps kehrte mit diesen beiden Büchern zu seinem Stuhl zurück, legte sie vor sich hin, öffnete mit einem Seufzer das zweite Buch und drückte es mit seiner Hand flach.

Dann begann er mit zusammengezogenen Brauen von einer Markierung an zu lesen, wobei sich seine Lippen bewegten:

»Auf solche Weise in den Besitz einer Idee gekommen, sollte das Schifflein nicht plötzlich in tiefes Gewässer ausgesetzt werden, sondern sollte zunächst Gelegenheit erhalten, sanft und ruhig in seichten Stellen zu gleiten; das heißt, das Gespräch sollte nicht damit begonnen werden, daß man ganz allgemein und unverblümt eine Tatsache feststellt oder auf belehrende Art seine Meinung äußert, da das Thema auf diese Weise praktisch oder summarisch erledigt oder vielleicht mit einem ›Wirklich‹ oder ›Tatsächlich‹ oder einer ähnlich kurzen einsilbigen Antwort abgetan würde. Wenn eine gegensätzliche Ansicht von jener Person vertreten würde, an welche die Bemerkung gerichtet war, könnte diese Person, wenn es sich um einen Fremden handelte, vielleicht keine Lust haben, sie in Form eines unmittelbaren Widerspruches oder einer wirklich abweichenden Meinung zu äußern. Unmerklich ins Gespräch hereinzugleiten ist das Ziel, das angestrebt werden soll ...«

Bei diesem Punkt fuhr sich Mr. Kipps mit einem Gesichtsausdruck, in dem einige Verwirrung lag, mit den Fingern durchs Haar und fing noch einmal von vorne an.

4

Als Kipps bei den Walshinghams seinen Besuch machte, geschah alles so ganz anders als in der Vorschrift über »Umgangsformen und Normen« (Kapitel »Besuche machen«), daß er sich gleich von Anfang an nicht mehr zurechtfand. Anstelle des in solchen Fällen angebrachten Bedienten oder Dienstmädchens öffnete ihm Miss Walshingham selbst die Tür. »Ich bin so froh, daß Sie gekommen sind«, sagte sie mit einem an ihr seltenen Lächeln.

Sie trat beiseite, damit er in den eher engen Korridor eintreten konnte.

»Ich dachte, ich würde kurz vorsprechen«, sagte er, wobei er Hut und Stock in der Hand behielt.

Sie schloß die Tür und ging bis zu einem kleinen Salon voran, der nach dem ersten Eindruck von Kipps kleiner und weniger auffällig bunt war als jener der Cootes und in dem zunächst nur eine Kupferschale mit weißen Mohnblumen auf dem braunen Tischtuch seine besondere Aufmerksamkeit auf sich zog.

»Sie werden es doch nicht formlos finden, einzutreten,

Mr. Kipps, nicht wahr?« bemerkte sie. »Meine Mutter ist nicht zu Hause.«

»Es macht mir nichts aus«, sagte er mit liebenswürdigem Lächeln, »wenn es Ihnen nichts ausmacht.«

Sie ging rund um den Tisch, blieb stehen und betrachtete ihn über den Tisch hinweg mit dem gleichen Ausdruck zwischen forschender Neugier und Wertschätzung, an den er sich von der letzten Zusammenkunft der Holzschnitzerklasse her erinnerte.

»Ich war wirklich neugierig, ob Sie uns vor Ihrer Abreise aus Folkestone besuchen würden oder nicht.«

»Ich geh' aus Folkestone eine Zeitlang nicht weg, und jedenfalls hätt' ich Sie besucht.«

»Meiner Mutter wird es leid tun, daß sie nicht zu Hause war. Ich habe ihr von Ihnen erzählt, und ich weiß, sie möchte Sie gern kennenlernen.«

»Ich hab sie gesehen – wenn sie das war –, im Warenhaus«, sagte Kipps.

»Ja – freilich, nicht wahr?... Sie ist fortgegangen, einige Pflichtbesuche zu machen, und ich hab' sie nicht begleitet. Ich mußte etwas schreiben. Wissen Sie, ich schreibe nämlich ein wenig.«

»Wirklich?«

»Es ist nichts Bedeutendes«, sagte sie, »und es wird auch nichts daraus.« Sie blickte auf einen kleinen Schreibtisch in der Nähe des Fensters, auf dem einige Blatt Papier lagen. »Man muß etwas tun.« Unvermittelt brach sie ab. »Haben Sie unseren Ausblick gesehen?« fragte sie und ging zum Fenster. Kipps trat hinzu und stand neben ihr. »Das Fenster geht auf den Platz hinaus. Wissen Sie, es könnte schlimmer sein. Der Gepäckswagen dort unten ist zwar häßlich – auch das Geländer, aber es ist immerhin besser, als wenn man seinem gesellschaftlichen Ebenbild ins Gesicht starrt, nicht wahr? Im Vorfrühling ist es angenehm – helles frisches Grün, wie mit einem trockenen Pinsel aufgetragen –, er ist aber auch im Herbst reizvoll.«

»Der Ausblick gefällt mir«, sagte Kipps. »Der Flieder dort ist hübsch, nicht wahr?«

»Kinder kommen und pflücken ihn gelegentlich«, bemerkte sie.

»Das glaub' ich wohl«, pflichtete Kipps bei.

Mit seinem Hut und dem Spazierstock in der Hand schaute er aus dem Fenster, empfänglich für alles, was sich seinen Blicken darbot; sie warf ihm einen raschen Blick zu. Da kam ihm eine Idee, die der »Kunst der Unterhaltung« hätte entstammen können. »Haben Sie einen Garten?« fragte er sie.

Sie zuckte die Achseln. »Nur einen kleinen«, antwortete sie und meinte dann: »Vielleicht möchten Sie ihn gern sehen.«

»Ich hab' etwas für Gartenbau übrig«, sagte Kipps und dachte dabei an einige Pflänzchen Brunnenkresse, die er einst über seines Onkels Müllkasten gezogen hatte.

Mit einer gewissen Erleichterung ging sie voran.

Sie traten durch eine Tür aus buntem Glas, das die vier Jahreszeiten zeigte, auf eine kleine eiserne Veranda, von der Stufen aus Eisenblech in einen winzigen, mit Mauern umgebenen Garten führten. Da war gerade noch Platz für ein Rasenstück und ein Blumenbeet; in der Ecke wuchs ein kräftiger, farbenprächtiger Spindelbaum. Die Blumen des frühen Juni – die großblütige Narzisse, die geränderte Wolfsmilch und herrlich blühender Goldlack – leuchteten farbenfroh.

»Das ist unser Garten«, sagte Helen. »Nicht sehr groß, nicht wahr?«

»Mir gefällt er«, erwiderte Kipps.

»Er ist klein«, sagte sie, »aber dies ist der Tag der kleinen Dinge.«

Kipps wußte mit dieser Bemerkung nichts anzufangen.

»Wenn Sie gerade geschrieben haben, als ich kam«, bemerkte er, »halte ich Sie jetzt auf.«

Sie drehte sich um, mit ihrem Rücken zum Geländer gewendet und stützte sich auf die Hände.

»Ich hatte aufgehört«, sagte sie, »ich konnte nicht vorankommen.«

»Haben Sie etwas aufgesetzt?« fragte Kipps.

Sie antwortete nicht gleich, dann meinte sie lächelnd: »Ich versuche – freilich vergeblich – Geschichten zu schreiben. Man muß etwas tun. Ich weiß nicht, ob ich ohnehin jemals dabei etwas Gutes vollbringen werde. Es scheint so aussichtslos. Und dann muß man natürlich den Geschmack der Leser studieren. Aber nun ist mein Bruder in London – und ich habe viel freie Zeit.«

»Ich hab' Ihren Bruder schon gesehn, nicht wahr?«

»Ein- oder zweimal ist er in den Kursus gekommen. Sehr wahrscheinlich haben Sie ihn gesehen. Er ist nach London gefahren um seine Prüfungen abzulegen und Anwalt zu werden. Und dann wird er, vermute ich, eine Chance haben. Selbst dann vielleicht keine große. Aber er ist jedenfalls glücklicher, als ich es bin.«

»Sie haben doch Ihre Kurse und was dazu gehört.«

»Sie sollten mir Befriedigung verschaffen, aber sie tun's nicht. Ich glaube, ich bin ehrgeizig. Wir sind es beide. Und wir hatten eigentlich keine Aufstiegsmöglichkeiten.« Sie blickte über ihre Schulter auf den vollgepferchten kleinen Garten mit einem Ausdruck, der die Anspielung deutlich machte.

»Ich sollte meinen, Sie könnten alles mögliche tun, wenn Sie wollten?« lenkte Kipps ein.

»Tatsächlich aber kann ich nichts tun, was ich will.«

»Sie haben recht viel getan!«

»Was denn?«

»Nun, haben Sie nicht eines von diesen Universitätsdings da bestanden?«

»Oh, ich hab' mich immatrikulieren lassen!«

»Ich sollte meinen, ich wär ein ganz großer Herr, wenn ich das täte – das weiß ich.«

»Mr. Kipps, wissen Sie, wie viele Leute sich jedes Jahr an der Londoner Universität immatrikulieren lassen?«

»Wie viele denn?«

»Zwischen zwei- und dreitausend.«

»Nun, dann denken Sie nur, wie viele es nicht tun.«

Sie lächelte wieder und brach dann in Lachen aus. »Oh, die zählen nicht«, sagte sie; und als ihr dann bewußt wurde, daß diese Bemerkung Kipps verletzen könnte, wenn sie nichts hinzufügte, beeilte sie sich zu sagen: »Tatsache ist, ich bin eine unzufriedene Person, Mr. Kipps. Folkestone, müssen Sie wissen, ist eine dem Meer geöffnete Stadt und wertet die Menschen nach rein materiellem Wohlstand. Wir sind nicht wohlhabend und leben in einer Nebenstraße. Wir müssen hier leben, weil dies unser Haus ist. Es ist ein wahrer Segen, daß wir nicht vermieten müssen. Man spürt, man hat keine Chancen. Hätte man sie, glaube ich, würde man sie nicht nützen. Doch ...«

Kipps fühlte, daß er nun ganz gewaltig von ihr ins Vertrauen gezogen wurde. »Das ist's ja eben«, sagte er.

Er lehnte sich auf seinen Stock gestützt nach vorne und sagte mit großem Ernst: »Ich glaube, Sie könnten alles vollbringen, was Sie wollten, wenn Sie es nur versuchten.«

Ablehnend streckte sie ihre Hände aus.

»Ich weiß es«, sagte er voll Verständnis und nickte. »Ich hab' Sie ein- oder zweimal beobachtet, als Sie diese Holzschnitzerklasse unterrichteten.«

Aus irgendeinem Grund brachte sie dies zum Lachen – ein eher vergnügtes Lachen war's, und das bewirkte, daß sich Kipps als eine sehr witzige und erfolgreiche Persönlichkeit fühlte. »Es ist ganz klar«, sagte sie, »daß Sie einer von jenen seltenen Menschen sind, Mr. Kipps, die an mich glauben«, worauf er antwortete: »Oh, ich glaube an sie!« Und dann bemerkten sie plötzlich Mrs. Walshingham, die durch den Korridor kam. Im nächsten Augenblick erschien sie in der bunten Glastüre, mit Häubchen und ganz Dame, ein wenig verblüht, genauso wie Kipps sie im Kaufladen des Warenhauses gesehen hatte. Bei ihrem Erscheinen verspürte Kipps trotz der beruhigenden Versicherungen, die er von Coote erhalten hatte, eine gewisse Ängstlichkeit.

»Mr. Kipps hat uns besucht«, sagte Helen; und Mrs. Walshingham meinte, es sei sehr, sehr freundlich von ihm und fügte hinzu, daß sie heutzutage von neuen Bekannten kaum Besuche erhielten.

Nichts war von der schockierten Überraschung zu spüren, der Kipps im Kaufladen begegnet war; vielleicht hatte sie erfahren, daß er nun ein Gentleman war. Im Kaufladen war sie ihm eher ermüdet und überheblich erschienen; aber kaum hatte er ihre Hand ergriffen, welche seine Berührung mit einem freundlichen Händedruck beantwortete, als er erkannte, wie sehr er im Irrtum gewesen war. Ihrer Tochter sagte sie dann, irgendeine Mrs. Wace sei fortgewesen. Hierauf wendete sie sich wieder Kipps zu und fragte ihn, ob er bereits Tee eingenommen habe. Kipps verneinte, worauf sich Helen in irgendeinen geheimnisvollen Innenraum begab. »Aber hören Sie«, rief er ihr nach, »machen Sie meinetwegen keine…«

Helen verschwand, und er befand sich mit Mrs. Walshingham allein, was ihn für einen Augenblick sprachlos und frostig erscheinen ließ.

»Sie waren einer von Helens Schülern im Holzschnitzerkursus?« fragte Mrs. Walshingham, die ihn mit einer ihrer Stellung zukommenden unauffälligen Wachsamkeit betrachtete.

»Ja«, antwortete Kipps, »auf diese Weise hatte ich das Vergnügen.«

»Sie hat großes Interesse an ihrer Holzschnitzerklasse gezeigt. Sie ist so unternehmend, müssen Sie wissen, und das gibt ihr ein Betätigungsfeld.«

»Ich war der Meinung, sie lehre etwas Großartiges.«

»Jeder sagt, sie habe ihre Sache sehr gut gemacht. Helen, glaube ich, würde bei allem Erfolg haben, was sie unternimmt. Sie ist so sehr begabt. Und sie kann so ganz in etwas aufgehen.«

Sie löste die Bänder ihrer Haube mit wohltuender Ungezwungenheit.

»Sie hat mir alles über ihre Klasse erzählt. Sie fühlte sich innerlich mit ihr verbunden. Auch von Ihrer zerschnittenen Hand hab ich erfahren ...«

»Ach Gott!« meinte Kipps, »nicht zu glauben! Das hat sie erzählt?«

»Oh, freilich. Und wie tapfer Sie waren!«

(Obwohl sich die wichtigste Einzelheit in Helens Bericht tatsächlich auf eine ungewöhnliche Methode, die Blutung zu stillen, bezogen hatte.)

Kipps errötete leicht. »Sie sagte, Sie schienen nicht den geringsten Schmerz zu empfinden.«

Nun fühlte er, daß er Wochen über der *Kunst der Unterhaltung* verbringen müsse.

Während seine Stellungnahme zu den Worten Mrs. Walshinghams noch auf sich warten ließ, kehrte Helen mit allem Zubehör für den Nachmittagstee auf einem Tablett zurück.

»Macht es Ihnen was aus, wenn wir den Tisch hervorziehen«, fragte Mrs. Walshingham.

Das war dann wieder sehr gemütlich. Kipps legte Hut und Stock in der Ecke ab und zog unter starkem Getöse einen kleinen, verrosteten, grüngestrichenen Eisentisch hervor.

Nachher folgte er ganz unbeschwert Helen, um Stühle herbeizuschaffen.

Sobald er seine Teetasse losgeworden war – alle festen Speisen lehnte er natürlich ab, und sie zeigten Verständnis hiefür –, begann er sich herrlich entspannt zu fühlen. Bald geriet er in Fahrt. Er plauderte recht bescheiden und rundheraus über seine veränderte Lage, seine Schwierigkeiten und seine Pläne. Vor ihren Augen breitete er aus, was wirklich das Wesen seiner schlichten kleinen Seele ausmachte. Gar bald störte sie seine unvollkommene, Wörter abkürzende Art, sich auszudrücken, weniger, und sie begriffen allmählich, was das sommersprossige Mädchen schon lange begriffen hatte, daß Kipps Seiten aufwies, die man wohl gelten lassen konnte. Er vertraute sich an, er war fügsam, und zu ihnen beiden sprach er im echtesten, verführerisch schmeichelnden Ton von Scheu und Verehrung.

Er bieb ungefähr zwei Stunden und hatte vergessen, wie schrecklich unkorrekt es ist, einen Besuch so lange hinauszuziehen. Ihnen aber machte dies überhaupt nichts aus.

Verlobt

I

Innerhalb zweier Monate, genauer eines Zeitraumes von dreiundfünfzig Tagen, hatte Kipps die Zinnen seines Herzenswunsches erklettert. Dies alles wurde dadurch möglich gemacht, daß sich die Walshinghams – anscheinend auf Betreiben Cootes – entschlossen, letzten Endes doch nicht die Ferien in Brügge zu verbringen. Statt dessen blieben sie in Folkestone, und dieser glückliche Zufall gab Kipps gerade alle jene Gelegenheiten, die er so sehr nötig hatte.

Sein Tag der Erfüllung brach in Lympne an, lang ehe die Wärme des Sommers nachzulassen begann, während, im Gegenteil, die Sonnenglut des August hoch aufloderte. Man hatte – niemand schien zu wissen, von wem die erste Anregung gekommen war – einen Bootsausflug auf den stehenden Abschnitten des alten Militärkanals in Hythe veranstaltet. Ein Picknick war an der Backsteinbrücke vorgesehen, und nachher wollte man zur Burg von Lympne aufsteigen. Gastgeber des Treffens, das verstand sich von selbst, war Kipps.

Es war ein fröhlicher Ausflug. Der Kanal war voller Unkraut, und an seichten Stellen betrug die Wassertiefe nur wenige Zoll; so fuhren sie in drei Paddelbooten. Kipps hatte paddeln gelernt, das Paddeln war seine erste sportliche Leistung gewesen; seine zweite – wobei die letzten drei oder vier von insgesamt zehn Privatstunden noch ausstanden – sollte das Radfahren werden. Aber Kipps paddelte durchaus nicht schlecht; Muskeln, die durch das Emporheben von Kretonneballen gestählt waren, konnten sich neben Cootes Anstrengungen schon sehen lassen. In sein Paddelboot kam das Mädchen mit den Sommersprossen, das für ihn so viel

Verständnis zeigte. Sie paddelten mit den Geschwistern Walshingham um die Wette. Schweißtriefend und mächtig schnaufend, jedoch immer noch ausdauernd, stets durchaus höflich und rücksichtsvoll, mühte sich Coote dahinter mit Mrs. Walshingham ab. Von ihr konnte man keine Paddelkünste erwarten (obgleich sie sich natürlich erbötig machte, mitzutun), und so ruhte sie auf eigens dem Boot angepaßten Kissen unter einem schwarz-weißen Sonnenschirm, beobachtete Kipps und ihre Tochter und äußerte hin und wieder die Befürchtung, Coote könnte sich zu sehr erhitzen.

Sie alle trugen mehr oder weniger Freizeitkleidung; die Augen der Mädchen blickten unter dem Schatten breitkrempiger Hüte hervor. Sogar das sommersprossige Mädchen sah unerwartet hübsch aus, und Helen, die mit jedem Schwung Sonnenlicht in ihr Paddel zu bringen schien, hinterließ bei Kipps beinahe zum erstenmal die Andeutung eines anmutigen Körpers. Kipps präsentierte sich in tadelloser Bootssportkleidung; wenn er seinen modischen Panamahut abgelegt hatte und sein Haar durch den Wind in Unordnung geriet, sah er in seiner weißen Flanellkleidung so ansehnlich aus wie wohl die meisten jungen Männer. Seine gesunde Gesichtsfarbe zählte ebenfalls zu seinen beachtenswerten Vorzügen.

Die Dinge lagen für ihn günstig, der Tag war ihm günstig, alle in seiner Umgebung waren ihm geneigt. Der junge Walshingham, das sommersprossige Mädchen, Coote und Mrs. Walshingham überboten einander an Hilfsbereitschaft und Freundlichkeit Kipps gegenüber. Um ihre Bemühungen zu krönen, hatte Fortuna zwischen dem Landeplatz der Boote und Lympne ein kleines, günstig gelegenes Gelände hingezaubert, das zur Gänze einem Jungstier zur Verfügung stand. Er war kein großer Stier, wie man sich ihn gewöhnlich vorstellt, zu allem entschlossen, andererseits aber auch kein Kalb – ein junger Stier eben, im gleichen Stadium sich entwickelnder Leidenschaft wie Kipps, »wo der Bach in den Strom mündet«. Unbeschwert geriet unsere kleine Gesellschaft in seine Nähe.

Nach dem Anlegen der Boote überließ der junge Walshingham mit der ungekünstelten Geradheit eines Bruders seine Schwester Kipps und sicherte sich die Gesellschaft des sommersprossigen Mädchens; Coote ließ er Mrs. Walsinghams leichtes wollenes Umhangtuch tragen. Er zog sofort los, um so eine hinreichende Entfernung zwischen sich und seiner Gefährtin einerseits und einer gewissen, allgegenwärtigen Bevormundung andererseits, die von Coote ausging, zu legen. Ich glaube gesagt zu haben, daß der junge Walshingham ein dunkelhaariger Mann mit napoleonischem Profil war, und es gehörte daher zu seiner Natur, ein kühner Denker zu sein sowie scharf pointierte Bemerkungen zu machen; schon vor geraumer Zeit hatte er gute Möglichkeiten ausgemacht, Verständnis für seine Gedankengänge bei dem sommersprossigen Mädchen zu finden. An diesem Tag war er in einem sehr glücklichen Gemütszustand, weil er eben mit der Leitung der geschäftlichen Angelegenheiten von Kipps betraut war. Der alte Bean war aus unerklärlichen Gründen entlassen worden, und dies war kein schlechter Beginn für einen Anwalt, der seine Stellung erst seit ein paar Monaten innehatte. Überdies hatte er Nietzsche gelesen, und er dachte, daß er aller Wahrscheinlichkeit nach der an keine Moral gebundene Übermensch sei, von dem bei jenem Schriftsteller die Rede ist. Er trug ziemlich große Hüte. Er wollte die Aufmerksamkeit des sommersprossigen Mädchens für das Thema des unmoralischen Übermenschen gewinnen, dieses Thema sozusagen deklamieren; damit er seine Erklärungen getrennt von der übrigen Gesellschaft vorbringen konnte, hielten sie sich vom geraden Weg abseits und schlichen sich unerlaubterweise durch Gebüsch, auf diese Weise den jugendlichen Stier vermeidend. Es gelang ihnen indes nicht, zu diesen höhergesteckten Themen zu entfliehen, denn Coote und Mrs. Walshingham, beide diskrete Tugendwächter, und beide aus triftigen Gründen abgeneigt, Kipps und Helen in ihrer Freiheit zu behindern, hefteten sich dicht an ihre Fersen. Diese beiden also hielten sich in gerader Richtung auf den Zaunübergang der Stierweide zu, und der Anblick des Tieres weckte sofort Cootes angeborene Abneigung gegen Brutalität in jeglicher Form oder Gestalt. Er meinte, die Übergänge seien zu hoch, und sie könnten besser einen Umweg durchs Gebüsch machen, dem Mrs. Walshingham ganz gern zustimmte.

Dies machte den Weg für Kipps und Helen frei, die dem Stier begegneten. Helen bemerkte den Stier zunächst nicht, wohl aber bemerkte ihn Kipps; doch an jenem Nachmittag fühlte er sich jedenfalls imstande, auch einem Löwen gegenüberzutreten. Und der Stier kam wirklich auf sie zu. Genaugenommen war es kein Ereignis, das sich in einer Stierkampfarena zugetragen haben konnte, es gab kein verzweifeltes Vorwärtsstürmen und kein Aufspießen mit den Hörnern, aber – er kam heran. Er betrachtete sie mit großen, bösen, bläulichen Augen, öffnete das Maul unter seinen feuchtglitzernden Nüstern und buhte, auch wenn er nicht eigentlich brüllte; dann schüttelte er tückisch den Kopf und zeigte an, daß er im Sinne hatte, den Kopf hochzuwerfen. Helen hatte Angst, ohne jedoch ihre Haltung zu verlieren, und Kipps wurde ganz bleich. Aber er blieb vollkommen ruhig und schien jetzt für sie die letzten Spuren seiner mangelhaften Ausdrucksweise und seiner gesellschaftlichen Unsicherheit verloren zu haben. Er riet ihr, ruhig zum Zauntritt zu gehen, und näherte sich dem Stier von der Seite her.

»Pack dich!« sagte er …

Sobald Helen gut über den Zauntritt gekommen war, trat auch Kipps einen geordneten Rückzug an. Er kam im Schutz eines Täuschungsmanövers über den Zauntritt, und die Sache war erledigt – eine unbedeutende Angelegenheit, ohne Zweifel, aber eben genug, um aus Helens Kopf die falsche Schlußfolgerung zu tilgen, daß ein Mann, der so schreckliche Angst vor einer Tasse Tee hatte wie Kipps, sich unbedingt in verächtlicher Weise vor allem in der Welt fürchten müsse. In ihrer nunmehrigen Einstellung ging sie vielleicht zu weit in die entgegengesetzte Richtung. Bisher hatte sie Kipps eine nur oberflächliche Wirkung auf sie zugetraut. Nun hatte sie plötzlich Verläßlichkeit an ihm entdeckt. Ja, sie entdeckte in ihm viele neue Möglichkeiten. Hier war endlich einmal ein Mann, bei dem eine Frau Schutz finden konnte!...

Als sie an dem massigen, mit Rasen bedeckten Portus Lemanus vorbei die steilen Hänge aufwärts zum Gipfel strebten, auf dem die Burg thronte, war diese veränderte Einschätzung aus Helens Augen beinahe klar abzulesen.

2

Jeder, der in Folkestone wohnt, besucht früher oder später Lympne. Die Burg wurde zu einem Bauernhof umgestaltet, und der Bauernhof, selbst schon reiferen Alters und ehrwürdig, trägt die Mauern der Burg, wie ein kleiner Mann den Mantel eines großen Mannes trägt. Die liebenswürdigste aller Farmerinnen bewirtet einen nie versiegenden Strom von Besuchern, zeigt ihnen ihre riesige Wäscherolle, ihre große Küche und führt sie in den sonnigsten kleinen Terrassengarten auf der ganzen Welt; dann schauen sie auf die von Schafen wimmelnden Hänge hinab, wo neben dem Kanal und unter Bäumen die zerfallenen Andenken an die Römerherrschaft für immer schlummern. Man klettert den Bergfried auf einer steinernen Wendeltreppe empor, in die bis zu ihrem höchsten Punkt das Alter Löcher gebohrt hat, und dort, hoch oben, befindet man sich im Mittelpunkt von weit mehr als einer Halbkugel des Blickfeldes. Weit, weit unten, fast am Fuße des Hügels beginnt das Marschland und breitet sich in einem mächtigen Halbmond aus, der sich in weitem Bogen um das Meer windet – die Marsch, die mit den Kirchtürmen vergessener mittelalterlicher Städte übersät ist und die schließlich in die niedrigen blauen Hügel bei Winchelsea und Hastings einbricht; im Osten hängt die Landmasse Frankreichs zwischen Himmel und Meer, und im Umkreis des Nordens begrenzen die Downs mit ihren bewaldeten Hängen und Kreidegruben die weiten Ausblicke auf Gehöfte, Häuser und Wälder, verstärken die vorbeiziehenden Schatten der segelnden Wolken.

Und hier, hoch über der Welt des Alltags und angesichts der Schönheit der weiträumigen Natur, fügte es sich erfreulicherweise, daß Kipps und Helen miteinander allein waren. Ursprünglich hatte es den Anschein gehabt, daß alle sechs wegen des Bergfrieds hergekommen waren. Aber Mrs. Walshingham hatte bei den gräßlichen kleinen Stufen gezaudert und fühlte sich dann plötzlich sehr schwach; so war sie mit dem sommersprossigen Mädchen unten geblieben, und sie gingen im Schatten des Bauwerks auf und ab. Coote aber hatte sich erinnert, daß ihnen allen die Zigaretten ausgegangen waren, und hatte den jungen Walshingham ins Dorf mitgenommen, um welche zu besorgen. Es gab eine lautstarke Verständigung zwischen Erdboden und Brustwehr, worauf Helen und Kipps sich wieder dem Ausblick zuwendeten, ihn herrlich fanden und in Schweigen verfielen.

Helen saß furchtlos in einer Schießscharte, und Kipps stand neben ihr.

»Ich habe weite Landschaften immer schon gern gehabt«, wiederholte Kipps nach einer Pause. Dann kam er auf etwas anderes zu sprechen. »Glauben Sie wirklich, daß das richtig war, was Coote da gesagt hat?«

Sie sah ihn fragend an.

»Über meinen Namen.«

»Ob es wirklich C-U-Y-P-S heißt? Ich hab' da meine Zweifel. Zuerst hab' ich gedacht – was veranlaßt Mr. Coote, ein ›S‹ an Cuyp anzuhängen?«

»Ich weiß es nicht«, meinte er dann verunsichert. »Hab' nur eben drüber nachgedacht.«

Sie warf ihm einen aufmerksamen Blick zu und schaute dann aufs Meer hinaus.

Kipps wußte nicht, was er nun sagen sollte. Er hatte beabsichtigt, von dieser Frage auf die allgemeine Frage der Familiennamen und der Namensänderung hinzuführen. Zuerst hatte es ihm geschienen, er könne etwas, was ihn beschäftigte, auf leichte und witzige Art sagen, und plötzlich bemerkte er, daß dies ein unglaublich gewöhnliches und einfältiges Vorhaben war. Das Hängenbleiben am »S« hatte ihn gerettet. Einen Augenblick lang betrachtete er ihr von verwitterten Steinen umrahmtes Profil vor dem Hintergrund der blauen See und des Himmels.

So ließ er die Frage nach seinem Namen fallen und sprach wieder vom Ausblick. »Wenn ich eine Landschaft sehe – und Dinge, die – die schön sind, dann fühl' ich mich …«

Sie schaute ihn plötzlich an und sah, wie er nach passenden Worten suchte.

»Benommen, gewissermaßen«, beendete er.

Sie umfaßte ihn mit ihrem Blick, es war der frühere Blick, in dem Besitzergreifen lag, aber auch eine gewisse Wärme. Sie sprach mit einer Stimme, die so eindeutig war wie ihre Augen. »Sie müssen das nicht sagen«, sagte sie. »Wissen Sie, Mr. Kipps, Sie schätzen sich selbst zu gering ein.«

Ihr Blick und ihre Worte erfüllten ihn mit Staunen. Er starrte sie an wie ein Mann, der erwacht. Sie schlug die Augen nieder.

»Sie meinen …«, sagte er; und dann: »Schätzen Sie mich nicht gering ein?«

Sie blickte wieder auf und schüttelte den Kopf.

»Aber – zum Beispiel – Sie halten mich wohl nicht für – gleichwertig.«

»Warum nicht?«

»Oh! Aber wirklich ...«

Sein Herz schlug wild.

»Wenn ich dächte ...«, sagte er; und dann: »Sie wissen so viel.«

»Das zählt nicht«, erwiderte sie.

Darauf verharrten beide, wie es ihnen schien, lange Zeit hindurch in Schweigen – ein Schweigen, das vieles sagte und bewirkte.

»Ich weiß, was ich bin«, sagte er schließlich ... »Wenn ich dächte, es wär' möglich ... Wenn ich dächte, daß Sie ... Ich glaube, ich könnte alles tun –«

Er hielt inne, und sie saß da, mit gesenkten Augen und auffallend still.

»Miss Walshingham«, sagte er, »ist es möglich, daß Sie ... genug Interesse an mir haben könnten, um – um mir zu helfen? Miss Walshingham, liegt Ihnen überhaupt etwas an mir?«

Es schien, als wolle sie nie darauf antworten. Dann blickte sie zu ihm auf. »Ich denke«, sagte sie, »daß Sie der großmütigste – sehen Sie nur, was Sie für meinen Bruder getan haben! – der großmütigste und der bescheidenste aller Männer sind. Und heute nachmittag – fand ich, daß Sie der mutigste waren.«

Sie wendete den Kopf, blickte hinunter, winkte jemandem auf der Terrasse unten zu und stand auf.

»Mutter gibt ein Zeichen«, meinte sie, »wir müssen hinuntergehen.«

Kipps verhielt sich höflich und ehrerbietig, wie dies seiner Art entsprach, aber sein Gemüt war in einen Aufruhr geraten, der damit nichts zu tun hatte.

Er schritt ihr voran, der kleinen Tür zu, die zur Wendeltreppe führte – »immer einer Dame vorausgehen, ob treppauf oder treppab« –, und dann, auf der zweiten Stufe, drehte er sich entschlossen um. »Aber –«, und er blickte aus dem Schatten empor, in seinem Flanellanzug bemerkenswert männlich wirkend.

Sie blickte auf ihn herab, die Hand am steinernen Seitenpfosten der Türöffnung.

Wie um ihr zu helfen, streckte er die Hand aus. »Können Sie's mir sagen?« fragte er. »Sie müssen es wissen ...«

»Was?«

»Ob Ihnen etwas an mir liegt?«

Lange hielt sie mit ihrer Antwort zurück. Es war, als wenn jedes Ding in der Welt bis zum Zerreißen gespannt sei und in der nächsten Minute zerreißen müsse.

»Ja«, sagte sie schließlich, »ich weiß es.«

Urplötzlich, durch irgendein kaum erkennbares Zeichen, wußte er, was ihre Antwort sein würde, und er blieb still.

Sie beugte sich über ihn herab, und ihr wunderbares Lächeln berührte ihn lind.

»Versprechen Sie mir etwas«, sagte sie eindringlich.

Er versprach's mit regungslosem Gesicht.

»Wenn ich Sie nicht geringschätze, werden Sie sich niemals geringschätzen.«

»Wenn Sie mich nicht geringschätzen! Sie meinen das im Ernst?«

Wieder beugte sie sich hinab zu ihm, ihr Gesicht war ihm ganz nahe. »Ich«, und dann flüsterte sie, »habe Sie lieb.«

»Mich?«

Sie lachte laut.

Er war über alle Maßen erstaunt. Um alle Mißverständnisse auszuräumen, fragte er: »Wollen Sie mich heiraten?«

Nun lachte sie, überwältigt vom Gefühl uneingeschränkter Macht, vom Gefühl des Besitzes und des Erfolges. Er glich ganz einem netten jungen Mann, der zu haben ist. »Ja«, lachte sie, »was denn sonst könnte ich meinen?« und nochmals: »Ja.«

Er fühlte sich so, wie sich ein betender Eremit gefühlt haben könnte, der mitten aus seiner stillen Andacht, seiner bescheidenen Sackleinwand, seiner Asche gepackt und mit Stumpf und Stiel über die glitzernden Tore des Paradieses geschleudert wird, mitten unter die irisierenden Flügel der helläugigen Cherubim. Er fühlte sich gleich einem geringen und rechtschaffenen Mann, der mit einem Sprengkörper in die Seligkeit geschleudert wird...

Seine Hand zog das Seil straff, das den Besucher sichert, wenn er über die steinernen Stufen geht. Er wollte ihre Hand küssen und tat es doch nicht.

Er sagte kein einziges Wort mehr. Er drehte sich um, und mit einem Ausdruck in seinem Gesicht, der eher mit Angst zu erklären war, ging er den Weg in die Dunkelheit ihres Abstiegs voran...

3

Jeder schien zu verstehen. Nichts wurde gesagt, nichts wurde erklärt; die reinste Berührung der Blicke genügte. Als die Gruppe in der Einfahrt zur Burg versammelt war, ergriff Coote seinen Arm und drückte ihn, wie sich Kipps später erinnerte. Es war offensichtlich, daß er davon wußte. Seine Augen und seine Nase glänzten, das Wohlwollen des Gratulanten widerspiegelnd, glänzten auch aus dem Gefühl, daß eine gute Sache zu ihrem Höhepunkt geführt worden war. Mrs. Walshingham, die das Bergansteigen anscheinend etwas ermüdet hatte, erholte sich, durch die Zuneigung zu ihrer Tochter neu belebt, und so gab's im Vorbeigehen für Helen einen mütterlichen Kuß. Sie bat Kipps, sie beim Abwärtsgehen über den Steilhang am Arm zu führen. Kipps leistete ihrer Bitte in einem Traumzustand Folge. Er fühlte das Bedürfnis, sich um sie zu kümmern, und so kümmerte er sich wirklich um sie.

Sie und Kipps plauderten miteinander wie besonnene, verantwortungsbewußte Menschen und gingen langsam, während die andern den Hügel in einem losen Grüppchen zu viert abwärts wanderten. Er wußte nicht recht, worüber sie reden würden, doch dann vertiefte er sich in sein Gespräch mit Mrs. Walshingham. Eigentlich unterhielt sich seine äußere Persönlichkeit mit ihr, während sein inneres Selbst wie betäubt in ungeahnten Tiefen seiner Seele lag. Das Gespräch war interessant und freundschaftlich, war es doch eigentlich das erste längere Gespräch der beiden. Bisher hatte er so etwas wie Furcht vor Mrs. Walshingham empfunden, die er für eine möglicherweise bissige Spötterin hielt, aber sie erwies sich als Mensch mit Empfindungsvermögen und Gefühlsreichtum, und Kipps kam ungeachtet seiner Zerstreutheit unerwartet gut mit ihr zurecht. Sie plauderten ein wenig über die Landschaft, über die unvermeidbare Schwermut, die alten Ruinen anhaftet, und über die Denkweise dahingeschwundener Geschlechter.

»Vielleicht hielten sie hier Turniere ab«, sagte Mrs. Walshingham.

»Sie beschäftigten sich mit allem möglichen«, warf Kipps ein, und dann kamen die beiden auf Helen zu sprechen. Sie erwähnte die schriftstellerischen Neigungen ihrer Tochter. »Sie wird etwas zuwege bringen, dessen bin ich sicher. Wissen Sie, Mr. Kipps, eine Mutter hat große Verantwortung zu tragen, wenn sie spürt, daß ihre Tochter – außergewöhnlich begabt ist.«

»Allerdings hat sie die«, fiel Kipps ein. »Da gibt's keinen Zweifel.«

Sie sprach auch von ihrem Sohn – er war fast wie ein Zwillingsbruder Helens – der Schwester ähnlich, aber doch verschieden. Sie erweckte in Kipps richtig väterliche Gefühle.

»Sie sind so lebendig, so künstlerisch veranlagt«, meinte sie, »so voll von Ideen. Fast erschrecken sie mich damit. Man spürt, sie brauchen nur die entsprechende Gelegenheit – wie andere Menschen die Luft zum Atmen brauchen.«

Sie sprach von Helens schriftstellerischen Versuchen. »Selbst als sie noch ein ganz kleines Mädchen war, schrieb sie Verse.« (Dies beeindruckte Kipps außerordentlich.)

»Ihr Vater hatte genau die gleichen Neigungen...« Mrs. Walshingham ließ einen Schimmer halb-bedauernder Erinnerung auf die Vergangenheit fallen. »Er war mehr Künstler als Geschäftsmann. Daraus ergaben sich die Schwierigkeiten... Er wurde von seinem Partner irregeführt, und als der Zusammenbruch eintrat, bekam er von allen Seiten Vorwürfe zu hören... Nun, es ist nicht recht, sich bei so häßlichen Dingen aufzuhalten... besonders heute. Es gibt nun einmal helle Tage, Mr. Kipps, und dunkle Tage. Und meine sind nicht immer hell gewesen.«

Der Ausdruck von Anteilnahme im Gesicht von Kipps glich dem von Coote bei solchen Anlässen.

Hierauf lenkte sie das Gespräch auf Blumen, aber das Gemüt unseres Kipps war mit dem Bild Helens erfüllt, wie sie sich im Bergfried zu ihm niederbeugte...

Man trug den Tee unter den Bäumen vor der kleinen Gaststätte auf, und auf einmal merkte Kipps, daß jeder in der Runde gleichzeitig verstohlen auf ihn blickte. Dadurch hätte eine gewisse Spannung entstehen können, wenn nicht zuallererst das Taktgefühl Cootes dies verhindert hätte und wenn später nicht etliche Wespen gekommen wären. Coote war fest entschlossen, diesen denkwürdigen Tag gut vorübergehen zu lassen, und legte einen fast ungestümen Sinn für Späße an den Tag. Dann begann der junge Walshingham von den römischen Überresten unter Lympne zu reden, wobei er beabsichtigte, das Gespräch auf den Übermenschen zu bringen. »Diese Burschen, die alten Römer –«, sagte er noch, und danach kamen die Wespen. Man tötete drei allein in der Marmelade.

Kipps tötete Wespen, als wär's im Traum, reichte verschiedene Dinge den unrichtigen Personen und bewahrte mit größter Mühe eine dünne Oberfläche von normaler Intelligenz. Gelegentlich wurde er Helens gewahr – mit außerordentlicher Eindringlichkeit gewahr. Helen vermied es sorgfältig, ihn anzusehen, und verhielt sich erstaunlich kühl und ruhig. Nur ein einziges Mal erschien ein rosig zarter Hauch auf ihren elfenbeinfarbenen Wangen...

Stillschweigend gestanden die andern Kipps das Recht zu, mit Helen zurückzupaddeln; er half ihr ins Boot, nahm sein Paddel und blieb, langsam paddelnd, hinter den andern zurück. Nun aber geriet sein Gemütszustand wieder in Unruhe. Er sagte nichts zu ihr. Wie konnte er jemals wieder etwas zu ihr sagen? Sie redete zu ihm in größeren Zeitabständen über Spiegelungen, Blumen und Bäume, und er antwortete darauf mit einem Kopfnicken. Aber seine Sinne tasteten sich nun sehr langsam von dem Punkt aus vor, da sie im Bergfried von Lympne betäubt worden waren, tasteten sich vorwärts bis zum Beginn der Erfüllung. Bis jetzt gestand er sich nicht einmal in den geheimsten Winkeln seines Herzens ein, daß sie sein war! Aber er begriff, daß die Göttin von ihrem Altar auf ganz erstaunliche Weise herabgestiegen war und ihn an der Hand genommen hatte!

Ein strahlender Himmel wölbte sich über der Landschaft; um sie waren ganz nahe die dunklen, schützenden Bäume und das funkelnde, sanfte, stille Wasser. Für sie war er ein aufrechter schwarzer Schattenriß. Er gebrauchte sein Paddel keineswegs ungeschickt; der Wasserspiegel zerbrach in silbrige Schlangenlinien, und seine Paddelschläge hinterließen eine weithin glitzernde Spur. Wirklich, er erschien ihr gar nicht so übel. Auf der ganzen weiten Welt folgt Jugend dem Ruf der Jugend, und ihre Seele erhob sich im Triumph über seine Unterwerfung. Und hinter ihm standen Geld, günstige Gelegenheiten, Freiheit und London – ein großer Hintergrund verführerisch-verschwommener Hoffnungen. Für ihn war ihr Gesicht in warmes Dunkel gehüllt. In Wirklichkeit konnte er ihre Augen nicht sehen, doch in seiner von Liebe verzauberten Phantasie schien er sie zu sehen, und sie strahlten ihn an wie Sterne im Dämmerlicht.

Die ganze Welt war an jenem Abend nicht mehr als ein schattenhafter Rahmen von dunkelwerdendem Himmel, Wasser und sich um Helen niedersenkenden Zweigen. Es schien, als sähe er durch die Dinge mit außergewöhnlicher Klarheit. Sie enthüllte sich ihm als der Urgrund und das Wesentliche aller Dinge.

Er war tatsächlich bei der Erfüllung seines Herzenswunsches angelangt. Eine jener Stunden war angebrochen, in denen es keine Zukunft zu geben scheint, da die Zeit stille steht und wir am Ziel sind. An jenem Abend hätte sich Kipps kein Morgen vorstellen können; all das, worauf sich seine Einbildungskraft gerichtet hatte, war erreicht. Stille war in sein Gemüt eingekehrt, das die Augenblicke aufnahm, wie sie sich darboten.

4

Ungefähr um neun Uhr an jenem Abend besuchte Coote Kipps in dessen neuer Wohnung an der Upper Sandgate Road – das Haus an der Leas war möbliert vermietet worden, und Kipps unternahm Schritte, es zu verkaufen. Beim geöffneten Fenster sitzend und ohne Lampe – ganz still, so traf ihn Coote an. Er war tief bewegt, drückte Kipps die Hand, legte ihm seine knochige weiße Hand auf die Schulter und zeigte jenes Feingefühl, das sich im Umgang mit einem Freunde ziemt, der in einer Krise steckt. Kipps war an diesem Abend auch ergriffen und behandelte Coote mit brüderlicher Herzlichkeit.

»Sie ist prachtvoll«, meinte Coote, indem er unvermittelt zur Sache kam.

»Nicht wahr?« sagte Kipps.

»Ich konnte nicht umhin, ihren Gesichtsausdruck zu bemerken ... weißt du, mein lieber Kipps, das ist besser als eine Erbschaft.«

»Ich verdiene es nicht.«

»Das kannst du nicht sagen.«

»Nein, wirklich nicht. Ich kann's kaum glauben. Ich kann's überhaupt nicht glauben. Nein!«

Dann folgte eine ausdrucksvolle Stille.

»Es ist wunderbar, es packt mich so.«

Coote pustete ein wenig, und wieder blieben sie eine Weile still.

»Und es begann – vor deiner Erbschaft?«

»Als ich in ihrer Klasse war«, erwiderte Kipps feierlich.

Cootes Worte kamen aus dem Dunkel, das er auf seltsame Weise durch Bemühungen, ein Streichholz anzuzünden, erhellte. Er meinte, daß es doch schön sei – er hätte Kipps kein besseres Schicksal wünschen können.

Er entzündete eine Zigarette, was Kipps veranlaßte, dasselbe zu tun. Er tat es, als vollzöge er eine heilige Handlung.

Sofort glitt das Gespräch zwangloser dahin.

Coote begann Helen, ihre Mutter und ihren Bruder zu rühmen; er sprach davon, wann »es« wohl sein könnte, und stellte die Sache als greifbar und glaubhaft hin. »Es ist eine alteingesessene Familie, weißt du«, sagte er. »Sie ist, mußt du wissen, mit der Familie Beauprés verwandt – du kennst Lord Beauprés.«

»Nein!« sagte Kipps, »wirklich nicht!«

»Entfernt, natürlich«, schränkte Coote ein. »Und doch ...«

Er lächelte, und sein Lächeln flackerte im Zwielicht.

»'s ist zu viel«, meinte Kipps überwältigt, »'s ist alles so ...«

Coote stieß den Rauch seiner Zigarette aus. Eine Zeitlang hörte Kipps den Lobesbezeugungen für Helen zu, während ein Gesichtspunkt in ihm heranreifte.

»Hör mal, Coote«, sagte er dann. »Was sollte ich jetzt eigentlich tun?«

»Was meinst du damit?« fragte Coote.

»Ich meine, wegen einem Besuch bei ihr und allem Drum und Dran.«

Er überlegte: »Natürlich möchte ich es richtig machen.«

»Natürlich«, pflichtete Coote bei.

»Es wäre fürchterlich, hinzugehen und jetzt etwas ganz falsch anzustellen.«

Cootes Zigarette glühte, während er nachdachte. »Natürlich mußt du einen Besuch machen«, entschied er. »Du wirst mit Mrs. Walshingham reden müssen.«

»Wie?«

»Sag' ihr, du beabsichtigst, ihre Tochter zu heiraten.«

»Ich glaub', sie weiß es«, entgegnete Kipps, eher abwehrend.

Coote begegnete diesem Einwand mit kritischem Kopfschütteln.

»Dann ist da der Ring. Was muß ich in dieser Hinsicht tun?«

»Was für einen Ring meinst du?«

»Den Verlobungsring. Darüber steht im Buch *Umgangsformen und Normen der guten Gesellschaft* überhaupt nichts drin – kein einziges Wort.«

»Natürlich mußt du etwas – Geschmackvolles besorgen. Ja.«

»Was für eine Art Ring sollte es sein?«

»Etwas Hübsches. Man wird dich im Geschäft schon beraten.«

»Natürlich. Vermutlich muß ich ihn ihr bringen, wie? Ihn ihr an ihren Finger stecken.«

»Oh, nein! Schick ihn ihr. Ist viel besser.«

»Ah!« rief Kipps zum erstenmal in einem Ton der Erleichterung.

»Dann, wie steht's mit diesem Besuch? – bei Mrs. Walsingham, meine ich. Wie sollte man dort hingehn?«

»Es ist eher eine feierliche Gelegenheit«, überlegte Coote.

»Was meinst du? Gehrock?«

»Ich glaube schon«, sagte Coote, der mit seinem Scharfsinn wieder einmal das Richtige traf.

»Helle Hose und alles, was dazugehört?«

»Ja.«

»Rose?«

»Ich glaube, man könne sie ins Knopfloch stecken.«

Der Vorhang, der über der Zukunft hing, wurde für die Augen von Kipps weniger undurchlässig. Der Morgen und weitere Tage wurden wenigstens als Wirklichkeit wahrnehmbar. Gehrock, Zylinder und eine Rose! Mit einer gewissen Feierlichkeit sah er sich im Geiste in dem Prozeß langsamer »Umwandlung in einen englischen Gentleman«. Arthur Cuyps, im Gehrock bei feierlichen Gelegenheiten, der vertraute Bekannte von Lady Punnet, der anerkannte Freier einer entfernten Verwandten des Earl of Beauprés.

Etwas wie Furcht vor der Größe seines Glücks überfiel ihn. Er spürte, wie sich ihm die Welt wie eine Zauberblume in einer Verwandlungsszene bei der Berührung dieses goldenen Zauberstabes erschloß. Und Helen kuschelte sich in ihrer Schönheit im roten Kelch der Blume. Erst vor zehn

Wochen war er nicht mehr als der schäbigste Volontär gewesen und war wegen Liederlichkeit schmachvoll entlassen worden, gewissermaßen ein im Dung vergrabenes Samenkorn dieser Herrlichkeiten. Er beschloß, daß der Verlobungsring von eindrucksvoll erlesener Qualität und Schönheit sein sollte, in der Tat der allerbeste, der zu haben war.

»Sollte ich ihr Blumen schicken?« grübelte er.

»Nicht unbedingt«, meinte Coote. »Obgleich dies natürlich eine Aufmerksamkeit darstellt.«

Kipps dachte über geeignete Blumen nach.

»Wenn du sie siehst«, sagte Coote, »wirst du sie bitten müssen, den Hochzeitstag zu bestimmen.«

Kipps zuckte zusammen. »Das wird wohl nicht gleich kommen, nicht wahr?«

»Wüßte keinen Grund für ein Hinauszögern.«

»Oh, aber – sagen wir, in einem Jahr.«

»Eine recht lange Zeit«, gab Coote zu bedenken.

»Wirklich?« Kipps wendete rasch seinen Kopf um. »Aber ...«

Dann folgte eine ziemlich lange Stille.

»Hör mal!« sagte er schließlich mit veränderter Stimme, »du wirst mir bei der Hochzeit helfen müssen.«

»Bin nur zu glücklich darüber!« entgegnete Coote.

»Natürlich«, sann Kipps, »ich hab' nicht geglaubt ...« Seine Gedanken wandten sich einem anderen Thema zu. »Coote, was ist ein ›tate-eh-tate‹?«

»Ein ›tate-ah-tay‹«, sagte Coote, ihn verbessernd, »ist ein Gespräch, das man allein miteinander führt.«

»Mein Gott! Aber ich hab' geglaubt ... Es heißt genau, daß wir kein tater-tay haben sollten, nicht allein beisammensitzen, zusammen spazierengehen oder uns zu irgendeiner Tageszeit allein treffen sollten. Das läßt einem nicht viel Zeit zum Beisammensein, nicht wahr?«

»Das steht im Buch?« fragte Coote.

»Ich hab's gerade auswendig gelernt, eh' du gekommen bist. Hab' mir schon gedacht, das ist ein bißchen komisch, aber ich glaub' es wird eben so sein müssen.«

»Du wirst finden, daß Mrs. Walshingham nicht so streng ist«, sagte Coote, »ich glaube, das ist ein bißchen übertrieben. So macht man's heute nur noch in sehr strengen alten Adelsfamilien. Außerdem sind die Walshinghams so modern – fortschrittlich, könnte man sagen. Ich bin sicher, du wirst genug Gelegenheit zu Gesprächen mit ihr haben.«

»Da gibt's ungeheuer vieles, woran man denken muß.« Kipps stieß einen tiefen Seufzer aus. »Meinst du, wir könnten vielleicht in ein paar Monaten etwa verheiratet sein?«

»Das werdet ihr sein müssen«, meinte Coote, »und warum denn nicht?« ...

Die Mitternacht fand Kipps allein, ein wenig müde aussehend und in einem rot eingebundenen Leitfaden mit lernbegieriger Miene blätternd. Einen Augenblick lang hielt er auf Seite 233 inne und las: »Für angeheiratete Tante oder Onkel ist der Zeitraum sechs Wochen in Schwarz mit Jettbesatz.«

Nein«, sagte Kipps, nachdem er sein Gehirn zermartert hatte, »das ist es nicht.« Und wieder raschelten die Buchseiten. Am Anfang des Kapitels über »Hochzeiten« hielt er inne und drückte an dieser Stelle das Büchlein entschlossen nieder.

Er versank in Nachdenken und starrte auf den Docht der Lampe. »Ich glaube, ich sollt' hingehn und es ihnen sagen«, murmelte er schließlich.

5

Kipps besuchte Mrs. Walshingham in der passenden Kleidung, die ein Herr aus feierlichem Anlaß bei Tage trägt. In der Hand trug er einen Zylinderhut und graue Handschuhe, bei denen ein Daumen während des Anziehens aufgesprungen war. Er erschien in einem langen Gehrock, einer Hose von dunkelgrauer Farbe und lackledernen Stiefeln, hatte weite, weiße Manschetten mit goldenen Manschettenknöpfen. Auch einen kleinen Regenschirm trug er, der elegant zusammengerollt war. Ein Gefühl einzigartiger Korrektheit durchdrang sein Inneres und lag im Streit mit der Riesengröße des Anlasses zur Besitzergreifung von seiner Seele. Von neuem prüfte er den Sitz seiner seidenen Krawatte. Die halberblühte Rose in seinem Knopfloch verbreitete einen intensiven Duft.

Er setzte sich in einen erst vor kurzem neu mit Chintz bezogenen Lehnstuhl und streckte den Ellbogen des Armes heraus, der seinen Hut hielt.

»Ich weiß«, sagte Mrs. Walshingham, »ich weiß alles«, und half ihm auf erstaunliche Weise aus seiner Not. Sie vertiefte den Eindruck, den er bereits von ihrem Feingefühl und ihrer Kultiviertheit gewonnen hatte. Sie offenbarte ein Maß an Zärtlichkeit, das ihn ergriff.

»Dies ist eine ganz große Sache für eine Mutter«, sagte sie, und ihre Hand ruhte einen Augenblick lang auf seinem untadeligen Rockärmel.

»Eine Tochter, Arthur«, rief sie aus, »bedeutet so viel mehr als ein Sohn.«

Eine Heirat, sagte sie, sei ein Glücksspiel und ohne Liebe und Duldsamkeit – gebe es viel Unglück. Ihr Leben sei nicht immer glücklich gewesen – es habe dunkle und strahlende Tage gegeben. »Der heutige ist ein strahlender Tag«, ergänzte sie mit liebenswürdigem Lächeln.

Sie sagte Kipps sehr freundliche und schmeichelhafte Dinge und dankte ihm für seine Güte gegen ihren Sohn. »Das war ja gar nichts«, wehrte Kipps ab. Und dann verbreitete sie sich über das Thema ihrer beiden Kinder. »Beide sind so kultiviert«, meinte sie, »so begabt. Ich nenne sie meine Zwillingsjuwelen.«

Eben wiederholte sie eine Bemerkung, die sie in Lympne gemacht hatte, daß sie schon immer gesagt habe, ihre Kinder brauchten die entsprechende Gelegenheit, wie andere Leute Luft zum Atmen brauchten, als sie durch das Eintreten Helens jäh am Weitersprechen gehindert wurde. Sie verharrten in einer Gesprächspause, und Helen war möglicherweise überrascht, Kipps an einem Wochentag so großartig herausgeputzt zu sehen. Dann ging sie mit ausgestreckter Hand auf ihn zu.

Beide jungen Leute waren schüchtern. »Ich bin eben zu Besuch herübergekommen«, begann Kipps und wußte nicht recht, wie er den Satz beenden sollte.

»Wollen wir nicht Tee trinken?« schlug Helen vor.

Sie ging ans Fenster, blickte auf den vertrauten Karren des Gepäckträgers, wendete sich um, betrachtete Kipps kurze Zeit unschlüssig und ging mit den Worten: »Ich will Tee zubereiten« wieder aus dem Zimmer.

Mrs. Walshingham und Kipps sahen einander an, und die Dame lächelte nachsichtig. »Ihr beiden jungen Leute dürft nicht so schüchtern voreinander sein«, sagte Mrs. Walshingham, durch welche Bemerkung sich Kipps beträchtlich verletzt fühlte.

Sie erging sich dann in Erklärungen, wie überempfindlich Helen stets gewesen sei, sogar wegen Kleinigkeiten, als das Hausmädchen mit dem Tee erschien. Dann folgte Helen, suchte sich einen sicheren Platz hinter dem Teetischchen aus Bambusrohr und brach das Eis mit übereifrigem Geklapper der Teetassen. Hierauf brachte sie das Gespräch auf eine bevorstehende Freilichtaufführung von Shakespeares *Wie es euch gefällt* und umging so das Schlimmste der peinlichen Situation. Sie unterhielten sich über die Illusion auf der Bühne. »Ich muß sagen«, meinte Kipps, »ich mag ein Stück in einem Theater nicht besonders. Es scheint doch irgendwie unwirklich.«

»Aber die meisten Stücke sind für die Bühne geschrieben«, erwiderte Helen und richtete ihren Blick auf die Zukkerdose.

»Ich weiß«, gab Kipps zu.

Sie beendeten den Tee. »Nun gut«, sagte Kipps und stand auf.

»Sie dürfen noch nicht gehn.« Mrs. Walshingham erhob sich und reichte ihm die Hand. »Ich bin sicher, ihr beiden müßt einander noch eine Menge zu sagen haben«, und damit strebte sie der Tür zu.

6

Unter den Vorhaben, die Kipps in jenem Augenblick der Verzücktheit in gleichem Maße richtig erschienen, war eines, Helen leidenschaftlich in die Arme zu schließen, sobald die Tür hinter ihrer Mutter zu war, und ein anderes die überstürzte Flucht durchs offene Fenster. Dann aber erinnerte er sich daran, daß er die Tür für Mrs. Walshingham offen halten sollte, und als er sich nach erledigter Pflicht umwendete, fand er Helen noch in schöner Unerreichbarkeit hinter dem Tischchen mit dem Teegeschirr stehend. Er schloß die Tür und schritt auf sie zu, die Arme in die Seiten gestemmt, die Hände auf den Schößen seines Gehrocks. Weil er sich in dieser Haltung denn doch zu hölzern vorkam, griff er mit der rechten Hand nach seinem Schnurrbart. Seine Kleidung war jedenfalls in Ordnung. Irgendwo im Hintergrund seines Geistes tauchte düster, mit Zweifel und Bestürzung vermengt, die Erkenntnis auf, daß nunmehr seine Gefühle ihr gegenüber ganz anders waren, daß etwas zwischen ihnen seit dem Bergfried zu Lympne in alle Himmelsrichtungen verweht worden war...

Sie betrachtete ihn mit einem blick, in dem kritisches Besitzgefühl lag.

»Mutter schmeichelt sich bei dir ein«, sagte sie mit leichtem Lächeln.

Sie setzte hinzu: »Es war nett von dir, sie wieder zu besuchen.«

So standen sie kurze Zeit, als ob jedes vom andern etwas anderes erwartet hätte und ein wenig bestürzt sei, es nicht vorzufinden. Kipps bemerkte, daß er an der Ecke des braungedeckten Tisches stand, und nahm ein Büchlein in biegsamem Einband zur Hand, das dort lag, bloß um sich abzulenken.

»Ich hab' dir heute einen Ring gekauft«, sprach er, indem er das Buch umbog, nur um überhaupt etwas zu sagen; dann aber fiel ihm das Reden leichter. »Weißt du«, meinte er, »ich kann's kaum glauben.«

Ihre Gesichtszüge entspannten sich wieder ein wenig. »Nein?« entgegnete sie, und möglicherweise hauchte sie, »ich auch nicht.«

»Nein«, fuhr er fort. »Es ist, als ob sich alles verändert hätte. Mehr sogar, als damals, wie ich das Geld bekommen habe. Jetzt sind wir daran zu heiraten. Es ist, als ob man jemand anders wäre. Was ich empfinde, ist...«

Sein Gesicht war gerötet und ernst, als er sich ihr zuwendete. Und es schien, daß er sie durch eine offene, schlichte Geste für ihn aufgeschlossener machte: »Ich weiß über nichts Bescheid. Ich bin nicht gut genug. Ich bin nicht gebildet. Je mehr du von mir siehst, desto eher wirst du hinter meine Schwächen kommen.«

»Aber ich will dir doch helfen.«

»Du wirst mir furchtbar viel helfen müssen.«

Sie ging zum Fenster, blickte hinaus, faßte einen Entschluß, wandte sich um und trat zu ihm, ihre Hände hinter dem Rücken verschränkt.

»Alle diese Dinge, die dir Kummer machen, sind sehr geringfügige Dinge. Wenn es dir nichts ausmacht – wenn du mich dir etwas sagen läßt...«

»Ich wollt', du würdest es tun.«

»Dann will ich's tun.«

»Für dich sind's Kleinigkeiten, aber nicht für mich.«

»Es hängt ganz davon ab, ob du nichts dagegen hast, wenn's dir gesagt wird.«

»Von dir?«

»Ich hoffe nicht, daß es dir von Fremden gesagt wird.«

»Oh!« Kipps drückte mit diesem Ausruf eine ganze Menge aus.

»Weißt du, es sind wirklich nur ein paar Kleinigkeiten – weißt du, du bist zum Beispiel in deiner Aussprache nachlässig... Es macht dir doch nichts aus, wenn ich's dir sage?«

»Es gefällt mir sogar.«

»Da ist das Nicht-Aussprechen des ›h‹.«

»Ich weiß«, meinte Kipps und setzte dann beistimmend hinzu, »man hat es mir gesagt. Tatsache ist, ich kenne einen Burschen, einen Schauspieler, der mir das gesagt hat. Er hat's mir gesagt und will mir eine oder auch mehrere Lektionen geben.«

»Ich bin froh darüber. Es erfordert nur ein wenig Sorgfalt.«

»Natürlich, auf der Bühne müssen sie aufpassen. Da nehmen sie regelmäßigen Unterricht.«

»Natürlich«, sagte Helen ein wenig zerstreut.

»Ich glaub', ich werde bald die richtige Aussprache erlernen.«

»Und dann ist da noch die Kleidung«, nahm Helen den

Faden wieder auf. Kipps errötete, aber er verharrte in respektvoller Aufmerksamkeit.

»Es macht dir wirklich nichts aus?« fragte sie.

»Oh, nein!«

»Du darfst nicht zu – zu geschniegelt sein. Es ist nämlich möglich, allzu formell, allzu sorgfältig gekleidet zu sein. Das läßt dich dann wie einen Laden… wie einen Emporkömmling aussehen. Es gibt eine gewisse Ungezwungenheit, die besser wirkt. Ein wirklicher Gentleman sieht danach aus, ohne daß man ihm das Bemühen anmerkt, wie ein Gentleman auszusehen.«

»Gerade als ob er angezogen hätte, was ihm zuerst in die Hände fiel?« fragte der Schüler mit matter Stimme.

»Nicht gerade das, aber eben eine gewisse Ungezwungenheit.«

Kipps antwortete mit verständnisvollem Kopfnicken. Innerlich versetzte er in einem Taumel der Enttäuschung seinem Zylinder einen Tritt, daß dieser durchs Zimmer flog.

»Und du mußt dich daran gewöhnen, dich ungezwungener zu geben, wenn du in Gesellschaft anderer Leute bist. Du mußt nur dich selbst ein wenig vergessen und nicht ängstlich sein –«

»Ich will's versuchen«, sagte Kipps und blickte ziemlich starr auf die Teekanne. »Ich will mein Bestes tun, es zu versuchen.«

»Ich weiß es«, sagte sie und legte flüchtig ihre Hand auf seine Schulter.

Er bemerkte ihre Zärtlichkeit nicht. »Man muß lernen«, sagte er. Seine Aufmerksamkeit wurde durch die zähen Bemühungen seiner inneren Stimme abgelenkt, die Worte »Hör mal, solltest du nicht den Tag festsetzen?« in eine ebenso flüssige wie elegante sprachliche Form zu bringen, Bemühungen, die noch im Gange waren, als die Zeit für beide zum Abschied kam…

Lange saß er mit gespannter Miene am geöffneten Fenster seines Wohnzimmers und wiederholte im Geiste jene Unterredung. Seine Blicke ruhten schließlich fast vorwurfsvoll auf dem Zylinderhut, der neben ihm lag. »Wie soll man das alles wissen?« fragte er sich. Seine Aufmerksamkeit wurde von einem abgescheuerten Fleck im Flor des Hutes angezogen; noch in Gedanken versunken rollte er sein Taschentuch geschickt zu einem weichen Ball zusammen und begann den Fleck zu glätten.

»Wie zum Teufel soll man das alles wissen?« murrte er und legte den Hut mit einer energischen Bewegung weg.

Er stand auf, ging durchs Zimmer zur Anrichte, blieb dort stehen, öffnete sie und begann im Buch über *Umgangsformen und Regeln* zu lesen.

Der Fahrradhersteller

I

So stellte sich Kipps ganz auf seine Verlobung ein und stählte sich für das hochgesteckte Unterfangen, jemand über seinem Stand zu ehelichen. Der nächste Morgen fand ihn damit beschäftigt, sich mit einem gewissen ruhigen Ernst in seinen Bewegungen anzukleiden, und dem Mädchen seiner Hauswirtin schien es, daß er sich beim Frühstück ungewöhnlich würdevoll benahm. Über seinem Räucherhering, über Niere mit Speck versank er in tiefes Nachdenken. Er hatte die Absicht, nach New Romney zu fahren, um den beiden Alten zu berichten, was sich ereignet hatte und was er nun vorhatte. Die Liebe zu Helen hatte ihm auch den Mut eingeflößt, das zu tun, was Buggins nach seinen eigenen Worten tun würde, wäre er an Stelle von Kipps: ein Automobil für den Nachmittag zu mieten. Zeitig nahm er ein kaltes Mittagessen zu sich, zog mit einer Miene ruhiger Entschlossenheit eine zu diesem Zweck gekaufte Jacke mit dazupassender Mütze an und schlenderte so ausgerüstet, leise vor sich hin pfeifend, zum Autohändler. Der Geschäftsabschluß verlief unkomplizierter, als er erwartet hatte, und noch zur gleichen Stunde tutete Kipps, bebrillt und ringsum verpackt, durch Dymchurch.

Schmissig und gewandt kamen sie vor dem kleinen Spielzeugladen zum Stehen. »Lassen Sie das Ding ein bißchen hupen, bitte«, sagte Kipps zum Fahrer. »Ja, so ist's gut.« »Whup... Whurrup«, drang's aus dem Automobil. Alle beide, Tante und Onkel, kamen auf den Gehsteig heraus. »Schau, 's ist Artie!« rief seine Tante, und Kipps erlebte einen Augenblick des Triumphs.

Er stieg ab, um ihnen die Hand zu drücken, legte Schal

und Brille ab, und der Fahrer zog sich für eine Stunde zurück. Der alte Kipps besichtigte den Mechanismus des Automobils genau und brachte Kipps in einige Verlegenheit, als er ihn in sachverständigem Ton fragte, was man von ihm für ein Ding wie dieses verlange. Beide Männer untersuchten das Auto genau, und auch die Nachbarn waren geraume Zeit davon beeindruckt. Dann begaben sie sich durch den Laden in das kleine Wohnzimmer, um einen guten Schluck zu tun.

»Die sind nicht solide«, hatte sich der alte Kipps im Kreise der Nachbarn hören lassen. »Sie sind über Experimente nicht hinausgekommen. Bei jedem riskiert man was. Hör auf meinen Rat, mein Junge, und warte, auch wenn's ein Jahr ist oder zwei, bevor du einen für deinen eigenen Gebrauch kaufst.« (Obgleich Kipps keine derartigen Absichten hatte verlauten lassen.)

»Wie schmeckt dir der Whisky, den ich dir geschickt hab?« fragte Kipps, der dem altvertrauten Haufen von Spielzeugkübeln auswich.

Der alte Kipps versuchte, taktvoll zu sein. »Es ist ein sehr guter Whiskey, mein Junge. Ich hab' nicht den geringsten Zweifel, daß es ein sehr guter Whiskey ist und dich eine ordentliche Stange Geld gekostet hat. Aber – ich will verdammt sein, wenn er mir schmeckt! Sie haben diesen Foozle Ile da hineingepanscht, mein Junge, und der zwickt mich da.« Dabei zeigte er auf seinen Bauch. »Macht mir Sodbrennen«, meinte er und schüttelte traurig den Kopf.

»Es ist ein sehr guter Whiskey«, beteuerte Kipps. »Es ist der, den die Theaterleute in London trinken, ich weiß es zufällig.«

»Glaub' schon, daß sie ihn trinken, mein Junge«, entgegnete der alte Kipps, »aber dann haben sie eine ausgebrannte Leber – und ich nicht. Sie sind nicht empfindlich wie ich. Mein Magen ist immer schon überempfindlich gewesen.

Manchmal war's fast so, als ob ihn nichts beruhigen würd'. Aber das geht schon vorbei. Die Zigarren waren übrigens prima. Kannst mir noch mehr von denen schicken...«

Man kann ein Gespräch nicht sofort von den Folgen des Foozle Ile für den Magen auf die Liebe lenken, und so kam Kipps nach seiner freundschaftlichen Besichtigung eines seltenen alten Stiches nach Morland (tadellos bis auf ein durch die Mitte des Bildes gestoßenes Loch), den der Onkel kürzlich privat nach einigem Feilschen erstanden hatte, auf das Thema der Übersiedlung der beiden alten Leute zu sprechen.

Am Anfang von Kipps' großem Vermögenszuwachs war viel die Rede von irgendeiner ständigen Vorsorge für sie gewesen. Es war ausgemacht worden, daß sie es bequem haben sollten, und die Redewendung »sich aus dem Geschäft zurückzuziehen« war stets in der Luft gelegen. Kipps hatte sich für sie ein ideales kleines Landhaus vorgestellt, mit einer Kletterpflanze in üppiger Blütenpracht um die Eingangstür, wo ständig die Sonne schien, niemals der Wind blies und ein immerwährender Willkommensgruß über dem Hauseingang schwebte. Das war ein angenehmer Traum, aber als man zu dem entscheidenden Punkt kam, ob es dieses oder jenes Landhaus, überhaupt dieses oder jenes besondere Haus sein sollte, wurde Kipps von einer ganz unerwarteten Anhänglichkeit an das kleine Haus, das er immer für die schlechteste aller möglichen Behausungen gehalten hatte, überrascht.

»Wir wollen nicht überstürzt übersiedeln«, sagte Mrs. Kipps.

»Wenn wir übersiedeln wollen, dann für den Rest unseres Lebens. Ich bin in meinem Leben oft genug umgezogen«, sagte der alte Kipps.

Wir können hier ein bißchen länger bleiben, nun da wir hier so lang zurechtgekommen sind«, meinte Mrs. Kipps.

»Du läßt mir 'n bißchen wenig Zeit zum Umsehn«, protestierte schließlich der alte Kipps...

Und in diesem Sich-Umsehen fand der alte Kipps vielleicht mehr Vergnügen, als es ihm irgendein bloßer Besitz hätte verschaffen können. Er pflegte seinen Laden mehr oder weniger wirkungsvoll vor dem Eindringen von Kunden zu verschließen und irgendwo auswärts herumzuschlendern, um neuen Stoff für seinen Traum zu suchen; kein Haus war ihm zu klein und keines zu groß für seine schlauen Erkundigungen. Bewohnte Häuser nahmen seine Phantasie eher gefangen als leerstehende, und gewöhnlich ließ er dann die Bemerkung fallen: »Sie werden hier nicht für immer leben, sogar wenn Sie glauben, daß es so sein wird.« Dies sagte er meist dann, wenn erboste Wohnungsinhaber gegen die ungebetene Untersuchung ihrer intimeren Räume protestierten...

Bemerkenswerte Schwierigkeiten völlig überraschender Natur tauchten auf.

»Wenn wir ein größeres Haus haben«, sagte Mrs. Kipps mit plötzlicher Bitterkeit, »werden wir eine Hausangestellte brauchen; ich will aber keine Mädels im Haus, die über mich lachen, kichern, immerzu lachen, einherstolzieren und vielleicht müßig herumschlendern.«

»Wenn wir aber ein kleineres Haus haben«, so sagte Mrs. Kipps, »werden wir kaum Platz zum Umdrehen haben.«

Raum zum Umdrehen, so schien es, war unbedingt wichtig, war dies doch eine, wenn auch nicht sehr häufige, so doch unerläßlich notwendige Tätigkeit.

»Wenn wir wirklich umziehn«, sagte der alte Kipps, »gäb's vielleicht sogar eine Jagdmöglichkeit – wer weiß...«

»Ich will nicht mein ganzes Lager da für einen Bettel verkaufen«, fuhr er fort. »Jahre hat's gebraucht, das zusammenzutragen. Ins Fenster hab' ich einen Zettel ›Räumungsverkauf‹ ausgehängt, aber es hat nichts eingebracht außer einer Menge Schnüffler. Einer von diesen verdammten Besuchern, der so getan hat, als wollt' er ein Luftdruckgewehr kaufen, war der einzige, der gestern bei mir herinnen war. Nur eine Ausrede für's Herumspionieren, dann weggehn und einen auslachen. Kein Dankeschön, 's war ihm nichts dran gelegen... So seh ich es, Artie.«

Eine Weile noch gingen sie auf verschlungenen Wegen Phantasien über das Thema ihrer zukünftigen Versorgung nach, und Kipps verlor immer mehr die Hoffnung auf irgendeine passende Gesprächsmöglichkeit, die zu seiner großartigen Ankündigung hinführen sollte; immer unsicherer wurde er darüber, wie eine derartige Eröffnung aufgenommen würde. Einmal fing der alte Kipps wahrhaftig an, im Bestreben, von dem gefährlichen Thema der Übersiedlungen wegzukommen: »Und was treibst du immer in Folkestone? Ich werd' einmal hinüberkommen und dich besuchen müssen«, aber ehe Kipps darauf eingehen konnte, war sein Onkel bereits zu allgemein gehaltenen Ausführungen über die richtige Behandlung von Hauswirtinnen und deren schwindelhaften, betrügerischen Methoden übergegangen, und so schwand die Gelegenheit dahin. Ein Spaziergang in den Straßen New Romneys schien für Kipps das einzige, was noch zu tun blieb; dabei konnte er sich in Muße eine wirkungsvolle Eröffnung ausdenken, dann zurückkehren und ihnen in fortlaufender Vollständigkeit die jüngsten Geschehnisse in seinem Leben präsentieren. Doch sogar im Freien und mit sich allein mußte er feststellen, daß sein Geist durch nicht zur Sache gehörige Gedanken zerstreut war.

2

Sein Weg führte ihn von der Hauptstraße zur Kirche; er beugte sich über die Schranke, die einst das Ziel seines Laufes mit Ann Pornick gewesen war, und bald saß er auf der oberen Querstange. Er wußte, daß er wieder mit sich ins reine kommen mußte; seine Seele war wie ein Wasserspiegel nach einer Brise. Helens Bild und das Bild seiner großen Zukunft war gebrochen und vermengte sich mit bruchstückartigen Widerspiegelungen weiter zurückliegender Dinge; der gute Name des alten Methuselah Dreistern tauchte auf, aber auch lang schlummernde Erinnerungen, welche die alte Hauptstraße wie durch einen Trick, den Lichteinfall und Stimmung spielten, passend fand, an diesem Nachmittag zu wecken…

Da schrie unerwartet eine volltönende Stimme unter seinem Ellbogen: »Wie steht's, Art!« und siehe da, Sid Pornick war da, zurückgekehrt in seine Welt, beugte sich neben ihm über die Schranke und streckte ihm eine freundschaftliche Hand entgegen.

Er war eigenartig verändert und glich doch seltsamerweise dem Sid, den Kipps gekannt hatte. Er hatte das gleiche breite Gesicht, den gleichen breiten Mund, die reichlichen Sommersprossen, dieselbe kurze Nase, dasselbe derbe Kinn, dieselbe vage Ähnlichkeit mit seiner Schwester Ann ohne eine Spur ihrer Schönheit. Aber er hatte eine ganz andere Stimme, laut und ein wenig hart, und seine Oberlippe trug einen borstigen, hellblonden Schnurrbart.

Kipps schüttelte ihm die Hand. »Gerade hab' ich an dich gedacht, Sid«, sagte er, »gerade in diesem Augenblick, und war im Zweifel, ob ich dich noch jemals wiedersehen würde. Und da bist du jetzt!«

»Man sieht sich gern wieder mal daheim um«, meinte Sid. »Wie geht 's dir, alter Bursche?«

»Ganz gut«, entgegnete Kipps. »Ich hab' grade geerbt...«

»Du hast dich nicht sehr verändert«, unterbrach Sid.

»Wirklich nicht?« Kipps war verwirrt.

»Ich hab' dich an deinem Rücken sofort erkannt, gleich wie ich um die Ecke gebogen bin. Trotz deines Hutes da. Hol's der Henker, sagt' ich, das ist Art Kipps oder der Leibhaftige. Und richtig!«

Kipps drehte den Hals um, als wollte er nach seinem Rükken sehen, welche Bewandtnis es mit diesem habe. Dann sah er Sid ins Gesicht. »Du hast einen Schnurrbart, Sid«, stellte er fest.

»Nehme an, du hast jetzt Ferien?« sagte Sid.

»Ja, das auch. Aber ich hab gerade geerbt –«

»Nun, ich nehm' mir gerade so etwas wie einen freien Tag«, fuhr Sid fort. »Aber Tatsache ist, ich muß mir heutzutage selbst Urlaub geben. Ich hab' mich selbständig gemacht.«

»Nicht hier in New Romney?«

»Keinesfalls! Bin ja kein Hinterwäldler. In Hammersmith hab' ich angefangen. Industriebetrieb.« Sid redete so leichthin, als kenne er das Gefühl des Stolzes gar nicht.

»Nicht im Textilhandel?«

»Nicht die Spur! Maschinenbauer. Stelle Fahrräder her.« Er fuhr mit der Hand in seine Brusttasche und zog eine Anzahl rosafarbener Reklamezettel hervor. Einen gab er Kipps und kam ihm beim Durchlesen mit Erklärungen und erläuterndem Tupfen mit dem Zeigefinger zuvor. »Das ist unser Erzeugnis – genauer gesagt, mein Erzeugnis – die Rote Flagge – siehst du? Ich hab' eine Überschreibung auf meinen Namen erreicht – Pantocrat-Reifen acht Pfund – ja, da – Clinchers zehn, Dunlops elf, Ladies' ein Pfund mehr – die sind für Damen. Die beste Maschine zu einem demokratischen Preis in London. Da gibt's keine Guineen und keine

Abzüge – ein ehrliches Geschäft. Ich baue sie auf Bestellung. Ich hab'«, er überlegte, und sein Blick glitt übers Meer hinaus, »siebzehn zusammengebaut. Einschließlich der in Arbeit befindlichen Aufträge...

»Komm mit und schau dich ein bißchen in der alten Wohnung um«, schlug Sid vor. »Mutter ist auch gern hin und wieder dort.«

»Ich hab' gedacht, ihr seid alle fortgegangen...«

»Was! Nach Vaters Tod? Nein! Mutter ist zurückgekehrt und lebt jetzt in Muggett's Cottages. Die Meeresluft tut ihr gut. Sie hat für den alten Wohnsitz viel mehr übrig als für Hammersmith... und ich kann's mir leisten. Hat auch noch so eine alte Freundin hier in ihrer Nähe... Klatsch... Teestunde... Ich nehme an, du bist nicht verheiratet, Kipps?«

Kipps schüttelte den Kopf. »Ich –«, begann er.

»Ich bin verheiratet«, sagte Sid. »Seit zwei Jahren, und hab' ein Kind. Feiner kleiner Bursche!«

Kipps kam endlich auch zu Wort. »Ich hab mich vorgestern verlobt.«

»Ah!« meinte Sid leichthin. »Das ist recht so. Wer ist denn die Glückliche?«

Kipps versuchte möglichst ungezwungen zu sprechen. Während er sprach, steckte er beide Hände in die Taschen. »Sie ist die Tochter eines Anwalts in Folkestone. Recht nette Leute. Alteingesessene Familie. Verwandt mit dem Earl of Beauprés –«

»Halt!« rief Sid.

»Weißt du, ich hab' ein bißchen Glück gehabt, Sid. Hab' Geld geerbt.«

Sids Blicke musterten instinktiv die Kleidung seines Gegenüber. »Wieviel?« fragte er.

»Ungefähr zwölfhundert im Jahr«, antwortete Kipps, freimütiger als je.

»Herrgott!« rief Sid in einem Tonfall eindeutiger Bestürzung aus und wich einen oder zwei Schritte zurück.

»Mein Großvater war's«, sagte Kipps, der sich große Mühe gab, ruhig und schlicht zu erscheinen. »Wußte kaum, daß ich einen Großvater hatte. Und dann – peng! Wie mir's der alte Bean, der Anwalt gesagt hat, hättest du mich ...«

»Wieviel?« begehrte Sid erneut mit einem scharfen Ton in seiner Stimme zu wissen.

»Zwölfhundert Pfund im Jahr – das heißt, annähernd ...«

Sids Bemühen, einen herzlichen neidlosen Glückwunsch darzubringen, dauerte keine Minute. Er schüttelte Kipps mit einer unecht wirkenden Herzlichkeit die Hand und meinte, er sei mächtig froh darüber. »'s ist ein verteufelter Glücksfall.«

»'s ist ein verteufelter Glücksfall«, wiederholte er, »das kann man wohl sagen«, und das Lächeln schwand aus seinem Gesicht.

»Natürlich, besser du hast es als ich, alter Junge. Nun, ich beneide dich jedenfalls nicht. Ich könnt' es nicht behalten, auch wenn ich's wirklich hätte.«

»Was soll das denn bedeuten?« Kipps war durch Sids offensichtlichen Mißmut auch ein wenig verärgert.

»Siehst du, ich bin ein Sozialist«, erwiderte Sid. »Ich halte nichts von Reichtum. Was ist denn Reichtum eigentlich? Harte Arbeit, deren Früchte den Armen geraubt werden. Bestenfalls ist er dir nur zu treuen Händen übergeben. So würd' zumindest ich ihn auffassen.«

Er überlegte. »Die gegenwärtige Verteilung des Reichtums«, sagte er und hielt inne.

Dann ließ er sich gehen und verbarg seine Bitterkeit nicht. »Es ist überhaupt sinnlos. Es ist alles nur verdammte Narretei. Wer will denn noch in einem derartigen Durcheinander arbeiten, vorsorgen? Da leistet du – etwas jedenfalls – von der Arbeit, die auf Erden zu leisten ist, und deine Arbeit wirft kaum etwas für dich ab. Dann wirst du zum Nichtstun eingeladen, zum absoluten Nichtstun, und das wirft zwölfhundert Pfund im Jahr für dich ab. Wer wird noch Gesetze und Herkommen achten, wenn sie zu solch einem verdammten Blödsinn führen?«

»Zwölfhundert Pfund im Jahr!« wiederholte er.

Ein Blick auf das Gesicht seines einstigen Jugendgefährten ließ ihn mildere Töne anschlagen.

»Du bist's ja nicht, den ich meine, alter Knabe; es ist das System. Besser du als die meisten andern Leute. Doch –«

Er legte beide Hände auf die Schranke und wiederholte zu sich selbst: »Zwölfhundert im Jahr ... Du meine Güte, Kipps! Es wird dir zu Kopf steigen!«

»Das wird es nicht«, entgegnete Kipps, selbst nicht völlig von dieser Behauptung überzeugt. »Auf keinen Fall.«

»Du kannst nicht so viel Geld haben und dich dabei nicht aufblähn. Du wirst bald zu groß sein, um mit – wie sagen sie da? – einem bloßen Mechaniker wie mir zu reden.«

»Sei unbesorgt, Siddy«, sagte Kipps nun mit Überzeugung. »Ich bin nicht von der Sorte.«

»Ah!« erwiderte Sid in einer Art widerspenstiger Skepsis, »Geld wird zuviel für dich sein. Und übrigens – es ist dir bereits zu Kopf gestiegen.«

»Wie meinst du das?«

»Dieses Mädchen da, das du heiraten willst. Masterman sagt –«

»Wer ist Masterman?«

»Ein selten guter Bursche, den ich gut kenne – bewohnt mein straßenseitig gelegenes Zimmer im ersten Stock. Masterman also sagt, es ist immer die Ehefrau, welche den Ton angibt. Immer! Es gibt so lange keine gesellschaftlichen Unterschiede – bis die Frauen auf der Bildfläche erscheinen.«

»Ah!« meinte Kipps tiefsinnig. »Das weiß man nicht.«

Sid schüttelte den Kopf. »Nicht zu glauben!« überlegte er, »Art Kipps! ... Zwölfhundert pro Jahr!«

Kipps versuchte die sich auftuende Kluft zu überbrücken. »Erinnerst du dich an die Huronen, Sid?«

»Na klar«, antwortete Sid.

»Erinnerst du dich an dieses Wrack damals?«

»Ich kann's jetzt noch riechen – irgendwie ein saurer Geruch.«

Kipps war einen Augenblick lang still und blickte, in Erinnerungen versunken, in Sids noch immer mürrisches Gesicht.

»Hör mal, Sid, wie geht's Ann?«

»Ihr geht's gut«, bemerkte Sid kurz.

»Wo ist sie denn jetzt?«

»In einer Stellung ... in Ashford.«

»Oh!« Sids Gesicht war um einen Schatten mürrischer geworden.

»Es ist so«, erklärte er, »daß wir nicht sehr gut miteinander auskommen. Ich halte nichts von einer dienenden Stellung. Wir sind einfache Leute, denke ich, aber das mag ich nicht. Ich seh nicht ein, warum meine Schwester an anderer Leute Tischen bedienen soll. Nein. Nicht einmal, wenn sie zwölfhundert im Jahr hätten.«

Wieder versuchte Kipps, dem Gespräch eine andere Wendung zu geben. »Erinnerst du dich, wie du einmal herausgekommen bist, als wir hier um die Wette gelaufen sind? ... Für ein Mädel ist sie nicht schlecht gelaufen.«

Und seine eigenen Worte ließen ein Bild vor ihm erstehen, das lebhafter war, als er zunächst gedacht hatte, so lebhaft, daß es vor seinen Augen zu atmen schien und nicht gänzlich entschwand, selbst nachdem er etwa eine Stunde später nach Folkestone zurückgekehrt war.

Aber Sid war von jenem anderen an ihm nagenden Thema durch keine Erinnerungen an Ann abzulenken.

»Wissen möchte ich, was du mit all diesem Geld tun wirst. Ich möcht' wissen, ob du überhaupt was Gutes damit tun wirst, und auch, was du damit tun könntest. Du solltest Masterman hören. Der würde dir Sachen erzählen. Angenommen, mir würde soviel Geld zufließen; was ich täte? Wie die Dinge jetzt liegen, hat es keinen Sinn, es dem Staat zurückzugeben. Vielleicht würd' ich damit eine Fabrik mit Gewinnbeteiligung der Arbeiter im Sinne Owens gründen. Oder eine neue sozialistische Zeitung. Wir brauchen eine neue sozialistische Zeitung.«

So versuchte er, seinen persönlichen Unmut in ausführlichen, vorbildweisenden Anregungen zu ertränken.

3

»Ich muß jetzt zu meinem Auto gehn«, sagte Kipps schließlich, nachdem er Sid geduldig bis zu Ende angehört hatte.

»Was! Ein Automobil hast du?«

»Nein«, meinte Kipps entschuldigend. »Nur für den Tag gemietet.«

»Um wieviel?«

»Fünf Pfund.«

»Davon leben fünf Familien eine Woche lang! Gütiger Gott!« Das schien Sids Empörung auf die Spitze zu treiben.

Doch wie durch einen Zauber angezogen begleitete er Kipps und sah zu, wie dieser das Auto bestieg. Er vermerkte mit Befriedigung, daß dieses nicht das modernste Auto war, aber das blieb auch der einzige Trost. Kipps stieg sofort ein, nachdem er einmal heftig die kleine Ladentür bewegt hatte, um so die Klingel zu betätigen, damit Onkel und Tante auf seinen Aufbruch aufmerksam gemacht würden. Sid half ihm beim Anlegen des großen, pelzgefütterten Mantels und prüfte die Brille.

»Leb wohl, alter Junge!« sagte Kipps.

»Leb wohl, alter Junge!« sagte Sid.

Da kamen auch die beiden alten Leute heraus, um Lebewohl zu sagen.

Der alte Kipps strahlte triumphierend. »So wahr ich da steh, Artie! Ich hätt' gute Lust, mit dir zu fahren«, schrie er; und dann: »Ich hab' was, was du mitnehmen könntest!«

Hurtig verschwand er in den Laden und kehrte mit dem durchlöcherten Stich nach Morland zurück.

Behalt es, mein Junge«, meinte er. »Laß es von jemand, der's versteht, ausbessern. 's ist das wertvollste Ding, das ich dir bisher verschafft hab – kannst mich beim Wort nehmen.«

»Warrup! Töff, töff, töff!« ... das Automobil fuhr rückwärts und schnaubte, während der alte Kipps auf dem Gehsteig herumtanzte, als sehe er verwickelte Katastrophen voraus; dem Fahrer sagte er: »Geht schon in Ordnung.«

Er winkte mit seinem kräftigen Stock dem entschwindenden Neffen nach. Dann wendete er sich Sid zu. »Nun, wenn du etwas wie das da herstellen könntest, junger Pornick, könntest du vielleicht ein bißchen angeben!«

»Da will ich ein tausendmal bess'res als das da machen, bevor ich so was zusammengebaut hätt'«, erwiderte Sid, die Hände tief in den Taschen vergraben.

»Du nicht«, versetzte der alte Kipps.

Das Auto erhob ein langdauerndes heulendes Stöhnen und verschwand schließlich um die Ecke. Sid stand eine Zeitlang regungslos und ließ eine weitere Bemerkung des alten Kipps unbeachtet. Der junge Mechaniker hatte eben entdeckt, daß die Tatsache, siebzehn Fahrräder, einschließlich in Arbeit befindlicher Aufträge, hergestellt zu haben, doch nicht so großartig ist, wie er geglaubt hatte, und solche Entdeckungen stellen den Mannesstolz auf eine harte Probe...

»Na gut!« seufzte Sid schließlich und wendete seinen Blick dem Landhaus zu, in dem seine Mutter wohnte.

Sie hielt einen heißen Teekuchen für ihn bereit und war ein wenig gekränkt, daß er so freudlos und gedankenverloren war, während er ihn verzehrte. Immer, schon als kleiner Junge hatte er Teekuchen gemocht, und dann, wenn man eigens ausging und ihm einen besorgte...!

Er sagte es ihr nicht – er sagte es niemandem –, daß er den jungen Kipps getroffen hatte. Er wollte über Kipps überhaupt mit niemand reden.

Der Liebhaber als Schüler

I

Als Kipps dazukam, über sein nachmittägiges Unternehmen nachzudenken, hatte er ein erstes Vorgefühl gewisser weitreichender Widersprüche, die in seinem Fall irgendwo der wahren Liebe im Wege standen. Auch ohne besonderes Einfühlungsvermögen hatte er die Unvereinbarkeit der Nachricht, die zu überbringen er unterlassen hatte, und des Gesichtskreises von Onkel und Tante gespürt. Es war eher dies als das Fehlen einer besonderen Absicht, was ihn zum Schweigen veranlaßt hatte, das Bewußtsein, daß er, wenn er von Folkestone nach New Romney reiste, aus einer Atmosphäre, in der seine Verlobung mit Helen vernünftig, ja vortrefflich war, in eine andere Atmosphäre geriet, in der sie nur mit ungläubigem Mißtrauen betrachtet wurde. Mit diesem Mißton gepaart und verknüpft war sein Eindruck vom geänderten Verhalten Sid Pornicks, die offensichtliche Erschütterung des alten Bündnisses, die in der Tatsache seines plötzlichen Reichtums begründet war, der Anflug von Feindseligkeit in seinen Worten: »Du wirst bald zu groß sein, um mit einem bloßen Mechaniker wie mir zu reden.« Kipps war auf die unerfreuliche Wahrheit – daß der Weg zum sozialen Aufstieg von zerbrochenen Freundschaften gesäumt ist, ja sein muß – nicht vorbereitet. Dies erste Offenbarwerden jener Tatsache bewirkte in seinem Gemüt einen schmerzlichen Aufruhr. Sehr bald sollte sie auf weit ernstere Weise in der Beziehung zu den Angestellten des Warenhauses und zu Chitterlow bestätigt werden.

Seit dem Tage auf Burg Lympne waren seine Beziehungen zu Helen in ein neues Stadium eingetreten. Er hatte um Helen gebetet, wie fromme Seelen um den Himmel beten, und ebenso wie diese verstand er nicht, worum er eigentlich betete. Und nun war jene Zeit des demütigenden Im-Schatten-Stehens vor dem Altar vorbei; die Göttin hatte ihren geheimnisvollen Schleier abgeworfen, war zu ihm herabgestiegen, hatte ihn in ihre Gewalt gebracht, eine gute, zielbewußte, entschlossene Gewalt, und sie ging an seiner Seite. Sie mochte ihn. Das Seltsame an ihrem Verhältnis zueinander war, daß sie ihn sehr bald dreimal, aus einer Laune vielleicht, auf die Stirn geküßt, er aber sie überhaupt noch nie geküßt hatte. Er konnte sich über seine Gefühle keine Rechenschaft geben, er wußte nur, daß die Welt durch sie in wunderbarer Weise verändert war. Die Wahrheit aber war, daß, obgleich er sie noch verehrte und sogar fürchtete und obgleich sein Stolz auf seine Verlobung geradezu lächerlich und aufgebläht war, er sie nicht mehr liebte. Jenes zarte Etwas, gewebt aus den köstlichen Fäden der Eigenliebe, Zärtlichkeit und Sehnsucht, war unmerklich entschwunden und nun für immer dahin. Aber das verdächtigte sie nicht bei ihm, und im Grunde verdächtigte auch er es nicht.

Sie nahm sein Geschick in vollkommen guter Absicht in ihre Hände. Sie sagte ihm verschiedenes über seine Ausdrucksweise, sein Betragen, seine Art, sich zu kleiden und über seine Art, die Dinge zu betrachten. Sie stieß den Degen ihres Scharfsinns in die empfindlichsten Winkel seiner heimlichen Eitelkeit; sie zerhieb seinen innersten Stolz in blutige Fetzen. Mit großem Eifer suchte er wenigstens einigen dieser belehrenden Degenstöße zuvorzukommen, indem er sich oft bei Coote guten Rat holte. Aber die unvorhergesehenen Gelegenheiten zur Zurechtweisung machten dennoch eine stattliche Zahl aus...

Sie fand seine schlichte Bereitwilligkeit äußerst liebenswert.

Tatsächlich gefiel er ihr immer besser. In ihren Gefühlen ihm gegenüber war ein Anflug von Mütterlichkeit unverkennbar. Freilich, seine Erziehung und seine Bekanntschaften waren, wie sie bald feststellte, »schrecklich« gewesen. New Romney schenkte sie nur wenig Beachtung – das lag in einiger Entfernung. Aber in ihrer Bestandsaufnahme – sie überprüfte, wie man ein eben erst erworbenes Haus überprüft, mit unbefangener Gründlichkeit – entdeckte sie näherliegende Einflüsse, überraschende Andeutungen über nächtliches Gemeinschaftssingen – sie stellte sich's fast als haarsträubend vor, daß Kipps zum Banjospiel singen sollte –, viel Pseudoweisheit, die von einem Menschen namen Buggins – »Wer ist denn dieser Buggins eigentlich?« fragte Helen – bezogen und hochgeschätzt wurde, verschwommene Gestalten von unbestreitbarer Gewöhnlichkeit: Pearce und Carshot – und insbesondere ein ganz schreckliches gesellschaftliches Phänomen – Chitterlow.

Chitterlow leuchtete vor ihnen ohne vorherige Ankündigung mit beklemmender Brillanz auf, als sie zum erstenmal miteinander ausgingen.

Sie gingen entlang der Leas-Promenade, um die Aufführung eines Schülertheaters in Sandgate zu besuchen – Mrs. Walshingham hatte im letzten Augenblick wegen Unpäßlichkeit nicht mitkommen können –, als Chitterlow in ihre neue Welt einbrach. Er trug den gestreiften Flanellanzug und den Strohhut, beides nach Kipps' Vorauszahlung für seinen Kursus in Redekunst erstanden, seine Hände steckten tief in seinen Seitentaschen und belebten die Enden seines Jacketts. Wie er den vorbeischlendernden Müßiggängern aufmerksam ins Gesicht starrte, ein Lächeln unter der kühn geschwungenen Nase andeutend, ließ erkennen, daß er mit dem Studium von Charakteren beschäftigt war – zweifellos arbeitete er an einem in Kürze erscheinenden Stück.

»Heda!« sagte er, als er Kipps erblickte, und riß den Strohhut mit so weitausladender, kräftiger Gebärde seiner großen flachen Hand vom Kopf, daß Helen erschrak und an einen Taschenspieler erinnert wurde, der eben einen Halfpenny in seiner Hand verschwinden läßt.

»Hallo, Chitt'low«, sagte Kipps ein wenig verlegen und zurückhaltend.

Chitterlow zögerte. »Augenblick, mein Junge«, sagte er und hielt Kipps auf, indem er seine mächtige Hand über dessen Brust ausbreitete. »Entschuldigen Sie, meine Liebe«, er verbeugte sich, um seine Absicht, sich zu entschuldigen, zu unterstreichen, wie sein russischer Graf, und tat dies mit einem Lächeln, das noch auf hundert Yards Unwiderstehlichkeit verkündete. Er suchte seinem Verhältnis zu Kipps eine halb-vertrauliche Note zu geben, während Helen kreidebleich vor Verblüffung dastand.

»Es ist wegen dieses Stückes«, sagte er.

»Was ist damit?« fragte Kipps, der die Wirkung dieser Begegnung auf Helen voll erfaßte.

»Geht in Ordnung«, erwiderte Chitterlow. »Das riecht stark nach Syndikat, kann ich dir sagen. Sehr stark.«

»Das ist recht so«, meinte Kipps.

»Du mußt's nicht jedem erzählen«, die flüchtig vertrauliche Handbewegung zu seinem Mund unterstrich das Wörtchen »Jedem« gerade um eine Kleinigkeit zu stark. »Aber ich glaube, es wird Erfolg haben. Doch – ich darf dich jetzt nicht aufhalten. Bis später! Du wirst doch vorbeikommen, nicht?«

»Jawohl«, bekräftigte Kipps.

»Heut abend?«

»Um acht.«

Und dann verbeugte sich Chitterlow eher nach der Art eines russischen Großfürsten als der eines gewöhnlichen Grafen und entfernte sich. Nur für einen Augenblick warf er Helen einen herausfordernd sieggewohnten Blick zu und stufte sie als junges Mädchen von vornehmem Stand ein...

Dann herrschte zwischen unseren Liebenden eine Zeitlang Schweigen.

»Das«, sagte Kipps mit einer beziehungsvollen Kopfbewegung, »war Chitterlow.«

»Ist er – ein Freund von dir?«

»In gewisser Hinsicht... Siehst du, ich bin ihm einmal begegnet. Zumindest ist er mir begegnet. Niedergestoßen hat er mich mit seinem Fahrrad, und so sind wir miteinander ins Gespräch gekommen.«

Er versuchte ungezwungen zu erscheinen. Helen blickte ihn prüfend von der Seite an.

»Was ist er eigentlich.«

»Schauspieler ist er. Wenigstens schreibt er Theaterstücke.«

»Und verkauft sie?«

»Zum Teil.«

»An wen denn?«

»An verschiedene Leute. Er verkauft Anteile... Wirklich, es geht alles mit rechten Dingen zu. Ich wollte dir schon früher von ihm erzählen.«

Helen blickte über ihre Schulter zurück, um noch einen Anblick von Chitterlows sich entfernender Gestalt zu erhaschen. Diese nötigte ihr keineswegs vollkommenes Vertrauen ab.

Sie wendete sich an ihren Liebhaber und forderte in einem Ton ruhiger Autorität: »Du mußt mir alles über Chitterlow erzählen. Gleich jetzt.«

Die Erklärung nahm hierauf ihren Anfang...

Für Kipps bedeutete das Schülertheater geradezu eine Erleichterung. Als sie das Theater betraten, konnte er in diesem Trubel seinen Laokoonkampf um Erklärungen beinahe vergessen, und während der Pausen tat er sein Bestes, sie weiterhin aus dem Gedächtnis zu verdrängen. Aber Helen brachte mit sanfter Beharrlichkeit das Thema Chitterlow wieder zur Sprache, als sie nach Folkestone zurückwanderten.

Dabei war Chitterlow furchtbar schwierig zu erklären. Man konnte sich dies kaum vorstellen!

Eine fast mütterliche Sorge in Helens Wesen vermengte sich mit der Entschlossenheit einer Schullehrerin, der Sache auf den Grund zu kommen. Die Ohren unseres Kipps waren bald hochrot.

»Hast du eines seiner Stücke gesehen?«

»Er hat mir von einem erzählt.«

»Aber auf der Bühne, meine ich ...«

»Nein. Es ist noch keins von seinen Stücken aufgeführt worden. Das alles kommt noch ...«

»Versprich mir«, sagte sie abschließend, »daß du nichts tun wirst, ohne mich vorher zu Rate zu ziehen.«

Und natürlich versprach's Kipps. »O nein!«

Schweigend gingen sie weiter.

»Man kann nicht über jeden Bescheid wissen«, meinte Helen verallgemeinernd.

»Natürlich«, entgegnete Kipps, »auf eine gewisse Art war er es, der mir zu meinem Geld verholfen hat.« Und ziemlich verworren gab er die Geschichte vom Zeitungsinserat wieder. »Ich möchte mit ihm nicht gleich auf der Stelle brechen«, fügte er hinzu.

Helen schwieg eine Zeitlang, und als sie das Gespräch wieder aufnahm, wechselte sie das Thema. »Wir werden in London leben – bald«, bemerkte sie. »Bloß solange wir hier sind – nun ja.«

Dies war die erste Andeutung, die sie ihm über ihre gemeinsamen Aussichten nach der Hochzeit machte.

»Wir werden eine hübsche kleine Mietwohnung irgendwo, nicht zu weit im Westen Londons haben, und dort werden wir unseren eigenen Bekanntschaftskreis aufbauen.«

2

Während all dieser Tage des zur Neige gehenden Sommers zeigte sich der Liebhaber als bereitwilliger Schüler. Er machte durchaus kein Geheimnis aus seinem Verlangen nach Vervollkommung der eigenen Persönlichkeit. So mußte ihm Helen wirklich ein- oder zweimal zu verstehen geben, daß seine bescheidene Offenheit in dieser Sache übertrieben sei, und alle seine neuen Bekannten taten, jeder auf seine Art, alles mögliche, um Helens Bemühungen zu ergänzen und ihm zu Zwanglosigkeit und Gewandtheit in den kultivierteren Kreisen, in die er eingetreten war, zu verhelfen. Coote war immer noch der wichtigste Lehrer – gibt es doch so viele kleine Schwierigkeiten, über die ein Mann mit einem anderen Mann sprechen kann und die er nur ungern vor seiner Erwählten ausbreiten möchte –, aber sie alle gehörten sozusagen zum Lehrkörper. Selbst das sommersprossige Mädchen berichtigte ihn einmal, als er einen bestimmten Ausdruck aus *Umgangsformen und Regeln* verwendete, in ihrer netten Art. »Sie dürfen nicht sagen ›*contre temps*‹, Mr. Kipps, Sie müssen sagen ›*Contraytom*‹.« Auf seinen eigenen Vorschlag hin versuchte sie, ihm Klarheit über die Unterscheidung von »as« und »has« zu verschaffen. Ein gewisses Durcheinander stellte sich als erstes Ergebnis einer Lektion bei Chitterlow über den Hauchlaut ein. Bisher hatte er diesen gefährlichen Buchstaben fast gänzlich ausgeschaltet, nun aber hielt er bei Wörtern mit »h« am Beginn inne, tat einen schnappenden Atemzug fast wie ein verschrecktes Kätzchen und atmete kräftig aus. – Eines Tages sagte Kipps zur Sommersprossigen: »*As 'e?* – ah, ich sollte sagen – *Has'e?* Wissen Sie, ich hab' große Schwierigkeiten mit den zwei Wörtern, ich verwechsle sie immer.«

»Nun«, meinte sie, »›*as*‹ ist ein Bindewort und ›*has*‹ ist ein Verb.«

»Ich weiß«, sagte Kipps, »aber wann ist *›has‹* ein Bindewort und *›as‹* ein Verb?«

»Nun«, sagte das sommersprossige Mädchen und strengte sich an, sehr klar und deutlich zu sein. »Es heißt *has*, wenn's bedeutet, man hat, in der Bedeutung von haben, aber wenn's so nicht heißt, heißt es *as*. Wie man zum Beispiel sagt *'e* – ich meine *he* – *He has*. Aber man sagt – *›as he has‹*.«

»Ach so«, sagte Kipps. »So sollte ich eigentlich sagen *›as 'e‹?*«

»Nein, wenn Sie eine Frage stellen, sagen Sie *has'e* ich meine he – *›'as he?‹* Sie errötete lebhaft, bemühte sich aber trotzdem, verständlich zu sprechen.

»Ich verstehe«, meinte Kipps. Er war nahe daran, noch etwas zu sagen, unterdrückte es aber und meinte bloß: »Es wird mir jetzt viel klarer. *Has 'e? Has'e 'as*. Ja.«

»Wenn Sie nur immer an *having* denken.«

»Oh, ich werd's tun«, beteuerte Kipps…

Miss Coote verlegte sich im besonderen auf die Entwicklung des Kunstverständnisses bei Kipps. Schon früh war sie zur Überzeugung gekommen, daß er für alles, was mit Kunst zusammenhing, sehr empfänglich sei. Seine Bemerkung über ihre Arbeit hatten sie als entschieden intelligent beeindruckt, und wann immer er einen Besuch bei ihnen machte, zeigte sie ihm irgendein Kunstwerk – einen Bildband, den Farbdruck eines Botticelli, die *Hundert Besten Gemälde*, die *Bilder der Akademie*, ein deutsches Handbuch der Kunst oder auch irgendeine Zeitschrift über Kunstmöbel und künstlerische Entwürfe. »Ich weiß, Sie mögen diese Sachen«, pflegte sie zu sagen, und Kipps beeilte sich zu antworten »Oh, gewiß.« Gar bald legte er sich ein kleines Arsenal anerkennender Redensarten zu. Als ihn dann die Walshinghams in die Ausstellung des Kunstgewerbes mitnahmen, zeigte er sich außerordentlich verständig. Eine Zeitlang schwieg er vorsichtig, dann aber entschied er sich plötzlich für einen Farbdruck. »Das ist recht hübsch«, sagte er zu Mrs. Walshingham. »Das kleine Ding. Dort.« Dergleichen Bemerkungen machte er vorzugsweise eher zur Mutter als zur Tochter, wenn er sich nicht vollkommen sicher glaubte.

Er mochte Mrs. Walshingham immer mehr. Ihr bemerkenswertes Feingefühl und ihre Kultiviertheit beeindruckten ihn sehr. Ihm schien, daß sie den Gipfel der Damenhaftigkeit verkörperte. Sie war stets mit einer Sorgfalt gekleidet, die nie den Eindruck von Unordnung aufkommen ließ, und sogar eine gewisse Verblichenheit ihres Haares, ihres Gesichtes, ja auch ihres Auftretens und ihrer Gefühlsäußerungen trugen zur Wirkung ihrer Person bei. Kipps war nicht groß von Wuchs, und üblicherweise fühlte er sich auch nicht als großer Mann, aber bei Mrs. Walshingham fühlte er sich kolossal, ja aufgebläht, als sei er ein Erdarbeiter, der irgendein widerwärtiges Gift zu sich genommen hatte, das ihn am ganzen Körper bis zum Platzen aufblähte. Auch fühlte er sich, als ob er in Lehm gewälzt und sein Haar mit Klebstoff behandelt worden wäre. Und er spürte, daß seine Stimme kreischend war und sein Tonfall die Vorstellung des unbekümmerten Schwingens eines dichtgeflochtenen Zopfes hervorrief. All das vermehrte und verstärkte nur seine Achtung vor ihr. Ihre Hand, die oftmals auf seine Hand und seinen Arm huschte, war ungewöhnlich wohlgeformt und kühl. »Arthur« nannte sie ihn gleich von Beginn an.

Sie wirkte nicht so sehr durch ausdrückliches Belehren und durch Reden auf ihn ein, als vielmehr durch taktvolle Führung und Beeinflussung. Ihre Gespräche mit ihm waren nicht so sehr belehrend, als vielmehr beispielhaft. So pflegte sie zu sagen: »Mir gefällt es so sehr, wenn Menschen sich so oder so verhalten.« Sie erzählte ihm Anekdoten von erfreulichen Dingen, die sich zugetragen hatten, von Beispielen taktvoller Rücksichtnahme, wie sie einem Gentleman ansteht. Dann pflegte sie ihre netten Beobachtungen von Menschen in Eisenbahnzügen und Omnibussen zum besten zu geben, wie zum Beispiel ein Mann ihr Wechselgeld dem Schaffner weitergegeben hatte, »er sah aus wie ein ganz gewöhnlicher Mann«, aber er hatte seinen Hut gezogen. So tief prägte sie Kipps die Gepflogenheit des Hutziehens ein, daß er sich vornahm, die Kopfbedeckung abzunehmen, sollte er sich mit einer Dame am gleichen Schalter für Eisenbahnfahrkarten einfinden und so stocksteif stehenzubleiben, bis etwa die Schwierigkeit des Geldwechselns ihn zu einem entschuldbaren vorläufigen Wiederaufsetzen seiner Kopfbedeckung zwingen sollte... Und wie um diesen Episoden jeden Verdacht einer auf Kipps bezogenen Andeutung zu nehmen, flocht sie eine ausgiebige Plauderei über ihre beiden Kinder – die sie häufig ihre Zwillingsjuwele nannte – ein, über ihre Talente, ihre Charakterzüge, ihren Ehrgeiz, ihren Mangel an günstigen Gelegenheiten. Sie brauchten eben die Gelegenheit, wie andere Menschen Luft zum Atmen brauchten, pflegte sie zu sagen...

In seinen Gesprächen mit ihr nahm Kipps stets an – und sie schien dies auch anzunehmen –, daß sie in jener Londoner Wohnung, die Helen vorher angedeutet hatte, bei ihnen leben würde. Eines Tages jedoch erfuhr er zu seiner Überraschung, daß dies nicht der Fall sein sollte. »Das würde nicht gut gehen«, sagte Helen in entschiedenem Ton. »Wir wollen uns unseren eigenen Bekanntenkreis schaffen.«

»Aber wird sie sich hier nicht ein bißchen einsam fühlen?« fragte Kipps.

»Da sind die Waces und Mrs. Prebble und Mrs. Bindon Botting und – noch eine Menge Leute, die sie kennt.« Und Helen verwarf diese Möglichkeit...

Der Anteil des jungen Walshingham an diesem »Bildungssyndikat« war geringer. Aber er erstrahlte in vollem Glanz, als sie nach London zu jener Kunstgewerbeausstellung aufbrachen. Dann zeigte dieser strebsame, vielseitige Mann unserem Kipps, wie man die vorwiegend mit Theaterleben befaßten Wochenzeitschriften für die Lektüre im Zug besorgt, was man an Zigaretten mit Goldmundstücken und an Shilling-Zigarren kauft, wie man Hochheimer Rheinwein zum Mittagmahl und perlenden Moselwein zum Dinner bestellt, wie man den Fahrpreis einer zweirädrigen Droschke berechnet – einen Penny die Minute, doch nur während der Fahrt –, wie man im Hotel mit beherrschter Miene ein Telegramm entgegennimmt und wie man ruhig, wie in Gedanken versunken in einem Eisenbahnzug sitzt, anstatt wie ein Dummkopf zu schwatzen und sich so bloßzustellen. Und auch er wartete auf die schöne Zeit, da sie endgültig nach London ziehen sollten.

Diese Erwartung nahm immer greifbarere Formen an. Gar bald beanspruchte sie einen großen Teil von Helens Gesprächsstoff. Ihre Gespräche mit Kipps waren nie gefühlsbetont; beide waren in dieser Beziehung zu schüchtern. Doch diese neuen flüchtigen Pläne waren mindestens so interessant und nicht so unmittelbar peinlich, wie die ziemlich offenen Andeutungen auf persönliche Mängel, die eine Zeitlang seine Freude an ihrer Gegenwart so sehr gedämpft hatten. Die Zukunft stellte sich in einer fast vollkommenen Offenheit als gemeinsames Unternehmen von Mrs. Walshinghams Zwillingsjuwelen zur Eroberung der großen Welt dar, wobei Kipps die Rolle des Troßknechts und des Proviantmeisters zugedacht war. Natürlich würden sie noch schrecklich arm sein – dies setzte Kipps in Erstaunen, doch sagte er nichts –, bis sich bei »Brüderchen« erste Erfolge einstellen würden. Wenn sie sich aber geschickt anstellen und ihnen das Glück dabei hold wäre, könnten sie viel zuwege bringen.

Wenn Helen von London sprach, sah sie ernst und nachdenklich aus wie jemand, der über ein fernes Land nachdenkt. Auch der Grundstock zu neuer Geselligkeit schien schon vorhanden zu sein. »Brüderchen« war Mitglied der »Bühnenkenner«, eines vorzüglichen und einflußreichen kleinen Klubs von Zeitungsleuten und Literaten, dann kannte er Shimer, Stargate und Whiffle vom »Roten Drachen«, und außer ihnen gab es noch die Revels. Sie kannten die Revels recht gut. Sidney Revel war Verfasser scharf pointierter Essays, die eindeutig über dem Geschmack des gewöhnlichen Leserpublikums lagen; vor seinem kometenhaften Aufstieg zur Prominenz war er Hilfslehrer an einer der besten Schulen Folkestones gewesen. »Brüderchen« hatte ihn mehrmals zum Tee nach Hause gebracht, und er war es, der Helen zuerst vorgeschlagen hatte, sie solle zu schreiben versuchen. »Es ist durchaus nicht schwer«, hatte Sidney gesagt. Er selbst hatte damals gelegentlich für Abendzeitungen und sogar für kritische Wochenschriften geschrieben. Dann war er nach London gegangen und war fast zwangsläufig Theaterkritiker geworden. Er schrieb weiterhin geistreiche Essays, und dann den Roman, welcher ihn berühmt gemacht hatte, *Red Hearts a-Beating*. Das war eine Geschichte lebendig-feuriger Abenteuer, erfüllt von Jugend, Schönheit, ungekünstelter Leidenschaft und selbstloser Hingabe, kühn, wie der *Bookman* schrieb, und an manchen Stellen freimütig, doch niemals auch nur im geringsten krankhaft. Er hatte eine recht vermögende amerikanische Witwe kennengelernt und geheiratet, und beide hatten, so erfuhr Kipps, Ansehen in den literarischen und künstlerischen Kreisen Londons gewonnen. Helen schien viel über die Revels nachzudenken; sie waren auch ihr Lieblingsthema, und wenn sie von Sidney sprach – sie nannte ihn oft Sidney –, wurde sie stets nachdenklich. Natürlich sprach sie meistens von ihm, da sie Mrs. Revel erst kennenlernte mußte … Gewiß würden sie sich im Handumdrehen in dieser Welt eingelebt haben, selbst wenn die entfernte Verbindung mit der Familie Beauprés nichts einbrächte.

Kipps schloß aus dem allen, daß sie mit seiner Verehelichung und der Übersiedlung nach London sich auch jener geringfügigen Namensänderung unterziehen sollten, die Coote als erster angedeutet hatte. Aus ihnen sollte »Cuyps« werden, Mr. und Mrs. Cuyps. Oder sollte es »Cuyp« heißen.

»Am Anfang wird es komisch klingen«, meinte Kipps. »Aber ich glaub' schon, daß ich mich bald dran gewöhnen werde« ...

So trugen sie auf verschiedene Weise alle dazu bei, den Verstand von Kipps zu erweitern, zu verfeinern und weiterzubilden. Und hinter all den andern Einflüssen, in gewissem Sinne über ihnen und sie korrigierend, stand der engste Freund unseres Kipps, Coote, als eine Art Zeremonienmeister. Man stelle sich sein von Eifer und Besorgnis leicht gerötetes Gesicht vor, wie er seine schiefergrauen, leicht vorquellenden, doch recht freundlichen Augen auf den Helden unserer Geschichte richtet. Die ganze Angelegenheit, fand er, entwickelte sich in bewundernswerter Weise. Mit ungeheurem Eifer studierte er den Charakter von Kipps. Er sprach über ihn mit seiner Schwester, mit Mrs. Walsingham, mit dem sommersprossigen Mädchen, mit jedem, der es hören wollte. »Er ist ein interessanter Charakter«, pflegte er zu sagen, »liebenswert – eine Art Gentleman aus Instinkt. Er befaßt sich mit all den Dingen, die man an ihn heranträgt. Jeden Tag macht er Fortschritte; bald wird er auch die nötige Gelassenheit besitzen. Wir haben uns gerade zur rechten Zeit mit ihm zu befassen begonnen. Jetzt braucht er – nun – vielleicht im nächsten Jahr, wenn ein guter Fortbildungskursus für Literatur läuft, könnte er sich dem Studium der Literatur widmen. Er möchte sich mit etwas derartigem befassen.«

»Gegenwärtig befaßt er sich mit seinem Fahrrad«, sagte Mrs. Walshingham.

»Das ist für den Sommer durchaus das Richtige«, meinte Coote, »aber er hat es nötig, sich ernstzunehmenden geistigen Interessen zu widmen, die ihn ein wenig mehr aus seiner Ichbezogenheit herausführen. *Savoir-Faire* und das Vergessen des eigenen Ich machen mehr als das halbe Geheimnis von *Sang-Froid* aus...«

3

Die Welt, wie Coote sie präsentierte, war teils eine Bestätigung, teils eine Erweiterung und teils eine Berichtigung der bisherigen Welt von Kipps – jener Welt, die zu dem alten Ehepaar in New Romney zurückführte und die in Shalfords Warenhaus sich weiter entwickelt hatte –, die eigentliche Welt des britischen Alltags. Da gab es das gleiche hochentwickelte Gefühl für gesellschaftliche Rangunterschiede, das Mrs. Kipps bewogen hatte, den Verkehr mit Arbeiterkindern zu verbieten und dieselbe Furcht vor allem »Gewöhnlichen«, welche die Qualität des Personals von Mr. Shalfords Firma auf so hohem Stand gehalten hatte. Nun aber war ein gewisser peinlicher Zweifel an Kipps' eigener Stellung beseitigt, und er stand gemeinsam mit Coote innerhalb des Kreises gesicherter Gentlemen. In diesem Kreise gibt es gewiß Rangunterschiede, aber keine Klassenunterschiede. Da gibt es die ganz Großen und die bescheidenen, gebildeten kleinen Leute wie Coote, die sich wie Gentlemen benehmen und sich sogar aus Liebhaberei mit den freien Berufen und mit gewerblicher Tätigkeit befassen; da gibt es Lords und hohe Würdenträger, aber auch vornehme Leute, denen es gar nicht gut geht, aber sie alle können einander besuchen, sie bewahren durchweg eine für alle unter ihnen geltende Vornehmheit der Haltung, kurz, sie bilden jenen bedeutsamen Staat innerhalb des Staates – die gute Gesellschaft. »Das ist aber nicht wirklich das, was du unter Zugehörigkeit zur guten Gesellschaft verstehst?« warf der Schüler Kipps ein.

»Doch«, erwiderte Coote. »Natürlich sieht man hier nicht viel davon, aber da gibt es die gute Gesellschaft unserer Stadt. Für sie gelten die gleichen Normen.«

»Besuche und dergleichen?«

»Genau das.«

Kipps dachte nach, pfiff ein paar Töne und rollte plötzlich eine Gewissensfrage auf. »Ich frage mich oft«, meinte er, »ob ich mich nicht zum Dinner anziehn sollte – auch wenn ich hier allein bin.«

Coote spitzte seine Lippen und überlegte. »Keinen Abendanzug«, entschied er, »das wäre ein wenig übertrieben. Aber umkleiden solltest du dich schon, nicht wahr! Zieh eine Kasinojacke oder etwas Ähnliches an – zwanglose Kleidung. So würde ich es machen, wenn ich nicht in meiner täglichen Arbeit steckte – und nicht arm wäre.«

Er hustete unauffällig und strich über seinen Hinterkopf. Nach diesem Gespräch erreichte die Wäscherechnung von Kipps die vierfache Höhe, und gelegentlich war er in der Nähe des Musikpavillons in seinem hellen, aufgeknöpften Sommerüberzieher zu sehen, der den Blick auf seine hübsche weiße Krawatte freigab. Er und Coote rauchten dann die Zigaretten mit Goldmundstück, die der junge Walsingham als »schick« verordnet hatte, und fanden großen Gefallen an der Musik. »Das ist«, Kipps stieß den Rauch seiner Zigarette genießerisch aus, »ein sehr hübsches Stückchen«, oder noch kürzer kommentierte er, »das 's hübsch«. Und bei den ersten Brummtönen der Nationalhymne standen sie in nahezu religiöser Feierlichkeit mit emporgehobenen Hüten. Wie immer man sie sonst bezeichnen mochte, illoyal konnte man sie nicht nennen.

Der Grenzbereich der guten Gesellschaft war für Coote und Kipps zugegebenermaßen sehr eng bemessen, und oberste Sorge des echten Gentleman war es schon immer, deutlich jene »unter« ihm zu entdecken und sich ihnen gegenüber in angemessener Weise zu verhalten. »Gerade da ist es so schwer für mich«, sagte Kipps. Er mußte eine gewisse »Distanz« einhalten, um sich vollends jene Kunst anzueignen, der Anmaßung von Flegeln, aber auch von alten Freunden Einhalt zu gebieten. Dies war, wie Coote zugestand, schwierig.

»Ich war mit diesem Haufen hier verbunden«, erklärte Kipps. »Das macht alles so peinlich.«

»Du könnttest ihnen einen Wink geben«, schlug Coote vor.

»Wie denn?«

»Oh – die Gelegenheit wird dir schon etwas eingeben.«

Die Gelegenheit ergab sich an einem Abend, an dem die Geschäfte frühzeitig schlossen, als Kipps in einem Baldachinstuhl in der Nähe des Musikpavillons saß, mit aufgeknöpftem Sommerüberzug und einem neuen Klappzylinderhut, den er leicht nach vorne über die Stirn gerückt hatte. Er wartete auf Coote. Eine Stunde lang wollten sie der Musikkapelle zuhören und dann weggehen, um Miss Coote und dem sommersprossigen Mädchen beim Durchproben einiger Beethoven-Duette zu helfen, das heißt, darauf zu achten, ob sie die Duette einigermaßen gut auswendig vortragen konnten. Und als sich Kipps in seinem Stuhl zurücklehnte und sich seinem Lieblingsvergnügen an solchen Abenden hingab, das hauptsächlich in der Annahme bestand, jeder in seiner Nähe wolle wissen, wer er sei – da stieß jemand derb gegen das Segelleinen der Rückseite seines Stuhls, und die Stimme Pearces ertönte.

»'s ist hübsch, ein Gentleman zu sein«, sagte Pearce und schwenkte einen billigen Stuhl auf den gewünschten Platz, während Buggins liebenswürdig lächelnd auf der anderen Seite auftauchte und sich auf seinen Stock lehnte. Er rauchte eine ganz gewöhnliche Bruyèrepfeife!

Zwei wirkliche Damen, sehr elegant gekleidet und ganz in der Nähe sitzend, blickten rasch auf Pearce und darauf sofort wieder weg. Offensichtlich war ihr anfängliches Interesse an Kipps verflogen.

»Der ist in Ordnung«, sagte Buggins, nahm die Pfeife aus dem Mund und musterte Kipps.

»Hallo, Buggins!« sagte Kipps nicht gerade besonders herzlich. »Wie geht's?«

»In Ordnung. Urlaub nächste Woche. Wenn du nicht aufpaßt, Kipps, werd' ich vor dir auf dem Kontinent sein, wie?«

»Du fährst nach Boulogne?«

»Aller-dings. *Parley vous Francey*. Darauf kannst du wetten.«

»In den nächsten Tagen werd' ich einen kleinen Abstecher da hinüber machen«, deutete Kipps an.

Dann trat eine Pause ein. Eine Weile hielt Pearce den Knauf seines Stockes an seinen Mund und betrachtete Kipps. Dann blickte er auf die Leute in ihrer Nähe.

»Hör' mal, Kipps«, sagte er in scharfem, lautem Ton, »Ihre Ladyschaft in letzter Zeit gesehn?«

Kipps erkannte, daß die Zuhörer ringsum beeindruckt werden sollten, aber er antwortete gleichgültig: »Nein, hab' sie nicht gesehn.«

»Sie war neulich abends neben Sir William da«, Pearce redete noch immer laut und deutlich, »und hat gebeten, dir ihre Grüße zu bestellen.«

Kipps schien es, daß eine der beiden Damen nicht lächelte und zur andern etwas sagte, dann aber blickten beide unverkennbar auf Pearce.

Kipps wurde hochrot. »Ah, wirklich?« antwortete er.

Buggins lachte aufgeräumt über seiner Pfeife.

»Sir William leidet beträchtlich an seiner Gicht«, fuhr Pearce unverfroren fort.

(Buggins, die Pfeife zwischen den Zähnen, amüsierte sich vortrefflich.)

Da gewahrte Kipps Coote ganz in der Nähe. Coote nickte Pearce ziemlich kühl zu. »Hoffe, ich habe dich nicht zu lang warten lassen, Kipps«, sagte er.

»Ich hab' einen Stuhl für dich freigehalten«, entgegnete Kipps und zog seinen schützenden Fuß zurück.

»Aber du hast deine Freunde bei dir«, warf Coote ein.

»Oh, uns macht das nichts aus«, sagte Pearce jovial, »je mehr, desto lustiger«; und zu Buggins gewendet meinte er: »Warum nimmst du dir keinen Stuhl, Buggins?« Buggins schüttelte den Kopf, indem er eine beiläufige Bemerkung zu Pearce machte, und Coote hustete hinter vorgehaltener Hand.

»Von Geschäften noch spät aufgehalten worden?« fragte Pearce.

Coote wurde ganz blaß und tat, als habe er nicht gehört. Seine Blicke glitten eine Zeitlang suchend über die Menschen; da entdeckte er mit jähem Ruck einen entfernten Bekannten und zog seinen Hut.

Pearce war auch ein wenig blaß geworden. Mit gedämpfter Stimme wendete er sich an Kipps.

»Nicht wahr, das ist doch Mr. Coote?« fragte er ihn.

Coote wendete sich nun direkt und ausschließlich an Kipps. Sein Verhalten zeigte die Ruhe, welche äußerste Anspannung verbirgt.

»Ich bin ziemlich spät gekommen«, sagte er. »Ich denke, wir sollten jetzt beinah schon weitergehn.«

Kipps stand auf. »Ja, gehn wir«, meinte er.

»Welchen Weg gehn Sie denn?« fragte Pearce, stand gleichfalls auf und wischte etwas Zigarettenasche von seinem Ärmel. Einen Augenblick lang war Coote sprachlos. »Danke«, sagte er dann und keuchte. Und dann versetzte er dem anderen den notwendigen Hieb: »Wissen Sie, ich glaube nicht, daß wir Ihre Gesellschaft nötig haben«, und damit wendete er sich ab.

Im Kielwasser Cootes spürte Kipps nur, wie er über Stühle und andere Gegenstände stolperte, und dann waren sie die Menge los.

Eine Zeitlang sagte Coote kein Wort; dann aber ließ er eine für ihn recht zornige Bemerkung fallen: »Ich denke, das war entsetzlich unverschämt!«

Kipps antwortete nicht darauf.

Das Ganze war ein interessantes kleines Lehrstück in »Distanz« am Objekt, und es haftete lange Zeit vordergründig in der Erinnerung unseres Kipps. Besonders lebendig hatte er das Gesicht Pearces mit seiner halb erstaunten, halb zornigen Miene vor Augen. Er fühlte sich so, als habe er Pearce einen Schlag ins Gesicht versetzt unter Umständen, die diesem keine Chance ließen, sich zu wehren. Den Duetten schenkte er keine besondere Aufmerksamkeit, und als sie eines beendet hatten, vergaß er sogar zu sagen, wie reizend es war.

4

Man darf sich jedoch nicht vorstellen, daß das britische Ideal eines Gentleman, wie Coote es vorstellte, zur Gänze eine Sache der Haltung und des Gefühls der Auserlesenheit war, eine bloße Absonderung von erniedrigenden Verbindungen. Es gibt da eine ernstere Seite, einen tieferen Aspekt des echten Gentleman. Aber über diese Seite spricht man nicht. Der wahre Gentleman trägt sein Herz nicht auf der Zunge. Beispielsweise ist er tief religiös, wie es Coote war, wie es Mrs. Walshingham war; doch außerhalb der Kirchenmauern wird diese Religiosität nie sichtbar, ausgenommen vielleicht dann und wann in einer Pause, in einem tiefen Blick, in einem plötzlichen Meiden einer Person oder Sache. In ganz kurzer Zeit hatte auch Kipps die Pause, den tiefen Blick und das plötzliche Meiden gelernt, jene letzte Verfeinerung der geistigen Natur, der sozusagen impressionistischen Frömmigkeit.

Und der wahre Gentleman ist auch Patriot. Wenn man Coote beobachtete, wie er seinen Hut während der Klänge der Nationalhymne emporhielt, dann erhielt man vielleicht einen flüchtigen Einblick, welche patriotischen Gefühle, welchen Kult die Politur eines Gentleman verbergen kann. Oder wenn er seine tiefen Töne gegen die Heere von Midian im Chor von St. Stylites laut sang, dann erhielt man wirklich den Begriff von seiner Innerlichkeit:

Achtest, Christ,du ihrer
auf dem heil'gen Grund,
Wie die Heerschar Midians
feindlich streift im Rund?
Auf, o Christ, verdirb sie ...

Aber dies waren nur Lichtschimmer. Im übrigen schwieg der echte Gentleman über Religion, Nationalbewußtsein, Enthusiasmus, um so mehr über Probleme, die mit Finanzen oder Politik zusammenhingen, und viel mehr noch jene fundamentalen Probleme von Geburt und Tod; seine Gesichtszüge wurden dann hart und unbeweglich, er hörte zu reden auf, atmete schwer und heftig.

»Über solche Dinge redet man nicht«, pflegte Coote mit einer Gebärde seiner knochigen Hand zu sagen.

»Natürlich«, antwortete dann Kipps ebenso bedeutsam.

Abgründige Tiefen. Sozusagen in die Tiefe hinabgetrieben ...

Man redet nicht, aber andererseits ist man peinlich darauf bedacht, etwas zu tun. Die Tat spricht. Kipps – unbeschadet der Tatsache, daß die Walshinghams in dieser Beziehung eigentlich recht lässig waren – Kipps, der früher Sonntag für Sonntag von einer Kirche Folkestones in die andere gewandert war, hatte jetzt in St. Stylites einen eigenen Kirchenstuhl, den er ordnungsgemäß bezahlt hatte. Dort war er immer beim Chorsänger-Gottesdienst am Abend und manchmal auch beim Gottesdienst am Morgen anzutreffen, nüchtern-korrekt gekleidet und Coote im hohen Chor nicht aus den Augen lassend. Jetzt gab es keine Schwierigkeiten mehr beim Auffinden einer Stelle in seinem Gesangbuch. Er wurde wieder Kommunikant – er war es bald nach seiner Konfirmation nicht mehr gewesen, nachdem die junge Dame des Kostümraumes, die seine »Adoptivschwester« war, Shalfords Warenhaus verlassen hatte. Manchmal ging er nach dem Gottesdienst in die Sakristei, um Coote abzuholen. Eines Abends wurde er dem Ehrenwerten Reverend Densmore vorgestellt. Er war viel zu sehr verwirrt, um etwas zu sagen, und der adlige Geistliche hatte nichts zu sagen, aber – sie waren miteinander bekanntgemacht...

Nein! Man darf sich nicht vorstellen, daß das britische Ideal eines Gentleman nicht seiner »ernsthaften Seite«, sogar seiner strengen und kompromißlosen Seite entbehrt. Gewiß kann man sich nicht vorstellen, wie Coote außergewöhnliche Feinheiten seines Mutes in einer regelrechten Schlacht entfalten könnte, aber auf den Spaziergängen des Friedens besteht zuweilen ein dringendes Bedürfnis nach Härte. Wie nachsichtsvoll man auch sein mag, so muß man doch zugeben, daß es Leute gibt, die sich unerträglich aufführen. Leute, die sich selbst aus der Gesellschaft ausschließen – Leute überdies, die durch eine gewisse Vorherbestimmung von Anfang an außerhalb der Gesellschaft stehen. Gegen diese aber hat die vornehme Gesellschaft einen schrecklichen Schutz für ihren Klüngel erfunden – das Schneiden. Dieses ist für den Betroffenen keine Kleinigkeit. Es ist so viel wie Exkommunikation. Man kann von einer Einzelperson geschnitten werden, man kann von einer Gruppe geschnitten werden, oder man kann – und dies ist so tragisch, daß darüber ergreifende Romane geschrieben worden sind – vom ganzen Land »geschnitten« werden. Nun stelle man sich Coote vor, wenn er seiner letzten Pflicht nachkommt und jemand schneidet – Coote, aufrecht und bleich, stets schweigend, geht vorbei mit Augen von erbarmungslosem Schiefergrau, den Unterkiefer ein wenig vorgeschoben, das Gesicht in Falten gelegt, kalt und steif...

Kipps ahnte nicht im geringsten, daß er selbst eines Tages gezwungen sein könnte, diesem schrecklichen Antlitz gegenüberzustehen und für Coote nicht nur ein Toter, sondern einer, der sich in einem fortgeschrittenen Stadium des Zerfalls befindet, zu sein, geschnitten, ausgeschieden, verbannt und geächtet für immer. Beide ahnten nichts davon.

Und doch sollte es so kommen!

Es läßt sich nicht länger verbergen, daß all die prächtigen Fortschritte, die Kipps gemacht hat, dazu verurteilt sind, in einem Zusammenbruch zu enden. Bis hierher habt ihr im Grunde nur seinen Aufstieg miterlebt. Ihr habt gesehen, wie er Tag für Tag kultivierter und sorgfältiger wurde, größere Sorgfalt an seine Kleidung verwendete und weniger schwerfällig in der Beobachtung der Bräuche der guten Gesellschaft wurde. Ihr habt auch die Kluft wahrgenommen, die sich zwischen ihm und seinen früheren, sozial tieferstehenden Gefährten auftat. Schließlich habe ich ihn euch vor Augen geführt, wie er in tadelloser Kleidung und Haltung, in einer Atmosphäre von Kerzenlicht und geistlichen Liedern in seinem eigenen Kirchenstuhl saß, in seinem eigenen Kirchenstuhl! – in einer der nobelsten Kirchen Folkestones... Ich habe die leiseste Anspielung auf den tragischen Ton, der sich nun in meiner Erzählung einschleichen muß, unterlassen. Doch das Netz seiner niedrigen Abkunft ist um seine Füße geschlungen, und überdies gab es etwas, das mit seiner Existenz eng verflochten war...

Dissonanzen

1

Eines Tages brach Kipps auf seinem eben erst gemeisterten Fahrrad nach New Romney auf, um die Neuigkeit seiner Verlobung Onkel und Tante zu eröffnen – diesmal unumstößlich. Nun war er ein vollendeter Radfahrer, aber ein bisher noch unerfahrener; der Südwestwind, wie man ihm in der Marsch begegnet, übt sogar im Sommer die gleiche Wirkung aus wie ein beachtlicher Hügel, und immer wieder stieg er ab und erquickte sich durch ein Stück Fußmarsch. Eben näherte er sich New Romney und sah sich schon triumphierend mit nur einer Hand an der Lenkstange einziehen, als er plötzlich auf Ann Pornick traf.

Es war wohl ein Zufall, daß er gerade zu dieser Zeit an sich dachte. Seltsame Gedanken zogen ihm durch den Kopf: ob nicht letzten Endes die Atmosphäre New Romneys und der Marsch etwas Besonderes, eine undeutbare, schwer faßbare Eigenart hatten, die der großen, vornehmen Welt Folkestones dort hinten auf dem Hügel fehlte. Hier fühlte er sich zu Hause, war ihm alles vertraut. Im Vorbeigehen hatte er bemerkt, daß das Tor des alten Mr. Clifferdown mit einer neuen Schnur ausgebessert worden war. In Folkestone beachtete er dergleichen nicht, seinetwegen mochten sie dort dreihundert Häuser bauen. Wenn man es so überdachte, war's doch merkwürdig. Es war schön und großartig, zwölfhundert im Jahr zu haben; es war schön, in Straßenbahnen und Omnibussen zu fahren mit dem Gedanken, daß keiner der anderen Fahrgäste so reich war wie er selbst; es war schön, dies und jenes zu kaufen und zu bestellen, nie etwas arbeiten zu müssen und mit einem Mädchen verlobt zu sein, das entfernt mit dem Earl of Beauprés verwandt war. Und dennoch – hier draußen hatte die Vergangenheit eine besondere Würze; ein besonderer Reiz war von den Ferien ausgegangen, dem Sonnenlicht, dem Meeresstrand und der Hauptstraße, ein Reiz, den er in seiner neuen Umgebung vergeblich gesucht hätte. Er dachte an jene hellen kurzen Tage der Ferien in seiner Lehrlingszeit, die ihm im Rückblick so wunderbar erschienen. Es war seltsam, daß sie nun in seinem gegenwärtigen Glanz noch immer den Reiz des Wunderbaren bewahrt hatten!

All das war jetzt vorbei – vielleicht lag's daran! Etwas war jener Welt zugestoßen, und das einstige Licht war ausgemacht worden. Er selbst war verändert, Sid war schrecklich verändert, und zweifellos auch Ann.

Er dachte an sie, wie ihr Haar um ihre geröteten Wangen flatterte, als sie nach ihrem Wettlauf beisammen standen ...

Gewiß mußte sie sich auch verändert haben, und all der Zauber, der sie bis zum Saum ihrer kurzen Unterröckchen erfüllt hatte, war zweifellos für immer dahin. Und als er daran dachte, oder ehe und während er dies dachte – denn er stieß auf all das in der ihm eigenen unbestimmten, schwerfälligen Art –, schaute er auf, und da war Ann!

Sie war nun sieben Jahre älter und stark verändert; im Augenblick jedoch schien es ihm, als sei sie überhaupt nicht anders geworden. »Ann!« rief er; und sie, in ermutigendem Ton, »'s ist Art Kipps!«

Dann aber bemerkte er Veränderungen an ihr – zum besseren. Sie war so hübsch, wie sie es schon früher hatte erahnen lassen, ihre blauen Augen waren so dunkel wie in seiner Erinnerung, ihr Teint war lebenssprühend und rosig; aber nun war Kipps wieder um einige Zoll größer als sie. Sie trug ein einfaches graues Kleid, das ihre Figur eines strammen, gesunden jungen Mädchens unterstrich, ihr Hut mit rosafarbenen Blüten war sonntäglich. Sanftheit, Wärme und das Gefühl der Wiedersehensfreude gingen von ihr aus. Strahlend vor ungekünstelter Fröhlichkeit erschien Kipps ihr Gesicht bei dieser Begegnung.

»'s ist Art Kipps!« sagte sie.

»Ja, freilich«, bestätigte Kipps.

»Du hast jetzt deinen Urlaub?«

Der Gedanke durchfuhr Kipps, daß Sid ihr nichts von seinem großen Glück erzählt hatte. Nach langem, kummervollem Nachdenken über Sids Verhalten war er überzeugt, daß ihn selbst die Schuld wegen seiner aufreizenden Prahlsucht in dieser Angelegenheit traf. Diesmal achtete er darauf, sich nicht in jene Richtung zu verirren. So verirrte er sich in die andere Richtung.

»Ich nehm' gerade ein bißchen Urlaub«, meinte er.

»Auch ich«, sagte Ann.

»Hast einen Spaziergang gemacht?« fragte Kipps.

Ann zeigte ihm einen Strauß Blumen, die sie am Wegrand gepflückt hatte.

»'s ist eine lange Zeit her, seit ich dich gesehn hab', Ann. Warte nur, wie lange muß es es her sein? Sieben – beinah acht Jahre.«

»Zählen bringt nichts«, warf Ann ein.

»Sieht gar nicht nach so langer Zeit aus«, Kipps sagte es ohne besonderen Nachdruck.

»Du hast einen Schnurrbart«, stellte Ann fest, roch an ihren Blumen und blickte über den Strauß hinweg nicht ohne Bewunderung auf ihn.

Kipps errötete...

Bald danach kamen sie zur Straßengabelung.

»Ich geh diesen Weg lang zu Mutters Landhaus«, erklärte Ann.

»Ich begleite dich ein Stück, wenn ich darf.«

In New Romney existieren jedoch gesellschaftliche Unterschiede, die in Folkestone von allergrößter Bedeutung sind, überhaupt nicht, und so schien es ihm durchaus zulässig, mit Ann zu gehen, obwohl sie nicht mehr war als ein Dienstmädchen.

Sie plauderten völlig ungezwungen miteinander, sie glitten auf die natürlichste Weise in eine Stimmung vertrauter Erinnerungen. Und schon fand Kipps sich und Ann überraschend schnell an diesem Punkt angelangt:

»Du erinnerst dich an jenes halbe Sixpencestück? Das wir beide zerschnitten?«

»Ja?«

»Ich hab's noch.«

Sie zögerte. »Komisch war's, nicht?« meinte sie und fuhr dann fort, »du hast das deine noch, Artie?«

»Freilich«, erwiderte Kipps. »Was glaubst denn du?« und er wunderte sich dabei in seinem Innersten, warum er so lange nie nach jenem Sixpencestück gesehen hatte.

Ann lächelte ihm freimütig zu.

»Ich hab' nicht erwartet, daß du es aufbewahren würdest«, sagte sie. »Oft hab' ich gedacht, es sei dumm von mir, meines aufzuheben.«

»Außerdem«, überlegte sie, »hat es ja wirklich nichts bedeutet.«

Sie sah ihn bei diesen Worten an und begegnete seinem Blick.

»Oh, hat es wirklich nichts bedeutet?!« Kipps ließ sich ein wenig mit seiner Antwort Zeit, und noch während des Sprechens kam ihm seine Untreue gegen Helen zum Bewußtsein.

»Jedenfalls hat es nicht viel bedeutet«, sagte Ann. »Bist noch im Tuchgeschäft?«

»Ich wohn' jetzt in Folkestone«, begann Kipps und beschloß im stillen, daß dies genügen müsse. »Hat dir Sid nicht gesagt, daß er mich getroffen hat?«

»Nein! Hier?«

»Ja. Neulich. Ungefähr vor ’ner Woche oder noch länger zurück.«

»Das war noch, eh’ ich kam.«

»Ach ja, das war’s.«

»Es geht ihm gut. Hat jetzt sein eigenes Geschäft, Artie.«

»Er hat’s mir gesagt.«

Sie waren nun bei den Häusern von Muggett angelangt. »Gehst du jetzt hinein?« fragte Kipps.

»Ich glaub’ schon.«

Sie beide wollten den Abschied hinausschieben. Da raffte sich Ann zu einer Frage auf. »Kommst du oft nach New Romney?«

»Ich fahr’ gelegentlich mit dem Fahrrad herüber.«

Eine weitere Pause folgte. Ann hielt ihm die Hand entgegen.

»Ich freu’ mich, daß ich dir begegnet bin«, sagte sie.

Ungewöhnliche Impulse regten sich in bisher vernachlässigten Bereichen von Kipps’ Wesen. »Ann«, sagte er und hielt inne.

»Ja«, sagte sie und blickte ihn strahlend an.

Sie sahen einander in die Augen.

Alle, und mehr als alle frühen Gefühle seiner Jünglingszeit waren in seine Seele zurückgekehrt. Anns Gegenwart verbannte eine Vielzahl entgegenwirkender Erwägungen. Ann war es, mehr als je zuvor. Sie atmete dicht neben ihm, die weichen Lippen halb geöffnet und die Augen freudestrahlend.

»Bin schrecklich froh, dich wiederzusehen«, sagte er, »es bringt alte Zeiten zurück.«

»Ist’s nicht so?«

Wieder Stille. Gerne hätte er ein längeres Gespräch mit ihr geführt, wäre mit ihr spazierengegangen oder hätte sonst etwas gemeinsam mit ihr unternommen, wäre ihr in jeder nur vorstellbaren Weise nähergekommen. Vor allem hätte er gern noch mehr von dem Gefühl, das in ihren Blicken lag, in sich aufgenommen; aber ein Rest von Folkestone, der ihm noch anhaftete, sagte ihm, daß das keinen Sinn hatte. »Nun«, sagte er, »ich muß jetzt weitergehn«, und wendete sich widerstrebend um, gegen seinen Willen einem Zwang gehorchend...

Als er von der Straßenecke zurückblickte, stand sie noch an der Eingangstür. Vielleicht war sie durch sein Zurückweichen ein wenig aus der Fassung gebracht. Er spürte das. Einen Augenblick lang zögerte er, wendete sich halb um, blieb stehen und vollführte plötzlich Kunststücke mit seinem Hut. O dieser Hut! Der prachtvoller Hut unserer Zivilisation! ...

Nach einer Weile war er in ein merkwürdig geistesabwesendes Gespräch mit seinem Onkel über die üblichen Themen verwickelt.

Sein Onkel war sehr darauf bedacht, für ihn ein paar Standuhren als Kapitalanlage für einen späteren Verkauf zu erstehen. Und es gab auch einige sehr hübsche Globen, eine Erdkugel und einen Himmelsglobus, in einem Kaufladen in Lydd; sie würden sich gut in einem Empfangszimmer ausnehmen und zweifellos in ihrem Wert steigen... Kipps konnte sich nicht mehr erinnern, ob er diesem Kauf zugestimmt hatte oder nicht.

Vielleicht half ihm der Südwestwind bei seiner Rückfahrt. Jedenfalls fuhr er durch Dymchurch, ohne vom Ort Notiz zu nehmen. Als er sich Hythe näherte, hatte er einen seltsamen Eindruck. Die Hügel zur Linken und die Bäume zur Rechten schienen zusammenzurücken und sich über ihm zu einer Kuppel zu schließen, bis sein Weg gerade und schmal wurde. Er konnte sich auf diesem heimtückischen, nur halb gezähmten Fahrrad nicht umdrehn, aber er wußte, daß sich hinter ihm – wie gut kannte er sie – die weite, unermeßliche

Eintönigkeit der Marsch unter dem noch mittäglichen Himmel ausbreitete. Irgendwie war dies für seine weiteren Gedanken von Belange. Und als er durch Hythe fuhr, kam es ihm in den Sinn, daß zwischen der Existenz eines Menschen, der praktisch ein Gentleman war, und Ann ein beträchtliches Maß an Unvereinbarkeit herrschte.

In der Nähe Seabrooks begann er sich einzubilden, er habe, wenn auch nicht auf plumpe Art, sich erniedrigt, als er an der Seite Anns spaziert war... schließlich war sie nur ein Dienstmädchen.

Ann!

Sie rief alle die am wenigsten zu einem Gentleman passenden Instinkte seines Wesens wach. Da hatte es doch einen Augenblick in ihrem Gespräch gegeben, da er ganz deutlich dachte, es müßte wirklich äußerst angenehm sein, ihre Lippen zu küssen... Da war etwas Erwärmendes an Ann – zumindest für Kipps. Sie hinterließ bei ihm den Eindruck, als habe sie irgendwann während der langen Zeit ihrer Trennung einen Plan ausgeheckt, sich in irgendeiner besonderen Weise an ihn zu binden.

Nicht zu glauben, was das Bewahren jenes halben Sixpencestücks während so langer Zeit ausmachte!

Das war das Schmeichelhafteste, was Kipps je widerfuhr.

2

Bald nachher saß er über der *Kunst der Konversation*, verloren in die seltsamsten Träumereien. Er stand auf, ging umher, blieb eine Zeitlang unschlüssig am Fenster stehen, raffte sich dann auf und versuchte, etwas Leichteres, *Sesam und Lilien*, zu lesen. Auch von diesem Buch schweifte seine Aufmerksamkeit ab. Er lehnte sich zurück. Bald lächelte er, bald seufzte er. Darauf erhob er sich, zog die Schlüssel aus seiner

Tasche, warf einen kurzen Blick auf sie und ging dann entschlossen ins Obergeschoß. Nun öffnete er den kleinen gelben Koffer, der stets der Grundstock all seines irdischen Besitzes gewesen war, nahm ein winziges Schreibpult heraus, das allerbescheidenste Geschenk, und öffnete kniend dessen Lade. Und da in der Ecke war ein kleines Papierpäckchen, in letzter Verteidigung gegen herumschnüffelnde Eindringlinge mit rotem Siegellack versiegelt. Jahrelang war es unberührt geblieben. Er hielt dieses Päckchen für einen Augenblick zwischen Zeigefinger und Daumen, betrachtete es, stellte dann das Pult nieder und erbrach das Siegel

Als er an jenem Abend zu Bett ging, erinnerte er sich zum erstenmal an etwas Bestimmtes!

»Verdammt!« sagte er. »Verdammt will ich sein, wenn ich's ihnen diesmal sagte ... Na also! Ich werd' doch wieder nach New Romney hinüberfahren müssen!«

So ging er zu Bett und blieb lange nachdenklich gegen das Kissen gelehnt sitzen.

»Komische Welt«, zu dieser Erkenntnis gelangte er nach langen Überlegungen.

Dann erinnerte er sich, daß sie seinen Schnurrbart bemerkt hatte. Er versank in einem Ozean selbstgefälligen Grübelns. So stellte er sich vor, wie er Ann von seinem Reichtum erzählte. Was für eine Überraschung würde das sein!

Schließlich seufzte er tief, blies seine Kerze aus, kuschelte sich mit Behagen in die Decke und schlief kurz darauf ein ...

Aber am nächsten Morgen und auch später ertappte er sich von Zeit zu Zeit dabei, wie er an Ann dachte – Ann, die Strahlende, die Begehrenswerte, die sich auf ein Wiedersehen mit ihm freute, und in ungewöhnlichem Wankelmut wünschte er einmal ganz heftig, wieder hinüber nach New Romney zu fahren, und dann plötzlich ebenso heftig, nicht zu fahren.

Als er am Nachmittag auf der Leaspromenade saß, kam ihm ein Gedanke: »Ich hätte ihr, glaub' ich, sagen sollen, daß ich verlobt bin.«

»Ann!«

Alle möglichen Träume und Eindrücke, die aus seinem Seelenleben völlig entschwunden schienen, kehrten jetzt wieder, wiewohl verändert und Anns verändertem Äußeren angepaßt. Er dachte daran, wie er im Weihnachtsurlaub nach New Romney zurückgekehrt war, entschlossen, sie zu küssen, und an die entsetzliche Leere, als er entdeckte, daß sie weggefahren war.

Nun schien es unglaublich, und doch wieder nicht gänzlich unglaublich, daß er wirkliche Tränen um sie vergossen hatte – wie viele Jahre lag das zurück?

3

Täglich sollte ich meinem Schöpfer danken, daß er mir nicht das Amt eines Sittenrichters des Menschengeschlechts übertragen hat. Ich würde ein Unrecht, begangen aus heftiger Leidenschaft, durch sprunghafte Unentschlossenheit abzuschwächen versuchen, was die Härte der Lage freilich eher verlängern als mildern würde. Für menschliche Erhabenheit, für alle selbstbewußte menschliche Überlegenheit brächte ich nicht im geringsten Grade Nachsicht auf; nicht für Bischöfe, erfolgssichere Schulmeister, Richter und all die Großen, von der Hochachtung ihrer Mitwelt Verhätschelten. Ganz besonders gilt dies für die Bischöfe, gegen die ich einen wahrscheinlich bis zu Wikingervorfahren zurückreichenden Groll hege. Da träume ich nicht selten und mit gleichbleibendem Behagen von Galeeren, deren Landung, und von wohlbekannten lebenden Zierden des Bischofskollegiums, die in blitzenden Gamaschen vor meinem rachedürstenden Schwert landeinwärts rennen – alle diese Leute, wiederhole ich, würde ich unter ihren Verdiensten behandeln; aber andererseits würde bei solchen wie Kipps – die ärgerliche Unschlüssigkeit eintreten. Der Urteilsvollzug würde bei Kipps ausgesetzt werden. Jeder und alles müßte warten. Die Waage würde immer von neuem schwanken, und je mehr sie sich einer ungünstigen Entscheidung zuneigte, würde sie mein Finger wieder in Schwankungen versetzen. Könige, Krieger, Staatsmänner, geistreiche Frauen, »Persönlichkeiten«, die vor Entrüstung ob dieses Warten japsten, kurz, Menschen, die von sich reden machen, würden unbeachtet, ohne Bestrafung dastehen, oder auch gelegentlich für ihre Aufdringlichkeit bestraft werden, während ich nach irgendwelchen Möglichkeiten Ausschau hielte, die zugunsten von Kipps sprechen könnten... Obgleich ich fürchte, daß in Hinblick auf den gegenwärtigen Tatbestand ihn nichts vor der Verdammung retten kann – denn innerhalb von zwei Tagen sprach er wieder mit Ann.

Man sucht nach Entschuldigungen. Am vergangenen Abend hatte in seiner Gegenwart eine Begegnung zwischen Chitterlow und dem jungen Walshingham stattgefunden, die gewiß seine Maßstäbe verzerrt hatte. Fast gleichzeitig waren sie bei ihm angekommen, und beeinflußt durch männliche Höflichkeitsbezeugungen vor dem alten Methuselah Dreistern, hatten sich beide in der gastfreundlichen Gegenwart von Kipps in ein Streitgespräch eingelassen. Hatte es zu Beginn nach einem Sieg Walshinghams ausgesehen, so hatte schließlich Chitterlow in prachtvoller Weise seinen Stimmaufwand eingesetzt und die Argumente seines Rivalen vom Tisch gefegt. Am Anfang hatte Chitterlow die großen Gewinne von Bühnenschriftstellern ins Treffen geführt, und der junge Walshingham hatte ihn darauf sofort mit einer zynischen, aber eindrucksvollen Wiedergabe seiner Kenntnisse der Hochfinanz übertrumpft. Wenn Chitterlow mit Tausenden prahlte, so prahlte der junge Walshingham mit Hunderttausenden und behauptete auch eine Zeitlang das Feld, indem er mit dem Reichtum ganzer Nationen jonglierte. Über den Weg der Finanzpolitik gelangte er zum Übermenschen, noch ehe sich Chitterlow von seinem ersten Rückschlag erholt und den Sieg wieder errang. »Wenn von Frauen die Rede ist«, sagte Chitterlow, der nach Bekanntgabe gewisser Dinge über einen kürzlich verstorbenen Mitbegründer des Empire, welche außer dem engeren Kreis um Walshingham nicht allgemein bekannt waren, die Führung des Gesprächs an sich riß. »Wenn von Frauen die Rede ist, und von der Art, wie sie sich an einen Mann heranmachen...«

(Obwohl sie ja eigentlich vorher über die Korruption der Gesellschaft durch Spekulanten gesprochen hatten.)

Bald wurde es offenkundig, daß Chitterlow auf diesem neuen Gebiet nicht zu schlagen war. Darüber wußte er so vieles, hatte er doch so viele Frauen gekannt. Der junge Walshingham mühte sich nach Kräften, indem er Epigramme und gelegentlich Vorbehalte von sich gab, aber sogar für Kipps schien es klar, daß seine Verworfenheit nur auf Bücherweisheit begründet war. Man spürte, Walshingham hatte nie die innere Wirklichkeit der Leidenschaft kennengelernt. Chitterlow jedoch überzeugte und verblüffte. Er war mit Mädchen fortgelaufen, hatte sich wohl auch von Mädchen verschleppen lassen, er war in mehrere gleichzeitig verliebt gewesen – »Bessie nicht mitgezählt« –, er hatte geliebt und den kürzeren gezogen, hatte geliebt und verzichtet, hatte geliebt und sein Ziel nicht erreicht. Bemerkenswerte Streiflichter warf er auf den moralischen Zustand Amerikas, wo er mit großem Erfolg auf Tournee gegangen war. Das folgende Gespräch stimmte er auf die Melodie eines der bekanntesten Lieder Mr. Kiplings ab. Er erzählte eine Begebenheit von ungekünstelter romantischer Leidenschaft, einen phantastischen Traum von Liebe und Schönheit während eines Wochenendausflugs auf einem Dampfer den Hudson River aufwärts, die er mit dem Schlußwort beendete: »Über Frauen lernt' ich von ihr!« Danach nahm er seinen Kehrreim wieder auf und erging sich nun in Lobeserhebungen über Kipling. »Der kleine Kipling«, sagte Chitterlow mit der Vertraulichkeit des Seelenverwandten, »er kennt das Leben«, und zitierte begeistert:

Ich nahm meinen Spaß, dort, wo ich ihn fand;
War ein Strolch, bin gezogen durchs Land;
Das Herz manches Mädchens hab ich gebrochen,
Einmal waren es vier – ehrlich gesprochen.

(Solche Dinge, behaupte ich, beeinträchtigen die moralischen Maßstäbe der Besten unter uns.)

»So etwas hätt' ich gern geschrieben«, meinte Chitterlow.

»Das ist das Leben, das ist's! Aber geht und bringt dergleichen auf die Bühne, bringt auch nur ein Zipfelchen von der Wirklichkeit des Lebens auf die Bühne, und ihr werdet sehen, was sie mit euch machen. Nur Kipling konnte sich an derartiges wagen. Dieses Gedicht hat mich umgehauen. Ich will nicht sagen, daß mich Kipling nicht schon vorher oder später auch stark beeindruckt hat, aber damit hat er mich richtig umgehauen. Und doch – wißt ihr – da gehört noch etwas dazu ... dieses, –

Ich nahm meinen Spaß, dort, wo ich ihn fand;
Bezahl'n muß ich nun für's Vergnügen,
Denn da ich so viele gekannt hab' im Land,
Will kaum mir die eine genügen.

Nun gut. In meinem Fall immerhin – ich weiß ja nicht, wieviel das beweist, aber wie ich es seh', bin ich in so vielen

Dingen ein Ausnahmemensch, daß es gar keinen Sinn hat, es zu leugnen –, also soweit es mich betrifft, will ich euch beiden sagen, aber ihr müßt es natürlich nicht weitersagen – ich bin Muriel vollkommen treu geblieben, seit ich sie heiratete – von der Zeit an... Nicht ein einziges Mal – nicht einmal zufällig hab' ich jemals etwas im geringsten gesagt oder getan...« Seine kleinen braunen Augen wurden nach dieser selbstgefälligen Vertraulichkeit nachdenklich, und die prächtigen Faltenwürfe seiner volltönenden Stimme fielen in noch gewichtigere Falten. »*Über Frauen lernt' ich von ihr*«, schloß er eindrucksvoll.

»Ja«, pflichtete Walshingham bei, der eine wirkungsvolle Pause, welche diesen Ausführungen gefolgt war, verstreichen ließ, »ein Mann muß über Frauen Bescheid wissen. Und die einzige zuverlässige Art, auf diesem Gebiet zu lernen, ist die experimentelle Methode.«

»Wenn du etwas über die experimentelle Methode wissen willst, mein Junge«, griff Chitterlow den Faden wieder auf...

So plauderten sie. »Ex pede Herculem«, wie Coote, jener gebildete Sprachkundige, es ausgedrückt hätte. Und erst in den frühen Morgenstunden ging Kipps zu Bett. In seinem Kopfe wirbelten Worte und Whiskey toll durcheinander, lange Zeit verbrachte er am Bettrand sitzend und sann trübsinnig über die unmännliche Monogamie nach, die ihren Schatten auf seinen weiteren Lebenslauf geworfen hatte, und während er grübelte, kehrten seine Gedanken immer bestimmter zu der Möglichkeit zurück, daß Ann zumindest die gleiche Rolle wie die andere in seinem Leben spielen könnte.

4

Seit seinem letzten Besuch hatte er zunächst den Vorsatz gefaßt, nicht so bald wieder nach New Romney zu fahren...

Ich weiß nicht, ob dieser Umstand sein schlechtes Benehmen rechtfertigt. Männer mit wahrer Seelenstärke, tüchtige Männer, sollten, meine ich, unempfindlich gegen die Stimmungen eines zufälligen Gespräches sein, aber ich habe freilich nie für Kipps einen Platz auf so hohem Niveau beansprucht. Tatsache bleibt, daß er den Nachmittag des nächsten Tages mit Ann verbrachte und keine Gewissensbisse verspürte, sich als angehender Liebhaber erkennen zu lassen.

Er war ihr in der Hauptstraße begegnet, hatte sie angehalten und, der Eingebung des Augenblicks folgend, kühn »eingedenk alter Zeiten« einen Spaziergang vorgeschlagen.

»Ich hab' nichts dagegen«, sagte Ann.

Ihre Einwilligung erschreckte Kipps beinahe. Soweit hatte ihn seine Phantasie nicht mitgerissen. »Es wär' wirklich ein Vergnügen«, meinte Kipps und schaute in beide Richtungen der Straße. »Nun, gehn wir.«

»Ich bin ganz und gar einverstanden, Artie. Eben wollt' ich einen Spaziergang zur Marienkirche machen.«

»Gehn wir dorthin, den Weg hinter der Kirche«, schlug Kipps vor, und bald schlenderten sie frohgestimmt in der Richtung zum Meer, als wär's das Alltäglichste von der Welt. Eine Zeitlang sprachen sie über Sid. Selbst in jenem Anfangsstadium kam es Kipps nicht in den Sinn, daß Ann entsprechend den Ausführungen Chitterlows ja ein »Mädel« sei, und so sah er sie vorderhand nur als Ann. Später allerdings, da sein Hirn noch vom Dunst jener nächtlichen Gespräche qualmte, glitt er doch ein wenig von dieser rein persönlichen Beziehung ab. Sie traten zum Strand hinaus und ließen sich auf einem vom Wind zerzausten, kiesigen, mit kärglichem Gras und Flecken von Seemohn bewachsenen Platz nieder. Kipps stützte sich auf den Ellbogen und schüttelte Kieselsteinchen in seiner Hand, Ann saß aufrecht, von der Sonne beschienen, und betrachtete ihn. Sie führten kein zusammenhängendes Gespräch, redeten eher in Bruchstücken. Wie es Sid, aber auch wie es Ann all die Jahre hindurch ergangen war, wurde erschöpfend besprochen. Hinsichtlich seines Reichtums war Kipps eher zurückhaltend.

Er verfiel in ein diskretes Liebeswerben. »Ich hab' noch das halbe Sixpencestück«, sagte er.

»Wirklich?«

Dies brachte eine Änderung in den Ton ihres Gesprächs. »Ich hab' das meine jedenfalls immer behalten«, erklärte Ann, und dann trat eine Pause ein.

Sie sprachen davon, wie oft sie während dieser dazwischenliegenden Jahre aneinander gedacht hätten. Kipps mochte vielleicht unaufrichtig gewesen sein, aber Ann war es wohl nicht. »Ich bin hie und da jungen Männern begegnet«, meinte Ann, »aber nie hab' ich einen getroffen, der so wie du war, Artie.«

»'s ist jedenfalls prima, unser Wiedersehen«, stellte Kipps fest. »Schau nur, das Schiff da draußen. Es ist ganz schön nahe...«

Jetzt wurde er langweilig, verfiel wirklich beinahe in Grübelei, und nach einer Weile war er plötzlich unternehmungslustig. Er schleuderte seine Kiesel in die Höhe, so daß sie wie zufällig auf Anns Hand fielen. Darauf streichelte er reumütig die Stelle ihrer Hand, auf die die Kiesel gefallen waren. Dies hätte zum Beispiel bei Flo Bates zu allerlei Koketterien geführt, aber es beunruhigte und hemmte Kipps, daß Ann sich nicht dagegen wehrte, freundlich auf ihn herablächelte, wobei sie die Augen wegen der Sonne halb geschlossen hatte. Sie nahm dies alles als selbstverständlich hin.

Er aber begann zu reden, und indem er sich wieder Chitterlows Maßstäbe zu eigen machte, gestand er ihr, daß er sie nie vergessen hätte.

»Ich hab' dich auch nie vergessen, Artie. Merkwürdig, nicht?«

Auch Kipps empfand dies als durchaus merkwürdig.

Er begann in Erinnerungen zu schwelgen, und plötzlich kehrte ein warmer Sommerabend in sein Gedächtnis zurück. »Erinnerst du dich an diese Maikäfer, Ann?« fragte er. Aber das Wesentliche jenes Abends, an den er sich erinnerte, war nicht die Jagd nach Maikäfern. Das ganz Wesentliche, das plötzlich zwischen ihnen stand, war die Tatsache, daß er Ann nie in seinem Leben geküßt hatte. Er sah auf zu ihr, und da waren ihre Lippen nun ganz nahe.

Der Wunsch wurde übermächtig in ihm, seine Erinnerung übersprang die Zeit und löschte alles aus, was dazwischen lag. Jene einstige Entschlossenheit kehrte in seine Seele zurück, und alle neuen Entschlüsse waren vergessen. Und er hatte etwas gelernt seit jenen Tagen seiner frühen Jugend. Dieses Mal fragte er nicht. Er sprach weiter, seine Nerven begannen ganz unmerklich zu beben und sein Gemüt wurde strahlend vor Freude.

Plötzlich, nachdem er sich vergewissert hatte, daß niemand in der Nähe war, richtete er sich auf und setzte sich neben sie. Er machte eine Bemerkung über die Klarheit der Luft, und wie zum Greifen nah Dungeness scheine. Dann trat wieder Stille zwischen beiden ein.

»Ann«, flüsterte er und legte seinen Arm, der merkbar zitterte, um sie.

Sie blieb stumm, widerstrebte ihm nicht und war, wie er sich später erinnern sollte, ganz feierlich.

Er drehte ihr Gesicht zu sich und küßte ihre Lippen, und

sie küßte ihn wieder – es waren freimütige und zärtliche Küsse wie die eines Kindes.

5

Seltsamerweise empfand er rückblickend nicht annähernd jene Befriedigung über seine Untreue, wie er sich dies zunächst vorgestellt hatte. Es war, darüber gab es keinen Zweifel, entsetzlich, entsetzlich bis zu einem Grad, der beinahe »chitterlowesk« zu nennen war: am Strand von Littlestone mit einem »Mädel« zu liegen, ihr den Hof zu machen und, damit das Maß voll war, sie zu küssen, obwohl er mit einem andern »Mädel« in Folkestone verlobt war; aber diese beiden waren keine »Mädel« im üblichen Sinn, sie waren Ann und Helen. Namentlich Helen konnte unmöglich als »Mädel« angesehen werden. Und etwas Besonderes lag in Anns stillen, freundlichen Blicken, in ihrem offenherzigen Lächeln, im treuherzigen Druck ihrer Hand; darin lag etwas Wehrloses, ein Willkommen, das der Sache, mit der er nicht gerechnet hatte, Würze verlieh. Von ihr hatte er über Frauen gelernt. Jener Kehrreim kam ihm in de Sinn und gab seinen Gedanken eine andere Richtung; aber im Grunde hatte er über nichts anderes als über sich selbst etwas gelernt.

Er wünschte sehnlich, Ann noch weiterhin zu begegnen und ihr etwas zu erklären – er wußte nur nicht genau, was es war, das er ihr erklären wollte.

Nichts wußte er genau. Die größte Errungenschaft der Denkfähigkeit besteht darin, sein ganzes Leben in ein zusammenhängendes, klar gegliedertes System einzuordnen, Kipps aber war sich seiner Persönlichkeit nicht viel mehr bewußt als vielleicht ein Baum. Seine Existenz war eine Angelegenheit verfliegender und wiederkehrender Stimmungen. Dachte er an Helen oder Ann oder an irgendeinen seiner Freunde, so betrachtete er eine Sache manchmal von diesem, dann wieder von jenem Gesichtspunkt – häufig erwies sich letztlich ein Gesichtspunkt als unvereinbar mit einem andern. Gewiß, er liebte Helen, er verehrte Helen. Er begann sie aber auch ziemlich intensiv zu hassen. Sobald er an jene Fahrt nach Lympne dachte, durchfluteten ihn dunkle, unbestimmte, wunderschöne Gefühle; wenn er jedoch daran dachte, wie er mit ihr Pflichtbesuche machte, oder an ihre erst jüngst geübte Kritik an seinem Benehmen, dann ertappte er sich dabei, wie sich alles in ihm auflehnte und er grimmige und beißend-scharfe Beleidigungen in heimischer Mundart für sie fand. Die Erinnerung an Ann aber, von der er um so vieles weniger gesehen hatte, war weniger kompliziert. Sie war hübsch, sie war von einer fast sanften Weiblichkeit und bot seiner Phantasie gerade dort Möglichkeiten, wo dies bei Helen nicht der Fall war. Das Wichtigste war, daß sie den Zauber der Achtung vor ihm besaß, und der flüchtigste Blick ihrer Augen war Balsam für seinen immer wieder verletzten Mannesstolz.

Eingebungen des Zufalls waren es, die seine Gedankengänge bestimmten, und seine gesunde Natur und seine Vollblütigkeit machten sie glaubhaft. Doch irgendwie blieb zumindest das eine klar in seiner Erinnerung haften: daß er Ann ein zweites Mal besucht hatte, daß er ihr angedeutet hatte, seine Gedanken hätten während all dieser dazwischenliegenden Jahren nur ihr allein gehört, und vor allem, daß er sie geküßt hatte, war niederträchtig und falsch. Nur hatte sich unglücklicherweise dieses Bewußtsein erst ein paar Stunden später, als er es benötigt hätte, eingestellt.

6

Vier Tage nachher geschah es, daß Kipps zu spät aufstand. Er stand zu spät auf, schnitt sich beim Rasieren ins Kinn, schleuderte den rechten Pantoffel mit einem Tritt in seine gefüllte Badewanne und ließ einen kräftigen Fluch folgen.

Vielleicht kennst auch du, lieber Leser, solche unerträgliche Morgenstunden, wenn du weder den Mut noch die Kraft zu haben scheinst, aufzustehen; alles, was du in deiner Nervosität anfängst, geht schief, du hat zwei linke Hände, und du haßt sogar die Vögel, weil sie singen. Du fühlst dich keiner wie immer gearteten Anforderung gewachsen. Häufig folgt solches Erwachen einer schlecht durchschlafenen Nacht und gewöhnlich hat es wahlloses Schlemmen zur Ursache, oder jene subtilen geistigen Einflüsse, die der alte Kipps dem »Foozle Ile« auf den Organismus zuschreibt, oder auch innere Unruhe und Sorgen. Und bei Kipps spielten diesmal – obgleich Chitterlow in der vorangegangenen Nacht wieder sein Gast gewesen war – ganz gewiß Sorgen die entscheidende Rolle. Seit Tagen brauten sich Sorgen über ihn zusammen; da hatte es so etwas wie einen konzentrierten nächtlichen Angriff dieser feindlichen Heerscharen von Midian gegeben, und in den grauen Stunden des frühen Morgens hatte Kipps die Heerschau gehalten.

Die vorherrschende Sorge marschierte unter folgendem Banner:

Mr. Kipps

Mrs. Bindon Botting
Zu Hause

Donnerstag, den 16. September
Anagramme, 4 bis 6.30 r. S. V. P.

einem Banner, das die genaue Nachbildung einer Karte auf seinem Spiegel im unteren Zimmer war. Und in bezug auf dieses außerordentlich vielsagende Schriftstück hatten sich die Dinge mit Helen derart zugespitzt, daß er es in seiner eigenen ausdrucksvollen Redeweise nur als »Schimpfen« bezeichnen würde.

Schon seit längerer Zeit hatte es zwischen ihnen einen schwelenden Konflikt gegeben. Helen meinte, daß Kipps nicht mit Energie und nicht aus eigenem Antrieb die sich ihm bietenden Gelegenheiten zu Übungen in gesellschaftlichem Umgang nütze, gescheige denn zusätzliche Gelegenheiten suche. Er hatte, das war offenkundig, einen besonderen Widerwillen gegen jene allgemein üblichen Nachmittagsvergnügen, den Kurzbesuch, und Helen erklärte ihm ganz unverblümt, daß diese Scheu »blöde« sei und überwunden werden müsse. Zum erstenmal bewies er diese unmännliche Schwäche bei den Cootes, an dem Tag, bevor er Ann küßte. Sie alle waren versammelt und plauderten sehr angeregt, als das kleine Hausmädchen mit der großen Haube die jüngere Miss Wace ankündigte.

Worauf Kipps lebhaften Widerwillen zu erkennen gab und Miene machte, sich von seinem Stuhl zu erheben. »O heiliger Strohsack!« protestierte er. »Kann ich nicht nach oben gehen?«

Dann sank er in seinen Stuhl zurück, denn es war zu spät. Höchstwahrscheinich hatte ihn die jüngere Miss Wace bei ihrem Eintreten gehört.

Helen verlor darüber kein Wort, obwohl ihrem Verhalten vielleicht eine gewisse Überraschung anzumerken war; nachher aber sagte sie Kipps, er müsse sich daran gewöhnen, mit Leuten zusammenzutreffen, und sie schlug ihm vor, mit Mrs. Walshingham und ihr selbst eine Reihe von Nachmittagsbesuchen zu absolvieren. Damals stimmte Kipps widerstrebend zu, entwickelte aber in der Folge ein Talent für Ausflüchte, das sie an ihm nicht erwartet hatte. Schließlich gelang es ihr doch, ihn für einen Besuch bei Miss Punchafer am Radnor Park zu gewinnen – einen besonders bequemen Besuch, denn da Miss Punchafer so schwerhörig war, konnte man praktisch alles sagen, wie es einem gerade beliebte – und dann wich er vor der Haustüre wieder zurück.

»Ich kann nicht hineingehn«, sagte er mit einer Stimme, die ihm in der Kehle steckenblieb.

»Du mußt«, sagte Helen, schön wie immer, doch mit spürbarer Härte und in drohendem Ton.

»Ich kann nicht.«

Hastig holte er sein Taschentuch hervor, führte es mit einer heftigen Bewegung zu seinem Gesicht und sah sie über dem Taschentuch mit weit aufgerissenen feindseligen Augen an.

»Unmöglich«, stieß er mit heiserer, fremd klingender Stimme durch das Taschentuch hervor. »Nase blutet« ...

Aber damit war er auch am Ende seiner Widerstandskraft, und als die Zusammenkunft beim Anagramm-Tee herannahte, warf sie seine schwachen Proteste gründlich über den Haufen. Sie bestand auf seine Teilnahme. Dann meinte sie offenherzig: »Ich will dir jetzt einmal zu diesem Punkt ordentlich ins Gewissen reden«, und das tat sie auch...

Von Coote erfuhr er einiges über die Natur der Anagramme und Anagrammpartys. Ein Anagramm, so erklärte Coote, sei ein Wort, das dieselben Buchstaben wie ein anderes enthalte, nur sei die Anordnung der Buchstaben verschieden; so würde zum Beispiel T. O. C. O. E. ein Anagramm für seinen eigenen Namen Coote sein.

»T. O. C. O. E.«, wiederholte Kipps sehr sorgfältig.

»Oder T. O. E. C. O.«, sagte Coote.

»Oder T. O. E. C. O.«, sprach Kipps nach, und er half seinem geplagten Kopf, indem er mit ihm bei jedem Buchstaben nickte.

»Wie Toe Company«, sagte er in seinem Bemühen, zu begreifen.

Als sich Kipps darüber klar war, was ein Anagramm bedeutete, kam Coote zum zweiten Thema, der Teegesellschaft.

Kipps erfuhr, solch eine Gesellschaft könnte zwischen dreißig und sechzig Personen umfassen, deren jede eine Karte mit einem Anagramm angeheftet habe. »Man gibt dir eine Karte, damit du die Namen der vermuteten Personen darin eintragen sollst, sieht fast aus wie ein Tanzprogramm, und dann, weißt du, gehst du in der Runde und rätst«, erläuterte Coote. »Es macht richtig Spaß.«

»Oh, gewiß!« pflichtete Kipps mit vorgetäuschtem Behagen bei.

»Es bringt die Leute zusammen«, beendete Coote seine Ausführungen.

Kipps lächelte und nickte...

In den frühen Morgenstunden waren alle seine quälenden Betrachtungen von der Vision jenes Anagramm-Tees durchdrungen. Unaufhörlich marschierten sie hin und her, mitten durch seine anderen Sorgen, von dreißig bis sechzig Personen, meist Damen und Besucher; Buchstaben des Alphabets gab es da in großer Zahl, unter ihnen machten sich P. I. K. P. S. und T. O. E. C. O. besonders bemerkbar, und er versuchte, ein Wort aus der ganzen nicht endenwollenden Prozession zu bilden...

Dieses Wort, als er es schließlich mit einigem Nachdruck der Stille der Nacht anvertraute, war »Verdammt!«

Dann tauchte, gewissermaßen in diese Buchstabenprozession hineingeflochten, die Gestalt Helens auf, wie sie ihm im Augenblick des Streites erschienen war; ihr Gesicht war ein wenig hart, ein wenig gereizt, ein wenig enttäuscht.

Dann sah er sich unter ihren Blicken umhergehen und Namen raten...

Er versuchte, an etwas anderes zu denken, ohne in ein noch tieferes Unbehagen zu verfallen, das mit gelben Seemohnblüten umrankt war. Die Gestalten von Buggins, Pearce und Carshot, drei hingemordete Freundschaften tauchten vorwurfsvolll in der Stille der Nacht auf und verwandelten schreckliche Vorahnungen in scheußliche Gewissensbisse. Am vergangenen Abend war ihre übliche Zusammenkunft zum Banjospiel vereinbart gewesen, und Kipps hatte in einem Gefühl zitternder Ungewißheit eine Flasche Alter Methuselah inmitten einer Batterie von Gläsern auf den Tisch gestellt, auch eine Schachtel erlesener Zigarren geöffnet. Umsonst. Sie hatten, so schien es, kein Verlangen nach seiner Gesellschaft. Statt ihrer war Chitterlow gekommen, der wissen wollte, ob mit diesem Plan des Pressesyndikats alles in Ordnung gehe. Er hatte alles bis auf einen sehr schwachen Whisky mit Soda abgelehnt, »gerade nur, um etwas zu trinken«, bis wenigstens das Geschäftliche besprochen sei, und hatte dann Kipps die ganze Angelegenheit in wohlgeordneten Gedanken dargelegt, was diesen sehr beeindruckte. Bald nahm er – aus reinem Versehen – noch einen Whisky, und das buntschillernde Gewebe seiner Gespräche lief nun leichter vom breiten Webstuhl seines Geistes. In jenes Gewebemuster war ein Bericht über beträchtliche Abänderungen am »Gequälten Schmetterling« verflochten – die Sache mit dem Käfer im Nacken sollte wieder ins Stück einbezogen werden –, die Geschichte einer ernsten Meinungsverschiedenheit zwischen ihm und Mrs. Chitterlow darüber, wo und wie sie leben würden, nachdem das Stück eingeschlagen hatte, die Gründe, weshalb der Ehrenwerte Thomas Norgate nie ein Pressesyndikat finanziert hatte und vieles auch über das zur Debatte stehende Pressesyndikat. Aber wenn der Strom ihrer Gespräche auch reich an Wirbeln war und öfters aus den Ufern zu treten drohte, war doch das Ergebnis vollkommen klar. Kipps sollte der Hauptbeteiligte am Syndikat sein, und sein Beitrag sollte zweitausend Pfund ausmachen. Kipps stöhnte und wälzte sich umher und fand Helen wieder sozusagen auf der anderen Seite. »Versprich mir«, hatte sie gesagt, »daß du nichts unternehmen wirst, ohne mich zu Rate zu ziehen.«

Unwillkürlich wälzte sich Kipps in seine frühere Lage zurück und lag eine Zeitlang ganz still. Er fühlte sich wie ein ganz junges Kaninchen in einer Falle.

Dann plötzlich schrie sein Herz mit unüberhörbarer Deutlichkeit nach Ann, und er erblickte sie, wie er sie in New Romney gesehen hatte, inmitten der gelben Seemohnblüten sitzend, ihr Gesicht in den Strahlen der Sonne. Laut rief sein Herz nach ihr in der Dunkelheit, und es war wie ein Hilferuf. Nun wußte er, als hätte er dies schon immer gewußt, daß er Helen nicht mehr liebte. Ann wollte er, er wollte sie halten und von ihr gehalten werden, sie wieder küssen, all diesen anderen Dingen für immer den Rücken kehren.

Spät stand er auf, aber diese schreckliche Entdeckung war noch immer da, sie ließ sich weder vom Hahnenschrei noch vom angebrochenen neuen Tag ungeschehen machen.

Er erhob sich in einem Zustand der Zerrüttung, schnitt sich beim Rasieren, doch schließlich betrat er sein Eßzimmer und war wenigstens in der Lage, die Glocke zu ziehen, damit ihm die heißen Bestandteile seines reichhaltigen Frühstücks serviert würden. Danach wendete er sich der eingelaufenen Post zu. Außer der üblichen Reklame für Treibriemen mit Elektroantrieb, dem Rundschreiben einer kontinentalen Lotterie und der Karte eines Tipgebers für Pferderennen gab es zwei wirkliche Briefe. Einer befand sich in einem Umschlag, der an Trauer denken ließ und in einer unbekannten Handschrift adressiert war. Diesen öffnete er zuerst und las folgende Mitteilung:

Mrs. Raymond Wace
bittet um die Ehre von
Mr. Kipps'
Gesellschaft beim Dinner
am Dienstag, den 21. September, um 8 Uhr
R. S. V. P.

Mit einer recht hastigen Bewegung wendete sich Kipps dem zweiten Brief zu. Dieser Brief, ungewöhnlich lang, trug die Handschrift seines Onkels und hatte folgenden Wortlaut:

Mein lieber Neffe!

Wir sind gehörig erschrocken über Deinen Brief, obschon wir etwas derartiges erwartet haben, und sind geneigt, das Beste zu hoffen.

Wenn die junge Dame eine Verwandte des Earl of Beauprés ist, schön und gut, aber gib bloß acht, daß Du nicht ausgenützt wirst, denn es gibt viele, die Dich gar zu gerne für sich gewinnen würden, da sich nun Deine Lebensverhältnisse geändert haben.

Ich war früher einmal, während ich Soldat war, beim alten Earl Bedienter; er war bemerkenswert sparsam mit Trinkgeldern und hat an Hühneraugen gelitten. Ein hitziger alter Herr und schwer zufriedenzustellen – ich vermute, er hat mich sicherlich vergessen –, doch es ist nicht nötig, Vergangenes aufzuwühlen.

Morgen fährt der Bus, und da Du sagst, daß die junge Dame in Deiner Nähe wohnt, werden wir das Geschäft zusperren, denn da tut sich jetzt wirklich nichts, wo doch die Besucher alles, sogar die Spielzeugkübel ihrer Kinder bereits mitbringen. Wir werden ihr guten Tag sagen, ein Küßchen geben und sie ermuntern, wenn wir finden, daß sie die Richtige für Dich ist – sie wird sich freuen, Deinen alten Onkel kennenzulernen. Wir wollten, wir hätten sie uns erst ansehen können, aber noch ist nicht viel Schaden angerichtet. In der Hoffnung, daß alles noch gut ausgehn wird, bin ich –

Dein Dir herzlich zugetaner Onkel

Edward George Kipps.

PS: Mein Sodbrennen ist noch recht schlimm. Ich werd ein bißchen Rhabarber, den ich gepflückt hab, mitbringen, eine Sorte, die du in Folkestone nicht bekommen wirst, und, wenn möglich, auch einen schönen Blumenstrauß für die junge Dame.

»Kommt heute her«, stammelte Kipps, und stand hilflos da, mit dem Brief in der Hand.

»Wie zum Teufel –?«

»Ich kann nicht.«

»Sie küssen!«

Eine entsetzliche Vorahnung jener Begegnung zeichnete sich in seinem Geiste ab, eine gräßliche, unerträgliche Katastrophe.

»Ich kann ihr nicht einmal ins Gesicht sehen ...!«

Seine Stimme schrillte empor zu einem Ton der Verzweiflung: »Und es ist zu spät zu telegrafieren und sie aufzuhalten!«

7

Ungefähr zwanzig Minuten später wurde ein Dienstmann in der Castle Hill Avenue von einem jungen Mann mit einem blassen, verzweifelten Gesicht, einem elegant eingerollten Regenschirm und einem schweren Handkoffer angesprochen.

»Tragen Sie diesen Koffer zum Bahnhof, bitte«, sagte der junge Mann. »Ich möchte den nächsten Zug nach London erreichen ... Sie werden sich sputen müssen; ich hab' nicht mehr sehr viel Zeit.«

London

I

London war für Kipps seine dritte Welt. Es gab zweifellos noch andere Welten, aber Kipps kannte nur diese drei: zunächst bildeten New Romney und Shalfords Warenhaus, seine ursprüngliche Welt, die Welt, aus der er kam und in der auch Ann ihren Platz hatte. Die zweite Welt war jene der vornehmen Kultiviertheit und der Bildung, die Welt, in der Coote sein Betreuer war und in die Kipps bald einheiraten sollte, eine Welt, welche, wie Kipps bald feststellen mußte, mit jener ersten absolut unvereinbar war. Die dritte Welt, weitgehend noch unerforscht, war London. London erschien ihm zunächst als eine Ansammlung großer, düsterer Wohnviertel und unglaublicher Menschenmassen, deren Mittelpunkt die Charing Cross Station und das Royal Grand Hotel waren. An beliebigen, ganz unvermuteten Stellen gab es Läden, die Verblüffendes feilboten, Skulpturen, Grünanlagen, Restaurants – in denen es gewieften Leuten wie Walshingham möglich war, Lunch, einen Gang nach dem anderen, unter deutlich erwiesener Hochachtung und Sympathie der Kellner zu bestellen. Es gab Ausstellungen ganz unglaublicher Dinge – die Walshinghams hatten ihn in die Kunst- und Handwerksausstellung und auch in eine Bildergalerie mitgenommen – und Theater. London wird überdies erst durch die zweirädrigen Droschken zu einer bewohnbaren Stadt gemacht. Der junge Walshingham war ein geborener Droschkenbenützer, war er doch ein vielseitiger, großzügiger junger Mann; im Laufe ihres zweitägigen Londoner Aufenthaltes hatte er mit Kipps nicht weniger als neunmal eine Droschke genommen, so daß dieser sich seltsamerweise vor diesen Fahrzeugen nicht fürchtete. Er wußte, daß man, wenn man sich verirrt hatte, wo immer man sich im Augenblick befand, zu einem Droschenkutscher nur »Hi!« und dann »Royal Grand Hotel« zu sagen brauchte. Bei Tag und bei Nacht bringen diese zuverlässigen Verkehrsmittel den verirrten Londoner zu seinem Ausgangspunkt zurück, und würde es sie nicht geben, hätte sich innerhalb kürzester Zeit die gesamte Bevölkerung – so gewaltig und unbegreiflich ist die verwirrende Kompliziertheit dieser großen Stadt – für immer hoffnungslos verirrt. Jedenfalls stellte sich das Problem für Kipps so dar; ich aber habe ungefähr das gleiche von Besuchern aus Amerika gehört.

Sein Zug bestand aus Durchgangswaggons, und eine Zeitlang vergaß er seine Sorgen über den Wundern dieses modernen Ersatzes der alten Coupéwaggons. Er ging vom Nichtraucher- in den Raucherwagen, rauchte eine Zigarette, schlenderte von seinem Waggon zweiter Klasse in einen der ersten Klasse und wieder zurück. Aber nur zu bald bestieg drohende Sorge den Zug, kam näher und nahm ihren Platz neben ihm ein. Die heitere Stimmung, in die ihn seine Flucht zunächst versetzt hatte, war verflogen; nun schwebte ihm ein schreckliches Bild seiner Tante und seines Onkels vor, wie sie in seiner Wohnung eintrafen und entdeckten, daß er verschwunden war. In Eile hatte er eine Nachricht hinterlassen, daß er plötzlich in geschäftlichen Angelegenheiten »in sehr dringenden geschäftlichen Angelegenheiten«, weggerufen worden sei, und daß sie aufs prächtigste bewirtet werden sollten. Der unmittelbare Beweggrund seiner Flucht war seine leidenschaftliche Furcht vor einer Begegnung zwischen diesen vortrefflichen, aber ungebildeten Leutchen und den Walshinghams gewesen; doch nun, da dieses Ziel erreicht war, konnte er sich vorstellen, wie zutiefst enttäuscht und verzweifelt sie sein würden.

Wie sollte er es ihnen erklären?

Er hätte ihnen von seiner Verlobung mit Helen nie schreiben dürfen!

Er hätte zuerst heiraten und ihnen dies erst später mitteilen sollen.

Er hätte vor allem Helen zu Rate ziehen sollen.

»Versprich mir's«, hatte sie gesagt.

»Oh, verdammt!« sagte Kipps, stand auf und ging zurück in den Raucherwagen; sein Zigarettenkonsum stieg beträchtlich.

Angenommen, es gelang ihnen schließlich, die Adresse der Walshinghams ausfindig zu machen, und sie gingen dorthin!

Charing Cross hielt indessen wieder Ablenkungen für ihn bereit. Ganz in Walshinghamscher Manier nahm er eine Droschke und bemerkte mit Vergnügen die übertriebene Ehrerbietung des Kutschers, als er das Royal Grand als Fahrtziel angab. Erfolgreich nahm er sich Walshinghams Benehmen bei ihrem früheren Londonbesuch zum Vorbild. In der Hotelrezeption waren sie sehr zuvorkommend und gaben ihm ein vorzügliches Zimmer zu vierzehn Shilling je Nächtigung.

Er ging nach oben und verbrachte geraume Zeit damit, die Einrichtung seines Zimmers zu besehen, sein Äußeres in den verschiedenen Spiegeln kritisch zu prüfen und pfeifend am Bettrand zu sitzen. Es war ein sehr geräumiges und prächtiges Zimmer und um vierzehn Shilling wirklich preiswert. Doch als er sich dabei ertappte, daß Anns Gestalt wieder von seinem Denken Besitz ergreifen wollte, nahm er sich zusammen und ging nach kurzem Zögern, ob er den Lift benützen sollte, die Treppe hinunter. Er hatte beabsichtigt, zu Mittag zu essen, dann aber zog es ihn in den großen Salon, wo er einige Zeit in einem Führer durch die Hotels Europas las, bis ihn Zweifel befielen, ob er berechtigt sei, diesen luxuriös ausgestatteten Raum ohne Sondergebühr zu benützen. Gar zu gern hätte er jetzt etwas gegessen, aber seine tief eingewurzelte Furcht vor jedem gedeckten Tisch war übermächtig. Schließlich gelangte er wirklich mit Hilfe eines uniformierten Portiers in die Nähe des Speisesaals, aber beim Anblick der vielen Kellner und der vielen Tische mit einer verwirrenden Anordnung von Bestecken und Gläsern wurde er von panischem Schrecken ergriffen. Mit einer murmelnd vorgebrachten Bemerkung gegenüber dem Kellner am Eingang, er sei hier nicht am richtigen Ort, zog er sich wieder zurück.

Unschlüssig hockte er in der Diele und im Gesellschaftsraum herum, bis er das Gefühl hatte, der Portier beobachte ihn argwöhnisch. So ging er wieder die Treppe hinauf in sein Zimmer, nahm den Hut und Schirm und schritt unerschrokken über den Hof. Statt hier zu essen würde er in ein Restaurant gehen.

Im Hoteleingang überkam ihn plötzlich ein Gefühl des Stolzes. Er meinte, allen Passanten des Strand müsse er auffallen, wie er so durch den imposanten Eingang des Hotels schritt. »Einer von diesen reichen Dandys«, würden sie sagen. »Ja, gerade so kommen sie daher!« Ein Droschkenkutscher führte die Hand an den Hut. »Nein, nein«, sagte Kipps gutgelaunt...

Dann aber kam ihm wieder zum Bewußtsein, daß er hungrig war. Doch er beschloß trotz des Protestes seines Magens sich mit dem Mittagessen nicht sehr zu beeilen und spazierte gemächlich den Strand entlang in östlicher Richtung. Bald wohl würde er eine Gaststätte finden, die ihm zusagte. Er versuchte, sich nun an jene Speisen zu erinnern, die Walshingham bestellt hatte. Vor allem wollte er nicht ein Lokal betreten und dort wie ein Gimpel aussehen. In manchen dieser Lokale wird man schrecklich betrogen, und überdies machen sie sich noch über einen lustig. Da gab es ein Lokal in der Nähe der Essex Street, in deren Fenster verlockend Koteletts, Tomaten und Kopfsalat zur Schau gestellt waren. Vor diesem blieb er stehen und überlegte eine Zeitlang. Dann aber fiel ihm ein, daß die Dinge ja für den Verkauf im Rohzustand bestimmt waren und man sie erst daheim zubereiten mußte. Jedenfalls sah die Sache zweifelhaft genug aus, um ihn vom Eintritt abzuhalten. Er ließ sich weiter treiben, bis er zu einem gepflegten Schaufenster kam, in welchem Champagnerflaschen, ein Spargelgericht und eine eingerahmte Speisekarte eines Mittagsmenüs für zwei Shilling seine Blicke anzogen. Schon wollte er eintreten, als er glücklicherweise rechtzeitig zwei Kellner bemerkte, die ihn über das hintere Fliegengitter des Fensters hinweg mit ironischer Miene betrachteten, und sofort machte er sich aus dem Staube. Als er die Hälfte der Fleet Street zurückgelegt hatte, drang ihm plötzlich ein herrlicher Duft warmer Speisen entgegen, und er befand sich vor einer hübsch aussehenden Taverne mit mehreren Türen; aber nun konnte er sich nicht entschließen, bei welcher Tür er eintreten sollte. Seine Energie begann unter diesem Streß nachzulassen.

An der Farringdon Street zögerte er; dann trieb es ihn zur St. Paulus-Kathedrale, rund um den Kirchhof von St. Pauls und weiter nach Cheapside, wo ihn die spottbilligen Dinge in den Schaufenstern beeindruckten. Nun aber fühlte sich Kipps immer mehr zermürbt, und jede Gaststätte schien immer kompliziertere Hindernisse vor einer Mahlzeit vor ihm aufzutürmen. Er wußte nicht, wie man das Lokal betrat, was man mit dem Hut tun sollte, was man zum Kellner sagte, und wußte auch nicht die Bezeichnungen für verschiedene Dinge, Speisen und Getränke: er war völlig davon überzeugt, daß er sich »tapsig« anstellen würde, wie Shalford es ausgedrückt hätte, und wie ein Hanswurst aussehen würde. Irgend jemand könnte ihn sogar auslachen! Je hungriger er wurde, desto unerträglicher war ihm der Gedanke, jemand würde über ihn lachen. Zeitweise zog er einen ungewöhnlichen Ausweg in Betracht, seine Unwissenheit zu begründen. Er würde hineingehen und vorgeben, ein Ausländer zu sein, der nicht Englisch verstand. Dann könnten sie vielleicht verstehen... Nach kurzer Zeit war er auf seiner ziellosen Wanderung in einen Stadtteil Londons gekommen, in dem es überhaupt keine Gaststätten zu geben schien.

»Oh, verdammt«, murmelte Kipps, gepeinigt von Unentschlossenheit. »In das nächste Lokal, das ich sehe, gehe ich hinein.«

Das nächste Lokal war ein Bratfischladen in einer kleinen Seitengasse, in dem es auch Würstchen auf einem durch Gasflammen erhitzten Rost gab.

Beinahe wäre er hineingegangen, aber plötzlich kamen ihm neue Bedenken: er war zu gut gekleidet für die Gesellschaft, die er verschwommen durch den Dunst an der Theke sitzen und in unbekümmerter Hast essen sah.

2

Schon war er halb entschlossen, seine Zuflucht zu einer zweirädrigen Droschke zu nehmen und sich den Schrecknissen des Speisesaals im Royal Grand zu stellen – man würde ja nicht wissen, weshalb er das Hotel verlassen hatte –, als der einzige Mensch, den er in London kannte, erschien (und der einzige Mensch, den man wirklich kennt, genügt bereits für London) und ihm auf die Schulter schlug. Kipps stand eben vor einem Schaufenster, einige Yards vom Fischgeschäft entfernt, tat so, als prüfe er eine auffallend billige rosarote Babyausstattung, und versuchte endlich mit sich über jene Würstchen ins reine zu kommen. »Hallo, Kipps!« rief Sid. »Bist du dabei, die Millionen auszugeben?«

Kipps drehte sich um und war froh, daß beim anderen allem Anschein nach keine Spur des Ärgers zurückgeblieben war, der ihn in New Romney so schmerzlich berührt hatte.

Sids Miene war ernst und gewichtig, er trug einen nagelneuen Zylinder, der seiner im allgemeinen von sozialistischen Gesichtspunkten bestimmten Kleidung einen gewissen kaufmännischen Anstrich verlieh. In diesem Augenblick richtete der Anblick Sids Kipps in wunderbarer Weise auf. Er sah in ihm einen hilfreichen Freund, und erst jetzt wurde ihm in aller Deutlichkeit bewußt, daß dieser da Anns Bruder war. Er murmelte etwas Freundliches.

»Ich bin gerade hierhergekommen«, erklärte Sid, »einen Lackierofen aus zweiter Hand zu kaufen ... Ich will nämlich selbst die Lackierarbeiten machen.«

»Du meine Güte!« sagte Kipps.

»Ja, warum nicht. Erspar' mir dabei eine Menge. Laß dem Kunden die Wahl seiner gewünschten Farbe. Verstehst du? Übrigens, was führt dich hierher?«

Flüchtig schwebte Kipps das Bild seines enttäuschten Onkels und seiner Tante vor Augen. »Nur 'n bißchen Luftveränderung«, meinte er.

Sid traf eine rasche Entscheidung. »Komm und sieh dir meinen kleinen Betrieb an. Ich hab da auch jemand, mit dem ich dich gern zusammenbringen möchte.«

Sogar jetzt dachte Kipps bei dieser Bemerkung nicht an Ann.

»Nun gut«, er versuchte schnell eine Ausrede zu erfinden, »Tatsache ist, ich hab' mich eben hier umgesehen, wo ich einen kleinen Lunch einnehmen könnte.«

»Dinner nennen wir's. Aber das geht schon in Ordnung. In dieser Gegend hier kannst du ohnehin nichts zu essen bekommen. Wenn du nicht zu hochnäsig bist, dich ein bißchen im Armeleuteviertel aufzuhalten, da wartet jetzt ein Hammelbraten auf mich ...«

Das Wort Hammelbraten beeindruckte Kipps stark.

»Wir werden keine halbe Stunde brauchen«, sagte Sid, und Kipps war gewonnen.

In der Untergrundbahn entdeckte er ein weiteres Verkehrsmittel Londons, und das Interesse an dieser Einrichtung gab ihm seine Selbstbeherrschung wieder. »Es macht dir doch nichts aus, dritter Klasse zu fahren?« fragte Sid. »Ganz und gar nichts«, war Kipps' Antwort. Im Zug verhielten sie sich zunächst schweigend wegen der Fremden im Waggon; später begann Sid zu erklären, wen er mit Kipps bekannt machen wollte. – »Es ist ein Mann namens Masterman – es wird unendlich wertvoll für dich sein, seine Bekanntschaft zu machen. Er bewohnt unser straßenseitig gelegenes Zimmer im ersten Stock, mußt du wissen. Ich vermiete nicht so sehr wegen des Geldes, als wegen des geselligen Verkehrs. Das ganze Haus brauchen wir nicht, das ist das eine, und zum anderen habe ich den Mann schon vorher gekannt. Hab ihn im Soziologenklub unseres Bezirks kennengelernt und schon bald von ihm erfahren, daß er sich in seiner damaligen Wohnung nicht wohl fühlte. Und so hat sich's ergeben. Er ist ein erstklassiger Bursche – wirklich erstklassig. Wissenschaftlich tätig! Du solltest seine Bücher sehn!

Eigentlich ist er so etwas wie ein Journalist. Er hat eine Menge Artikel geschrieben, aber in letzter Zeit ist er zu kränklich, um viel zu arbeiten. Er hat auch alle möglichen Gedichte geschrieben. Manchmal schreibt er für die Zeitschrift *Commonweal* und manchmal bespricht er Bücher. Er hat Bücher die Menge – Haufen von Büchern. Überdies verkauft er auch viele.

Er kennt eine Menge Leute und weiß über alles mögliche Bescheid. Zahnarzt ist er gewesen, er ist amtlich geprüfter Apotheker, und ich hab ihn deutsche und französische Bücher lesen sehen. Das alles hat er selbst gelernt. Hier war er –«

Sid deutete mit einem Kopfnicken auf South Kensington, das gerade durch die Waggonfenster zu sehen war, »– drei

Jahre lang. Da hat er Naturwissenschaften studiert. Aber du wirst ihn ja sehen. Wenn er richtig Gelegenheit zum Reden bekommt – strömen seine Ideen nur so aus ihm heraus.«

»Ah!« Kipps nickte verständnisvoll, die Hände um den Griff seines Schirmes geschlungen.

»Eines Tages wird er große Dinge vollbringen«, fuhr Sid fort. »Er hat bereits ein Buch über die Naturwissenschaften geschrieben. ›Physiographie‹ hat er es betitelt. ›Grundzüge der Physiographie‹! Eines Tages wird er eine Fortsetzung dazu schreiben – wenn er Zeit hat.«

Dies alles ließ er Kipps in sich aufnehmen.

»Ich kann dich nicht bei Lords und hohen Tieren einführen, aber ich kann dir einen wahrhaft berühmten Mann zeigen, der im Kommen ist. Das kann ich tun. Zumindest – wenn er nicht –«

Sid zögerte.

»Er leidet unter einem ganz schrecklichen Husten.«

»Er wird keine Lust haben, mit mir zu reden«, überlegte Kipps.

»Mach dir deshalb keine Sorgen; ihm wird es sicher nichts ausmachen. Er redet gern. Er würde mit jedem reden«, sagte Sid beruhigend und fügte einen verblüffenden Brocken londonisierten Lateins hinzu.

»Er kennt keine Vorurteile, *non alienum*. Du weißt ja.«

»Ich weiß«, sagte Kipps verständnisinnig über seinen Schirmgriff hinweg, obwohl das natürlich durchaus nicht der Wahrheit entsprach.

3

Kipps fand, daß Sids Geschäft ein zweckmäßig aussehendes Unternehmen war, mit der bemerkenswertesten Sammlung von Fahrrädern und Fahrradbestandteilen ausgestattet, die er je gesehen hatte. »Das ist mein Lager an Mietfahrrädern«, sagte Sid mit einer Handbewegung gegen seine Metallwaren; »und das hier ist das beste Fahrrad in London zu einem demokratischen Preis, die Rote Flagge, von mir zusammengebaut. Verstehst du?«

Er deutete auf eine gefällig aussehende Rahmenkonstruktion im Schaufenster. »Und hier ist mein Zubehörlager – Preise ab Lager.«

»Befaß mich ein bißchen mit Motoren«, fügte er hinzu.

»Hammelfleisch?« sagte Kipps, der nicht deutlich hingehört und »mutton« verstanden hatte.

»Motoren, sagt' ich ... Aber die Hammelbratenabteilung ist hier.« Und er öffnete eine Tür, deren Oberteil eine Scheibe mit Vorhang war. Ein kleines Zimmer mit roten Tapeten und grünem Mobiliar kam zum Vorschein, mit einem weißgedeckten Tisch und der großzügigen Verheißung einer Mahlzeit. »Fanny!« rief er. »Hier ist Art Kipps.«

Eine hellhäutige junge Frau von fünf- oder sechsundzwanzig Jahren in einem rosa Kleid aus bedrucktem Kattun erschien, mit vom Kochen leicht gerötetem Gesicht, wischte die Hand an der Schürze ab, reichte sie Kipps lächelnd und sagte, alles würde in wenigen Minuten fertig sein. Auch sagte sie noch, sie habe von Kipps und seinem Glück gehört. Inzwischen verschwand Sid, um das Bier abzuzapfen, und kehrte mit zwei Gläsern für sich und Kipps zurück.

»Trink das«, sagte Sid, und Kipps fühlte sich um so wohler.

»Ich hab Mr. Masterman sein Essen vor einer Stunde hinaufgebracht«, sagte Mrs. Sid. »Ich dachte nicht, daß wir noch warten sollten.«

Jeder von ihnen legte flink und munter mit Hand an, und schon saßen sie alle vier bei Tisch – der vierte war Master Walt Whitman Pornick, ein fröhliches junges Herrchen von anderthalb Jahren, dem man, um Ruhe von ihm zu haben, einen Löffel gab, mit dem er auf den Tisch hämmern konnte, den Namen »Kipps« sprach er schon beim ersten Bemühen richtig aus und merkte sich ihn während der ganzen Mahlzeit, wobei er ihn zuerst mit dieser, dann mit jener früheren Bereicherung seines Wortschatzes verband. »Peacock Kipps«, gab Master Walt von sich, worüber alle in großes Gelächter ausbrachen, und auch »Mehr Hammel, Kipps« erregte die Heiterkeit der Erwachsenen.

»Er hat ein richtiges Talent für das Mitkriegen von Wörtern. Kaum sagt man ein neues Wort, hat er es auch schon aufgeschnappt«, sagte Mrs. Sid.

Es gab keine Servietten und weniger Förmlichkeit, als Kipps in letzter Zeit gewohnt war, und Kipps dachte bei sich, er habe niemals eine Mahlzeit so sehr genossen. Jeder von ihnen war durch die Begegnung und das Plaudern ein wenig aufgeräumt und in heiterer Laune, und von allem Anfang an verlief alles natürlich und ungezwungen. Trat einmal eine Pause ein, so füllte sie Master Walt aus. Mrs. Sid, die ihre tiefe Bewunderung für Sids Intellekt, seinen Sozialismus und seine strengen Geschäftsmethoden durch ein mütterliches Gefühl milderte, das ihrer Weiblichkeit und ihrer altersmäßigen Überlegenheit entsprang, sprach von den beiden als »ihre Jungen« und verbreitete sich – wenn sie nicht gerade Kipps zuredete, bei diesem oder jenem etwas mehr zuzulangen – über den Altersunterschied zwischen ihr und ihrem Gatten.

»Hätte nicht gedacht, daß auch nur ein Jahr Unterschied zwischen euch wäre«, meinte Kipps, »ihr scheint so gut zueinander zu passen.«

»Ich bin auf jeden Fall sein Gegenstück«, sagte Mrs. Sid, und kein Epigramm des jungen Walshingham wurde je besser aufgenommen.

»Gegenstück«, sagte der junge Walt, der den Schluß dieses Scherzes mitbekommen hatte und eine Runde für sich buchte.

Längst war jedes Gefühl der Überlegenheit aus Kipps' Gemüt verschwunden, und er betrachtete nunmehr seine Gastgeber mit uneingeschränkter Hochachtung. Der gute alte Sid war wirklich ein wunderbarer Bursche, wie er hier in seinem eigenen Haus mit zweiundzwanzig Jahren seinen Hammelbraten tranchierte und für Ehefrau und Kind eine Autorität war. Er benötigte keine Vermächtnisse! Und Mrs. Sid, so freundllich, fröhlich und herzlich! Und das Kind, Sids Kind! Sein alter Sid war ihm ein gutes Stück zuvorgekommen. Es bedürfte schon des Gefühls seines Reichtums im letzten Winkel seines Gemüts, um Kipps davon abzuhalten, sich recht elend zu fühlen. Er beschloß, bei allernächster Gelegenheit dem kleinen Walt ganz großartiges Spielzeug zu kaufen.

»Noch 'n bißchen Bier, Art?«

»Gern, alter Junge.«

»Schneid Mr. Kipps noch etwas Brot, Sid!«

»Kann ich nicht dir noch ein Stück geben?«

Sid war in Ordnung, wirklich, daran gab's nicht den geringsten Zweifel.

Immer stärker wurde ihm bewußt, daß Sid Anns Bruder war, aber aus guten Gründen redete er nicht von ihr. Sids Gereiztheit beim Nennen ihres Namens, als sie sich in New Romney getroffen hatten, schien auf eine gewissen Entfremdung hinzudeuten. Sie hatten einander wohl nicht viel zu sagen... Auch wußte er nicht, wie die Dinge zwischen Ann und Mrs. Sid standen.

Doch trotz allem: Sid war Anns Bruder.

Die Ausstrahlung des Zimmers ließ sich vielleicht nicht ganz mit der fröhlichen Stimmung bei Tisch in Einklang bringen, aber Kipps dachte doch, daß sie recht hübsch sei. Da gab es auf der gegenüberliegenden Seite eine Anrichte mit einer Anzahl bunter Teller und einem Krug – oder war es ein Humpen? –, an der Wand hing ein 1.-Mai-Plakat von

Walter Crane; durch die Glasscheibe und über den Vorhang der Tür zum Geschäft konnte man einen Blick auf die farbenfrohen Reklameschilder von Fahrradhändlern und auf ein Regal mit Schachteln tun, auf denen Aufschriften wie *Paragon Bell, Scarum Bell* und *the Patent Omi* zu lesen waren. Bei letzterer handelte es sich wahrscheinlich um eine Hupe...

Es kam ihm unglaublich vor, daß er am Morgen dieses Tages in Folkestone gewesen war, daß sogar jetzt Tante und Onkel –!

Brrr! Ihm war nicht wohl bei dem Gedanken an Tante und Onkel.

4

Als Sid seine Einladung, Masterman zu besuchen, wiederholte, sagte Kipps, der jetzt vom Genuß des Bieres und Irish Stew erhitzt war, er würde ihn ganz gern sehen; ein lauter Ruf Sids wurde von einer Männerstimme und einem Husten beantwortet, und dann gingen beide nach oben.

»Masterman ist ein seltener Mensch«, sagte Sid mit gedämpfter Stimme über seine Schulter. »Du solltest ihn bei einer Versammlung reden hören..., das heißt, wenn er richtig in Form ist.«

Er pochte an und trat darauf in einen großen, unordentlichen Raum.

»Das ist Kipps«, sagte er. »Du weißt, der Bursche, von dem ich dir erzählt habe. Der mit zwölfhundert im Jahr.«

Masterman, der an einer leeren Pfeife nagte, saß so nahe am Kamin, als brenne das Feuer und als wäre es mitten im Winter. Kipps richtete zunächst seine Aufmerksamkeit auf ihn und nahm erst später etwas von der ungepflegten Einrichtung wahr; das armselige Bett halb im Hintergrund, das vermutlich ganz hinter einen nachlässig postierten Wandschirm gehörte, den Spucknapf neben dem Kaminvorsatz, die Reste eines Mittagsessens auf der Kommode und die verstreut umherliegenden Bücher und Zeitungen. Mastermans Gesicht wies auf einen Mann über die Vierzig hin mit merkwürdigen Höhlen an den Schläfen und um seine Augen. Diese Augen waren sehr hell, auf den Wangen zeigten sich rote Flecken, und der drahtige schwarze Schnurrbart unter seiner kurzen roten Nase war zu einer Art Bürste entlang der Oberlippe gestutzt worden. Seine Zähne waren geschwärzte Ruinen. Der Kragen seines Jackett war um ein gestricktes weißes Halstuch geschlagen, und unter den Ärmeln sah man keine Manschetten. Zur Begrüßung von Kipps erhob er sich nicht, sondern streckte ihm eine hagere Hand entgegen und deutete mit der anderen auf einen Lehnstuhl.

»Freut mich, Sie kennenzulernen«, sagte er. »Setzen Sie sich und machen Sie sich's bequem. Wollen Sie rauchen?«

Kipps bejahte und holte seine Zigarettenvorräte aus der Tasche hervor. Schon wollte er sich eine nehmen, als er sich auf das Gebot der Höflickeit besann und das Päckchen zuerst Masterman und Sid reichte. Masterman heuchelte Überraschung darüber, daß ihm seine Pfeife ausgegangen war, ehe er eine nahm. Dann wurden die Streichhölzer angezündet. Sid schob das Ende des Wandschirmes beiseite, setzte sich aufs Bett, um so zu zeigen, daß er hier gern gesehen war, und gleichzeitig mit einem Gefühl der Genugtuung Zeuge der Behandlung von Kipps durch Masterman zu werden.

»Und wie fühlt man sich, wenn man zwölfhundert im Jahr hat?« fragte Masterman, wobei er seine Zigarette in einer seltsamen Weise seiner Nasenspitze näherte.

»Es ist komisch«, bekannte Kipps nach kurzem Überlegen. »Man kommt sich verdammt komisch vor.«

»Ich habe das nie verspürt«, warf Masterman ein.

»Man braucht schon eine Zeit, um sich daran zu gewöhnen, das kann ich Ihnen sagen«, fuhr Kipps fort.

Masterman rauchte und betrachtete Kipps mit neugierigen Augen.

»Das nehme ich an ... Und hat es Sie vollkommen glücklich gemacht?« fragte er dann plötzlich.

»Das könnte ich kaum behaupten«, meinte Kipps.

Masterman lächelte. »Nein«, sagte er. »Hat es Sie um vieles glücklicher gemacht?«

»Am Anfang war es schon so.«

»Ja, aber Sie haben sich daran gewöhnt. Wie lange dauerte zum Beispiel der echte Begeisterungstaumel?«

»Oh, das! Eine Woche vielleicht«, antwortete Kipps.

Masterman nickte. »Das ist's, was mich abschreckt, Reichtümer anzuhäufen. Man gewöhnt sich daran. Es ist nicht von Dauer. Vermutet habe ich das schon immer, und es ist interessant, diese Vermutung bestätigt zu bekommen. Jetzt werde ich ein bißchen schmarotzen, diesmal auf Ihre Kosten, glaube ich.«

»Das tun Sie nicht«, beruhigte ihn Kipps. »Seien Sie unbesorgt.«

»Vierundzwanzigtausend Pfund«, sagte Masterman und blies eine Rauchwolke aus dem Mund. »Herrgott! Macht Ihnen so viel Geld keine Sorgen?«

»Zeitweilig beunruhigte es mich schon ein wenig ... Es kann Verschiedenes passieren.«

»Wollen Sie heiraten?«

»Ja.«

»Hm. Eine Dame, vermute ich, in gehobener gesellschaftlicher Stellung?«

»Gewiß«, gab Kipps zu. »Cousine des Earl of Beauprés.«

Masterman richtete seinen langen Körper wieder auf, mit einer Miene, die erkennen ließ, daß er alle Tatsachen, die er benötigte, zusammengetragen hatte. Er schmiegte seine Schultern an die Rückenlehne und zog seine eckigen Knie an. »Ich bezweifle«, sagte er, wobei er die Asche seiner Zigarette in die Luft schnippte, »ob irgendein großer Gewinn oder Verlust an Geld überhaupt – wie die Dinge gegenwärtig liegen – das Glück des Menschen auch nur im geringsten verändern. Geld sollte – wenn es das wäre, was es sein sollte – der Gegenwert einer Leistung sein, man sollte einen Zuwachs an Macht und Glück für jedes Pfund, das man erhielt, bekommen. Tatsache aber ist, daß die Zeiten aus den Fugen geraten sind und Geld – Geld wie alles andere – ein Betrug und eine Enttäuschung ist.«

Er wandte das Gesicht Kipps zu und betonte die folgenden Worte nachdrücklich mit dem Zeigefinger seiner abgemagerten, dünnen Hand. »Dächte ich anders«, meinte er, »so würde ich mir Mühe geben, welches anzusammeln. Wenn man aber die Dinge klar sieht, ist man so entmutigt... Als Sie Ihr Geld erhielten, dachten Sie anfangs, dies bedeutete, Sie könnten eigentlich alles kaufen, was Sie sich vorstellten?«

»Ein bißchen war es schon so«, gab Kipps zu.

»Und dann fanden Sie heraus, daß Sie's nicht konnten. Sie fanden, daß sich bei allen möglichen Dingen die Frage stellte, wo und wie sie gekauft werden sollten, und wenn Sie nicht wußten, wie Sie etwas mit Ihrem Geld kaufen sollten, flugs drehte Ihnen diese Welt etwas anderes an.«

»Gleich am ersten Tag bin ich mit einem Banjo ganz schön hereingelegt worden, wenigstens sagt das mein Onkel.«

»So ist es«, meinte Masterman.

Sid begann nun vom Bett aus zu sprechen. »Das ist alles schön und gut, Masterman, aber letzten Endes ist Geld tatsächlich Macht, weißt du. Du kannst einfach alles damit machen –«

»Ich rede vom Glück«, sagte Masterman. »Du kannst

alles mögliche mit einem geladenen Gewehr am Hammersmith Broadway tun, aber praktisch nichts, was dich oder sonst jemand sehr glücklich machen würde. Nichts. Die Macht ist etwas ganz anderes. Was Glückseligkeit betrifft, ist eine heile Welt nötig, damit Geld, Vermögen und derartiges tatsächlichen Wert haben, und diese Welt, sage ich, ist hoffnungslos aus den Fugen geraten. Der Mensch ist ein soziales Lebewesen, dessen Geist heutzutage den Erdball umspannt, und eine Gemeinschaft kann in einem Teil dieser Erde nicht glücklich sein, während sie in einem andern Teil unglücklich ist. Entweder alles oder nichts, Flickwerk hat längst keinen Sinn mehr. Es ist der alte Fehler, den die Welt begeht, dies nicht zu begreifen. Infolgedessen glaubt man, irgendwo, oben oder unten, gebe es eine Klasse oder eine Gesellschaftsordnung, ein Land oder einen Ort, wo Menschen wirklich in Sicherheit und glücklich leben .... Tatsächlich ist die menschliche Gesellschaft ein Körper, und der ist entweder gesund oder krank. Das ist das Gesetz. Die Gesellschaft, in der wir leben, ist krank. Sie ist ein reizbarer, fieberkranker Invalide, gichtisch, gierig, schlecht ernährt. Man kann kein glückliches linkes Bein haben, wenn du Nervenschmerzen hast, oder eine frohe Kehle bei einem gebrochenen Bein. Das ist mein Standpunkt und die Erkenntnis, zu der ihr gelangen werdet. Davon bin ich so überzeugt, daß ich hier sitze und ganz ruhig auf mein Ende warte, in der Gewißheit, daß ich die Dinge dadurch, daß ich mir den Kopf zerbreche, nicht bessern kann – das heißt, solange ich lebe und soweit es mich betrifft. Ich bin nicht einmal mehr gierig – mein Egoismus liegt auf dem Grund eines Teiches mit einem philosophischen Ziegelstein um den Hals. Die Welt ist krank, meine Zeit ist kurz, um meine Kräfte sind gering. Hier bin ich eben so glücklich wie anderswo.«

Er hustete, schwieg einen Augenblick und erhob dann den Zeigefinger wieder gegen Kipps. »Sie haben Gelegenheit gehabt, zwei Stufen der Gesellschaft auszuprobieren; und Sie finden die neuen Leute, unter denen Sie jetzt leben, nicht viel besser oder glücklicher als die früheren?«

»Nein«, sagte Kipps nachdenklich. »Nein. Vorher hab' ich das nicht ganz so gesehen, aber – nein. Sie sind es nicht.«

»Und Sie könnten die ganze Stufenleiter hinauf- und hinabsteigen und dabei immer auf das gleiche stoßen. Der Mensch ist ein Herdentier, ja, ein Herdentier, und nicht mit noch so viel Geld können Sie sich von Ihrer Zeit loskaufen – nicht mehr als von Ihrer eigenen Haut. Auf der ganzen Stufenleiter, hinauf und hinunter, stößt man auf dieselbe Unzufriedenheit. Keiner ist ganz sicher, wo sein Platz ist, und jeder nörgelt. Die Herde ist unruhig und aufgeregt. Die ganze alte Tradition verschwindet oder ist schon verschwunden, und niemand ist da, der eine neue Tradition schafft. Wo sind jetzt eure Adeligen? Wo sind eure Gentlemen? Sie verschwanden, unmittelbar nachdem der Bauer herausfand, daß er nicht glücklich sei, und aufhörte, Bauer zu sein. Große und Kleine sind durcheinandergemischt, das ist alles. Keiner von uns weiß, wo wir stehen. Eure Lümmel in einem Ausflugszug und die Lümmel in einem Auto für zweitausend Pfund unterscheiden sich, abgesehen von einem Unterschied in der Rangstufe, in nichts voneinander. Eure elegante Gesellschaft ist so niedrig, vulgär und für einen ausgeglichenen Menschen so ungemütlich wie eine piekfeine Branntweinschenke, nicht mehr und nicht weniger. Es gibt keinen Platz und kein Niveau für Ehrenhaftigkeit und wirklich vornehmes Leben in dieser Welt, welchen Sinn hätte es also, auf der Stufenleiter emporzuklettern?«

»Hört, hört«, ließ sich Sid vernehmen.

»'s ist wahr«, sagte Kipps.

»Ich steige nicht nach oben«, bekräftigte Masterman

seine Worte und nahm Kipps' schweigend angebotene Zigarette an.

»Nein«, sagte er. »Diese Welt ist aus den Fugen. Sie ist zerbrochen, und ich bezweifle, ob sie wieder gesunden wird. Ich bezweifle sehr, ob sie überhaupt jemals wieder gesunden wird. Wir stehn am Beginn der Krankheit dieser Welt.«

Er rollte seine Zigarette in seinen hageren Fingern und wiederholte mit sichtlicher Genugtuung: »Die Krankheit dieser Welt.«

»Wir sind's, die sie besser machen müssen«, sagte Sid und sah dabei Kipps an.

»Ach, Sid ist ein Optimist«, meinte Masterman.

»Du doch zumeist auch«, bemerkte Sid.

Mit einer Miene verständnisvoller Anteilnahme zündete sich Kipps eine weitere Zigarette an.

»Offen gesagt«, Masterman kreuzte wieder seine Beine und stieß schwelgerisch einen Rauchstrahl aus, »offen gesagt glaube ich, daß diese unsere Zivilisation am Umkippen ist.«

»Es gibt aber den Sozialismus«, wendete Sid ein.

»Aber keine schöpferische Vorstellungskraft, um von ihm Gebrauch zu machen.«

»Wir sind verpflichtet, einen Gebrauch von ihm zu machen.«

»In ein paar Jahrhunderten ist es vielleicht soweit«, sagte Masterman, »doch mittlerweile steht uns ein ziemlich hitziger Anfall eines weltweiten Durcheinanders bevor. Eines weltweiten Durcheinanders. Vergleichbar mit jenem mörderischen Gedränge, bei dem Menschen aus keinem ersichtlichen Grund getötet und zu Krüppeln gemacht werden, wenn sie zu einer Versammlung gehen oder zu einem Zug drängen. Krisen in Handel und Industrie. Politische Ausbeutung. Zollkriege. Revolutionen. All das Blutvergießen, das von ein paar Narren ausgelöst wird, welche die halbe weiße

Welt als gelb bezeichnen. Solche Dinge verändern die Einstellung der Menschen zueinander. Jeder beginnt sich ihrer bewußt zu werden. Jeder Narr in dieser Welt ist gierig hinter etwas her. Wir werden alle bald so glücklich und bequem leben wie eine Familie während einer Übersiedlung. Was sonst können wir erwarten?«

Kipps sah sich nun veranlaßt zu reden, aber nicht, um die letzte Frage Mastermans zu beantworten. »Ich hab' nie das Wesen dieses Sozialismus verstanden«, sagte er, »was will er denn überhaupt?«

Die beiden andern hatten sich vorgestellt, daß ihm die Grundideen auf diesem Gebiete bereits vertraut waren, aber da er nun klargemacht hatte, daß dies nicht der Fall war, begann Sid sofort mit einer ausführlichen Darlegung, an der sich schon nach kurzer Zeit auch Masterman beteiligte, der seine Pose des von allem losgelösten, zum Sterben bereiten Menschen aufgab. Zuerst nahm er am Gespräch nur teil, um Sids Auslegung richtigzustellen, danach aber übernahm er die Führung. Sein Verhalten änderte sich. Er saß aufrecht, den Ellbogen aufs Knie gestützt, und seine Wangen röteten sich leicht. Er entwickelte seine Argumente gegen den Besitz und die besitzende Klasse mit solchen Eifer, daß Kipps völlig mitgerissen wurde und auch nicht daran dachte, nach einer klaren Vorstellung dessen zu fragen, was die durch diese Beseitigung geschaffene Leere ausfüllen würde. Eine Zeitlang vergaß er ganz seinen eigenen privaten Reichtum. Und es schien, als ob in Masterman etwas enzündet worden wäre. Seine Mattigkeit war verflogen. Er unterstrich seine Worte durch Gesten seiner langen, dünnen Hände. Und in dem Maß, wie er von einem zum nächsten Punkt seiner Beweisführung fortschritt, wurde er zusehends zornig.

»Heute«, sagte er, »wird die Welt von Reichen regiert; sie dürfen mit dieser Welt fast alles tun, was sie wollen. Und was tun sie? Sie verwüsten sie!«

»Hört, hört!« sagte Sid sehr ernst.

Masterman stand auf, lang und hager, steckte die Hände in die Taschen und wendete den Rücken dem Kamin zu.

»Insgesamt haben heute die Reichen weder Herz noch Phantasie. Nein! Sie besitzen Maschinen, sie haben Wissen, Instrumente und Macht, von denen man früher nicht einmal träumen konnte, und was tun sie damit? Denken Sie daran, was sie damit tun, Kipps, und denken Sie daran, was sie tun könnten. Gott gibt ihnen eine Macht wie das Automobil, und alles, was sie damit tun können, ist, auf den Straßen in bebrillten Masken umherzurasen, Kinder zu töten und so die Maschine den Menschen verhaßt zu machen. (»Richtig«, warf Sid, ein, »richtig«.) Gott gibt ihnen Verkehrsmittel, beispiellose Macht jeder Art, Zeit und absolute Freiheit! Sie vergeuden dies alles in ihrem Wahnwitz! Hier unter ihren Füßen (und Kipps' Blicke folgten der Richtung seines mageren Zeigefingers zum Kaminvorleger), unter ihren verfluchten Rädern, verdirbt die große Masse der Menschen in der Finsternis und pflanzt sich in ihr fort, eine Finsternis, die jene andern verursachen, weil sie im Licht stehen. Die Finsternis pflanzt sich fort. Sie kann nicht anders... Wenn du nicht kriechen, kuppeln oder rauben kannst, mußt du in dem Eintopf bleiben, in den du hineingeboren bist. Und jene reichen Bestien über uns strecken gierig ihre Krallen aus und greifen nach allem, als ob sie nichts hätten! Sie mißgönnen uns unsere Schulen, sie neiden uns jeden Lichtschimmer, jeden Lufthauch, sie betrügen uns, sie suchen uns zu vergessen... Es gibt keine Norm, keine Richtschnur, bloß Unglücksfälle und glückliche Zufälle... Unsere verarmten Massen werden immer zahlreicher, und diese Bande der Herrschenden trifft keinerlei Vorkehrungen, sieht nichts voraus, tut nichts im voraus!«

Er hielt inne, tat einen Schritt und stand in zorniger Weißglut vor Kipps. Dieser nickte zurückhaltend und blickte streng und eher düster auf den Pantoffel seines Gastgebers, während dieser redete.

»Es ist nicht so, als ob sie für die Verwüstung, die sie uns verursachen, etwas zu bieten hätten, Kipps. Nichts haben sie zu bieten. Sie sind widerlich, feig und gemein. Sehn Sie ihre Frauen an! Bemalte Gesichter, gefärbtes Haar, drogensüchtig, und ihre häßlichen Gestalten unter einer Menge von Kleidern verbergend! Da gibt es nicht eine Frau der heutigen guten Gesellschaft, die sich nicht mit Leib und Seele verkaufen würde, die nicht lieber die Stiefel eines Juden lecken oder einen Nigger heiraten würde, als anständig mit hundert Pfund im Jahr zu leben. Eine Summe, die für Sie oder für mich ein Vermögen wäre! Die wissen es. Sie wissen auch, daß wir es wissen... Niemand glaubt an sie. Niemand glaubt mehr an den Adel. Niemand glaubt mehr an das Königtum. Niemand glaubt an Gerechtigkeit im Gesetz... Aber die Leute hängen an ihren Gewohnheiten, gehn in den alten Geleisen weiter, solange es Arbeit gibt, solang es Wochenlöhne gibt... Es wird nicht von Dauer sein, Kipps.«

Er hustete und machte eine Pause. »Warten Sie auf die mageren Jahre«, rief er aus. »Warten Sie auf die mageren Jahre.« Plötzlich befiel ihn anstrengender Husten, und er spie einige Tropfen Blut aus. »Es ist nichts«, sagte er, als Kipps einen Schreckensruf ausstieß.

Er redete weiter; die Proteste seines Hustens verwoben sich in seine Worte, und Sid strahlte verzückt in schmerzlicher Bewunderung.

»Schaut euch den Betrug an, zu dem sie das Leben gemacht haben, die elende Verhöhnung der Hoffnung junger Menschen. Was hab' ich vom Leben gehabt? Mit dreizehn wurde ich gezwungen, in eine Fabrik zu gehn – wie ein Kaninchen, das in eine chloroformierte Schachtel gesperrt wird. Dreizehn! – Wenn ihre Kinder noch verhätschelt werden. Doch sogar ein Kind dieses Alters hat sehen können, was das bedeutete, diese Hölle von einer Fabrik! Eintönigkeit, Plage, Verachtung und Beschimpfung! Und dann der Tod. So kämpfte ich – mit dreizehn!«

Mintons »im Dreck herumkriechen, bis man stirbt«, hallte noch in Kipps' Gedächtnis wieder. Aber im Gegensatz zu Mintons Knurren sprach Masterman in hohem empörten Tenor.

»Irgendwie kam ich dort schließlich heraus«, setzte er ruhig fort. Dann ließ er sich plötzlich in seinen Stuhl zurückfallen und schwieg eine Weile. »Wegen einer Kleinigkeit. Einige von uns kommen durch einen glücklichen Zufall heraus, andere durch Schlauheit, kriechen erschöpft, verkrüppelt umher und sterben bald. Das ist eines armen Mannes Erfolg, Kipps. Die meisten von uns kommen nämlich überhaupt nicht heraus. Ich habe den ganzen Tag lang gearbeitet und die halbe Nacht studiert – und hier bin ich nun, mit den üblichen Folgen. Geschlagen! Und kein einziges Mal hab ich eine Chance gehabt, nicht ein einziges Mal!« Seine magere geballte Faust flog in einem Ausbruch bebenden Zornes nach vorne. »Diese Stinktiere gewähren ab neunzehn keine Universitätsstipendien mehr, aus Angst vor Männern wie ich. Und dann – nichts ... Unser Leben wurde umsonst verbraucht. Um die Zeit, da ich etwas gelernt hatte, waren mir die Tore verschlossen. Ich dachte, Wissen würde es zuwege bringen, sie zu öffnen – das dachte ich wirklich. Ich habe um das Wissen gekämpft, wie andere Männer um Brot kämpfen. Ich habe um des Wissens willen gehungert. Ich habe den Frauen den Rücken gekehrt; sogar das hab' ich getan. Ich habe meine verdammte Lunge ruiniert ...« Er erhob seine Stimme in ohnmächtigem Zorn. »Ich bin ein besserer Mann als zehn beliebige Prinzen von heute. Und ich bin geschlagen und verbraucht. Von einer Horde selbstsüchtiger, gemeiner Kerle bin ich zu Boden geworfen, zertrampelt und beschmutzt worden. Weder mir noch der Welt bin ich zu etwas nütze. Mein Leben hab' ich weggeworfen, weil ich mir für die Ausnutzung in dieser Krämerjagd nach Geld zu gut war. Wenn ich mich mit geschäftlichen Dingen befaßt hätte, wenn ich mich damit beschäftigt hätte auszuhecken, wie ich meine Mitmenschen betrügen kann... Ach, es ist zu spät, lassen wir das! Dafür ist es ohnehin zu spät. Für alles ist es zu spät. Außerdem hätt' ich es gar nicht tun können... Und drüben in New York sitzt da ein Liebling der guten Gesellschaft, der spekulative Ankäufe von Weizen tätigt.«

»Bei Gott«, schrie er heiser, wobei er seine dürre Hand zur Faust ballte. »Bei Gott! Wenn ich seine Kehle hätte! Sogar jetzt noch! Ich könnte etwas für die Welt tun.«

Er starrte Kipps an, sein Gesicht hochrot, seine eingesunkenen Augen glühten vor Leidenschaft, und dann war er plötzlich ganz verändert.

Ein Geräusch von Teegeschirr, das auf einem Tablett draußen vor der Tür klapperte, war zu hören, und Sid stand auf, um zu öffnen.

»Und alles läuft darauf hinaus«, Masterman war plötzlich wieder ruhig geworden und sprach rascher als vorher, um seinen Gedanken zu Ende zu führen: »Die Welt ist aus den Fugen geraten, und es gibt keine lebende Seele, die nicht halb oder ganz vergeudet ist. Letzten Endes werden Sie das gleiche bei sich selbst feststellen, wohin immer Ihr Schicksal Sie verschlagen möge... Sie haben wohl nichts dagegen, wenn ich noch eine Ihrer Zigaretten rauche?«

Er nahm die Zigarette von Kipps mit einer Hand, die so heftig zitterte, daß sie ihr Ziel fast verfehlte, und erhob sich in einer etwas schuldbewußten Art, als Mrs. Sid ins Zimmer trat.

Ihr Blick begegnete dem seinen und vertiefte die Röte auf seinem Gesicht. »Ihr redet über den Sozialismus«, bemerkte Mrs. Sid ein wenig streng.

5

Am späten Nachmittag dieses Tages schlenderte Kipps entlang der südlichen Begrenzung der Rotten Row in östlicher Richtung. Eine kleine, korrekt gekleidete Gestalt, geht er langsamen Schrittes durch eine manchmal ungeheuer schwer zu begreifende und stets unermeßliche Welt. Gelegentlich versinkt er ins Nachdenken und pfeift leise vor sich hin, dann wieder schaut er um sich. Auf der Row begegnen ihm ein paar Reiter, eine Kutsche flitzt hin und wieder vorbei; unter den großen Rhododendron- und Lorbeerbüschen und auf dem frischen Grün des Rasens tummeln sich einige Gruppen und Einzelgänger, auf die gleiche Art gekleidet, wie Kipps es war, als er anläßlich seiner Verlobung die Walshinghams besuchte. Mitten in die verworrene Unordnung von Kipps' Gedanken mischte sich ein Bedauern, daß er damals nicht anders gekleidet gewesen war.

Nach kurzer Zeit verspürte er Lust, sich niederzusetzen, und ein grüner Stuhl verlockte ihn schließlich dazu. Zögernd nahm er ihn in Beschlag, lehnte sich zurück und schlug die Beine übereinander. Er rieb seine Unterlippe am Schirmgriff und dachte dabei über Masterman und dessen Verurteilung der Welt nach.

»Bißchen übergeschnappt, der arme Kerl«, sagte Kipps zu sich und fügte hinzu, »wissen möcht' ich nur –«

Eine Zeitlang dachte er gespannt nach.

»Wissen möcht' ich, was er mit den mageren Jahren gemeint hat.«

Gerade hier schien ihm die Welt eine sehr solide und erfolgverheißende Angelegenheit und durchaus unerreichbar für Mastermans kraftlosen Zugriff. Und doch –

Seltsam, daß er dabei an Minton denken mußte.

Dann wendeten sich seine Gedanken einer weit bedeutsameren Sache zu. Gerade vor seinem Weggehen hatte ihn Sid gefragt, ob er Ann gesehen habe, und ehe er noch darauf antworten konnte, gemeint: »Du wirst sie jetzt etwas öfter sehen. Sie hat eine Stellung in Folkestone bekommen.«

Diese Bemerkung hatte ihn von jeglichen Sorgen darüber, ob die Welt aus den Fugen geraten sei oder über ähnliche Fragen in die Gegenwart zurückversetzt.

Ann!

Man könnte ihr jeden Tag über den Weg laufen.

Er zupfte an seinem Schnurrbärtchen.

Er würde Ann gerne sehr oft über den Weg laufen...

Doch es würde verteufelt peinlich sein, wenn er dies tat!

In Folkestone! Das war ganz schön nahe, viel zu nahe...

Später als er daran dachte, daß er vielleicht in seinem schönen Abendanzug auf dem Weg zur Musikkapelle mit Ann zusammenstoßen könnte, versetzte ihn diese Vorstellung in einen flüchtigen Tagtraum, der jäh in einen Alptraum umschlug.

Angenommen, er begegnete ihr, wenn er gerade mit Helen ausging! »Oh, mein Gott!« Das Leben hatte ihm eine neue Schwierigkeit in den Weg gestellt, deren Ende nicht abzusehen war. Eine Weile lang wünschte er inbrünstig, er hätte Ann nicht geküßt, er wäre nicht ein zweites Mal nach New Romney gefahren. Er wunderte sich, daß er damals Helen so erstaunlich vergessen hatte. Er würde Helen schreiben müssen, einen leichthin, spontan geschriebenen Brief, daß er für einen Tag oder etwas länger nach London gefahren sei. Dabei versuchte er, sie sich vorzustellen, wenn sie ihn las. Dann würde er einen weiteren Brief an die beiden Alten schreiben, in dem er ihnen mitteilte, daß er in geschäftlichen Angelegenheiten habe hierherfahren müssen. Für sie könnte es damit sein Bewenden haben, aber Helen würde sich anders verhalten. Sie würde auf näheren Erklärungen bestehen.

Er wünschte, er müßte nie wieder nach Folkestone zurückkehren. Damit wäre so ziemlich die ganze Angelegenheit erledigt.

Eine vorbeigehende Gruppe, zwei tadellos gekleidete Herrn und eine strahlend-verschwenderisch gekleidete Dame, erregte seine Aufmerksamkeit. Sie unterhielten sich, daran war nicht zu zweifeln, blendend. Er sah ihnen nach. Die Dame schlug den Arm des Herrn an ihrer linken Seite leicht mit ihrem eleganten Handschuh. Feine Leute! Mächtig vornehm...

Seine Seele betrachtete das Leben in der Welt, wie ein ganz kleiner Nestling vielleicht aus seinem Nest gucken mochte. Was für ein außergewöhnlich Ding war doch das Leben, und welch bemerkenswerte Vielfalt von Menschen gab es in diesem Leben!

Er zündete sich eine Zigarette an, stellte Vermutungen über die sich entfernende Dreiergruppe an und beobachtete sie, wobei er den Rauch ausblies. Sie schienen mit dem Leben sehr gut zurechtzukommen. Wahrscheinlich hatte jeder von ihnen ein Einkommen, das weit mehr als zwölfhundert im Jahr betrug. Vielleicht aber auch nicht. Wahrscheinlich argwöhnte keiner von ihnen im Vorbeigehn, daß auch er ein Gentleman und finanziell unabhängig war, zumal seine Kleidung nicht auf besondere Vornehmheit hinwies. Für sie lagen die Dinge natürlich einfacher. Sie waren dazu erzogen, von frühester Kindheit an stets gut gekleidet zu sein und immer das Richtige zu tun; sie begannen ihr Leben in der Gesellschaft schon frei von all dem, was ihn unsicher machte. Nie mußten sie mit allerhand verschiedenen Leuten verkehren, die nicht zueinander paßten. Wenn zum Beispiel jene Dame dort mit jenem Herrn ein Verlöbnis einginge, wäre sie von irgendwelchen Begegnungen mit einem beleibten kußfreudigen Onkel oder mit Chitterlow oder vor dem gefährlich vielsagenden Blick Pearces sicher.

Seine Gedanken kehrten zu Helen zurück.

Sobald sie verheiratet waren und Cuyps oder Cuyp hießen – Coote hatte ja sein ›s‹ nicht begründet –, in jener Mietwohnung des Westend lebten und alle diese Verbindungen zu niederen Klassen abgebrochen hatten, würden er und sie dann an einem Nachmittag solcherart gekleidet hier entlangstolzieren? So etwas wär' ganz gewiß schön, wenn man entsprechend angezogen war.

Helen!

Manchmal fiel es schwer, sie zu begreifen.

Er stieß dicke Rauchwolken seiner Zigarette aus.

Es würde Tees geben, Dinners, Besuche – natürlich würden sie ihm allmählich zur Gewohnheit werden.

Aber Anagrammpartys schienen ihm für den Anfang ein wenig gar zu steif!

Es war zunächst auch gräßlich verwirrend, im Gedächtnis zu behalten, wann man beim Dinner die Gabel benützen sollte, und was es dergleichen mehr an Tischvorschriften gab. Indessen –

Er bezweifelte durchaus, ob er sich an dies alles gewöhnen würde. Für einige Zeit wurde sein Interesse von einem Mädchen mit Reitknecht zu Pferde in Anspruch genommen, dann aber kehrten seine Gedanken zu seinen eigenen Sorgen zurück.

Er würde Helen schreiben müssen. Womit konnte er seine Abwesenheit beim Anagrammtee erklären? Ziemlich deutlich hatte sie ihm zu verstehen gegeben, daß sie sein Dabeisein wünschte. Er rief sich ihr entschlossenes Gesicht ohne große Zärtlichkeit ins Gedächtnis zurück. Er wußte, daß er bei diesem verwünschten Tee wie ein lächerlicher Dummkopf aussehen würde. Angenommen, er drückte sich davor und kam gerade rechtzeitig zum Dinner zurück. Dinners waren zwar auch gräßlich kompliziert, aber nicht so schlimm wie Anagrammpartys. Das allererste, was geschehen könne, wenn er nach Folkestone zurückkehrte, wäre vielleicht ein Zusammentreffen mit Ann. Gesetzt den Fall, er traf Ann letzten Endes wirklich, wenn er mit Helen zusammen war!

Welch merkwürdige Begegnungen waren doch in dieser Welt möglich!

Gott sei Dank würden sie ja bald in London leben!

Aber das brachte ihn nun auf Chitterlow. Die Chitterlows würden auch bald nach London kommen. Wenn sie kein Geld erhielten, würden sie diesem nachlaufen; sie gehörten nicht zu jenen Leuten, die sich leicht abschütteln lassen, und wenn sie kamen, würden sie in London ihr neues Stück auf die Bühne bringen wollen. Er versuchte sich eine schickliche Gelegenheit im Londoner Gesellschaftsleben vorzustellen, in die Chitterlow hineinplatzte, um mit seinem Redeschwall, dem wolkenbruchartigen Donnern seines anmaßenden Auftretens die ganze Gesellschaft wie Weizenhalme unter einem Orkan flachzudrücken.

Zum Teufel mit Chitterlow, hol' ihn der Henker! Doch irgendwie und irgendwann würde man mit ihm abrechnen müssen. Und da war Sid! Sid war Anns Bruder. Mit Schrekken wurde er sich plötzlich der gesellschaftlichen Unklugheit bewußt, Sids Einladung zum Mittagessen angenommen zu haben.

Sid war nicht einer von denen, die man von oben herab behandeln, die man schneiden konnte, und überdies – er war Anns Bruder! Ihn wollte er nicht schneiden; dies wäre schlimmer als Buggins oder Pearce zu schneiden, viel schlimmer. Noch dazu nach jenem Mittagessen! Das wäre fast so schlimm, wie Ann selbst zu schneiden. Und gerade was Ann betraf!

Angenommen, er war in Gesellschaft Helens oder Cootes!

»O verdammt!« sagte er schließlich, und wiederholte grimmig, »verdammt!« Dann stand er auf, schleuderte seinen Zigarettenstummel von sich und schlug nach widerstrebendem Zögern den Weg zu den wahrhaft fremdartigen Herrlichkeiten des Royal Grand ein...

Und da bildet man sich gemeinhin ein, daß Geld zu haben bedeute, überhaupt keine Sorgen zu haben!

6

Kipps ertrug den Prunk des Royal Grand Hotel drei Nächte und drei Tage lang, dann trat er in wilder Flucht den Rückzug an. Das Royal Grand besiegte, überwältigte und vertrieb Kipps nicht mit Absicht, sondern durch seine königliche Großartigkeit, verbunden mit einer Organisation aller erdenklichen Bequemlichkeit, die auf die Spitze getrieben war. Bei seiner Rückkehr stieß er bereits auf eine Schwierigkeit; er hatte die kreisförmige Pappscheibe mit der Nummer seines Zimmer verloren und wanderte geraume Zeit völlig perplex in der Halle und auf den Korridoren umher, bis er dachte, alle Portiers und Angestellten in goldbetreßten Mützen müßten ihn beobachten und sich über ihn lustig machen. Schließlich fand er in einer stillen Ecke neben dem Friseurladen einen freundlich aussehenden Menschen in flaschengrüner Uniform, dem er sein Mißgeschick anvertraute. »Hören Sie«, sagte er freundlich lächelnd, »ich kann mein Zimmer nicht finden.« Anstatt nun boshaft zu lachen, wie er es wohl auch getan haben könnte, verhielt sich der Mensch in Flaschengrün äußerst hilfreich, zeigte Kipps, was zu tun war, schaffte seinen Schlüssel herbei und geleitete ihn mit dem Aufzug und durch den Korridor zu seinem Zimmer. Kipps gab ihm eine halbe Krone Trinkgeld.

In der Sicherheit seines Zimmers bereitete sich Kipps sorgfältig für das Dinner vor. Vom jungen Walshingham hatte er genug gelernt, um seinen Abendanzug mitzubringen, nun begann er ihn anzulegen. Leider hatte er in der

Aufregung seiner Flucht vor Tante und Onkel sein zweites Paar Schuhe vergessen einzupacken, und so schwankte er eine Weile zwischen seinen purpurnen Tuchpantoffeln mit goldenen Ringelblumen und der Aussicht, die Schuhe, die er gerade trug, mit dem Handtuch zu reinigen. Da seine Füße aber ein wenig wundgerieben waren, nahm er die Pantoffeln.

Als er später freilich bemerkte, wie die Portiers, Kellner und die anderen Gäste seine Pantoffeln begafften, tat es ihm leid, nicht die Schuhe anbehalten zu haben. Um jedoch allenfalls Stilmängel wiedergutzumachen, trug er seinen Klapphut unterm Arm.

Ohne besondere Mühe fand er den Weg zum Speisesaal. Dies war ein großer, prächtig geschmückter Raum, und viele Gäste, offensichtlich mit den Bräuchen des Hauses bestens vertraut, speisten an kleinen Tischen, die von elektrischen Kerzen mit roten Schirmchen beleuchtet waren – Herren im Abendanzug und Damen mit schimmernden, staunenerregenden Dekolletés. Nie zuvor hatte Kipps Abendkleidung so wirkungsvoll gefunden, und er traute seinen Augen nicht. Aber es gab auch Leute, die keine Abendkleidung trugen und die zweifellos gerne gewußt hätten, welch vornehmer Familie Kipps angehörte. In einer reich verzierten Nische war eine Musikkapelle untergebracht; ihre Mitglieder blickten samt und sonders auf die purpurroten Pantoffeln und verloren so jede Chance auf eine Spende seitens Kipps'. Der größte Nachteil dieser prunkvollen Stätte war der im Überfluß vorhandene freie Fußboden, der überquert werden mußte, bis man seine purpurnen Pantoffeln unter einem Tisch verbergen konnte.

Er suchte sich ein Tischchen – nicht jenes, an dem ein reichlich unverschämt aussehender Kellner einen Stuhl bereit hielt, sondern ein anderes –, setzte sich und, als er entdeckte, daß er noch immer seinen Klappzylinderhut in der Hand hielt, entschloß er sich nach kurzer Überlegung, sich ein wenig zu erheben und sich daraufzusetzen. (Der Hut wurde zu später Stunde von einer Soupergesellschaft auf seinem verlassenen Stuhl entdeckt und ihm an nächsten Tag zurückgegeben.)

Behutsam legte er die Serviette auf eine Seite und wählte ohne Schwierigkeit sein Suppe, »Klare Suppe, bitte«, doch wurde er durch die Überreichung einer ganz prächtig gebundenen Weinkarte ziemlich verwirrt. Er blätterte darin, entdeckte eine Seite, die dem Whisky gewidmet war, und hatte eine glänzende Idee.

»Hier«, bedeutete er dem Kellner mit einer ermunternden Kopfbewegung und fragte dann in vertraulichem Ton.

»Haben Sie vielleicht eine Alten Methusalem Dreistern?«

Der Kellner ging, um nachzufragen, und Kipps löffelte mit erhöhtem Selbstgefühl weiter seine Suppe. Da letztlich der Alte Methuselah sich als unerreichbar erwies, bestellte er aus ungefähr der Mitte der Weinkarte roten Bordeaux.

»Nehmen wir von diesem da«, sagte er. Er wußte, roter Bordeaux war eine gute Weinsorte.

»Eine halbe Flasche?« fragte der Kellner.

»Ganz recht.«

Kipps merkte, daß er Fortschritte machte. Nach der Suppe lehnte er sich wie ein Mann von Welt zurück und ließ dann seine Blicke langsam in die Runde zu den Damen in Abendkleidern schweifen, die rechts von ihm saßen.

Er hätte es nicht für möglich gehalten!

Dies war ein sensationeller Anblick. Nur eine Spur schwarzen Samts über den Schultern!

Wieder sah er hinüber. Eine der Damen lachte, erhob ihr Weinglas – sie war offenbar eine Frau, der der Schalk im Nacken saß; die andere, die im schwarzen Samtkleid, aß einige Bissen Brot mit nervöser Hast und redete schnell.

Kipps wünschte, Buggins hätte die beiden sehen können.

Da fiel ihm auf, daß ihn ein Kellner beobachtete, und er errötete tief. Eine Zeitlang blickte er nicht wieder hinüber, geriet aber über seinem Fischgericht wegen des Gebrauchs von Messer und Gabel in Verlegenheit. Unmittelbar darauf bemerkte er eine Dame in Rosa an einem Tisch links von dem seinen, die ihren Fisch mit einem Besteck aß, das er noch nie gesehen hatte.

Bei der Ragoutpastete in Blätterteig aber geriet er völlig aus der Fassung. Er benutzte dazu ein Messer; als er dann sah, daß die Dame in Rosa nur eine Gabel benutzte, legte er sein Messer, an dessen Schneide reichlich Buttercreme haftete, hastig auf das Tischtuch. Dann freilich fand er, daß eine Gabel in seiner ungeübten Hand eher ein Jagdinstrument als ein Fanginstrument war. Seine Ohren erglühten heftig, und als er aufblickte, entdeckte er, daß die Dame am Nebentisch ihn anstarrte und dann lächelte, als sie mit dem Mann an ihrer Seite sprach.

Er begann die Dame in Rosa sehr zu hassen.

Schließlich spießte er ein großes Stück der Pastete auf und war nur zu froh, daß er nicht den ganzen Bissen auf einmal essen mußte. Aber es war ein beträchtlicher Brocken, und Stücke davon entschlüpften ihm. Ausgerechnet auf seine Hemdbrust! »Verdammt!« entfuhr es ihm, und er nahm den Löffel zu Hilfe. Sein Tischkellner ging zu zwei anderen Kellnern und sprach mit ihnen, zweifellos mokierten sie sich über ihn. Er wurde plötzlich sehr wütend. »Hier!« sagte er mit heftiger Gebärde. »Räumen Sie das weg!«

Die gesamte Dinner-Party rechts von ihm, die Damen in den extravagenten Abendkleidern blickten auf ihn... Er fühlte, daß alle ihn beobachteten und sich über ihn lustig machten, und diese Ungerechtigkeit versetzte ihn in Zorn. Schließlich waren denen ja alle Vorteile gegeben, die ihm fehlten. Und dann, als sie ihn soweit gebracht hatten, daß er tat, was er konnte, was hatten sie anderes zu tun als ihn anzustaunen, zu verhöhnen und einander heimlich anzustoßen. Er versuchte sie dabei zu ertappen und nahm dann Zuflucht zu einem zweiten Glas Wein.

Plötzlich und unvermutet für ihn selbst entdeckte er, daß er Sozialist war. Es kümmerte ihn nicht, wie nahe schon die mageren Jahre waren, wenn all dieser Firlefanz sein Ende haben würde.

Hammelfleisch mit Erbsen kam dann als nächster Gang. Er hielt die Hand des Kellners fest. »Keine Erbsen«, sagte er. Er wußte einiges um die Gefahr und die Schwierigkeit, Erbsen zu essen. Als dann die Erbsen abserviert wurden, überkam ihn aufs neue Erbitterung...

Echos von Mastermans glühender Beredtheit hallten nun in seinem Kopf wider. Ein mieser Haufen waren die, jemanden auszulachen! Halb ausgezogene Weiber – Das war's, was ihm solch scheußliches Unbehagen verursacht. Wie konnte man in der Umgebung solcher Leute sein Dinner zu sich nehmen? Ein mieser Haufen waren sie. Jedenfalls war er froh, daß er nicht einer von ihnen war. Ja, mochten sie schauen. Wenn sie ihn wieder anstarrten, so beschloß er, würde er einen der Männer fragen, wen er eigentlich so anstarre. Sein erregtes und zorniges Gesicht hätte jeden beunruhigt. Ein unglücklicher Zufall wollte es, daß die Musikkapelle nun trotzig-wilde Militärmusik spielte. Die innere Veränderung, die Kipps dabei durchmachte, war auf ihre Art das, was Psychologen »Bekehrung« nennen. In wenigen Augenblicken waren alle Ideale unseres Kipps verändert. Er, der »wirklich ein Gentleman«, der eifrige Schüler Cootes, der pedantisch-steife Hutlüfter gewesen war, wurde augenblicklich zum Rebellen, zum Ausgestoßenen, zum Hasser alles Arroganten, zum Feind der »guten Gesellschaft« und der gegenwärtigen Gesellschaftsordnung. Hier genossen sie die Gewinne ihrer Ausbeutung, diese Leute, die alles mit der Welt zu tun imstande wären …

»Nein, danke«, wies er ein angebotenes Gericht zurück.

Er richtete einen verächtlichen Blick auf die entblößten Schultern der Dame zu seiner Linken.

Bald nachher wies er ein weiteres Gericht zurück. Er mochte es nicht – es war fürs Auge zurechtgemacht! Wahrscheinlich von irgendeinem ausländischen Koch zubereitet. Er trank seinen Wein aus und aß Brot dazu …

»Nein, danke.«

»Nein, danke.«

Da merkte er, daß der Blick eines Tischgastes neugierig auf sein gerötetes Gesicht gerichtet war. Er antwortete mit einem ebensolchen Blick. Konnte er nicht ohne Speisen auskommen, wenn es ihm beliebte?

»Was ist das«, fragte Kipps, als ein großer grüner Kegel vorbeigetragen wurde.

»Speiseeis«, antwortete der Kellner.

»Bringen Sie mir eines.«

Er ergriff Gabel und Löffel und rückte der Eisbombe zu Leibe. Sie ließ sich recht schwer zerteilen. »Herunter mit dir!« preßte Kipps mit äußerster Bitterkeit hervor, und die abgeschlagene Spitze der Eisbombe flog plötzlich weg. Alles vollzog sich bemerkenswert schnell. Schwupp, landete sie auf dem Boden in einiger Entfernung des Tisches, und zunächst schien die Zeit stillzustehen.

Am Nebentisch lachten sie alle.

Sollte er den Rest der Eisbombe auf sie schleudern?

Die Flucht ergreifen?

Auf jeden Fall sollte es ein würdiger Rückzug werden.

»Nein«, sagte Kipps, »nichts mehr«, und verhinderte damit den höflichen Versuch des Kellners, ihm eine andere Eisbombe zu servieren. Eine unbestimmte Idee kam ihm, er könne die Angelegenheit so aus der Welt schaffen, als habe er das Eis absichtlich auf den Boden geworfen – weil er es beispielsweise scheußlich fand und überhaupt über die Qualität seiner Mahlzeit verärgert war. Er legte beide Hände auf den Tisch, schob seinen Stuhl zurück, befreite einen purpurnen Pantoffel von der Serviette und erhob sich. Sorgfältig wich er dem am Boden liegenden Speiseeis aus, warf die Serviette unter den Tisch, schob die Hände tief in seine Taschen und marschierte hinaus, den Staub des Saales sozusagen von seinen Füßen schüttelnd.

Er hinterließ einen schmelzenden Eisklumpen auf dem Fußboden, seinen Klappzylinderhut warm und zusammengedrückt auf seinem Stuhl und obendrein jeden gesellschaftlichen Ehrgeiz, den er jemals in dieser Welt gehegt hatte.

7

Kipps kehrte rechtzeitig zum Anagramm-Tee nach Folkestone zurück. Ihr dürft euch aber nicht vorstellen, daß die Sinnesänderung, die ihn im Speisesaal des Royal Grand Hotel überkommen hatte, irgendeine veränderte Haltung gegenüber diesem in Aussicht gestellten gesellschaftlichen und geistigen Genuß zur Folge hatte. Er kehrte zurück, weil das Royal Grand zu viel für ihn war.

Äußerlich ruhig oder höchstens ein wenig erregt und verärgert, war Kipps in seinem Innern während jener drei Tage stillen, verzweifelten Ringens mit dem großen Hotel ein schreckliches, zermartertes Schlachtfeld von Bedenken, Zweifeln, Gefühlen der Scham und Anstrengung zur Selbstbehauptung. Er beabsichtigte nicht, sich von dem Ungeheuer kampflos schlagen zu lassen; schließlich jedoch mußte er sich verdrossen als bezwungen bekennen. Die Übermacht war gewaltig. Auf der einen Seite er selbst – unter anderem mit nur einem Paar Schuhe; auf der andern ein riesiges Durcheinander von Räumen im Ausmaß von mehrere Acres mit mehr als tausend Menschen an Personal und Gästen, von denen alle hauptsächlich damit beschäftigt schienen, Kipps sonderbar anzusehen, hinter seinem Rücken über ihn zu lachen, auf schwierige Lagen zu lauern, mit denen sie ihn konfrontieren, aus der Fassung bringen und ihm Demütigungen zufügen konnten. So berechnete beispielsweise die Hotelführung genau die Kosten der elektrischen Beleuchtung für die Gäste. Nach dem Dinner wurde das Zimmermädchen, eine unsympathische junge Frau mit harten Zügen und anmaßendem Wesen durch eine Klingel gerufen, die Kipps in der Meinung betätigt hatte, der Knopf sei der Schalter für die Beleuchtung. »Hören Sie«, meinte Kipps und rieb sich sein Schienbein, das während seiner Suche in der Finsternis Schaden genommen hatte, »warum gibt es hier keine Kerzen oder Streichhölzer?« Die Hotelführung klärte die Angelegenheit und berechnete ihm eine empfindliche Gebühr.

»Es ist nicht jeder mit diesen Dingen vertraut«, lenkte Kipps ein.

»Nein, wirklich nicht«, entgegnete das Zimmermädchen mit schlecht verhehlter Verachtung und knallte die Tür vor seiner Nase zu.

»Ich glaub', ich hätt' ihr ein Trinkgeld geben sollen«, sagte Kipps zu sich selbst.

Danach reinigte Kipps seine Schuhe mit einem Taschentuch, machte einen langen Spaziergang und fuhr in einer zweirädrigen Droschke zurück; indessen berechnete man ihm neuerlich eine Gebühr, da er seine Schuhe nicht vor die Tür gestellt hatte, so daß diese am nächsten Morgen gesondert gereinigt werden mußten. Man behandelte ihn auch von oben herab, indem man ihm heißes Wasser brachte, als er bereits vollständig angezogen war, und dann überrascht auf seinen Kragen starrte. Das Frühstück jedoch, zugegeben, erhielt er ohne besondere Schwierigkeiten.

Die Tatsache, daß sich Kipps während der nächsten vierundzwanzig Stunden fast zur Gänze im Hotel aufhielt, sollte seine Hotelrechnung gleichfalls nicht unbeträchtlich belasten. Da ihn von den ausgiebigen Wanderungen des Vortages die Füße schmerzten, konnte er sich nicht zu längeren Ausgängen entschließen. So huschte er bloß mehrmals ein und aus, und der höfliche Portier war's, der jedesmal die Hand an die Mütze legte und so Kipps erstmals bewog, Trinkgeld zu geben.

»Was er will, ist ein Trinkgeld«, sagte sich Kipps.

So gab er bei der nächsten sich bietende Gelegenheit dem Mann einen unerwarteten Shilling, und da er nun einmal seine Hand in die Tasche gesteckt hatte, gab es keinen Grund, diese Praxis nicht weiter zu verfolgen. Beim Zeitungsstand kaufte er eine Zeitung und ließ dem Jungen den Rest des Shillings, dann benutzte er den Lift und gab dem Liftboy sechs Pence, wobei er die Zeitung unachtsamerweise im Lift zurückließ. Seinem Zimmermädchen, das er auf dem Korridor traf, gab er eine halbe Krone. Auf diese Weise beschloß er, dem ganzen Haus seine gesellschaftliche Stellung klarzumachen. Er mochte dieses Hotel nicht, lehnte es aus politischen, gesellschaftlichen und moralischen Gründen ab, war jedoch entschlossen, daß keine Spur von Geiz seinen Aufenthalt in dessen prächtigen Hallen beeinträchtigen sollte. Beim Abwärtsfahren mit dem Lift gab er wieder Trinkgeld, und als ein Kellner mit seinem Klappzylinderhut an ihn herantrat, überreichte er dem Finder eine halbe Krone. Ein unbestimmtes Gefühl sagte ihm daß er das Hotel gewissermaßen in der Flanke angreife, indem er dessen Personal bestach. Sie würden ihn als »Sonderling« ansehen und ihn liebgewinnen. Als er sah, daß sich sein Vorrat an Kleingeld verringerte, füllte er ihn an einem Schalter in der Hotelhalle wieder auf. Einem Mann in flaschengrüner Uniform gab er Trinkgeld, weil er wie jener aussah, der ihn am Vortrag zu seinem Zimmer gebracht hatte; dann aber sah er, wie ein Gast ihn musterte, und bezweifelte, ob er in diesem Fall das Richtige tat. Schließlich ging er auf die Straße, fuhr aufs Geratewohl mit Bussen bis zu deren Endhaltestelle, wanderte ein wenig in entlegenen, wunderschönen Vorstädten herum und fuhr dann wieder zurück. Zu Mittag aß er in einem billigen Speiselokal in Islington, und als er um drei Uhr im Royal Grand eintraf, war er nun unverkennbar wundgelaufen und londonmüde. Ein hübsches Plakat machte ihn indessen auf den Nachtmittagstee im Salon aufmerksam.

Da kam ihm in den Sinn, daß die Kampagne des Trinkgeldgebens, auf die er sich eingelassen hatte, vielleicht doch ein Fehler war. Bestärkt wurde er in dieser Vermutung, als er merkte, daß ihn die Hotelangestellten nicht respektvoll, sondern in einer Art belustigten Staunens beobachteten, wie um herauszufinden, wem er als nächstem ein Trinkgeld geben würde. Wenn er jedoch jetzt damit aufhörte, würden sie ihn für einen entsetzlichen Dummkopf halten. Nicht jeder war eben so reich wie er, und es war seine Art, Trinkgelder zu geben. Doch –

Immer mehr wurde ihm zur Gewißheit, daß man im Hotel wieder einen Betrag auf seine Rechnung gesetzt hatte.

Er tat so, als sei er in Gedanken verloren, und bummelte an seinen Beobachtern vorbei. Nachdem er Hut und Schirm in der Garderobe gelassen hatte, ging er in den Salon zum Nachmittagstee.

Dort erreichte er dann wirklich das, was er eine Zeitlang für einen Punkt zu seinen Gunsten hielt. In dem großen Raum ging es zunächst ruhig zu, und er lehnte sich gemütlich in seinem Stuhl zurück, bis ihm einfiel, daß seine Haltung seine staubigen Schuhe allzu auffällig ans Licht brachte. So richtete er sich auf; allmählich kamen Gäste, die der Oberschicht und der gehobenen Mittelklasse angehörten, gruppierten sich rings um ihn, nahmen ebenfalls Tee und ließen im übrigen den Klassenhaß vom Vortag wieder aufleben.

Schon nach kurzer Zeit fiel ihm die eine aufgeplusterte blondhaarige Dame in der Nähe seines Tisches auf. Sie plauderte mit einem Geistlichen, dessen ehrerbietige Haltung darauf hindeutete, daß sie ihn zum Tee eingeladen hatte. »Nein«, sagte sie, »die gute Lady Jane würde so etwas nicht tun!«

Der Geistliche murmelte mit tiefer Stimme Unverständliches.

»Die arme, liebe Lady Jane war immer so empfindsam«, die Stimme der Dame klang laut, deutlich und entschieden.

Ein beleibter, kahlköpfiger, wichtigtuerisch aussehender Mann schloß sich den beiden an, nahm einen Stuhl und stellte ihn brüsk mit der Rückenlehne vor Kipps' Gesicht, eine Geste, durch die sich Kipps tief beleidigt fühlte. »Erzählst du ihm«, sprudelte der kahlköpfige Dicke hervor, »vom Mißgeschick der lieben Lady Jane?« Ein junges Paar, die Dame hochelegant gekleidet, ihr Begleiter in einem exzellent geschnittenen Gehrock, machten es sich auf der rechten Seite bequem, wobei ihr Verhalten gleichfalls ausdrückte, daß Kipps für sie gleich Luft war. »Ich habe es ihm gesagt«, der junge Herr sprach mit klarer, volltönender Stimme. »Ach, du Schreck!« sagte die junge Dame und lächelte wie eine Amerikanerin. Ohne Zweifel dachten sie alle, daß Kipps nicht zu ihnen gehörte. Ein starkes Verlangen, sich auf irgendeine Weise gegen sie durchzusetzen, brandete ihn ihm hoch. Er hätte sich gerne auf irgendeine dramatische Weise in ihre Gespräche eingemischt. Etwa mit einem Monolog in der Manier Mastermans? Wenn er dies auch als unmöglich verwarf, so wollte er doch auf alle Fälle selbstsicher und leger erscheinen. Seine Blicke wanderten über die schwarzen Flächen einer aus edlen Bauelementen gefügten Masse in seiner unmittelbaren Nähe, entdeckten eine Schlitz und eine Emailplatte, die eine Gebrauchsanweisung enthielt.

Kipps fiel ein, daß er gerne etwas Musik hören würde, daß seine musikalische Wahl ihn als Mann von Geschmack und gleichzeitig als einen ausweisen würde, der sich hier ungeniert wie zu Hause fühlt. Er stand auf, las eine Liste verschiedener Melodien durch, wählte aufs Geratewohl eine davon, preßte sein Sixpencestück – es kostete sechs Pence – energisch in den Schlitz und bereitete sich erwartungsvoll auf ein vertrautes, feines Liedlein vor.

In Anbetracht des hohen gesellschaftlichen Ranges des Royal Grand war dieses Instrument wirklich sehr laut. Es ließ zunächst drei ohrenbetäubenden Trompetenstößen freien Lauf und durchbrach den Damm der Stille, der es so lang eingepfercht hatte. In der Hauptsache schien es von den Vorfahren der Trompeten, Riesenposaunen und Bremsvorrichtungen der Eisenbahn erfüllt zu sein. Es gab Geräusche von sich, wie rangierende Eisenbahnzüge. Der Anfang war nicht so sehr ein Anfang, vielmehr jagte er eine Grabenböschung in die Luft und stürmte unter dem Schutz von melodischen Schrapnells vorwärts. Es klang eher wie Querschläger als wie eine Melodie. Kurz gesagt, diese Musik hatte die unnachahmliche Qualität des amerikanischen Komponisten Sousa. Sie stürzte herab auf die Freundin Lady Janes und riß etwas, das in die Gesellschaft wie ein Blitz einschlug, mit sich fort in die ewige Nacht des Unerhörten; das amerikanische Mädchen, das links vom Instrument saß, kreischte vor Begeisterung. »HIGH cockalorum Tootletootle tootle loo. HIGH cockalorum tootle tootle loo. BUMP, bump, bump – BUMP« – urtümliche Musik aus Amerika, voll von den Schreien Eingeborener, vom Geist anfeuernder Rufe westlicher Collegestudenten, vom Geheul der Wahlkundgebungen, frohe, maßlose Musik aus der gigantischen Pflanzstätte der Zukunft, die den Zuhörer auf ihrer wolkenbruchartigen Folge von Tönen und Geräuschen davon trägt, als befände er sich in einem Faß auf den Niagarafällen. Whiroo! Yah! Sieh dich vor! Rastloses Leben! Yaha! Stop! Eine Atempause! Atempause! Nein. Bang! Bump!

Alle blickten um sich, die Gespräche verstummten, man gestikulierte nur mehr.

Die Freundin Lady Janes regte sich furchtbar auf.

»Kann man es nicht abstellen?« schrie sie, streckte ihren behandschuhten Finger aus und sagte zum Kellner etwas über »jenen gräßlichen jungen Mann«.

»Sollte nicht in Betrieb gesetzt werden«, sagte der geistliche Freund Lady Janes.

Der Kellner begegnete dem Blick des dicken kahlköpfigen Herrn mit einem Kopfschütteln.

Die Besucher wechselnden die Tische, weiter weg von der Musik. Kipps lehnte sich genießerisch zurück und klopfte dann mit einer halben Krone, um zu bezahlen.

Er bezahlte, gab Trinkgeld, wie es einem Gentleman ansteht, erhob sich mit unbekümmerter Miene und schlenderte zur Tür. Sein Rückzug steigerte die Empörung von Lady Janes Freundin, und von der Tür aus konnte er noch an ihren Gesten erkennen, wie sie fragte, »Kann man es denn nicht abstellen?« Die Musik folgte ihm in den Korridor, bis nach links, und verlor sich erst in der Stille seines Zimmers; später sah er vom Fenster aus die Freundin Lady Janes und ihre Begleiter, die ihren Tee auf ein Tischchen im Garten bringen ließen.

Gewiß war das ein Punkt für ihn. Aber es blieb sein einziger Gewinn; alles übrige lag in den Händen der oberen Klassen und des großen Hotels. Und bald begann er zu zweifeln, ob er sogar diesen Punkt für sich buchen konnte. Überlegt man sich's richtig, so schien es ein bißchen geschmacklos, Leute zu unterbrechen, während sie miteinander plauderten.

Da sah er, wie ein Hotelangestellter aus dem Büro zu ihm herüberschielte, und plötzlich kam ihm der Gedanke, daß das Hotel es ihm über die Rechnung fürchterlich heimzahlen könnte. Man würde sich wahrscheinlich an ihm rächen, indem man ihm Pfund um Pfund aufrechnete.

Angenommen, man berechnete mehr, als er besaß!

Jener Angestellte hatte ein besonders tückisches Gesicht, das Gesicht eines, der imstande war, einen unschlüssigen Kipps zu übervorteilen.

Er gewahrte einen Mann, der mit der Hand an die Mütze fuhr, und griff automatisch nach seinem Shilling, aber die Belastung begann zu wirken. Es war eine ganz verteufelte Lage, in die ihn dieses Trinkgeldgeben brachte.

Wenn es dem Hotel beliebt, einen unverschämt hohen Betrag auf seine Rechnung zu setzen, was sollte Kipps tun? Sich weigern zu bezahlen? Einen Krach schlagen?

Auch wenn er es tat, konnte er nicht gegen alle diese Männer in flaschengrünen Uniformen ankämpfen.

Er ging um ungefähr sieben Uhr aus, spazierte ziemlich lange umher und nahm schließlich das Abendessen in einem billigen Gasthaus an der Euston Road ein; dann spazierte er die Edgware Road entlang und ruhte sich eine Zeitlang in der Metropolitan Music Hall aus, bis ihm eine Trapezdarbietung auf die Nerven fiel, und schließlich kehrte er müde ins Hotel zurück. Dem Liftboy gab er sechs Pence und wünschte ihm gute Nacht. In den stillen Stunden der Nacht ließ er nochmals alle Trinkgelder, die er ausgeteilt hatte, an sich vorbeiziehen, ging die Schrecknisse des gestrigen Dinners am Abend durch und hatte wieder den triumphierenden Trompetenstoß des Orchestrionteufels im Ohr, der aus seiner langen Gefangenschaft befreit worden war. Morgen würden sie alle über ihn klatschen. So konnte es nicht weitergehen! Er gestand sich seine Niederlage ein. Nie in ihrem ganzen Leben hatten diese Leute wohl solch einen Narren gesehen wie ihn! Hu! …

Nicht ohne Bitterkeit kündigte er seinen Rückzug dem Büroangestellten an.

»Ich ziehe aus«, sagte Kipps und keuchte nervös. »Lassen Sie sehn, was Sie auf meine Rechnung gesetzt haben.«

»Ein Frühstück?« fragte der Angestellte.

»Seh ich so aus, als ob ich zwei gegessen hätte?« …

Bei seinem Auszug aus dem Hotel gab Kipps mit erhitztem Gesicht, verkrampften Gesten und vergrämten Gemüt jedem, der nicht auf der Stelle und wirksam Widerstand leistete, ein Trinkgeld, darunter auch einem geistesabwesenden südafrikanischen Diamantenhändler, der in der Halle auf seine Ehefrau wartete. Den Droschkenkutscher entlohnte er in der Charing Cross mit einer Vier-Shillingmünze, da er keine kleineren Münzen hatte, wünschte aber gleichzeitig, er könnte ihn bei lebendigem Leib verbrennen. In einer plötzlichen Reaktion von Sparsamkeit weigerte er sich dann, die ihm angebotene Hilfe eines Trägers anzunehmen und trug seinen Handkoffer recht ungestüm zum Zug.

Kipps wird in die gute Gesellschaft aufgenommen

1

Unterwerfung unter das unerbittliche Schicksal brachte Kipps zur Anagrammparty.

Jedenfalls würde er dort Helen in Gesellschaft anderer Leute begegnen und so mit der schlimmsten Schwierigkeit bei der Erklärung für seinen kleinen Ausflug nach London fertig werden. Seit seinem letzten verhängnisvollen Besuch in New Romney hatte er sie nicht mehr gesehen. Er war mit ihr verlobt, er würde sie heiraten müssen, und je früher er ihr wieder entgegentrat, desto besser. Angesichts wilder Pläne, Sozialist zu werden, aller Welt die Stirn zu bieten und alle Höflichkeitsbesuche für immer abzulehnen, verlor er nach reiflicher Überlegung den Mut. Er ahnte, daß Helen etwas Derartiges niemals gestatten würde. Was die Anagrammparty betraf, so konnte er nicht mehr als sein möglichstes tun, und dazu war er entschlossen. Was sich im Royal Grand zugetragen hatte, was in New Romney geschehen war mußte er aus seinen Erinnerungen streichen und erneut seine gesellschaftliche Stellung wieder aufzubauen beginnen. Ann, Buggins, Chitterlow – sie alle nahmen im nüchternen Lichte der Bahnfahrt nach Folkestone ihren früheren Standort ein – Menschen von untergeordneter gesellschaftlicher Stellung, die aus seiner Welt ausgeschieden werden mußten. Mit Ann war das eine ärgerliche Sache, ärgerlich und jammerschade. Eine Zeitlang beschäftigten sich seine Gedanken mit Ann, bis die Erinnerung an jene Anagramme ihn ablenkte. Wenn er Coote am Abend treffen könnte, dachte er, wäre er vielleicht imstande, eine Art geheimes Einverständnis über die Anagramme auszumachen, und im

Geiste war er eifrig damit beschäftigt, Vorschläge für eine solche Vereinbarung zu entwerfen. Natürlich würde es sich nicht um einen eines Gentlemans unwürdigen Betrug, sondern lediglich um ein kleines Täuschungsmanöver handeln, Coote könnte ihm gegenüber höchstwahrscheinlich eine Andeutung über die Auflösung eines oder zweier dieser Dinge fallenlassen – nicht genug, um einen Preis zu gewinnen, aber genug, um seine Schande zu verbergen. Oder, andernfalls könnte er über die Sache humorvoll und spaßhaft hinweggehen und so tun, als ob er vorgebe, sehr dumm zu sein. Da gab es genug Auswege, wenn man nur ein scharfes, wachsames Auge behielt...

Die Kleidung, die Kipps beim Anagrammtee trug, war als Kompromiß zwischen den strengen Vorschriften der vornehmen Lebensart und der in den Ortschaften am Meer üblichen Lässigkeit gedacht – eine Art ungezwungener Halbgala für den Nachmittag. Helens erster Verweis war für immer in seinem Gedächtnis haften geblieben. Er trug einen Gehrock, dessen Eindruck jedoch durch einen Panamahut von romantischer Fasson mit einem dunklen Band gemildert wurde, graue Handschuhe, aber, gewissermaßen zur Auflockerung, braune Knopfstiefel. Der einzige andere Mann außer der anwesenden Geistlichkeit – ein neuer Arzt mit einer attraktiven Ehefrau – war in korrektem Nachmittagsanzug erschienen. Coote war nicht anwesend.

Kipps war ein wenig blaß, aber durchaus selbstbeherrscht, als er sich Mrs. Bindon Bottings Tür näherte. Er ging alles im Geiste noch einmal durch, während einige Leute eintraten, und dann sah er dem weiteren Verlauf der Dinge mannhaft entgegen. Die Tür öffnete sich und – Ann stand vor ihm!

Im Hintergrund wurde durch eine mit einer Portiere verhängte Türöffnung hinter einem großen Farn in einem großartigen Blumentopf die ältere Miss Botting sichtbar, die sich mit zwei Gästen unterhielt; zu hören war das Geplapper vieler weiblicher Stimmen...

Unsere beiden jungen Leute waren viel zu verblüfft, um Grußformeln miteinander auszutauschen, obgleich sie doch herzlich genug voneinander Abschied genommen hatten. Beide waren schon in einem Zustand äußerster Spannung, um den Anforderungen dieser großen und einmaligen Gelegenheit – eines Anagrammtees – gerecht zu werden. »Oh, Gott!« sagte Ann, ihre einzige Bemerkung; dann aber ließ sie das Gefühl, daß Mrs. Bottings Blick auf ihr ruhte, innehalten. Sie wurde ganz blaß, aber mechanisch nahm sie seinen Hut entgegen, und er legte auch schon seine Handschuhe ab. »Ann«, sagte er leise und dann: »Nicht zu glauben!«

Die ältere Miss Botting wußte, daß Kipps zu jenen Gästen gehörte, deren man sich helfend annehmen mußte, und als sie zu ihm trat, klang ihre Stimme entzückt. Es sei schrecklich nett von ihm, zu kommen, sagte sie – schrecklich nett. Es sei so schrecklich schwer, geeignete Herren für eine Party zu bekommen.

Sie geleitete Kipps, der in benommenem Zustand etwas murmelte, in den Salon, und hier traf er Helen, die in einem Hut, den er nicht kannte, fast nicht zu erkennen war. Ihm war, als sei er ihr seit Jahren nicht mehr begegnet.

Sie erstaunte ihn. Sein Ausflug nach London schien ihr nicht das geringste auszumachen. Sie hielt ihm ihre schöne Hand entgegen und lächelte ermutigend. »Hast du die Anagramme angesehen?« meinte sie.

Die zweite Miss Botting trat an sie heran, einige längliche Papierstreifen in der Hand, mit geheimnisvollen Inschriften. »Nehmen Sie ein Anagramm«, flötete sie, »nehmen Sie ein Anagramm«, und schon heftete sie kühn eines dieser kurzen Dokumente Kipps an seinen Rockaufschlag. Die Buchstaben waren »Cypshi«, und Kipps argwöhnte gleich von Anfang an, daß dies ein Anagramm für Cuyps sei. Sie ließ auch etwas, das wie ein langes Tanzprogramm aussah und von dem ein kleiner Bleistift herabbaumelte, in seiner Hand zurück. Er wurde verschiedenen Leuten vorgestellt, und dann war er mit der kleinen Dame, die eine große Haube trug, in einer Ecke des Raumes. Sie bombardierte ihn förmlich mit forschen, kurzen Brocken oberflächlichen Geplauders, die sich verflüchtigten, ehe man sie richtig erfassen und beantworten konnte.

»Sehr heiß«, ließ diese Dame verlauten. »Wirklich sehr heiß – den ganzen Sommer hindurch – ungewöhnliches Jahr – alle diese Jahre jetzt ungewöhnlich – weiß nicht, wohin das führen soll. Meinen Sie nicht auch, Mr. Kipps?«

»Oh, gewiß«, antwortete Kipps, während er überlegte, ob Ann noch im Flur sein könnte. Ann!

Er hätte sie nicht wie ein Stockfisch anstarren sollen und nicht so tun sollen, als ob er sie nicht kenne. Das konnte nicht recht sein. Aber was war eigentlich recht?

Die Dame mit der großen Haube rückte zu einer zweiten Attacke vor. »Hoffe, Sie mögen Anagramme gern, Mr. Kipps – schwierige Aufgabe – doch man muß etwas tun, um die Leute zusammenzubringen – besser als ›Mensch, ärgere dich nicht‹ jedenfalls. Glauben Sie nicht auch, Mr. Kipps?«

Ann huschte an der offenen Tür vorbei. In ihren Augen stand eine erstaunte Frage, als sie den seinen begegnete. Für sie beide war etwas in ihrer Welt erschüttert worden.

Er hätte ihr sagen müssen, daß er verlobt war. Er hätte ihr alles erklären müssen. Vielleicht könnte er ihr sogar jetzt noch eine Andeutung machen.

»Glauben Sie nicht auch, Mr. Kipps?«

»Oh, gewiß«, sagte Kipps zum drittenmal.

Eine Dame mit müdem Lächeln, die deutlich sichtbar ihr Schildchen »Wogdelenk« trug, bewegte sich auf die Gesprächspartnerin unseres Kipps zu, und bald begannen die beiden ein Gespräch. Kipps war wieder einmal gesellschaftlich gestrandet. Er blickte um sich. Helen unterhielt sich lachend mit einem Kuraten. Kipps wurde von einem unbestimmten Verlangen ergriffen, mit Ann zu sprechen. Er schlängelte sich seitlich zur Tür hin.

»Und wer sind Sie, bitte?« fragte ein äußerst selbstsicher scheinendes hochgewachsenes Mädchen; sie hielt ihn auf, während sie ihm das Schildchen »Cypshi« abnahm.

»Ich weiß nicht, was es bedeutet«, erklärte sie. »Ich bin Sir Bubh. Finden Sie nicht, daß Anagramme etwas langwierig sind?«

Kipps räusperte sich geräuschvoll, und die junge Dame wurde plötzlich zum Mittelpunkt einer Gesellschaft aufgeregter Freundinnen, die sich zusammentaten, um gemeinsam zu raten, und ihn am Entweichen hinderten. Sie aber schenkte ihm keine weitere Beachtung. Bald fand er sich gegen ein Tischchen abgedrängt und wurde Ohrenzeuge eines Gesprächs zwischen Mrs. »Wogdelenk« und seiner Dame mit der großen Haube.

»Sie hat ihren beiden Schönheiten zusammen den Laufpaß gegeben«, sagte die Dame mit der großen Haube. »War auch höchste Zeit. Ich halte nicht viel von diesem Mädchen, das sie jetzt als Hausgehilfin eingestellt hat. Hübsch, natürlich, aber für ein Dienstmädchen besteht keine Veranlassung, hübsch zu sein – absolut keine. Und sie scheint ihre Arbeit auch nicht besonders hoch zu schätzen. Sie hat so einen erstaunten Gesichtsausdruck.«

»Man kann nie wissen. Meine Unglückswürmer sind, weiß Gott, anmaßend genug, und arbeiten sie überhaupt? Nicht die Spur!«

Kipps fühlte sich unter all diesen Leuten entsetzlich fehl am Platze und Ann entsetzlich nahe.

Er warf einen prüfenden Blick auf die Rückseite der großen Haube und kam zu der Ansicht, daß es wirklich eine äußerst häßliche Haube war. Bei jedem Ende ihrer kurzen, langweiligen und abgehackten Sätze bewegte sie sich ruckartig nach vorne, wobei eine an ihr befestigte Reiherfeder besonders heftig hüpfte. »Sie hat nicht einmal einen erraten!« ertönte es aus der Gruppe um das große, kecke Mädchen, worauf ein Gequietsche mädchenhafter Ausgelassenheit folgte. Bald würden sie vielleicht über ihn quietschvergnügt lachen! Außer daß er annahm, sein eigenes Anagramm könnt vielleicht Cuyps bedeuten, hatte er keine Ahnung von den übrigen. Was für ein Geplapper sie alle vollführten! Es war wie bei einem Sommerräumungsverkauf! Das waren genau die Leute, welche einem eine Menge Unannehmlichkeiten bereiten und es dann dahin bringen, daß man gefeuert wird! Und plötzlich loderten die schwelenden Feuer der Rebellion wieder in einer Flamme empor. Diese da waren ein erbärmlicher Haufen Leute, die Anagramme waren erbärmlicher Unsinn, und er, Kipps, war ein erbärmlicher Narr gewesen, hierherzukommen. Da stand Helen in der Nähe, die noch immer mit ihrem Kuraten lachte und scherzte. Schade, daß sie nicht einen Kuraten heiraten und ihn, Kipps, in Ruhe lassen konnte! Dann wüßte er schon, was er zu tun hätte. Ihm mißfiel diese ganze Menschenansammlung, alle zusammen und jeder einzeln. Warum versuchten sie alle, ihn zu einem ihresgleichen zu machen? Überall in seiner Umgebung fiel ihm unerwartete Häßlichkeit auf. Den Hut des hochgewachsenen Mädchens durchbohrten zwei große Schmucknadeln, und die Locken unter der Hutkrempe, mit einer winzigen Schleife zusammengehalten, lohnten nicht die Mühe näherer Betrachtung. Mrs. »Wogdelenk« trug Spitzen nach Art einer Mumpsbandage, und eine andere Dame blendete völlig durch Perlen, Juwelen und allerlei Aufputz. Diese Weiber – alles an ihnen waren Rockschöße, eckige Formen und Volants. Nicht eine von ihnen sah so hübsch und nett aus wie Anns ebenmäßige, schmucke kleine Gestalt. Mastermans Worte kamen ihm wieder zu Bewußtsein. Wirklich – Damen! Hier waren sie, diese plappernden Leute, mit viel Geld, viel Muße, mit jeder Chance, die diese Welt bietet; und alles, was sie zu tun imstande waren, bestand darin, sich in ein paar Zimmern zusammenzudrängen und Unsinn über Anagramme zu verzapfen.

»Könnte Cypshi wirklich Cuyps bedeuten?« diese Frage schwebte wie ein sich auflösender Nebelschleier durch sein Denken.

Urplötzlich stand ein Entschluß in seinem Herzen fest. Er wollte fort von hier!

»'ntschuldigen Sie«, sagte er und begann sich mit gesenktem Nacken einen Weg durch die brodelnde Teeparty zu bahnen.

Er wollte aus diesem ganzen Treiben aussteigen!

Nun war er in die Nähe Helens gekommen. »Ich geh'«, sagte er, aber sie würdigte ihn kaum eines Blickes. Sie schien ihn gar nicht zu hören. »Und doch, Mr. Spratlingdown, Sie müssen zugeben, daß es sogar für die Anpassung eine Grenze gibt«, sagte sie gerade...

Er befand sich nun in einem durch Vorhänge abgeschlossenen Bogengang und sah Ann vor sich, die ein Tablett mit mehreren kleinen Zuckerdosen trug.

Da trieb es ihn zu reden. »Was für ein Zufall!« sagte er und setzte dann geheimnisvoll hinzu: »Ich bin verlobt mit ihr.« Dabei deutete er durch eine Geste Helens neuen Hut an und merkte erst jetzt, daß er auf einen Rockschoß getreten war.

Ann starrte ihn hilflos an, gelähmt vom Griff ihr unverständlicher Gebote.

Weshalb sollten sie nicht miteinander plaudern?

Er war in einen kleinen Raum gelangt und stand schließlich am unteren Ende der Treppe, die zum Hausflur führte. Plötzlich hörte er das Rascheln eines Kleides; aus begreiflichen Gründen verfolgte ihn seine Gastgeberin.

»Aber Sie wollen doch nicht schon gehn, Mr. Kipps?« meinte sie.

»Ich muß«, entgegnete er. »Ich muß wirklich.«

»Aber, Mr. Kipps!«

»Ich muß gehn«, wiederholte er. »Ich fühl mich nicht wohl.«

»Aber vor dem Raten! Und ohne Tee!«

Ann erschien und stand abwartend hinter seinem Rükken.

»Ich muß gehen«, beharrte Kipps.

Wenn er lange mit ihr verhandelte, könnte jeder seinen verzweifelten Ausbruchsversuch bemerken.

»Natürlich, wenn Sie gehen müssen ...«

»Es ist da etwas, das ich vergessen habe«, Kipps begann leises Bedauern zu verspüren. »Wirklich, ich muß.«

Mrs. Botting wendete sich mit einer gewissen gekränkten Würde ab, und Ann, rot geworden, aber in einem Zustand der Ruhe, hinter der sich offensichtlich vieles verbarg, trat an die Tür, um sie zu öffnen.

»Es tut mir sehr leid«, sagte er. »Es tut mir sehr leid«, er sagte es halb zur Gastgeberin und halb zu ihr. Dann wurde er von höheren gesellschaftlichen Mächten von ihr fort und in die Upper Sandgate Road gespült, wie ein Ertrinkender in einem Mühlbach. Auf den Stiegen schwankte er, ob er nicht zurückkehren sollte, doch da wurde die Tür heftig zugeschlagen.

Er trat den Rückzug über die Leaspromenade an, erfüllt von Scham und Fassungslosigkeit, wobei Mrs. Bottrings gekränktes Erstaunen den stärksten Eindruck in seinem Gemüt hinterließ ...

Etwas – durch die neugierigen Blicke der Menschen, an

denen er vorüberging, verstärkt – bahnte sich durch das stürmische Durcheinander seiner Gedanken den Weg zu seiner Aufmerksamkeit.

Er merkte, daß er noch sein Schildchen mit den Buchstaben »Cypshi« trug.

»Zum Teufel damit!« grollte er und entfernte diesen Schandfleck. Nun, da ihre Aufgabe erfüllt war, lösten sich im nächsten Augenblick die einzelnen Buchstaben fröhlich wirbelnd in der Brise, die von der See her auf die Leas zukam.

2

Kipps war zum Dinner bei Mrs. Wace eine halbe Stunde, ehe es Zeit zum Weggehen war, angezogen, und nun saß er und wartete auf Coote, der ihn hinbringen sollte. »Umgangsformen und Normen der guten Gesellschaft«, das Buch, dessen Lektüre er in letzter Zeit vernachlässigt hatte, lag neben ihm. Er hatte die ausgefeilte Prosa des Mitglieds der englischen Aristokratie auf der Seite 96 bis zur folgenden Stelle gelesen:

> »die Annahme einer Einladung ist in den Augen der Tischgäste eine bindende Verpflichtung, von der nur Krankheit, ein Trauerfall in der Familie oder ein anderer äußerst wichtiger Grund den Eingeladenen entbinden kann«,

und dann war er in düsteres Grübeln verfallen.

An jenem Nachmittag hatte er eine ernsthafte Aussprache mit Helen gehabt.

Er hatte versucht, etwas von der Sinnesänderung, die in ihm vorgegangen war, in Worten auszudrücken. Aber aufzudecken, wie es wirklich um ihn bestellt war, das wäre zu schrecklich für ihn gewesen. So hatte er ein anderes Problem zum Vorwand genommen. »Mir gefällt dieses ganze Gesellschaftsleben nicht«, hatte er gesagt.

»Aber du mußt mit Leuten zusammenkommen«, erwiderte Helen.

»Ja, aber es handelt sich um die Leute, mit denen man zusammenkommt.«

Er nahm sich zusammen. »Ich hab' nicht viel von dem Haufen Leute beim Anagrammtee gehalten.«

»Du mußt alle möglichen Arten von Leuten kennenlernen, wenn du die Welt sehen willst«, belehrte ihn Helen.

Kipps war eine Zeitlang still und wagte kaum zu atmen.

»Mein lieber Arthur«, begann sie fast liebenswürdig, »ich würde dich nicht bitten, zu diesen Veranstaltungen zu gehen, wenn ich nicht dächte, daß dir das von Nutzen sei, glaubst du etwa nicht?«

Er nahm diese Bemerkung stillschweigend hin.

»Du wirst den Vorteil von all dem einsehen, wenn wir nach London ziehen. Du lernst gewissermaßen in einem Becken schwimmen, ehe du dich ins Meer hinauswagst. Diese Leute hier sind gut genug, um an ihnen zu lernen. Sie sind steif, ziemlich einfältig und schrecklich engstirnig, und in einem Dutzend von ihnen steckt kein einziger Gedanke, aber das macht wirklich nichts aus. Bald wirst du gesellschaftliche Gewandtheit erwerben.«

Er setzte wieder zum Sprechen an, entdeckte aber, daß ihm die Kräfte dazu fehlten. Statt Worten stieß er einen Seufzer aus.

»Du wirst dich daran sehr bald gewöhnen«, sagte Helen aufmunternd...

Als er nun saß und über diese Unterredung nachdachte wie auch über die Aussichten, die sich ihm in London eröffneten, über die kleine Mietwohnung, die Teegesellschaften und sonstigen gesellschaftlichen Ereignisse, über die ständige Anwesenheit Brüderchens und all diese freudigen Aussichten auf ein neues und besseres Leben, und daß er Ann nie mehr wiedersehen würde, trat das Hausmädchen mit einem Päckchen, einem kleinen quadratischen Briefumschlag für »Wohlgeboren Herrn Arthur Kipps« ein.

»Eine junge Frau hat dies für Sie zurückgelassen, Sir«, sagte das Hausmädchen etwas streng.

»Wie?« fragte Kipps. »Was für eine junge Frau?« und dann begann er plötzlich zu verstehen.

»Sie sah wie eine gewöhnliche junge Frau aus«, erwiderte das Hausmädchen kühl.

»Ah! Schon gut.«

Er wartete, bis sich die Tür hinter dem Mädchen geschlossen hatte, starrte auf den Umschlag in seiner Hand, und dann riß er diesen mit einem merkwürdigen Gefühl wachsender Spannung auf. Während er dies tat, sagte ihm ein rascherer Instinkt als der Gesichts- oder Tastsinn, was darin war. Es war Anns halbes Sixpencestück. Und außerdem kein einziges Wort!

Dann mußte sie seine Äußerung gehört haben!

Er stand noch mit dem Briefumschlag in der Hand da, als Coote von draußen zu hören war.

Coote erschien in Abendkleidung, ein sauberer, strahlender Coote mit großen, grünlichweißen Handschuhen und einer besonders großen weißen Krawatte mit schwarzen Rändern. »Für einen Vetter dritten Grades«, erklärte er sogleich. »Hübsch, nicht wahr?« Er konnte sehen, daß Kipps blaß und verstört aussah, schrieb dies aber der bevorstehenden gesellschaftlichen Mutprobe zu. »Nur nicht nervös werden, Kipps, mein lieber Junge, und du wirst es schon recht machen«, sagte Coote und legte brüderlich seine große, behandschuhte Hand auf Kipps' Ärmel.

3

Das Dinner steuerte einer Krisis zu, soweit die Gefühle unseres Kipps durch Mrs. Bindon Bottings Gerede über Dienstboten betroffen waren, aber bereits vorher hatten mehrere Dinge von größerer oder auch geringerer Bedeutung seine soziale Kampflinie verwirrt und in Unordnung versetzt. Eine eher geringfügige Angelegenheit, die während der ganzen Mahlzeit schüchtern rebellierte, war, wenn es mir gestattet sei, eine so intime Sache zu erwähnen, das Verhalten seines linken Hosenträgers. Das Tragband aus munterscharlachroter Seide war aus seiner Schnalle geschlüpft, da es zweifellos in fliegender Hast befestigt worden war, und hatte eine kräftige Tendenz entwickelt, sich schräg zu legen, quer über seine fleckenlos weiße Hemdbrust, so daß es einem Ordensband ähnlich sah. Zum erstenmal machte es sich bemerkbar, ehe man sich zu Tisch setzte. Kipps brachte diese Zierde mit einem behenden seitlichen Ruck an seine alte Stelle, als niemand ihn ansah; danach aber wurde die Verheimlichung dieser ungewöhnlichen Neuerung auf dem stereotypen Dunkel des Abendanzugs zu seiner unablässigen Sorge. Im großen und ganzen war er geneigt, seinen ersten Schreck für übertrieben zu halten; jedenfalls machte niemand darüber Bemerkungen. Man stelle sich ihn jedoch vor, wie er während des ganzen Abends ständig mit einem Auge und einer Hand, was auch immer sein übriges Selbst tun mochte, mit dieser Schwachstelle beschäftigt war.

Aber das, meine ich, war eine Kleinigkeit. Was ihn viel mehr verärgerte, war die Entdeckung, daß Helen in ihrem Abendkleid ganz schrecklich aussah.

Die junge Dame hatte ihre Phantasie in Richtung London schweifen lassen, und diese Robe war vielleicht ein Vorgeschmack jener raffinierten kleinen Mietwohnung, nicht zu weit im Londoner Westen, die zum Mittelpunkt eines so großartigen literarischen und künstlerischen Kreises werden sollte. Unter allen hier zu sehenden weiblichen Gewandungen war dieses am unverkennbarsten ein Abendkleid. Man wußte jetzt, daß Miss Walshingham sich ihrer bloßen Arme und Schultern keineswegs zu schämen brauchte; man wußte jetzt auch, daß Miss Walshingham nicht nur zu würdevollem Auftreten fähig, sondern auch anmutig sein konnte, ja sogar einen gewissen feurigen Reiz ausstrahlte. Es war, wohlgemerkt, ihr erstes Abendkleid, ein Tribut an ihre leuchtende Zukunft, bezahlt aus den Einkünften der Walshinghams. Hätte sie nicht aus dem Rahmen fallen wollen, dann hätte sie sich an ihre Gastgeberin halten müssen, die in Schwarz und Stahlblau einen prächtigen Anblick bot. Die anderen Damen hatten gewissermaßen einen Kompromiß geschlossen. Mrs. Walshingham hatte nur einen dezenten V-Ausschnitt an ihrem Kleid, und Mrs. Bindon Botting vertraute mit Ausnahme ihrer reizenden gesprenkelten Arme kaum mehr von ihren molligen Reizen der Außenwelt an. Die ältere Miss Botting trug kein schulterfreies Kleid, desgleichen Miss Wace. Nicht so Helen. Sie war – hätte Kipps Augen gehabt, dies zu sehen – eine wirklich schöne Erscheinung; sie wußte dies, und sie begrüßte ihn mit einem strahlenden Lächeln, das die kleine Meinungsverschiedenheit des Nachmittags völlig vergessen ließ. Für Kipps jedoch bedeutete ihre äußere Erscheinung die letzte Befreiung. Mit diesem Aussehen hatte sie sich so weit entfernt, war ihm so fremd, als Ehegattin und Gefährtin so unglaubhaft geworden, als würde die Knidische Venus des Praxiteles selbst in all ihrer schlichten Vornehmheit ihm vor Zeugen angetraut – wenn sie jemals als Ehefrau und Gefährtin überhaupt glaubhaft gewesen war!

Sie schrieb seine Verwirrung seiner bescheidenen Verehrung zu, und nachdem sie ihm einen Augenblick lang strahlend zugelächelt hatte, wendete sie ihm eine wohlgeformte

Schulter zu und wechselte einige Worte mit Mrs. Bindon Botting. Anns armseliges halbes Sixpencestück in der Tasche geriet ihm in die Finger, und plötzlich umklammerte er es, als wäre es ein Talisman. Dann aber ließ er es los, um seinen Hosenträgerorden zu verbergen. Er mußte kurz husten. Eben sagte Mrs. Botting: »Miss Wace berichtet mir, daß Mr. Revel kommt.«

»Ist das nicht herrlich?« meinte Helen. »Wir haben ihn gestern abend gesehen. Er hat seine Reise nach Paris hier unterbrochen. In Paris will er seine Frau treffen.«

»Kipps' Blicke ruhten kurz auf Helens verwirrendem Dekolleté und wanderten dann fragend, fast anklagend zu Cootes Gesicht. Wo blieb jetzt angesichts dieser schrecklichen Entwicklung der Grundsatz der Gefühlsunterdrükkung? Wo blieb die heimlichtuerische Behandlung von Religion und Politik, Geburt und Tod, Baden und Babys, alle jene Dinge, die den echten Gentleman ausmachen? Er war zu sehr zurückhaltend gewesen, um selbst diese Frage mit seinem Mentor zu diskutieren, aber sicher, ganz sicher konnte dieser, die Quintessenz all dessen, was gut und anständig war, solche freimütigen Kühnheiten nicht billigen. So bemerkte er mit Erleichterung, aber auch in der Gewißheit, seine schlimmsten Befürchtungen bestätigt zu finden, im Verhalten Cootes die Mißbilligung dessen, was sich um ihn zutrug. Ein Zucken der ungewöhnlich ausgeprägten Muskulatur an Cootes Unterkiefer, ein gewisses vorsätzliches Meiden einer bestimmten Richtung durch die entschlossen blickenden hellgrauen Augen, der fast krampfhafte Griff der großen, grünlichweißen Handschuhe hinter seinem Rücken, ein Griff, der nur gelegentlich durch prüfendes Streichen der schwarzgeränderten Krawatte und des wuchtigen Hinterhauptes unterbrochen wurde, wie auch die leichte, doch zunehmende Neigung zum Husten verrieten dies Kipps...

Für Kipps hatte Helen einmal einen zerbrechlich schönen Traum bedeutet, eine Romanze, ein irreales Mysterium. Aber dies hier war ihre endgültige Materialisation, und der letzte dünne Schleier des sie umgebenden Zaubers hatte sich aufgelöst. Auf irgendeine Weise (wie, hatte er vergessen, und es schien ihm vollkommen unbegreiflich) war er an diese dunkelhaarige, sicher und bestimmt auftretende junge Frau gebunden, deren Schatten, deren bloße Andeutung er einst geliebt hatte. Nun mußte er die Angelegenheit zu Ende führen, wie es einem Gentleman geziemte. Doch –

Und er war im Begriff, Ann zu opfern!

Dies würde er keinesfalls ertragen, was immer sonst er auch ertrug… Sollte er ihr etwas wegen ihres Kleides sagen – morgen vielleicht?

Er konnte energisch, mit Festigkeit auftreten und ihr sagen: »Hör mal. Ich hab keine Lust, da mitzumachen. Ich will's nicht dulden. Verstehst du?«

Sie würde natürlich etwas Unerwartetes sagen. Sie sagte ja immer etwas Unerwartetes.

Angenommen, er ließ diesmal unbeachtet, was sie sagte, und wiederholte seinen Standpunkt.

Er stellte fest, daß seine Gedanken in Widerspruch zu einigen angriffslustigen Bemerkungen von Mrs. Wace standen, als Revel eintrat und sofort zum Mittelpunkt der Gesellschaft wurde.

Der Verfasser jenes aufsehenerregenden Romans *Red Hearts a-Beating* war in seinem Äußeren weniger imponierend, als Kipps erwartet hatte, aber er ließ diese Enttäuschung bald durch sein überlegenes Gehaben vergessen. Obwohl er ständig in der glänzenden Atmosphäre Londons daheim war, wirkten sein Kragen und seine Krawatte in keiner Weise bemerkenswert, und er war weder sehr gut aussehend noch trug er Locken oder langes Haar. Seine persönliche Erscheinung ließ eher an Lehnstühle als an

Reiterkunststücke, an die verliebten Tändeleien und Tiefen der Leidenschaft seines Meisterwerks denken. Er neigte zur Fülle, hatte eine fahle Hautfarbe, glattes Haar von verschwommen-trüber Färbung, eine recht unförmige, stumpfe Nase, und sein Kinn war asymmetrisch. Richtete er den Blick auf Menschen oder Dinge, so schien er sie mit einem Auge besonders anzustarren. Man hätte ihn seinem Aussehen nach als unbedeutend einschätzen können, wären nicht sein gepflegter Schnurrbart gewesen, der irgendwie schlecht zu seinem Gesicht paßte, und die launischen Fältchen um sein größeres Auge. Als er den Raum betrat, suchte und fand sein Blick Helen, und beide schüttelten einander die Hände mit einer Vertraulichkeit, welche Kipps aus keinem deutlich ersichtlichen Grund ungebührlich fand. Er sah, wie sie einander die Hand drückten, und vernahm Cootes charakteristisches Husten – ein Geräusch, das sich am ehesten so anhörte, als ob ein sehr, sehr altes Schaf in einer Viertelmeile Entfernung von einer kleineren Ladung Schießpulver in Stücke gerissen würde –, dann versuchte er mehrmals vergeblich, einen klaren Gedanken zu fassen; schließlich gingen sie alle zum Dinner, und Helens schimmernder bloßer Arm schmiegte sich an seinen Ärmel. Kipps war außerstande, ein Gespräch zu führen. Sie blickte ihn an, drückte zart seinen Ellbogen, wovon er sich keine Rechenschaft ablegte. Er kämpfte mit seltsamen Atmungsstörungen. Vor ihnen ging Coote, in einer liebenswürdigen Unterhaltung mit Mrs. Walshingham begriffen, und an der Spitze der Prozession plauderte Mrs. Bindon Botting in sprudelnder Heiterkeit neben der militärisch aufrechten Gestalt des kleinen Mr. Wace. (Er war in Wirklichkeit kein Soldat, hatte sich aber eine martialische Haltung angeeignet, da er in unmittelbarer Nähe des Militärlagers von Shorncliffe lebte.) Den Schluß bildete Revel unter der Obhut der in königliches Schwarz und Stahlblau gekleideten Mrs. Wace; er bewunderte höflich mit kultivierter, flötender Stimme die satten Farben der Tapete des Treppenaufgangs. Kipps staunte, wieviel Selbstbeherrschung jeder an den Tag legte.

Vom ersten Suppenlöffel an wurde es klar, daß Revel sich für das Tischgespräch als verantwortlich betrachtete. Und ehe noch die Suppe beendet war, wurde es quasi genauso klar, daß Mrs. Bindon Botting sein Verantwortungsgefühl als übertrieben anzusehen geneigt war. In ihrem Kreis war Mrs. Bindon Botting als liebenswürdige Schwätzerin geschätzt, ihre Umgangsformen und ihr Auftreten waren bemerkenswert lebhaft für eine so rundliche Person, und sie hatte eine beinahe irische Fähigkeit für humorvolle Beschreibungen. Sie vermochte einen ganzen Nachmittagsbesuch lang die Gäste mit der Geschichte zu amüsieren, wie ihr Gärtner sich verheiratet hatte, wie seine Wohnung aussah oder wie die bevorzugte Zielscheibe ihres Spottes, Mr. Stigson Warder, alle seine beklagenswerten Kinder fast jedes erdenkliche Musikinstrument erlernen ließ, weil sie auf Grund der Schädellehre eine übermäßig große Schädelausweitung für Musik zeigten. Die Familie war übrigens auch anormal groß. »Sie haben es bis zu Posaunen gebracht, meine Liebe!« pflegte sie zu sagen, wobei ihre Stimme einen Höhepunkt erreichte.

Üblicherweise taten sich ihre Freundinnen zusammen, um sie in ihrer Geschwätzigkeit zu bestärken, aber diesmal unterließen sie es, entgegen ihrem brennenden Wunsch, sich in Revels Augen hervorzutun. Nach einer Weile merkte sie, daß das einzige, was ihr zu tun blieb, war, ihm zu ihrem eigenen Vorteil in die Rede zu fallen, und damit begann sie auch unverzüglich. Nach mehreren ihrer erfolglosen Versuche, die allgemeine Aufmerksamkeit auf sich zu ziehen, steuerte Revel einem Thema zu, das sie ganz besonders als das ihre ansah – die Führung eines Haushalts.

Ein Gespräch über den Standort von Wohnungen brachte

sie zu diesem Thema. »Wir sind dabei, unser Haus in den Boltons aufzugeben«, sagte Revel, »und eine kleine Wohnung in Wimbledon zu nehmen, ich denke an eine Wohnung in Dane's Inn. Das wird in vielerlei Hinsicht günstiger sein. Meine Frau widmet sich mit Leidenschaft dem Golfspiel und anderen Sportarten, während ich gern in Klubs herumsitze – ich bringe einfach nicht die nötige Willenskraft für solche Körperpflege auf –, und die alte Einrichtung paßte uns beiden nicht. Und außerdem kann sich niemand vorstellen, wie demoralisiert die Dienerschaft im Londoner Westen in den letzten drei Jahren geworden ist.«

»Es ist überall das gleiche«, warf Mrs. Bindon Botting ein.

»Das ist durchaus möglich. Einer meiner Freunde nennt es den Niedergang der Tradition der Unterwürfigkeit und betrachtet das Ganze als eine zu großen Hoffnungen berechtigende Zeiterscheinung –«

»Er hätte meine letzten beiden Verbrecherinnen haben müssen«, erklärte Mrs. Bindon Botting und wendete sich an Mrs. Wace, während Revel mit seinem »Schon möglich« wieder ein wenig zu spät kam.

»Und ich hab' Ihnen noch nicht gesagt, meine Liebe«, sprudelte es aus ihr heraus, »ich hab' schon wieder Schwierigkeiten.«

»Mit Ihrem neuen Mädchen?«

»Mit meinem neuen Mädchen. Bevor ich noch eine Köchin bekommen kann«, sie legte eine Pause ein, »wirft mein Dienstmädchen, das ich unter so viel Mühe bekommen habe, ihre Stellung hin.«

»Panik?« fragte der junge Walshingham.

»Geheimnisvoller Kummer! Kreuzfidel wie eine Hochzeitsglocke bis zu meinem Anagrammtee. Dann am Abend eine erstaunlich steife Haltung, ein Wort meiner Tante, und gleich danach – Tränenströme und Kündigung!« Einen Augenblick lang ruhte ihr Blick nachdenklich auf Kipps, als sie sagte: »Gibt es denn etwas Herzzerreißendes in Anagrammen?«

»Ich finde schon«, meinte Revel. »Ich –«

Aber Mrs. Bindon Botting kam wieder vom Thema ab. »Eine Zeitlang hat es mich recht beunruhigt...«

Kipps stach sich mit der Gabel in die Lippe, daß es schmerzte, und wurde so, nachdem er Mrs. Bindon Botting fasziniert angestarrt hatte, in die Wirklichkeit des Dinners zurückgerufen.

»Ob Anagramme nicht vielleicht die Moralbegriffe des guten Hausmädchens beleidigt haben könnten – man kann's ja nie wissen. Wir haben sie danach ausgefragt. Nein, nein, nein. Sie muß einfach weggehn, und damit basta!«

»Man spürt«, sagte Revel, »in diesen Verwirrungen verschwommen und entfernt das letzte Verglühen des Zeitalters der Romantik. Nehmen wir an, Mrs. Botting, versuchen wir zumindest anzunehmen – der Beweggrund sei Liebe.«

Kipps klapperte mit Messer und Gabel.

»Es ist Liebe«, sagte Mrs. Botting; »was kann es denn sonst sein? Unter der geregelten Eintönigkeit unseres Lebens ereignen sich solche Romanzen, bis es schließlich aus ihnen herausbricht, sie ans Licht drängen und unsere Eintönigkeit über den Haufen werfen. Ein verhängnisvoller, wunderbarer Soldat –«

»Die Leidenschaften des gemeinen Volkes oder der Dienerschaft«, begann Revel und nahm damit wieder die Aufmerksamkeit der Tischgesellschaft für sich ein.

Auf die gequälte Verwirrung der Tischmanieren unseres Kipps war Gleichmut, eine ungewöhnliche Ruhe gefolgt. Dieses eine Mal in seinem Leben hatte er einen Entschluß eindeutig auf eigene Faust getroffen. Er hörte Revel nicht mehr zu. Messer und Gabel legte er nieder und wies alles zurück, was danach folgte. Coote betrachtete ihn mit taktvoller Sorge, und Helen errötete ein wenig.

4

Ungefähr um halb zehn Uhr an jenem Abend wurde heftig an der Türglocke Mrs. Bindon Bottings geläutet, und ein junger Mann in einem Gesellschaftsanzug, einem Klappzylinderhut und anderen Zeichen gehobener gesellschaftlicher Stellung stand draußen. Quer über die weiße Fläche seiner Hemdbrust verlief ein rötlicher Streifen gemusterter Seide, was ihm eine eigenartige Würde verlieh und die Röte einiger kleiner Flecke vom Burgunder bedeutungslos machte. Sein in den Nacken geschobener Zylinderhut enthüllte zerrauftes Haar, das auf rücksichtslose Verzweiflung schließen ließ. Tatsächlich hatte er alle Brücken hinter sich abgebrochen und sich geweigert, sich den Damen anzuschließen. Im darauffolgenden Gespräch hatte Coote gelassen protestiert: »Du machst es schon richtig, weißt du«, worauf Kipps geantwortet hatte, er kümmere sich keinen Deut darum, und nach kurzem Abwehren von Walshinghams Arm, der ihn zurückhalten wollte, weggegangen war. »Muß etwas erledigen«, sagte er. »Daheim.« Und nun war er hier, erfüllt von einer außergewöhnlichen Entschlossenheit. Die Tür wurde geöffnet und gab den Blick auf die gemütlich möblierte Diele Mrs. Bindon Bottings frei, die von rosenfarbenen Lichtern erhellt wurde; inmitten dieser Szene stand, sauber und hübsch in Schwarz-Weiß, Ann. Als sie Kipps erblickte, wurde sie blaß.

»Ann«, sagte Kipps, »ich möchte mit dir sprechen. Muß dir sofort etwas sagen. Verstehst du? Ich bin –«

»Das ist nicht die Tür, an der man mit mir spricht«, unterbrach ihn Ann.

»Aber Ann! Es ist etwas ganz Besonderes.«

»Du hast schon genug gesprochen.«

»Ann!«

»Überdies, meine Tür ist dort unten. Kellergeschoß. Wenn ich beim Sprechen an dieser Tür erwischt würde –!«

»Aber Ann, ich bin's doch –«

»Kellergeschoß nach neun. Die Zeit nach neun gehört mir. Ich bin eine Hausangestellte und werde es wahrscheinlich bleiben. Wenn Sie hier einen Besuch machen wollen, wie ist Ihr Name, bitte? Aber Sie haben Ihre Freunde und ich die meinen, und Sie dürfen nicht weiter mit mir sprechen.«

»Aber Ann, ich will dich fragen ...«

Jemand erschien in der Diele hinter Ann. »Nicht hier«, sagte Ann. »Kenne niemand dieses Namens«, und schlug ihm die Tür vor der Nase zu.

»Was war das, Ann?« fragte Mrs. Bindon Bottings gebrechliche Tante.

»Ein Herr, der ein wenig blau schien, Ma'am – fragte nach einer falschen Adresse.«

»Was für einen Namen nannte er?« fragte die alte Dame argwöhnisch.

»Keinen, den wir kennen, Ma'am«, erwiderte Ann und eilte durch die Diele zur Treppe, die in die Küche führte.

»Ich hoffe, Sie waren nicht zu barsch gegen ihn, Ann.«

»Nicht barscher, als er es verdiente, wenn man bedenkt, wie er sich benommen hat«, antwortete Ann mit einem Seufzer.

Und Mrs. Bindon Bottings gebrechliche Tante, der plötzlich bewußt wurde, daß dieser Besuch in einer Beziehung zu Anns privatem seelischen Kummer stand, musterte Ann einen Augenblick zögernd und wendete sich um.

Sie war eine äußerst mitfühlende Dame, Mrs. Bindon Bottings kränkliche Tante; sie zeigte Interesse an den Hausangestellten, weckte deren Ehrfurcht, nötigte Geständnisse ab, und wenn diese Hausangestellten ihr widerstrebend geheime Winkel der menschlichen Natur enthüllten, wurde sie rot und täuschte Anteilnahme vor. Aber Ann gab ihr Privatleben nicht preis, und ihr Verhalten, wollte man ihr ein Geheimnis entlocken, war sogar beunruhigend...

So ging die arme alte Dame wieder nach oben.

5

Die Tür im Kellergeschoß wurde geöffnet, und Kipps kam in die Küche. Er war hochrot, und sein Herz klopfte.

Er rang nach Worten.

»Da«, sagte er und hielt zwei halbe Sixpencestücke in der ausgestreckten Hand.

Ann stand hinter dem Küchentisch – mit blassem Gesicht und runden Augen, und nun – dies erleichterte Kipps sehr – konnte er sehen, daß sie wirklich geweint hatte.

»Nun?« sagte sie.

»Siehst du denn nicht?«

Ann bewegte fast unmerklich ihren Kopf.

»Ich hab's all die Jahre aufbewahrt.«

»Du hast's zu lang aufbewahrt.«

Sein Mund verschloß sich, und die Röte verschwand aus seinem Gesicht. Er sah sie an. Die Wirkung des Amuletts war, so schien es, ausgeblieben.

»Ann!« sagte er.

»Nun?«

»Ann!«

Das Gespräch wollte noch immer nicht in Gang kommen.

»Ann«, sagte er, deutete mit beiden Händen eine Bitte an und trat einen Schritt vor.

Ann schüttelte entschieden den Kopf und nahm eine abwehrende Haltung ein.

»Schau, Ann«, sagte Kipps. »Ich war ein Narr.«

Sie starrten einander mit traurigen Augen an.

»Ann«, sagte er, »ich will dich heiraten.«

Ann klammerte sich an die Tischkante. »Das kannst du nicht«, wendete sie mit schwacher Stimme ein.

Er schickte sich an, um den Tisch herum sich ihr zu nähern, sie aber wich zurück und stellte so die frühere Entfernung wieder her.

»Ich muß«, stieß er hervor.

»Du kannst es nicht.«

»Ich muß. Du mußt mich heiraten, Ann.«

»Du kannst nicht einfach jede heiraten. Du mußt sie heiraten.«

»Ich werd's nicht tun.«

Ann schüttelte den Kopf. »Du bist mit diesem Mädchen, besser gesagt, mit dieser Dame verlobt. Du kannst nicht mit mir verlobt sein.«

»Ich will nicht mit dir verlobt sein. Ich war verlobt. Ich will mit dir verheiratet sein. Verstehst du? Auf der Stelle.«

Ann wurde um eine Spur blasser. »Wie stellst du dir das vor?« fragte sie.

»Komm sofort mit nach London und heirate mich. Jetzt.«

»Wie stellst du dir das vor?«

Kipps wurde nun ganz deutlich und ernst.

»Ich meine, komm sofort mit mir und heirate mich jetzt, ehe irgendeine andere dies tun kann. Verstehst du?«

»In London?«

»In London.«

Wieder starrten sie einander an. In der erstaunlichsten Art und Weise setzten sie gewisse Dinge als selbstverständlich voraus.

»Ich könnte gar nicht«, meinte Ann. »Erstens einmal läuft mein Kündigungsmonat erst in mehr als drei Wochen ab.«

Vor diesem Hindernis zögerten sie eine Weile, als ob es unüberwindlich wäre.

»Hör mal, Ann! Bitte sie, dich gehn zu lassen. Ja, bitte sie, dich gehn zu lassen!«

»Die würde mich nicht früher fortlassen«, gab Ann zu bedenken.

»Dann komm mit, ohne sie zu bitten«, schlug Kipps vor.

»Sie würde meinen Koffer zurückbehalten –«

»Das wird sie nicht.«

»Doch, das wird sie.«

»Sie wird's nicht tun.«

»Du kennst sie nicht.«

»Nun, zum Teufel mit ihr – laß ihn ihr! Laß ihn ihr doch! Wem macht das was aus? Ich werde dir hundert Koffer kaufen, wenn du mit mir kommst.«

»Es würde ihr gegenüber nicht recht sein.«

»Sie ist's nicht, an die du denken mußt, Ann. Denke an mich!«

»Und du hast mich nicht anständig behandelt, Artie. Du hättest nicht sollen ...«

»Das hab' ich nicht bestritten«, unterbrach er sie. »Hab' ich's je bestritten, Ann?« Bittend wandte er sich an sie. »Ich bin nicht gekommen, um zu streiten. Ich bin im Unrecht. Ich hab' nie gesagt, daß ich nicht im Unrecht war. Aber jetzt geht's um ja oder nein! Ob du mich nimmst oder nicht ... Ich war ein Narr! Verstehst du? Ein Narr war ich. Ist das nicht genug? Ich hab' mich in verschiedene Beziehungen verheddert und mich überall lächerlich gemacht ...«

Er beschwor sie. »Es ist doch nicht so, als wären wir einander gleichgültig gewesen, Ann.«

Sie schien ungerührt, und er redete weiter auf sie ein.

»Ich hab' gedacht, ich würde dich wahrscheinlich nie mehr wiedersehn, Ann. Wirklich. Es ist nicht so, als hätt' ich dich immer vor mir gesehen. Ich hab' ja nicht gewußt, was ich wollt', und hab' mich wie ein Narr aufgeführt – wie's jedem an meiner Stelle ergangen wär'. Jetzt aber weiß ich, was ich will, und ich weiß auch, was ich nicht will.«

»Ann!«

»Nun?«

»Wirst du mitkommen?... Willst du mitkommen?...«

Schweigen.

»Wenn du mir nicht antwortest, Ann – ich bin verzweifelt –, wenn du mir jetzt keine Antwort gibst, wenn du nicht sagst, daß du mit mir kommst, geh ich jetzt gleich hinaus –«

Während er dies sagte, wendete er sich in höchster Erregung der Tür zu, seine Drohung noch nicht vollendend.

»Ich werde gehn«, sagte er nun, »ich hab' keinen Freund auf der Welt! Ich hab' alles falsch gemacht. Ich weiß nicht, warum ich gewisse Dinge getan hab' und andere nicht. Alles, was ich weiß, ist, daß ich nichts mehr in dieser Welt ertragen kann.« Es würgte ihn in der Kehle. »Der Hafendamm«, brachte er noch hervor.

Er machte sich an der Türklinke zu schaffen, als suche er einen Griff, brummte dabei undeutlich etwas, das Selbstbemitleidung sein konnte, und dann hatte er die Tür geöffnet.

Zweifellos war er im Begriff, fortzugehen.

»Artie!« rief Ann.

Er drehte sich um; kreidebleich und aufs äußerste gespannt senkten die beiden ihre Köpfe.

»Ich tu's«, sagte Ann.

In seinem Gesicht begann es zu arbeiten, er schloß die Tür, trat einen Schritt auf sie zu und wandte nicht den Blick von ihr. Sein Gesicht nahm einen bejammernswerten Ausdruck an, und dann gingen sie plötzlich langsam aufeinander zu. »Artie!« schrie sie auf, »geh nicht fort!« und weinend streckte sie die Arme nach ihm aus. Dann klammerten sie sich eng aneinander…

»Oh, ich war so unglücklich!« rief Kipps und klammerte sich an seine Rettungsboje; und plötzlich bahnte sich seine innere Erregtheit, da alles andere bedeutungslos geworden war, in lautem Aufheulen ihren Weg! Sein modischer, teurer Klappzylinder plumpste zu Boden, rollte fort und blieb unbeachtet liegen.

»So unglücklich war ich«, Kipps machte seinem Zorn Luft, »oh, ich war so unglücklich, Ann!«

»Sei still«, begütigte ihn Ann und hielt seinen armen, heulenden Kopf fest an ihre Schulter, die sich hob und senkte, da sie selbst am ganzen Körper bebte, »sei still. Sie ist da! Sie horcht. Sie wird dich hören, Artie, auf der Treppe…«

6

Anns letzte Worte, als sie eine Stunde später weggingen – Mrs. und Miss Bindon Botting hatten sich indessen lautstark nach oben begeben –, verdienen ein eigenes Kapitel.

»Ich würde das nicht für jeden tun, merk dir das«, flüsterte Ann.

Das Labyrinthodon

I

Man stelle sich vor, wie sie durch unser kompliziertes und schwieriges Gesellschaftssystem gewissermaßen um ihr Leben flüchten, zuerst zu Fuß und einzeln zum Zentralbahnhof Folkestones, dann in einem Waggon erster Klasse mit Kipps' Koffer als einzigem Reisebegleiter bis Charing Cross und dann in einer vierrädrigen Droschke auf einer langen, rumpelnden, zitternden, langsamen Fahrt durch die zahlreichen, von Menschen wimmelnden Londoner Straßen zu Sid. Kipps guckte dauernd aus dem Fenster. »Nach dieser ist's die nächste Ecke, glaub' ich«, sagte er jedesmal. Ein bestimmtes Gefühl sagte ihm, daß er bei Sid vor der erbittertsten Verfolgung geschützt sein würde. Er entlohnte den Kutscher in einer der Gelegenheit angemessenen Weise und wendete sich seinem künftigen Schwager zu. »Ich und Ann«, sagte er, »wir wollen heiraten.«

»Aber ich hab doch gedacht ...«, begann Sid.

Kipps gab ihm mit einer Geste zu verstehen, daß er ihm das weitere im Laden erklären werde.

»Es hat keinen Sinn, mit dir zu streiten«, sagte Sid mit vergnügtem Lächeln, als Kipps ihm die ganze Geschichte erzählte. »Nun hast du's getan.« Und Masterman, als er vom Drum und Dran der Angelegenheit Kenntnis erhielt, kam langsam die Treppe herab, Kipps verlegen gratulierend.

»Dacht' ich's doch, Sie könnten vielleicht die vornehmere Lebensart der guten Gesellschaft etwas schwierig finden«, sagte Masterman und streckte Kipps seine knochige Hand entgegen. »Aber ich dachte nie, daß Sie so viel Unabhängigkeit besäßen, reinen Tisch zu machen ... Wird die junge

Dame der höheren Stände da nicht fluchen! Schon gut – jedenfalls hat das jetzt nichts zu sagen.«

»Sie begannen da einen Aufstieg«, sagte er beim Mittagessen, »der nirgendwohin führt. Sie wären mühsam von einer Verfeinerung der Vulgarität zur andern geklettert und hätten nie einen Gipfel erreicht, der Sie befriedigt hätte. Solch einen Gipfel gibt es nicht. Das ganze ist einem Käfig vergleichbar, in dem ein Eichhörnchen eingesperrt ist. Die Dinge sind nun einmal aus den Fugen, und der einzige Höhepunkt, den's gibt, besteht aus einem Haufen lärmender kartenspielender Frauen und dem Wetteufel verfallener Männer, gewürzt mit Erzbischöfen, hohen Beamten und all ihrem aalglatten, kupplerischen Geschwätz... Sie hätten sich an irgendeine Sprosse der Leiter geklammert, eine freudlose, niedergedrückte kleine Gestalt, weit unter der Klasse der Automobilbesitzer, während ihre Ehefrau da und dort ihren Spaß hätte oder auch sich ärgerte, weil sie nicht noch ein bißchen höher auf der gesellschaftlichen Stufenleiter stand... Ich habe das alles schon vor langer Zeit durchschaut. Ich kenne Frauen dieser Sorte. Nun, ich klettere nicht mehr.«

»Ich hab' oft an das denken müssen, was Sie bei unserer letzten Begegnung gesprochen haben«, meinte Kipps.

»Ich überlege mir, was ich da gesagt haben könnte«, bemerkte Masterman leichthin. »Jedenfalls tun Sie das Richtige und das Sinnvolle, und das ist heute selten. Sie sind im Begriff, Ihresgleichen zu heiraten und Ihren eigenen Weg zu gehn, unabhängig davon, was Leute da oben oder Leute da unten darüber denken, das Sie hätten tun oder lassen sollen. Dies ist so ungefähr der einzige Kurs, den man heutzutage einschlagen kann, da alles von Tag zu Tag mehr in Unordnung gerät und drüber und drunter geht. Schaffen Sie sich zuallererst Ihre eigene kleine Welt und Ihr eigenes Heim. Befolgen Sie diesen Grundsatz weiter bei allem, was Sie tun, und heiraten Sie Ihre Gefährtin... Das glaube ich, wär's, was ich tun würde, hätte ich eine Gefährtin... Aber Leute meines Schlages werden zum Glück für die Welt nicht zur Zweisamkeit geschaffen. Nein!«

»Übrigens – trotzdem –«, und plötzlich eine Unterbrechung durch den kleinen Walt ausnutzend, versank er in Gedanken. Aber schon bald beendete er seine Grübelei.

»Schließlich«, sagte er, »gibt es die Hoffnung.«

»In bezug worauf?« fragte Sid.

»Auf alles.«

»Wo Leben ist, dort ist Hoffnung«, sagte Mrs. Sid. »Aber keiner von euch ißt irgend etwas, wie es sich gehört.«

Masterman erhob sein Glas.

»Es lebe die Hoffnung, das Licht der Welt!«

Sid blickte strahlend zu Kipps, als wollte er sagen: »Du begegnest solch einer Persönlichkeit nicht bei jedem Mittagmahl!«

»Es lebe die Hoffnung!« wiederholte Masterman. »Ist sie doch das Beste, was man besitzen kann. Hoffnung auf Leben – ja.«

Alle waren von seiner kurzen, großartigen Selbstbemitleidung beeindruckt – sogar der kleine Walt.

2

Die Tage vor ihrer Hochzeit verbrachten sie mit verschiedenen angenehmen Ausflügen. Eines Tages fuhren sie mit dem Dampfboot nach Kew und bewunderten das Haus mit den zahlreichen Blumengemälden; ein anderes Mal fuhren sie frühzeitig weg, um einen schönen, langen Tag im Kristallpalast zu verbringen, und sie erlebten wirklich viel Freude. Sie kamen dort so frühzeitig an, daß innen im Kristallpalast noch nichts geöffnet war. Alle Strände waren noch mit Schutzhüllen versehen, und alle kleineren Ausstellungsräume waren versperrt und verriegelt. Sogar sich selbst erschienen sie als die winzigsten Geschöpfe in jenem ungeheuer großen, leeren Raum, und ihre widerhallenden Tritte kamen ihnen ungehörig laut vor. Sie betrachteten realistische Gruppen von Wilden aus Gips, und Ann dachte, daß sie da in die Gesellschaft recht absonderlicher Leute geraten seien. Sie war froh, daß es keine solchen in England gab. Nachdenklich betrachteten sie Kopien von Werken klassischer Bildhauerkunst, die sie nur spärlich kommentierten. Kipps meinte, die Welt müsse damals recht seltsam ausgesehen haben; Ann jedoch hegte gründliche Zweifel, ob man damals wirklich so umherging. Zu dieser frühen Stunde war der Ort wirklich einsam. Man konnte sich verschiedenes einbilden. So traten sie hinaus auf die mächtigen Terrassen, die im Glanz der Oktobersonne lagen, und wanderten meilenweit zwischen Stuckbehältern und über jenes ganz gewaltige Gelände, welches an das Land der Riesen erinnert. Eine großartige, graue Leere – sie erschien ihnen unfaßbar, aber freilich lange nicht so unfaßbar, wie sie ihnen vielleicht zu einer anderen Zeit erschienen wäre.

»Niemals hab ich einen großartigeren Ort wie diesen gesehen, nie«, sagte Kipps und drehte sich um, um die riesige Glasfront mit dem Kolossalbild Paxtons im Mittelpunkt zu betrachten.

»Wieviel muß das gekostet haben, so etwas zu erbauen!« staunte Ann und ließ den Satz unvollendet, was an sich beredt war.

Bald danach gelangten sie in ein Gebiet von Höhlen und Wasserstraßen, und inmitten dieser Wasserstraßen erblickten sie seltsame Überreste jener Möglichkeiten, die sich der Schöpfer vorbehalten hatte. Sie durchschritten einen Torbogen, der aus den Kiefern eines Wales bestand, und entdeckten mitten unter Gräsern und Kräutern weidende oder müßig umherstehende und starrende, als staunten sie über ihre eigene Existenz, riesige Abbilder von Iguanodons, Deinotheria, Mastodons und dergleichen Weidevieh, ruhmreich in Grün und Gold verewigt.

»Die haben rein alles«, stellte Kipps fest. »Earl's Court ist damit gar nicht zu vergleichen.«

Sein Geist wurde durch diese Ungeheuer stark beschäftigt; er hielt sich längere Zeit in ihrer Nähe auf und kehrte immer wieder zu ihnen zurück. »Da möcht' man doch gern wissen, wie die jemals genug zu fressen hatten«, sagte er mehrmals.

3

Im späteren Verlauf dieses Tages gerieten die Kipps auf einer Bank in Gegenwart des grün-goldenen Labyrinthodons, das so großartig, ja drohend über dem See aufragt, ins Gespräch über ihre Zukunft. Sie hatten im Kristallpalast ausreichend zu Mittag gegessen, hatten Bilder und zahllose bemerkenswerte Dinge gesehen. Dies und das bernsteinfarbene Sonnenlicht erzeugte in ihnen eine ruhige und zu philosophischer Betrachtungsweise neigende Stimmung, im sicheren Hafen angelangt zu sein. Kipps unterbrach die beschauliche Stille mit einer unvermittelten Anspielung auf eine seiner größten Sorgen. »Ich werde mich entschuldigen, und ihrem Bruder werd' ich Schadenersatz anbieten. Wenn sie danach noch eine Klage wegen Bruch des Verlöbnisses einreichen will, nun – ich hab' dann alles getan, was ich kann... Bei Gericht können sie aus dem Verlesen meiner Briefe kaum viel herausholen, weil ich keine geschrieben hab'. Ich glaub' wohl, daß mit tausend oder zweitausend Pfund sich das alles irgendwie bereinigen läßt. Darüber bin ich nicht sehr beunruhigt. Das macht mir keine sehr großen Sorgen, Ann.«

Dann meinte er: »Es ist ein rechter Spaß, daß wir jetzt heiraten. 's ist doch seltsam, wie die Dinge auf einmal eine andre Wendung nehmen. Wenn ich dir nicht zufällig begegnet wäre, wo wär' ich denn nun gewesen – nicht wahr?... Sogar nach unserer Begegnung hab ich's anscheinend noch nicht so gesehen – daß ich dich heiraten würde, mein' ich –, bis zu jenem Abend, als ich zu dir gekommen bin. Wirklich.«

»Ich hab' es auch nicht geglaubt«, sagte Ann, den Blick nachdenklich auf das Wasser gerichtet.

Einige Zeit war Kipps in die Anmut ihres nachdenklichen Gesichtes vertieft. Ein dünnes, zitterndes Netzwerk von Lichtern, von den kleinen Wellen einer vorüberschwimmenden Ente reflektiert, flatterte zart über ihre Wangen und zerrann allmählich.

Ann überlegte. »Ich glaube, es hat alles so kommen müssen.«

Kipps meinte nachdenklich: »Es ist unbegreiflich, wie ich jemals darauf kommen konnte, mich mit ihr zu verloben.«

»Sie hat nicht zu dir gepaßt.«

»Gepaßt? Auf keinen Fall! Das ist's ja eben. Wie ist das überhaupt passiert?«

»Ich nehme an, sie hat dich dazu gebracht.«

Kipps war halb entschlossen, Ann beizupflichten. Dann aber regte sich sein Gewissen. »Das war's nicht, Ann«, erwiderte er. »Es ist merkwürdig. Ich weiß nicht, was es war, aber das war's nicht. Ich erinnere mich nicht... Nein... Das Leben ist riesig komisch; das steht jedenfalls fest. Und zum andern glaub' ich, daß ich ein komischer Bursche bin. Manchmal werd' ich erregt, und dann ist's mir anscheinend gleich, was ich tue. So ungefähr war's wirklich. Doch –«

Beide saßen sinnend, Kipps hatte die Arme gekreuzt und zupfte an seinem spärlichen Schnurrbart. Plötzlich ging ein schwaches Lächeln über sein Gesicht.

»Wir werden ein hübsches kleine Haus draußen in der Umgebung von Hythe haben.«

»Dort ist's gemütlicher als in Folkestone«, pflichtete Ann bei.

»Nur ein hübsches Häuschen«, sagte Kipps. »Natürlich ist da noch Hughenden. Aber das ist ja vermietet. Außerdem ist's viel zu groß. Und ich möcht', so oder so, nicht wieder in Folkestone wohnen – nicht um alles in der Welt.«

»Ich möcht' gern ein eigenes Haus haben«, sagte Ann. »Oft hab' ich, als ich in Stellung war, darüber nachgedacht, wie gern ich einen eigenen Haushalt führen würd'.«

»Jedenfalls würdest du über alles Bescheid wissen, was das Hauspersonal im Schilde führt«, warf Kipps vergnügt ein.

Ann erschrak. »Hauspersonal? Wir brauchen keine Hausangestellten.«

»Ein Hausmädchen wirst du haben müssen«, beharrte Kipps. »Wenigstens für die schwere Arbeit im Haus.«

»Was! Und dann kann ich womöglich nicht einmal meine eigene Küche betreten?«

»Du solltest schon eine Hausangestellte haben.«

»Man könnte ohne weiters eine Frau für schwere Arbeit gelegentlich ins Haus holen«, schlug Ann vor. »Außerdem – wenn ich eins dieser Mädchen hätte, die man heutzutage sieht, möcht' ich ihr am liebsten den Besen aus der Hand nehmen und alles selber machen. Ich würd' besser ohne sie auskommen.«

»Eine Hausangestellte sollten wir jedenfalls haben. Wie sollten wir es sonst schaffen, wenn wir zusammen ausgehn wollen oder so?«

»Ich könnte ein ganz junges Mädchen einstellen und sie auf meine Art heranziehen«, meinte nun Ann.

Dagegen hatte Kipps nichts einzuwenden, und er kam wieder auf das Haus zu sprechen.

»Da gibt es Häuschen am Weg nach Hythe, genau wie wir sie gern möchten, nicht zu groß, aber auch nicht zu klein.

Wir würden eine Küche, ein Eßzimmer und ein kleines Zimmer haben, in dem wir uns abends aufhalten könnten.«

»Es darf kein Haus mit einem Kellergeschoß sein«, wendete Ann ein.

»Was ist ein Kellergeschoß?«

»Es ist unten im Haus, wo längst nicht genug Licht ist und alles hinauf und hinunter getragen werden muß – hinauf und hinunter, den ganzen Tag – Kohlen, alles. Und der Wasserleitungshahn, der Spültisch und andere wichtige Dinge müssen oben sein. Du würdest es kaum glauben, Artie, wenn du nicht in Stellung gewesen wärst, wie grausam und dumm manche Häuser gebaut sind – du würdest denken, nach der Art, wie sie die Treppen bauen, hassen sie die Dienstboten.«

»Wir werden keins von dieser Sorte haben«, sagte Kipps...

»Wir werden ein ruhiges, bescheidenes Leben führen. Mal ein bißchen ausgehn – dann wieder nach Haus zurückkehren. Wenn wir sonst nichts weiter zu tun haben, vielleicht ein Buch lesen. Manchmal den alten Buggins zum Abendessen einladen. Werden Sid bei uns haben. Auch gibt's ja Fahrräder...«

»Ich kann mir mich nicht auf einem Fahrrad vorstellen«, meinte Ann.

»Nehmen wir ein Fahrrad mit Anhänger, da sitzt du drin wie eine Lady. Ich würde dich ohne weiteres nach New Romney hinausbringen, damit wir die alten Leute besuchen.«

»Ich hätt' nichts dagegen«, sagte Ann.

»Wir werden ein vernünftig gebautes kleines Haus mit vernünftigen Dingen darin haben. Keine Kunstwerke oder irgend etwas Derartiges, nichts Überhebliches, sondern nur Vernünftiges. Wir werden so gut eingerichtet sein, als es geht, Ann.«

»Keinen Sozialismus«, äußerte Ann ein verstecktes Bedenken.

»Keinen Sozialismus, nur vernünftig leben – das ist alles«, beruhigte sie Kipps.

»Ich glaub', er ist gut für die, die ihn richtig verstehn, Artie, aber ich bin mit diesem Sozialismus nicht einverstanden.«

»Wirklich, ich auch nicht«, meinte Kipps. »Ich kann darüber nicht disputieren, aber mir scheint er ganz gewiß nicht lebensnah. Trotzdem, Masterman ist ein kluger Bursche, Ann.«

»Zuerst mochte ich ihn nicht, Artie, aber jetzt gefällt er mir – in gewisser Weise. Man versteht ihn nicht sogleich.«

»Er ist so gescheit«, bekannte Kipps, »meistens kann ich nicht herausbekommen, was er vorhat. Er ist der klügste Bursche, der mir je begegnet ist. Nie hab' ich jemand so reden hören. Er sollte ein Buch schreiben ... 's ist doch eine merkwürdige Welt, Ann, wenn solch ein Kerl kaum imstande ist, seinen Lebensunterhalt zu bestreiten.«

»'s ist sein schlechter Gesundheitszustand«, warf Ann ein.

»Das meine ich auch.« Beide schwiegen.

»Wir werden in dem kleinen Haus glücklich sein, Ann, glaubst du nicht?«

Sie begegnete seinem Blick und nickte.

»Ich stelle es mir gemütlich vor. Teekuchen um die Teestunde, Teekessel am Kaminsims, Katze am Kaminvorleger – wir müssen uns eine Katze anschaffen, Ann – und du vor allem. Was?«

In beider Blick lag Einverständnis, als sie einander in die Augen sahen, und Kipps ließ das Thema fallen.

»Ich kann's gar nicht glauben, Ann«, sagte er, »seit einer halben Stunde hab' ich dich nicht geküßt. Mindestens nicht, seit wir in diesen Höhlen waren.«

Denn das Küssen hatte bereits aufgehört, für sie eine aufregend abenteuerliche Angelegenheit zu sein.

Ann schüttelte den Kopf. »Du sei vernünftig und erzähl' weiter von Mr. Masterman«, sagte sie...

Aber Kipps war bereits zu etwas anderem abgeschweift. »Mir gefällt die Art, wie sich dein Haar gerade an dieser Stelle da nach hinten legt«, dabei deutete er mit dem Finger auf die Stelle. »Genauso war's, erinner' ich mich, als du ein Mädchen warst. Bißchen gewellt. Daran hab' ich oft gedacht... Erinnerst du dich, als wir damals um die Wette gelaufen sind – draußen hinter der Kirche?«

Dann saßen sie eine Zeitlang still und schwelgten beide in angenehmen Gedanken.

»Es ist komisch.«

»Was ist komisch?«

»Wie alles geschehn ist. Wer hätte vor sechs Wochen noch gedacht, daß wir so hier sitzen würden?... Wer hätte gedacht, daß ich jemals ohne Geldsorgen wäre?«

Sein Blick fiel auf das mächtige Labyrinthodon. Zuerst sah er gleichgültig, dann aber mit wachsendem Interesse in das riesige Gesicht des Ungeheuers. »Zum Kuckuck«, murmelte er. Ann begann Interesse zu zeigen. Er legte seine Hand auf ihren Arm und deutete hin. Ann betrachtete das Labyrinthodon mit prüfendem Blick, darauf sah Kipps sie stumm fragend an.

»Siehst du es nicht?« fragte Kipps.

»Was denn?«

»Er sieht genauso wie der alte Coote aus.«

»Es ist doch ausgestorben«, meinte Ann, die nicht richtig begriff.

»Ich glaube, ja. Aber er ist genau wie der alte Coote, trotz alledem.«

Kipps machten die ungeheuren Tiergestalten, die da zu sehen waren, nachdenklich. »Wissen möcht' ich, wie alle diese vorsintflutlichen Tiere ausgestorben sind. Niemandem konnte es möglich gewesen sein, sie zu töten.«

»Nun, ich weiß es«, sagte Ann, »sie wurden von der Sintflut überrascht...«

Kipps überlegte eine Weile. »Aber ich dachte, sie mußten zwei von allen Geschöpfen, die da waren, aufnehmen...«

»Innerhalb vernünftiger Grenzen taten sie es«, entgegnete Ann.

Und dabei beließen es die Kipps.

Das riesige Labyrinthodon in Grün und Gold nahm von ihrem Gespräch keine Notiz. Er starrte mit seinen erstaunlichen Augen über ihre Köpfe ins Unendliche – in unbeugsamer Ruhe. Vielleicht hätte es an dieser Stelle tatsächlich Coote selbst sein können, Coote, der Anspruchslose, für den sie nicht mehr vorhanden waren.

Da gab es etwas in des Sauriers Gelassenheit, das auf Geduld schließen ließ, auf die Gleichgültigkeit einer Macht, die zuwartet. Schließlich machte diese nur undeutlich erfaßte Eigenheit die Kipps' unruhig. Nach einer Weile standen sie auf, blickten noch einmal zurück und gingen ihren Weg.

4

Und als es soweit war, heirateten diese beiden schlichten Menschenkinder, und Venus Urania, die Göttin der ehelichen Liebe, die wahrhaftig eine große, edle und freundlich gesinnte Göttin ist, beugte sich hernieder und segnete ihren Bund.

DRITTES BUCH

Die Kipps

Hausbau bringt Sorgen

1

Wie alle Dinge im Leben, gehen auch Flitterwochen einmal zu Ende, und so seht ihr Mr. und Mrs. Arthur Kipps auf dem Bahnsteig in Hythe. Sie sind nach Hythe gekommen, um jenes hübsche kleine Haus zu finden und damit den lichten Traum zu verwirklichen, der sie zum erstenmal auf dem Gelände des Kristallpalastes beschäftigt hatte. Sie sind, man merkt es, ein mutiges junges Paar, jedoch klein, und die Welt ist ein großes, unzusammenhängendes System komplizierter und schwieriger Dinge. Kipps trägt einen grauen Anzug mit einem Kragen mit vorstehenden Ecken und eine hübsche, modische Krawatte. Mrs. Kipps ist die gleiche heitere, gesunde kleine Kindfrau geblieben, die man aus ihrer Marschheimat kennt, ihre Gestalt ist seit Beginn meiner umfangreichen Erzählung auch nicht um einen Zoll gewachsen. Nur trägt sie jetzt einen Hut.

Es ist ein Hut, ganz anders als jene Hüte, die sie an ihren freien Sonntagen zu tragen pflegte – reichlich geschmückt, mit Federn, einer Spange, Schleifen und anderen modischen Kleinigkeiten. Der Preis dieses Hutes würde vielen Leuten den Atem rauben – zwei Guineen. Kipps hatte ihn ausgesucht. Kipps hatte ihn bezahlt. Sie verließen den Laden mit geröteten Wangen und blitzenden Augen, froh, außer Reichweite der herablassenden Verkäuferin zu sein.

»Artie«, sagte Ann, »du hättest nicht sollen –«

Das war alles. Und, ehrlich gesagt, der Hut stand Ann gar nicht. Ihre Kleider paßten überhaupt nicht zu ihr. Die schlichte, billige, saubere Heiterkeit ihrer früheren Art, sich zu kleiden, war nicht nur diesem Hut, sondern auch mehreren anderen Kleidungsstücken im gleichen Stil gewichen. Und mitten aus diesen Sachen schaute ihr hübsches Gesicht hervor, das Gesicht eines klugen Kindes – ein ungekünsteltes Wunder, das gegen eine gekünstelte Würde ankämpfte.

Den Hut hatten sie eines Tages gekauft, als sie die Bond Street mit ihren teuren Kaufläden besichtigen gingen. Kipps hatte die Vorbeigehenden betrachtet, und plötzlich war ihm der Gedanke gekommen, daß Ann schlecht gekleidet sei. Ihm war der Hut einer sehr stolz aussehenden Dame aufgefallen, die in einem Elektromobil vorbeifuhr, und er hatte sich entschlossen, für Ann etwas ganz Ähnliches zu erstehen.

Den Trägern am Bahnhof fiel irgendeine leichte Ungereimtheit an der äußeren Erscheinung Anns auf, ebenso der Gruppe von Droschkenkutschern vor dem Bahnhof, den beiden Golfspielern und der Dame mit ihren Töchtern, die gleichfalls den Zug verlassen hatten. Kipps, etwas blaß, ein wenig keuchend und nicht völlig beherrscht, wußte, daß man sie und ihn beobachtete. Und Ann... Es ist schwer zu sagen, was Ann von all dem bemerkte.

»Ier!« rief Kipps einem Droschkenkutscher zu und bedauerte zu spät ein verschlucktes »H«.

»Ich hab einen Koffer dort oben, er ist A. K. markiert«, wendete er sich an einen Fahrkartenkontrolleur.

»Rufen Sie einen Träger«, erwiderte der Kontrolleur und kehrte ihm den Rücken zu.

»Verdammt!« entfuhr es Kipps ziemlich lautstark.

2

Es ist gewiß recht schön, im Sonnenschein zu sitzen und von dem Haus, das man haben will, zu reden, und etwas völlig anderes, dieses Ziel zu erreichen. Wir Engländer – heute eigentlich die ganze Welt – leben in einer seltsamen Atmosphäre versäumter großer Entscheidungen, erleben den aufdringlichen Triumph unbedeutender Dinge; wir ergeben uns den netten Bedeutungslosigkeiten der Geselligkeit – Tischmanieren und platte Korrektheiten bilden die Substanz unseres Lebens. Man kann diesen Dingen nicht lange entrinnen, nicht einmal durch ein derart katastrophales Vorgehen wie die Flucht nach London mit einer jungen Dame ohne jedwede Reichtümer und von niederem gesellschaftlichen Stand. Die Nebelschleier edler Gefühle drehen sich im Wirbel und vergehen, und auf einmal steht man da, geschieden von all dem, was man vergöttert hat, unter den Argusaugen des herrschenden Gesellschaftssystems auf den Wiesen weidend; man fühlt die zahllosen, schäbig-gemeinen Urteile auf sich herabregnen, auf seine Kleidung, sein Auftreten, auf seine Ansprüche, auf alles, was man tut.

Unsere Welt von heute ist eine erbärmlich erdachte – und diese Tatsache verbergen zu wollen ist nur eine weitere Erbärmlichkeit. Eine Folge davon ist, daß es nur sehr wenige hübsche kleine Häuser gibt. Solche Dinge bekommt man nicht mühelos, in Zeiten, in denen Gemeinheit triumphiert, kann man sie nicht einmal für Geld kaufen. Die Häuser in dieser Welt werden auf dem Grund und Boden ungeheuer reicher und niederträchtig erpresserischer Grundbesitzer von armen, knauserigen, gierigen Leuten in einem Klima rücksichtslosen Konkurrenzkampfes gebaut. Was kann man unter solch unsinnigen Bedingungen erwarten? Einem Haus nachzujagen bedeutet, die Blöße dieser protzigen Welt auszukundschaften, festzustellen, wieviel unsere Zivilisation wert ist, sobald man Gardinen, Volants, Teppiche und all die Aufregung und Verwirrung, welche das Einrichten den Menschen verursacht, wegdenkt. Einem Haus nachzujagen heißt erleben, wie gemeine Pläne zu gemeinen Zwecken durchgeführt werden, wie herkömmliche gesellschaftliche Formen brüsk beiseite geschoben, Geheimnisse bloßgelegt werden, wie all das, was den Inhalt der Lebensweisheit eines Chester Coote bildet, beschmutzt, ausgehöhlt und schließlich aufgegeben wird.

So sehen wir unsere armen, lieben Kipps' hin und her ziehen in Hythe, in Sandgate, in Ashford, Canterbury, Deal und Dover – schließlich sogar in Folkestone – mit rosa, grünen, weißen und gelben Einlaßscheinen zur Besichtigung, beschilderten Schlüsseln in Kipps' Hand, Stirnrunzeln und Bestürzung in ihren Gesichtern...

Zwar war ihnen nicht völlig klar, was sie wollten, aber was immer sie zu sehen bekamen, das wußten sie, wollten sie nicht. Es war stets das gleiche: eine verwirrende Vielzahl von Häusern, die für sie nicht in Betracht kamen, und kein einziges, das sie nehmen konnten. Was von ihren Träumen blieb, waren hauptsächlich leere, verlassen aussehende Zimmer mit Flecken in den Tapeten an Stelle verschwundener Bilder, und Türen, zu denen keine Schlüssel mehr vorhanden waren. Sie sahen Zimmer, deren Fußböden aus Brettern bestanden, die auseinanderklafften und zersplittert waren, mit Fußleisten, die von der Arbeit emsiger Mäuse erzählten. Küchen mit einer toten Küchenschabe im leeren Speiseschrank und eine Vielzahl scheußlicher kleiner Kohlenkeller und dunkler Wandschränke unter den Treppen. Sie steckten ihre Köpfchen durch Falltüren, die zum Dachboden führten, und ihr Blick fiel auf kaputte Schwimmerhähne von Dachwasserbehältern und den schwarzen Unrat teilweise abgedeckter Dächer. Gelegentlich schien es ihnen, als müßten sie die Opfer einer sorgfältig durchdachten Verschwörung von Häusermaklern sein, so finster und freudlos ist ein leeres Haus aus zweiter Hand im Vergleich zu den bescheidensten bewohnten Heimstätten.

Gewöhnlich waren die Häuser zu groß. Sie hatten riesige Fenster, die zwangsläufig große Gardinen erforderten, viele Schlafzimmer, zahllose Steinstufen, die man säubern mußte, und Küchen, die Anns Protest hervorriefen. Sie hatte sich so weit zu einer angemessenen Vorstellung von Kipps gesellschaftlicher Position durchgerungen, daß sie sich mit der Notwendigkeit einer Hausangestellten abfand. »Aber du lieber Gott!« sagte sie, »in diesem Haus würde man ja einen männlichen Diener brauchen.« Waren die Häuser nicht zu groß, dann waren sie fast immer das Ergebnis von Bauspekulation, jenes überstürzten Bauens in großem Maßstab für den üppigen Schwarm zu erwartender Neugeborener, dieses Hauptübels des neunzehnten Jahrhunderts. Ann weigerte sich, eines jener neuen Häuser zu beziehen, weil sie feucht waren; sogar die neuesten derer, die schon bewohnt gewesen waren, zeigten bedenkliche Zeichen eines schadhaften Zustandes – der Verputz blätterte ab, in den Fußböden klafften Löcher, die Tapeten waren schimmelig und lösten sich von den Wänden, die Türen senkten sich, Ziegel bröckelten ab und die Geländer setzten Rost an. Die lebendige Natur erkämpfte sich bereits ihre Rückkehr in Form von Spinnen, Ohrwürmern, Küchenschaben, Mäusen, Ratten, Schwämmen und auffälligen Gerüchen...

Die Grundrisse der Häuser waren derart, daß auf Bequemlichkeit keinerlei Bedacht genommen wurde. Allen Häusern, die sie sahen, war eine Eigenschaft gemeinsam, für die sie kein Wort finden konnte, für die das richtige Wort »Grobheit« wäre. »Sie bauen diese Häuser«, sagte Ann, »als ob Mädchen keine menschlichen Wesen wären.« Sids Sozialdemokratie war vielleicht auch ihr ins Blut gedrungen, und jedenfalls waren Kipps und sie daran, die bemerkenswerteste Rücksichtslosigkeit im zeitgenössischen Hausbau aufzudecken.

»Da führen Stufen zur Küche hinauf, Artie!« stellte Ann wieder einmal fest. »Solch ein armes Mädel muß unaufhörlich auf und ab gehn und schließlich ganz kaputt sein, nur weil sie nicht das Gespür dafür haben, ihren Stufen die richtige Höhe zu geben. Und nirgendwo Wasser im Obergeschoß – jeder Tropfen muß hinaufgetragen werden. Häuser wie dies da verbrauchen die Mädchen bis zur Erschöpfung.«

»Daß Häuser von Männern gebaut werden, glaube ich, bringt alle Arbeit und Plage mit sich«, stellte Ann abschließend fest...

Die Kipps' dachten nämlich, sie hielten Ausschau nach einem angemessen einfachen, kleinen, ihrer Zeit entsprechenden Haus; in Wirklichkeit aber suchten sie entweder ein Traumhaus, ein Haus A.D. 1975, oder etwas Ähnliches – vergebens.

3

Aber es war ein närrischer Einfall von Kipps, mit dem Bau eines Hauses zu beginnen. Der Grund dafür war eine außerordentliche Feindseligkeit gegen die Häusermakler, die sich in ihm allmählich aufgestaut hatte.

Jedermann haßte diese, gerade so wie jeder Seeleute mag. Es ist dies ohne Zweifel ein sehr böser und ungerechter Haß, doch ein Romanschriftsteller hat sich nicht um ethische Grundsätze, sondern um Tatsachen zu kümmern. Jedermann haßt also Häusermakler, weil diese jedes Klienten ungünstige Lage ausnutzen. Alle anderen Berufe beruhen bis zu einem gewissen Grad auf Geben und Nehmen, der Häusermakler nimmt bloß. Alle anderen Berufe brauchen ihre Klienten; der Anwalt fürchtet, man könnte ihn wechseln, der Arzt kann es sich nicht leisten, zu weit zu gehen, der Romanschriftsteller – wenn das die Leser doch wüßten – ist in schweigender Unterwürfigkeit bemüht, die unausgesprochenen Wünsche dieser Leser zu erfüllen; und was die Geschäftsleute betrifft, werden die Milchmänner vor der Haustür um die Gunst des Kunden kämpfen, die Obst-

und Gemüsehändler werden weinend angelaufen kommen, wenn man sie plötzlich fallenläßt; aber wer hat jemals von einem Häussermakler gehört, der darum kämpft, irgend jemand einen Dienst zu erweisen? Jemand braucht ein Haus, geht zum Häusermakler. Der Klient ist aufgelöst, von der Reise in ärgerlicher Stimmung, ängstlich, neugierig; er – ruhig, gepflegt, untätig, zurückhaltend, unauffällig, tut überhaupt nichts. Man bittet ihn, den Mietzins herabzusetzen, Zimmerdecken weißen zu lassen, andere Häuser zu zeigen, das Sommerhaus Nr. 6 mit dem Wintergarten von Nr. 4 zusammenzulegen – er kümmert sich keinen Deut darum! Man will ein Haus verkaufen; dann ist er genau der gleiche – gelassen, gleichgültig. Einmal, erinnere ich mich, stocherte er dauernd in seinen Zähnen herum, während er mir Fragen beantwortete. Unter Häusermaklern ist der Begriff Wettbewerb eine Farce. Sie sind alle gleich; man kann sie nicht verletzen, indem man ins gegenüberliegende Büro geht, man kann sie nicht entlassen, man kann höchstens sich selbst entlassen. Sie sitzen unverletzbar hinter Mahagoni und Messing, in der Regel zu weit entfernt, um mit dem Regenschirm auf sie loszustürzen. Die Schlüssel wegzuwerfen, die sie einem geliehen haben, anstatt sie zurückzustellen, gilt als Diebstahl und ist als solcher strafbar …

Ein Häusermakler in Dover war es schließlich, der Kipps veranlaßte, selbst zu bauen. Mit einer gewissen Unsicherheit in seiner Stimme hatte ihm Kipps sein Ultimatum gestellt – kein Kellergeschoß, nicht mehr als acht Räume, warmes und kaltes Wasser im Obergeschoß, Kohlenkeller, aber mit Zwischentüren, um den Staub von der Spülküche fernzuhalten, und so fort. Heftig atmend stand er im Büro des Häusermaklers. »Sie werden selbst ein Haus bauen müssen«, sagte dieser mit einem gelangweilten Seufzer, »wenn Sie alles das wünschen.« Und eher um einer wirkungsvollen Antwort willen als in irgendeiner bestimmten Absicht zu diesem Zeitpunkt murmelte Kipps: »Das werd' ich wohl tun, wenn's so weitergeht.«

Worauf der Häusermakler lächelte. Er lächelte!

Als Kipps Zeit fand, die Sache zu überdenken, entdeckte er zu seiner Überraschung, daß ein wichtiges Vorhaben in ihm zu keimen begonnen hatte und nun zu wachsen begann. Schließlich haben ja schon eine Menge Leute Häuser gebaut. Wie könnte es sonst so viele Häuser geben, wenn dies nicht so wäre? Und wenn er nun wirklich baute! Dann würde er zum Häusermakler gehen und sagen: »Na, während Sie ein geeignetes Haus für mich ausfindig machen, will ich verdammt sein, wenn ich inzwischen nicht selbst eines gebaut hab!« Zu ihnen allen würde er gehen – zu allen Häusermaklern in Folkestone, Dover, Ashford, Canterbury, Margate, Ramsgate und ihnen das sagen! Vielleicht würde es ihnen dann leid tun. Und als er in den frühen Morgenstunden wach lag, wurde er sich darüber klar, daß er in dieser Sache einen Entschluß gefaßt hatte.

»Ann«, sagte er, »Ann«, und er stieß sie mit dem Ellbogen an.

Ann war schließlich so weit wach, daß sie mit undeutlicher Stimme fragte, was denn los sei.

»Ich werde ein Haus bauen, Ann.«

»Wie?« fragte Ann, plötzlich hellwach.

»Ein Haus bauen.«

Ann redete etwas Unzusammenhängendes darüber, daß er lieber bis zum Morgen warten sollte, bevor er etwas Derartiges mache, und gleich darauf schlief sie ein, von einem wunderbaren Vertrauen erfüllt.

Kipps aber lag lange wach, während er im Geiste an seinem Haus baute, und morgens beim Frühstück machte er seine Absicht deutlich. Lange genug hatte er unter der schimpflichen Behandlung von Häusermaklern gelitten, und dies schien Rache zu versprechen – eine großartige Rache. »Und weißt du, wir könnten wirklich ein hübsches Häuschen bauen – so wie wir's gerne möchten.«

Nachdem sie sich einmal so entschieden hatten, wurde es ihnen möglich, für ein Jahr ein Haus zu mieten. Das Haus hatte ein Kellergeschoß, keinen Speisenaufzug, sämtliche Öfen mußten noch geschwärzt werden, im Obergeschoß gab es kein Wasser, und Badezimmer war keines vorhanden. Die großen Schiebefenster mußten vom Fensterbrett an gereinigt werden, eine gewundene steinerne Treppe war nach oben hin offen, so daß der Regen bis in den Kohlenkeller rinnen konnte. Die Geschirrschränke waren unzulänglich, der Zugang zum Müllkasten nicht gepflastert, das Schlafzimmer der Hausangestellten nicht heizbar, überall Holzböden voller Splitter, mit denen man beim Scheuern seine liebe Not haben würde – es war in der Tat ein durchaus typisches Haus der englischen Mittelklasse. Nachdem Kipps diesem Haus einige Möbelstücke und eine langweilig aussehende junge Person mit gefärbtem Goldhaar namens Gwendolen, die mit einem Feldwebel verlobt und früher in einem Hotel angestellt gewesen war, hinzugefügt hatte, nachdem er eingezogen war und einige schlaflose Nächte mit Streifzügen auf der Suche nach Einbrechern verbracht hatte, angesichts der ungewöhnlichen Situation, in einem Haus zu wohnen, für das sie persönlich verantwortlich waren, beruhigte sich Kipps für einige Zeit und wendete sich mit beachtlicher Entschlossenheit dem Unternehmen zu, ein Haus zu bauen.

4

Zunächst holte Kipps Ratschläge ein, da er es vorerst schwierig fand, wie er beginnen sollte. So suchte er eines Tages das Büro eines Baumeisters in Seabrook auf und sagte der Geschäftsführerin, daß er ein Haus bauen lassen wolle. Er war außer Atem, aber durchaus entschlossen und bereit, seinen Auftrag auf der Stelle zu erteilen; die Frau aber versuchte ihn hinzuhalten und erklärte, ihr Mann sei ausgegangen, und so verließ Kipps das Büro, ohne seinen Namen anzugeben. Dann wieder machte er sich auf und redete mit einem Mann in einem zweirädrigen Wagen, der ihm von einem Arbeiter als der Baumeister eines neuen Hauses in der Nähe von Saltwood bezeichnet wurde. Zuerst fand er ihn skeptisch, dann aber wurde dieser Mensch überwältigend sarkastisch. »Ich glaube, Sie bauen in jedem Urlaub ein Haus«, sagte er und wendete sich von Kipps mit allen Anzeichen der Verachtung ab.

Später erzählte ihm Carshot beunruhigende Dinge über Baumeister, so daß Kipps' Entschlossenheit ziemlich stark erschüttert wurde, und dann warf Pearce die Frage auf, ob man überhaupt zu einem Baumeister gehen sollte und nicht lieber zu einem Architekten. Pearce kannte einen Mann in Ashford, dessen Bruder Architekt war, und da es in solchen Angelegenheiten immer besser ist, jemand zu bekommen, den man kennt, entschlossen sich die Kipps noch bevor Pearce sie verließ, sich an diesen Mann zu wenden, zumal ihnen auch Carshots Warnungen noch in den Ohren klangen. Also taten sie es – eher zögernd.

Der Architekt, der ein Bruder von Pearces Freund war, erwies sich als kleiner, energischer Mann mit einer schwarzen Tasche und einem Zylinderhut. Er saß am Eßzimmertisch, hatte Hut und Tasche rechts und links von sich in gleicher Entfernung abgelegt und nahm eine eindrucksvoll-steife Haltung an, während Kipps mit dem zitternden Gefühl, sich in ein gigantisches Unternehmen einzulassen, zögernde Antworten auf seine Fragen gab. Ann erfüllte die Rolle einer Beobachterin und hatte sich hierfür einen Standort gewählt, der dafür geeignet schien – neben der Ecke der geschnitzten Anrichte aus Eichenholz. Beide fühlten sich gewissermaßen in die Enge getrieben.

Der Architekt begann mit der Frage nach dem Bauplatz, und die Entdeckung, daß ein solcher erst gefunden werden mußte, schien ihn ein wenig aus der Fassung zu bringen. »Ich dacht' eben, irgendwo zu bauen«, meinte Kipps. »Ich bin mir darüber noch nicht klar geworden.«

Der Architekt bemerkte, es wäre ihm lieber gewesen, den Bauplatz zu sehen, damit er wüßte, wie er mit dem herausrücken sollte, was er als seine »häßliche Seite« bezeichnete; es sei aber natürlich durchaus möglich, ein Haus sozusagen »in der Schwebe« zu planen, offen gesagt, »einfach mit angenommener Rückseite und Fassade« – wenn es ihnen recht sei. Kipps errötete leicht, und da er insgeheim hoffte, dies würde keinen Unterschied in den Baukosten ausmachen, meinte er ein wenig unschlüssig, er dächte, das würde schon recht werden.

Daraufhin hakte der Architekt gleichsam das erste Kapitel seines Themas mit einem kurzen, trockenen Husten ab, öffnete seine Tasche und entnahm ihr ein Federmaßband, einige harte Kekse, eine metallene Feldflasche, ein neues Paar hundslederne Handschuhe, ein flüchtig in Papier verpacktes aufziehbares Auto, ein Veilchensträußchen, ein Papiersäckchen mit kleinen Messingschrauben und schließlich ein großes, umfängliches Notizheft. Die übrigen Gegenstände räumte er sorgfältig wieder ein, dann öffnete er sein Notizheft, führte einen Bleistift an seine Lippen und meinte: »Und auf welche Bequemlichkeiten legen Sie Wert?« Worauf Ann, die jede seiner Bewegungen mit gespannter Aufmerksamkeit und steigender Angst verfolgt hatte, mit dem unvermuteten Ungestüm eines Menschen, der auf der Lauer gelegen ist, antwortete: »Schränke!«

»Auf jeden Fall«, setzte sie hinzu, als sie einen Blick ihres Gatten auffing. Der Architekt machte sich Notizen.

»Und wie viele Zimmer?« fragte er und kam damit zu zweitrangigen Angelegenheiten.

Die jungen Leute blickten einander an. Das sah ja ganz schrecklich nach Erteilung eines Auftrags aus.

»Wie viele Schlafzimmer, zum Beispiel?« lautete die nächste Frage.

»Eines«, schlug Kipps vor, der nun dazu neigte, das Haus um jeden Preis so klein als möglich zu halten.

»Da ist Gwendolen!« erinnerte ihn Ann.

»Vielleicht auch Gäste«, warf der Architekt ein, und bedächtig meinte er: »Man kann nie wissen.«

»Zwei vielleicht?« nahm Kipps wieder das Wort. »Wissen Sie, wir brauchen nicht mehr als ein kleines Haus.«

»Aber sogar die kleinste Jagdhütte –«, gab der Architekt zu bedenken...

Sie kamen bis auf sechs. Er trieb sie unentwegt von einem Schlafzimmer zum anderen an; das Wort »Kinderzimmer« flatterte quer durch die Himmel ihrer Phantasie – er erwähnte es als die entlegenste Möglichkeit. Als dann sechs widerstrebend zugestanden waren, trat Ann zum Tisch, setzte sich und brachte eine ihrer Bedingungen vor, die sie vorbereitet hatte: »Warm- und Kaltwasser in jedem Zimmer – auf jeden Fall!«

Das war eine Idee, auf die sie schon vor längerer Zeit Sid gebracht hatte.

»Ja«, bekräftigte Kipps vom Kaminvorleger aus, »Warm- und Kaltwasser in jedem Schlafzimmer – dafür haben wir uns entschieden.«

Es war dies der erste Fingerzeig für den Architekten, daß er es mit einem Ehepaar von ungewöhnlicher Originalität zu tun hatte. Da es ihm erst am vergangenen Nachmittag geglückt war, drei große Häuser in der Fachzeitschrift »The Builder« zu entdecken, die er zu einem originalen und urheberrechtlich geschützten eigenen Bauplan zu verschmelzen beabsichtigte, kämpfte er natürlich gegen diese ihn überraschenden Bedingungen an. Er ließ sich des langen und breiten über die übermäßige Kostspieligkeit der Installationen aus, verwies auf die außerordentlich hohen Kosten von allem, das nicht schon in seinem Plan vorgesehen war; aber erst als Ann erklärte, sie würde lieber auf das Haus verzichten als auf ihre Forderungen, und als ein erschrockener Kipps meinte, es mache ihm nichts aus, was ihn etwas koste, solange er erhalte, was er wünsche, erst dann gestand der Architekt einer Originalität die seiner eigenen nicht nachstand, das Recht zu, neben der erworbenen Fachkundigkeit seiner Methoden zu stehen. Er beendete diese Phase des Gesprächs wieder mit seinem Hüsteln, das besagte, daß dieses Kapitel beendet sei. »Natürlich«, sagte er, »wenn es Ihnen nichts ausmacht, vom Herkömmlichen abzugehen …«

Er erklärte ihnen, daß er ursprünglich an einen Queen-Anne-Architekturstil gedacht habe, so weit es das Äußere des Hauses betraf. Sobald sie ihren Namen hörte, schüttelte Ann zu Kipps gewendet den Kopf. Was ihn persönlich betreffe, sagte er, wolle er das Äußere eines Hauses gerne stilvoll gestalten, nicht pedantisch in einem bestimmten Stil, sondern in einer Mischung, wobei ein Stil vorherrschen müsse. So stelle er sich etwa die Giebel, Mansardenfenster und Fensterflügel im Queen-Anne-Stil vor, mit etwas Rohputz und Fachwerkattrappen da und dort, und vielleicht einem geringfügigen Vorsprung, dies belebe ein Haus und mache es interessant. Die Vorteile dessen, was er einen Queen-Anne-Stil nannte, lagen in der Vielfalt hervorragender Merkmale eines solchen Hauses …

Doch wenn sie gewillt seien, nicht nach herkömmlicher Art zu bauen, ließe sich dies machen. Eine große Zahl von Häusern würde nun im unkonventionellen Stil gebaut und sie seien oft sehr hübsch. Im unkonventionellen Stil finde man häufig, was er vielleicht mit »Inneren Merkmalen« bezeichnen könnte – zum Beispiel eine altenglische Eichentreppe mit Geländer. Weißer Rohputz und grüner Anstrich würden in Häusern solcher Art häufig bevorzugt.

Er deutete an, daß diese ausführliche Erörterung über Stilfragen beendet war, indem er gewohnheitsmäßig kurz hustete. Dann öffnete er wieder sein Notizheft, das er vordem zugeklappt hatte, um es in einem Augenblick begeisterter Beschreibung hin- und herzuschwenken, während er sich über den schrankenlosen Reichtum »Äußerer Merkmale«, die mit der Epoche Queen Annes verknüpft waren, verbreitete. »Sechs Schlafzimmer«, faßte er zusammen und feuchtete seinen Bleistift an. »Eines mit vergitterten Fenstern, das, wenn erforderlich, für ein Kinderzimmer geeignet ist.«

Kipps bestätigte dies zögernd mit heiserer Stimme.

Darauf folgte eine äußerst interessante Diskussion über Häuserbau, in der Kipps eine nur untergeordnete Rolle spielte. Von den Schlafzimmern ging man zur Küche und Abwaschküche über, und da offenbarte Ann Klugheit und Willensstärke, die die unmißverständliche Bewunderung des Architekten hervorriefen. Besonders überraschend waren ihre Ansichten über die Lage des Kohlenkellers, der, ihr zufolge, in einem üblichen Einfamilienhaus viel zu tief liege und viel Schlepperei nötig mache. Den Gedanken, Kohlenraum und Küche im obersten Teil des Hauses unterzubringen, verwarfen sie als undurchführbar, weil dies bedeutet hätte, daß man die Kohlen durchs ganze Haus tragen müßte, was stets mit nachfolgendem Reinigen verbunden wäre. Eine Zeitlang spielten sie mit dem Gedanken eines Kohlenkellers im Erdgeschoß, von dem aus eine leichte Treppe außerhalb des Hauses zu einer Rutschbahn führen könnte. »Man könnte daraus vielleicht eine charakteristische Besonderheit des Hauses machen«, meinte der Architekt ein wenig zweifelnd und machte sich eine diesbezügliche Anmerkung. »Aber Sie müssen wissen, daß diese Treppe schwarz werden könnte.«

Von da gelangten sie zur Ausweichmöglichkeit der Servicelifte und dann, nach einer Eingebung des Architekten, zu den Möglichkeiten, die eine Gasheizung bot. Kipps machte aus dem Thema »Gasheizung heizt die Atmosphäre« eine komplizierte Fuge mit wechselnden Hauchlauten; er wurde rot und fiel eine Zeitlang gänzlich für die weitere Unterhaltung aus, obgleich er noch immer tonlos die Lippen bewegte.

Später schrieb ihnen der Architekt, daß er in seinem Notizheft sehr ausführliche und deutliche Richtlinien für Erkerfenster in allen Zimmern, für Schlafzimmer, Wasserversorgung, Lift, Höhe der Stufen, Treppen ohne Windungen, für eine gut entlüftbare Küche im Ausmaß von zwanzig Quadratmeter, mit zwei Anrichten und einer großen Fensterbank, für Abwaschküche, Schuppen und Wirtschaftsräume habe, aber gar keine Angaben über Salon, Speisezimmer, Bibliothek oder Herrenzimmer, oder die annähernde Höhe der Kosten, und er erwarte weitere Instruktionen. Er vermute, da würden noch ein Frühstückszimmer, Eßzimmer, Salon und ein Herrenzimmer für Mr. Kipps hinzukommen – zumindest sei dies seine Auffassung. Das junge Paar besprach die Sache lange und eifrig.

Ann gab deutlich zu erkennen, daß sie diesbezüglich für Beschränkungen sei. »Ich seh nicht ein, wozu du einen Salon und ein Eßzimmer brauchst, wenn wir doch eine Küche haben. Wenn wir im Sommer vermieten wollten – schön und gut. Aber wir wollen ja nicht vermieten. Infolgedessen brauchen wir nicht so viele Zimmer. Dann ist da eine Diele vorgesehen. Wozu ist eine Diele gut? Sie bringt nur zusätzliche Arbeit mit sich. Und ein Herrenzimmer!«

Kipps hatte dazu gebrummt und seinen Schnurrbart gestrichen, da er ja den Brief des Architekten gelesen hatte. »Ich glaub', ich möchte schon eine Art Herrenzimmer – natürlich kein großes, aber eins mit einem Schreibtisch und

Bücherregalen, wie in Hughenden. Das hätt' ich gern.« Erst nachdem sie wieder mit dem Architekten gesprochen und gesehen hatten, wie empört er über die Idee war, auf den Salon zu verzichten, stimmten sie diesem »Inneren Merkmal« zu. Sie stimmten zu, um ihm den Gefallen zu tun. »Aber wir werden es nie benutzen«, prophezeite Ann.

Kipps hatte über ein Herrenzimmer seine besonderen Ansichten. »Wenn ich das Herrenzimmer bekomme«, meinte er, »werd' ich ein bißchen lesen, was ich schon lang hab' tun wollen. Ich werd' mir eine Gewohnheit daraus machen, dort hineinzugehn und jeden Tag eine Stunde lang etwas zu lesen. Da ist Shakespeare und so vieles, was ein Mann wie ich lesen sollte. Übrigens müssen wir die Enzyklopädie irgendwo hinstellen. Immer hab' ich gedacht, daß ein Herrenzimmer ungefähr das wär', was ich schon immer gewollt hab'. Du kannst nicht umhin zu lesen, wenn du ein Herrenzimmer hast. Hat man keins, dann gibt's, soweit ich es sehen kann, nichts anderes als Schundromane.«

Er blickte auf Ann herab und war überrascht, in ihrer Miene nur freudlose Nachdenklichkeit wahrzunehmen.

»Stell dir nur vor, Ann!« sagte er ein wenig kleinlaut, »ein eigenes kleines Haus!«

»Es wird kein kleines Haus sein«, entgegnete Ann, »nicht mit all den Zimmern da.«

5

Jeder noch verbleibende Zweifel über Aussehen und Größe des künftigen Hauses wurde zerstreut, als die Pläne herangereift waren.

Der Architekt zeichnete drei Serien von Plänen auf ein durchscheinendes bläuliches Papier, das abscheulich roch. Er bemalte sie sehr hübsch – ziegelrot, ingwerbraun, arsenikgrün und ein bleiernes Blau; dann brachte er sie herüber, um sie unseren jungen Leuten zu zeigen. Die erste Serie war ganz schlicht, mit praktisch keinen »Äußeren Merkmalen« – »ein schmuckloser Stil«, sagte er, nichtsdestoweniger sah es wie ein großes Haus aus. Die zweite Serie wies Zugaben auf, wie einen Wintergarten, verschieden geformte Erkerfenster, einen Giebel in Rohputz und einen Fachwerkgiebel gleichfalls in Rohputz sowie eine freischwebende Veranda; diese Serie war weit eindrucksvoller. Die dritte Serie aber war nahezu pilzartig mit »Äußeren Merkmalen« bestückt und von »Inneren Merkmalen« durchsetzt; hier war, wie er sagte, »praktisch ein Herrensitz« geplant, alles in allem eine sehr edle Frucht des schöpferischen Geistes. Dieses Haus war, wie er zugab, vielleicht fast zu gut für Hythe; sein künstlerischer Ehrgeiz war mit ihm durchgegangen, und er hatte ein modernes Herrenhaus im »besten Folkestoner Stil« geschaffen; es hatte eine zentral gelegene Diele mit Treppenaufgang, eine maurische Galerie und ein Tudor-Buntglasfenster, eine mit Zinnen versehene Brustwehr über der Säulenhalle, eine achteckige Ausbuchtung mit achteckigen Erkerfenstern, gekrönt von einer Metallkuppel in orientalischem Stil, Reihen gelber Ziegel, welche die roten aufgliedern sollten, und noch manch anderen attraktiven Luxus. Es war in der Art von Häusern geplant, wie sie vielleicht eine einflußreiche Persönlichkeit der Londoner City bauen könnte, überladen und in seiner würdevollen Art verschwenderisch üppig; den Kipps aber erschien es maßlos übertrieben. Im ersten Plan waren sieben, im zweiten acht und im dritten gar elf Schlafzimmer vorgesehen; sie waren, wie der Architekt erklärte, in den Plan »eingearbeitet« worden, waren plötzlich da wie Kieselsteinchen im Schuh eines Bergsteigers.

»Das sind große Häuser«, sagte Ann in dem Augenblick, da die Aufrißpläne aufgerollt und ausgebreitet wurden.

Kipps hörte dem Architekten mit weit aufgerissenen Augen zu, verhielt sich jedoch reichlich vorsichtig, ängstlich darauf bedacht, sich nicht weiter auf das Wagnis einzulassen, als dies bereits geschehen war. Der Architekt wies auf die hervorragenden Merkmale und andere interessante Punkte mit einem Skalpell aus einem Manikürbesteck, das er ständig mit sich führte, hin. Ann beobachtete das Gesicht von Kipps und verständigte sich heimlich mit ihm über den Kopf des Architekten hinweg. »Nicht so groß«, formten Anns Lippen.

»Es ist ein bißchen groß für das, was ich mir vorgestellt habe«, bei diesen Worten warf Kipps Ann einen beruhigenden Blick zu.

»Sie werden es nicht für groß halten, wenn Sie es fertig sehen«, erwiderte der Architekt, »glauben Sie mir.«

»Wir brauchen nicht mehr als sechs Schlafzimmer«, warf Kipps ein.

»Dann verwenden Sie dieses da als Abstellraum«, schlug der Architekt vor.

Ein Gefühl der Hilflosigkeit brachte Kipps zum Schweigen.

»Nun, welcher«, fragte der Architekt und breitete alle Pläne aus, »soll es sein?«

Er glättete die Pläne des am reichsten ausgestatteten Herrensitzes, um sie zu besserer Wirkung zu bringen.

Kipps wollte nun wissen, wieviel jedes dieser Häuser allerhöchstens kosten würde, was zu sehr beunruhigendem Zeichengeben von Ann führte. Aber der Architekt konnte bloß in ganz großen Zügen schätzen.

Als sich der Architekt verabschiedete, hatten sie sich auf nichts festgelegt; Kipps hatte versprochen, sich die Sache zu überlegen – das war alles.

»Dieses Haus können wir nicht haben«, sagte Ann.

»Sie sind weitaus zu groß – alle«, pflichtete Kipps bei.

»Brauchen würde man – mit vier Hausangestellten würde

man kaum das Auslangen finden«, meinte Ann. Kipps ging zum Kaminvorleger hinüber und warf sich in Positur. Der Tonfall seiner Stimme war eher lässig. »Wenn er 's nächste Mal kommt, werd' ich 's ihm erklären. 'S ist überhaupt nicht das, was wir wollen. Es ist – 's ist ein Mißverständnis. Du hast keinen Anlaß, deswegen besorgt zu sein.«

»Ich seh' wirklich nicht viel Gutes dabei, ein Haus zu bauen«, gab Ann zu bedenken.

»Oh, wir müssen ein Haus bauen, da wir nun damit begonnen haben«, erwiderte Kipps. »Aber angenommen, wir hätten jetzt...«

Er breitete den bescheidensten der drei Pläne aus und rieb sich die Wange.

6

Das Pech wollte es, daß am nächsten Tag der alte Kipps zu Besuch kam.

Der alte Kipps rief bei seinem Neffen stets seltsame Gemütszustände hervor – ein überstürztes, selbstbewußtes Vorgehen, einen Hang zur Protzigkeit, die seinem Wesen durchaus nicht entsprach. Es war sehr schwierig gewesen, die beiden Alten mit der unstandesgemäßen Heirat des Neffen mit Ann Pornick auszusöhnen, und gelegentlich klang dieser Streit in manchen Gedanken nach, die der alte Kipps äußerte. Dies und nicht niedrige Eitelkeit war vielleicht der Grund dafür, daß Kipps, sobald sein Onkel auftauchte, in einen Ton übermäßiger Selbstsicherheit verfiel. Mrs. Kipps war überhaupt nicht zu versöhnen; alle Einladungen, mit dem Bus herüberzukommen, hatte sie abgelehnt, und beim einzigen Besuch, den die jungen Leute unterwegs zu Mrs. Pornick dem Spielzeugladen abstatteten, war sie eine schweigsame Gastgeberin. Sie entwickelte eine Neigung, sich die Nase zu schneuzen, was aber eindeutig ihrem Hochmut und nicht einem Schnupfen zuzuschreiben war; mit Ausnahme einer Bemerkung gegenüber Ann, sie hoffe, diese würde sich wegen ihrer Heirat nicht zu »hochnäsig« fühlen, beschränkte sie ihr Gespräch auf ihren Neffen, oder sie redete unpersönlich über allgemeines. Der Besuch war nur kurz und bestand hauptsächlich aus Redepausen; ein Imbiß wurde weder angeboten noch wurde darum gebeten, und Ann schied mit hochrotem Gesicht. Mit gutem Grund wollte sie den Spielzeugladen kein zweites Mal besuchen, als sie wieder einmal nach New Romney kamen.

Der alte Kipps jedoch, der sich hinübergewagt, die Tafel des neugegründeten Haushalts ausprobiert und nach seinem Geschmack gefunden hatte, zeigte viele Anzeichen des Einlenkens gegenüber Ann. Er kam wieder, und es blieb nicht bei einem wiederholten Besuch. Gewöhnlich kam er mit dem Bus, und ausgenommen, wenn sein Mund gerade voll war, erteilte er seinem Neffen eine solide und nicht enden wollende Menge von Ratschlägen der heikelsten und verwirrendsten Art, bis es Zeit wurde, in die Hauptstraße zum Nachmittagsbus zurückzuschlendern. Öfter spazierte er auch mit ihm zum Strand und begann mit Bootverkäufern eine höchst diplomatische Unterredung über den Kauf eines ihrer Boote – »Du solltest ein eigenes Boot haben«, sagte er –, obgleich Kipps ein sehr schlechter Seemann war – oder er verfolgte einen Plan, der in seinem Gehirn immer mehr Gestalt annahm. Nach diesem Plan sollte er besitzen und verwalten, was er »wöchentliches Eigentum« in den bescheidenen Straßen Hythes nannte. Der Kern des Planes sollte in einem wöchentlichen persönlichen Inkasso von Mietzinsen bestehen, wohl der stärksten Annäherung an feudalen Glanz, der in diesem demokratisierten Lande noch übrigblieb. Er machte keine Anspielung auf die Kapitalquelle, die er für seine Investition im Auge hatte, und manchmal wollte es scheinen, daß er jenes Unternehmen eher als Beschäftigung für seinen Neffen plante als für sich selbst.

Aber etwas blieb in seinem Verhalten Ann gegenüber – in den prüfenden Blicken, mit denen er sie unversehens musterte, das Kipps in wachsamer Bereitschaft hielt, anzugeben, wann immer er in des Onkels Nähe war, und zwar in jeder erdenklichen Art. Nur wegen des alten Kipps wars zum Beispiel, daß unser Kipps eines Tages mit dem Geld um sich warf und sich für Kostbares entschloß, indem er eine Schachtel Leibgurt-Neunpennyzigarren und statt des Alten Methuselah mit dem blauen Schild eine handelsübliche Marke mit vier Sternen nach Hause brachte.

»Einiges davon ist Whiskey, mein Junge«, sagte der alte Kipps, als er ihn verkostete, und schnalzte mit Kennermiene...

»Hab da einen Haufen junger Offiziersanwärter vorbeiziehn sehen«, berichtete er. »Du solltest zu den Freiwilligen einrücken, mein Junge, und einige von ihnen kennenlernen.«

»Glaub' wohl, daß ich's tun werde. Später«, meinte Kipps.

»Weißt du, sie werden dich im Handumdrehen zum Offizier machen. Sie brauchen Offiziere. Und nicht jeder kann sich das leisten. Sie werden regelrecht froh sein, dich zu haben... Hast du dir übrigens noch keinen Hund gekauft?«

»Noch nicht, Onkel. Möchtest du eine Zigarre?«

»Auch kein Auto?«

»Noch nicht, Onkel.«

»Damit hat's keine Eile. Und kauf dir keinen von diesen minderwertigen, billigen Wagen, wenn's soweit ist, mein Junge. Kauf einen, den du ein Leben lang fahren kannst... Bin überrascht, daß du nicht öfter ein Auto mietest.«

»Ann hat anscheinend an einem Auto keinen Gefallen.«

»Ah«, entgegnete der alte Kipps, »vermutlich nicht«, und sein Blick zur Tür sprach Bände. »Sie ist's nicht gewohnt, auszugehn. Sie ist mehr für's Häusliche.«

»Tatsache ist«, brachte Kipps hastig hervor, »wir denken dran, ein Haus zu bauen.«

»Das würd' ich nicht machen, mein Junge«, begann der alte Kipps; aber sein Neffe stöberte bereits in der Schublade des kleinen Schrankes nach den Plänen. Er fand sie noch rechtzeitig, um eine weitere Kritik an Ann zu unterbinden. »Hm«, machte der alte Herr, schon ein wenig beeindruckt vom sonderbaren Geruch und der ungewohnten Durchsichtigkeit des Pauspapiers, das Kipps in seine Hände legte. »Gedenkst du also wirklich, ein Haus zu baun?«

Kipps begann mit dem bescheidensten der drei Projekte.

Der alte Kipps las langsam durch seine silberumrandete Brille: »Plan eines Hauses für Wohlgeboren Arthur Kipps. Hm.«

Er begeisterte sich nicht sogleich für den Plan, und Ann, die eben ins Zimmer trat, sah noch, wie er ein wenig zweifelnd die Vorschläge des Architekten prüfte.

»Nirgends konnten wir ein anständiges Haus finden«, Kipps lehnte sich gegen den Tisch und gab sich lässig. »Ich hab' nicht eingesehn, warum wir nicht selbst eins baun sollten.«

Dieser Ton seines Neffen erregte das Wohlgefallen des alten Kipps.

»Wir haben gedacht, wir könnten vielleicht besprechen –«, warf Ann ein.

»Es ist natürlich Sache der Betrachtung«, meinte der alte Kipps, hielt den Plan zwei Fuß oder etwas mehr von seiner Brille entfernt und runzelte die Stirn. »Das da ist nicht eigentlich das Haus, von dem ich immerhin erwartet hätte, daß du es dir als dein eigenes vorgestellt hast«, sagte er.

»Genau genommen ist's ein Landhaus. Es ist die Art eines Hauses, das vielleicht einem Bankangestellten gehören könnte. 's ist nicht das, was ich als das Haus eines Gentleman bezeichnen würde, Artie.«

»Natürlich ist's einfach und schmucklos«, gab Kipps zu, der neben seinem Onkel stand und auf den Plan herabsah, der jetzt ganz gewiß um einiges weniger prächtig schien als bei der ersten Besichtigung.

»Ihr dürft es nicht zu einfach bauen lassen«, warnte der alte Kipps.

»Wenn's aber gut eingerichtet ist –«, wagte Ann einzuwenden.

Der alte Kipps blickte sie über seine Brille an. »Du lebst in dieser Welt nicht bequem, mein Kind, wenn du nicht so lebst, wie es deiner Stellung angemessen ist« – und gab so der schönen alten Redewendung »Noblesse oblige« eine zeitgemäße Form.

»Ein Haus dieser Art könnte vielleicht einem Händler im Ruhestand gehören, oder irgendeinem kleinen Winkeladvokaten. Du aber –«

»Natürlich ist das nicht der einzige Plan«, versuchte Kipps nun den mittleren ins Blickfeld des Onkels zu rükken.

Aber erst der dritte Plan fand die Billigung des alten Kipps. »Na, das ist ein Haus, mein Junge«, rief er beim Anblick dieses Planes aus.

Ann kam herbei und stand hinter ihres Gatten Schulter, während sich der alte Kipps über die Annehmlichkeiten des größeren Entwurfes ausließ. »Du solltest ein Billardzimmer haben«, sagte er; »das seh' ich hier nicht, aber alles übrige ist soweit in Ordnung! Viele von diesen Offizieren würden gern zu einer Billardpartie herüberkommen.«

»Was bedeuten alle die Töpfe da?« fragte er dann.

»Buschwerk«, erläuterte Kipps. »Blühende Sträucher.«

»Da gibt's elf Schlafzimmer in diesem Haus«, bemerkte Ann. »'s ist ein bißchen viel, nicht wahr, Onkel?«

»Ihr werdet sie brauchen, mein Kind. Mit der Zeit werdet ihr öfter Gäste haben. Freunde deines Gatten, vielleicht aus dem Schießunterricht – Leute, von denen du wünschst, daß er mit ihnen verkehrt. Man kann nie wissen.«

»Wenn wir viel Strauchwerk haben«, wendete Ann ein, »werden wir einen Gärtner einstellen müssen.«

»Wenn ihr keine Sträucher habt«, erwiderte der alte Kipps in einem Ton geduldigen Zuredens, »wie sollt ihr jeden vorbeigehenden Laffen daran hindern, in euren Salon zu glotzen – vielleicht gerade dann, wenn ihr jemand Besonderen eingeladen habt?«

»Wir sind an eine Anlage mit vielen Sträuchern nicht gewöhnt«, beharrte Ann eigensinnig, »wir kommen ohne sie sehr gut aus.«

»Es geht nicht darum, woran ihr gewöhnt seid«, meinte der alte Kipps, »sondern darum, was ihr jetzt haben sollt.« Und damit war Ann aus dem Gespräch entlassen.

»Herrenzimmer und Bibliothek«, las der Onkel laut. »So ist's richtig. Neulich hab' ich bei Brookland einen Tantalus gesehn, der würde gerade ins Arbeitszimmer eines Gentleman passen. Ich werd' mich bemühen, hinzufahren und ihn zu ersteigern ...«

Als er in den Bus stieg, war der alte Kipps vom Hausbau ganz begeistert, und es schien beschlossene Sache zu sein, daß man sich für den umfangreichsten Plan entschieden hatte.

Ann jedoch hatte sich nicht weiter zu dieser Angelegenheit geäußert.

7

Als Kipps zurückkehrte, nachdem er seinen Onkel zum Bus begleitet hatte – schien es doch stets zweifelhaft, ob dessen massige Gestalt in dem kleinen roten »Tip-top«-Kasten Platz finden würde –, traf er Ann noch neben dem Tisch stehend an. Mit einem Ausdruck vielsagender Mißbilligung blickte sie auf die drei Pläne.

»Dem Onkel scheint nicht viel zu fehlen«, meinte Kipps und nahm seinen Stammplatz auf dem Kaminvorleger ein, »trotz seines Sodbrennens. Wie ein Vogel ist er die Stufen hinaufgehüpft.«

Ann starrte weiter auf die Pläne.

»Dir gefallen diese Pläne nicht?« wagte sich Kipps vor.

»Nein; mir gefallen sie nicht, Artie.«

»Etwas müssen wir jetzt bauen.«

»Aber – es ist ein Herrensitz, Artie!«

»Es ist – es hat natürlich eine ganz außerordentliche Größe.«

Kipps warf einen raschen Blick auf die Zeichnung und ging zum Fenster.

»Nehmen wir bloß das Reinemachen. Drei Dienstboten werden mit diesem Haus nicht zurechtkommen, Artie.«

»Dienstboten müssen wir haben«, stellte Kipps fest.

Ann blickte verzagt auf ihren künftigen Wohnsitz.

»Wir müssen auf jeden Fall standesgemäß leben«, fuhr er fort, zu ihr gewandt. »Es ist klar, Ann, wir nehmen einen gewissen gesellschaftlichen Rang ein. Nun gut! Ich kann nicht verlangen, daß du die Fußböden schrubbst. Du mußt ein Dienstmädchen haben und du mußt einen Haushalt führen. Du würdest es nicht zulassen, daß ich mich schämen muß –«

Ann öffnete die Lippen, sprach aber nicht.

»Was ist?« fragte Kipps.

»Nichts. Nur wollt' ich ausdrücklich, es sollte ein kleines Haus werden, Artie. Ich wollt' ein bequemes Häuschen, gerade nur für uns.«

Kipps wurde plötzlich rot im Gesicht und störrisch. Er nahm die merkwürdig riechenden Pläne wieder zur Hand. »Ich will nicht, daß man auf mich herabsieht«, sagte er dann. »'s ist nicht nur der Onkel, an den ich dabei denke!«

Ann starrte ihn an.

Kipps fuhr fort. »Ich will zum Beispiel nicht haben, daß der junge Walshingham über mich spöttelt und die Nase rümpft. Es so hinstellt, als ob wir alles falsch machten. Ich seh' ihn, als ob es gestern wär'... Auch bei Coote ist's nicht anders. Ich bin ebenso gut – wir sind ebenso gut –, was immer auch geschehn ist.«

Stille herrschte, nur das Rascheln der Pläne war zu hören.

Er blickte auf und sah, daß in Anns Augen Tränen glänzten. Einen Augenblick lang starrten die beiden einander an.

»Wir werden das große Haus haben«, sagte Ann, mühsam das Weinen unterdrückend. »Daran hab' ich nicht gedacht, Artie.«

Ihr Gesichtsausdruck war erbittert und entschlossen, und sie kämpfte mit ihrer Erregung. »Wir werden das große Haus haben«, wiederholte sie. »Sie sollen nicht sagen, daß ich dich zu mir heruntergezogen hab' – keiner von ihnen soll so was sagen. Ich hab' gedacht – immer hab' ich mich davor gefürchtet.«

Kipps blickte wieder auf den Plan, und plötzlich war das stattliche Haus in der Tat ganz großartig. Er atmete heftig.

»Nein, Artie. Keiner von ihnen soll jemals das sagen«, und dann drehte Ann, ohne viel zu überlegen, den Plan zu sich herum ... Schließlich und endlich, dachte Kipps, könnte vielleicht etwas für den gemäßigteren Plan sprechen ... Aber er war bereits so weit gegangen, daß er nicht wußte, was er zugunsten jenes Planes sagen könnte.

Und so gelangten die Pläne hinaus zu den Baumeistern, und recht bald wurde Kipps zur Zahlung von zweitausendfünfhundert Pfund an Baukosten verpflichtet. Aber wie man weiß, hatte er ja ein Einkommen von zwölfhundert im Jahr.

8

Es ist schon recht merkwürdig, wie viele kleinere Schwierigkeiten sich um einen Hausbau ansammeln.

»Höre, Ann«, bemerkte Kipps eines Tages. »Wir werden diesem Haus einen Namen geben müssen. Ich hab an ›Home Cottage‹ gedacht. Aber ich weiß nicht, ob ›Home Cottage‹ ganz das Richtige ist. Alle diese Fischerhäuschen werden Cottages genannt.«

»Mir gefällt ›Cottage‹«, meinte Ann.

»Du weißt, es hat elf Schlafzimmer. Ich seh' nicht ein, wieso du es bei mehr als vier Schlafzimmern ›Cottage‹ nennen kannst. Eigentlich ist es eine geräumige Villa. Ja, eigentlich ist es fast ein großes Haus. Ein Haus zumindest – kein Häuschen.«

»Nun, wenn du es ›Villa‹ nennen mußt – Home Villa vielleicht ... ich wollt', es wär' keine.«

Kipps dachte nach.

»Wie wär's mit Villa Heureka?« fragte er mit erhobener Stimme.

»Was ist Heureka?«

»Es ist ein Name. Da gab's Heureka-Druckknöpfe an Kleidern. Es gibt so viele Namen, die, wenn man's bedenkt, aus einem Laden kommen. Da wär' zum Beispiel Villa Pyjama. Ich erinnere mich an das Wort noch aus der Wirkwarenabteilung. Nein, bedenkt man's recht, das würd' nicht gehn. Aber Maraposa – ein gewisses beigefarbenes Tuch, das ... Nein! Heureka ist besser.«

Ann überlegte. »Es sieht dumm aus, einen Namen anzunehmen, der nicht viel bedeutet.«

»Vielleicht«, gab Kipps zu, »obwohl man's eigentlich nicht anders machen kann.«

Er verfiel ins Grübeln. »Jetzt hab' ich's!« rief er plötzlich.

»Nicht Oreeka!« bat Ann.

»Nein. Da war doch ein Haus in Hastings gegenüber unsrer Schule – ein recht großes Haus war's – St. Ann's. Nun, das –«

»Nein.« Da unterbrach ihn Mrs. Kipps entschlossen. »Recht freundlichen Dank, aber ich laß' es nicht dazu kommen, daß sich Fleischerjungen über mich lustig machen ...«

Sie befragten Carshot, der nach einigen Tagen Nachdenkens den Namen Waddycombe als geziemende Erinnerung an Kipps' Großvater vorschlug. Der alte Kipps war für ›Upton Manor House‹, wo er einst zweiter Bedienter gewesen war; Buggins war entweder für eine strenge, einfache Ziffer, »Nummer Eins« – wenn es keine anderen Häuser in der Nähe gab, oder für etwas Patriotisches, wie »Villa Empire« – und schließlich plädierte Pearce für »Sandringham«. Aber trotz all dieser hilfreichen Bemühungen waren sie immer noch unentschlossen, als Kipps mitten in heftigen Störungen seines seelischen Gleichgewichts, nach schwierigstem Feilschen und Streiten, nach Ängsten, Unklarheiten und dauerndem Von-einem-zum-andern-Laufen der freudlose Eigentümer eines Grundstücks von drei Achtel Acre wurde und zusah, wie der Rasengrund auf Fahrzeugen von dem Bauplatz weggeschafft wurde, auf dem eines Tages sein Wohnhaus erstehen sollte.

Die Besucher

1

Die Kipps' saßen an ihrem Mittagstisch, vor sich die Überreste eines Rhabarberkuchens und berieten über zwei Postkarten, die ihnen die Ein-Uhr-Post gebracht hatte. An einem regnerischen und stürmischen Märztag war's, bald nach ihrer Hochzeit, als in einem seltenen hellen Augenblick die Sonne hervorbrach. Kipps trug einen braunen Anzug mit einer Krawatte in modischem Grün, während Ann in eine jener weiten, malerischen Roben gekleidet war, die üblicherweise mit Sandalen und fortschrittlichen Ideen in Verbindung gebracht werden. An Ann jedoch waren keine Sandalen und auch keine fortschrittlichen Ideen festzustellen, und die Robe war erst vor kurzem auf Empfehlung von Mrs. Sid Pornick besorgt worden. »Ein Kleid, wie es auf Bildern von Künstlern zu sehen ist«, hatte Kipps abschätzig festgestellt, dann aber nachgegeben. »Es ist jedenfalls bequemer«, hatte Ann behauptet. Durch Balkontüren gewährte das Zimmer den Ausblick auf eine kleine Grünfläche und auf die Küstenpromenade von Hythe. Die Promenade war glänzend naß vom Regen, und die grüngrauen Wogen des Meeres überschlugen sich immer wieder zwischen Promenade und Himmel.

Einige Farbdrucke, die Kipps ausgesucht hatte, brachten ein wenig Ruhe in die Tapete, und das Mobiliar, das ihnen ein sachkundiger Verkäufer taktvoll aufgezwungen hatte, war von mittelmäßiger Eleganz. Da gab es zunächst eine Anrichte aus geschnitzter Eiche, die nur einen Fehler hatte – sie erinnerte Kipps manchmal an die Holzschnitzerei, und ihre Füllung aus schräg geschliffenem Glas spiegelte seinen Hinterkopf. Auf dem Regal der Anrichte standen zwei

Bände aus Parsons Bücherei, und in beiden war an einer bestimmten Stelle ein Zettel eingelegt; keins der Kipps' hätte freilich auch nur den Titel des Buches nennen können, das sie gerade lasen, und noch viel weniger den Namen des Verfassers. Dann war da ein schwarz gebeizter Kaminaufsatz mit bunten Fläschchen und Töpfen, alles durch einen Spiegel dahinter verdoppelt. Auch zwei japanische Vasen made in Birmingham standen dort, ein Hochzeitsgeschenk von Mr. und Mrs. Sidney Pornick, und einige prächtige chinesische Fächer. Auch gab es einen prachtvollen türkischen Teppich. Zusätzlich zu diesen modernen Errungenschaften aus dem Hause Messrs. Bunt & Bubble gab es noch zwei stillstehende große Wanduhren, deren weit fortgeschrittener Verfall dem Kenner Hinweise auf ihr Alter lieferte; einen Erdglobus und eine Himmelskugel, wobei die letztere beträchtliche Vertiefungen aufwies; eine Anzahl guter alter Bücher, verstaubt und voller Tintenflecken, sowie eine ausgestopfte Eule, welcher – leicht ersetzbar – ein Glasauge fehlte und die sie den Bemühungen von Onkel Kipps verdankten. Das Tischbesteck war dem von Mrs. Bindon Botting denkbar ähnlich, nur noch kostbarer, und außerdem gab es grüne und karmesinrote Weingläser – obgleich die Kipps' niemals Wein tranken...

Kipps wendete sich wieder der deutlicher lesbaren seiner zwei Postkarten zu.

»Unabwendbar verhindert, mich heute zu besuchen, sagt er. Seine Frechheit gefällt mir. Nachdem ich ihm zu seiner Karriere und zu weiß Gott was noch verholfen hab'.«

Er schnaubte.

»Gewiß behandelt er dich ein bißchen kurz angebunden«, stellte Ann fest.

Kipps machte seiner Abneigung gegen den jungen Walshingham Luft.

»Ihm schwillt jetzt der Kamm«, sagte er. »Ich fange an zu

wünschen, sie hätte doch eine Klage wegen Bruch des Verlöbnisses gegen mich eingereicht. Seitdem er gesagt hat, sie würde es nicht tun, denkt er anscheinend, ich hätt' kein Recht, das Geld, das mir gehört, auszugeben.«

»Er hat's nie gemocht, daß du dieses Haus baust«, meinte Ann.

Kipps ließ seinem Grimm freien Lauf: »Was um des Himmels willen hat das denn mit ihm zu tun?«

»Ah, der Kaminaufsatz, tatsächlich!« fügte er hinzu, »der Kaminaufsatz!... Damit probiert er aus, wie weit er bei mir gehn kann – ich werd' ihm aber was sagen, das er nicht gern hören wird.«

Dann nahm er die zweite Karte zur Hand. »Verdammt, wenn ich auch nur ein Wort davon lesen kann. Ich kann gerad' noch ›Chitterlow‹ am Ende enziffern, das ist aber auch alles.«

Er versuchte den Inhalt der Karte zu enträtseln. »Es sieht so aus, wie wenn jemand in einem Krampf schreibt. Das hier könnte W-H-A-T – what heißen. P-R-I-C-E – Ich hab's! Welcher Preis, Harry, gilt jetzt? Das war irgendeine Redensart von ihm. Ich vermute, Ann, er hat entweder etwas unternommen oder auch nicht unternommen, um sein Stück herauszubringen.«

»Ich nehm' auch an, daß es darum geht«, vermutete Ann.

Kipps stöhnte mühsam. »Ich kann das übrige nicht lesen, keine Ahnung.«

Eine durchaus ärgerliche Post war das heute. Er warf die Karte auf den Tisch, stand auf und ging zum Fenster, wohin ihm Ann nach einem flüchtigen Versuch, Chitterlows Hieroglyphen zu entziffern, folgte.

»Möchte wissen, was ich heut nachmittag machen soll«, sagte Kipps zu Ann, die Hände tief in den Taschen vergraben.

Er holte eine Zigarette hervor und entzündete sie.

»Einen Spaziergang machen, denk' ich«, schlug Ann vor.

»Ich war schon heute morgen spazieren.«

»Ich glaub', ich muß noch einen Spaziergang machen«, setzte er nach kurzer Pause hinzu.

Eine Zeitlang betrachteten sie die windgepeitsche Fläche des Meeres.

»Wissen möcht' ich, warum er mich nicht besuchen will«, kam Kipps auf das Problem des jungen Walshingham zurück. »Er lügt doch wie gedruckt, daß er zu sehr beschäftigt ist.«

Ann hatte keine Erklärung dafür bereit.

»Wieder Regen!« stellte Kipps fest, als die kleinen Tropfen gegen das Fenster peitschten.

»Oh, wie dumm!« meinte Kipps. »Du hast ja was zu tun. Sieh mal, Ann! Ich mach' mich zu einer regelrechten Wanderung im Regen auf, hinauf über Saltwood, dann um Newington herum, weiter über den Lagerplatz und werd' so im Bogen zurückgehn. Dabei seh' ich, wie sie mit dem Haus weiterkommen. Verstehst du? Und schau! – sag Gwendolen, sie soll ein bißchen ausgehn, eh' ich zurückkomme. Wenn's noch regnet, kann sie leicht ihre Schwester besuchen. Dann wollen wir ein bißchen Tee trinken und Teekuchen dazu essen – mit viel Butter bestrichen – verstehst du? Toasten werden wir die Kuchen vielleicht selbst. Wie?«

»Ich glaub', ich kann im Haus schon etwas finden, das mich beschäftigt«, überlegte Ann. »Du wirst deinen Regenmantel und deine Gamaschen anziehn, denk' ich. Ohne deinen Regenmantel wirst du auf diesem Spaziergang durchnäßt werden.«

»In Ordnung«, sagte Kipps; und dann bat er Gwendolen, ihm seine braunen Gamaschen und sein zweites Paar Stiefel zu bringen.

2

Alles verschwor sich an jenem Nachmittag, um Kipps zu entmutigen.

Als er das Haus verließ, sah alles unter den Stößen des Südwestwindes so naß aus, daß er den Plan, auf dem lehmigen Feldweg nach Newington zu wandern, fallenließ und die Richtung ostwärts längs des Seabrookgrabens nach Folkestone einschlug. Sein Regenmantel flatterte an ihm, der Regen fiel prickelnd auf seine Wangen; zeitweilig durchströmte ihn ein Gefühl männlicher Kraft und Verwegenheit. Als es dann plötzlich zu regnen aufhörte und der Wind nachließ, bot sich ihm das Bild eines sonnigen Frühlingstages, noch ehe er die Hauptstraße von Sandgate passiert hatte. Und nun sah Kipps in seinem Regenmantel und seinen quietschenden Gamaschen wie ein Hanswurst aus!

Das Gesetz der Trägheit trieb ihn eine Meile weiter bis zur Leas, und dort tat die ganze Welt so, als hätte es überhaupt nie so etwas wie Regen gegeben. Kein Wölkchen stand am Himmel; abgesehen von einer gelegentlichen Pfütze sahen die asphaltierten Wege staubtrocken aus. Ein elegant gekleideter Mann in einem jener Überröcke, die wie aus gewöhnlichem Tuch gefertigt aussehen, tatsächlich aber in hinterlistigster, unehrlichster Weise wasserundurchlässig sind, ging an ihm vorbei und blickte auf die steifen Falten seines Regenmantels. »Verdammt!« entfuhr es Kipps. Sein Regenmantel schlug raschelnd gegen seine Gamaschen, diese quietschten und kreischten über seine Stiefelspitzen.

»Warum mache ich denn nichts richtig?« begehrte Kipps von einem strahlenden, unerbittlichen Universum zu wissen.

Nette alte Damen gingen an ihm vorbei, kultivierte Leute mit sauberen Regenschirmen, schöne, hochmütig aussehende Kinder. Natürlich war das Richtige für einen Tag wie diesen ein leichter Mantel und ein Regenschirm. Jedes Kind hätte das wissen können. Zu Hause hatte er ja beides, aber wie konnte man das der Mitwelt erklären? Er beschloß, am Harvey-Denkmal umzukehren und durch die Clifton Gardens gegen die Hügel zu flüchten. Und als er diesen Entschluß gefaßt hatte, traf er auf Coote.

Er fühlte sich bereits als der Verworfenste der aus der Gesellschaft Ausgestoßenen, der die schwerste Sühne zu ertragen hatte, als er auf Coote traf und dieser ihm den Rest gab. Weniger als ein Yard trennte ihn beim Vorbeigehen von Coote. Dieser ging raschen Schrittes in die Richtung der Leas, und als ihn Kipps sah, wollten ihm seine Beine den Dienst versagen; ihm selbst schien es, daß er den Gehweg entlang nur taumelte. Coote schrak merklich zusammen, als er seiner ansichtig wurde. Dann ging eine Art *rigor vitae* durch seine Gestalt, sein Kinnbacken schob sich nach vorne, und wandernde Luftblasen schienen zu entweichen und unter seiner losen Haut hin und her zu laufen (schienen, sage ich – ich bin mir vollkommen bewußt, daß in Cootes Körper, wie bei uns allen, das feste Bindegewebe derartiges verhindert). Seine Augen hefteten sich an den Horizont und wurden glasig. Als er vorüberging, konnte Kipps sein gleichförmiges, entschlossenes Atmen hören. Er ging vorbei, und Kipps taumelte weiter in eine Welt von toten Katzen, Müllhaufen, Schwarten und Asche – geschnitten!

Es war Teil einer unerbittlichen Fügung der Vorsehung, daß fast unmittelbar danach das Überbleibsel von Kipps einen sehr, sehr langen Zug von Schulmädchen passieren mußte, die ihn alle aufmerksam beobachteten.

Kipps erlangte erst auf der Straße zwischen dem Bahnhof Shorncliffe und Cheriton sein Selbstgefühl, obgleich er sich wirklich nicht erinnern kann – und bis heute hat er auch nie versucht, sich daran zu erinnern –, wie er dorthin kam. Und er kehrte zu gewissen Gedankengängen zurück, zu denen er durch die Lektüre eines Romans in der vergangenen Nacht angeregt worden war, Gedanken, die direkt mit den Paria-Gefühlen dieser letzten Begegnungen verbunden waren. Der Roman lag daheim auf dem Schränkchen; er handelte von Gesellschaftsproblemen und Politik – es besteht übrigens keine wie immer geartete Veranlassung, den Titel oder den Namen des Verfassers bekanntzugeben – und war mit einer schwerfälligen Gründlichkeit geschrieben, die sich über jede Möglichkeit eines inneren Widerstandes von Kipps rücksichtslos hinwegsetzte. Der Verfasser hatte sein schwaches Gebäude von Idealen, seine Träume von einer empfindungsfähigen, bescheidenen Existenz, von Behaglichkeit, vom Unbekümmertsein um das, was die Leute sagen, zu Staub zermalmt; er hatte erneut unverblümt und kräftig die einzige angemessene Auffassung englischen Gesellschaftslebens wiederhergestellt. Da gab es einen jungen Mann in diesem Buch, der mit der Kunst tändelte, der Lektüre französischer Romane verfallen war, sich auf lockere, unbekümmerte Art kleidete und ein Sorgenkind seiner würdigen, silberhaarigen, politisch-religiösen Mutter war; den Ermahnungen von Bischöfen begegnete er mit eherner Stirne. Ein »nettes Mädchen«, mit dem sie ihn verlobt hatten, behandelte er schlecht; er heiratete schließlich unter seinem Stand – irgendein Wesen niederer Herkunft. Und sank...

Kipps konnte nicht umhin, diesen Fall mit seinem zu vergleichen. Er war nun fähig zu sehen, wie solches Tun auf anständige Leute wirkte; er war auch in der Lage, das Ausmaß der dafür gebührenden Strafen abzuschätzen. Seine Gedanken wanderten vom Geschehen im Roman zum erstarrten Marmorgesicht Cootes.

Er verdiente solches! – Jener Tag der Reue! Er fand Kipps später auf dem Gelände seiner Bautätigkeit, wie er, den Regenmantel über dem Arm tragend, der Verzweiflung nahe, das Durcheinander der Bauvorbereitungen betrachtete.

Kaum irgend jemand arbeitete hier an jenem Tag – zweifellos hatten die Bauhandwerker vor, ihn auf irgendeine versteckte Art reinzulegen –, der ganze Bauplatz schien ein trostloser und erbärmlich aussehender Abfallhaufen zu sein. Die Bauhütte, auf der in schwarzen Buchstaben WILKINS, BAUMEISTER, HYTHE zu lesen war, sah wie Strandgut inmitten eines Durcheinanders von Schubkarren, Auffahrplanken, Erde, Sand und Ziegeln aus. Die Fundamente der Mauern waren Gräben voll von feuchtem Beton, der in Flekken trocknete; die Zimmer – es war kaum zu glauben, daß diese jemals Zimmer sein konnten – traten als Quadrate und Rechtecke von derbem, nassem Gras und Sauerampfer hervor. Sie sahen lächerlich klein – betrügerisch klein aus. Was konnte man auch anders erwarten? Natürlich legten ihn die Bauleute hinein, bauten zu klein, bauten alles falsch, verwendeten schlechtes Baumaterial! Der alte Kipps hatte ihm einen oder zwei gute Tips gegeben. Die Bauleute legten ihn herein, der junge Walshingham legte ihn herein, jedermann legte ihn herein! Sie legten ihn herein und lachten über ihn, weil sie keine Achtung vor ihm hatten. Sie achteten ihn nicht, weil er nichts richtig machen konnte. Wer konnte ihn da achten?...

Er war ein Ausgestoßener, für ihn war kein Platz in der menschlichen Gesellschaft. Er hatte seine Chance in dieser Welt gehabt und sie nicht wahrgenommen. Er hatte »sich schlecht benommen« – so hieß es doch...

Hier sollte bald ein großes Haus entstehen – ein Haus, das bezahlt werden mußte, ein Haus, das weder er noch Ann führen konnten – mit elf Schlafzimmern und vier respektlosen Dienstboten, die sie immer um sich hatten!

Wie hatte das alles eigentlich geschehen können?

Das war das Ende seines großen Glücks! Welche Chancen er gehabt hatte! Wenn er wirklich seine ursprünglichen Absichten ausgeführt und durchgehalten hätte, wieviel besser hätte alles werden können! Wenn er einen Hauslehrer gehabt hätte – das war ursprünglich in seiner Absicht gelegen –, einen Hauslehrer von besonderer Art, der ihm gezeigt hätte, wie man alles richtig macht. Einen Hauslehrer für Gentlemen, deren Bildung vernachlässigt worden war. Wenn er mehr gelesen und auf das geachtet hätte, was Coote gesagt hatte...

Coote, der ihn soeben geschnitten hatte!...

Elf Schlafzimmer! Was war in ihn gefahren? Niemand würde jemals zu ihnen zu Besuch kommen; niemand würde jemals etwas mit ihnen zu tun haben wollen. Selbst seine Tante schnitt ihn! Sein Onkel behandelte ihn mit halb geringschätziger Duldung. Er hatte nicht einen Freund auf dieser Welt, der wirklich zählte! Buggins, Carshot, Pearce – Verkäufer! Die Pornicks – ein Haufen Sozialisten niedriger Herkunft! Da stand er zwischen den Fundamenten seines Hauses wie eine einsame Gestalt zwischen Ruinen; er stand zwischen den Ruinen seiner Zukunft und gestand sich ein, ein törichter, in Irrtümern befangener Mensch zu sein. Er sah sich und Ann, wie sie in diesem großen, verrückten Haus ihr schmachvolles Leben zu Ende lebten – wie es wohl kommen würde –, wobei jeder heimlich über sie lachte; elf Schlafzimmer und niemand, der sie benutzte – das heißt, niemand aus der guten Gesellschaft – für ewige Zeiten. Und Ann!

Was war mit Ann los? Seit kurzem verzichtete sie auf Spaziergänge, wurde empfindlich, weinte aus geringem Anlaß, aß unregelmäßig, nicht zu den üblichen Mahlzeiten. All das bildete einen Teil der Strafe für seine Vergehen; all das gehörte zur gesellschaftlichen Buße, mit der jenes Schreckgespenst eines Romans sein Gemüt beeindruckt hatte.

3

Die Haustür fand er verschlossen. Er öffnete sie mit seinem Schlüssel und ging übelgelaunt ins Eßzimmer, wo er die Pläne zur Hand nahm, um sie wieder zu betrachten. Er hatte eine vage Hoffnung, daß er dort nur zehn Schlafzimmer vorfinden würde. Es waren aber dennoch elf. Nun bemerkte er Ann, die sich über ihn beugte. »Schau her, Artie!« sagte sie. Er blickte auf und sah einige Visitenkarten in ihrer Hand.

Er runzelte die Stirn.

»Es sind Besucherkarten«, sagte Ann.

Langsam legte er seine Pläne beiseite, nahm die Karten und las sie schweigend mit einer gewissen Feierlichkeit. Besucher! Dann sollte er vielleicht doch nicht von aller Welt im Stich gelassen werden. Mrs. G. Porrett Smith; Miss Porrett Smith; Miss Mabel Porrett Smith; und zwei kleinere Karten von dem Reverend G. Porrett Smith. »O Gott!« rief er aus. »Ein Geistlicher!«

»Eine Dame war da«, sagte Ann, »und zwei erwachsene Mädel – alle sehr elegant!«

»Und er?«

»Da war kein Er dabei.«

»Nicht?« Er hielt Ann die kleine Karte hin.

»Nein. Da war bloß eine Dame und zwei junge Damen.«

»Aber – diese Karten! Weshalb lassen sie die zwei Visitenkarten mit ›Rev. G. Smith‹ da? – Wenn er nicht dabei war.«

»Er war nicht dabei.«

»War's nicht ein kleiner Kerl, der sich hinter den anderen versteckt hat? Und nicht mit hereingekommen ist?«

»Ich hab' überhaupt keinen Herrn bei ihnen gesehn«, erklärte Ann.

»Komisch!« meinte Kipps. Ein halb vergessenes Erlebnis fiel ihm ein. »Ich weiß«, fuhr er fort und schwenkte die Karte des geistlichen Herrn. »Er hat sich verdrückt, so wird's wohl gewesen sein. Ist verschwunden, während sie klopften, bevor du sie eingelassen hast. Jedenfalls ist's ein regelrechter Besuch.« Er fühlte eine augenblickliche unrühmliche Befriedigung darüber, daß er nicht zu Hause gewesen war. »Worüber haben sie denn geredet, Ann?«

Eine Pause trat ein. »Ich hab' sie nicht eingelassen.«

Als er nun aufblickte, bemerkte er plötzlich etwas Ungewöhnliches an Ann. Ihr Gesicht war gerötet, ihre Augen waren rotgeweint und zeigten einen harten Ausdruck.

»Hast sie nicht eingelassen?«

»Nein! Sie sind überhaupt nicht hereingekommen.«

Er war so erstaunt, daß er zunächst keine Worte fand.

»Auf das Klopfen hab' ich die Tür geöffnet. Ich war im Obergeschoß, den Fußboden bohnern. Wie sollt' ich an Besucher denken, Artie? Wir haben nie Besucher gehabt während der ganzen Zeit, da wir hier sind. Gwendolen hatt' ich frische Luft schnappen fortgeschickt, und da bin ich hinaufgegangen, den Fußboden bohnern, weil sie's so schlecht gemacht hat, damit ich vor ihrem Zurückkommen fertig bin. Ich hab' mir vorgenommen, den Fußboden zu bohnern und dann Tee zu bereiten und mir's mit dir behaglich zu machen, mit Toast und was dazugehört, eh' sie zurück wär'. Wie sollt' ich da an Besucher denken?«

Sie hielt inne. »Nun«, fragte Kipps, »was dann?«

»Sie sind gekommen und haben geklopft. Wie sollt' ich's wissen? Ich dacht', es wär' ein Hausierer oder so was. Die Schürze hab' ich gar nicht abgelegt und auch das Bohnerwachs nicht von meinen Händen abgewischt – nichts. Da waren sie!«

Wieder hielt sie inne. Sie kam nun zum unangenehmen Teil ihres Berichtes.

»Was haben sie gesagt?« fragte Kipps.

»Sie sagt ›Ist Mrs. Kipps zu Hause?‹ Verstehst du? Mir sagt sie das.«

»Ja – und?«

»Und ich mit Farben bekleckert, ohne Haube, seh' weder wie die Frau des Hauses noch wie ein Dienstmädchen aus. Da, Artie, hätt' ich vor Scham in den Boden versinken mögen, wirklich. Da hat's mir doch die Rede verschlagen. Konnt' mir nichts ausdenken als ›Nicht zu Hause‹ und aus Gewohnheit hab' ich das Tablett hingehalten. Und sie haben die Karten draufgelegt und sind gegangen; und wie ich dieser Dame jemals wieder ins Gesicht sehen kann, weiß ich nicht... Und das ist alles, Artie! Sie haben mich von oben bis unten angeschaut, und dann hab' ich ihnen die Tür vor der Nase zugemacht.«

»Zu dumm!« entfuhr es Kipps.

Ann drehte sich um und schürte das Kaminfeuer unnötigerweise mit vor Erregung zitternder Hand.

»Nicht für fünf Pfund hätt' ich so was geschehn lassen«, sagte jetzt Kipps. »Noch dazu ein Geistlicher!«

Ann ließ den Schürhaken mit einem Knall in den Kaminvorsatz fallen, stand auf und betrachtete ihr glühendes Gesicht im Spiegel. Die Enttäuschung unseres Kipps wuchs. »Du hätt'st es wirklich besser wissen sollen, Ann, als so etwas zu tun! Wirklich!«

Er saß da, vornüber gebeugt, die Visitenkarten in der Hand, und immer stärker vertiefte sich in ihm das Gefühl einer gesellschaftlichen Katastrophe. Die Teller standen bereits auf dem Tisch, die Toasts lagen unter einem Deckel mitten auf dem Kaminvorsatz, daneben wurde die Teekanne aufgewärmt, und der Kessel, soeben vom Kaminvorsatz aufgehoben, summte zwischen den Kohlen. Ann blickte einen Augenblick auf Kipps, dann beugte sie sich mit dem Topflappen herab, um den Tee aufzugießen.

»Pah!« machte Kipps, der immer bedrückter wurde.

»Ich seh' nicht ein, wozu es gut sein soll, sich jetzt darüber aufzuregen«, meinte Ann.

»Du also nicht. Ich schon. Verstehst du? Da kommen diese Leute, neue Leute, wollen mit uns Beziehungen anknüpfen, und du gehst hin und schlägst sie ins Gesicht!«

»Ich hab' sie nicht ins Gesicht geschlagen.«

»Praktisch tust du's. Du schlägst ihnen die Tür vor der Nase zu, und wir sehen nichts mehr von ihnen. Nicht für eine Zehnpfundnote hätt' ich das geschehn lassen wollen.«

Mit einem grunzenden Geräusch rundete er seine Klagen ab. Eine Zeitlang blieb es still, abgesehen von den wenigen Geräuschen, die Ann bei der Zubereitung des Tees verursachte.

»Tee, Artie«, Ann reichte ihm eine Tasse.

Kipps nahm sie entgegen.

»Ich hab' ein Stück Zucker hineingetan«, sagte Ann.

»O verdammt! Wen interessiert das schon?« Dabei nahm er mit vor Wut zitternden Fingern ein außergewöhnlich großes Stück Zucker und stellte dann seine Tasse mit leicht übertriebenem Kraftaufwand auf das Schränkchen in der Nische. »Wen interessiert das schon?«

»Ich hätte das nicht zulassen wollen«, sagte er, ständig seinen Einsatz gegen vollendete Tatsachen erhöhend. »Nicht für zwanzig Pfund.«

Minutenlang blickte er düster vor sich hin und schwieg.

Dann machte Ann die verhängnisvolle Bemerkung, die ihn explodieren ließ. »Artie!« sagte sie.

»Was gibt's?«

»Da drunten liegt ein Buttertoast. Neben deinem Fuß!«

Hierauf gab es eine Pause, die Gatten sahen einander an.

»Buttertoast, wahrhaftig! Du gehst hin und verpatzt die

Sache mit den Besuchern, und dann versuchst du, mich mit Buttertoast vollzustopfen! Buttertoast, wahrhaftig! Da haben wir zum erstenmal Gelegenheit, jemand kennenzulernen, der für einen Umgang mit uns geeignet ist – hör zu, Ann! Ich will dir mal was sagen – du mußt diesen Besuch erwidern.«

»Diesen Besuch erwidern!«

»Ja, du mußt diesen Besuch erwidern. Genau das mußt du tun! Ich weiß –« Er schwenkte den Arm in Richtung der Bücher in der Nische. »So steht's in den ›Umgangsformen und Normen der guten Gesellschaft‹. Du mußt nur herausfinden, wie viele Karten abzugeben sind, und dann mußt du hingehn und sie übergeben. Verstehst du?«

In Anns Gesicht spiegelte sich schreckliche Angst. »Aber Artie! Wie kann ich denn?«

»Wie du kannst? Wie du könntest? Du mußt es jedenfalls tun. Sie werden dich nicht wiedererkennen – nicht in deinem Hut aus der Bond Street! Und sollten sie dich erkennen, werden sie nichts sagen.«

In seiner Stimme lag nun eine eindringliche Bitte. »Du mußt, Ann.«

»Ich kann nicht.«

»Du mußt.«

»Ich kann's nicht, und ich werd's nicht. Alles nur Erdenkliche will ich tun, aber diesen Leuten kann ich nicht wieder gegenübertreten – nach dem, was geschehen ist.«

»Du willst also nicht?«

»Nein!« …

»So ist's aus mit ihnen! Und wir sehn sie nie wieder! Und so geht es weiter! Ja, so geht's weiter! Wir kennen niemanden, und wir werden niemand kennenlernen! Und du willst selbst nicht ein kleines bißchen Energie aufbringen oder dir die Mühe machen, irgend etwas herauszufinden, wie man's machen sollte.«

Bedrückende Stille.

»Ich hätte dich nie heiraten sollen, Artie, das ist die Wahrheit.«

»Oh, komm mir nicht damit!«

»Ich hätt' dich nie heiraten sollen, Artie. Ich bin dieser Stellung nicht gewachsen. Wenn du nicht gesagt hättest, du wolltest dich ertränken...« Sie brachte kein Wort mehr hervor.

»Ich seh' nicht ein, warum du's nicht wenigstens versuchen solltest, Ann – ich hab' schon Fortschritte gemacht. Warum tust du's nicht auch? Statt dessen schickst du das Dienstmädchen fort, bohnerst die Fußböden, und dann, wenn Besucher kommen –«

»Wie sollt' ich denn wissen, daß deine famosen Besucher kommen?« heulte Ann los, stand plötzlich auf und flüchtete aus ihrer ruinierten Teestunde, deren Krönung und Glanzpunkt die »Toasts, mit viel Butter bestrichen« sein sollten.

Kipps sah sie einen Augenblick konsterniert an, dann aber verhärtete sich sein Inneres. »Sie hätte es besser wissen sollen«, sagte er zu sich, »sich so zu benehmen!« Murrend rieb er eine Weile sein Knie. Dann stieß er verächtlich hervor: »Ich kann nicht, und ich will nicht.« Er sah sie nun als die Ursache von allem, was an Schande über ihn gekommen war.

Kurz darauf bückte er sich mechanisch und hob den geblümten Porzellandeckel hoch. »Dieser verdammte Buttertoast!« schrie er bei dessen Anblick und knallte den Deckel wieder energisch zu...

Als Gwendolen zurückkehrte, fiel ihr auf, daß der Haussegen ein bißchen schiefhing. Kipps saß in steifer Haltung am Kaminfeuer, las in einem zufällig ausgewählten Band der »Encyclopaedia Britannica«, und Ann war im Obergeschoß und unzugänglich – erst zu einem späteren Zeitpunkt erschien sie wieder mit geröteten Augen. Vor dem Kaminfeuer und noch in durchaus genießbarem Zustand befand sich, was augenscheinlich ein unberührter Vorrat an reichlich mit Butter bestrichener Toast war, unter einem Deckel, der einen Sprung aufwies.

»Sie haben ein bißchen Streit miteinander gehabt«, sagte Gwendolen zu sich selbst, während sie in der Küche ihren Pflichten nachging. Ihren Hut hatte sie noch nicht abgelegt, und sie führte ihr Selbstgespräch mit vollem Munde. »Es sind wunderliche Leutchen – wenn schon! Du meine Güte!«

Und sie nahm noch ein Stück von Anns reichlich mit Butter bestrichenem Toast.

4

An diesem Tag sprachen die Kipps nicht mehr miteinander. Den Zank wegen der Visitenkarten und der Buttertoasts nahmen sie so ernst wie eine berechtigte Meinungsverschiedenheit. Für sie war das alles berechtigt. Das Gefühl des Unrechts brannte in ihnen, ihr Gefühl für das, was sie sich selbst schuldig waren, die Verpflichtung zur Unversöhnlichkeit, der Starrsinn ihres Stolzes. In den frühen Morgenstunden lag Kipps wach, war auf dem tiefsten Punkt seines inneren Elends angelangt und nahe daran, laut zu stöhnen. Sein Leben sah er als äußerst trostloses Durcheinander vor sich; sein unnützes Haus, seinen gesellschaftlich schlechten Ruf, sein schlechtes Verhalten Helen gegenüber, seine erniedrigende Heirat mit Ann...

Da fiel ihm eine Unregelmäßigkeit in Anns Atemzügen auf...

Er horchte. Sie lag wach und schluchzte leise und heimlich!...

Er verhärtete sein Herz, verhärtete es in wilder Entschlossenheit. Und gar bald lag Ann friedlich und still da.

5

O über die törichten kleinen Tragödien dieses so verstümmelten und beschränkten Lebens!

Wenn ich daran denke, wie sie dort unglücklich im Dunkel liegen, durchdringt mein Blick die Nacht. Seht jetzt, was ich sehen kann! Über ihnen, über ihren Häuptern brütend, sage ich euch, dräut ein Ungeheuer, ein massiges Scheusal gleich einem großen, plumpen Vogel Greif, wie das Labyrinthodon des Kristallpalastes, wie Coote, wie die bleierne Göttin aus der Dunciad, wie ein fetter, eingebildeter Lakai, wie der Hochmut, die Trägheit, wie alles, was das Leben verfinstert, belastet und hemmt. Es ist die träge Masse und die Finsternis, das Seelentötende, es ist die in diesem Lande herrschende Macht, der Stumpfsinn. Meine Kipps' leben in seinem Schatten. Shalford und sein Lehrzeitsystem, die Akademie in Hastings, die Ideen Cootes, die Ideen der alten Kipps', alle die Ideen, die Kipps zu dem gemacht haben, der er ist – sie alle sind ein Teil vom Schatten jenes Monsters. Wäre nicht jenes Monster gewesen, sie hätten vielleicht nicht unter trügerischen Ideen tastend versucht, einander so schmerzlich zu verletzen; hätte es nicht existiert, dann hätte vielleicht das glühende Versprechen der Kindheit und Jugend eine glücklichere Erfüllung finden können. Gedanken hätten in ihnen erweckt werden können, die sich den Gedanken der Welt hätten widersetzen können; die belebenden Sonnenstrahlen der Literatur hätten in die Tiefe ihrer Seelen eindringen können; beider Leben wäre vielleicht nicht, wie jetzt, von der Wahrnehmung der Schönheit, die uns vom Schicksal Begünstigten vergönnt ist, getrennt worden – von der Vision des Grals, welche das Leben für immer verschönt. Ich habe über diese beiden Menschen gelacht, und ich lache noch über sie. Ich habe versucht, auch euch zum Lachen zu bringen ... Doch durch das Dunkel sehe ich die Seelen meiner Kipps' so wie sie sind, als kleine, rosige Bänder bebender, lebendiger Substanz, als Wesen wie die Körper kleiner, schlecht ernährter, kränkelnder unwissender Kinder – Kinder, die Schmerz empfinden, die ungezogen und verwirrt sind, die leiden und nicht verstehen, warum. Und die Klaue dieses Untiers umklammert sie!

Ausklänge

I

Am nächsten Morgen traf ein merkwürdiges Telegramm aus Folkestone ein. »Bitte sofort kommen – dringend – Walshingham«, war sein Wortlaut, und nach einem in erregter Stimmung eingenommenen, aber doch reichlichen Frühstück brach Kipps auf...

Als er zurückkam, war sein Gesicht kreidebleich, sein Gleichgewicht erschüttert. Er sperrte die Haustür auf und trat ins Eßzimmer, wo Ann saß und mit viel Liebe an einem kleinen Ding arbeitete, das sie als Lätzchen bezeichnete. Sie hörte seinen Hut in der Diele fallen, ehe er eintrat, als hätte er den Kleiderhaken verfehlt. »Ich muß dir etwas sagen, Ann«, begann er, als wäre ihr Streit vom Vorabend vergessen; er ging zum Kaminvorleger, faßte den Kaminsims an und starrte Ann an, als sei ihm ihr Anblick neu.

»Nun?« sagte Ann, sah nicht auf und arbeitete ein wenig schneller.

»Er ist fort!«

Ann blickte jäh auf, und ihre Hände hielten inne. »Wer ist fort?« Zum ersten Mal bemerkte sie Kipps' Blässe.

»Der junge Walshingham – ich hab' sie gesehen, und sie hat es mir gesagt.«

»Fort! Was meinst du damit?«

»Abgehauen! Durchgebrannt für immer!«

»Weswegen?«

»Wegen seines Gesundheitszustands«, antwortete Kipps mit plötzlicher Bitterkeit. »Er hat spekuliert. Er hat mit unserm Geld spekuliert und mit ihrem Geld spekuliert, und nun ist er getürmt. Darum handelt es sich, Ann.«

»Du meinst –?«

»Ich meine, er ist weg, und unsere vierundzwanzigtausend sind auch weg! Da haben wir's nun! Völlig bankrott! Darum geht's, Ann.« Er keuchte.

Ann fand keine Worte für eine derartige Situation. »Oh, mein Gott!« sagte sie bloß und saß ganz still.

Kipps ging ziellos hin und her, vergrub die Hände tief in seinen Hosentaschen. »Mit jedem Penny spekuliert – alles verloren – und weg.«

Er war bleich bis in die Lippen.

»Willst du damit sagen, daß uns nichts übriggeblieben ist, Artie?«

»Nicht ein Penny! Nicht ein verdammter Penny, Ann. Nein!«

Ein Sturm der Leidenschaft wirbelte durch seine Seele. Er stieß seine geballte Faust vor. »Wenn ich ihn hier hätte«, rief er, »würd' ich – würd' ich – den Hals würd' ich ihm umdrehn. Ich würde – ich würd' –«, seine Stimme erhob sich zu einem Schrei. Dann dachte er an Gwendolen, die in der Küche war, und rief nur »Oh!«

»Aber Artie«, fragte Ann, die zu begreifen versuchte, »willst du damit sagen, daß er unser Geld genommen hat?«

»Spekuliert hat er damit!« Kipps schwenkte seinen Arm, als wollte er das Gesagte erläutern, was ihm freilich mißlang. »Teuer eingekauft und billig verkauft. Hokuspokus gespielt mit allem, was uns gehört hat. Das, will ich sagen, hat er getan, Ann.« Den letzten Satz wiederholte er, nicht ohne einige kräftige Schimpfwörter hinzuzufügen.

»Du willst also sagen, daß unser Geld dahin ist, Artie?«

»Verdammt noch mal, ja, Ann!« fluchte Kipps, in Geschrei ausbrechend. »Sag ich dir's nicht schon die ganze Zeit?«

Sofort tat es ihm leid. »Ich wollt' dich wirklich nicht anbrüllen, Ann«, meinte er, »aber das hat mich ganz durcheinandergebracht. Ich weiß kaum, was ich sage. Jeder Penny...«

»Aber, Artie –«

Kipps murrte. Er ging ans Fenster und starrte eine Weile lang auf das im Sonnenschein daliegende Meer. »Gott!« keuchte er.

»Ich denke«, sagte er erbittert, indem er sich wieder Ann zuwandte, »daß er es unterschlagen und gestohlen hat. Das mein' ich, Ann.«

Ann legte das Lätzchen nieder. »Aber was werden wir jetzt tun, Artie?«

Kipps legte Ratlosigkeit, Wut und Verzweiflung in eine umfassende Gebärde seiner Hände. Er nahm eines der Nipper vom Kaminsims und stellte es gleich wieder an seinen Platz. »Ich werd' noch was zerschlagen«, lenkte er ein, »wenn ich nicht vorsichtiger bin.«

»Du hast sie gesehen, sagst du?«

»Ja.«

»Was hat sie eigentlich gesagt?« erkundigte sich Ann.

»Hat mir gesagt, ich sollt' einen Anwalt aufsuchen – jemand, der mir sofort helfen könnte. Sie war in Schwarz – wie früher immer, und sie redete kühl und gewissermaßen besorgt. Helen!... Sie ist ganz schön hart. Hat mir direkt in die Augen gesehen. ›Ich bin schuld‹, hat sie gesagt. ›Ich hätte dich warnen sollen... Nur war das unter den vorliegenden Umständen ein bißchen schwierig.‹ Geradheraus wie nur. Ich hab' kaum etwas dazu gesagt. Hab' erst zu begreifen angefangen, wie sie mich zur Tür begleitet hat. Ich hatt' nichts zu sagen. War vielleicht besser so. Sie hat geredet – fast wie bei einem Besuch. Sie sagte – ja, was war's denn, was sie über ihre Mutter gesagt hat? – ›Meine Mutter ist schmerzgebeugt‹, und deshalb kommt alles natürlich auf mich zu.‹«

»Und sie hat dir gesagt, du sollst jemanden aufsuchen, der dir hilft?«

»Ja. Ich war beim alten Bean.«

»Beim alten Bean?«

»Ja. Dem ich meine Erbschaftsangelegenheit entzogen hatte.«

»Was hat er denn gesagt?«

»Zuerst war er ein wenig kurz angebunden, dann aber war er wieder der alte. Er kann mir nichts sagen, ehe er nicht die Tatsachen kennt. Was ich über den jungen Walshingham weiß, wird für die Tatsachen nicht viel von Nutzen sein. Nein!«

Er dachte eine Zeitlang nach. »Es ist ein Bankrott, Ann. Was noch wahrscheinlicher ist, Ann – er hat uns Schulden bis an den Hals hinterlassen. Wir müssen da herauskommen, so gut es geht...«

»Wir müssen von neuem anfangen«, fuhr er fort. »Wie, das weiß ich noch nicht. Auf dem ganzen Heimweg sind mir die Gedanken im Kopf herumgeschwirrt. Wir müssen irgendwie unseren Lebensunterhalt verdienen. Für uns selbst Zeit haben, ein wenig Geld zum Ausgeben, keine Eile und keinen Verdruß haben – Ann, das ist alles für immer vorbei. Narren waren wir, Ann. Wir haben nicht gewußt, wie gut es uns ging. Wir sind hereingelegt worden. Herrgott!... Herrgott!«

Wieder war er nahe daran, etwas zu zerschlagen.

Da hörten sie ein Klirren im Korridor, den massiven, gedämpften Tritt der Hausstiefel eines Dienstmädchens. Als wäre sie eine Stimme, eine mäßigende Stimme des Schicksals, kam Gwendolen herein, um den Mittagstisch zu dekken. Kipps gab sich gefaßt. Ann nahm wieder das Lätzchen zur Hand und beugte sich darüber, und während ihre Untergebene im Zimmer war, trugen die Kipps' ein vielleicht gedrücktes, aber kein verzweifeltes Verhalten zur Schau. Gwendolen breitete das Tischtuch aus, legte die Eßbestecke langsam, aber nicht richtig, auf, und Kipps trat, nachdem er etwas vor sich hin geflüstert hatte, wieder zum Fenster. Ann stand auf und legte ihre Arbeit auf den gehörigen Platz im Schränkchen.

»Wenn ich«, sagte Kipps, sobald sich die Tür hinter Gwendolen geschlossen hatte, »wenn ich an die beiden alten Leute denke und daß ich ihnen alles berichten muß, möchte ich mit dem Schädel gegen die nächste Mauer rennen. Mein blödes Hirn zerschmettern! Und Buggins – Buggins, dem ich halb versprochen hab', ihm bei der Eröffnung eines kleinen Herrenmodengeschäfts in der Rendezvous Street zu helfen...«

Gwendolen kehrte zurück und stellte die Würde wieder her.

Das Mittagsmahl breitete sich allmählich vor ihnen aus. Gwendolen ließ, wie gewohnt, die Tür des Eßzimmers offen, und Kipps schloß sie sorgfältig, ehe er sich niedersetzte.

Einen Augenblick lang blieb er stehen und betrachtete unschlüssig die aufgetragenen Speisen.

»Ich fühl' mich nicht in der Verfassung, als ob ich auch nur einen Bissen essen könnt'«, meinte er.

»Du mußt essen«, ermunterte ihn Ann.

Eine Weile sprachen sie wenig, und nach den ersten hinuntergewürgten Bissen aßen sie mit einem gewissen melancholischen Appetit weiter. Beide dachten nun angestrengt nach.

»Letzten Endes«, sagte Kipps kurz darauf, »was immer auch geschieht, können sie uns nicht vor dem nächsten Quartalstag hinauswerfen oder pfänden. Das weiß ich ziemlich sicher.«

»Uns pfänden!« erschrak Ann.

»Ich glaub' wohl, wir sind bankrott«, Kipps versuchte diese Tatsache möglichst unbekümmert hinzustellen und langte mit zitternder Hand nach Kartoffeln, auf die er keine Lust hatte.

Dann trat eine längere Stille ein. Ann hörte zu essen auf und weinte stumm.

»Möchtest noch Kartoffeln, Artie?« Ann schluckte die Tränen hinunter.

»Ich könnt' nichts mehr essen. Nein.«

Er schob seinen Teller zurück, der tatsächlich bis zum Rand voll mit Kartoffeln war, stand auf und ging im Zimmer umher. Sogar der Eßtisch bot einen unordentlichen und ungewöhnlichen Anblick.

»Was ich tun soll, weiß ich nicht.«

»O Gott!« schrie er auf, nahm ein Buch und warf es wieder hin.

Dann fiel sein Blick auf eine Postkarte, die von Chitterlow abgeschickt und mit der Morgenpost angekommen war, und nun neben ihm auf dem Kaminsims lag. Er hob sie auf, blickte auf ihre nur schwer lesbare Mitteilung und legte sie beiseite.

»Hinausgeschoben!« sagte er verächtlich. »Keine einzige Vorstellung. Oder schreibt er was von Verstellung? Wie soll man das verstehn? Irgendwie schwindelt er wieder was vor; etwas vom Strand, dem Londoner Theaterviertel. Nein!... Nun, er hat alles Geld bekommen, das er jemals von mir herausholen kann!... Ich bin erledigt.«

Im dramatischen Effekt seiner Ankündigung schien er eine augenblickliche Erleichterung zu finden. Fast hatte es den Anschein, als prahle er auf dem Kaminvorleger mit seiner Verzweiflung; dann aber trat er plötzlich an Ann heran, setzte sich neben sie und stützte das Kinn auf die Fäuste.

»Ich bin ein Narr gewesen, Ann«, sagte er in düsterer Eintönigkeit. »Ein schrecklicher Narr bin ich gewesen. Aber gleichviel, es trifft uns hart. Es ist hart.«

»Aber woher hättest du es wissen sollen?«

»Ich hätt' es wissen sollen. Irgendwie wußte ich's ja auch. Und jetzt haben wir die Bescherung! Ich würd' mir nicht so viel draus machen, wenn's nur um mich selbst ging, aber 's ist deinetwegen, Ann! Da haben wir's nun! Regelrecht ruiniert! Und du –« Er scheute davor zurück, einen erschwerenden Umstand bei ihrem Mißgeschick zu erwähnen. »Ich hab' gewußt, daß man sich auf ihn nicht verlassen kann und hab' nichts dagegen getan! Und du mußt nun auch dafür bezahlen... Was mit uns geschehn soll – ich weiß es nicht.«

Er streckte das Kinn vor und haderte wütenden Blicks mit seinem Schicksal.

»Wieso weißt du denn, daß er alles durch seine Spekulationen verloren hat?« fragte Ann, nachdem sie ihn im stillen beobachtet hatte.

»Es ist so«, erwiderte Kipps gereizt, an seiner Katastrophe festhaltend.

»Sagt sie das?«

»Sie weiß es natürlich nicht; aber verlaß dich drauf, daß es so ist. Mir hat sie gesagt, sie wüßte, daß etwas im Gang wär', und als sie gesehn hat, daß er weg war und ihr eine kurze Nachricht hinterlassen hatte, da hat sie gewußt, daß es aus war mit ihm. Mit dem Nachtschiff ist er abgefahren. Darauf hat sie sofort das Telegramm an mich abgeschickt.«

Ann musterte seine Gesichtszüge mit zärtlichen, bestürzten Blicken; nie hatte sie ihn vordem so leichenblaß und bekümmert gesehen, und ihre Hand ruhte ganz nahe bei seinem Arm. Der tatsächliche Verlust war von ihrem Bewußtsein sozusagen noch weit entfernt. Was sie jetzt bewegte, war seine ungeheure Verzweiflung.

»Woher weißt du denn –?« meinte sie zögernd, beendete aber ihre Frage nicht. Es würde ihn zu sehr erregen.

Kipps' Phantasien überschlugen sich. »Gepfändet!« stieß er plötzlich hervor, und Ann zuckte zurück.

»Zurück zu dieser Arbeit, Tag für Tag. Das kann ich nicht aushalten, Ann, ich kann's nicht. Und du –«

»Es hat keinen Sinn, immer daran zu denken«, versuchte ihn Ann zu beruhigen.

Bald darauf kam er zu einem Entschluß. »Ich muß immerfort daran denken, nur daran denken, und nachdenken, was zu tun ist, immer wieder. Heut nachmittag werd' ich ohnehin zu nichts nütze sein. In meinem Kopf geht es immerzu rund, alles dreht sich, dreht sich fortwährend. Es ist besser, ich mach' einen Spaziergang. Ich wär' ja kein Trost für dich, Ann. Ich würd' ja nur laut klagen und ununterbrochen über die Sache reden wollen, wenn ich daheim herumlungern würd'. In meinen Fingern zuckt es. Dauernd denk' ich drüber nach, wie ich's hätte verhindern können, und nenne mich einen Narren...«

Halb bittend, halb schamerfüllt blickte er auf sie. Es schien ihm, als ließe er sie im Stich.

Ann betrachtete ihn mit tränengetrübten Augen.

»Du solltest das tun, was für dich gut ist, Artie«, sagte sie... »Ich werd' am besten daheim Ordnung machen. Es hat keinen Sinn, Gwendolen fortzuschicken, ehe ihr Monat um ist, und das Mansardenzimmer muß hergerichtet werden.« Mit einer Art grimmigen Humors fügte sie hinzu: »Sie kann's ebensogut jetzt herrichten, während ich's noch hab'.«

»Ich geh' lieber spazieren«, erklärte Kipps...

Alsbald marschierte unser armer, vernichteter Kipps hinaus, um sein plötzliches Elend leichter zu ertragen. Die Gewohnheit ließ ihn den Weg zu seinem entstehenden Haus einschlagen, bis ihm plötzlich die eingeschlagene Richtung bewußt wurde – »O Gott!« Mit diesem Ausruf wendete er sich ab, stieg den steilen Pfad zum Gipfel des Hügels empor, ging die Sandling Road entlang und über die Gemarkung, vorbei an jener von Bäumen wie von einer Laube eingesäumten Straßenkreuzung und quer über die ausgedehnten Felder auf Postling zu – eine kleine, dunkle, marschierende

Gestalt – und weiter die Downs hinauf und über die Hügel, wohin er vorher nie gewandert war...

2

Lange nach Einbruch der Dunkelheit kam er zurück, und Ann begegnete ihm auf dem Korridor.

»Wo bist du gewesen, Artie?« fragte sie, und ihrer Stimme war eine gewisse Spannung anzumerken.

»Bin gewandert, immerzu gewandert – so lang, bis ich todmüde war. Die ganze Zeit über hab' ich nachgedacht, was werd' ich nur tun? Hab' über den Versuch nachgedacht, etwas einzurichten, alles aus nichts...«

»Ich hab' nicht gewußt, daß du beabsichtigst, so lang auszubleiben.«

Kipps war von Schuldgefühlen bedrängt...

»Ich kann mir nicht denken, was wir tun sollten.«

»Du kannst nicht viel tun, Artie, nicht eh' du von Mr. Bean Nachricht bekommst.«

»Nein, ich kann nicht viel tun. Das ist's ja gerade. Und die ganze Zeit über fühl' ich, wenn ich nichts unternehme, zerplatzt mir der Kopf... Die halbe Zeit, die ich draußen war, hab' ich versucht Anzeigen aufzusetzen, um eine Stellung zu finden; guter Verkäufer und Lagerverwalter, versiert in Manchesterwaren, Schaufenstergestaltung – Herrgott! Zu denken, daß ich mit all dem wieder anfangen muß!... Wenn du eine Zeitlang bei Sid wohnen könntest – wenn ich dir jeden Penny schickte, den ich verdiene – Ich weiß nicht! Ich weiß es nicht!«

Als sie zu Bett gegangen waren, versuchten sie immer wieder vergebens, einzuschlafen... In einer ihrer langen Wachpausen murmelte Kipps: »Mit meinem späten Heimkommen wollt' ich dich wirklich nicht erschrecken, Ann. Ich bin immer weiter- und weitergegangen, und irgendwie scheint's mir gutgetan zu haben. Ich bin bis zum Gipfel des Hügels ganz weit über Stanford hinausgewandert, bin dort sehr lang gesessen, und das hat mir anscheinend gutgetan. Da hab' ich nur über die Marsch geschaut und den Sonnenuntergang beobachtet.«

»Sehr wahrscheinlich«, sagte Ann nach einer langen Pause, »ist es nicht so schlimm, wie du jetzt glaubst, Artie.«

»Es ist schlimm«, beharrte Kipps.

»Sehr wahrscheinlich wird es letzten Endes nicht ganz so schlimm sein. Wenn es nur ein bißchen –«

Und wieder langes Schweigen...

»Ann«, sprach Kipps in das stille Dunkel hinein.

»Ja?«

»Ann«, sagte Kipps und hielt inne, als hätte er hastig eine Tür vor weiterer Rede geschlossen.

»Ich hab' immer wieder denken müssen«, fuhr er dann fort und fing erneut an, »hab' immer wieder denken müssen, daß ich doch recht böse zu dir war und ein recher Narr wegen gewisser Dinge – wegen der Visitenkarten, Ann – aber« – seine bebende Stimme versagte – »wir sind doch glücklich gewesen, Ann... irgendwie... miteinander.«

Und nach diesen Worten brachen sie beide, er zuerst und dann sie, in leidenschaftliches Weinen aus.

Sie schmiegten sich ganz eng aneinander – näher als sie sich jemals waren, seit die Helle der ersten Tage ihrer Ehe wieder dem Grau des Alltagslebens gewichen war...

Alles Unglück der Welt konnte nicht verhindern, daß schließlich beider arme, von Sorgen gequälte Köpfe auf einem Kissen eng beisammen einschliefen. Da gab es nichts mehr zu tun, da gab es nichts mehr zu bedenken. Mochte vielleicht sein Mißgeschick fortdauern, aber zumindest für eine kurze Weile hatten sie einander noch.

3

Kipps kehrte von seiner zweiten Unterredung mit Mr. Bean in einem Zustand merkwürdiger Erregtheit zurück. Er öffnete die Tür mit seinem Schlüssel und schlug sie hinter sich zu. »Ann!« schrie er in einem bei ihm ungewohnten Ton, »Ann!« Anns Antwort kam aus dem Inneren des Hauses.

»Muß dir etwas sagen, eine Neuigkeit!«

Ann kam ängstlich besorgt aus der Küche.

»Ann«, sagte er und ging ihr ins kleine Eßzimmer voran, denn seine Neuigkeit war für den Korridor zu gewichtig, »höchstwahrscheinlich, so sagt der alte Bean, werden wir –« Er entschloß sich, die Spannung zu verlängern. »Rate!«

»Ich kann nicht, Artie.«

»Denk an eine Menge Geld!«

»Einhundert Pfund vielleicht?«

Er sprach, jedes Wort sorgfältig abwägend. »Über eintausend Pfund!«

Ann blickte starr vor sich hin und sagte kein Wort, nur wurde sie etwas blasser.

»Mehr noch. Fast gewiß noch mehr.«

Er schloß die Tür des Eßzimmers und trat hastig vor, denn Ann, dies war klar, gedachte diese Milderung ihres Unglücks mit einer völligen Aufgabe ihrer Selbstbeherrschung entgegenzunehmen. Sie wäre beinahe hingeplumpst, und er fing sie in seinen Armen auf.

»Artie«, brachte sie schließlich hervor und begann zu weinen; eng klammerte sie sich an ihn.

»Fast ziemlich sicher«, bekräftigte Kipps und hielt sie fest. »Eintausend Pfund!«

»Ich hab's ja gesagt, Artie«, heulte sie an seiner Schulter in einem Tonfall, der die Klage über alle aufgespeicherte Unbill in sich trug, »höchstwahrscheinlich wär's gar nicht so schlimm ...«

»Da gibt's Dinge«, und nun ging er auf die Einzelheiten ein, »mit denen er sich nicht näher befassen konnt'. Das neue Haus, zum Beispiel! Es ist freier Grundbesitz und als solcher bezahlt, und das wenige, was auf dem Grund gebaut worden ist, ist vielleicht fünfhundert oder sechshundert Pfund – sagen wir, vorsichtig geschätzt, dreihundert Pfund wert. Wir können nicht gepfändet werden, ehe es fertiggestellt wird, wie wir gedacht haben. Der alte Bean sagt, wir können es höchstwahrscheinlich verkaufen und so Geld daraus machen. Er sagt, man hat oft Gelegenheit, ein Haus, das weniger als zur Hälfte fertig ist, zu verkaufen, besonders wenn es sich um freien Grundbesitz handelt. Höchstwahrscheinlich, sagt er. Dann ist da noch Hughenden. Hughenden ist nicht für mehr als zur Hälfte seines Wertes hypothekarisch belastet. Ungefähr einhundert stecken da drinnen, und die Inneneinrichtung und der für die Sommermonate noch fällige Zins. Er sagt, da gibt es sehr wahrscheinlich noch andere Möglichkeiten. Eintausend Pfund; das hat er gesagt. Er hat gesagt, es könnt' sogar mehr sein ...«

Sie saßen jetzt bei Tisch.

»Das ändert alles«, stellte Ann fest.

»Ich hab' das überdacht, Ann, am ganzen Heimweg. Gekommen bin ich im Auto. Es war meine erste Fahrt seit dem Bankrott. Gwendolen brauchen wir nicht wegzuschicken; zumindest erst später, weißt du. Wir brauchen von hier nicht fortzugehen – noch lang nicht. Was wir bisher für die beiden alten Leute getan haben, können wir fast in gleicher Weise weiter für sie tun. Und dann deine Mutter! ... Unterwegs hätte ich vor Freude beinahe gebrüllt. Ich wäre gern gerannt, als ich die Straße entlang am Hotel vorbeigefahren bin.«

»Oh, bin ich froh, daß wir noch hier bleiben und es uns ein bißchen behaglich machen können«, meinte Ann, »darüber freu' ich mich wirklich.«

»Ich hätt's dem Fahrer im Auto beinah gesagt – nur war er

von der Sorte, die nicht gern redet... Siehst du, Ann, wir werden einen Laden eröffnen können, es wird uns sicherlich möglich sein, in irgend etwas einzusteigen. Alle Sorgen, daß wir in unsere früheren Stellungen zurückkehren müßten, um all das brauchen wir uns nicht mehr zu kümmern.«

Eine Zeitlang ergingen sie sich in lauter Äußerungen der Freude. Dann aber begannen die neuen Aussichten, die sich ihnen eröffneten, in ihrem Gespräch Gestalt anzunehmen.

»Wir müssen irgendeinen Laden aufmachen«, sagte Kipps, dessen Phantasie beflügelt worden war. »Ein Laden wird es sein müssen.«

»Eine Schnittwarenhandlung?« fragte Ann.

»Für das Schnittwarengeschäft braucht man eine Menge Kapital, mindestens eintausend Pfund, um etwas Anständiges zu eröffnen.«

»Nun, dann Herrenmoden. Wie Buggins es hat einrichten wollen.«

Kipps blickte flüchtig auf, weil er daran noch nicht gedacht hatte. Dann aber kam er auf seine vorgefaßte Meinung zurück.

»Nun, ich hab' an etwas anderes gedacht, Ann. Siehst du, ich hab' eigentlich immer an einen kleinen Bücherladen gedacht – das ist nicht so wie bei einem Schnittwarengeschäft, das erlernt werden muß. Sogar vor diesem Zusammenbruch hab' ich dran gedacht, wie gern ich etwas zu tun hätte, anstatt ewig Urlaub zu haben, wie es jetzt eigentlich immer bei uns der Fall gewesen ist.«

Sie überlegte.

»Du weißt aber doch nicht sehr viel über Bücher, Artie?«

»Das braucht man auch nicht.« Erläuternd fügte er hinzu: »Immer wenn wir die Bücherei in Folkestone aufgesucht haben, hab' ich bemerkt, daß die Damen ganz und gar anders waren als im Schnittwarengeschäft – wenn man da nicht das hat, was sie gerade wünschen, dann heißt's ›O nein!‹ und draußen sind sie. Aber in einer Buchhandlung ist's ganz anders. Bücher sind fast alle gleich – was sind sie schon? Etwas zum Lesen und aus! Sie sind nicht so wichtig wie gemusterte Kleider oder Servietten – die man entweder mag oder nicht, und nach denen die Leute einen beurteilen. Sie nehmen, was man ihnen an Büchern gibt, und sind froh, wenn man ihnen sagt, was sie da bekommen. Hab' das gesehn, wie wir dort in der Bücherei waren.«

Er machte eine Pause. »Du siehst, Ann –«

»Nun, ich hab' neulich eine Zeitungsanzeige gelesen – hab' auch Mr. Bean gefragt. Darin war die Rede von fünfhundert Pfund.«

»Worum ging's?«

»Um Filialen«, antwortete Kipps.

Ann verstand nicht gleich. »Eine Art Firma, die Buchhandlungen im ganzen Land errichtet«, erklärte Kipps. »Ich hab' dir nichts davon gesagt, aber ich hab' mich darüber ein wenig erkundigt. Nur hab' ich die Idee wieder fallenlassen. Vor diesem Bankrott, mein' ich. Ich hatte gedacht, ich würd' gern zum Spaß so einen Laden führen, nur hab' ich dann die Idee als dumm verworfen. Außerdem wär's ja wirklich unter meinem Stand gewesen.«

Er errötete lebhaft. »Es war ja nur so ein Plan von mir, Ann.«

»Nur wär's eben nicht möglich gewesen«, fügte er hinzu.

Es war eine recht schwierige Sache für die Kipps', einander ihre Standpunkte zu erklären. Aber durch ein Gewirr von bruchstückartigen Aufhellungen und Fragen begannen sie sich doch schon nach kurzer Zeit der Vorstellung eines soliden, freundlichen kleinen Ladens zu nähern, die ihnen als Rahmen dienen konnte.

»Eines Tages, als ich noch in Folkestone war, dacht' ich

dran. Bin eines Tages am Schaufenster eines Bücherladens vorbeigekommen. Da seh' ich einen Burschen das Auslagefenster einrichten, und er pfeift dabei wirklich fröhlich. Da hab' ich gedacht – irgendwie möcht' ich auch gern einen Bücherladen haben, nur damit ich etwas zu tun hab'. Und wenn nicht gerade Leut' im Laden wären, könnt' man sitzen und die Bücher lesen. Verstehst du das? Es wär' nicht halb so schlimm ...«

Sie saßen in Gedanken versunken, beide mit den Ellbogen auf den Tisch gestützt, die Fingerknöchel an die Lippen gepreßt, und blickten einander forschend an.

»Sehr wahrscheinlich werden wir glücklicher sein, als wir es mit mehr Geld gewesen wären«, meinte Kipps nach kurzem Schweigen.

»Wir paßten nicht recht dazu«, überlegte Ann und ließ den Satz unvollendet.

»Wie ein Fisch, der an Land leben soll ... Den Besuch von damals wirst du nun nicht erwidern müssen«, wies Kipps auf einen neuen Aspekt dieser Frage hin. »Das hat etwas Gutes.«

»O Gott!« rief Ann aus, »nie mehr werd' ich das!«

»Ich glaub' nicht, daß sie deinen Besuch wünschen würden, selbst wenn du wolltest – wie die Dinge jetzt liegen.«

Eine gewisse Heiterkeit trat plötzlich in Anns Gesicht. »Jetzt wird niemand mehr kommen können, um Visitenkarten bei uns zu hinterlassen, nie mehr, Artie. Diese Sorge sind wir los!«

»Für uns gibt es keine Notwendigkeit, überheblich zu sein«, stellte Kipps fest, »nie mehr, für alle Zeiten! Da sind wir, Ann, einfache Leute, die überhaupt keinen gesellschaftlichen Rang, wie man sagen könnte, bewahren müssen. Keine Dienstboten, wenn du keine willst. Nicht besser gekleidet sein als andere Leute. Wär's nicht so, daß wir ausgeplündert worden sind – verdammt, wenn's mir nicht völlig egal wär', dieses Geld zu verlieren. Ich glaub'«, sein Gesicht strahlte bei dem seltenen Vergnügen am scheinbaren Widersinn seiner Worte, »ich glaub' wirklich, Ann, am Ende wird sich's als eine Erlösung herausstellen.«

4

Die bemerkenswerte Anzeige, welche die Phantasie unseres Kipps bei diesem Traum von einem Buchladen beflügelt hatte, nahm in der verlockendsten Weise Gestalt an. Sie war nur ein Teilchen in einem umfassenden Projekt transatlantischen Ursprungs, das die in unserer Alten Welt üblichen Methoden des Buchverkaufs über den Haufen warf. Dieses Projekt zeigte einfallsreiche Frische, war leicht verständlich und erfolgversprechend, was jedoch bei Mr. Bean tiefen Skeptizismus hervorrief. Für Kipps bot es sich nach neuerlichen Erkundigungen höchst überzeugend in einer erläuternden illustrierten Werbeschrift an (nach Mr. Bean viel zu aufwendig gedruckt für ein seriöses Unternehmen). Mr. Bean wollte es nicht zulassen, daß Kipps sein Kapital in Aktien bei der geplanten Gesellschaft anlegte, die in der Welt des Buches alles neu gestalten sollte, doch konnte er ihn nicht daran hindern, daß er einer der ihr angegliederten Buchhändler wurde. Bald freilich stellte sich heraus, daß keine neue Epoche eingeleitet werden sollte. Die »Handelsunion Vereinigter Buchhändler Ltd.« zog sich zurück, löste sich auf, machte ihr Kapital flüssig (es waren nur wenige Tropfen) und verschwand von der Bildfläche, um über anderes zu verhandeln – Kipps aber, in dieser auf interessante Weise unsicheren Welt als unabhängiger Buchhändler auf sich gestellt, kam ohne großen Schaden davon.

Abgesehen davon, daß sie Pleite machte, wies die Handelsunion Vereinigter Buchhändler alle Symptome des Erfolges auf. Ihr Fehler war vielleicht, daß sie alle anstatt nur eines oder zwei aufwies. Sie sollte für alle ihre Mitglieder und angeschlossenen Buchhändler en gros einkaufen und Lagerbestände austauschen; sie hatte eine gemeinsame Liste vorrätiger Bücher, eine gemeinsame Leihbücherei; eine einheitliche, gesetzlich geschützte Ladenfront war vorgesehen, um den intelligenten Passanten auf diese Tatsachen aufmerksam zu machen. Abgesehen davon, daß die Union von lebensfrohen jungen Übermenschen beherrscht wurde, deren Kalkulation einen Zug ins Geniale aufwies, stellte sie, meine ich, ein durchaus überzeugendes und hoffnungsträchtiges Projekt dar. Kipps fuhr einige Male nach London, ein Agent kam nach Hythe, Mr. Bean intervenierte einige Male im rechten Augenblick, und dann entstand rasch hinter einem Bretterverschlag und einer Bekanntmachung in der Hauptstraße die einheitliche, gesetzlich geschützte Ladenfront. »Handelsunion Vereinigter Buchhändler«, verkündete diese Ladenfront in einer gepflegten künstlerischen Beschriftung, welche die Buchkäufer ebenso schätzten, wie kluge Männer über Vierzig das Etikett der Arznei *Berncasteler Doctor* schätzen, und darunter »Arthur Kipps«.

Die Eröffnung eines Kurzwarengeschäftes ausgenommen bezweifle ich, ob Kipps hätte wahrhaft glücklicher sein können, als er es während jener Wochen der Vorbereitungen war.

Natürlich gibt es nichts auf Erden, und ich zweifle manchmal auch, ob es im Himmel eine Freude gibt, die derjenigen bei der Eröffnung eines kleinen Kurzwarengeschäftes gleichkommt! Stellt euch beispielsweise vor, ihr hättet eine Schublade voll von Bändern (jedes elegant zusammengerollt) in jeder möglichen Breite; oder eine Menge übersichtlich geordneter umfangreicher Packungen, von denen eine jede ein bestimmtes Muster von Haken und Ösen zeigt. Denkt an eure Baumwollzwirne, eure Schublade voll bunter Seiden, an die kleinen, kleineren und kleinsten Fächer für die flachen Päckchen für Nadeln jeder Art und Größe. Die armen Prinzen und unglücklichen Aristokraten, die geheimnisvollerweise hoch über dem Einzelhandel stehen, können bloß den blassen, unbefriedigenden Abglanz dieser Wonnen bei aufgespießten Briefmarken oder Schmetterlingen genießen. Ich schreibe natürlich nur für jene, denen diese Dinge etwas sagen; da leben Tölpel unter uns, die in Spulen seidigglänzender Baumwollfaser und auf endlosen Pappstreifen befestigten Stecknadeln nichts oder beinahe nichts sehen. Ich schreibe für die Klugen, und während ich so schreibe, wundere ich mich, daß Kipps der Kurzwarenversuchung widerstand. Das tat er aber. Doch selbst die Eröffnung eines Bücherladens ist mindestens zwanzigmal so interessant wie etwa sein eigenes Haus nach eigenem Plan unbegrenzt groß und in beliebiger Zeit zu erbauen, oder was sonst noch Leute in unbestreitbar gehobener Stellung und mit soliden Wertpapieren möglicherweise unternehmen könnten. Und damit ist das Thema erledigt.

Nun müßt ihr euch Kipps vorstellen, wie er gerade dabei ist, »sich mal anzusehn, wie es mit dem kleinen Laden vorwärtsgeht«, dem Laden, der keinen Verlust und keine großen Ausgaben, sondern Gewinn bringen soll. Er läßt sich beim Hingehn Zeit. Als er in Sichtweite des künftigen Ladens kommt, verlangsamt er seine Schritte und neigt den Kopf zur Seite. Er überquert die Straße, um vom gegenüberliegenden Gehsteig das Gurtgesims an der Fassade besser überprüfen zu können; schon ist sein Name in zarten weißen Linien angedeutet; in der Mitte der Straße bleibt er stehen, prüft, wie sich – nur in seiner Einbildung vorhandene – Details auf seinen künftigen Nachbarn, einen Antiquitätenhändler, auswirken werden, und schließlich betritt er das Innere... Ein Geruch von Tünche und den Hobelspänen unvollkommen abgelagerten Fichtenholzes schlägt ihm entgegen! Der Laden ist schon mit Glasscheiben versehen, und ein Tischler ist eben mit der Einrichtung verstellbarer Regale in den Seitenfenstern beschäftigt. Ein Anstreicher arbeitet an den festen Einrichtungsgegenständen ringsum (oben streicht er die Regale und unten die Schubladen), welche die meisten Büchervorräte aufnehmen sollen; und der Ladentisch – der Ladentisch und das Kassenpult sind bereits fertig. Kipps begibt sich hinter das Pult, welches der strategische Mittelpunkt des Ladens sein soll, wischt einige Sägespäne weg und zieht die prächtige Ladenkasse heraus; hier sollen die Goldmünzen hereinkommen, hier die Silbermünzen und hier die Kupfermünzen – die Banknoten werden in einer Geldkassette im darunter befindlichen Behälter eingeschlossen. Dann lehnt er die Ellbogen aufs Pult, stützt das Kinn auf die Faust und füllt die Regale mit den Vorräten seiner Phantasie – Bücher ohne Zahl. Ein Mensch, der vorher sorgfältig seine Hände wäscht und unaufgeschnittene Seiten eines Buches geschickt zu lesen versteht, kann inmitten solcher Lagervorräte täglich seinen Lesehunger stillen. Rechts unter dem Ladentisch warten Papiere und Schnüre darauf, auf den Tisch zu hüpfen und die verkaufte Ware zu umarmen; links auf dem Tisch ist Platz für Kunstdrucke – als was immer sie sich dann herausstellen mögen. Vorausplanend bedient er in der Phantasie einen Kunden, erhält – gleichfalls erträumt – sieben Shilling sechs Pence, packt die Ware ein und komplimentiert den Kunden hinaus. Er wundert sich, wie es möglich war, daß er sich jemals einbilden konnte, ein Laden sei ein widerwärtiger Ort.

»'s ist anders«, sagte er schließlich zu sich selbst beim Nachsinnen über diese Unverständlichkeit, »wenn's dir selbst gehört.«

Es ist auch anders...

Dann wieder stellt euch Kipps etwa mit der Miene eines jungen Küsters vor, wie er seine vor Unberührtheit strahlenden Rechnungsbücher in die Hand nimmt und wie er immer wieder ein einzigartiges Exemplar eines Kupferstiches betrachtet und seinen Blick nicht davon losreißen kann: unten im Bild das verwaltete Geld und oben die Worte »Auf das Konto von ARTHUR KIPPS (auffallende Schnörkel) die Handelsunion Vereinigter Buchhändler« (mäßig ausgeschmückt). Stellt euch Ann vor, wie sie gerade im Lichtkegel der Lampe sitzt und häkelt, seltsame kleine Kleidungsstücke für irgendeinen Unbekannten häkelt, und ihr gegenüber sitzt Kipps. Vor ihm liegt eins jener gedruckten Rechnungsformulare, ein feuchtes Stempelkissen, getränkt mit einer dicken, öligen, grünlich-purpurnen Tinte, die sich unauffällig, aber stetig über seine Finger ausbreitet, eine Feder mit abgeschrägter Spitze für einen sofortigen chirurgischen Eingriff am Patienten in seiner Hand, einem Datumstempel aus Gummi. In gewissen Zeitabständen preßt er letzteren sorgfältig und mit großem Nachdruck aufs Papier, und wenn er ihn abhebt, erscheint eine schöne, ovale Zeichnung, deren wesentliche Bestandteile in purpurner Tinte »Bezahlt, Arthur Kipps. Die Handelsunion Vereinigter Buchhändler« und ein Datum sind.

Bald wendet er seine Aufmerksamkeit einer Schachtel mit kleinen, runden, gelben Schildchen zu, auf denen erklärt wird: »Dieses Buch wurde von der Handelsunion Vereinigter Buchhändler gekauft«. Er beleckt eines mit bedächtiger Sorgfalt, klebt es auf das vor ihm liegende Papier und stempelt es mit feierlichem Ernst ab. »Ich werd's schaffen, Ann«, sagt er und sieht fröhlich zu ihr auf. Denn die Handelsunion Vereinigter Buchhändler ersann unter anderen glänzenden Ideen und Einfällen ein geistreiches System, ihre Bücher innerhalb eines festgesetzten Zeitraums als Teilzahlung für neue zurückzunehmen. Wurde die Frist versäumt, dann blieben diese nicht eingelösten Pfänder in der Hand der verschiedensten Leute.

5

Inmitten all dieser Geschäftigkeit, dieses Hin und Her, ehe sie in die Hauptstraße »einzogen«, trat jener große, entscheidende Augenblick ein, der den Kippses bevorgestanden war; eines Morgens, zu früher Tagesstunde, wurde Anns Kind geboren...

Kipps reifte nunmehr rasch zum Manne. Die einstmals mit einem Kaninchen vergleichbare Seele, die einst die Entdeckung von »Röhren« im menschlichen Innern so erstaunt und durch den Anblick der entblößten Schulterblätter einer Frau so erschüttert worden war, die Scham und Pein wegen eines verlegten Zylinderhutes und Entsetzen vor einem Anagramm-Tee empfunden hatte, fand sich schließlich mit weit bedeutenderen Tatsachen ab. Plötzlich stieß er auf die Hauptsache im Leben – die Geburt. Er machte Stunden des Hinhorchens, Stunden ohnmächtiger Angst während der Nacht und in der Morgendämmerung durch, und dann wurde etwas höchst Wunderbares in seine Arme gelegt, ein schwaches und wimmerndes Geschöpf, unglaublich, herzbewegend zart und mitleiderregend, mit winzigen, flehenden Händchen, die anzusehen ihm ans Herz griff. Er hielt es in seinen Armen und berührte seine zarte Wange, als ob er fürchtete, seine Lippen könnten es verletzen. Und dieses Wunder war sein Sohn!

Und da war Ann, fremder, doch auch vertrauter, als er vordem wahrgenommen hatte. Kleine Schweißperlen standen auf ihren Schläfen und ihren Lippen, und ihr Gesicht war gerötet, nicht bleich, wie er befürchtet hatte. Sie sah wie jemand aus, der eine anstrengende, und doch belebende Tat hinter sich hat. Er beugte sich nieder, küßte sie und fand keine Worte. Sie sollte noch nicht viel sprechen, aber sie streichelte seinen Arm und mußte ihm doch etwas sagen.

»Er wiegt über neun Pfund, Artie«, flüsterte sie. »Bessies – Bessies Kind wog nicht mehr als acht.«

Kipps ein Pfund des Triumphes über Sid gegeben zu haben, schien ihr fast einer Lobeshymne wert. Einen Augenblick lang beobachtete sie sein Gesicht, dann schloß sie die Augen in einer Art glückseliger Erschöpfung, als die Säuglingsschwester, die etwas Mütterliches an sich hatte, Kipps aus dem Zimmer drängte.

6

Kipps war viel zu sehr mit seinen eigenen Problemen beschäftigt, um über die weiteren Geschicke Chitterlows beunruhigt zu sein. Der Mann hatte seine zweitausend Pfund bekommen; alles in allem war es Kipps lieber, daß er, Chitterlow, das Geld hatte als der junge Walshingham, und damit war für ihn die Sache erledigt. Was die verwickelten Geschäftsabschlüsse betraf, die er durchführte und in meist unleserlichen und stets unverständlichen Postkarten verkündete, waren sie vorüberziehenden Stimmen vergleichbar, die man auf der Straße hört, wenn man sich mit seinen eigenen dringenden Angelegenheiten befaßt. Kipps legte diese Postkarten weg, sie gerieten zwischen die Seiten der Bücher und waren dort für immer verloren, da sie mit den Büchern an die Kunden verkauft wurden, die sich dann über sie gehörig die Köpfe zerbrachen.

Da – eines Morgens, als unser Buchhändler vor dem Frühstück den Buchladen abstaubte, kam Chitterlow wieder; plötzlich erschien er am Eingang des Ladens.

Das hatte Kipps am wenigsten erwartet. Der Mann war im Abendanzug, einem Abendanzug in jenem eigentümlich zerknitterten Zustand, den er nach der Morgendämmerung annimmt, und auf seinem wirren roten Haar kippte ein etwas zu kleiner Klappzylinder auffällig nach vorne. Er öffnete die Tür und stand da, in voller Größe und spreizbeinig, einen großen, weißen Handschuh von sich streckend, als wollte er zeigen, wie zerplatzt ein Handschuh sein konnte. Seine Augen leuchteten; seine Stirn war in Falten gelegt, der Mund verkniffen, wie solches nur ein erfahrener Schauspieler zuwege bringen kann, und ein seltsamer Glanz innerer Erregung ging von seiner Person aus – ein ganz erstaunlicher Anblick.

Die Glocke schrillte ein bißchen, gab es dann auf und verstummte.

Eine endlos scheinende Sekunde lang herrschte gespannte Aufmerksamkeit. Kipps war aufs äußerste verblüfft; wäre seine Auffassungsgabe noch zehnmal größer gewesen, seine Verblüffung hätte deshalb kein geringeres Ausmaß angenommen. »'s ist Chit'low!« sagte er schließlich, den Staubwedel in der Hand.

Aber er zweifelte noch, ob es nicht etwa geträumt war.

»Schon recht!« keuchte dieser höchst außergewöhnliche Mensch, noch in einer Stellung verharrend, die ihn um vieles größer erscheinen ließ; dann rief er, wobei er den leuchtenden, geplatzten Handschuh leicht vorwärts schwenkte, »Ha!«

Mehr konnte er nicht sagen. Die gewaltige Rede, die er vorbereitet hatte, schwand aus seinem Gedächtnis. Kipps starrte auf die Veränderung, die in diesem Gesicht vorging, und von ungefähr drang die Wahrheit der Lehren Nisbets und Lombrosos über geniale Männer in sein Bewußtsein.

Dann plötzlich verzerrten sich Chitterlows Gesichtszüge krampfhaft, das schauspielerisch Übertriebene fiel von ihm ab wie ein fremdartiges Gewand – er weinte. Er sagte etwas Undeutliches, etwa »Alter Kipps! Guter alter Kipps! Oh, mein alter Kipps!« und irgendwie brachte er es fertig, ein glucksendes Lachen und ein Schluchzen in der bemerkenswertesten Weise miteinander zu vermengen. Nun war er nur mehr halb so groß wie früher, ein bloß lebensgroßes Geschöpf. »Mein Stück, buhuu!« er schluchzte und klammerte sich an den Arm seines Freundes. »Mein Stück, Kipps! (Schluchzen). Weißt du noch?«

»Nun?« rief Kipps, und sein Herz krampfte in Mitgefühl zusammen. »Es ist doch nicht –?«

»Nein«, heulte Chitterlow. »Nein. 's ist ein Erfolg! Mein lieber Freund! Mein lieber Junge! Oh! Es ist ein –Bu – buhuu! – ein ganz großer Erfolg!« Er wendete sich ab und wischte die strömenden Tränen mit dem Handrücken weg. Einige Schritte tat er nach vorn und kehrte wieder um. Dann setzte er sich auf einen der besonders künstlerisch entworfenen Stühle der Handelsunion Vereinigter Buchhändler und zog ein reichlich mit Spitzen besetztes kleines Damentaschentuch hervor. »Mein Stück«, würgte er hervor und betupfte mit dem Tüchlein sein Gesicht.

Er bemühte sich vergebens, seine Selbstbeherrschung wiederzugewinnen, und schrumpfte kurzfristig zu den Ausmaßen eines armseligen, bejammernswerten Geschöpfs zusammen. Seine große Nase kam plötzlich durch ein Loch im Taschentuch zum Vorschein.

»Es hat mich umgeworfen«, sagte er mit gedämpfter Stimme und blieb so eine Zeitlang – bewundernswert – geheimnisvoll.

Er machte eine tapfere Anstrengung, seine Tränen wegzuwischen. »Ich mußte es dir sagen«, brachte er hervor, weitere Tränen hinunterschluckend. »In einer Minute bin ich wieder in Ordnung«, setzte er hinzu, »Bin wieder ruhig!« und saß still da...

Kipps starrte ihn an, überwältigt von diesem Erfolg. Dann hörte er Schritte und ging rasch auf den Hauseingang zu. »Nur eine Minute«, sagte er. »Geh eine Minute lang noch nicht in den Laden, Ann. 's ist Chitterlow. Er ist ein bißchen aufgeregt, aber in einer Minute wird's ihm schon besser gehn. Es hat ihn ein wenig aus dem Gleichgewicht gebracht. Siehst du« – seine Stimme sank zu lautlosem Flüstern herab, als ob er einen Todesfall ankündigte –, »er hat mit seinem Stück Erfolg gehabt.«

Er drängte sie zurück, damit sie nicht das Ärgernis der Tränen eines anderen männlichen Wesens sehen sollte...

Bald fühlte sich Chitterlow erleichtert, aber noch war sein Benehmen beunruhigend matt. »Ich mußte ja kommen und es dir sagen«, meinte er. »Ich mußte jemand in Erstaunen versetzen. Muriel – natürlich wird ihre Freude riesengroß sein. Aber sie ist drüben in Dymchurch.«

Geräuschvoll schneuzte er die Nase und verwandelte sich augenblicklich in einen bloß geschwätzigen Optimisten.

»Ich nehm' an, sie wird mächtig erfreut sein.«

»Sie weiß noch nichts, mein lieber Junge. Sie ist in Dymchurch – bei einer Freundin. Sie hat schon einige meiner Erstaufführungen gesehen... Zuerst wollt' sie lieber nicht dabeisein... nun bin ich unterwegs zu ihr. Die ganze Nacht bin ich nicht ins Bett gekommen – hab' mich mit den Jungs unterhalten und so. Nur für ganz kurze Zeit hab' ich jetzt abgeschaltet. Aber – es hat sie umgeworfen. Jeden hat es umgeworfen.«

Er starrte zu Boden und fuhr eintönig fort. »Am Anfang lachten sie ein bißchen – es war aber keineswegs ein bezahltes Lachen – erst im zweiten Akt – du weißt – der Bursche mit dem Käfer, der ihm den Rücken hinunterkriecht. Der kleine Chisholme spielte die kurze Szene gerade richtig. Dann legten sie los – es ging in Ordnung.« Seine Stimme wurde wärmer und lauter. »Das Lachen! Es hat mich zum Lachen gebracht! Wir trieben sie mit unserem Lachen in den dritten Akt, ehe sie noch Zeit hatten, auszukühlen. Jeder war ganz bei der Sache. Nie hab' ich eine Erstaufführung so schnell ablaufen sehn. Lachen, lachen, lachen, LACHEN, LACHEN, LACHEN« (bei der letzten Wiederholung heulte er mit gewaltigem Ungestüm auf). »Sie lachten einfach über alles. Sie lachten sogar über Dinge, die wir nicht einen Augenblick lang als komisch herauszustellen beabsichtigt hatten. Bif! Bizz! Vorhang! Ein großartiger Triumph! ... Ich ließ weiterspielen, sagte aber kein Wort. Chisholme brachte sie zum Trampeln. Schreien! Über diese Bühne zu gehn war, wie unter den Niagarafällen zu spazieren. Es war, als hätte ich nie zuvor ein Publikum erlebt... Dann nachher – die Jungs!«

Rührung drohte ihn zu überwältigen. »Die lieben, alten Jungen!« murmelte er.

Seine Worte überschlugen sich, seine Bedeutung wuchs. In kurzer Zeit hatte er wieder einigermaßen zu sich selbst gefunden. Er war ungeheuer erregt und anscheinend nicht imstande, sich irgendwo niederzusetzen. Sobald Kipps erkannte, daß er seine Selbstbeherrschung wiedererlangt hatte, führte er ihn ins Frühstückszimmer. Dort schüttelte er Mrs. Kipps etwas geistesabwesend die Hand, setzte sich nieder, stand aber sofort wieder auf. Er ging zur Korbwiege in der Ecke, blickte zerstreut auf Kipps junior und sagte, er freue sich, und wenn nur um des kleinen Jungen willen. Gleich danach nahm er den Faden seines Gesprächsstoffs wieder auf... Geräuschvoll trank er eine Tasse Kaffee, ging redend im Zimmer auf und ab, während sie versuchten, mitten im Sturm seiner Erregung zu frühstücken. Das Kind aber schlief die ganze Zeit über wunderbar.

»Sie werden nichts dagegen haben, wenn ich mich nicht niedersetze, Mrs. Kipps – ich könnte mich nicht wegen irgend jemand niedersetzen, noch würd' ich's Ihretwegen tun. Sie sind es, an die ich mehr denke als an sonst jemand, Sie und Muriel und alle alten Kumpel und guten Freunde. Es bedeutet Reichtum, es bedeutet Geld – Hunderte und Tausende... Wenn Sie sie gehört hätten, würden Sie es wissen.«

Einen schicksalhaften Augenblick lang war er still, während in seinem Innern Gesprächsthemen um den Vortritt kämpften; schließlich aber brach er los und redete von allem, was ihn bewegte. Es war wie eine Sturzflut, wenn ein Damm birst und eine Provinzstadt mittlerer Größe überflutet wird; alle möglichen Dinge trieben auf dem Wirbel dahin. So sprach er zum Beispiel über sein künftiges Verhalten. »Ich bin froh, daß es jetzt so gekommen ist, und nicht früher. Mir ist meine Lektion schon erteilt worden. Von jetzt ab werd' ich sehr besonnen sein, glaubt mir. Wir haben den Wert des Geldes schätzen gelernt.« Er diskutierte über die Möglichkeit eines Landhauses oder über jene, einen Martello-Turm an der Küste als Badehütte (wie man vielleicht auch sagen könnte, als Jagdhütte) einzurichten, in Venedig zu leben – wegen des künstlerischen Charakters dieser Stadt und wegen ihrer szenischen Möglichkeiten –, er streifte den Gedanken an eine Wohnung in Westminster oder im Londoner Westend. Auch erörterte er die Frage, das Rauchen und das Trinken aufzugeben, und welche Arten von Getränken einem Mann seiner Konstitution besonders abträglich seien. Aber Gespräche über alles dies verhinderten weder, daß er eine Schätzung der wahrscheinlichen Gewinne einflocht, wenn man annahm, daß er hier und in Amerika tausend Vorstellungen geben könnte, noch überging er dabei den Anteil, der Kipps zufallen sollte, und die Freude, mit der Chitterlow dessen Anteil auszahlen würde. Daneben erwähnte er auch seine Überraschung und sein Bedauern, als er durch eine indirekte Quelle, die manche Gedankenverbindungen geweckt hatte, von der Gemeinheit des jungen Walshingham erfahren hatte; Chitterlow verhehlte nicht die Abneigung, die er stets gegen den jungen Walshingham und Männer seines Schlages gehegt hatte. Eine Abschweifung über Napoleon war irgendwie in die reißende Redeflut gelangt, ging unter und tauchte wieder an die Oberfläche. Das

Ganze war in die Form eines einzigen komplizierten Satzes gebracht, mit Schalt- und Nebensätzen, die wie Kästchen ineinandergeschachtelt waren, und vom Anfang bis zum Ende hatte es nie auch nur den Anschein, sich einem Etwas zu nähern, das im entferntesten der Natur eines Schlußpunktes entsprach.

In diese Flut brach die »Daily News« herein, gleich dem Lichtschimmer in ein Bild von Watts; die Wasser wurden besänftigt, während die Zeitung geöffnet wurde, und sie enthielt eine Spalte, eine ganze Spalte voll des Lobes. Chitterlow hielt die Zeitung, Kipps las über seiner linken Hand und Ann unter seiner rechten. Das gedruckte Wort machte die Angelegenheit für Kipps wirklichkeitsnäher; es schien Chitterlow sogar gegen lauernde Zweifel, die er insgeheim gehegt hatte, zu bestätigen. Doch die Zeitung bewirkte, daß dieser wegging. In wilder Eile brach er auf, um sich ein Exemplar jeder Morgenzeitung zu sichern, jedes verdammten Käseblättchens, das es gibt, und sie alle unverzüglich nach Dymchurch zu Muriel zu bringen. Nur die herzliche Verabschiedung von den Schauspielern hatte ihn davon abgehalten, die Zeitungen bereits in Charing Cross zu kaufen – dieses eine Exemplar hatte er nur mit knapper Not erwischt... noch dazu war der Zeitungsstand nicht geöffnet gewesen.

Mit bleichem Gesicht, das von einer ungeheuren Erregung erleuchtet war, verabschiedete er sich überschwenglich von ihnen und entfernte sich im Sonnenlicht mit schwungvollem Gang, der sich beinahe wie ein Schaukeln ausnahm. Sein in der Sonne leuchtendes Haar schien in jener bedeutsamen Nacht noch länger geworden zu sein.

Sie sahen, wie er einen Zeitungsjungen anhielt.

»Jedes verdammte Käseblättchen«, tönte diese prachtvolle Stimme zu ihnen herüber.

Auch den Zeitungsjungen hatte ihm ein glücklicher Zufall über den Weg geschickt. Dieser gab eine Art ermunternden Zuruf von sich, der die Transaktion beendete.

Und dann setzte Chitterlow seinen Weg fort und schwenkte, ein Mann verdienten Erfolges, ein großes Bündel Zeitungen in der Hand. Der Zeitungsjunge machte seiner Aufregung durch einen herzhaften Sprung Luft, besah noch einmal etwas in seiner Hand, steckte es in die Tasche, sah eine Zeitlang Chitterlow nach und ging dann still seinen täglichen Geschäften nach …

Ann und Kipps beobachteten jenen sich entfernenden Glückseligen schweigend, bis ihn die Krümmung der Straße ihren Blicken entzog.

»Ich bin froh«, Ann seufzte leicht.

»Ich auch«, bekräftigte Kipps mit Nachdruck. »Denn wenn jemals ein Bursche so gearbeitet und auf den Erfolg gewartet hat – dann ist er's …«

Recht nachdenklich gingen sie durch den Laden zurück, und nach einem verstohlenen Blick auf das schlafende Baby setzten sie ihr unterbrochenes Frühstück fort. »Wenn je ein Bursche so gearbeitet und gewartet hat, dann ist er's«, wiederholte Kipps und schnitt Brote.

»Wahrscheinlich ist's wirklich wahr«, sagte Ann ein wenig versonnen.

»Was ist wahr?«

»Von all dem Geld, das ihm ins Haus steht.«

Kipps überlegte. »Ich seh' keinen Grund, weshalb es nicht so sein sollt'«, entschied er und reichte Ann auf der Spitze seines Messers eine Brotschnitte.

»Aber wir werden das Geschäft weiterführen«, meinte er nach einer weiteren Gedankenpause, »trotzdem … nach all dem, was wir erlebt haben, setz' ich in Geld kein großes Vertrauen.«

7

Das begab sich vor zwei Jahren, und wie alle Welt weiß, steht »Der gequälte Schmetterling« noch immer auf den Spielplänen. Es war also wahr. Das Stück hat einer einst von der Sperre bedrohten kleinen Bühne am Londoner Strand den Erfolg gebracht. Abend für Abend entlockt die große Käferszene einem bis zum Bersten gefüllten Haus Lachtränen, und Kipps – denn trotz allem ist Chitterlow nicht das, was man einen harten Geschäftsmann nennen könnte – ist beinahe so reich, wie er am Beginn war. Menschen in Australien, Menschen in Lancashire, Schottland, Irland, in New Orleans, in Jamaica, in New York und Montreal haben sich durch die Eingänge gedrängt, so zur Bereicherung unseres Kipps beitragend, verlockt durch den bis dahin ungeahnten Humor des Insektendramas. Der Wohlstand steigt an verschiedenen Stellen unseres kleinen Planeten gleich Dämpfen empor, und mindestens einiges davon verdichtet sich in den Taschen von Kipps.

»Es ist komisch«, sinnierte Kipps.

Er saß in der kleinen Küche hinter dem Bücherladen, philosophierte und lächelte, während Ann dem kleinen Arthur Waddy Kipps vor dem Kaminfeuer sein abendliches Bad verabreichte. Kipps war bei dieser Zeremonie stets anwesend, wenn ihn nicht gerade Kunden daran hinderten. In der Mischung der Gerüche von Tabak, Seife und Familienleben lag etwas, das ihn unsagbar entzückte.

»Chuckerdee, altes Haus«, sagte er liebevoll, wedelte mit seiner Pfeife vor dem Gesicht seines Söhnchens und dachte, nach der Art aller Eltern, daß sehr wenige Kinder einen so wohlgestalteten und sauberen Körper haben könnten.

»Pappi hat 'n Scheck bekommen«, sagte Arthur Waddy Kipps, der für einen Augenblick aus dem Badetuch hervorlugte.

»Er versteht alles«, meinte Ann. »Nicht ein Wort kann man sagen –«.

»Pappi hat 'n Scheck bekommen«, wiederholte dieses wundervolle Kind.

»Ja, altes Haus, ich hab' einen Scheck bekommen. Und er wird in einer Bank für dich angelegt, dafür, daß du später mal eine gute Schule besuchen kannst. Verstehst du? So daß du dich einigermaßen auskennst, wenn du groß wirst.«

»Pappi hat 'n Scheck bekommen«, sprach das Wunder von einem Sohn, und dann bekräftigte er seine Meinung, indem er kräftig mit dem Fuß planschte. Jedesmal, wenn er planschte, brach er in fröhliches Gelächter aus, und er mußte hochgehoben werden, damit er in seiner Fröhlichkeit nicht aus der Wanne purzelte. Schließlich wurde er bis zu den Zehenspitzen mit dem Badetuch abgetrocknet, in warme Flanellwäsche gewickelt, geküßt und von Anns Kusine und Haushaltsstütze Emma in sein Bettchen getragen. Und dann, nachdem Ann die Badewanne in die Spülküche getragen hatte, kehrte sie ins Zimmer zurück, fand sie ihren Gatten mit seiner erloschenen Pfeife und dem Scheck noch in der Hand.

»Zweitausend Pfund«, sagte er. »Es ist verwünscht komisch. Was hab' ich eigentlich getan, damit ich jetzt zweitausend Pfund bekomm', Ann?«

»Was hast du nicht getan – um nichts zu bekommen?« erwiderte Ann.

Diese Ansicht über die Sache machte ihn nachdenklich.

»Nie werd' ich diesen Laden aufgeben«, meinte er schließlich.

»Wir sind sehr glücklich hier«, bestätigte Ann.

»Wir wären's nicht, wenn ich fünfzigtausend Pfund hätte.«

»Da sei unbesorgt, Artie.«

»Da hast du einen Laden«, sagte Kipps, »und machst was

draus in einem Jahr, und so steht's jetzt. Geld hingegen – schau doch, wie's kommt und geht! Da ist kein Sinn im Geld. Du kannst dich zu Tode rackern, um zu Geld zu kommen, und dann kommt es, wenn du nicht dran denkst. So war's mit meinem ursprünglichen vielen Geld! Wo ist's jetzt? Weg! Und den jungen Walshingham hat es mitgerissen und er ist auch weg. Es ist wie beim Kegelspiel. Die Kugel läuft, man rennt nach links und nach rechts, die Kugel rollt weiter und hat sich nicht ein bißchen geändert. Kein Sinn. Er ist weg und sie ist weg – weggelaufen mit diesem Kerl, dem Revel, der mit mir beim Dinner gesessen ist. Ein verheirateter Mann! Und Chit'low ist reich! Herrgott! – was für eine feine Sache ist sicherlich der Garrik Club! Wo ich mit ihm zu Mittag gegessen hab'! Besser als jedes Hotel. Gepuderte Lakaien haben sie dort gehabt – keine Kellner, Ann – Lakaien! Er ist reich und ich bin's auch – auf eine gewisse Art... Scheint nicht viel Sinn in all dem, Ann – wie immer man es ansieht.« Er schüttelte den Kopf.

»Eins weiß ich«, sagte er dann.

»Was?«

»Ich will dieses Geld in so vielen verschiedenen Banken anlegen, als ich nur kann. Verstehst du? Fünfzig hier, fünfzig dort. Als Spareinlage. Ich werd's nicht investieren – sei unbesorgt!«

»Das bedeutet nur, Geld vergeuden«, sagte Ann.

»Bin halb entschlossen, einiges von der Summe unter dem Laden zu vergraben. Nur glaub' ich, man müßte immer wieder nachts hinuntergehn, um sich zu vergewissern, ob's noch da ist... wahrscheinlich trau' ich niemandem – jedenfalls nicht beim Geld.« Er legte den Scheck auf die Tischecke, lächelte und klopfte seine Pfeife am Kaminrost aus, den Blick auf jenes wunderbare Schriftstück geheftet. »Angenommen, der alte Bean würd' sich's schnappen«, überlegte er... »Da ist nur eins – er hinkt ein bißchen.«

»Er würde so etwas nicht tun«, meinte Ann, »der nicht.«

»Ich hab' ja nur gescherzt.« Er stand auf, legte seine Pfeife zwischen die Kerzenleuchter auf dem Kaminsims, nahm den Scheck, begann ihn sorgfältig zusammenzufalten, um ihn dann in seine Brieftasche zu legen.

Ein Glöckchen schrillte.

»Der Laden!« sagte Kipps. »Das ist recht. Halt dir einen Laden, und der Laden wird dich halten, so seh' ich das, Ann.«

Er schob seine Brieftasche bedächtig in die Brusttasche seines Rockes, ehe er die Wohnzimmertür öffnete.

Aber ob es wirklich der Bücherladen ist, der Kipps hält, oder ob es Kipps ist, der den Laden hält, ist nur eines jener kaufmännischen Geheimnisse, die Leute meiner allem Rechnerischen abholden Wesensart nie enträtseln können. Dank dem Himmel, sie machen ihre Sache jedenfalls sehr gut, die Lieben!

Der Bücherladen von Kipps liegt, kommt man von Folkestone, auf der linken Seite der Hauptstraße von Hythe zwischen dem Hof der Stallung für Mietpferde und einem Schaufenster, das voll ist von altem Silber und ähnlichem – er ist ganz leicht zu finden –, und da könnt ihr ihn selbst sehen, mit ihm reden und, wenn ihr wollt, dieses Buch von ihm kaufen. Er hat es vorrätig, ich weiß es. Sehr diskret habe ich dafür gesorgt. Er heißt natürlich nicht Kipps, das müßt ihr verstehn; aber sonst ist alles genauso, wie ich es euch gesagt habe. Ihr könnt mit ihm über Bücher, über Politik, über eine Fahrt nach Boulogne, über das Leben und die Wechselfälle dieses Lebens reden. Vielleicht wird er Buggins erwähnen – bei dem man, nebenbei gesagt, im kleinen Laden der Rendezvous Street in Folkestone alles kaufen kann, was die Garderobe eines Herrn ausmachen sollte. Sofern ihr das Glück habt, Kipps bei guter Laune anzutreffen, erzählt er euch vielleicht sogar, wie er »einstmals« ein Vermögen erbte. »Ist aber durchgebracht worden«, wird er mit einem durchaus nicht traurigen Lächeln sagen. »Hab' später ein anderes erworben – durch Spekulationen in Theaterstükken. Brauch' dieses Geschäft nicht zu führen, wenn ich nicht wollt'. Aber so gibt's immer etwas für mich zu tun ...«

Oder er kann vielleicht noch vertraulicher werden. »Ich hab' so manche Dinge erlebt«, sagte er mir einst. »Allerdings! Das ist das Leben! Nun, einmal, da – da war ich ein Bruder Leichtfuß! Ja, wirklich!«

(Natürlich werdet ihr Kipps nicht sagen, daß er »Kipps« ist oder daß ich ihn in diesem Buch beschrieben habe. Er hegt nicht den leisesten Verdacht in dieser Richtung. Und ihr wißt ja, man ist nie im voraus sicher, wie Menschen derartiges aufnehmen. Heute bin ich sein alter Kunde, der sein Vertrauen besitzt, und aus vielen Gründen, die in unserer Freundschaft wurzeln, wäre es mir lieber, wenn alles genauso bliebe wie bisher.)

8

An einem Abend im Juli, da der Laden früher geschlossen wurde, ließen sie das Kind in der Obhut der hilfreichen Kusine, und Kipps unternahm mit Ann eine Ruderfahrt auf dem Hythe-Kanal. Die Sonne ging in gewaltig lodernder Glut unter und ließ die Welt in Wärme und große Stille getaucht zurück. Zwielicht brach ein. Und da war das hell glänzende Wasser, der dunkler werdende blaue Himmel und die großen Bäume, die ihre Zweige zum Wasser niedersenkten, genauso wie es gewesen, als er mit Helen heimwärts gepaddelt war und ihm ihre Augen wie funkelnde Sterne erschienen waren. Er hatte zu rudern aufgehört, und während er rastete, wurde er plötzlich vom Wunder des Lebens berührt – das Seltsame stand gleich einer übernatürlichen

Erscheinung wieder an seiner Seite. Aus dem Dunkel unter dem seichten, unkrautdurchwucherten Strom seines Seins erhob sich eine Frage, die undeutlich emporwuchs und nie die Oberfläche erreichte. Es war die Frage nach dem Wunder der Schönheit, der zwecklosen, keinem Kausalgesetz unterworfenen Schönheit, das sich so merkwürdig auf Geschehnisse und Erinnerungen des Lebens herabsenkt. Nie erreichte diese Frage die Oberfläche seines Bewußtseins, nahm weder Gehalt noch Gestalt an. Sie blickte bloß hinauf, wie das Phantom eines Gesichtes aus tiefen Wassern nach oben blicken könnte, und sank wieder zurück ins Nichts.

»Artie«, sagte Ann.

Er erwachte aus seinem Sinnen und zog die Ruder an. »Was?« fragte er.

»'n Penny für das, was du jetzt gedacht hast, Artie.«

Er überlegte.

»Ich denk' wirklich nicht, daß ich eben an irgend etwas gedacht hab'«, meinte er schließlich mit einem Lächeln. »Nein.«

Er saß noch immer da, die Hände auf die Ruder gestützt.

»Ich vermute«, sagte er, »ich hab' eben gedacht, was für eine eigenartige Geschichte aus allem werden kann. So was muß es gewesen sein, das ich dachte.«

»Wunderlicher, lieber Artie!«

»Bin ich's etwa nicht? Ich glaub' nicht, daß es jemals einen Kerl gegeben hat, der so war wie ich.«

Er hing seinen Gedanken etwa noch eine Minute lang nach.

»Oh! – ich weiß nicht«, sagte er schließlich, raffte sich auf und ruderte weiter.

Zu dieser Ausgabe

insel taschenbuch 1716: H. G. Wells, Wie wird man Millionär? Titel der englischen Originalausgabe: Kipps. Erstveröffentlichung: 1928. Die deutsche Übersetzung von Johann Wagner folgt der Ausgabe: H. G. Wells, Kipps. Roman. Paul Zsolnay Verlag Gesellschaft m.b.H., Wien/Hamburg 1982.

Englische und amerikanische Literatur im insel taschenbuch

Elizabeth von Arnim: Alle meine Hunde. Aus dem Englischen von Karin von Schab. it 1502

– Elizabeth und ihr Garten. Aus dem Englischen von Adelheid Dormagen. it 1293 und Großdruck. it 2338

– Liebe. Roman. Aus dem Englischen von Angelika Beck. it 1591

– Vater. Roman. Aus dem Englischen von Anna Marie von Welck. Neuübersetzung. it 1544

– Verzauberter April. Roman. Aus dem Englischen von Adelheid Dormagen. Mit Fotos aus dem gleichnamigen Film. it 1538

Jane Austen: Die Abtei von Northanger. Aus dem Englischen von Margarete Rauchenberger. Mit Illustrationen von Hugh Thomson. it 931

– Anne Elliot. Aus dem Englischen von Margarete Rauchenberger. Mit Illustrationen von Hugh Thomson. it 1062

– Emma. Aus dem Englischen von Charlotte Gräfin von Klinckowstroem. Mit Illustrationen von Hugh Thomson. it 511

– Lady Susan. Ein Roman in Briefen. Aus dem Englischen von Angelika Beck. Mit zwei Romanfragmenten: Die Watsons. Sanditon. Aus dem Englischen von Elizabeth Gilbert. it 1192

– Lady Susan. Ein Roman in Briefen. Aus dem Englischen von Angelika Beck. Großdruck. it 2331

– Mansfield Park. Aus dem Englischen von Angelika Beck. Mit Illustrationen von Hugh Thomson. it 1503

– Stolz und Vorurteil. Aus dem Englischen von Margarete Rauchenberger. Mit Illustrationen von Hugh Thomson und mit einem Essay von Norbert Kohl. it 787

Francis Bacon: Essays. Herausgegeben und mit einem Nachwort versehen von Helmut Winter. it 1514

Harriet Beecher-Stowe: Onkel Toms Hütte. In der Bearbeitung einer alten Übersetzung. Herausgegeben und mit einem Nachwort versehen von Wieland Herzfelde. Mit 27 Holzschnitten von George Cruiksh-
ank aus der englischen Ausgabe von 1852. it 272

Ambrose Bierce: Aus dem Wörterbuch des Teufels. Auswahl, Übersetzung und Nachwort von Dieter E. Zimmer. it 440

– Mein Lieblingsmord. Erzählungen. Mit einem Nachwort von Edouard Roditi. Aus dem Amerikanischen von Gisela Günther. it 39

– Das Spukhaus und andere Gespenstergeschichten. Deutsch von Gisela Günther, Anneliese Strauß und K. B. Leder. it 1411

Anne Brontë: Agnes Grey. Aus dem Englischen von Elisabeth von Arx. it 1093

153/1/11.93

Englische und amerikanische Literatur im insel taschenbuch

Anne Brontë: Die Herrin von Wildfell Hall. Roman. Aus dem Englischen von Angelika Beck. it 1547

Charlotte Brontë: Erzählungen aus Angria. Aus dem Englischen von Michael Walter und Jörg Drews. it 1285

– Jane Eyre. Eine Autobiographie. Aus dem Englischen von Helmut Kossodo. Mit einem Essay und einer Bibliographie herausgegeben von Norbert Kohl. it 813

– Der Professor. Aus dem Englischen von Gottfried Röckelein. it 1354

– Shirley. Aus dem Englischen von Johannes Reiher und Horst Wolf. it 1145

– Über die Liebe. Herausgegeben von Elsemarie Maletzke. Übertragen von Eva Groepler und Hans J. Schütz. it 1249

– Villette. Roman. Aus dem Englischen von Christiane Agricola. it 1447

Emily Brontë: Die Sturmhöhe. Aus dem Englischen von Grete Rambach. it 141

Edward George Bulwer-Lytton: Die letzten Tage von Pompeji. Aus dem Englischen von Friedrich Notter. it 801

Lewis Carroll: Alice hinter den Spiegeln. Mit einundfünfzig Illustrationen von John Tenniel. Übersetzt von Christian Enzensberger. it 97

– Alice im Wunderland. Mit zweiundvierzig Illustrationen von John Tenniel. Übersetzt und mit einem Nachwort von Christian Enzensberger. it 42

– Briefe an kleine Mädchen. Aus dem Englischen übersetzt und herausgegeben von Klaus Reichert. Mit Fotografien des Autors. it 1554

– Geschichten mit Knoten. Eine Sammlung mathematischer Rätsel. Herausgegeben und übersetzt von Walter E. Richartz. Mit Illustrationen von Arthur B. Frost. it 302

Geoffrey Chaucer: Die Canterbury-Erzählungen. Vollständige Ausgabe. Aus dem Englischen übertragen und herausgegeben von Martin Lehnert. Mit Illustrationen von Edward Burne-Jones. it 1006

Gilbert Keith Chesterton: Alle Pater-Brown-Geschichten. 2 Bände in Kassette. it 1263/1149

– Pater-Brown- Geschichten. 24 Detektivgeschichten. Mit einem Nachwort von Norbert Miller. it 1149

– Die schönsten Pater-Brown-Geschichten. Großdruck. it 2332

Daniel Defoe: Glück und Unglück der berühmten Moll Flanders, die, im Zuchthaus Newgate geboren, nach vollendeter Kindheit noch sechzig wertvolle Jahre durchlebte, zwölf Jahre Dirne war, fünfmal heiratete, darunter ihren Bruder, zwölf Jahre lang stahl, acht Jahre deportierte Verbrecherin in Virginien war, schließlich reich wurde,

153/2/11.93

Englische und amerikanische Literatur im insel taschenbuch

ehrbar lebte und reuig verstarb. Beschrieben nach ihren eigenen Erinnerungen. Deutsch von Martha Erler. Mit Illustrationen von William Hogarth und einem Essay von Norbert Kohl. it 707

– Robinson Crusoe. Mit Illustrationen von Ludwig Richter. In der Übersetzung von Hannelore Novak. it 41

Charles Dickens: Bleak House. Aus dem Englischen von Richard Zoozmann. Mit Illustrationen von Phiz. it 1110

– David Copperfield. Mit Illustrationen von Phiz. it 468

– Detektivgeschichten. Aus dem Englischen von Franz Franzius. it 821

– Eine Geschichte aus zwei Städten. Mit Illustrationen von Phiz. it 1033

– Große Erwartungen. Aus dem Englischen von Margit Meyer. Mit Illustrationen von F. W. Pailthorpe. it 667

– Harte Zeiten. Aus dem Englischen von Paul Heichen. Mit Illustrationen von F. Walker und Maurice Greiffenhagen. it 955

– Nikolaus Nickleby. Mit Illustrationen von Phiz. it 1304

– Oliver Twist. Aus dem Englischen von Reinhard Kilbel. Mit einem Nachwort von Rudolf Marx und 24 Illustrationen von George Cruikshank. it 242

– Die Pickwickier. Mit Illustrationen von Robert Seymour, Robert William Buss und Phiz. it 896

– Der Raritätenladen. Aus dem Englischen von Leo Feld. Mit Holzschnitten von George Cattermole, H. K. Browne, George Cruikshank und Daniel Maclise. it 716

– Weihnachtserzählungen. Mit Illustrationen von Leech, Stanfiels, Stone u.a. it 358

Charles A. Eastman: Indianergeschichten aus alter Zeit. Deutsch von Elisabeth Friederichs. Mit einem Nachwort herausgegeben von Dietrich Leube. Illustrationen und Anmerkungen von Frederick Weygold. it 861

Henry Fielding: Tom Jones. Die Geschichte eines Findelkindes. 2 Bde. Mit Illustrationen von Gravelot und Moreau le jeune. Herausgegeben und mit einem Nachwort von Norbert Kohl. it 504

Ben Hecht: Tausendundein Nachmittage in New York. Aus dem Amerikanischen von Helga Herborth. Mit Illustrationen von George Grosz. it 1323

Rudyard Kipling: Mit der Nachtpost. Unheimliche Geschichten. Aus dem Englischen von Friedrich Polakovics. it 1368

– Unheimliche Geschichten. Aus dem Englischen von Friedrich Polakovics. it 1286

D.H. Lawrence: Erotische Geschichten. Aus dem Englischen von Heide Steiner. it 1385

153/3/11.93

Englische und amerikanische Literatur im insel taschenbuch

Matthew Gregory Lewis: Der Mönch. Aus dem Englischen von Friedrich Polakovics. Mit einem Essay und einer Bibliographie von Norbert Kohl. it 907

Jane Lidderdale / Mary Nicholson: Liebe Miss Weaver. Ein Leben für Joyce. Aus dem Englischen von Angela Praesent und Anneliese Strauss. it 1436

Lord Byron. Ein Lesebuch mit Texten, Bildern und Dokumenten. Herausgegeben von Gert Ueding. it 1051

Katherine Mansfield: Der Mann ohne Temperament und andere Erzählungen. Aus dem Englischen von Heide Steiner. Großdruck. it 2325

– Seligkeit und andere Erzählungen. Aus dem Englischen von Heide Steiner. it 1334

Charles Robert Maturin: Melmoth der Wanderer. Roman. Aus dem Englischen von Friedrich Polakovics. Mit einem Nachwort von Dieter Sturm. it 1279

Herman Melville: Israel Potter. Seine fünfzig Jahre im Exil. Aus dem Amerikanischen von Uwe Johnson. it 1315

– Moby Dick. 2 Bde. Aus dem Amerikanischen von Alice und Hans Seiffert. Mit Zeichnungen von Rockwell Kent und einem Nachwort von Rudolf Sühnel. it 233

Samuel Pepys: Das geheime Tagebuch. Herausgegeben von Anselm Schlösser und übertragen von Jutta Schlösser. Mit Abbildungen. it 637

Sylvia Plath: Das Bett-Buch. Aus dem Englischen von Eva Demski. Mit farbigen Illustrationen von Rotraud Susanne Berner. it 1474

Edgar Allan Poe: Der Bericht des A. Gordon Pym. Erzählungen. Übertragen von Barbara Cramer-Nauhaus, Erika Gröger und Heide Steiner. it 1449

– Der entwendete Brief und andere Erzählungen. Ausgewählt von Franz-Heinrich Hackel. Aus dem Amerikanischen von Werner Beyer u.a. Mit Holzschnitten von Fritz Eichenberg. Großdruck. it 2309

– Das Geheimnis der Marie Rogêt und andere Erzählungen. Aus dem Amerikanischen von Werner Beyer, Felix Friedrich und anderen. it 783

– Grube und Pendel. Und andere Erzählungen. Mit einem Nachwort von Franz Rottensteiner und Illustrationen von Harry Clarke. Aus dem Amerikanischen von Günther Steinig. ›Grube und Pendel‹ wurde von Elisabeth Seidel übersetzt. it 362

– Die Maske des roten Todes und andere Erzählungen. Aus dem Amerikanischen von Heide Steiner. it 1530

153/4/11.93

Englische und amerikanische Literatur im insel taschenbuch

Edgar Allan Poe: Die Morde in der Rue Morgue und andere Erzählungen. Aus dem Amerikanischen von Barbara Cramer-Nauhaus. it 1529
- Sämtliche Erzählungen. Vier Bände in Kassette. Herausgegeben von Günter Gensch.
- Das Tagebuch des Julius Rodman und andere Erzählungen. Aus dem Amerikanischen von Erika Gröger, Ruprecht Willnow und Andrea Sachs. it 1531
- Der Teufel im Glockenturm und andere Erzählungen. Aus dem Amerikanischen von Barbara Cramer-Nauhaus. it 1528
- Der Untergang des Hauses Usher. Meistererzählungen. Aus dem Amerikanischen von Barbara Cramer-Nauhaus, Erika Gröger und Heide Steiner. it 1373

Reynolds Price: Ein ganzer Mann. Roman. Aus dem Amerikanischen von Maria Carlsson. it 1378

Walter Scott: Ivanhoe. Roman. Deutsch von Leonhard Tafel. Textrevision und Nachwort von Paul Ernst. it 751

Charles Sealsfield: Das Kajütenbuch oder Nationale Charakteristiken. Herausgegeben von Alexander Ritter. it 1163

William Shakespeare: Hamlet. Prinz von Dänemark. Aus dem Englischen von August Wilhelm von Schlegel. Durchgesehen von Levin L. Schücking. Mit Illustrationen von Eugène Delacroix. Herausgegeben und mit einem Essay versehen von Norbert Kohl. it 364
- Richard III. Aus dem Englischen von Thomas Brasch. it 1109
- Romeo und Julia. Deutsch von Thomas Brasch. it 1383
- Die Tragödie des Macbeth. Aus dem Englischen von Thomas Brasch. it 1440
- Was ihr wollt. Aus dem Englischen von Thomas Brasch. it 1205
- Wie es euch gefällt. Übersetzt und bearbeitet von Thomas Brasch. it 1509

Mary W. Shelley: Frankenstein oder Der moderne Prometheus. Mit einem Essay von Norbert Kohl. it 1030

Muriel Spark: Mary Shelley. Eine Biographie. Deutsch von Angelika Beck. Mit zahlreichen Abbildungen. it 1258

Laurence Sterne: Leben und Meinungen von Tristram Shandy Gentleman. In der Übersetzung von Adolf Friedrich Seubert. Durchgesehen und revidiert von Hans J. Schütz. Mit einem Essay und einer Bibliographie von Norbert Kohl. Illustrationen von George Cruikshank. it 621

Robert Louis Stevenson: Die Schatzinsel. Aus dem Englischen von Karl Lerbs. Mit Illustrationen von Georges Roux. it 65

153/5/11.93